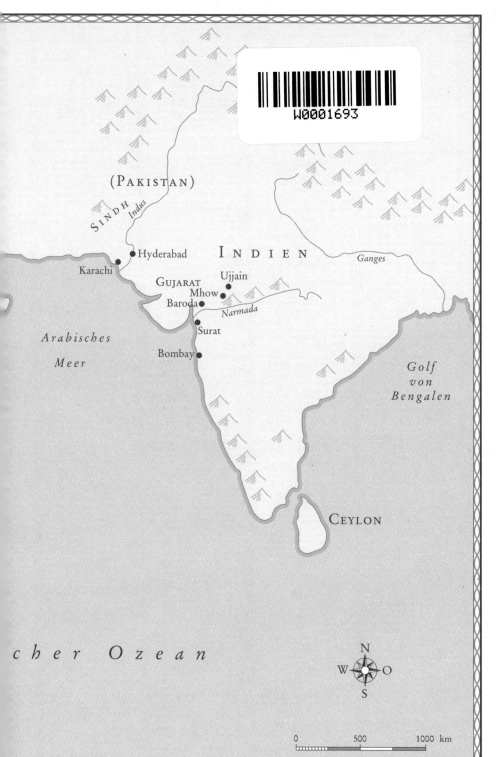

Ilija Trojanow

Der Weltensammler

Roman

Büchergilde Gutenberg

Fremdsprachige Begriffe werden in einem Glossar
am Ende des Buches erklärt

Lizenzausgabe für die Büchergilde Gutenberg
Frankfurt am Main, Zürich, Wien
www.buechergilde.de
Mit freundlicher Genehmigung des
Carl Hanser Verlag, München Wien
© Carl Hanser Verlag München Wien 2006
Satz: Filmsatz Schröter, München
Druck und Bindung: Ebner & Spiegel, Ulm
Printed in Germany
ISBN 3-7632-5715-2

for

Nuruddin
&
Ranjit

who truly cared

Dieser Roman ist inspiriert vom Leben und Werk des Richard Francis Burton (1821-1890). Die Handlung folgt der Biographie seiner jungen Jahre manchmal bis ins Detail, manchmal entfernt sie sich weit von dem Überlieferten. Obwohl einige Äußerungen und Formulierungen von Burton in den Text eingeflochten wurden, sind die Romanfiguren sowie die Handlung überwiegend ein Produkt der Phantasie des Autors und erheben keinen Anspruch, an den biographischen Realitäten gemessen zu werden. Jeder Mensch ist ein Geheimnis; dies gilt um so mehr für einen Menschen, dem man nie begegnet ist. Dieser Roman ist eine persönliche Annäherung an ein Geheimnis, ohne es lüften zu wollen.

Do what thy manhood bids thee to,
From none but self expect applause:
He noblest lives and noblest dies
Who makes and keeps his self-made laws.

(Richard Francis Burton, Kasidah VIII, 9)

Letzte Verwandlung

Er starb früh am Morgen, noch bevor man einen schwarzen von einem weißen Faden hätte unterscheiden können. Die Gebete des Priesters verebbten; er benetzte sich die Lippen und schluckte seine Spucke hinunter. Der Arzt an seiner Seite hatte sich nicht bewegt, seitdem der Pulsschlag unter seinen Fingerspitzen vergangen war. Sturheit allein hatte seinen Patienten zuletzt am Leben erhalten; am Ende war sein Wille einem Gerinnsel erlegen. Auf dem gekreuzten Arm des Toten lag eine fleckige Hand. Sie wich zurück, um ein Kruzifix auf die nackte Brust zu legen. Viel zu groß, dachte der Arzt, ausgesprochen katholisch, so barock wie der vernarbte Oberkörper des Verstorbenen. Die Witwe stand dem Arzt gegenüber, auf der anderen Seite des Bettes. Er traute sich nicht, ihr in die Augen zu blicken. Sie wandte sich ab, ruhig bewegte sie sich zum Schreibtisch, setzte sich hin und begann etwas zu schreiben. Der Arzt sah, wie der Priester das Ölfläschchen einsteckte, und er verstand dies als Fanal, die Spritzen und die elektrische Batterie wegzupacken. Es war eine lange Nacht gewesen; er würde sich eine neue Anstellung suchen müssen. Das war sehr bedauerlich, denn er hatte diesen Patienten gemocht, und er hatte es genossen, in seiner Villa leben zu dürfen, hoch über der Stadt, mit Blick auf die Bucht und weit hinaus aufs Mittelmeer. Er fühlte, wie er errötete und wurde darüber noch röter. Er wandte sich von dem Toten ab. Der Priester, um einige Jahre jünger als der Arzt, blickte verstohlen im Zimmer umher. Eine Karte des afrikanischen Kontinents auf der einen Wand, zu beiden Seiten von Bücherregalen eingeengt. Das offene Fenster, es beunruhigte ihn, so wie ihn in diesem Moment alles beunruhigte. Die huschenden Geräusche erinnerten ihn an andere schlaflose Nächte. Die Zeichnung zu seiner Linken, eine Armeslänge entfernt, schön und unverständlich, hatte ihn vom ersten Anblick an verunsichert. Sie erinnerte ihn daran, daß dieser Engländer sich in gottlosen Gegenden herumgetrieben hatte, die nur von Ahnungslosen und Übermütigen aufgesucht wurden. Sein Starrsinn war berüchtigt. Viel mehr wußte der Priester nicht über ihn. Der Bischof hatte sich wieder einmal aus einer unangenehmen Aufgabe herausgewunden. Es war nicht das erste Mal gewesen, daß der Priester die Salbung eines Unbekannten hatte vornehmen müssen. Vertraue deinem gesunden Menschenverstand, das war alles, was der Bischof ihm mit auf den Weg gegeben hatte. Seltsamer Rat. Er hatte keine Zeit gehabt, sich zurechtzufinden. Er war von der Ehefrau überrumpelt worden. Sie hatte ihn gedrängt, sie hatte das Sakrament für den Sterbenden eingefordert, als sei der Priester es ihr schuldig. Er hatte sich ihrem Willen gebeugt und bereute es bereits. Sie stand an der offenen Tür, übergab dem Arzt einen Umschlag und redete auf ihn ein. Sollte er etwas sagen? Der Priester nahm ihren leisen, aber festen Dank entgegen – was sollte er sagen? – und mit dem Dank die unausgesprochene Aufforderung zu gehen. Er roch ihren Schweiß und schwieg. Im Vestibül reichte sie ihm den Mantel, die Hand. Er wandte sich ab, blieb stehen, er konnte nicht so belastet in die Nacht hinausgehen. Er drehte sich mit einem Ruck zu ihr um.

– Signora ...
– Sie verzeihen, wenn ich Sie nicht zur Tür begleite?
– Es war falsch. Es war ein Fehler.
– Nein!
– Ich muß es melden, dem Bischof.
– Es war sein letzter Wille. Sie mußten ihn achten. Entschuldigen Sie mich, Vater. Ich habe viel zu tun. Ihre Sorgen sind unbegründet. Der Bischof weiß Bescheid.
– Sie mögen sich sicher sein, Signora, aber mir fehlt Ihre Sicherheit.
– Bitte beten Sie für das Heil seiner Seele, das wird für uns alle das beste sein. Auf Wiedersehen, Vater.

Zwei Tage verbrachte sie an seinem Totenbett, in Gebeten und Zwiegesprächen gelegentlich gestört von jenen, die ihm die letzte Ehre zu erweisen wünschten. Am dritten Tag weckte sie die Hausgehilfin früher als gewöhnlich. Die Hausgehilfin warf sich einen

Schal über das Schlafgewand. Sie tappte durch die wollene Nacht zum Schuppen, in dem der Gärtner schlief. Er erwiderte ihr Rufen erst, als sie mit einer Schaufel gegen seine Tür hieb. Anna, rief er, ist wieder etwas Schlimmes passiert? Die Herrin braucht dich, antwortete sie, und fügte hinzu: Sofort.

– Hast du schon Brennholz gesammelt, Massimo?
– Ja, Signora, letzte Woche, als es kalt wurde, wir haben genug ...
– Ich möchte, daß du ein Feuer machst.
– Ja, Signora.
– Im Garten, nicht zu nahe am Haus, aber auch nicht zu weit unten.

Er errichtete einen kleinen Scheiterhaufen, wie im Dorf zur Sonnenwende. Die Anstrengung erwärmte ihn ein wenig. Seiner Füße wegen, die Zehen naß vom Tau, freute er sich auf das Feuer. Anna kam hinaus, mit einem Becher in der Hand, ihre Haare verquer wie die Zweige des Reisigs. Er roch den Kaffee, als er ihr den Becher abnahm.

– Wird es brennen?
– Solange es nicht regnet.

Er beugte sich über den Becher, als versuche er in der Flüssigkeit etwas zu erkennen. Er schlürfte.

– Soll ich es anzünden?
– Nein. Wer weiß, was sie will. Warte lieber.

Die Bucht lichtete sich, ein Dreimaster holte die Segel ein. Triest erwachte zu Einspännern und Lastträgern. Die Herrin schritt über den Rasen, in einem ihrer schweren, weiten Kleider.

– Zünde es an.

Er gehorchte. Brenne brenne Sonnenbraut, leuchte leuchte Mondgemahl, flüsterte er den ersten Flammen zu. Das Lied seines Vaters zur Sonnenwende. Die Herrin trat an ihn heran; es fiel ihm schwer, nicht zurückzuweichen. Sie hielt ihm ein Buch entgegen.

– Wirf es hinein!

Fast hätte sie ihn berührt. Etwas Hilfloses verbarg sich in ihrem Befehl. Sie selbst würde das Buch nicht in das Feuer werfen. Er befingerte den Deckel, die Flecken, die Naht, wich ein wenig von den Flammen zurück, strich über das Leder, auf der Suche nach einer Er-

innerung, bis ihm einfiel, wonach es sich anfühlte – nach der Narbe auf dem Rücken seines Erstgeborenen.
– Nein.
Das Feuer hetzte in alle Richtungen.
– Nehmen Sie jemand anderen. Ich kann es nicht.
– Du wirst es tun. Sofort.
Das Feuer hatte sich aufgerichtet. Er wußte nicht, was er ihr entgegnen sollte. Annas Stimme züngelte in sein Ohr.
– Das geht uns nichts an. Wenn sie jetzt weggeht ... das Empfehlungsschreiben, die Abschiedsgeschenke. Was liegt dir an diesem Buch? Gib's mir, was ist schon daran.
Er sah es nicht fliegen, er hörte nur ein Krachen, Glut, Flammen, die zusammenzuckten, und als er das Buch im Feuer sah, krümmte sich der Einband wie ein verwachsener Zehennagel. Die Hausgehilfin hockte sich hin, auf ihrem nackten Knie ein rußiges Muttermal. Das Kamelleder brennt, eine Grimasse knackt, Seitenzahlen brennen, Pavianlaute glühen, Marathi, Gujarati, Sindhi verdampfen, hinterlassen krakelige Buchstaben, die als Funken aufflattern, bevor sie als Kohlenstaub hinabsinken. Er, Massimo Gotti, ein Gärtner aus dem Karst nahe Triest, erkennt im Feuer den verstorbenen Signore Burton, in jungen Jahren, in altmodischer Kluft. Massimo streckt seinen Arm aus, versengt sich die Haare auf seinem Handrücken, die Seiten brennen, die Zettel, die Fäden, die Lesezeichen und das Haar, ihr seidenes schwarzes Haar, langes schwarzes Haar, das vom vorderen Ende eines Schragens herabhängt, im Klagewind treibt. Nur eine Flammenwand entfernt liegt eine Tote, ihre Haut löst sich ab, ihr Schädel platzt, sie beginnt zu schrumpfen, bis von ihr übrig ist, was weniger wiegt als ihre schönen langen schwarzen Haare. Der junge Offizier weiß nicht, wie sie heißt, wer sie ist. Er kann den Geruch nicht mehr ertragen.
Richard Francis Burton schreitet eilig davon. Stell Dir vor, formuliert er in Gedanken seinen ersten Brief über das Neuland, nach vier Monaten auf hoher See kommst Du endlich an, und am Strand, die Scheite auf dem Sand gehäuft, verbrennen sie ihre Leichen. Mitten in diesem stinkigen dreckigen Loch namens Bombay.

Britisch-Indien

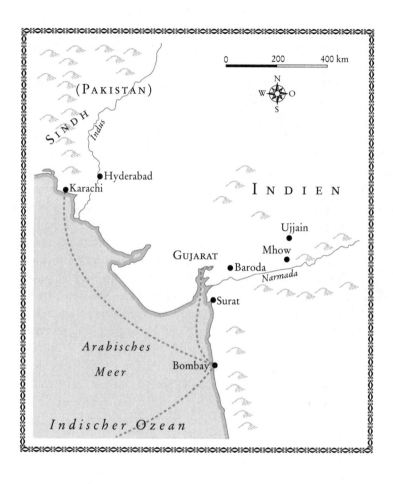

*Die Geschichten des Schreibers
des Dieners des Herren*

0.

ERSTE SCHRITTE

Nach Monaten auf See, zufälligen Bekanntschaften ausgesetzt, Gerede ohne Maß, bei Wellengang die Lektüre rationiert, Tauschgeschäfte mit den Dienern aus Hindustan: Portwein gegen Wortschatz, *aste aste* im Kalmengürtel, was für ein Kater!, *khatarnak* und *khabardar* im Sturm vor dem Kap, die Wellen schlugen an in steiler Formation, kein Passagier hielt sein Abendessen in dieser Schieflage, manches war schwer auszusprechen, die Tage wurden zunehmend fremder, jeder redete mit sich selbst, so trieben sie dahin über den indischen Teich.

Dann die Bucht. Gewölbte Segel schöpften Luft wie Hände Wasser. Sie sahen, was sie schon gerochen hatten, bei dem ersten Blick durch ein mit Nelkenöl eingeriebenes Fernglas. Es war nicht auszumachen, wann das Festland an Bord kam. Das Deck war die Aussichtsplattform, Bühne aller Kommentare.

– Sie ist eine Tabla!

In ihrem Gespräch an der Reling gestört, drehten sich die Briten um. Ein älterer Einheimischer, einfach gekleidet in Baumwollweiß, stand unmittelbar hinter ihnen. Er war um einiges kleiner als seine Stimmgewalt. Ein weißer Bart reichte ihm bis zum Bauch, doch seine Stirn war glatt. Er lächelte sie freundlich an, aber er hatte sich ihnen zu sehr genähert.

– Eine Doppeltrommel. Ein Bol aus Bom und Bay.

Der Mann holte zwei Arme und zwei Hände hervor und setzte sie in Bewegung, zur Begleitung seiner tiefen Stimme.

– Linker Hand die gesegnete Bucht, Bom Bahia und rechter Hand Mumba Aai, die Göttin der Fischer. Ein Tintaal aus vier Silben. Wenn Sie wollen, zeige ich es Ihnen.

Schon hatte er sich zwischen sie gedrängt und begann mit seinen zwei Zeigefingern zu klopfen, der Kopf schüttelte die Mähne.

Bom-Bom-Bay-Bay
Bom-Bom-Bai-Bai
Mum-Mum-Bai-Bai
Bom-Bom-Bay-Bay.

– Grob und grell, wie es sich für einen Rhythmus gehört, der seit Jahrhunderten schlägt: Europa andererseits, Indien einerseits. Es ist eigentlich einfach, für jeden, der hören kann.

Die Augen des Mannes lachten zufrieden. Die besseren Passagiere wurden zur Landnahme gerufen; die Schaluppe wartete, Indien war nur noch wenige Ruderschläge entfernt. Burton half einer der verzückten Damen über die Sprossen. Als sie sicher saß, die Hände im Schoß, drehte er sich um. Er sah den weißhaarigen, weißbärtigen Trommler auf dem Deck stehen, steif, die Beine weit auseinander, die Arme hinter dem Rücken verschränkt. Seine Augen kullerten hinter dicken Brillengläsern. Gehen Sie, gehen Sie! Aber achten Sie auf Ihr Gepäck. Dies hier ist nicht Britannien. Sie betreten Feindesland! Und sein Lachen flog davon, als die Schaluppe an Seilen hinab zum Meer ächzte.

Mit der Landung wurde die Täuschung des Fernglases ruchbar. Der Kai war auf fauligem Fisch erbaut, überzogen von getrocknetem Urin und galligem Wasser. Ärmel wurden rasch über Nasen gezogen. Jahrhunderte von Fäulnis, barfüßig zu festem Boden gestampft, auf dem ein Uniformierter schreiend schwitzte. Die Ankömmlinge sahen sich zaghaft um. Neugier wurde bis auf weiteres vertagt. Überlassen Sie alles uns, wir nehmen Ihnen alle Arbeit ab! Richard Burton parierte das klebrige Englisch eines Agenten auf Hindustani, mit stolzem Bedacht. Er rief einen Kuli, der abseits stand und das Getümmel ignorierte, er fragte, hörte zu, verhandelte, er beaufsichtigte, wie seine Truhen auf Rücken geladen und zu einer der bereitstehenden Droschken getragen wurden. Der Weg sei nicht weit, sagte der Kutscher, und sein Preis gering. Die Droschke glitt durch die Menschenmasse wie ein geschleppter Kahn. Im Kielwasser trieben Käppis und Glatzen, Turbane und Topis. Um ihn herum, in diesen Wirbeln, er konnte kein Gesicht erkennen, und es dauerte eine Weile, bis er ein Bild sah, das Sinn ergab: Vor einem Laden ruhten die Pranken eines Krämers auf Reissäcken. Burton lehnte sich zurück, während die Droschke dem Hafen entkam und in eine breite Straße bog. Ein Junge wich den Hufen so spät aus, wie es die Mutprobe erforderte, und belohnte sich selbst mit einem Grinsen. Ein Mann wurde neben wirbelnden Rädern rasiert. Ein Kind ohne Haut wurde ihm entgegengehalten. Er erschrak kurz und vergaß es wieder. Der Kutscher schien die Bauten zu beiden Seiten zu benennen: Apollo Gate, dahinter Fort, Secretariat, Forbes House. Sepoy! der Kutscher deutete auf eine Mütze, darunter schmierige Haare, weiter unten dürre, behaarte Beine in einer zu kurzen Arbeitshose. Entsetzlich, dachte Burton, das sind die einheimischen Soldaten, die ich befehligen werde, Herrgott noch einmal, diese Kleidung, nichts als Staffage, selbst der Gesichtsausdruck wirkt wie von den Briten abgekupfert. Die Droschke trabte an einer Traube Frauen vorbei, die an Händen und Füßen tätowiert waren. Hochzeit, freute sich der Kutscher. Und der Geruch? Henna! Die Geschmückten verschwanden um die Ecke. Die Häuser, dreistöckig zumeist, schienen von Gangrän befallen. Auf einem der hölzernen Balkone hustete sich ein Mann frei und spuckte sein Gebrechen auf die Straße. Die wenigen Gebäude von Haltung wirkten wie Aufseher in einer Aussätzigenkolonie. Immer wieder erblickte Burton, zwischen den Kronen der Palmen, graukköpfige Krähen. Einmal kreisten sie über einen marmornen Engel, dem eine verschleierte Frau die Füße küßte. Kurz vor Ankunft in dem Hotel sah er Krähen auf einen Kadaver niedergehen. Manchmal, der Kutscher drehte sich in voller Fahrt um, warten sie den Tod nicht ab.

Das British Hotel in Bombay glich keineswegs dem Hotel Britain in Brighton. In Bombay wurde für weniger Komfort mehr Geld verlangt, Bett, Tisch und Stuhl mußte man sich zusammensuchen. In Brighton stieg kein besoffener Kadett mit Heidehaar und sumpfigem

Mundgeruch nachts auf einen Stuhl, um über die Musselinwand seine Zimmernachbarn zu begaffen. Burton, dem Schlaf seit Stunden nicht näher gekommen, schob das Moskitonetz zur Seite und bewarf den Kadetten mit dem nächstbesten Gegenstand, den er unter seinem Bett zu fassen bekam. Das Wurfgeschoß flog dem Kadetten mitten ins Gesicht. Er stürzte von seinem Stuhl, er fluchte leise, bis eine Kerze aufleuchtete und ein Schrei zu hören war: der Kadett hatte das Geschoß erkannt, eine Ratte, die Burton kurz zuvor mit einem Stiefel erschlagen hatte. Nur die Stoffwand schützte den schmächtigen Kadetten vor seinen eigenen Drohungen. Burton griff ein weiteres Mal unter das Bett und holte eine Flasche Brandy hervor. Eidechsen waren Glücksboten, Ratten waren verhaßt. Die Eidechsen hingen an der Wand wie farbige Miniaturen. Die Ratten versteckten sich. Manchmal vergeblich.

Sein Nachbar zur anderen Seite war ein Sanitäter auf erstem Posten. Er saß auf dem Fensterbrett und blickte zum Meer hinaus. So lange, bis der Wind ihm ins Gesicht blies. *Achtung*, rief er durch den Schlafsaal, *Hindubraten weht an!* und sein Schrei fiel durch das enge Treppenhaus, dem schlummernden Parsen, der die Gäste mit übertriebener Servilität abfertigte, auf die Stirn. *Schließt Augen und Luken.* Der Parse öffnete die Augen und schüttelte mißmutig den Kopf. Diese verdammten Ghoras ertrugen den Anblick nur mit Rückenwind.

Der Sanitäter weigerte sich, Burton zur Verbrennungsstätte zu begleiten. Man sollte sich vor falscher Wißbegier hüten, erklärte er, ein Sprößling der väterlichen Predigt, der Fürsorge seiner Mutter gerade erst entwachsen. Burton versuchte, ein Loblied auf die Neugierde zu singen, doch er merkte bald, auf wie wenig Verständnis seine eigenen Erfahrungen – die Kindheit in Italien und Frankreich als Sohn eines Ruhelosen, die Internatszeit in der vermeintlichen Heimat – stießen. Immerhin ließ der Sanitäter sich überreden, die Carnac Road zu überschreiten, die Grenze zwischen dem Gehirn des Imperiums und seinen Gedärmen, wie Burton bei seinem ersten Dinner erfuhr, in der Gesellschaft von Herrschaften, die vollmundig ganze Distrikte verwalteten, Krämersöhne aus der englischen Provinz, Nachfahren von Gerichtsvollziehern, die auf heidnischen Händen von Schatten zu Kühle getragen wurden, reicher und mächtiger, als sie es sich in ihren wagemutigsten Träumen ausgemalt hatten. Ihre Ehefrauen kartographierten penibel die Landkarte der herrschenden Vorurteile. Jeder ihrer Sätze war ein Warnschild, eingefaßt in: Hören Sie, junger Mann! Sie hatten ausgiebig vermessen und waren sich nun sicher, welche Worte Indien gerecht wurden. Das Klima: ›fatal‹, die Bediensteten: ›beschränkt‹, die Straßen: ›septisch‹, und die indischen Frauen: alles zugleich, weswegen diese, hören Sie gut zu, junger Mann! unbedingt zu meiden sind, auch wenn sich einige Unsitten inzwischen etabliert haben, als könnte man unseren Männern nicht ein wenig Moral und Selbstbeherrschung abverlangen. Am besten – einen ehrlicheren Ratschlag werden Sie nicht zu hören bekommen –, am besten Sie halten sich von allem Fremden fern!

Gassengicht. Jeder Schritt eine Berührung. Burton mußte immer wieder zur Seite springen, sein Augenmerk galt den Trägern, Schleppern, Schiebern. Sichtbar waren im Menschenmeer nur die Lasten, übergroße Brocken, die auf dem Wellengang der wippenden Köpfe schwebten und schwankten. Lumpenläden. Werkstätten unter lauter gleichen Werkstätten. Händler auf Matten wedelten sich Luft zu, hinter ihnen enge Eingänge, die zu Höhlen führten, bauchig wie die Gewohnheit, fliegenverseucht. Burton mußte diese Krämer fast anflehen, ihm etwas zum Verkauf anzubieten, und wenn sie sich dazu bequemt hatten, offerierten sie ihm die schlechteste Qualität, die sie vorrätig hielten, beschworen die Vortrefflichkeit der Ware, präsentierten sie auf ihrem Ehrenwort, bis er den kleinen Dolch oder die steinerne Gottheit akzeptierte. Dann begann ein Tauziehen um den Preis, von neuerlichen Seufzern und Grimassen begleitet.

Du sprichst den Dialekt dieser Kerle schon gut, bemerkte der Sanitäter, etwas vorwurfsvoll. Burton lachte: Die Damen von gestern wären entsetzt. Bestimmt denken sie, eine Sprache zu teilen ist wie ein Bett zu teilen. Schwarzstadt. Auf einmal vor ihnen ein Tempel, eine Moschee, vielfarbig gescheckt, einfarbig verziert. Der Sanitäter war angewidert von der mißgestalteten Göttin, deren Fratzenkopf um ein Vielfaches größer war als ihr Leib. Erfreue dich an der Überraschung, immerhin, dies ist die Schutzpatronin der Stadt, in der so viele Zungen heimisch sind, doch die Göttin selbst ist stumm. Sie kamen an einem Grabmal vorbei. Neben dem Leichnam, bedeckt mit einem bestickten grünen Stoff, hingen Keulen an der Wand. Das magische Werkzeug des heiligen Baba, erklärte ihnen ein Wächter, Kalebassen aus Afrika. Aussätzige Menschen und unberührbare Hunde. Die verwelkten Glieder der Bettler waren mit heiliger Farbe bedeckt, eine mißgestaltete Kuh beschweifte sich nebenan, ihr kurzes fünftes Bein orange bemalt; etwas weiter lag ein Gliederloser auf einer Decke mitten in der Gasse, die zum Hintereingang der Großen Moschee führte, um ihn herum verstreute Münzen wie abgefallene Pocken. Ein nackter dunkelhäutiger Mann hielt den Verkehr auf. Er war von Kopf bis Fuß mit Fett eingeschmiert und trug ein rotes Taschentuch um die Stirn gebunden. In seiner Hand ein Schwert. Eine gewaltige Menge versammelte sich um seine haltlosen Schreie. Zeigt mir den rechten Weg, schrie der Mann und hieb mit dem Schwert durch die Luft. Ein älterer Herr neben Burton murmelte etwas in der tonlosen Monotonie eines Gebets, während der Nackte das Schwert wie eine Peitsche schwang und die Menge ihm allmählich zum Feind wurde. Was passiert hier, ich verstehe nicht, was hier passiert? Der Sanitäter kauerte hinter Burtons Rücken. Der Nackte drehte sich mit ausgestrecktem Schwert in einem zischenden Kreis, bis er stolperte, das Schwert entglitt ihm, einige Männer aus der Menge stürzten sich auf ihn und begannen, ihn zu schlagen und zu treten. Mische dich ja nicht ein, flehte der Sanitäter ihn an, du bist groß gewachsen, vielleicht bist du stark, aber mit diesen Wilden kannst du es nicht aufnehmen. Und wenn sie ihn umbringen? Das geht uns nichts an!

Zwei Monsune, Dick, sagte der Sanitäter auf dem Heimweg, das ist die durchschnittliche Lebenserwartung eines Neuankömmlings. Keine Sorge, tröstete ihn Burton, gewiß gilt das nur für jene, die zu vorsichtig leben und an Obstipation sterben. Obstipation? raunte der Sanitäter. Darauf bin ich gar nicht vorbereitet.

∞∞∞∞∞∞

1.
Der Diener

Niemand würde den Lahiya zu dieser Stunde aufsuchen. Nicht in diesem Dürremonat. Im Tempel würden sie die Götter mal wieder um Regen anflehen, aber er, was sollte er Ganesh noch versprechen? Eigentlich könnte er seine Zelte abbrechen, sein Büro schließen, dem Staub entfliehen, aber es ist weit zu seiner Schlafstätte. Papier und Feder liegen bereit. Obwohl ihn niemand aufsuchen wird. Nicht zu dieser Tageszeit, nicht in diesem Dürremonat. Zum Mittagsschlaf fehlt ihm die Ruhe. Er hat es sich angewöhnt, die anderen Schreiber, diese Schakale, nicht aus dem Auge zu lassen. Wie sie sich um jeden Kunden reißen, kaum biegt er ein in die Straße, wie sie seine Unsicherheit abtasten, bis der Kunde sich niederhockt und seinen Auftrag als Bitte vorträgt. Er wird nie merken, wie er von diesen ehrlosen Schuften betrogen wurde. Noch achten sie ihn, noch fürchten sie ihn ein wenig. Er wüßte nicht, was sie zu fürchten hätten, aber seine Stimme, fester als sein Körper, hält sie auf Distanz. Auf seine Stärken kann er sich verlassen, auf sein würdevolles Aussehen, seinen geachteten Namen, sein respektgebietendes Alter. Diese Tageszeit, diese Jahreszeit sind zum Verzweifeln. Die Erde heizt sich auf, und nichts bewegt sich. Er streckt seine Beine aus. Die Hitze zerschmilzt auf der Straße. Sie klebt an den Hufen eines Ochsen, der sich weigert weiterzugehen. Müde prügelt der Treiber auf ihn ein, Schritt um Schlag dem Ende des Weges entgegen.

Der Mann dort, mitten auf der Straße. Ein Kunde? Sogleich ist er umlauert, ein hochgewachsener Mann, der etwas gebeugt dasteht, der seinen Kopf senkt und wieder hebt, dessen Körper keinen Widerstand leistet gegen die vielen Hände, die an ihm zerren. Der Mann steht wie angewurzelt. Jetzt hebt er seinen Kopf. Einer der Schakale löst sich aus der Meute, andere folgen ihm. Sie lassen ab von diesem Mann, der sie überragt. Der Lahiya sieht, wie die anderen Schreiber mit ihren besserwisserischen Fingern auf ihn zeigen. Der hochgewachsene Mann kommt auf ihn zu, das Gesicht markiert von widerspenstigem Stolz und einem faden, grauen Schnurrbart. Der

Lahiya weiß, daß die anderen Schreiberlinge dieses Mal das Nachsehen haben, obwohl sie lässig ihren Dhoti nachbinden und sich gebärden, als hüte die Welt vor ihnen keine Geheimnisse. Dieser Mann hat gewiß einen Wunsch, den allein der alte Lahiya erfüllen kann.
– Briefe an Behörden des Britischen Reiches sind meine Spezialität.
– Es soll kein üblicher Brief ...
– Ebenso Briefe an die Ostindische Gesellschaft.
– Auch an Offiziere?
– Selbstverständlich.
– Es soll kein förmlicher Brief werden.
– Wir schreiben, was Sie wünschen. Aber gewisse Formen sollten gewahrt werden. Die Herrschaften bestehen auf Form. Der kleinste Fehler im Aufbau, das kleinste Versäumnis bei der Anrede, und der Brief ist keinen Anna wert.
– Es muß viel erklärt werden. Ich habe Aufgaben übernommen, wie sie kein anderer ...
– Wir werden so ausführlich sein, wie die Angelegenheit gebietet.
– Ich stand ihm viele Jahre zur Seite. Nicht nur hier in Baroda, ich bin mit ihm gezogen, als er versetzt wurde ...
– Verstehe, verstehe.
– Ich habe ihm treu gedient.
– Zweifellos.
– Ohne mich wäre er verloren gewesen.
– Natürlich.
– Und wie hat er mich dafür entlohnt?
– Undankbarkeit ist des Edlen Lohn.
– Ich habe ihm das Leben gerettet!
– Dürfte ich erfahren, an wen sich das Schreiben richtet?
– An niemanden.
– An niemanden? Das wäre unüblich.
– An keine bestimmte Person.
– Verstehe. Sie wollen den Brief mehrfach verwenden?
– Nein. Oder doch, ja. Ich weiß nicht, wem ich den Brief geben soll. Alle Angrezi der Stadt haben ihn gekannt, das ist lange her, vielleicht zu lange, ich weiß nicht, einige sind bestimmt noch in Baroda.

Heute morgen erst habe ich Leutnant Whistler gesehen. Er fuhr in einer Kutsche vorbei, eine dieser neuen Kutschen mit einem halben Dach aus Leder, ein schöner Wagen. Fast hätte er mich überfahren. Ich habe Leutnant Whistler gleich erkannt. Er war einige Male bei uns. Ich bin dem Wagen hinterhergerannt, er mußte bald halten. Ich habe den Kutscher gefragt.
– Und?
– Nein, sagte er, dies ist der Wagen von Oberst Whistler. Ich habe mich nicht getäuscht. Mein Herr hat sich über seinen Namen lustig gemacht.
– Wir werden also an Oberst Whistler schreiben!

Um seine Bereitschaft zu demonstrieren, öffnet der Lahiya das Tintenfäßchen, nimmt die Feder in die Hand, tupft, kratzt zur Probe, beugt sich um einige Zeilen nach vorne und verharrt. Der von dem Ankömmling aufgewirbelte Staub hat sich gesetzt. Aus dem peinigenden Licht heraus, in das der Lahiya nicht mehr blinzeln will, beginnt die zaghafte Stimme zu erzählen. Aus Vermutungen werden Andeutungen, aus Andeutungen werden Schemen, aus Schemen werden Personen, aus Unbekannten werden Menschen mit Namen, Eigenschaften und Gesichtern. Der Lahiya hält die Feder fest zwischen den Fingern, doch er versteht weder Ausgang noch Grund der Lebensgeschichte, die dieser Mann vor ihm ausbreitet. Es ergibt keinen Sinn, diese konfusen Umrisse aufzuschreiben.
– Hören Sie. Das bringt so nichts. Einige Gedanken, einige Notizen, einige Skizzen zuerst, dann werde ich Vorschläge unterbreiten, wie wir den Brief gestalten können.
– Aber ... ich muß wissen, was wird es kosten?
– Zahlen Sie zwei Rupien an, Naukaram-bhai. Wir werden später sehen, wieviel Aufwand es bedarf.

iOiiOiiOiiOiiOi

2.
AUS EINER SILBE

Manchmal rülpste die pralle Stadt. Alles roch wie von Magensäften zersetzt. Am Straßenrand lag halbverdauter Schlaf, der bald zerfließen würde. Ein Löffel schnitt durch das Fleisch einer überreifen Papaya, Fußsohlen schwitzten auf dem Heimweg vom Markt Koriander aus. Er wußte nicht, was ihn eher anwiderte, die Meeresbrise, zur Ebbe faulig von Algen und gestrandeten Quallen, oder die Düfte des moslemischen Frühstücks, aus Innereien von Ziege, auf kleinen Öfen gebrutzelt. Der Pfad der Menschheit war gepflastert mit tückischen Verlockungen.

– Sir, Sie zu stören ist nicht meine Art, ein hoher Herr wie Sie, das sehe ich, ich erkenne das sofort, denken Sie nicht ... keineswegs, ich bin ein einfacher Mann, Sie zu täuschen ist nicht möglich, nein, ich will Ihre Zeit nicht rauben, nein, Sir, wenn Sie mir nur Ihr Gehör zu geben wünschen, ich werde Ihnen eine Hilfe sein können.

Burton ging die Straße entlang, ein Flaneur, der die Häuser mit seinen aufmerksamen Blicken abtastete. Er fiel auf, dieser junge britische Offizier, der seinen Kopf hoch und seinen Bart voll trug.

– Sie sind gewiß gerade angekommen. Schwierig. Überall ist es so, nach der Ankunft, niemand an Ihrer Seite, es ist schwierig ...

– Aapka shubh naam kyaa hee? fragte der Offizier.

– Are Bhagwaan, aap Hindi bolte hee? Naukaram ist mein Name, zu Diensten, Saheb, zu Diensten.

Nach einer Woche wußte Burton, daß es in der Stadt nur so vor schmierigen Indern wimmelte, die in jedem Offizier, in jedem Weißen, eine unheilige Kuh sahen, die sie nach Belieben melken wollten. Während sie sich verbeugten, griffen sie einem schon in die Tasche.

– Zu was für Diensten?

– Sie haben unsere Sprache schnell gelernt, bahut atschi tarah. Sie sind vor kurzem angekommen, jüngst auf dem letzten Schiff aus England.

– Du bist gut informiert.

– Nur ein Zufall, Saheb, mein Bruder, mein Cousin, arbeitet am Hafen, verstehen Sie.

Was will dieser junge Mann mit dem altklugen Gesicht? Gekleidet in Peinlichkeiten. Hochgewachsen, leicht gebeugt. Erstaunlich blaß, das Gesicht zugänglich, aber wenig anziehend.

– Je schneller Sie einen Diener finden, desto besser.
– Was kümmert es dich?
– Ich, Ramji Naukaram, werde Ihr Diener sein.
– Wieso denkst du, daß ich einen Diener suche?
– Sie haben schon einen Diener?
– Nein. Ich habe noch keinen Diener. Auch noch kein Pferd.
– Jeder Saheb braucht einen Diener.
– Und wieso gerade du? Wieso sollte ich dich nehmen?

Sie blieben stehen, an einer Kreuzung, wo weitere Angebote auf Burton lauerten. Bis zum Nachmittag, so hat er sich vorgenommen, als er das Hotel in der Früh verließ, würde er lernen, nein zu sagen, hart zu bleiben. Er wollte sich allen Verlockungen aussetzen, zum Beweis, daß er ihnen widerstehen konnte. Um ihnen später nachgeben zu können.

– Ich gebe mich nur mit dem Besten zufrieden.
– Ach, Saheb, was heißt schon Bestes? Es gibt Männer und es gibt Frauen, und die Männer, die eine Frau nicht nehmen, weil um die Ecke vielleicht bessere Frau, schönere Frau, reichere Frau wartet, die Männer bleiben am Ende ohne Frau. Heute nehmen ist besser als Versprechen von morgen. Heute ist sicher – niemand weiß, was morgen ist.

Am übernächsten Tag kam ihm eine Idee.
– Ich will die Stadt bei Nacht erleben.
– Zum Klub fahren, Saheb?
– Die wahre Stadt.
– Wahr, wie meinen Sie?
– Zeige mir die Orte, wo sich die Einheimischen vergnügen.
– Was wünschen Sie dort, Saheb?
– Genau das, was die Stammgäste dort suchen. Was ihnen die Zeit vertreibt, soll mir die Zeit vertreiben.

Diesmal nahm Burton den Sanitäter nicht mit, den schon die Fahrt entnervt hätte. Keine Lichter, jedes Wesen, das ihnen begegnete, war in seiner eigenen Staubhülle gehüllt. Die Straßen wurden enger, die Abzweigungen so zahlreich, daß Burton alleine verloren gewesen wäre. Sie mußten zu Fuß weitergehen. Er spürte eine unerwartete Anspannung, er fragte sich, ob er die Fußtritte hören würde, bevor ein Messer durch seine Haut drang. Der Gedanke erregte ihn, der Abend hatte nach seinem Geschmack begonnen. Vor ihnen schimmerte eine Häuserzeile, sie kamen näher und konnten einzelne Gebäude erkennen, allesamt dreistöckig, und jedes Stockwerk mit einem Balkon versehen. Auf den Balkons standen Frauen, die sich über die Brüstung lehnten und ihm zuriefen, *Hamara ghar ana, atscha din hee.* Viel zu laut und viel zu gierig, als daß sie ihn verführen könnten, in das Erdgeschoß einzutreten, offen wie ein Laden, wo gewiß eine ältere Frau mit den weiteren Ablauf dirigierte. Die Gesichter waren heftig geschminkt, sie stachen die eigenen Stimmen aus, alles weitere im ersten Stock war wallende Sari. Nicht schön, Saheb, oder? Kommen denn viele hierher? Die wenig haben, die kommen hierher, aber hier ist nicht gut. Wir werden jetzt Besseres sehen, Saheb. Sie kamen an einem Gebäude vorbei, in dem, so wußte Naukaram, Opium geraucht wurde. Das Gold meiner Arbeitgeber, dachte Burton, die Quelle allen Silbers, genaugenommen. Den Dunst, den er zu schützen hatte. Er war versucht, in die Opiumhöhle hineinzugehen, aber ihn verwirrten die Männer, die vor dem Eingang standen, erstarrt wie Wachsfiguren. Können sich nicht bewegen, sagte Naukaram, zuviel Opium.

Es war nicht weit zur eigentlichen Empfehlung, auch dort waren die Häuser mehrere Stockwerke hoch, ein jedes mit Balkon, doch anstelle von Kurtisanen rankten sich am Geländer frische Blumen. Na los, treten wir ein. Nein, Saheb, Sie gehen, ich warte draußen. Unfug, du kommst mit, vergiß nicht, du bist nur auf Probe! Ein schmaler Mann empfing sie, derart devot, daß Burton geschworen hätte, er habe sich verbeugt, obwohl er ihnen die ganze Zeit aufrecht gegenübergestanden hatte. Er versicherte ihnen wortreich, wie willkommen sie seien, während er einen argwöhnischen Blick auf Naukarams abgenutzten Kasack warf. Ich will, daß sie sich meinem Begleiter gegenüber anständig benehmen, befahl Burton, und er spürte, wie Naukaram mit sich rang, über diese Schwelle zu treten. Sie folgten dem Empfangsherrn in einen opulenten Raum, in dem es spürbar kühler war, der Boden mit tiefen Teppichen ausgelegt, auf einer Seite eine Gruppe Musiker, die sich gerade ausruhte. Über allem schwebte ein süßlicher Geruch. Sie nahmen Platz in einer Kissenecke; kaum hatte sich der schmale Mann zurückgezogen, servierte ihnen eine Frau kalte Getränke und Süßigkeiten. An ihr fiel ihm auf: der schöne Bauchnabel und der schwarze Zopf, der ihr bis zur Taille reichte. Diese Frauen können dichten, flüsterte Naukaram ihm zu. Sie tragen schöne Kleider, andere Frauen tragen die nicht. Eine grazile Frau schwebte herbei, und Burton war bereit, sich dem Zauber ihres Aussehens zu ergeben, als sie Naukaram einige Fragen zuwarf, so zügig und schmucklos, als werfe sie Darts, und dabei Burton musterte, als wäre er ein Fisch auf Marktplanken. Sie nahm neben ihm Platz und lächelte ihn an, mit grünen Augen und einem unbestimmten Versprechen. Wie eine Perlmuschel, die sich langsam öffnet. Er vergab ihr das plumpe Ausfragen und die schamlose Begutachtung.

– Der da behauptet, Sie können unsere Sprache?
– Nur wenn Sie ganz bedächtig reden und nach jedem Wort lächeln.
– Möchten Sie, daß ich für Sie singe?
– Wenn Sie mir das Lied erklären.

Sie nickte den Musikern zu, stand auf, trat einige Schritte zurück, wobei sie Burton unvermittelt in die Augen schaute, und wog sich in die einfädelnde Melodie, langsam, wie eine Schaukel, die an Schwung gewinnt, bis sie in die Hände klatschte und zu singen begann.

Wer ein Leben lang Gutes bewirkt,
wird als Tropfen wiedergeborn,
als Tau auf meinen Lippen.
Wer ein Leben lang tugendhaft war,
wird ruhen in einem Austernmund,
sanft in meinem Mund gebettet.
Doch ist's der höchste Segen,

wer als weiße Perle liegen darf,
als Perle zwischen meinen Brüsten.

Das ganze Lied über blieb sie in seiner Nähe, mit dem Zucken ihrer Lippen, die grünen Augen halb verschlossen, als seien sie gefährlich und zu hüten. Ihre Pirouette endete dicht vor ihm, er hätte ihren Bauchnabel küssen können, sie lehnte sich zurück, ließ ihren Kopf in den Nacken fallen und erstarrte. Ihr Rock zitterte nach in jeder Krümpel, ebenso ihre Brust unter dem goldgefädelten Stoff. In den Händen der Frau tauchten zwei kleine Becken auf, die sie zusammenschlug, während sie weitertanzte. Als das Lied erstarb, schien es ihm, als wäre er erschöpfter als die Frau. Sie erstarrte, ihr Gesicht voller Erwarten.

– Sie müssen ihr Geld geben.

– Ich will sie nicht beleidigen.

– Oh nein, Saheb, es ist eine Beleidigung, wenn Sie nichts geben.

Burton streckte, den Geldschein zwischen den Fingern, seine Hand aus. Die Belustigung in den Augen der Frau war nicht zu übersehen. Sie entzog ihm den Schein, als wollte sie seine Finger nicht aufwecken. Dann drehte sie sich unvermittelt um und verschwand hinter einem Vorhang.

– Ich hatte das Gefühl, sie lacht mich aus.

– Nein, Saheb. Sie geben nur Geld falsch.

– Zuwenig?

– Nein. Geld genug, aber Sie müssen mit dem Geld spielen, sehen Sie, so ...

– Das sieht ja lächerlich aus. Ich mach mich doch nicht zum Hampelmann.

Der süßliche Geruch, der über ihnen schwebte, verdankte sich den Wasserpfeifen, in denen, wie ihm eine der Frauen erklärte, persischer Tabak, vermischt mit Kräutern, unraffiniertem Zucker und verschiedenen Gewürzen, durch reines Wasser gefiltert wurde. Probieren Sie, es wird Ihnen schmecken. Sie holte aus einer unsichtbaren Tasche in ihrem Gewand ein hölzernes Mundstück und begann ebenfalls an der Pfeife zu ziehen.

Er hätte nicht sagen können, wie lange die Frauen für ihn tanzten und sangen, aufsteigende, sich selbst übertrumpfende Gesänge, und die Rhythmen, die sich überschlugen, die pochenden, pulsierenden, angespannten Rhythmen, und die Texte, die nichts verheimlichten, und die Wirkung der Milch, die keine Milch war, sondern Soma, das hatte er von Naukaram gelernt, Trank des Geistes, Wundertrank, gut für Gebete und Geburten, und der glitzernde glimmende glühende Schmuck, und die Ketten an den Füßen und an den Armen, und die offengelegte Taille, die leichte Wölbung des Bauches, die paradiesische Einbuchtung des Nabels, und das überwältigende Lächeln, das aus dem Nirgendwo kam, und das lockere Haar, durch das immer wieder eine Hand glitt, um es zu schütteln. Er hätte nachher nicht sagen können, ob er sich aus freien Stücken für eine von ihnen entschieden hatte. Sie nahm ihn an der Hand, ein Zimmer im ersten Stock, ein hohes Bett, und sie zog ihn aus, dann wusch sie seinen Körper, mit Bedacht und warmem Wasser. Sie führte eine Blüte an sein Gesicht. Merke dir den Geruch. Du wirst bei diesem Geruch glückliche Erinnerungen haben. Überhaupt, die Blumen. Alles duftete nach Blumen, Tür und Tor, Porträts der Vorfahren, Dachbalken, Kissen, und das Haar dieser Frau, die ihre Gewänder ablegte, Wolke um Wolke, und er wurde hart wie ein Gewehrlauf, und sie biß leicht in sein Ohrläppchen und flüsterte etwas, das er erst verstand, als sie, über seinen Hals züngelnd, ans andere Ohrläppchen gelangt war. Rath ki rani, sagte sie, es war leicht zu verstehen, Königin der Nacht, aber was bedeutete es? Ihr Name vielleicht, ihr Kurtisanentitel? Sie untersuchte seinen Körper, es war angenehm und wenig überraschend, bis sie etwas tat, das ihn schaudern ließ, seine Härte mundete ihr, sie dosierte sie, es sollte nicht enden, nicht einmal, als sie ihre Brüste über sein Gesicht gleiten ließ, nicht einmal, als sie sich fallen ließ und ihn mitzog in die Tiefe, und er sich einige unterdrückte Schreie erlaubte. Sie hievte ihr Becken hoch, er erkannte die Blüte in ihrer Hand wieder, die Hand verschwand unter ihrem Becken, er konnte nicht mehr an sich halten, er ging in ihr auf mit letzten lauten Stößen, und die Blüte wurde wohl zerdrückt, denn als er sich ausgelaugt neben sie legte, umgarnte ihn ein weicher Duft. Der Duft der Königin der Nacht.

Er wäre gerne noch Stunden in dem hohen Bett geblieben, aber er spürte, als der Duft verwelkte, eine Ungeduld in dem nackten Kör-

per, der neben ihm lag. Meine Zeit ist vorbei, dachte er. Nein, er korrigierte sich, meine Zeit hat gerade angefangen, und was das für ein Anfang war, dachte er, als Naukaram und er das Haus des ersten Zauberers verließen und einige Schritte laufen mußten zu dem Ort, wo sie die Droschke hatten warten lassen.
– Wohin fahren wir jetzt?
– In Ihr Hotel, Saheb.
– Zuerst bringen wir dich heim.
– Nein, Saheb, nicht nötig. Kein Problem.
– Du willst doch nicht noch durch die halbe Stadt laufen.
– Ich laufe nicht weit, Saheb, von hier aus laufe ich eine halbe Stunde.
– Wenn du darauf bestehst. Gute Nacht dann.
Naukaram stieg ab. Er war schon in die Dunkelheit geglitten; als er noch einmal seinen Namen hörte.
– Du hast den Test bestanden, Naukaram. Ich werde dich einstellen. Aber du mußt bereit sein, mit mir in den Norden zu ziehen, etwa vierhundert Meilen von hier, an einen Ort namens Baroda. Ich habe gestern erfahren, daß ich dorthin versetzt werde. Dort werde ich einen Diener benötigen.
Die Antwort kam aus dem Dunkeln.
– Alles ist festgeschrieben, Saheb, alles folgt einem Plan. Ich weiß, wo Baroda ist, ich weiß es genau, ich stamme aus Baroda. Alles ist richtig, Saheb, mit Ihnen kehre ich heim.

※※※※※※※

3.

NAUKARAM

II Aum Ekaaksharaaya namaha I Sarvavighnopashantaye namaha I Aum Ganeshaya namaha II
– Ich bin bereit.
– Ich habe meinen Herrn, Hauptmann Richard Francis Burton, in

Bombay kennengelernt. Ich wurde ihm empfohlen. Er war gerade aus Anglestan angekommen, er suchte einen vertrauenswürdigen Diener. Er nahm mich sofort in seinen Dienst.
– Nein! So doch nicht. Bist du Sayajirao der Zweite, daß du gleich losschwatzt, als kenne dich jeder? Wir müssen dich vorstellen zuerst. Deine Herkunft, deine Familie, damit die Empfänger wissen, von wem das Schreiben stammt.
– Was soll ich über mich sagen?
– Kenne ich dein Leben? Weiß ich über dich Bescheid? Sprich ungezwungen, was überflüssig ist, werde ich später weglassen.
– Ich soll etwas über mich sagen?
– Fang an!
– Gut. Ich wurde in Baroda geboren, im Palast. In der falschen Hälfte des Palastes. Ich war ein kränkliches Kind, das viel Sorge bereitete. Vielleicht sollte ich zuerst erwähnen, ich bin nicht bei meinem Vater und meiner Mutter und meinen Brüdern aufgewachsen. Ich habe sie erst später kennengelernt, genauer gesagt, meine Eltern habe ich nie kennengelernt. Sie kamen zu Besuch, als ich ein Junge war, ein einziges Mal, das ist vielleicht nicht so wichtig. Meine Familie hat seit Generationen den Gaekwad gedient, schon zu der Zeit, als einer der Gaekwad die rechte Hand war von Shivaji. Einer meiner Vorfahren kämpfte an seiner Seite, in der großen Schlacht, nein, das tut nichts zur Sache, bestimmt ist es nur ein Märchen unserer Familie, eine schöne Geschichte, auf die wir stolz sein konnten. Ich glaube, ich war der jüngste Sohn. Bevor meine Mutter mit mir schwanger ging, hatte sie meinem Vater schon sechs Söhne geboren. Alle waren gesund und kräftig. Mein Vater war überglücklich bei der Geburt des ersten Sohnes, er war sehr stolz auf den zweiten Sohn, er war zufrieden mit dem dritten Sohn, danach nahm er jeden weiteren Sohn wie selbstverständlich hin. Aber es gibt keine selbstverständlichen Segnungen, das glaube ich zumindest. Man sollte sich seiner Segnungen bewußt sein. Als bei meiner Mutter die Wehen einsetzten, suchte mein Vater den Jyotish im Palast auf. Er war wohl ein ungeduldiger Mann, er konnte es nicht abwarten zu erfahren, ob dieser Tag unter einem glücklichen Stern stand. Das war ein Fehler, er wurde böse überrascht. Der Stand der Sterne, die Zahl

Sieben, die Zahl Neun, das Datum, und das Alter meines Vaters, und das Alter meiner Mutter, und ...
– Genug. Verschone mich mit diesem Geschwätz.
– Geschwätz? Du glaubst nicht daran? Es war der Jyotish des Maharaja.
– Ich gehöre der *Satya Shodak Samaj* an, wenn du weißt, was das bedeutet. Wir haben solch primitivem Aberglauben abgeschworen.
– Die Konstellation aber, sie war wirklich sehr bedrohlich. Wie Dürre und Flut zugleich. Zuviel Glück, erklärte der Jyotish, kann sich ins Gegenteil wandeln. Die Gesundheit des Neugeborenen war in Gefahr, die Zukunft der Familie stand unter schlechten Vorzeichen. Mein Vater war sehr besorgt. Er wollte wissen, was er dagegen unternehmen konnte. Es gibt nur eine einzige Rettung, sagte der Jyotish. Ihre Frau, meine Mutter also, muß eine Tochter zur Welt bringen. Das wird die Ordnung wiederherstellen. Der Jyotish entließ meinen Vater mit einem Fläschchen Niim-Öl und einigen Sprüchen, die er aufsagen sollte, wahrend die Hebamme den Bauch meiner Mutter einrieb, kreisend, im Uhrzeigersinn, jede Stunde einmal ...
– Das langt. Wir verfassen hier kein Lehrbuch der Zauberei.
– Meine Geburt rückte näher, vor der Kammer meiner Eltern versammelten sich alle Diener des Maharajas, die gerade nicht zu arbeiten hatten, und alle beteten eifrig um ein Mädchen. Die Wehen dauerten an, die Gebete wurden heftiger. Einer holte einen Pujari, ein anderer sammelte Geld, besorgte Kokosnüsse und Girlanden. Ich weiß gar nicht, ob der Priester wirklich Gebete für die Geburt eines Mädchens kannte, oder ob er sie nicht schnell erfand.
– Ein Improvisationskünstler.
– Wie bitte?
– Nichts. Laß dich nicht stören.
– Mitten in der Nacht öffnete sich die Tür, der Pujari war längst gegangen, nur einige Freunde blieben bei meinem Vater, die Hebamme trat heraus, in ihren Armen das Neugeborene. Es ist ein schönes Kind, sagte sie beglückt, wohlauf, gesund. Gesund, was heißt hier gesund? schrie mein Vater. Ist es ein Mädchen? Und die Hebamme vergaß wohl in ihrer Erschöpfung den Grund für die ganze

Aufregung und antwortete ihm: Nein, Krishna sei Dank, nein, es ist ein Junge. Mein Vater schlug sich gegen die Stirn und brüllte so laut, daß die Wachen herbeigestürzt kamen. Die Freunde scharten sich um meinen Vater, sie versuchten ihn zu trösten. Niemand beachtete die Hebamme, sie zog sich mit mir in die Kammer zurück und legte mich neben meine Mutter. So groß war die Aufregung, sie vergaßen, mir ein nasses Stück Baumwolle auf die Zunge zu legen.

– Nun, da du geboren worden bist, kannst du mir verraten, wieso du mir all das erzählt hast? Glaubst du, Oberst Whistler will wissen, daß du besser ein Mädchen geworden wärst?

– Die Erinnerung hat mich gepackt.

– Wir müssen aufschreiben, was für dich spricht. Wir müssen deine reichhaltige Erfahrung als Diener aufzeigen, deine Stärken beschreiben, deine Erfolge benennen, deine Fähigkeiten verkünden. Von dem Unglück, das dir nachhängt, will keiner etwas wissen. Das kannst du mit deiner Frau teilen.

– Ich habe keine Frau.

– Keine Frau? Bist du Witwer?

– Nein, ich habe nie geheiratet. Ich war verliebt, einmal, es nahm kein gutes Ende.

– Siehst du, das ist wichtig. Stets warst du Diener, so treu, du hast nicht einmal Zeit zum Heiraten gefunden.

– Das war nicht der Grund.

– Kommt es darauf an? Bist du dir sicher, aus welchen Gründen du etwas getan oder nicht getan hast? Wer weiß das schon so genau! Fahre fort.

– Mein Vater wollte nicht abwarten, bis Vidhaataa mein Schicksal festschreibt. Er wollte an Stoff und Süßigkeiten sparen. Er brachte mich sofort zu Verwandten nach Surat. Er gab ihnen die Goldstücke, die der Diwan ihm am Morgen nach der Geburt aus Mitleid zugesteckt hatte. Weil mein Vater so betreten dreinblickte, dachte er, ihm sei eine Tochter geboren worden. Gegen diese Mitgift, wenn ich das so nennen darf, erklärten sich die Verwandten bereit, für mich zu sorgen. Und der Jyotish bestätigte meinem Vater, das Unglück sei gebannt, wenn ich nur weit genug entfernt lebte.

– Bist du mit dieser unsäglichen Geschichte endlich fertig? Du

strapazierst meine Geduld noch mehr als diese Hitze. Laß uns eine Pause einlegen. Die Aufgabe wird schwieriger als gedacht. Und um einiges aufwendiger! Einige Tage werden wir benötigen.
– Einige Tage? So lange?
– Wir sollten diesen Brief nicht überhastet aufsetzen. Es schadet nicht, wenn Sie mir mehr erzählen als nötig. Überlassen Sie mir die Auswahl. Doch zwei Rupien, fürchte ich, werden nicht ausreichen. Es wird Sie mehr kosten.

◉◉◉◉◉◉◉◉◉

4.
Verliehene Gunst

Niemand hatte Burton gewarnt, daß in dem hölzernen Haus, das ihm zugewiesen worden ist, seit Monaten keiner mehr gelebt hat – ein unbewohntes Haus wird in Indien von den Jahreszeiten zersetzt. Von außen war die Zerstörung, von den kaputten Fenstern abgesehen, nicht sichtbar. Naukaram und er zogen an der knarzenden Tür und bereuten es sogleich. Es stank nach Affenkot, bestialisch. Burton beschloss, erst hineinzugehen, nachdem Naukaram einige Helfer organisiert und das Haus gereinigt hatte. Derweil stand er vor der Tür und betrachtete den Dschungel; ihm war der Bungalow am äußersten Rand des Cantonment – die Unterkünfte des Regiments, keine drei Meilen ostsüdöstlich der Stadt – zugeteilt worden. Das Ungebändigte reichte bis an sein Grundstück heran. Um so besser, die Lage würde Distanz zu den Kameraden ermöglichen. Naukaram wischte einen Korbstuhl ab und schleppte ihn auf die Veranda, damit Burton sich hinsetzen konnte. Mit Blick auf den kargen Garten, ein nicht gerade großer und nicht gerade üppiger Garten, eingeengt von einer Steinmauer, mit einem Banyan-Baum, immerhin, und vereinzelten Palmen. Zwischen zwei der Palmen könnte er eine Hängematte spannen. Von dem Viertel der Eingeborenen in der Senke konnte er nur sehen, was herausragte: Türme und Minarette. Der

Rest war Eintopf, ganz und gar unbekömmlich – so hatten es ihm die Alteingesessenen (wie gut dies Wort paßte) in der Regimentsmesse am Vormittag zugesteckt. Unsere Hauptstraße, klärten sie ihn auf, führt direkt in diesen Mischklump hinab. Zum Glück geht es vorher rechts zum Paradeplatz ab, es besteht keine Notwendigkeit, den Hügel hinabzureiten. Diese Anhöhe müssen wir verteidigen, bildlich gesprochen, du verstehst schon. Burton beteiligte sich nicht an dem verschwörerischen Gelächter. Reite möglichst früh aus, komme der Hitze zuvor, das solltest du beherzigen, und schlage die entgegengesetzte Richtung ein, der Dschungel ist weitaus weniger gefährlich als die Stadt. Weitaus weniger gefährlich. Unser Leben spielt sich hier im Cantonment ab. Früh stehen wir auf, früh sind wir mit der Arbeit fertig. Der Palastherr benimmt sich anständig. Hegt keinerlei Ambition, Widerstand zu leisten. Ganz im Gegenteil. Ganz im Gegenteil. Morgens der Appell, dann ein Kontrollritt, schon haben wir uns das Frühstück verdient. Du spielst doch Billard, oder? Bridge wenigstens? Wir werden einen vortrefflichen Spieler aus dir machen! Worauf alle – sie hatten ihn umringt, wohl um den Korpsgeist zu stärken – gelacht hatten, und ihren pikierten Gesichtern sah er an, daß sie von ihm erwartet hatten, sich in ihr Lachen einzureihen. Er hatte sie enttäuscht. Tröstet euch, Kameraden, hätte er ihnen gerne gesagt, es wird nicht das letzte Mal sein.

Burton hörte, wie die Fenster aufgerissen wurden. Er stand auf und blickte durch das Gitter in sein neues Heim. Es war geräumig genug. Der Boden war nicht mit Brettern verschalt, die Decke nicht getäfelt, die Wände kahl wie der Schädel eines Pilgers. Der offene Dachstuhl war ein ungewohnter Anblick, nicht unsympathisch. Von den Balken wölbten sich dicke Schnüre, von denen bestimmt bald schwere Fächer hinabhängen würden.

– Naukaram, dort, in der Ecke, das Häuschen, es scheint unbewohnt zu sein, noch weniger einladend als dieser Kuhstall, ist das ein Geräteschuppen?
– Bubukhaana, Saheb.
– Vielleicht erklärst du mir noch, was das bedeutet.
– Haus, in dem Frau wohnt.
– Deine Frau?

– Nein. Nicht meine Frau.
– Na, meine Frau bestimmt nicht.
– Vielleicht, Saheb, vielleicht Ihre Frau.

Als wäre er nicht um die halbe Welt gesegelt, so gründlich heimelte es um ihn herum, in den Räumen der Regimentsmesse, zwischen Wänden mit schweren Holzleisten, auf heimischen Teppichen, in Saphirblau, mit Medaillons besetzt, die aus Wilton importiert waren, Teppiche, die sich an einigen Stellen schon wölbten. Sein erster Abend im ›Klub‹. Als Debütant. Er mußte sich nicht anpassen. Nicht im geringsten. Nur seinen Widerwillen überwinden. Es war Oxford und London, auf ein weiteres, und wieder von vorne. Alles war ihm vertraut, die Bilder, die Rahmen, einzelne Pferde, gemalt in Aspik, Gartengesellschaften, ausstaffiert mit Kinderscharen, schwer verdaulich wie ein Weihnachtskuchen, alles war ihm so vertraut, die niedrigen Tische, die tiefen Sessel, die Bar, die Flaschen, sogar die Schnurrbärte. All das, wovor er geflohen war, stürzte auf ihn ein.

– Ohne Fächer werden Sie während der großen Hitze eingehen. Sie benötigen unbedingt einen Khelassy.

– Oder mehrere.

– Für die Fächer?

– Selbstverständlich. Und sorgen Sie ja dafür, daß der Khelassy regelmäßig die Strippen überprüft, an denen das verflixte Teil hängt. Die Zeit schneidet durch die Strippen.

– Wir verwirren den jungen Mann mit Einzelheiten. Hören Sie: Sie haben es in diesen Breitengraden mit durchtriebenen Faulenzern zu tun, die emsig Entschuldigungen erfinden, um sich vor der Arbeit zu drücken.

– Besonders raffiniert ist das Argument der Reinheit.

– Damit ist nicht zu spaßen.

– Wer es nicht durchschaut, wird um den kleinen Finger gewickelt.

– Sagen wir, nur als Beispiel, Sie wollen die Zeitung lesen und sich derweil die Füße waschen lassen. In einem schönen, großen Chillumchi.

– Chi-Chi, wie wir sagen.

– Unsereiner denkt sich ja nichts dabei, aber der Kerl, der Ihre Füße wäscht, der gilt bei den anderen als unrein. Weil Füße unrein sind und weil Sie ein Christ sind und somit per se unrein.

– Fällt einem schwer zu glauben, nicht wahr?

– Also kann er keine Arbeit in Ihrem Haushalt übernehmen, bei der er mit den anderen Dienern in Berührung käme. Höhergeborene würden das Chi-Chi nicht einmal anfassen. Also benötigen Sie selbst für so eine einfache Aufgabe einen, der Wasser nachschüttet, und einen, der Ihre Füße abtrocknet. Damit ist es keineswegs getan. Was meinen Sie, für wie unrein der Boy gilt, der die Toilette säubert. Der ist für keine andere Arbeit zu gebrauchen.

– Solchen Ausreden begegnet man auf Schritt und Tritt, und glauben Sie mir, selbst nach fünf oder zehn Jahren haben Sie noch lange nicht alle gehört.

Aufmerksam beäugten sie ihn. Zwischen den Einweisungen, denen sich diese Männer, die fast ausnahmslos unverheiratet waren, mit Leidenschaft hingaben. Sie prüften ihn. Auf seine Eignung zum vierten Mann, zum Queueisten, zum Advokaten schlechter Witze. Zum Eingeschworenen.

– Wer die Bagage beaufsichtigt, darauf kommt es in höchstem Maße an.

– Bei Junggesellen eine heikle Geschichte, aber wem sage ich das.

– Man muß sich schlicht und einfach damit abfinden, daß die Burschen nichts taugen. Wenn Sie das akzeptiert haben, können Sie nicht mehr enttäuscht werden. Von wegen Erziehung. Habt ihr schon mal erlebt, daß sich einer von denen gebessert hätte? Die Peitsche hält sie bestenfalls vom Klauen ab.

– Wenn Sie mich fragen, außergewöhnlichen Wert würde ich auf den Sircar legen.

– Sircar? Wofür ist der unerläßlich?

– Sie müssen ihm vertrauen können. Sie dürfen keinen Zweifel hegen. Nicht den leisesten Zweifel. Er trägt Ihre Börse.

– Einen Sircar? Heutzutage? Meine Güte, wir verfügen über eine einheitliche Währung, der Silberrupie sei Dank. Unser lieber Doktor Huntington weilt noch in einer Ära, da mußte man mit so vielen

verschiedenen Münzen jonglieren, daß es einer gesonderten Kraft bedurfte.
– Ich kann das Geld doch nicht bei mir tragen. Soll ich es etwa offen abzählen? Und wo wasche ich mir hernach die Hände?
– Laßt uns noch eine Flasche bestellen, zu Ehren unseres Griffin.
– Ich sag Ihnen was, Burton. In Ihrem Haus wird nur dann Ordnung herrschen, wenn jemand den Boys gelegentlich zeigt, wo es langgeht. Sie wollen doch nicht selber Schläge austeilen, oder? Das ist viel zu mühsam und in der Hitze der eigenen Gesundheit abträglich. Schaffen Sie sich einen Diener an, der die anderen diszipliniert.
– Hat der keinen Namen?
Für einen kurzen Augenblick herrschte Schweigen. Burton fand es unerträglich, in die Fratzen dieser halsstarrigen Propheten zu blicken. Er war ein Pilger, der von ihnen in die Irre geleitet werden sollte. Das Unerträgliche war umgetopft worden, es war nur hier, in dieser Messe, in diesem Glashaus, überlebensfähig. Es würde ihm um so leichter fallen, es zu verachten.
– Lachen Sie ruhig mit, Burton, probieren Sie aus, wonach Ihnen der Sinn steht, vergnügen Sie sich ohne Skrupel, nur eines sollten Sie auf keinen Fall versäumen: Trinken Sie täglich Portwein! Eine Flasche hält das Fieber fern.

※※※※※※※※※

5.
NAUKARAM

II Aum Siddhivinaayakaaya namaha I Sarvavighnopashantaye namaha I Aum Ganeshaya namaha II
– Fahre fort.
– Mein Herr, Hauptmann Richard Francis Burton, wurde bald nach seiner Ankunft mit dem Schiff von Bombay nach Baroda versetzt. Und weil ich mich in den Wochen, die er in Bombay verbrachte, schon nützlich gemacht hatte ...

– Unentbehrlich klingt besser.
– Unentbehrlich. Weil ich mich unentbehrlich gemacht hatte, nahm er mich mit. Ich kehrte zum ersten Mal wieder in die Stadt meiner Geburt zurück.
– Wo du wie ein König empfangen wurdest.
– Keiner kannte mich. Ich tauchte auf, aus dem Nichts. Ich war gut gekleidet. Burton Saheb hatte mir in Bombay Geld für neue Kurtas gegeben. Ich war ein begehrter Mann. Ich war auf der Suche nach Dienern für einen Offizier der Jan Kampani Bahadur ...
– Der Ehrenwerten Ostindischen Gesellschaft. Siehst du, wie sehr ich auf der Hut sein muß. Wenn sich solche Fehler in das Schreiben einschleichen, wirst du höchstens als Latrinenputzer angestellt.
– Die Verwandten ließen nicht mehr ab von mir, kaum hatten sie mich wiederentdeckt. Meine Eltern waren gestorben. Aber all die anderen, sie schmückten sich mit mir. Vom zweiten Tag an bemühten sie sich, eine Frau für mich zu finden. Ich habe versucht, nicht daran zu denken, wie sie mich damals weggegeben haben, in dieses abscheuliche Surat.
– Willst du mich zu Tränen rühren?
– Jeder wollte einen Posten ergattern. Meine Brüder an erster Stelle, natürlich, sie erholten sich schnell von der Überraschung, daß es mich gab. Ich muß Ihnen sagen, meine Eltern hatten ihnen erklärt, ich sei bei der Geburt gestorben. Sie versuchten sich einzuschmeicheln. Wie viele Jahre haben wir verpaßt, Bruder, sagten sie. Wir müssen diese Jahre nachholen. Wir dürfen uns nicht mehr verlieren, nie mehr wieder. Sie schauten mir in die Augen, für einen Augenblick hätte ich es ihnen fast abgenommen, so sehr glauben die Menschen an ihre eigene Farce. Wir wollen dich achten, wir müssen uns an dir erfreuen, wie an einem nachträglichen Geschenk. So schäumten sie in meiner Gegenwart, unentwegt, meine sechs Brüder. Ich ließ mir die vielen Aufmerksamkeiten gefallen. Es war eine Entschädigung, eine lächerlich kleine Entschädigung. Was für Mühe sie sich gaben, einen guten Eindruck zu hinterlassen. Ich habe genau hingesehen, ich habe nüchtern beurteilt, wer etwas taugte und wer nicht. Ich besitze eine gute Menschenkenntnis, auf meine Men-

schenkenntnis ist Verlaß, schreiben Sie das auf. Als ich mich für zwölf Leute entschieden hatte, machte ich jedem von ihnen klar, daß sie mir zu gehorchen hatten. Dem Saheb natürlich auch, wenn er sie direkt ansprach. Ansonsten mir. Nur ich hatte Einfluß auf den Saheb, und wenn sie sich mir nicht fügten, konnte ich jederzeit dafür sorgen ...
— Zwölf Diener, zwei Herren.
— Burton Saheb hat in all den Jahren nie Ärger mit den Dienern gehabt! Das ist mein Verdienst.
— Wieviel haben sie dir gezahlt?
— Wer?
— Deine untergebenen Verwandten.
— Was sagen Sie?
— Gemolken hast du sie. Du wärst sehr dumm gewesen, wenn du ihnen eine so einträgliche Anstellung geschenkt hättest.
— Burton Saheb hat mir einen festen Betrag für alle Unkosten gegeben. Damit habe ich sie bezahlt. Sie waren zufrieden. Alle waren zufrieden. Ich hatte den gesamten Haushalt unter Kontrolle. Es war ein schöner Bungalow, leider am hintersten Ende des Cantonment gelegen. Die Wege waren lang. Burton Saheb lebte sich schnell ein. Die anderen Offiziere nannten ihn einen Griffin, einen Neuankömmling, aber das hielt nicht lange an. So ein Mensch war mein Herr, überall wo er hinging, war er bald mit dem Ort besser vertraut als jene, die ein Leben lang dort verbracht hatten. Er paßte sich schnell an, Sie würden nicht glauben, wie rasch er lernen konnte. Wenn ich diese Fähigkeit besitzen würde, es hätte nicht halb so schlimm geendet.
— Du bist in Ungnade gefallen?
— Ich wurde nach Hause geschickt, ohne Empfehlung, ohne Referenzbrief. Nach so vielen Jahren! Eine kleine Abfindung nur und die Kleider, die ich trug. Es war nicht allein mein Fehler. Von mir wurde mehr erwartet als von den anderen. Das war schon immer so.
— Gewiß, gewiß.
— Man kann das Ende doch nicht über alles andere stellen? Das Ende kann nicht so eine große Bedeutung haben.
— Hör zu, ich werde deine Schwächen, die unangenehmeren Sei-

ten deiner Geschichte nicht erwähnen, doch sie sollten mir bekannt sein. Je mehr ich weiß, desto besser, verstehst du. Fahre fort.
– Er war die vielen Diener nicht gewohnt. Ich habe mich gewundert, damals. Bis ich erfuhr, viele Jahre später, wie bescheiden er zu Hause gelebt hat, wie einfach. Mit einem Diener nur und einem Koch. Das erfuhr ich erst, als ich mit ihm nach England und nach Frankreich reiste ...
– Du warst im Land der Firengi?
– Von dort wurde ich heimgeschickt.
– Das hast du nicht erwähnt.
– Er hat mich in sein Land mitgenommen. So wichtig war ich ihm.
– Wieso hast du mir das nicht früher gesagt? Du bist ein Mann mit Erfahrung im Land der Firengi. Das wertet dich auf.
– Jetzt wissen Sie es.
– Mir ist kein Diener bekannt, der in England war.
– Ich war mehr als nur ein Diener.
– Ein Freund?
– Nein, kein Freund, man kann nicht ihr Freund sein.
– Vertrauter vielleicht? Das klingt gut. Naukaram, Vertrauter von Hauptmann Burton! Fahre fort.
– Hauptmann Richard Francis Burton, vielleicht ist es besser, den ganzen Namen zu schreiben.
– Selbstverständlich. Noch besser wäre es, wenn du mir nichts verschweigst. Je mehr ich umschreiben muß, desto länger dauert es.
– Es soll gut werden, so gut, wie nur möglich. Ich muß wieder bei einem Angrezi in den Dienst treten. Dazu bin ich geboren. Ich habe keinen meiner Fehler vergessen. Das erste Mal, als er rasiert werden sollte, kam es beinahe zum Totschlag. Er schlief noch, ich meine, er döste, und ihm wurde der Bart eingeseift. Der Hajaum hatte die Klinge schon in der Hand und wollte gerade mit der Rasur beginnen, als Burton Saheb die Augen öffnete. Ich weiß nicht, was er zu sehen glaubte, er rollte über das Bett, voller Schaum im Gesicht. Die Utensilien des Hajaum fielen herunter, Burton Saheb stürzte zu Boden. Er griff nach seiner Pistole und er hätte bestimmt geschossen, wenn ich nicht geschrien hätte. Alles in Ordnung, Saheb, keine Ge-

fahr, alles in Ordnung. Sie sollten nur rasiert werden! Er fuchtelte mit der Pistole in meine Richtung, er drohte, er würde mich bei der nächsten Überrumpelung dieser Art erschießen.
– Hast du dieser Drohung Glauben geschenkt?
– Er war dazu in der Lage, glaube ich, wenn die bösen Geister ihn überwältigten.
– Da hast du dir durch deinen Mut wahrlich großen Verdienst erworben. Du hast einem Barbier das Leben gerettet.

◦◦◦◦◦◦◦◦◦◦

6.

BESEITIGEN VON HINDERNISSEN

Mit weniger als zwölf Dienern kann ich den Haushalt nicht organisieren, hatte Naukaram beteuert. Burton hatte ihm daraufhin erlaubt, zwölf Diener auszusuchen und vorzuführen. Wer weiß schon, wie und wo er sie aufgetrieben hat. Es interessierte ihn nicht. Er hatte beschlossen, Naukaram bis auf weiteres gewähren zu lassen. Er akzeptierte sie, die zwölf unbekannten, dunklen Gestalten, die ins Zimmer glitten, wortlos ihre Arbeit verrichteten und ansonsten in kaum sichtbarer Unterwürfigkeit verharrten, die Handflächen übereinandergelegt, der Blick auf Burton fixiert. Manchmal vergaß er sie und erschrak, wenn sie ein Geräusch verursachten. Er teilte die Tage im Bungalow mit ihnen; die hellen Tage, die heißer und zäher wurden, saß er am Schreibtisch, hinter Jalousien, die das Draußen abblendeten. So konnte er lesen und schreiben, einigermaßen bequem, einigermaßen erträglich. Was sollte er sonst tun? Er brachte einer beliebig rekrutierten und miserabel motivierten Truppe das Alphabet des Exerzierens bei, in den Stunden nach dem Morgengrauen, und es hätte einiges an Verblendung bedurft, in der Ausbildung dieser imperialen Hosenträger eine bedeutsame Aufgabe zu sehen. Die Sicherheitslage im Umkreis dieses Außenpostens gab zu keiner Sorge Anlaß, die Einheimischen verhielten sich ruhig, die letzten Verluste lagen schon einige Jahre zurück, als bei einer Parade im Palast des Maharaja ein Elefant außer Rand und Band geraten war und einige der Sepoy niedergetrampelt hatte. Ansonsten herrschte eine solche Stille, er meinte den Pulsschlag der Borniertheit zu hören. Er ekelte sich vor dem klebrigen Stumpfsinn eines Lebens, das dem Billard und dem Bridge gewidmet war, er weigerte sich, seine Dienstdauer zu durchwarten, versunken in Polstern, so tief wie muffig, einen starren Blick auf Fingernägel gerichtet, in denen sich Sand und Staub ansammelte. Es gab nur eine Möglichkeit, sein Leben nicht zu verplempern: Sprachen lernen. Sprachen waren Waffen. Mit ihnen würde er sich von den Fesseln der Langeweile befreien, seine Karriere anspornen, anspruchsvolleren Aufgaben entgegensehen. Auf dem Schiff hatte er genug Hindustani aufgelesen, um sich grob zu orientieren, um sich vor den Einheimischen nicht lächerlich zu machen, und das war mehr – wie er zu seinem Erstaunen festgestellt hatte –, als selbst jene Offiziere vermochten, die vom Hind seit längerem gezeichnet waren. Einer von ihnen redete ausschließlich im Imperativ; ein anderer benutzte stets die weibliche Konjugation – alle wußten, er plapperte seine einheimische Geliebte nach. Ein Schotte hatte keinen einzigen seiner Zungenschläge anpassen können, so daß ihn seine Landsleute nur mühsam und die Einheimischen überhaupt nicht verstanden. Versuchte er sich am Hindustani, antworteten sie höflich und bedauernd, sie verstünden leider kein Englisch, der Saheb möge sich einen Augenblick gedulden, sie würden jemanden holen, der übersetzen könne.

Nach den Regimentspflichten setzte sich Burton an seinen Schreibtisch und versenkte sich bis in den späten Abend hinein in die Grammatiken, die er in Bombay erworben hatte. Er wurde selten gestört. Es hatte sich schnell herumgesprochen, daß der Griffin ein Sonderling war. Es fiel ihm nicht leicht, ruhig sitzen zu bleiben. Kein halbes Jahr her, da war er von Greenwich aus aufgebrochen, in der Erwartung, aus dem Krämeralltag in das Reich famoser Heldentaten und zügiger Aufstiege überzusetzen, Ruhm und Ehre anzulaufen. Männer seines Alters kommandierten dreitausend Sikhs, eroberten Ländereien für Ihre Majestät, die größer waren als Irland.

Schweißtropfen rannen über seine Unterarme, seinen Rücken,

Fliegen schwirrten um ihn herum, Afghanistan war anderswo und bereits befriedet, und ihm blieb nichts anderes übrig, als Wörter laut auszusprechen, hundertfach wiederholt. Sobald er schwieg, hörte er das Surren der Moskitos, die er nicht loswurde, egal wie oft er durch die Luft schlug und dabei das Wort brüllte, das er sich gerade aneignete. Es gab nur eine Strategie, diese Plage zu besiegen. Er mußte regungslos in seinem Stuhl verharren, die Augen auf das aufgeschlagene Buch vor sich gerichtet, auf das nächste englische Wort, dem wie so oft zwei Entsprechungen zugeteilt waren – die Doppelzüngigkeit der Einheimischen offenbart sich in ihrer Sprache, hatte der weiblich konjugierende Offizier zum besten gegeben. Er war ein hinterlistiges Opfer, das Gehör geeicht auf die heransurrende Mücke, *pratikshaa karna*, die eine Entsprechung, langsam zu wiederholen, jede Silbe ein Schluck Wasser, der Moskito war jetzt nahe, *intezaar karna*, die weitere Entsprechung, die er wiederholte, mehrfach, er spürte, wie sich die Mücke auf seinem Arm niederließ, wie sie hineinstach. Dann schlug er zu.
– Naukaram!
– Ja, Saheb.
– Mit Grammatiken allein komme ich nicht weiter. Ich brauche einen Lehrer, kannst du einen brauchbaren Lehrer auftreiben?
– Ich kann versuchen.
– In der Stadt?
– Ja, in der Stadt.
– Noch etwas, Naukaram.
– Ja, Saheb!
– Ich verbiete dir, von nun an auch nur ein einziges Wort Englisch in meiner Gegenwart zu reden. Sprich Hindustani! Oder Gujarati oder weiß der Teufel was, aber kein Wort Englisch mehr.
– Und wenn Besuch kommt?
– Das Nötigste. Nur das Allernötigste.

7.
NAUKARAM

II Aum Vighnahartaaya namaha I Sarvavighnopashantaye namaha I Aum Ganeshaya namaha II
– Fahre fort.
– Wo waren wir gestern stehengeblieben?
– Hör zu, ich habe, weil ich meine Pflicht ernst nehme, alles Geschriebene gestern abend noch einmal gelesen, auf Fehler und Fragen durchgesehen. Du kannst dich nicht immer auf mich verlassen. Merke dir zukünftig selbst, was du mir schon erzählt hast und was du mir noch erzählen willst.
– Sie sind ein Tyrann, schlimmer als Shivaji. Sie können nicht so mit mir reden. Ich bedarf Ihrer Dienste, ja. Ich bin nicht Ihr Diener.
– Wir sollten keine Zeit verschwenden. Ich habe mich übrigens gefragt, wie dein Herr aussah, als ich deinen Bericht las. Das sollte ich erfahren.
– Wozu? Die Angrezi, an die sich das Schreiben richtet, wissen, wie er aussah, sie erinnern sich an ihn, bestimmt, keiner könnte ihn vergessen.
– Du verstehst von diesen Sachen wenig. Wie soll ich eine angemessene Sprache finden, wenn ich mir von diesem Burton Saheb kein Bild machen kann?
– Er war groß, fast so groß wie ich. Wuchtiger, wie ein schwarzer Büffel, der den ganzen Tag im Feld schuften kann. Genauso war er, unermüdlich. Seine Augen waren sehr dunkel, das fiel sofort auf. Ungewöhnlicher war, wie nackt sie wirkten. Ich muß Ihnen sagen, ich habe nie so nackte Augen gesehen wie jene von Burton Saheb. Sein Blick, er konnte einen einfangen. Ich habe erlebt, manche Menschen waren wie gebannt, als würden seine Augen zaubern. Wenn er zornig wurde, sah er mich an, als würde er mich nicht kennen, als würden bösartige Yakshas herausspringen. Es war zum Fürchten. Er wurde oft zornig, plötzlich, aus irgendeinem Grund, der uns nichtig erschien, völlig nichtig.

– Das hast du mir gestern schon gesagt! Schlug er dich?
– Nein! Schlagen? Wie könnte er, mich schlägt er doch nicht. Ich habe den Eindruck, Sie haben nicht verstanden, welche Position ich in dem Haushalt ausfüllte, was meine Rolle war. Sie haben das überhaupt nicht verstanden!
– Dann erzähle mir mehr von deinen Aufgaben.
– Ich habe alles für ihn erledigt, alles für ihn besorgt.
– Alles?
– Alles, was er von mir verlangte. Alles, was sich aufdrängte, und manchmal auch das, was er sich insgeheim wünschte.
– Beispiele! Gib mir Beispiele.
– Am Anfang die Einrichtung des Hauses, die kaputten Fenster, ich habe sie verglasen und mit Jalousien verhängen lassen. Die Gardinen, ich habe feines Kobbradul aufgetan, günstig, es war nicht meine Angewohnheit, das Geld des Herrn zu verprassen. Sie waren so schön, die Ehefrau des Brigadiers ließ mich fragen, wo ich den Stoff gekauft habe.
– Das werde ich betonen: Ein Fachmann für Kobbradul.
– Ich habe die Einkäufe erledigt, ich habe das Ganja besorgt, er rauchte gerne, abends, wenn er seinen Port trank …
– Port?
– Ja, Portwein, Sie wissen doch, was das ist?
– Gewiß, mußte sichergehen nur, ob ich richtig gehört habe.
– Das bringt mich durcheinander, wenn Sie mich unterbrechen, ich verliere meinen Gedanken, das ist nicht nötig, daß Sie das tun. Portwein, ach ja, und Bücher habe ich besorgt, er wollte alles lesen, und Kräuter und Henna und die Affen, diese unglückseligen Affen, die habe ich aufgetrieben. Das war eine Mühe …
– Affen?
– Und den Lehrer, der so wichtig für ihn wurde, den habe ich gefunden.
– Affen und Lehrer? Warte.
– Und Kundalini, sogar Kundalini habe ich …
– Warte, warte, warte! Wer ist Kundalini? Wovon redest du?
– Sie haben mich gefragt nach Beispielen.
– Erkläre sie mir.

– Ich kann mir nicht vorstellen, daß Sie Kenntnis von dieser Sache haben müssen.
– Wer von uns beiden hat mehr Verstand?
– Der Einfall mit diesem Brief, es ist sinnlos, die Hitze ist mir in den Kopf gestiegen.
– Nicht doch, Naukaram-bhai, nicht doch. Sie irren sich! Es ist höchst sinnvoll, es ist notwendig! Dieser Einfall ist der beste Einfall, den Sie seit langer Zeit gehabt haben. Sie haben zu mir gefunden, das ist gut, und nun haben wir einen weiten Weg vor uns, wir müssen geduldig sein, ich bringe Sie ans Ziel, vertrauen Sie mir. Erzählen Sie etwas anderes, etwas, auf das Sie stolz sind.
– Einen Lehrer zu finden, der etwas taugte, das war nicht so leicht. Burton Saheb hat sich auf mich verlassen, nachdem er es zunächst allein probiert hatte. Er hat bei seinen Leuten nach einem Munshi gefragt. Die konnten ihm nicht helfen. Sie kannten nur einfache Munshi, die schön schreiben können und einige heilige Texte kennen.
– Natürlich. Wer will schon wirklich etwas lernen.
– Burton Saheb wünschte, von einem wirklichen Gelehrten unterrichtet zu werden. Ich will nicht jemandem gegenübersitzen, sagte er, der jede dritte Frage nicht beantworten kann. Zuerst erkundigte ich mich in der Bibliothek des Maharaja. Dort wurde ich auf einen Brahmanen hingewiesen, dessen Gelehrsamkeit in ganz Gujarat berühmt sei, der hervorragend die Sprache der Angrezi spreche. Ich suchte ihn in seinem Haus auf, er wohnte nicht weit von der Bibliothek entfernt, in einem Eckhaus mit kleinen Balkons auf beiden Seiten, ein schönes Haus. Aber sehr klein, kaum breiter als eine Kuh. An der Stirnseite war die Tür, sie war offen, weil unten ein Barbier sein Geschäft hatte, neben der Treppe. Ein schmaler, langer Laden, er hatte gerade Platz genug, hinter seinem Kunden zu stehen. Ich mußte schmunzeln, als ich den Lehrer sah. Er hatte seine Haare seit Jahrzehnten nicht mehr geschnitten. Weder seine Kopfhaare noch seinen Bart. Er ließ mich warten, obwohl ich ihm hatte ausrichten lassen, in welcher Angelegenheit ich ihn aufsuchen werde. Das ärgerte mich, die Überheblichkeit dieser Menschen. Der Lehrer war sehr unordentlich, überall lagen Bücher herum. Ich konnte durch die

offene Tür in das zweite Zimmer sehen. Stapel von Büchern, aufgeschlagene Bücher, ich konnte den Boden kaum sehen. Seine Frau war freundlich. Sie bot mir Tschai an, servierte mir frisch gemachte Puranpolis. Ich habe mich gerächt an diesem selbstgefälligen Lehrer, ich habe sie alle aufgegessen.
– Wie viele?
– Wie viele was? Puranpolis? Was kümmert es Sie oder irgend jemand anderen, wie viele Puranpolis ich vor acht Jahren gegessen habe?
– Das war vor acht Jahren?
– Wie viele Puranpolis haben Sie denn gegessen? Letztes Jahr? Was wollen Sie?
– Beruhigen Sie sich. Ich wollte Sie nur etwas entspannen.
– Ich bin entspannt. Ich habe erzählt, Sie bringen mich immer wieder zu Fall.
– Meine Frage war nicht so unnütz, wie Sie meinen. Ich habe etwas Wichtiges erfahren, etwas, das ich von Anfang an hätte wissen sollen. Sie haben von acht Jahren gesprochen. Bedeutet das, Sie waren acht Jahre im Dienst dieses Saheb?
– Fast, ich mußte von Anglestan zurückreisen, das dauert Monate, so etwas wissen Sie nicht, glauben Sie, ich wäre auf den Flügeln von Garuda zurückgeflogen?
– Acht Jahre, hervorragend. Diese Auskunft, diese Zahl, werde ich in den Anfang meines Schreibens einflechten, das hört sich gewichtig an: Naukaram, acht Jahre lang ein treuer Diener, ein enger Vertrauter des berühmten Offiziers der Ehrenwerten Ostindischen Gesellschaft, Burton Saheb.
– Berühmter Offizier. Wofür denn berühmt? Er ist in Schimpf und Schande nach Hause geschickt worden, so wie ich später. Er hat bei den Seinen den Ruf eines Unberührbaren.
– Diesen Einruck hatte ich bislang aber nicht.
– Schreiben Sie auf, was ich Ihnen sage, genau das, was ich Ihnen sage? Oder fügen Sie hinzu, was Ihnen durch den Kopf geht?
– Ich habe gerade eben aus dem Stegreif gesprochen, beruhigen Sie sich, ich habe diesen Satz als Beispiel vorgetragen, Sie sind zu nervös, Sie atmen nicht richtig.

– Nein, über meine Atmung werden wir jetzt nicht sprechen. Wir machen weiter. Der halbe Nachmittag ist schon vorbei, ich habe keine Zeit, wir müssen weiterkommen. Ich wurde zu dem Lehrer vorgelassen. Endlich. Ich mußte achtgeben, nicht auf eines der Bücher zu treten. Er war ein kleiner Mann, aber als er zu reden begann, wurde er allmählich größer. Er fragte mich aus, so als würde ich einen Gefallen von ihm erbitten. Alles wollte er über meinen Herrn wissen. Es drängte mich, ihm zu sagen, er habe kein Recht auf solche Fragen. Etwas hielt mich zurück. Er war ein altehrwürdiger Mann. Der Lohn schien ihn nicht zu interessieren, ich habe ihm zwanzig Rupien im Monat angeboten. Er hat keine Regung gezeigt, ich wußte nicht, ob er mich gehört hatte. Ich hatte erwartet, daß er sich erfreut zeigt über den Auftrag. Nein, ich muß Ihnen sagen, diese Leute sind überheblich und stolz. Er war nicht gleich einverstanden, Burton Saheb zu unterrichten. Er stimmte nur einem Treffen mit ihm zu. Ich befürchtete schon, er würde darauf bestehen, Burton Saheb solle ihn besuchen. Diese Menschen vergessen sich manchmal, sie denken, der Geist besitze Macht. Er überlegte ein wenig, dann besann er sich der Ordnung der Dinge. Wir vereinbarten sein Kommen für den übernächsten Tag.

8.

Ein Ozean des Wissens

Burton wollte seinen Augen nicht trauen. Vor ihm stand ein kleiner Mann, breitbeinig, das Gesicht leuchtend, der Bart lang und weiß, die Augenbrauen gräulich, das Haar am Hinterkopf zu einem Zopf gebunden – es war der merkwürdige Kauz, der sie kurz vor der Landung in Bombay an der Reling so forsch angesprochen hatte. Ein Gnom fast, dessen Stirn sein Alter glättete. In seinen Augen lauerte eine verschmitzte Weisheit. Respektiere alles, legte sie nahe, und nehme nichts zu ernst. Ein Kobold als Hofnarr. Er hätte sich bestens als Figur in das Relief eines Hindu-Tempels eingefügt. Wenn es regnete, würde das Wasser über sein rundes Bäuchlein plätschern. Wie bekommt Ihnen das Feindesland? Der Kauz hatte ihn ebenso schnell wiedererkannt. Wie oft fluchen Sie über den Kommandanten, der Sie nach Baroda eingeteilt hat? Deswegen treffen wir uns heute, antwortete Burton, ich will der Ennui entkommen, indem ich lerne. Ennui? Sie mögen ungewöhnliche Wörter? Sie müssen Sanskrit lernen. Die Welt ist erschaffen aus den einzelnen Silben dieser Sprache. Alles stammt vom Sanskrit ab, nehmen Sie das Wort Elefant, auf Sanskrit Pilu, wo besteht denn die Ähnlichkeit, werden Sie fragen, folgen Sie mir, nach Iran, dort wurde daraus Pil, weil die Perser kurze Endvokale ignorierten; im Arabischen wurde aus dem Pil ein Fil, denn das Arabische kennt kein P, wie Sie bestimmt wissen, und die Griechen, die hängten gerne ein -as an alle arabischen Begriffe, gekoppelt mit einer Konsonantenverschiebung haben wir schon ein elephas, und von dem ist es nur noch ein etymologischer Katzensprung zum Elefanten, wie Sie ihn kennen. Ich sehe, wir werden uns vergnügen. Übrigens, was bedeutet Ennui? Er ließ kein Schweigen aufkommen, es sprudelte weiter aus diesem alten Mann heraus, kaum daß die letzten Silben von Burtons Erklärung verklangen. Upanitsche ist mein Name, Sie haben ihn schon gehört, nun schreiben Sie ihn nieder, Upa-nitsche, in Devanagari-Schrift, so werde ich erkennen, wie es mit Ihren Kenntnissen bestellt ist.

Was für ein Selbstbewußtsein, Burton war irritiert, während er langsam Buchstaben niederschrieb, die sich wie Wirbel ausgestorbener Fische wanden. Dieser Mann war der erste Einheimische, der ihm gegenüber nicht duckmäuserisch auftrat. Im Gegenteil, das Verhalten dieses Lehrers, der gerade den einsamen Abdruck seines Wissens auf dem Blatt begutachtete, wirkte nahezu herrisch, so wie er mit der Zunge zuzelte. Dreimal. Ohne zu erkennen zu geben, ob er lobte oder tadelte. Er ergriff die Feder von Burton – sollte er nicht um Erlaubnis fragen? – und schrieb eine Zeile auf das Blatt. Können Sie das entschlüsseln? Burton verneinte. Des Gujarati nicht mächtig, konstatierte Upanitsche, als trage er Bausteine einer Diagnose zusammen. Was wollen Sie lernen? Es war an der Zeit, verlorenes Terrain zurückzuerobern. Alles, sagte Burton. In diesem

Leben? In diesem Jahr! Einige Sprachen zuerst, Hindustani, Gujarati, Marathi, ich will mich für die Prüfung in Bombay anmelden, das ist nützlich für die Karriere. Eile, sagte Upanitsche abschätzig, wir müssen sie überwinden. Das ist das erste, was wir zu begreifen haben. Wir sollten uns einigen, sagte Burton, auf Unterrichtszeiten und auf die Bezahlung. Ich werde eine Woche lang Ihren Hunger prüfen, bestimmte Upanitsche, täglich am Nachmittag, bis es für Sie an der Zeit ist, zu Abend zu essen. Nach dieser Woche werden wir weitersehen. Und was Geld betrifft, ich kann es nicht von Ihnen annehmen. Weil ich ein Mletscha bin? Upanitsche lachte laut auf. Ich sehe, Sie haben es sich schon auf einigen Gemeinplätzen bequem gemacht. Ich habe viel Umgang mit Angrezi gehabt, für mich sind Sie weder ein Aussätziger noch ein Unberührbarer, Sie können beruhigt sein. Nein, es ist eine alte Tradition, wir Brahmanen verkaufen unser Wissen nicht auf dem Marktplatz. Allerdings – unterschätzen Sie nie den Einfallsreichtum der Brahmanen –, wir akzeptieren Geschenke. Zu Guru Purnima, an dem Tag, an dem jeder seinen Lehrer ehrt, erhalten wir Süßigkeiten, Sesambällchen, in denen sich eine bescheidene Münze oder ein kostbares Schmuckstück versteckt. Wir öffnen die Bällchen, wenn wir alleine sind, mit den Fingern, wie eine reife Guava-Frucht. Sie erkennen die Vorzüge dieses Brauchs. Die Schüler fühlen sich zu nichts verpflichtet, sie brauchen sich nicht schämen, wenn sie Mangel leiden und wenig abzugeben haben. Und wir Gurus schenken einige dieser Laddus weiter, an unsere eigenen Lehrer, an unsere Väter, wenn sie noch am Leben sein sollten. So wird die Frage, wer welches Geschenk erhält, einer höheren Macht überlassen. Sie würden sagen, dem Zufall. Upanitsche redete wie ein Schauspieler mit übertriebener Phrasierung, der eine zu große Distanz zwischen den Hebungen und den Senkungen setzt. Zudem untermalte er seine Rede mit energischen und entschiedenen Gesten. Es war nicht vorstellbar, daß ihn etwas verunsichern könnte. Das entmaterialisierte Geschenk, unterbrach ihn Burton, ein höchst interessantes Konzept. Sie haben verstanden, gut, bei uns werden Geschenke nicht begutachtet, sobald wir sie erhalten haben, wir vermeiden peinliche Situationen, Geschenke sollen nicht vor aller Augen um die Gunst des Beschenkten buhlen. Darf ich mich jetzt von Ihnen verabschieden? Kaum hatte er die rhetorische Frage ausgesprochen, richtete sich Upanitsche schon auf. Burton begleitete ihn zur Tür. Ich freue mich auf die Lektionen, Upanitsche Saheb. Nun, da wir uns einig geworden sind, können Sie mich Guru-ji nennen. Und übrigens, ich habe es Ihnen verschwiegen, bei uns hat sich der Shishia der Autorität des Gurus bedingungslos zu unterwerfen. Dem Guru gebührt *shushrusha* und *shraddha*, Gehorsam und blinder Glaube. Früher gingen die Schüler mit einem Holzscheit zu ihrem Lehrer, als Symbol für ihre Bereitschaft, zu verbrennen im Feuer des Wissens. Eigene Wege können sie beschreiben, wenn sie den Lehrpfad des Lehrers zu Ende gegangen sind.

Ein Amanuensis wartete im Schatten des Vordachs auf ihn, ein Junge, der ein Bündel trug, mit dem Schreibzeug des Meisters, wie Burton vermutete, und der sich beeilte, einen Sonnenschirm über seinen Herrn zu halten. Sie werden jetzt Ihre erste Lektion in Gujarati erhalten, sagte Upanitsche. Wir verabschieden uns, im Alltag, mit einem ao-jo, das bedeutet soviel wie: komm-geh. Ich gehe, damit ich wiederkommen kann. Verstehen Sie? Also, Mister Burton, bis morgen, ao-jo. Ao-jo, Guruji, sagte Burton, und im Augengrund seines neuen Lehrers erkannte er den Samen einer möglichen Freundschaft.

9.
NAUKARAM

II Aum Vidyaavaaridhaye namaha I Sarvavighnopashantaye namaha I Aum Ganeshaya namaha II

– Eins verstehe ich nicht. Dein Herr, er war Offizier, und doch scheint er seine Tage nach eigener Lust und Laune gefüllt zu haben?

– Er mußte einige Male nach Mhow reiten. Das war seine einzige Aufgabe, neben den Übungen mit den Sepoy natürlich. Jeden Mor-

gen, außer am Sonntag, da gab es ein gemeinsames Gebet der Firengi. Aber Burton Saheb nahm daran nicht teil, er hatte wenig übrig für den Glauben seiner Leute. Es verwunderte mich. Er war mehr interessiert an Aarti, an dem Freitagsgebet, an Shivaaratri und an Urs. Es war merkwürdig. Ich habe ihn gefragt, später, als ich Fragen stellen durfte, die ein Diener seinem Herren üblicherweise nicht stellt, wieso er dem fremden Gebet näherstand als dem eigenen. Er sagte mir, die eigenen Bräuche seien für ihn nur Aberglaube, Hokuspokus ...
– Was war das?
– Leere Sprüche, yantru-mantru-jalajala-tantru. Magie ...
– Maya.
– Ja, wenn Sie so wollen. Die fremden Traditionen hingegen seien faszinierend, weil er sie noch nicht durchschaut habe.
– Hat er so lange gebraucht, unseren Aberglauben zu durchschauen? Du hättest ihn zu mir bringen sollen. Die Mantras sind Steine, die sich unsere Brahmanen aus dem Mund ziehen, und wir erstarren in Ehrfurcht, als würden sie uns etwas Wertvolles überreichen. Ist dir aufgefallen, die Zauberer schwenken bei ihren Kniffen oft Fackeln, um uns abzulenken, genauso wie es die Priester während des Aarti tun. Gleiche Handhabung. Gleiche Illusion.
– Ich bin nicht ein so großer Mann wie Sie, ich kann mich nicht darüber lustig machen.
– Meine Worte waren ernst.
– Oim aim klim hrim slim.
– Willst du mich beleidigen!
– Nein, nicht zu dem Preis, den Sie verlangen. Ich kann mir keine Beleidigung leisten. Ich will weitererzählen, wir sollten nicht über uns reden.
– Vor allem solltest du nicht vergessen, wem du Respekt schuldest.
– Sein Regiment hatte eine einzige Aufgabe. Solange wir in Baroda waren, wurde es nur einmal im Jahr eingesetzt. Als Schutz, nein, eher als Ehrung, für den Maharaja, zu Ganesh Tschathurti. Die dreihundert Sepoy und die Offiziere, sie marschierten zum Palast, in ganzer Montur, mit den Musikern, die Teil des Regimentes waren.

Sie begleiteten die Prozession zum Vishvaamitra-Fluß. Sie spielten so laut sie konnten, damit alle sie hörten über den Klang der Glokken und der Becken und der Muscheln hinweg. Und als der Maharaja über die Brücke schritt, salutierten sie mit Schüssen. Die Schüsse waren die lauteste Ehrung des Festtages, alle waren äußerst zufrieden.

– Gut, genug, ich war dabei, ich weiß, wie die Firengi ihre Macht demonstrieren. Er hatte also Zeit, er war neugierig, und du hast einen Lehrer für ihn aufgetrieben. Einen geeigneten Lehrer, wie es sich anhört, einen Lehrer von großer Gelehrsamkeit.

– Der beste Lehrer in Baroda. Durch seine Anleitung lernte Burton Saheb unsere Sprachen schnell. Er reiste ein Jahr später nach Bombay, und er glänzte in den Prüfungen, in Hindi und Gujarati. Danach verdiente er auch etwas mehr Geld.

– Das hat er dir gesagt? Das mit dem Geld. Er muß dir wirklich vertraut haben.

– Ansonsten änderte sich wenig. Er übersetzte manchmal beim Gericht. So wie ich ihn kenne, bin ich mir nicht sicher, wie genau er übersetzt hat. Er saß den größten Teil des Tages zu Hause, wie gehabt. Er hatte keine andere Aufgabe, als zu lernen. Er war fleißig, er hat geschuftet wie ein Ochse in einer Ölmühle. Im nächsten Jahr wiederholte sich alles, er ließ sich in Bombay erneut prüfen, dieses Mal in Marathi und Sanskrit. Er hat erneut bestanden, mit Auszeichnung, und er kehrte wiederum nach Baroda zurück, um an seinem Schreibtisch zu sitzen und von mir umsorgt zu werden. Irgendwann werden ihm die Sprachen ausgehen, dachte ich. Er war ein junger Mann. Doch dann, im dritten Jahr, mußten wir Baroda verlassen. Unerwartet. Das war für mich ein schwerer Schlag. Offensichtlich haben seine Herren bemerkt, wie wenig er zu tun hatte. Burton Saheb wurde versetzt, es hätte nicht schlimmer kommen können. Nach Sindh, in die Wüste, ans andere Ende der Thar-Wüste.

– Warte, warte, warte. Wir wissen zuwenig über die Zeit in Baroda. Du überspringst zuviel. Es wäre wichtig zu erfahren, wie dieser Lehrer, wie heißt er noch einmal ... Upanitsche ... wie er Burton Saheb unterrichtet hat.

– Was hat der Lehrer mit meiner Arbeit gemein? Wieso sollen wir uns damit aufhalten?

– Schließlich hast du ihn ausfindig gemacht, es ist nicht zuletzt dein Verdienst, wenn der Angrezi so erfolgreich gelernt hat.

– Der Lehrer, Upanitsche Saheb, wie ich schon gesagt habe, er war kein üblicher Munshi. Er hat behauptet, Burton Saheb könne nicht wie ein Gujarati sprechen lernen, wenn er nicht wie ein Gujarati esse. Und dann hat er ihm nahegelegt, er solle auf Fleisch verzichten, mehr Gemüse und Nüsse und Früchte essen, öfter kleine Portionen, und nicht diese schweren Mahlzeiten. Die Firengi bildeten sich ein, sagte er, sie hätten Mägen wie Elefanten. Burton Saheb nahm diese fremden Regeln an, er änderte sein Essen, er wies mich an, den Koch entsprechend zu unterweisen, und der Koch war gar nicht glücklich darüber, er war so stolz darauf, einige Gerichte der Firengi gelernt zu haben.

– Ich habe noch nie gehört, daß ein Angrezi so viel arbeitet. Früher hießen sie, ich weiß nicht, ob du dich daran erinnern kannst, Jene, die nicht arbeiten müssen.

❋❋❋❋❋❋❋

10.
Einer, der wie ein Felsen sitzt

Endlich ein Auftrag, der den Alltag aufbrach, den schon nach einer Woche starren Alltag. Er sollte einem Vertreter der Ostindischen Gesellschaft Begleitschutz bieten, ihn wohlbehalten nach Mhow bringen, wo der andere Teil seines Regimentes stationiert war. Der Auftrag war leicht zu erfüllen. Immerhin würde er die Stadt verlassen können, solange die kühlere Jahreszeit währte. Bevor sie aufbrachen, sprach der Mann ein Gebet, eines jener Gebete, die den Anschein erweckten, Gott habe eine persönliche Vormundschaft über diesen seinen Schutzbefohlenen übernommen. Er verlor kein Wort über seine Arbeit – vielleicht hatte er, als lizenzierter Händler, der

Opium aus Malwa nach China verschiffte, den Gürtel seines Gewissens etwas lockern müssen. Sie nahmen den Weg nach Westen, in Richtung des Narmada-Flusses. Zu ihrer Linken trottete eine Ziegenherde. Sie erreichten Kelenpur, ein Dorf. Dann Jambuwa, ein Fluß ohne Wasser. Was hat es zu bedeuten, daß die Flüsse alle weiblich sind? Lauter Göttinnen, um genau zu sein. Burtons Versuch, eine Konversation in Gang zu bringen, wurde mit einem mißbilligenden Blick quittiert. Unweit des Wegrandes saßen einige Entwurzelte mit Frauen und Kindern, kochten an einem Lagerfeuer. Sie erreichten Dhaboi, ein altes Fort, dessen Baumeister in den Festungsmauern lebendig eingegraben wurde. Ein Grunzen war die einzige Reaktion auf diese Auskunft. Dieser Mann war ein Haus mit zugenagelten Fenstern und Türen. Burton gab die Suche nach einem geeigneten Thema auf. In der Ferne zeichnete sich die Vindhyachal-Kette ab. Sie überquerten die Narmada bei Garudeshwar. Heiliger als jeder andere Fluß, bemerkte Burton. Er war nicht gewillt, das Schweigen hinzunehmen. Wußten Sie eigentlich, die Befreiung von der Sünde dauert am Jamuna-Fluß sieben Tage, am Saraswati drei Tage und am Ganges einen Tag, aber schon der Anblick der Narmada reicht aus, um aus aller Schuld entlassen zu werden. Raffinierter Mythos, meinen Sie nicht auch? Dreckwasser, sagte der Opiumhändler. Mit reinigenden Eigenschaften, erwiderte Burton. Der Opiumhändler gab seinem Pferd die Sporen. Burton holte ihn bald ein. Ich fürchte, sagte er, Sie kennen den Weg nicht. Und mit unserem Führer werden Sie sich schwer verständigen können. Er spricht ein abgerissenes Hindustani und nur ein einziges Wort Englisch: shortcut. Unverschämtheit, murmelte der Opiumhändler. Ein faszinierendes Detail noch über die Ganges. Weil sie so viele Menschen reinwäscht, wird sie selber unrein. Einmal im Jahr nimmt sie die Form einer schwarzen Kuh an und wandert zur Narmada, um in ihr zu baden, nicht unweit von hier. Das Dorf heißt ... Bewahren Sie Haltung, Mann. Der Opiumhändler erhob zum ersten Mal seine Stimme. Sie haben recht, ich verliere mich in Details. Viel wichtiger, wenn die Kuh aus dem Wasser steigt, ist sie weiß, ganz und gar weiß. Tüfteln Sie das mal aus. Worauf Burton sein Pferd nach vorne trieb.

Am nächsten Tag, nach dem Aufstieg in die Berge, erstreckten sich

Mohnfelder zu beiden Seiten des Weges über mehrere Stunden leichten Trotts. Von dieser Hochebene aus verdarb die Ehrenwerte Gesellschaft das Reich der Mitte. Ein elegantes Austarieren des Außenhandelsdefizits, hatte ein Kommentator der Times im Vorjahr geschrieben, als die Kämpfe in China beigelegt wurden. Ein einziges Mal hatte der Opiumhändler das Wort an ihn gerichtet. Sie trabten auf einen Karren zu, als er fragte: Was da wohl drin ist? In einem Tonfall, als wüßte er mehr, viel mehr, als augenfällig war. Heu, schätze ich, antwortete Burton. Den Anschein hat's, aber trügt der Anschein nicht? Der Opiumhändler verfügte eindeutig über Herrschaftswissen. Neulich wurde ein Kerl aufgegriffen, er hatte den ganzen Karren voller Konterbande, unter dem Heu. Konterbande, fragte Burton scheinheilig, was denn für Konterbande? Beste Qualität, ein kleines Vermögen, das wir da beschlagnahmt haben. Mehr hatte der Händler nicht zu sagen, bis zu dem vernuschelten Abschied in Mhow. Burton überreichte dem kommandierenden Major eine Botschaft von dem Brigadier in Baroda und täuschte einen leichten Schwächeanfall vor, um dem gemeinsamen Mittagessen zu entkommen, das zweifellos den restlichen Tag erdrücken würde. Statt dessen schlich er sich nach draußen, um das Städtchen zu erkunden.

Die Sonne hatte eine erbarmungslose Höhe erreicht. Einige Männer genossen den Schatten unter ihren Karren. Kühe mampften. Mehr geschah nicht in der Stunde des Zenits. Kommen Sie! Ein Junge hatte sich an seine Fersen geheftet. Kommen Sie mit! Sie müssen den Richter kennenlernen. Keiner darf diesen Ort verlassen, ohne Richter Ironside kennenzulernen. Am Ärmel wurde Burton durch die lehmigen Gassen gezogen. Der Junge, der neben ihm lief, zupfte immer wieder an seinem Ärmel und prahlte mit den Namen der hohen Herren, die er zum Richter geführt habe. Er zählte ihre Titel bereits zum dritten Mal auf, als sie das Gerichtsgebäude erreichten. Es war von einem Garten umgeben, mit dem sich die Gerechtigkeit vor dem Schmutz der Straße schützte. Der Tschoukidaar am Eingang riß sich am fleckigen Gurt, salutierte mit seiner Linken und gab nichts von sich, außer einem Rinnsal Spucke, das seinen Schnurrbart hinabkroch.

– Vielleicht ist der Herr Richter heute nicht im Dienst?
– Der Richter ist immer anwesend. Wo sollte der Richter sonst sein?

Sie folgten einem Kieselweg, einst elegant mit Sträuchern bepflanzt, die inzwischen jedoch völlig verwildert waren. Der Rasen vor dem Portikus war übersät mit niederkauernden Einheimischen. Zwischen den Säulen kratzten Schreiber geflüsterte Eingaben aufs Papier und stempelten sie mit prüfenden Blicken ab. Der Junge betrat das Gebäude selbstbewußt, ohne um Erlaubnis zu bitten; es war allerdings auch keiner zu sehen, den er hätte fragen können. Unbehelligt passierten sie einige streng dreinblickende Marmorschädel und gelangten in einen Saal, der Burton an eine Basilika erinnerte – die langgezogene Decke endete in einer gewaltigen Kuppel. Einige rotierende Propeller hingen an langen Stengeln herab. Und Vögel, die noch lauter flatterten als die Ventilatoren, unzählige grüne Vögel, die offensichtlich durch die Löcher in der Kuppel hereingeflogen waren. Mitten im Saal, umgeben von Aktenstapeln, Käfigen, Kerzenständern und einem übergroßen Tintenfaß, saß ein Mann mit Perücke, in Akten vertieft. Weitab von seinem Schreibtisch hockten Bittsteller auf ihren Fersen; zwischen ihnen und dem Richter – denn nur um diesen konnte es sich bei dem blassen, ziegenbärtigen Mann handeln – glänzte der Boden. Der Junge schien unsicher, zum ersten Mal. Burton beobachtete die Perücke des Richters, die oberhalb der Stirn von einem Luftzug gekräuselt wurde, über den Ohren hingegen wie ein nasser Lappen herabhing. Der Richter las weiterhin bedächtig. Er bewegte sich nicht; nicht einmal, als ein Kanarienvogel auf seiner rechten Schulter landete. Und auch die Bittsteller blieben reglos stumm, als würden sie diesem fremden Idol ihre Geduld darbieten. Ohne ein Räuspern oder eine Vorrede verkündete der Richter plötzlich sein Urteil. Danach blickte er weder auf, noch entließ er die Wartenden mit einem abschließenden Satz oder einer Geste. In dem aufgestauten Schweigen erhoben sie sich schwerfällig und zogen sich zurück.

– Jetzt!
– Richter-ji! Besuch. Ich bringe Ihnen Besuch, endlich wieder Besuch für Sie.

Während sich die beiden, auf eine einladende Handbewegung des Richters hin, seinem Schreibtisch näherten, wieselte ein kleiner Mann mit Eimer herein, wischte den Boden noch blanker, hielt aber inne, wo vorher die Einheimischen gehockt hatten. Als wäre dort eine unsichtbare Grenze gezogen worden.
– Sie besuchen uns umsonst. Ich fürchte, ich kann Ihnen heute nichts bieten. So unangemeldet. Ein höchst unglücklicher Umstand. Ich hätte durchaus etwas arrangieren können, aber so fällt Ihnen nur die unreine Frucht des Zufalls in den Schoß.
– Ich wußte nicht, was mich in Mhow erwartet. Immerhin haben wir auf dem Herweg die buddhistischen Höhlen besuchen können.
– Haben Sie den Eremiten getroffen?
– Heute war sein Schweigetag. Wir haben uns eine Weile beäugt.
– Meine Rede. Unglückselig. Höchst unglückselig. Wir dürfen nichts dem Zufall überlassen. Die oberste Maxime von Zivilisation, das habe ich hier begreifen müssen. Die Vögel scheißen auf meine Akten. Glauben Sie an einen Zweck dahinter? Es gelingt mir nicht, sie loszuwerden. Sie werden in diese Käfige gelockt und auf dem Basar verkauft; allerdings lassen sie sich inzwischen schwer absetzen. Übersättigung des Marktes, wissen Sie. Es gelangen zu viele Vögel durch die Löcher. Sie haben keine Ahnung, seit wann ich darauf warte, daß mir eine Renovierung genehmigt wird. Ein Wunder, daß es hier seit Jahren nicht mehr richtig geregnet hat. Gott steht auf der Seite der Gerechtigkeit.
– Justitia ist ihm seine liebste Tochter.
– Mein eigenes System habe ich entwickelt. Mich auf jene Bereiche konzentriert, die ich kontrollieren kann. Wollen Sie wissen, wie?
– Eigentlich wollte ich nur ...
– Ich habe mich gefragt: Was stört uns am meisten? Der Schmutz? Ja. Die Aufdringlichkeit? Aber ja. Die Unpünktlichkeit? Und wie! Also habe ich mir vorgenommen, diese Geißeln auszumerzen. Ich habe eine Bannzone eingeführt, die keiner betreten darf. Sie müssen die Unhöflichkeit entschuldigen, aber Ausnahmen offenbaren Schwäche. Ich habe versucht, eine Uniform einzuführen. Das hat es noch nie gegeben, eine Uniform für die Ankläger, eine für die Beschuldigten, eine für die Zeugen. Aber das war zu ambitioniert. Ich

habe lange nachgedacht. Ich bin zu der Erkenntnis gelangt, daß mich die Stimmen dieser Menschen in die Verzweiflung treiben. Dieses schrille Durcheinander, das so klingt, als würden die Wörter ausgewürfelt werden. In den Wahnsinn. Deswegen habe ich jegliches Gerede verboten.

– Die Schreiber vor der Tür ...
– Jede Eingabe muß schriftlich erfolgen. Vor dem Gericht wird nicht geredet. Nur das Urteil spricht. Hier herrscht täglich Schweigen. Ich versuche diesen Menschen begreiflich zu machen, wie wichtig es ist, das Reden im Zaum zu halten.

– Eine alte ...
– Aber das hat nicht ausgereicht! Es galt, die permanente Unzuverlässigkeit zu unterbinden. Was für eine kolossale Aufgabe. Wie viele sind daran schon gescheitert. Wissen Sie, was ich getan habe? Ich habe ein Zeitreglement eingeführt. Ich halte das für meine allergrößte Errungenschaft.

Mitten im Satz, als der Richter zur Betonung mit dem Kopf genickt hatte, war die Spitze seines Ziegenbartes in das Tintenfaß gerutscht.

– Unser Tag besteht aus halben Stunden. Jeder Angelegenheit widme ich dreiundzwanzig Minuten, so daß mir sieben Minuten Pause bleiben. Sie werden sehen, gleich werden die nächsten auftauchen. Pünktlich wie Big Ben! Wenn sie nämlich zu früh oder zu spät erscheinen, wird ihr Fall nicht behandelt. Kein Einspruch. Sie können sich am Ende der Schlange wieder einreihen!

Die Bartspitze lag noch immer im Tintenfaß. Langsam färbten sich die Haare von der unsichtbaren Spitze aufwärts. Locke um Locke wuchsen blaue Äderchen zum Kinn.

– Sie glauben vielleicht, diese Vögel schwirren durch meinen Verstand.

Er lachte. Seine Zähne waren blau überzogen, ebenso seine Zunge.

– Denken Sie, was Sie wollen, aber seien Sie versichert, ich werde meiner Aufgabe gerecht, besser als jedes andere gottverlassene Gericht in diesem gottverlassenen Land. Ich muß mich auf den nächsten Fall vorbereiten.

Er hob eine Akte von einem niedrigen Stapel neben seinem Sitz auf, führte sie zum Mund und blies etwas unsichtbaren Staub weg.
– Staub, der ist überall. Dagegen hilft Gelbwurz, täglich einzunehmen. Am Abend, mit etwas Honig vermengt, dann kann Ihnen der Staub nichts anhaben. Verweilen Sie, wenn Sie möchten, aber ich fürchte, dieser Fall wird sich als langweilig herausstellen. Durch und durch langweilig.

Der Richter vertiefte sich in das Studium der Akten, bevor Burton Abschied nehmen konnte. Der Junge zog an seinem Ärmel und führte ihn zum hinteren Ausgang am anderen Ende des Saals. Bevor sie den erreichten, drängte sich Burton eine Frage auf. Seine laute Stimme wurde zu einem Echo gebogen.

– Herr Richter. Was war dieses Gebäude früher?

Während seine Worte die Vögel unter der Kuppel verschreckten, fixierte ihn der Richter mit einem freudlosen Blick.

– Ein moslemisches Grabmal. Verschwinden Sie!

❦❦❦❦❦❦❦

11.

NAUKARAM

II Aum Pashinaaya namaha I Sarvavighnopashantaye namaha I Aum Ganeshaya namaha II
– Gestern war kein ergiebiger Tag. Ich habe am Abend die Aufzeichnungen durchgesehen, es war kaum etwas Brauchbares darunter. Wir haben Geld verschwendet.
– Wir haben Geld verschwendet? Wie kann das sein? Ich habe etwas gezahlt, und Sie haben etwas erhalten.
– Wir müssen mehr über Baroda aufschreiben. Schließlich wirst du in Baroda eine neue Anstellung suchen. Sindh ist weit weg.
– Ich habe Ihnen schon alles erzählt über meine Zeit hier.
– Du hast Kundalini ausgelassen.
– Mit Absicht.

65

– Du legst eine unnötige Scham an den Tag, wirklich. Es weiß doch jeder in der Stadt, die Angrezi ohne Ehefrauen nehmen sich Konkubinen, jeder von ihnen hat eine Bubu. Du hast dem Firengi also eine Geliebte beschafft.
– Woher wissen Sie das?
– Selbst wo die Sonne nicht hingelangt, dort kommt der Dichter hin. Was also willst du mir verheimlichen?
– In meinem Fall war es anders.
– Gewiß. Deswegen möchte ich die Geschichte festhalten. Sie macht dich besonders. Sie zeichnet dich aus, dessen bin ich mir sicher, ohne sie näher zu kennen.
– Nein. Nicht unbedingt.
– Wie oft habe ich dir schon versichert: Was nicht für dich spricht, wird nicht aufgeschrieben.
– Besser ist es, wenn es nicht ausgesprochen wird.
– Du bist nicht nur ein Dickkopf ...
– Ich muß nicht über alles reden.
– Du weißt deine Verbohrtheit auch noch zu rechtfertigen.
– Ich will heute nicht reden. Ich werde gehen.
– Ohne mein Einverständnis ...
– Ao-jo. Wir sehen uns morgen.
– Du bist ein Narr. Ich bin der einzige, der dir helfen kann, deine Dummheit zu verkleiden. Hörst du, du Narr.

※※※※※※※※※

12.

Mit der Mondsichel auf der Stirn

Auf einmal war sie da. Er war nicht auf sie vorbereitet. Das allererste, was er von ihr sah, war die Bucht ihres nackten Rückens. Die Mündung ihres Nackens. Über dem Saum des Saris eine Dupatta in Chamois. Der Sari war blau, wie tiefes Wasser. Sie saß im Garten, auf einem Hocker, der – wenn er sich nicht täuschte – aus der Küche stammte. Er sah ihren Hinterkopf, ihr Nacken wurde senkrecht geteilt von dem Seil ihrer geflochtenen Haare, versetzt mit roten Seidenfäden. Eine dünne Kette hing golden über einem ihrer Halswirbel wie ein angehängter Gedanke. Sie bewegte sich nicht, und er, am Fenster stehend, beobachtete sie still. Natürlich, Naukaram würde sie nicht ins Haus lassen – wer immer sie war, eine Schwester vielleicht, oder seine Geliebte, nein, das war äußerst unwahrscheinlich –, bevor er ihn nicht um Erlaubnis gefragt hatte. Die Spitzen ihrer Haare berührten das Gras. Um dieses Haar, schwarz wie glänzende Kohle, wenn es so unbewegt hinabhing, beneidete er die Einheimischen. Blonde Haare waren eine Verirrung der Natur, Ausdruck eines unüberlegten Drangs zur Abwechslung. Ihre Bluse war heller im Blau, wie Meerwasser in Strandnähe. Wo der Ärmel der Bluse endete, zeichnete sich die leichte Andeutung eines Muskels ab. Vielleicht täuschte er sich, vielleicht waren ihr die Ärmel zu eng. An ihrem Handgelenk hingen einige Silberreife. Es klopfte an der Tür. Er löste sich vom Fenster und nahm an seinem Schreibtisch Platz, bevor er Naukaram hereinbat. Saheb, ich möchte Ihnen jemanden vorstellen, verzeihen Sie die Störung, einen Gast. In welcher Angelegenheit, Naukaram? Ein Kennenlernen, Saheb, keine Angelegenheit, Sie werden es nicht bereuen, glauben Sie mir.

An ihrem Gesicht fiel ihm zuerst das Bindi auf der Stirn auf, ein den Farbtönen ihrer Kleidung angepaßter Punkt, ein konzentriertes Blau. Ihr Gesicht war dunkel, und es war schmal. Naukaram stellte sie vor, auf Englisch, er pries sie an, als wollte er sie verkaufen. Die Situation war unangenehm und aufregend zugleich. Einmal rutschte ihre Unterlippe unter die Vorderzähne und sofort wieder heraus, so schnell, er war sich nicht sicher, ob er es wirklich gesehen hatte. Er stellte ihr einige höfliche Fragen, und erst einige Antworten später richtete sie ihren Kopf auf. Ihr Blick war weniger unterwürfig als ihre Körperhaltung, ihre Augen schwarz in weiß, wie Onyxstein, eingefaßt im Kajal. Nur einen Makel hatte ihr vollendetes Gesicht: Weit oben auf der Stirn, nahe des Haaransatzes, krümmte sich eine kleine Narbe wie ein Neumond. Er verstand nicht, was Naukaram sagte, er hörte nicht mehr zu, er nickte einmal mit dem Kopf, als sie sich abwandte und Naukaram nach draußen folgte. Sie ließ ein

Lächeln zurück, so klein wie die umgeknickte Ecke einer Seite in einem Buch. Naukaram kehrte umgehend zurück.
– Naukaram, was sollte das?
– Ich war der Ansicht, Sie begehrten die Gesellschaft einer Frau.
– Und du hast angenommen, ich sei nicht in der Lage, mich selber darum zu kümmern?
– Sie sind vielbeschäftigt, wieso sollten Sie sich auch noch diese Aufgabe aufbürden.
– Soso.
– Gefällt Sie Ihnen nicht?
– Sie ist bezaubernd. Und außerdem hast du recht, wie sollte ich eine Frau finden.
– Vielleicht, wenn Sie ausprobieren wollen, für einige Tage, ob ihre Gesellschaft Ihnen Freude bereitet?
– Ich bin solche Arrangements nicht gewohnt.
– Sie müssen sich um nichts kümmern, Saheb. Ich werde alles übernehmen, was Ihnen peinlich vorkommen könnte. Sie müssen nur genießen.
Aber es war mehr an dieser Frau als nur das verläßliche Versprechen von Genuß.

※※※※※※※※

13.

NAUKARAM

II Aum Bhaalchandraaya namaha I Sarvavighnopashantaye namaha I Aum Ganeshaya namaha II
– Sie sollten über Kundalini Bescheid wissen, ich habe nachgedacht. Es ist nichts, was ich verstecken muß.
– Siehst du mich schreiben? Nein! Ich werde nur zuhören.
– Ich habe sie in einer Maikhanna gefunden. Ich habe sie dort gesehen, sie hat bedient. Sie hat mir meinen Becher gebracht, Milch mit Bhang, meine Vorliebe. Ich habe nie Daaru getrunken, ich hasse

Alkohol. Sie wissen es vielleicht nicht, die Frauen dort sind sehr ansehnlich, und sie können tanzen. Wenn ein Gast ihnen gefällt und wenn der Gast etwas Geld auf den Tisch legt, tanzen sie vor ihm, für ihn. Ich habe sie beobachtet. Ich dachte, es wäre wunderbar, wenn sie für mich tanzen könnte. Ich konnte es mir leisten, also kehrte ich zurück, ich legte Geld auf den Tisch. Und sie tanzte. Nur für mich. Als sie mir in die Augen blickte, gab sie mir den Eindruck, ganz nahe bei mir zu sein, und gleichzeitig, sie nie berühren zu können. Sie war wie der Pipalbaum in der Dorfmitte ...
– Übertreibst du nicht ein wenig?
– Vielleicht. Es ist nicht von Bedeutung, woran sie mich erinnerte. Wichtig ist nur, als sie mit dem Tanz aufhörte, hatte sich ein Gedanke in meinem Kopf eingenistet. Sie war eine Frau, ich konnte sie mir neben Burton Saheb vorstellen, sie würde seinen Durst nach dem Ungewöhnlichen stillen. Mein Herr brauchte eine Begleiterin. Er tat nichts nebenbei, wie hätte er seine Lust mit gelegentlichen Ausflügen stillen sollen.
– Er saß also nicht nur am Schreibtisch.
– Ich habe mit ihr gesprochen. Ich habe mir viel Mühe gemacht, das Richtige zu sagen. Ich wollte sie nicht beleidigen. Sie sollte wissen, mein Angebot erfolgte aus Achtung. Sie war sofort einverstanden. Ich muß Ihnen sagen, es hat mich überrascht. Dann habe ich mich um alles Weitere gekümmert.
– Um die Bezahlung, vermute ich.
– Nicht nur das. Solche Beziehungen sind immer auf Zeit. Ich hatte mich umgehört. Ich mußte meinen Herrn schützen. Ich mußte ihn vor alldem bewahren, was schiefgehen konnte. Ich setzte ein Dokument auf, sie unterschrieb es.
– Wie?
– Wie was?
– Wie hast du es aufgesetzt? Du kannst nicht schreiben, wenn ich dich daran erinnern darf.
– Sie sollten sich die Antwort denken können. Ich bin zu einem Lahiya gegangen.
– Er war einverstanden, so eine Vereinbarung zu Papier zu bringen?

– Wieso nicht. Es war gang und gäbe.
– Wahrlich, wir müssen unser Land reinigen. Diese Mletscha tragen einen Schmutz in unser Land, der uns verdirbt.
– Nun übertreiben Sie.
– Du hast keine Ahnung, du warst Ihnen ausgesetzt, du warst ihr Zögling, wer weiß, vielleicht bist du jetzt wie einer von ihnen.
– Weil ich sie kenne, bin ich einer von ihnen? Das ist lächerlich. Wie steht es mit Burton Saheb? Er hat sich uns ausgesetzt. Er konnte, wenn er sich so anzog, wie ich angezogen war, als einer von uns durchgehen. Ist er jetzt einer von uns?
– Da ist ein Unterschied zwischen Sichfremdwerden und Maskerade. Und zwar ein großer.
– Ich weiß übrigens, Kurtisanen gab es bei uns schon immer, das steht sogar in den Puranas.
– Wer hat dir das gesagt?
– Egal.
– Wer?
– Burton Saheb.
– Burton Saheb! Du vertraust, wenn es um unsere eigene Überlieferung geht, dem Wort eines Mletscha? Seit wann sind die Fremden Garanten unseres Wissens? Kurtisanen in den Puranas, ha, was für ekelhafte Lügen werden sie noch erfinden.
– Sind Sie sicher, daß es nicht stimmt?
– Lassen wir dieses Thema. Was hat denn diese Frau dir, oder euch, schriftlich zugesichert?
– Sie versprach, keine Kinder zu bekommen.
– Sie versprach es?
– Sie wußte, wie sie es anstellen sollte.
– Laß mich raten. Mit Kashunüssen? Wollte sie eine Papaya verzehren, jedesmal, wenn sie vermutete, sie könnte schwanger sein?
– Nein. Sie kannte wirksame Mantras, und sie besaß einen Talisman. Außerdem bereitete sie eine Mischung zu, aus Kuhdung, einigen Kräutern, Zitronensaft und Saft von irgendwelchen anderen sauren Früchten und etwas Natron, wenn ich mich recht entsinne.
– Und einer Hühnerkralle.

– Wie bitte?
– Nichts. Du hast mit ihr vereinbart, was zu vereinbaren war. Wir können dich als Kuppler weiterempfehlen. Übrigens, die Arbeit wächst, die du mir aufbürdest, wir werden uns auf ein höheres Honorar einigen müssen. Ich denke, acht Rupien werde ich mindestens benötigen.

※※※※※※※※※

14.
Der Herr der Hindernisse

Einige wenige durften für das Vaterland sterben. Die anderen beklagten allabendlich in der Regimentsmesse die Opfer, die ihnen abverlangt wurden. Elf unerträgliche Monate, so deklamierten sie, und einer, der noch schlimmer war: der Mai. Burton war von der Hitze gelähmt. Seine Gedanken versickerten. Er lag auf dem Bett, nur noch in der Lage, das Thermometer zu betrachten. Mit schlierigen Augen. Das Bett befand sich mitten im Raum, zu allen Seiten umschleiert von hellgrüner Rohseide. Wenn er seinen Arm ausstreckte, konnte er seine Hand in eine Kupferschale mit kühlem Wasser tauchen. Einer der Diener tauschte das Wasser jede Stunde aus. Über ihm drehte sich ein Pankah aus Holz und Stoff. Er wußte, der Ventilator war über eine Schnur, die durch die Wand ging, mit dem großen Zeh eines jener stillen, dunklen Gestalten verbunden, dessen alleinige Aufgabe darin bestand, das Bein zu strecken und anzuwinkeln, so daß ihm, dem Saheb, Luft zugefächelt wurde. Draußen war keiner unterwegs. Er mußte sein Haus nicht verlassen, um sich zu vergewissern, die Stadt ist so gelähmt wie er selber. Ein fiebriger Glutofenwind fegt das Leben von der Ebene. Die Wolken sind aus Staub. Es riecht nach Schnupftabak. Baroda ist der Lethargie verfallen, in diesem letzten Monat vor dem erlösenden Regen, die Pferde stehen angepflockt mit gesenkten Häuptern und vorgestülpten Unterlippen, zu faul, die Fliegen wegzuschweifen, und nebenan schnarchen die Stallburschen, das Geschirr, das sie zu säubern haben, ist ihnen aus den Händen gefallen. Selbst die Krähen hecheln nach Luft. Du mußt alle Funktionen deines Körpers einschränken. Vermeide jede überflüssige Bewegung. Mache dir die Diener zunutze, stell dir vor, sie seien deine Glieder und deine Organe. Der Mann hatte recht, bestimmt, Burton könnte sich an seine Empfehlung halten, wenn er es überhaupt nicht mehr aushielt, er könnte nach Naukaram rufen, er könnte seine lose Baumwollkleidung ausziehen und sich in den Baderaum begeben, wo einige der Diener Wasser aus porösen Tonkrügen über ihn schütten würden. Danach könnte er lesen.

Er hatte sich inzwischen umgesehen, in Baroda und in der Umgebung, er war überall gewesen, überall dort, wohin er als britischer Offizier gelangen konnte, er hatte schon gesehen, was die wenigsten seiner Kameraden gesehen hatten. Er war unzufrieden. Von seinem Pferd herab wirkten die Einheimischen wie Figuren aus einem Märchenbuch, das in ein verarmtes Englisch übersetzt worden war. Und wie er selber wirkte, das konnte er sich denken: wie ein Denkmal. Deshalb erschraken sie, wenn der bronzene Reiter das Wort in ihrer Sprache an sie richtete. Solange er ein Fremder blieb, würde er wenig erfahren, und er würde ewig ein Fremder bleiben, wenn er als Fremder wahrgenommen wurde. Es gab nur eine Lösung; sie gefiel ihm auf Anhieb. Er würde die Fremdheit ablegen, anstatt darauf zu warten, daß sie ihm abgenommen wurde. Er würde so tun, als sei er einer von ihnen. Dazu bedurfte es nur noch eines geeigneten Anlasses. Es würde ihm nicht schwerfallen, das war das Aufregendste an dieser Einsicht. Die Distanz, die zu überwinden war, schien ihm gering. Menschen messen Differenzen so große Bedeutung bei, und doch werden diese von einem Umhang weggezaubert, von dem nachgeahmten Zungenschlag verscheucht. Schon die richtige Kopfbedeckung konnte Gemeinsamkeit begründen.

Ein Sandsturm kündigte sich an. Bald rauschten schwarze Wolken über die Erde mit gierigen Mäulern. Der Sand drang durch jede Öffnung, durch jede Ritze, hinterließ eine dicke Schicht auf allem. Die Bettlaken waren braun, er hätte mit dem Zeigefinger sein Kopfkissen signieren können. Der Wirbelwind schluckte Abfälle, zerriß

Zeltplanen und stob Getreide auseinander, bis er plötzlich zusammenfiel, vom Irrsinn ausgelaugt, und alle Sachen, die er entrissen hatte, zu Boden plumpsen ließ.

❦❦❦❦❦❦❦❦

15.
NAUKARAM

II Aum Vigneshvaraaya namaha I Sarvavighnopashantaye namaha I Aum Ganeshaya namaha II
– Alles änderte sich zum Schlechten, als wir in den Sindh versetzt wurden. Die Leute dort, sie sind wild und brutal, und sie hassen Fremde von ganzem Herzen.
– Ich habe noch einige Fragen über Baroda vorbereitet. Wir sollten zuerst auf sie eingehen.
– Es gab Sandstürme zu jeder Tageszeit.
– Mir ist noch einiges unklar.
– Es war unerträglich. Wie bei uns der Mai. Vor allem, wenn ich das Essen servieren wollte. Ich mußte alles abdecken. Wenn die kleinste Ritze offengeblieben wäre, das Essen hätte zwischen den Zähnen geknirscht. Und der Staub überall.
– Ich bin noch nicht fertig mit dem vorherigen Kapitel.
– Kapitel? Was für Kapitel?
– Eine Redewendung. Sieh mich an. Fällt dir nichts auf? Ich schreibe gar nicht mit.
– Wir hatten keinen Bungalow mehr. Nur zwei Zelte, die mitten in einer sandigen Ebene errichtet wurden.
– In Ordnung. Wie du willst. Wir werden später nach Baroda zurückkehren. Wieso hattet ihr kein Haus?
– Burton Saheb hatte nicht genug Geld. Er erhielt zweihundert Rupien im Monat, das reichte nicht aus, um ein Haus zu bauen, vor allem, wenn einer so viel Geld für Bücher ausgibt wie er.
– Die Offiziere mußten ihre Unterkunft selber zahlen?

– Ja. Und auch selber organisieren. Natürlich hätte ich das erledigt. Aber es lohnte sich nicht, weil Burton Saheb bald eine Arbeit zugeteilt wurde, die ihn durch das Land führte. Wir lernten, ein normales Leben in der Bewegung zu führen. Das stellte große Anforderungen an meine Fähigkeiten, mich anzupassen, das Beste aus dem Vorhandenen zu machen. Und vergessen Sie nicht, ich war plötzlich allein. Ich hatte keine zwölf Helfer mehr an meiner Seite. Schreiben Sie das auf. Es gab nur einen Koch, und einen Jungen, der aushalf. Eigentlich unnütz. Anstatt eines ganzen Hauses, mußte ich sieben Truhen verwalten und aus sieben Truhen dem Saheb ein möglichst komfortables Heim bereiten. Ich war allein in dieser Wüste. Der einzige, mit dem ich mich unterhalten konnte, war Burton Saheb. Mit den Beschnittenen ist kein Gespräch möglich, selbst wenn wir eine gemeinsame Sprache gehabt hätten. Ihre Gesichter sind wie eine Festung, ihre Augen wie zwei Kanonen, die immer auf dich zielen. Meine Aufgabe war gewaltig. Ich muß Ihnen sagen, ich war ihr durchaus gewachsen. Burton Saheb wollte sogar während der Sandstürme lesen und schreiben. Er saß an seinem Klapptisch, ich legte ihm ein kühlendes Tuch auf den Kopf. Ich wischte den Staub auf, der durch die Ritzen des Zeltes drang. Wenn der Staub ihm in die Augen geraten wäre. Das war so schmerzhaft, als hätte jemand einem Chilipulver in die Augen gestreut. Es war schwierig zu schreiben. Die Tinte an der Spitze der Feder verklumpte, das Papier wurde schnell staubig, ich kam nicht nach mit dem Wischen. Ich stand hinter ihm, und alle paar Minuten beugte ich mich über seine rechte Schulter und strich mit einem Tuch über das Blatt, das er gerade beschrieb. Er lachte einmal und sagte, ich sei wie ein Helfer, der dem Musiker die Noten umblättert. Wußten Sie, daß die Angrezi Musik von Blättern ablesen? Wenn er aufstand, mußte ich alles in die Truhen packen. Wenn ein Blatt einen Tag lang liegenblieb, sah es aus wie eine Paratha. Es war nicht in Teig gehüllt, nein, im verfluchten Staub des Sindh.

16.
DER RAUCHFARBENE KÖRPER

Er würde die Nacht mit einem Fußtritt vertreiben. Den letzten Albtraum verjagen. Draußen spuckte ein Einzelgänger zwischen knirschenden Schritten; er schien es eilig zu haben, als erster auf die Dämmerung zu treffen. Krähen zerrissen die verbleibende Stille mit rauhen Schnäbeln. Er stand am Fenster und drückte seine Stirn gegen den Maschendraht. Jemand zündete ein Feuer an, eine Begrüßung, und die Vorbereitung für den ersten Tee des Tages. Der Geruch von Dung strich über die dampfenden Felder wie eine ungewaschene Hand. Die Luft war kühl, eine Spur feucht. Er hörte Naukaram die Tür öffnen und das Tablett abstellen. Er tastete sich zur Kanne vor, goß den schwarzen Tee in die Tasse und tröpfelte etwas Milch hinein. Als er die Tasse zum Mund führte, merkte er, daß die Dämmerung in das Zimmer geschlichen war. Als schäme sie sich, die Nacht woanders verbracht zu haben. Er genoß die Wärme der Tasse in seinen Händen, dann spürte er, wie sie ihre Brüste an seinen Rücken drückte. Das war ihre Art, ihn zu begrüßen. Möchtest du einen Schluck Tee, fragte er. Obwohl er wußte, daß sie ablehnen würde. Er konnte das Bett mit ihr teilen, nicht aber die Teetasse. Sie aß nie mit ihm zusammen. Sie lebten auf demselben Grundstück, doch er mußte seine Mahlzeiten alleine einnehmen. Das gehört sich so, hatte sie gesagt. Sie verweigerte sich seinen Aufforderungen und Einladungen genauso, wie sie es bislang abgelehnt hatte, die ganze Nacht mit ihm zu verbringen. Wenn du aufwachst, bin ich wieder da. Sie hielt ihr Versprechen – sie hielt Distanz. Sie verlangte, anders als die Kurtisanen, denen er bislang beigewohnt hatte, daß er alle Lichter lösche, bevor sie sich auszog. Das war ihre Bedingung gewesen, von Anfang an. Er akzeptierte ihren Wunsch, er empfand ihn als Ausdruck von Intimität. Der Mond war ihm beim ersten Mal von zarter Hilfe gewesen. Ihrer Haut galt sein Handmerk. Er versuchte sie auf den Mund zu küssen, sie verschloß ihre Lippen. Es erregte ihn, daß sie sich ihm hingab, ohne sich zu öffnen. Sie erwies sich als geschickt, geübt wie die anderen Kurtisanen. Er mußte an nichts denken, keine Entscheidungen fällen, sie erfüllte seine Bedürfnisse, bevor er sie aussprach. Ich sehe ihr bei der Arbeit zu, ging ihm durch den aufgerichteten Kopf, ein ernüchternder Gedanke, der seinem Orgasmus eine stumme Geburt bescherte. Danach, er hatte seine Augen noch nicht wieder geöffnet, stand sie sofort auf, er hörte den verstummenden Klang von barfüßigen Schritten. Sie kehrte nicht zurück. Nach einigen solchen Nächten setzte er Naukaram davon in Kenntnis, daß Kundalini in das Bubukhanna einziehen würde. Naukaram hatte sich gefreut, eine ehrliche Freude, so schien es Burton, und er war gerührt, daß Naukaram so um sein Wohlergehen besorgt war. Eines Nachts, denn nur in der Nacht war es kühl genug, die Haut eines anderen Menschen zu ertragen, hielt er sie am Arm fest, als sie aufstehen wollte. Sie protestierte. Ich muß zurück, sagte sie. Nur ein wenig, bleibe noch bitte. Sie lehnte sich zurück. Er zündete eine Lampe an und stellte sie ab, unter ihren mißtrauischen Blicken. Er zog den Sari weg, der ihren Körper bedeckte, er wollte sie anschauen, ihre Haut von der Farbe dunklen Rauches. Er wollte alles von ihr sehen, sie aber bedeckte sofort ihre Scham mit einer Hand, und mit der anderen versuchte sie vergeblich, ihre Brüste zu verbergen. Schließlich, seiner Neugierde hilflos ausgeliefert, richtete sie sich auf und bedeckte seine Augen mit beiden Händen. Er wehrte sich, sowenig er konnte, er spreizte seine Zehen, und sie begann zu lachen, wie Wasser, das zu kochen beginnt. Er umarmte sie, immer noch blind, er umarmte ihr Lachen. Das läßt sich gut an, dachte er. Wenn er nur wüßte, ob es ihr gefiel, mit ihm.

Es fiel ihm nicht leicht, sie zu fragen, es brauchte einige Tage, bis er genügend Courage aufbrachte. Es soll dir gefallen, mein Herr, sagte sie besorgt. Es hat mir gefallen. Dann bin ich auch glücklich. Es war nicht der Tonfall, in dem sie das sagte, und auch nicht ihr Gesichtsausdruck, es war etwas anderes, das sein Mißtrauen erregte. Die Worte schienen ihm vorbedacht. Er mußte Naukaram fragen. Nicht direkt, natürlich nicht. Was würde der für ein Gesicht machen, wenn er ihn zu sich rufen würde, während er sein Bad nahm, zum Beispiel: Finde heraus, ob ich Kundalini befriedige. Schade fast, daß er sich diesen Spaß nicht gönnen konnte. Statt dessen tastete er sich, von Andeutung zu Andeutung, an eine verschlüsselte Sprache heran. Naukaram war trotz aller Vorsicht entsetzt. Gelegentlich reagierte er unverhältnismäßig. Er zierte sich, wie eine Gouvernante. Du bist ein prüder Zuhälter, hätte ihm Burton fast an den Kopf geworfen. Saheb, Sie sind mit ihr unzufrieden? Nein, nicht im geringsten. Ich möchte nur, daß Kundalini und ich uns noch besser verstehen. Geht sie auf Ihre Wünsche nicht ein, Saheb? Ich möchte mehr über ihre Wünsche erfahren, darum geht es. Es ist nicht üblich, daß sie Wünsche hat. Ich verstehe, du kannst mir nicht behilflich sein. Doch, Saheb, ich kann Ihnen immer behilflich sein, immer.

Am nächsten Abend äußerte Kundalini mit zaghafter Mißbilligung, er rasiere sich dort, wo alle Frauen hinsehen, und nicht dort, wohin nur sie ihren Blick richtet. Zugegeben, das war ein Widerspruch. Vielleicht hatte der Hajaum ihn deshalb im Halbschlaf rasieren wollen. Nun mußte er es selber machen. Eines anderen Tages, er lag ausgelaugt auf dem Rücken, sie auf der Schulter neben ihm, redete sie leichtzüngig, scherzhaft, von ihrer Großmutter, die Männer in verschiedene Gruppen eingeteilt habe, so als seien sie Tiere. Zu welchen gehörte er? Zu den Hasen, sagte sie. Es klang nicht schmeichelhaft. Wie lauten die anderen Kategorien? Es gibt noch Bullen und Hengste. Die sind wahrscheinlich besser? fragte er. Nein, nicht der Hase ist von Nachteil, nur der schnelle Hase. Gibt es auch langsame? Sie schüttelte den Kopf, bejahend. Langsame, und halbschnelle. Auch bei den Bullen und Hengsten? Ja. Die Geschwindigkeit, was bedeutet sie? Warte, ich kann es mir denken, es geht um die Verlängerung des Genusses? Ja, es geht darum, auf die Frau zu warten, auf ihren Höhepunkt. Die Frau hat einen Höhepunkt? Burton hatte zu rasch gesprochen, und er bereute es sogleich. Sie sah ihn bestürzt an. Und du, fragte er zaghaft, hast du ihn erlebt, bei uns beiden? Sie nickte, verneinend. Weil ich ein schneller Hase bin? Ja, es dauert bei mir. Wie lange? Das hängt davon ab, ob dir die Zeit auf der Zunge liegt. Hast du noch nie von Ishqmak gehört, von der Kunst, den Höhepunkt zu verzögern? Nein, bestimmt nicht. Ich kenne andere vornehme Künste, die Kunst der Fuchsjagd, die Kunst des Fechtens, die Kunst, kleine Kugeln über grünen Filz zu stoßen, aber die Kunst, den Höhepunkt zu verzögern, nein, die kenne ich nicht. Sie wird bei uns nicht praktiziert, bei uns jagt ein Höhepunkt den anderen. Sie lächelte nicht einmal. Ich werde sie dir beibringen, sagte sie, ernsthaft, ohne auf sein Schmunzeln zu achten. Wenn du es möchtest. Und er antwortete, mit einem Ernst, zu dem er sich zwingen mußte: Ja, ich will deinen Höhepunkt miterleben. Ich will seine Ursache sein. Er legte seine Hand auf ihre Schulter und betrachtete den Kontrast. Wieso bist du so dunkelhäutig? Sie drehte sich zu ihm um und blickte ihn streng an, als habe er eine ungebührende Frage gestellt. Sie beugte sich zu ihm, bis er sie vor lauter Nähe fast nicht mehr sehen konnte. Weil ich am Neumondtag geboren worden bin, flüsterte sie. Und ihre Augen platzten wie Feuerwerkskörper.

Als sie das nächste Mal beisammenlagen, sie auf ihm, sein Stöhnen verriet den Sturm, der sich in ihm zusammenbraute, hielt sie inne, bewegte sich nicht mehr, ließ ihre Hände auf seiner Brust liegen und begann zu sprechen, während sie auf seinem pulsierenden Staunen sitzenblieb, sprach in vollständigen Sätzen, in einem vertrauten Tonfall, der beiläufig erzählte, und doch seine ganze Aufmerksamkeit einforderte. Er mußte seine Stöße besänftigen, um ihren Worten folgen zu können, die von Kobrakurtisanen berichteten, deren Körper über Jahre an das Gift gewöhnt wurden, einen Tropfen zunächst, dann mehrere, die Menge wurde gesteigert, bis sie einen Teelöffel am Tag einnahmen. Schließlich waren sie in der Lage, ein Glas voller Gift zu trinken, ohne daß es ihnen schadete. Doch ihr Schweiß, ihre Spucke, ihre Liebessäfte waren so giftig, daß jeder, der mit ihnen schlief, zum Tode verurteilt war. Selbst wer eine ihrer Tränen abwischte und zum Mund führte, wäre gestorben. Verstehst du, sie durften sich ihrer Lust nur hingeben, wenn sie einen Mann ermorden sollten. Sie waren nichts anderes als gedungene Mörder im Dienste eines Herrschers. Sie durften niemanden lieben. Sie vergifteten jeden, der sie berührte, jeden, der sie küßte, unabhängig davon, ob sie ihn verachteten oder ob sie ihn liebten. Kannst du dir ihr Unglück überhaupt vorstellen? Burton lag unbewegt auf dem Bett, sein Glied eine Behauptung, die er zurücknahm. Sie kratzte über seine Brust. Die Geschichte ist nicht zu Ende, sagte sie. Es gab einen Dichter, vielleicht der begabteste des Landes, der sich in eine dieser Kurtisanen verliebte, kaum hatte er sie, die wohl schönste Frau jener Zeit, erblickt. Er war kein unbeherrschter, schwärmerischer Jüngling, nein, er war ein erfahrener Mann, er kannte die Regeln des Hofes und die Gesetze der Gefühle. Er quälte sich lange, er war voller Zweifel, ob er ihr seine Liebe gestehen sollte. Als er sich gerade dazu durchgerungen hatte, sprach sie ihn an, am Ufer des Jamuna. Sie wünschte, von ihm in Sanskrit unterrichtet zu werden. Allein diese Kenntnis fehlte ihr unter den Künsten, die einer Kurtisane zustanden. Er erhielt die Erlaubnis des Herrschers, sie täglich zu unterrichten. Kundalini lehnte sich nach vorne, ihre Haare streichelten über sein Gesicht, dann richtete sie sich wieder auf, ihre Hände verschwanden, er spürte ihre Fingernägel über die Innenseiten seiner Schenkel streichen. Höre gut zu, sagte sie. Die Kurtisane verliebte sich in den Dichter, allmählich, über die Jahre ihres gemeinsamen Studiums hinweg, so langsam, wie sie sich einst an das Gift gewöhnt hatte. Und eines Tages legte sie ein zweifaches Geständnis ab, ein Geständnis ihrer Liebe zu ihm und zugleich ein Geständnis ihrer Todzucht. Ich überlege mir oft, was der Dichter in diesem Augenblick gefühlt hat, da ihre wechselseitige Liebe ausgetragen wurde, als Stillgeburt. Er hat sich nicht von ihr abgewandt. Er beschloß, sich mit der Geliebten zu vereinen, auch wenn es nur für ein einziges Mal sein würde. Verstehst du, er hat es auf sich genommen, den Mißbrauch, der mit dieser Frau getrieben wurde, auszugleichen. Ein Schauder durchlief Burton. Und dann? Das ist das Merkwürdige, diese Geschichte kennt unzählige Fassungen, nur in einem sind sie sich alle gleich: Er starb, natürlich, aber im Sterben entspannten sich seine Gesichtszüge zu einer Glückseligkeit, die nur jene erfahren, die das Eingangstor zur Erlösung erblickt haben. Kundalini ließ von ihm ab, sie streckte sich neben ihm aus und zog mit dem Nagel ihres Zeigefingers über sein erschlafftes Glied. Das, mein Herr, sagte sie, war die Kunst, den Höhepunkt zu verzögern. Wenn du dich von meiner Geschichte erholt hast, können wir wieder anfangen. Er blickte sie mit neuen Augen an. Er hätte ihr gerne einen Kuß gegeben, in dem er vergaß, wer sie war, und warum sie in diesem Zimmer lag. Er seufzte. Er war nicht wie der Dichter. Er hatte in sich selbst eine Feigheit entdeckt, wo er sie am wenigsten vermutet hätte.

❀❀❀❀❀

17.
Naukaram

|| Aum Dhumravarnaaya namaha | Sarvavighnopashantaye namaha | Aum Ganeshaya namaha ||
– Genug über Baroda, genug. Wir müssen noch vieles über das Sindh aufschreiben, über meinen Dienst dort. Das waren Jahre, in denen ich geschuftet habe und kaum Freude empfand.
– Einverstanden.
– Beachten Sie, ich bin mit meinem Herrn mitgegangen, das ist nicht selbstverständlich. Ich habe dort nicht nur ihm gedient, auch der Armee der Angrezi. Und sein Leben gerettet, das müssen Sie unbedingt herausstellen ...
– Wir werden auch dazu kommen. Also, du bist mitgegangen, aber seine Geliebte, Kundalini, ich kann mir nicht vorstellen, ein Offizier der Angrezi, der samt Geliebter umzieht.
– Die Frage hat sich nicht gestellt.
– Wieso nicht.
– Weil sie sich nicht gestellt hat.
– Sie hat ihn verlassen, ha. Du hast jemanden ausgesucht, der nicht treu war. Sie ist weggelaufen.
– Nein, das ist eine Lüge.
– Wieso reagierst du immer so heftig, wenn die Sprache auf sie kommt? Deine Gefühle sind übertrieben, findest du nicht?
– Was sind übertriebene Gefühle? Setzen Sie die Grenzen? Alles ist schiefgelaufen. Ich habe keinen Fehler gemacht. Wenn ich eine Frau gehabt hätte wie Kundalini.
– Wie Kundalini? Oder Kundalini selbst?

– Ich kann sie Ihnen nicht beschreiben. Ich freute mich aufzustehen, weil ich wußte, ich würde sie sehen. Ich würde ihre Stimme hören. Sie sang, wenn sie sich wusch. Sie kannte viele Bhajan. Wenn sie sang, war es, als würde sie dem Tag Schmuck anlegen. Sie war oft lustig. Nicht von Anfang an. Die anderen Diener behandelten sie verächtlich. Sie waren Heuchler, ein jeder von ihnen hätte sie gerne zur Frau gehabt. Sie mußten ihre Verachtung hinunterschlucken, so einnehmend war sie. Wir saßen manchmal in der Küche zusammen, sie brachte uns alle zum Lachen. An anderen Tagen war ihre Laune so düster, es war mir, als würde die ganze Welt Burkha tragen. Ich wollte sie aufheitern, aber mit welchem Trost? Ich war nicht derjenige ...

– Du warst in sie verliebt, ich hätte es mir denken sollen. Sie hat dir den Kopf verdreht.

– Es wäre nicht so schlimm gewesen, wenn er mich nicht ins Vertrauen gezogen hätte. Ich habe es kaum ausgehalten. Er dachte, er zeigt mir seine Wertschätzung, seinen Respekt, wenn er mit mir über sie sprach. Was ihn verwunderte, was ihm an ihr gefiel. Ich konnte ihn nicht stoppen. Alles, was ich hätte sagen können, hätte seinen Verdacht erregt. Je länger sie bei uns blieb, desto offener sprach er mit mir. Ich wollte kein Wort davon hören. Aber es kam noch schlimmer. Er wollte nicht nur meinen Rat, er wollte, daß ich ihr gut zurede. Er hat mir keinen Befehl erteilt. Trotzdem, es war nicht mißzuverstehen, was er wünschte. Ich mußte mit ihr reden, über ihn.

– Du warst eifersüchtig auf den Saheb. Jetzt verstehe ich. Er besaß schon so viel, so viel mehr als du, wieso mußte er auch die schöne Frau besitzen, in die du verliebt warst. War es nicht so? Hat er deinen Haß nicht gespürt?

– Ich habe ihn nicht gehaßt. Auch das ist eine Lüge.

– Ist sie deshalb in Baroda geblieben? Hast du sie bei dem Firengi angeschwärzt? Weil du ihre Gegenwart nicht mehr ertragen hast? Weil sie Zwist zwischen euch gesät hat?

– Schweigen Sie. Sie reden Unsinn. Sie war tot, sie war schon längst tot.

– Was? Woran ist sie gestorben?

– Sie sind maßlos, Sie denken, ich würde Ihnen anvertrauen, was ich noch niemandem gesagt habe.
– Ich habe nur eine Frage gestellt.
– Sie können nicht jede Frage stellen.
– Es handelte sich um eine höchst vernünftige Frage.
– Zahle ich Ihnen Geld, um Ihnen meine Geheimnisse anzuvertrauen? Sie haben mein Leben auf den Kopf gestellt.

※※※※※※※※※

18.

Rasch gehandelt

Eine Woche später erklärte sich Upanitsche einverstanden, diesen Schüler zu unterrichten, und Burton wies Naukaram an, von Zeit zu Zeit große Kürbisse an das Haus des Lehrers zu liefern. Was hältst du von ihm? fragte er. Mir ist aufgefallen, Saheb, er kommt jeden Tag zur selben Uhrzeit an, er hat sein Leben im Griff, das ist das Zeichen eines bedeutenden Lehrers. Tatsächlich, pünktlich auf die Minute, jeden Nachmittag um vier Uhr, hörten sie die klappernden Räder der Tonga, das Schnaufen des Maulesels, und als Naukaram die Tür öffnete, schritt der kleine, weißbärtige Mann über den Gartenpfad, hinter ihm sein Amanuensis und über ihm der Sonnenschirm. Sie tranken einen Tschai, er mochte ihn würzig, dann setzten sie sich nebeneinander an den Schreibtisch. Naukaram mußte drei Kissen auf den Korbstuhl legen. Für Upanitsche war die Grammatik eine Tanzfläche, auf der er seine Pirouetten drehen konnte. Burton störte sich nicht daran. Niemand durfte erwarten, daß sich ein lebhafter Geist mit der Konjunktivform der Hilfsverben begnügt. Seine Abschweifungen verblieben zunächst auf dem Parkett der Sprache. Bestimmt haben Sie Kenntnis von unseren zwei Wörtern für Mann: Admi, das stammt von Adam ab, der, wie die Moslems behaupten, hierzulande auf die Welt gekommen ist, und Manav, das stammt von Manu ab, dem anderen Urahnen, aus der, wie Sie sagen würden, hinduistischen Tradition. An der Sprache sollst du sie erkennen, heißt es nicht so? In unserer Sprache offenbaren wir uns als Nachkommen zweier Geschlechter. Was könnte uns das für eine Stärke geben! Wäre es dieser Argumentation gemäß nicht folgerichtig, Guruji, daß jeder Inder sowohl Hindu als auch Moslem ist? Wir wollen nicht zu wagemutig werden, mein Shishia, wir wollen froh sein, daß sie nebeneinander leben. Doch die Sprache genügte ihm bald nicht mehr. Upanitsche sprang einen Salto und landete mit beiden Beinen in der Jurisprudenz ... im altindischen Strafrecht gab es Vergehen gegen Tiere. Drei Pirouetten später kommentierte er das Kastensystem ... ihr sagt Hochgeborene, wir sagen Zweimalgeborene. Kein großer Unterschied, finden Sie nicht auch? Und nach seiner Erklärung des Vokativ belohnte er seinen Schüler mit einem Spruch ... das Buch, der Stift und die Frau, niemals sollten sie ausgeliehen werden. Erhält man sie zurück, sind sie zerrissen, zerbrochen oder zerpflückt. Stammt das von Ihnen, Guruji? Mitnichten, es stammt aus einem Sanskrit-Gedicht, aus einem, wie würden Sie es nennen, klassischen Werk. Erstaunlich! Staunen Sie nur, Staunen ist gesund. Sollen wir uns noch eine Lektion vornehmen? Es reicht, Mister Burton, es reicht. Ein Shishia, der seinen Guru ermüdet, hat es so etwas schon einmal gegeben? Das ist ungehörig! Sie müssen meine Kräfte schonen! Sie werden Ihren Guruji noch länger benötigen.

Eines Abends erschien die Tonga nicht, um ihn abzuholen. Upanitsche mußte warten, während Naukaram sich um Ersatz bemühte. Obwohl er bequem auf dem Fauteuil saß, die Beine auf einem Hocker ausgestreckt, wurde er fahrig, er schnippte mit Daumen und Mittelfinger, während er Burtons Fragen über seinen Werdegang beantwortete. Alle paar Sätze horchte er auf, ob das Klappern der Räder endlich zu hören sei. Sorgen Sie sich um Ihre Ehefrau, Guruji? Ich werde mich sehr verspäten, das ist nicht gut. Ich kann es nicht ertragen. Wir sind Nachfolger einer exakten Zivilisation. In jeder unserer Sekunden spiegelt sich die kosmische Ordnung, und mit jeder vergeudeten Sekunde wird sie verhängnisvoll bedroht. Beachten Sie nicht das Gerede von den Zyklen von Kala, in denen wir angeblich so großzügig denken. Wir haben exakt zu sein. Als Naukaram unerledigter Dinge zurückkehrte, trommelte Upanitsche mit den

Fingern auf der Lehne, rutschte auf dem Polster hin und her. Naukaram hatte im ganzen Cantonment keine Tonga finden können. Burton beschloß, den Lehrer selber nach Hause zu bringen, auf dem Rücken seines eigenen Pferdes. Der Amanuensis konnte zu Fuß gehen. Oh, mein Shishia, Sie muten mir zuviel zu. Wie soll ich auf dieses Pferd steigen? Wir werden Sie hochhieven. Nein, das gefällt mir nicht, ein Lehrer ist doch kein Möbelstück. Gut, dann wird Naukaram einen Stuhl herausbringen. Ich werde das Pferd stillhalten, Sie können hochsteigen und aufsitzen. Ich habe noch nie auf einem Pferd gesessen, nicht einmal auf einem Maulesel. Setzen Sie sich einfach in den Sattel, Guruji, etwas weiter nach hinten bitte, damit ich Platz habe vor Ihnen. Und wenn ich herunterfalle? Halten Sie sich an mir fest, Guruji. Ausnahmsweise sind Sie von mir abhängig. Oh, so werden wir durch die Nacht reiten? Wie junge Liebende. Und wenn uns jemand sieht? Nehmen Sie bitte nicht die Hauptstraße, es gibt unbeleuchtete Nebenwege, die ich vorziehe. Burton hielt das Pferd in einem sanften Trab, und Upanitsche beruhigte sich allmählich. Dies ist ein ungewöhnlicher Abend. Ich möchte mich erkenntlich zeigen. Oder anders gesagt, Ihnen etwas geben, was mir zu diesem Anlaß gebührend erscheint. Woran denken Sie, Guruji? An eine Mantra. Vielleicht die mächtigste aller Mantras. Betrachten Sie diese Mantra als meinen Wegezoll an Sie. Er wird Ihnen nie ausgehen.

Purna-madaha
Purna-midam
Purnaat purnam uda-tschyate
Purnasya purnam-aadaaya
Purnameva ava-shishyate.

– Das klingt schön, Guruji. Mit solchen Mantras im Ohr bin ich bereit, die ganze Nacht mit Ihnen zu reiten.
– Oh, wir wollen nicht übertreiben. Was habe ich Ihnen beigebracht? Maßhalten. Sind Sie nicht neugierig auf die Übersetzung?
– Sie wird sich nicht so überzeugend anhören wie das Sanskrit.
– Sie haben recht, lernen Sie diese Mantra einfach auswendig. Die Bedeutung kann später folgen. Sie wirkt, Sie werden es sehen, sie wirkt Welten.
– Sie wirkt Welten?

– Sie werden mich dort vorne absetzen, ich gehe den restlichen Weg zu Fuß, alleine. Morgen kommen Sie zu uns nach Hause, zu einem einfachen Essen.
– Ich danke für die Einladung.
– Danken Sie mir nicht. Dank ist wie Geld. Wenn man sich besser kennt, kann man sich Wertvolleres geben. Ich habe eine Bitte. Ich weiß nicht, wie die Nachbarn reagieren werden, wenn wir einen britischen Offizier zu Gast haben. Ich möchte sie schonen. Vielleicht könnten Sie sich etwas Einheimisches überziehen. Ich weiß, ich verlange viel, aber sehen Sie das als Teil Ihrer Sprachausbildung an. Sie werden mit den Leuten einfacher ins Gespräch kommen. Sie müssen nur irgendwo stehenbleiben, nach wenigen Minuten werden Sie erste Freundschaften geschlossen haben.
– Mein Gujarati ist doch nicht ausreichend.
– Wie sollte es auch. Sie sind ein Reisender. Sie stammen aus dem, lassen Sie mich überlegen, aus dem Kaschmir! Ja, Sie sind Brahmane aus dem Kaschmir. Und wenn jemand Sie fragt, was für ein Brahmane, dann sagen Sie Nandera-Brahmane.
– Nandera.
– Und wenn jemand Sie fragt, was für einer Gotra Sie angehören, dann sagen Sie Bharadwaj.
– Bharadwaj.
– Und wenn jemand Sie nach der Familie fragt, dann sagen Sie ...
– Upanitsche!
– Wieso nicht, ein entfernter Verwandter, der von dem Ruhm dieses Guruji gehört hat und ihn deswegen aufzusuchen wünscht. Hervorragend.
– Und wenn ich einem Kaschmiri begegne?
– Dann geben Sie sich als hochrangiger Offizier der Jan Kampani Bahadur zu erkennen und drohen, den Mann ins Gefängnis werfen zu lassen, wenn er Sie verrät.
– Ist es denn nicht allgemein bekannt, daß Sie Umgang mit den Firengi pflegen?
– Früher, mein Shishia, früher. Die Zeiten ändern sich. Die Gleichgültigkeit weicht einer neuen Ablehnung. Ich höre Menschen mit viel Haß über die Briten sprechen.

– Sie übertreiben. Es kann nicht so schlimm sein.
– Vielleicht. In solchen Fragen ist die Übertreibung nützlich. Ich gebe zu, meine Absicht hat mehrere Väter. Ich würde dem Nachbarn gerne einen kleinen Streich spielen. Und dem Barbier auch. Ich möchte Sie als Gelehrten aus Kaschmir vorstellen, um das verdutzte Gesicht der beiden zu sehen, wenn ich ihnen später gestehe, mein Gast sei ein Angrezi gewesen, nachdem sie mir ausgiebig und blumig erklärt haben, was für ein typischer Kaschmiri Sie doch seien. Kommen Sie früh, wir essen nur einmal am Tag ein richtiges Mahl, wir werden uns ein spätes Mittagessen gönnen, und Sie können sich mit der Dämmerung auf dem Heimweg machen.
– Ao-jo, Guruji.
– Ao-jo. Ah, noch etwas. Bringen Sie bitte keine Bücher mit.
Burton hatte hinter dieser Bitte einen ihm unverständlichen Scherz vermutet. Doch kaum betrat er – verkleidet als Einheimischer, so bald hatte sich der ersehnte Anlaß ergeben – die Wohnung des Lehrers, sah er, daß Bücher wirklich das letzte waren, was dieser Haushalt benötigte. Die Ehefrau von Upanitsche, kleiner noch als ihr Ehemann und mit einem Gesicht gesegnet, auf dem ihre Gefühle offen in Erscheinung traten, begrüßte den Gast herzlich. Aus was für Gründen auch immer, sie vermutete in diesem Shishia einen Mitstreiter zu finden in ihrem offensichtlich aussichtslosen Kampf gegen die unzähligen Bücher ihres Mannes, die sich in schiefen Kolonnen neben den Sitzkissen erhoben. All diese verstaubten Bücher, sagte sie laut, den Gast im Visier, kannst du sie nicht wegwerfen? Du hast sie seit zehn Jahren nicht mehr angerührt. Na und? erwiderte Guruji. Dich habe ich auch seit zehn Jahren nicht mehr angerührt. Soll ich dich etwa wegwerfen? Burton war entsetzt, er wußte nicht, wohin er schauen sollte. In was war er hineingeraten? Wie sollte er sich aus der peinlichen Situation retten? Er hörte die beiden Alten lachen, rückhaltlos lachen, und als er aufblickte, zwinkerte Upanitsche ihm zu.
– Du schläfst mit deinen Büchern.
– Bist du eifersüchtig?
– Du hättest ein Buch heiraten sollen, nicht mich.
– Hätte das Buch mir Söhne geschenkt?

– Du hast kein Herz.
– Sondern ein dickes schwarzes Buch an der Stelle, ich weiß.
– Dein Herz schlägt nicht, es muß aufgeschlagen werden.
– Hast du deswegen lesen gelernt, Mutter meiner Söhne?
– Längst hätte ich es auswendig gelernt, wenn du nicht ständig etwas Neues hineinschreiben würdest. Ich komme nicht nach. Ich habe aufgegeben. Vor zehn Jahren!
Wieder lachten sie zusammen, und dieses Mal teilte Burton ihr Lachen. Er merkte auf einmal, wie wohl er sich fühlte bei diesem alten Ehepaar, das ihre Zweisamkeit mit schonungslosen Scherzen wach hielt. Wann reichst du uns etwas Nahrhaftes? Merkst du nicht, ich rede. Du redest immer, wenn es nach dir ginge, würde unser Gast verhungern. Upanitsche hatte an diesem Abend keine Geduld mit dem Ernst. Einer unserer berühmtesten Dichter hatte mehrere Frauen. Er ist ein Vorbild, viele eifern ihm nach, und ich vertrete schon seit geraumer Zeit gegenüber meiner Frau die Meinung, ich könne kein großer Dichter werden, solange ich nur eine Ehefrau habe. Wissen Sie, was sie mir antwortet? Werde du erst einmal ein großer Dichter, dann kannst du dir auch weitere Frauen nehmen! Burton hörte ihr Lachen in der Küche plätschern. Upanitsche lehnte sich zufrieden zurück, ließ seine Rechte langsam über seinen weißen Bart gleiten, bevor er die Stille mit dem nächsten Scherz verscheuchte. Sie lachten über diesen im Gleichschritt, sie lachten so heftig, Burton mußte sich nach vorne beugen, die Hände über den Bauch verschränkt, seine Augen nahe den Augen des Lehrers, die heraussprangen, über den Tisch rollten, sich vervielfachten und von Upanitsches knorrigen Fingern wieder aufgehoben wurden, als Gebetskranz. Was war in der Milch? fragte Burton mit auslaufendem Grinsen. Oh, Bhang natürlich, mein Shishia. Wir wollen, daß Sie sich wohl fühlen bei uns. Die zierliche Frau Upanitsche stand vor ihnen, eine Fee mit zwei Thali-Tabletts in der Hand. Sie erklärte ihm, was sich in den fünf kleinen Schüsseln befand. Er fischte die Okrastücke, gedünstet und milde gewürzt, mit einem Chapati einzeln aus einer der Schüsseln, während Upanitsche in das Dorf jenes Mädchens schlich, mit dem er vermählt werden sollte, ein Jüngling, der sich hinter Bäumen versteckte, um einen Blick auf sie zu erhaschen,

und dieser flüchtige Augenschein blieb der letzte bis zum Tag der Hochzeit, bis zu dem Augenblick, als sie sich gegenübersaßen, Priester und Verwandte zu allen Seiten, und das Tuch gelüftet wurde, das ihren Kopf und ihre Schultern verdeckt hatte. Warst du entsetzt? fragte sie. Ich muß zugeben, aus der Ferne hast du mich beeindruckt. Aber aus der Nähe, mein Herz flatterte auf und hat sich seitdem nicht mehr beruhigt. Es klopfte an der Tür. Die Nachbarn, um dem gelehrten Mann aus dem Kaschmir ihren Respekt zu bekunden. Sie lobten sein Gujarati. Später führte Upanitsche den Schüler nach unten, stellte ihn dem Barbier vor und bat diesen, ob sein Gast eine Weile bei ihm bleiben dürfe, denn er selbst müsse einen wichtigen Brief verfassen. Wie Sie sehen, habe ich wenig Platz, entschuldigte sich der Barbier. Burton blieb lange sitzen, im hintersten, dunklen Eck dieses engen Raumes. Er konnte sich kaum mit dem Barbier unterhalten, denn die Kunden traten regelmäßig ein. Die Rasur endete mit einer kurzen Kopfmassage und einigen sanften Backpfeifen. Burton döste ein, bis eine übergewichtige Stimme ihn aus dem Schlummer herausriß. Eine Stimme, die zu schimpfen begann. Der Barbier versuchte, den Redeschwall des Kunden zu stoppen, zumindest umzuleiten. Vergebens.
 – Früher mußten wir nur einen Schmarotzer ernähren.
 – Ha.
 – Nun sind die Firengi hinzugekommen.
 – Ha.
 – Die Angrezi sind noch schlimmere Schmarotzer.
 – Ha.
 – Wir können nicht zwei Maharaja gleichzeitig füttern.
 – Ha.
Aus der hinteren Ecke des Ladens meldete sich Burton zu Wort.
 – Wie recht Sie haben.
 – Are Baapre, du hast einen Gast!
 – Ein Mann von Bildung, aus Kaschmir. Zu Besuch bei Guruji.
 – Ich stimme Ihnen zu. Diese Angrezi überfallen uns, sie bestehlen uns, sie setzen sich fest wie Parasiten und erwarten, daß wir sie für alle Zeiten ernähren.
 – Du sprichst die Wahrheit, Reisender. Ihr Männer aus dem

Kaschmir seid die Sklaverei nicht so gewohnt wie wir. Es ist wie mit jedem Parasiten. Egal, wieviel wir arbeiten, wieviel wir essen, als Wirt werden wir immer schwach und schmächtig bleiben.
– Genauso ist es. Aber was können wir dagegen tun?
– Wir müssen uns wehren.
– Und wie?
– Wir müssen jene gegen die Angrezi anstacheln, die Waffen haben, die kämpfen können. Sie wissen, wen ich meine?
– Die Sepoy.
– Ja. Wir denken gleich. Das ist mir sofort aufgefallen. Wir sind Geistesbrüder. Wie heißen Sie?
– Upanitsche.
– Und Ihr Rufname?
– Mein Rufname, ja, ich heiße ... Ramji.
– Es ist mir eine Ehre. Mein Name ist Suresh Zaveri. Sie finden mich auf dem Goldmarkt. Wir sollten unser Gespräch fortsetzen.

Als Burton aus dem Haus trat, war es schon spät. Nach wenigen Schritten kam ihm der Lampenanzünder des Viertels entgegen. Er trug eine Leiter auf seinen Schultern und eine Ölkanne in der Hand. Burton grüßte ihn überschwenglich. Der Mann erwiderte den Gruß leise, dann lehnte er die Leiter gegen einen der Holzpfosten und stieg zu der mit Teer bedeckten Spitze auf.

❦❦❦❦❦❦❦

19.

NAUKARAM

II Aum Kshipraaya namaha I Sarvavighnopashantaye namaha I Aum Ganeshaya namaha II
– Ich habe nachgedacht. Ich habe nach etwas gesucht, das meinen Wert auch dem dümmsten Angrezi begreiflich macht. Burton Saheb war ein Spitzel. Nicht in Baroda. Später, als wir im Sindh lebten. Ein wichtiger Spitzel. Einer der wichtigsten. Ich muß Ihnen sagen, er

hatte jederzeit Zugang zu dem General der Angrezi. Er führte lange Gespräche mit ihm. Wissen Sie, wie es dazu gekommen ist? Ich war wesentlich daran beteiligt. Zusammen mit Guruji. Wir haben ihn zum Spitzel gemacht.
 – Schämst du dich dessen nicht?
 – Ich habe mich schlecht ausgedrückt. Wir haben ihn nicht zur Falschheit angestiftet. Wir haben angeregt, daß er unsere Kleidung anzieht, daß er sich wie einer von uns gibt. Guruji hat ihn einmal darum gebeten. Er hat sich eine Kurta von mir ausgeliehen.
 – Wenn das kein Zeichen von Vertrautheit ist.
 – Er war so aufgeregt, nach seinem Besuch bei Guruji und seiner Frau. Ich war skeptisch gewesen, als er sich die Kurta übergezogen hat. Als er vor mir stand, in der Verkleidung, ich mußte fast lachen. Die Hosen waren ihm zu lang, er sah aus wie eine Vogelscheuche. Aber ich hatte etwas Entscheidendes übersehen. Ich wußte, der Mann vor mir war Burton Saheb. Ich hatte nicht berücksichtigt, wie ihn jene sehen würden, die das nicht wußten. Er hat sich etwas Henna-Öl ins Gesicht und auf die Hände und die Füße gerieben, und dann ist er mit einer Tonga in die Stadt gefahren. Er kehrte nach Einbruch der Dunkelheit zurück. Er war aufgeregt. So aufgeregt hatte ich ihn selten gesehen. Er wollte mir alles erzählen. Wie sie ihn alle für einen Kaschmiri gehalten haben. Wie wohl er sich in der Rolle gefühlt habe. Wie er in der Ecke gesessen habe, zugehört habe, wie er irgendwann vergessen habe, daß er eigentlich nicht dazugehört. Er redete und redete, und mir wurde klar, ich hatte seine Verkleidung falsch beurteilt. Er mußte sich nur als einer aus dem Himalaja ausgeben, schon sah er aus wie einer aus dem Himalaja. Sogar seine Aussprache stimmte. Nicht völlig falsch, gerade so, daß es ihn entlarvte.
 – Hast du schon einmal einen Kaschmiri Gujarati sprechen hören?
 – Nein.
 – Woher willst du dann wissen, daß seine Aussprache zu der Verkleidung paßte?
 – Wie ich es mir vorgestellt habe. So klang es. Einige Tage später sind wir zusammen über den Basar gegangen. Er wollte, daß ich den

Herrn gebe und er den Diener. Er hat mir eingeschärft, bevor wir aufgebrochen sind, ihm gegenüber keinerlei Respekt an den Tag zu legen. Wir sollten glaubwürdig wirken. Er hat darauf bestanden, daß er die Einkäufe trägt. Ich war still, ich habe mitgespielt. Es hat ihm nicht ausgereicht. Auf englisch hat er in mein Ohr gezischt, ich solle ihn heruntermachen, laut, damit es alle hören. Ich habe begonnen, über seine Faulheit zu schimpfen. Zaghaft zuerst, dann begann ich, Gefallen daran zu finden. Ich habe über seine Unaufrichtigkeit geschimpft. Vielleicht habe ich ein wenig übertrieben. Da rief uns ein Mann zu sich, er stand vor einem Juweliergeschäft. Er kannte Burton Saheb scheinbar, er redete ihn mit dem Namen Upanitsche an. Er war sichtbar verstimmt darüber, daß Burton Saheb ein Diener war. Soweit ist es gekommen, lamentierte er, in unserem Bharat, daß die gebildeten Menschen sich an die Verräter verkaufen müssen, daß sie vor den Überläufern kuschen. Und er sah mich an, als wollte er mich vertilgen.

– Wirklich sehr komisch.

– Für mich war es nicht lustig. Nicht danach. Burton Saheb war böse auf mich. Obwohl ich genau das getan habe, was er gewünscht hat. Er hatte nicht damit gerechnet, diesen Bekannten zu treffen. Nun konnte er ihn nicht mehr aufsuchen, er hatte seine Hochachtung verloren. Wie hätte er ihm erklären sollen, daß er sich als stolzer Kaschmiri bei einem Gujarati-Kaufmann verdingt. Trotzdem, das Mißlingen war Teil des Erfolges. Von nun an war Burton Saheb besessen von der Idee des Verkleidens. Er bat mich, einen Schneider zu rufen, der seine Maße nehmen und eine Reihe von Kleidungsstücken nähen sollte. Für den täglichen Gebrauch sowie für besondere Anlässe. Zu Hause trug er eine einfache Kurta, bis sie ausgefranst und an einigen Stellen gerissen war. Er befahl mir, sie nicht zu waschen. Ein Kleidungsstück für jede Kaste, sagte er. Er machte sich einen Scherz daraus, vor der Regimentsmesse herumzulungern und die anderen Offiziere anzubetteln. Wenn sie ihn wegscheuchten, richtete er seine empörte Stimme zum Himmel und beschwerte sich im reinsten Englisch über die Herzlosigkeit seiner Landsleute.

– Was hat er sich erhofft von diesen Maskeraden? War es nur ein Spiel?

– Es war ein Spiel, gewiß. Aber es war mehr als das. Zuerst dachte er, er könnte der Langeweile seiner Arbeit entkommen. Doch es dauerte nicht lange und er erkannte den möglichen Wert seiner Ausflüge. Ich kann mich erinnern, er sagte mir einmal, der Resident sei genötigt, monatlich Hunderte von Rupien für geheime Berichte auszugeben, damit er über die Vorgänge am Hofe des Maharaja informiert sei. Er selbst könne an einem Abend in der Stadt Informationen im Gegenwert von fünfzig Rupien schürfen. Zu schade, sagte er, daß der Resident ein Idiot sei, der solche Unterstützung nicht verdiene. Er sah eine Möglichkeit zum schnelleren Aufstieg.

– Eine nützliche Leidenschaft.

– Sie haben recht. Er steigerte sich hinein. Bald bildete er sich ein, er könne denken, sehen, fühlen wie einer von uns. Er begann zu glauben, er verkleide sich nicht, sondern verwandle sich. Er nahm sie sehr ernst, diese Verwandlung. Sein Arbeitstag wurde noch länger. Stundenlang übte er den Schneidersitz. Bis seine Beine wie tot waren, und wir ihn aufheben und ins Bett tragen mußten. Er wollte lange still dasitzen können, um möglichst würdevoll zu erscheinen. Und wenn er nicht gerade mit Guruji lernte, forderte er mich auf, ihm etwas beizubringen.

– Was konntest du ihm beibringen?

– Vieles. Kleinigkeiten. Einzelheiten, an die ich nie gedacht hätte. Wie die Fingernägel geschnitten werden, wie man von seiner Mutter spricht, wie man mit dem Kopf wackelt, wie man auf seinen Fersen kauert, wie man seiner Begeisterung Ausdruck verleiht. Er wollte, daß ich mich zu ihm setze, während ich ihm etwas zeigte, etwas vorsagte. Das habe ich abgelehnt. Immer. Schreiben Sie das auf. Ich weiß der Vertrautheit Grenzen zu setzen. Ich habe seine Einladung stets abgelehnt, zusammen mit ihm am Tisch zu essen. Das hätte nicht gut ausgesehen vor den anderen Dienern. Ich war keineswegs überzeugt, im Gegensatz zu ihm, daß man seine Rolle im Leben wechseln kann.

◊◊◊◊◊◊◊◊◊◊

20.
EROBERER DES HERZENS

Einige Tage bevor sie plötzlich erkrankte, hielt er ihre Hand und versuchte ihr in Worten, die ihre wahre Bedeutung verbargen, seine Zuneigung zu erklären. Es war ein Desaster. Sie unterbrach ihn, sie befreite ihn mit einem Kuß, dem sie ihm auf den Nacken tupfte. Sie entkleidete ihn, und entgegen dem bedächtigen Hergang, den sie ihm beigebracht hatte, führte sie – mit beinahe unziemlicher Eile – sein Glied in sich hinein. Er war bereit, seine Liebe ehrlicher zu erklären, als sie innehielt, sie bewegte sich nicht mehr, ließ ihre Hände auf seiner Brust liegen und begann zu sprechen, während sie auf seinem pulsierenden Staunen sitzen blieb, sprach in vollständigen Sätzen, in einem vertrauten Tonfall, der beiläufig erzählte und doch seine ganze Aufmerksamkeit einforderte. Er mußte seine Stöße besänftigen, um ihren Worten folgen zu können, die einen verliebten Mann beschrieben, verliebt in eine Unbekannte, die ihm wichtiger wird als alles andere auf der Welt. Er stellt ihr nach, wann immer sie ihr Haus verläßt, er verfällt ihr, läßt sie nicht mehr aus den Augen, er kann sich ein Leben ohne sie nicht vorstellen, sie nistet sich in jeden seiner Gedanken ein. Eines Tages überwindet er sich, er rafft seinen gesamten Mut zusammen, er spricht sie auf der Straße an, erklärt ihr aufgeregt seine Liebe, mit einer Stimme, die sich überschlägt, seine ewige Liebe, in Worten, die kein Ende finden, bis sie ihn unterbricht. Sie lächelt, und er denkt, es wird nie wieder Nacht, und sie sagt zu ihm, mit einer Stimme, die noch bezaubernder ist, als er sie sich vorgestellt hat, deine Worte sind wundervoll, sagt sie, sie erfreuen mich, sie ehren mich, aber ich verdiene sie nicht, denn meine Schwester, die hinter mir hergeht, sie ist um so viel schöner, um so viel reizvoller als ich. Ich bin mir sicher, wenn du sie gleich siehst, wirst du ihr den Vorzug geben. Worauf der unsterblich verliebte Mann seine Augen von der Angebeteten abwendet, um einen Blick, einen kurzen, prüfenden Blick nur, auf die gepriesene Schwester zu werfen. Die Angebetete versetzt dem Mann einen kräftigen Schlag auf seinen Kopf: Das ist also deine ewige Liebe! Kaum erwähne ich eine schönere Frau, wendest du dich schon ab von mir, um einen Blick von ihr zu erhaschen. Was weißt du schon von der Liebe? Was erlaubte sie sich? Wie konnte sie ihn so herausfordern? Burton wollte sich von ihr lösen. Sie widersetzte sich, mit dem ganzen Gewicht ihres Körpers, das auf ihm lastete, mit ihren Hüften, sie umklammerte ihn, sie widersetzte sich jeder seiner Absichten, er wußte nicht mehr, ob er noch wütend war oder wieder erregt, sie trieb ihn mit ihren langen Fingern zur Kapitulation, sein Zorn umringte seine Lust, sie konnte nicht ausbrechen, sie konnte nicht abflauen, es war eine peinigende Erregung, die ihn so aufwühlte, er mußte um Erlösung bitten. Er schrie. Das war wenige Tage, bevor sie schwer erkrankte.

※※※※※※※※

21.

NAUKARAM

II Aum Manomaaya namaha I Sarvavighnopashantaye namaha I Aum Ganeshaya namaha II
– Kaum hatte er gelernt, sich wie ein Kaschmiri zu geben, mußte er vergessen, daß er einer war. Er mußte eine neue Gestalt annehmen, und in dieser war es am besten, wenn er sich nicht einmal daran erinnerte, daß er einst ein Nandera-Brahmane war. Das war das Schwierige an der Aufgabe, die er sich selbst gestellt hatte. Er mußte sich umgewöhnen. Die Angrezi besetzen so viele Länder. Mit einer Verkleidung allein war es nicht getan. Die Wandlungen waren wie Jahreszeiten. So als würde ich im Frühling als Khelassy arbeiten, im Sommer als Kedmutgar, im Herbst als Bhisti und im Winter als Hakaum.
– Ich weiß nicht, ob ich das bewundern soll.
– Es war verwirrend, die Zeit im Sindh. Wir segelten nach Karachi. Von Bombay aus. Eine Reise von wenigen Tagen nur. Eine

Reise in die Wildnis. Von dem Tag an, an dem ich meinen Fuß auf dieses Land setzte, wußte ich, ich gehörte nicht dazu. Ich fiel als Fremder auf. Ich blieb ein Fremder. Ich benötigte meine ganze Kraft, um nicht zu vergessen, wer ich war. Burton Saheb hingegen verdoppelte den Einsatz. Er wollte für einen Moslem gehalten werden. Können Sie sich etwas Schwierigeres vorstellen? Und Widerlicheres. Er mußte so viel auswendig lernen. Den ganzen Tag murmelte er vor sich hin. Ich verstand kein Wort. Trotzdem zwang er mich, ihm zuzuhören, wie er diese harschen Geräusche von sich gab. Die Gicht möge alle Zungen befallen, die sich so verkrümmen. Das allein reichte nicht. Er mußte mit einer Hand auf der Hüfte gehen. Er mußte sich das Pfeifen abgewöhnen. Wissen Sie, diese dämlichen Miya glauben, die Firengi unterhalten sich mit dem Teufel, wenn sie pfeifen. Statt dessen lernte er leise zu summen. Er mußte sich angewöhnen, mit der rechten Hand über seinen Bart zu streichen. Er mußte üben, lange zu schweigen. Das Schweigen für sich sprechen zu lassen. Ich muß Ihnen sagen, das fiel ihm am schwersten.

– All das hat er bestimmt nicht von einem Tag auf den anderen gelernt?

– Es hat gedauert. Er hat Monate gebraucht, bis er den Turban richtig binden konnte. Er war erstaunlich. Er konnte seinen Geist der Geduld anvertrauen, und er konnte in Tobsucht fallen, weil etwas nicht sofort erledigt wurde. Und mit wütender Geduld überwand er sogar die größte Herausforderung, die sich ihm stellte – das Kamel. Sein erster Versuch, auf einem Kamel zu reiten, endete in einer Schmach. Sie hat mich, ich muß es zugeben, sehr vergnügt. Er bildete sich ein, es sei ein leichtes, ein Kamel zu reiten, wenn man ein Pferd reiten konnte. Er schwang sich auf den Rücken eines Tieres, ohne sich vorher über sein Wesen informiert zu haben. Das Kamel jaulte und blökte, es wehrte sich mit allen Kräften. Als Lasttier war es einen Reiter nicht gewohnt. Kaum saß Burton Saheb, begann es nach ihm zu schnappen, nach seinen Stiefeln. Er zog sein Schwert und stach dem Tier in die Nase, jedesmal, wenn es seinen Kopf drehte. So ging es hin und her, bis das Tier ohne Vorwarnung lostrabte. Endlich, es gehorcht seinen Befehlen, dachte ich. Ich irrte. Bald galoppierte es auf den nächsten Baum zu, es jagte unter dem dornigen Schirm des Baumes hinweg, und wenn Burton Saheb sich nicht geistesgegenwärtig geduckt hätte, sein Gesicht wäre zerkratzt und seine Augen ausgestochen worden. Als auch dieser Trick nichts half, blieb das Kamel regungslos stehen. Nichts, was Burton Saheb versuchte, konnte das Tier aus seiner Erstarrung bewegen. Er versuchte alles, er redete ihm gut zu, er gab ihm die Hacken, er peitschte auf das Kamel ein, er bearbeitete seine Flanken mit dem Rapier. Völlig vergeblich. Das Kamel entschied selbst, wann es sich wieder regen würde. Als es soweit war, schien es endlich gefügig zu sein. Es trabte los mit erhobenem Hals, scheinbar versöhnt, scheinbar gutmütig, und Burton Saheb grinste mich zufrieden an. Das Grinsen hielt sich nicht lange, das Tier verließ den Pfad und hielt schnurstracks auf den nahen Sumpf zu. Von weitem sahen wir, wie Burton Saheb sein Schwert hochhielt, als überlege er, ob er das Tier umbringen sollte, bevor es im Morast versank. Aber es war schon zu spät. Es rutschte schon hinein, es versank, es knickte ein und fiel zur Seite. Burton Saheb wurde abgeworfen, er landete im Schlamm, und wir mußten ihm, als wir ihn mit schnellen Schritten erreichten, einen langen Stock reichen, an dem er sich herausziehen konnte. Sie können sich vorstellen, wie er aussah. Wir mußten unsere Belustigung unterdrücken. Erst nachher, am Abend, konnten wir ungehemmt lachen.

– Es fällt mir schwer, deiner Erzählung zu glauben. Ein Kamel zu reiten und sich über den Bart zu streichen, das macht aus einem Menschen noch lange keinen Moslem.

– Ich weiß nicht, ob ich es erwähnt habe. In Baroda hat er von Guruji einiges über unseren Santano Dharma gelernt. Kurz vor unserem Abschied begleitete er ihn sogar zu einem Shivaaratri-Fest, in einem Tempel nahe der Narmada. Er erzählte nachher, er habe die ganze Nacht mit den anderen Nandera-Brahmanen Bhajans gesungen, er habe Gott begleitet, als dieser auf einem Palankin aus dem Tempel getragen wurde. Kaum erreichten wir das Sindh, vergaß er alles über Shiva und Lakschmi-Narayan. Er versenkte sich in den Aberglauben der Kastrierten, als habe er ein Leben lang darauf gewartet. Ich habe keine Ahnung, was ihn daran so gereizt hat. Zuerst hat er behauptet, er studiere es nur, um die Einheimischen besser zu

verstehen. Aber er konnte mir nichts vormachen, ich habe bemerkt, mit welcher Hingabe er sich den Ritualen widmete, wieviel Zeit er damit verbrachte, auswendig zu lernen, was er kaum verstand. Da verstand ich, er nahm an, in seinem Glauben genauso von einem Überwurf zum anderen wandeln zu können wie in seinem Benehmen, in seiner Kleidung, in seiner Sprache. Und als mir das klarwurde, verlor ich einen Teil meines Respektes für ihn.
– Du bist kleinlich. Ortswechsel bedingen Glaubenswechsel.
– Wie meinen Sie?
– Wieso haben wir so viele verschiedene Formen unseres eigenen Glaubens? Weil die Anforderungen an den Glauben im Wald anders sind als in der Ebene oder in der Wüste. Weil die Gewürze vor Ort den Geschmack des gesamten Gerichtes verändern.

※※※※※※※※※

22.
Älter als sein Bruder

Wir essen Sand, wir atmen Sand, wir denken Sand. Die Häuser sind aus Sand, die Dächer sind aus Sand, die Wände sind aus Sand, die Brüstungen sind aus Sand, die Fundamente sind aus Felsgestein, bedeckt von Sand. Wir sind, das habt Ihr fast richtig erraten, im Sindh. Es geht uns gut dabei, habt keine Sorge. Diese Diät dient unserer Camouflage. Wenn wir uns begegnen würden, auf freier Öde, Ihr würdet meinen, ein aufrechtes, uniformiertes Fossil zu sehen, gewisse Ähnlichkeiten mit Eurem Sohn zugestanden. Als Fossil überlebt es sich am längsten, meine Gesundheit gedeiht. Karachi, der Hafen, wo unser Imperium neuerdings seine beringte Hand anlegt, ist nicht mehr als ein großes Dorf von etwa fünftausend Einwohnern (vielleicht sind es auch doppelt soviel, wer weiß das schon, es wird nicht bewohnt von zählbaren Körpern, sondern von Schatten, die sich mal spalten, mal miteinander verschmelzen). Karachi – ich wiederhole den Namen so gerne, er beschwört den Klang eines neapolitanischen Fluches, findest Du nicht auch, Vater? – ist umgeben von Mauern mit Löchern wie Nüstern, durch die wir im Belagerungsfall kochendes Wasser gießen können. Wer sollte uns belagern? Ob sich Schatten verbrühen lassen? Jedes Haus wirkt wie eine kleine Festung, seltsam, die Festungen gehen ineinander über. Straßen gibt es keine, nur äußerst enge Gassen. Der einzige offene Platz ist der Basar, ein armseliges Exemplar eines Marktplatzes, die Läden brüchig geschützt von einem Dach aus Dattelblättern, das weder dem Regen noch der Sonne standhält. Meistens stinkt es zum Himmel, die Kanalisation ist eine vage Absicht. Aber sorgt Euch nicht, es gibt eine Prophylaxe gegen Cholera und Typhus, wie auch gegen Schuß- und Stichwunden, sogar gegen Dummheit und Verbohrtheit – sie heißt Glück, und ich habe diese Prophylaxe getroffen. An guten Tagen verdanken wir dem Meer etwas frische Luft. Bei Ebbe erhebt sich eine Reihe von Schlammbänken aus dem Hafenbecken. Sie bocken die Schiffe auf, die mit schiefem Bedauern dieses Intermezzo erdulden. Der Boden hier ist aus Lehm, so dickschädelig wie die Menschen, wir müssen die Pflöcke mit Hauruck einhämmern. Erst wenige Bungalows sind errichtet, aber die Mächte, die unser Schicksal blind und stotternd verwalten, haben die Zukunft wohl bedacht. Eine Pferderennbahn ist unser aller Stolz. Wie werden wir beurteilt werden, einst, wenn Napier der Unnachgiebige so heldenhaft im Mythos erleuchten wird wie Alexander der Große? Wie wird die Menschheit einer Zivilisation gedenken, die eine Pferderennbahn anlegt, noch bevor sie einen Gedanken an eine Kirche oder eine Bibliothek verschwendet? Sind wir das Abendland von Jesus oder von Equuleus?

›Sindh-Hind‹ war der Name, den arabische Kaufleute für diesen Teil der Welt kannten: ›Sindh‹ war das Land diesseits des Indus, Hind, das eigentliche Indien, lag am jenseitigen Ufer. Ich bin also von Hind nach Sindh, ach, wäre ich nur bei meinem bewährten Konsonanten geblieben. Ghorra, was für ein unglückseliges Loch, ein trostloser Aufwurf von Fels und Ton, ein Haufen schmutziger Schuppen aus Lehm und Flechte. Was hier wächst, wuchert, eine magere Ausbeute an Dornen und Feuerpflanzen, gerade einmal ausreichend, um die Kamele zu füttern, die alles niederkauen. Liebe Schwester, geschätzter Schwager, ich bin mir nicht sicher, ob dies die Hölle ist (unsere Vorgesetzten halten solche Informationen vor uns geheim), aber es ist ein Land des grellen Widerscheins, eines Glanzes, der alles ausradiert, einer Hitze, die aufkocht und ausdünstet, bis das Gesicht der Erde sich häutet, sich abschält, bis es aufplatzt, aufreißt und fiebrige Blasen wirft. Ihr könnt Euch vorstellen, ich fühle mich wie ein Fisch im Wasser, und mein Körper schreit täglich nach neuen Herausforderungen. Manchmal schreit er allzu laut. Die Kadaver von fünfzig Kamelen – nein, Schwester, ich habe sie nicht gezählt, es handelt sich hierbei um eine olfaktorische Schätzung – verfaulen neuerdings in der Nähe des Lagers. Als ich, in einiger Entfernung, versteht sich, vorbeischritt, überraschten mich zwei fette Schakale, die aus ihrem kleinen Speisezimmer im Bauch des Kadavers krochen, ganz schlaff von ihrem heißhungrigen Mahl.

Sorge dafür, daß Du nie hierher versetzt wirst, Bruder, dieses Land ist wie geschaffen für den Krieg, ich rieche geradezu den Ruhm, den unsereiner erringen könnte, aber in Friedenszeiten ist es hier so aufregend wie auf einem Friedhof, der von einem Sandsturm begraben worden ist. Ja, das Land ist sandiger als der Schnurrbart eines Schotten. Bleibe bei der schönen Lanka – heißt es die oder der Lanka? Du siehst, nicht einmal der Geschlechter kann ich mir mehr sicher sein. Für den Fall, daß es Dich wider Erwarten hierher verschlägt, werde ich Dir Bericht erstatten von den Bordellen unseres großen Dorfes. Es sind derer drei. Erstaunlich nicht. Eine Pferderennbahn und drei Bordelle. Was braucht der Engländer mehr? Eines der Bordelle ist eine genaue Kopie der Frauenhäuser (wie mein treuer Diener Naukaram zu sagen pflegt) in Bombay und Baroda, eine halbwegs kultivierte Stätte mit erträglichen Vorführungen von Tanz, und voller Geschöpfe, mit denen man sich vortrefflich unterhalten kann, vorausgesetzt natürlich, man ist des Sindhi oder des Persischen mächtig. Ich mache Fortschritte, und um diese Fortschritte nicht zu gefährden, bin ich dort Stammgast. Im zweiten Bordell sieht man wenig, und das ist durchaus beabsichtigt, Dampf steigt auf, und die Kunden sind mit Lehm eingeschmiert, in unterschiedlichen Farben, so daß Männer jeglicher Herkunft miteinander Umgang pflegen können. Solange sie still dasitzen, Mitwirkende in einer Pantomime, ruhen die Unterschiede zwischen ihnen. Der Lehm soll gesund sein, und nach ein oder zwei Stunden in seiner Umarmung sei nicht nur der Körper, sondern auch die Lust gereinigt. Ich werde es ausprobieren, einer dieser Tage, und Dir natürlich Bericht erstatten, mein lieber Edward. Das dritte Bordell ist das berüchtigtste, davon spricht man nur hinter vorgehaltener Hand. Lupanar heißt es gut klassisch, ein Haus, in dem sich Knaben und junge Männer feilbieten. Es gehört, so die Gerüchte, einem angesehenen Emir und wird überwiegend von den Aristokraten der Provinz frequentiert. In unserem Militärslang nennen wir es den Backgammon-Salon. Das amüsiert mich tüchtig, Du weißt, ich liebe dieses Spiel. In diesem Sündentempel war ich bislang nicht und verspüre auch keine Neigung, ihn aufzusuchen, aber ich vermute, dort erblickt man einiges, was nirgendwo sonst sein Haupt zeigt. Apropos Bordelle, ich habe mich hier auf einen Disput eingelassen, so schlagen wir uns die Abende um die Ohren, ob denn die Hindu-Frauen oder die Moslem-Frauen die besseren Kurtisanen hervorbringen. Du glaubst nicht, wie erhitzt die Debatte geführt wird. Auf hohem Niveau. Das schlagendste Argument, nach meinem Dafürhalten, lautet, die Hindus seien im Vorteil, weil ihnen die sakrale Prostitution traditionell geläufig sei und das Beglücken des Mannes somit aus göttlicher Pflichterfüllung hergeleitet werde. Deine Erfahrungen würden das Gespräch bereichern, ich flehe Dich an, teile uns mit, wie würde Dein Richterspruch lauten?

❁❁❁❁❁❁❁

23.
NAUKARAM

II Aum Skandapurvaaja namaha I Sarvavighnopashantaye namaha I Aum Ganeshaya namaha II
— Sie sind heute besonders schlecht gelaunt.
— Meine Frau, sie setzt mir zu. Sie läßt mich nicht in Ruhe ar-

beiten. Ich brauche am Abend Zeit, ich muß mich mit deinem Schreiben beschäftigen, ich muß nachdenken, auswählen, kürzen, umschreiben. Dein Auftrag, er erfordert besondere Aufmerksamkeit.
– Ich bin also schuld an dem Streit, den Sie mit Ihrer Frau haben?
– Fahren wir fort. Du hast ihn also verachtet, weil er sich als Moslem verkleidet hat. Hast du dich in seiner Gegenwart geschämt?
– Ich war nie dabei. Wenn er sich verkleidete und wegritt. Er war manchmal wochenlang weg.
– Du warst nicht dabei?
– Nein. Denken Sie doch mit. So viel Mühe auf die Verkleidung verwandt, und dann einen Ungläubigen als Diener? Aus Gujarat? Unmöglich. Diese Menschen verkehren nur mit ihresgleichen. Ich blieb im Lager. Wo ich niemanden kannte. Ich meine, ich kannte sehr wohl einige der anderen Diener vom Sehen und Hörensagen. Aber mir lag wenig an ihrer Gesellschaft.
– Und die Sepoy?
– Sie gaben sich nicht mit uns ab. Sie hielten sich für etwas Besseres. Können Sie das glauben? Sie sind auch nur Diener, und die Arbeit, die sie für ihre Herren erledigen, ist die schmutzigste Arbeit, die es gibt. Das Rauben und das Morden. Doch sie halten sich für etwas Besseres als jene, die den Haushalt in Ordnung halten.
– Seine Kameraden? Was sagten sie zu seinen Wandlungen?
– Ich weiß es nicht. Ich habe sie selten gesehen. In dem Zelt konnten wir keine Besucher empfangen. Ich habe nur gehört, sie hätten begonnen, ihn in der Messe den weißen Neger zu schimpfen. Sie fanden, er wird seinem Volk untreu, wenn er sich wie einer der Wilden anzieht.
– Es war doch von militärischem Nutzen, er war Kundschafter für die Armee der Angrezi, was er tat, tat er also zum Wohle der Ehrenwerten Gesellschaft.
– Sie empfanden sein Verhalten trotzdem als ungebührlich. Es gab jene, die meinten, zuviel Umgang mit den Einheimischen sei ungesund. Und einige waren der Ansicht, auf die Informationen, die er

einhole, könne man ebensogut verzichten. Er setzte sich einem Verdacht aus. Einem schwerwiegenden, üblen Verdacht. Als würde er Unkraut in den gesäten, gehegten, gestutzten Garten hineintragen. Jeder weiß, wie schnell sich Unkraut ausbreiten kann.
– Unkraut, ja, Unkraut, wenn es einmal durch den Zaun dringt, wenn es nicht rechtzeitig getilgt wird. Sehr gut, von der anderen Seite aus betrachtet gibt uns das Hoffnung, nicht wahr? Übrigens, ich habe gestern vergessen, wir müssen über das Honorar reden. Was du angezahlt hast, ist natürlich längst nicht ausreichend. Ich denke, es wäre nötig, daß du noch einmal acht Rupien zahlst.
– Das sind dann ja insgesamt sechzehn.
– Na und! Wie viele Tage beschäftige ich mich schon mit dir? Der halbe Mond ist verflossen. Da jammerst du über sechzehn Rupien.

❦❦❦❦❦

24.
Ein tapferer Krieger

Wenn Burton oder Naukaram oder ein anderer Fremder über das Sindh blickten, sahen sie eine uneinlösbare Wüste. Der General hingegen sah fruchtbares Land, und er sah, wie es zum Erblühen gebracht werden könnte, mit einer für Träume ganz ungewöhnlichen Genauigkeit. Die Bauern müßten autark werden. Den Großgrundbesitzern, die sich die Gebiete am Ufer, die Sümpfe, als private Jagdparks hielten, müßte die Kontrolle über den Indus entrissen werden. Die überwucherten, vom Treibsand gefüllten Kanäle müßten freigelegt werden – so geschärft war sein Traum, er sah die Schaufeln über den Schultern der Arbeiter –, das Flußwasser müßte gestaut, weitere Schleusen errichtet und durch weitverzweigte Bewässerung neues Acker- und Reisland gewonnen werden. Ein Hauptmann namens Walter Scott erhielt den Auftrag, das Land zu vermessen, bevor mit dem Ausheben begonnen werden konnte. Der Traum des Generals umfaßte sogar die Gebühren, die einzuführen wären. Im Rahmen eines effizienten und gerechten Systems würde Ackerland auf vierzehn Jahre verpachtet werden, die ersten zwei Jahre vom Zins befreit. Er war äußerst penibel, der General. Er reichte seinen bis ins letzte Detail ausgearbeiteten Traum in mehrfacher Ausfertigung ein. Doch die Direktoren der Ehrenwerten Ostindischen Gesellschaft fürchteten, eine Neubelebung dieses Ausmaßes würde ihnen teuer zu stehen kommen, in Zeiten, in denen die Bilanzen schlecht standen. Erst als er das abschlägige Schriftstück las, wurde der General rüde aus seinem Traum geweckt, und als er aus seinem Fenster schaute, sah auch er nur rettungslose Öde. Der Auftrag wurde geändert. Das Land sollte nicht mehr verbessert, nur noch vermessen werden.

Die Menschen dieser Öde kannten den General nur unter dem Namen Shaitan-Bhai, was soviel bedeutete wie ›Teufels Bruder‹. Unter seinen eigenen Leuten war er unter seinem bürgerlichen Namen – Charles Napier – bekannt, auch wenn dieser selten verwendet wurde. Der General verachtete all jene, die ihm widersprachen, unabhängig davon, ob sie Untergebene waren oder Vorgesetzte. Er ergötzte sich an der Eroberung und an dem schlechten Gewissen, das sie ihm bereitete. Er mißtraute jedem, und er erwartete von allen, daß sie über sich hinauswuchsen. Auch in ihren Verfehlungen. Weswegen er die Intrigen der einheimischen Prinzen überschätzte. Um sich vor ihnen zu schützen, entwickelte er eine Strategie, die seinen berüchtigten Ruhm weiter steigerte: Er rief zum Gegenschlag, noch bevor der Gegner sich zum Angriff entschlossen hatte. Er betrachtete diese Strategie als Kunst, und so scheute er nicht die Opfer, die jede Kunst fordert. Er hatte grandiose Erfolge errungen, in den Schlachten von Miani und Hyderabad. Tapfere Siege, bei denen der Artillerist, dem die einzige Kanone der Talpur-Armee unterstand, absichtlich weit über die Köpfe der angreifenden Briten zielte, bei dem der Kommandant der Kavallerie ein Verräter war, der seine Männer abzog und zur Flucht antrieb. Selbst der Name dieser Schlacht war nicht von ehrlichen Eltern. Sie wurde eigentlich nahe des Dorfes Dubba geschlagen, was soviel wie Schmalzhaut bedeutete, und so ritt ein verwundeter Offizier durch die Gegend auf der Suche nach einem eleganteren Namen für den Schauplatz dieses glorreichen Sieges.

Die Zahlungen für den Hochverrat waren versteckt in den Bilanzen, aber wer den Hergang kannte, konnte entziffern, wie gut das Geheimdienstgeld angelegt worden war. Doch auch diese Kunst war wie jede andere verstrickt in ihre eigenen Abhängigkeiten. General Napier war angewiesen auf Informationen, die exakt genug waren, um der Zukunft stets einen Schritt voraus zu sein. Er war ein Meisterschütze, und so erklärte er, als Burton ihn einmal nach seiner Strategie fragte, es sei wie bei einem Schuß aus erheblicher Entfernung, der Schütze müsse sich ausrechnen, wo sich das Objekt in einem Bruchteil einer Sekunde befinden werde, er müsse die Bewegung voraussehen, um perfekt zielen zu können. Die ruhigste Hand nütze nichts, wenn das Objekt in dem Moment, in dem die Kugel den Lauf verläßt, über die Wurzeln einer Scheinzypresse stolpert. General Napier war ein Pedant, auch in seinen Gleichnissen. Zuständig für das Fördern dieser Informationen war Major McMurdo, der ein Netz von Zuträgern, Agenten, Spitzeln und Spionen rekrutiert hatte und einem jeden von ihnen solch einen Schrecken einjagte, daß sie ihn insgeheim Mac the Murder nannten. Major McMurdo schürfte den Reichtum, den General Napier zu ernten erhofft hatte, die Öde gab ihre Geheimnisse in unzähligen Hinweisen Aufschlüssen Hintergrundberichten preis, eine Einheit von Übersetzern übertrug sie aus der Sprache von Sand und Staub in die Sprache von Hecke und Rasen, denn die Informanten waren ausnahmslos Einheimische. So vermochte McMurdo dem General täglich ausgiebig Bericht zu erstatten. Aber ein Skeptiker wie der General sieht im blauesten Himmel die Drohung von Wolken, er mißtraut dem Frieden ebenso wie jedem einwandfrei funktionierenden System. Er war so paranoid wie Männer, die zuviel Bhang eingenommen haben. Er sicherte sich ab, er bestand darauf, stets einen zweiten Schuß im Lauf haben, sollte der erste wider aller Voraussicht den Gegner verfehlen.

Burton war einer seiner Zweitschüsse, ein weiterer Trumpf in seinem Ärmel. Burton war das scharfe Auge des Generals in der vermeintlich friedlichen Fremde außerhalb des Cantonment. Die Ruhe täuschte, davon war der General überzeugt. Burton sollte persönlich für Napier die Augen und Ohren offenhalten. Als er zurückkehrte von seinem ersten Hör-dich-um, erstattete er dem General einen so ungewöhnlichen Bericht, daß dieser sich in seiner Entscheidung bestätigt fühlte, diesen jungen Mann mit den unglaublichen Sprachkenntnissen und dem schwierigen Wesen mit der Reconnaissance beauftragt zu haben. Richard Francis Burton. Der Vater ebenfalls Offizier. Beide Großväter Pastoren. Ein Teil der Familie aus Irland. Was nicht erklärte, wieso er so dunkel war. Vielleicht stimmte das Gerücht, eine Zigeunerin habe sich in die Genealogie hineingedrängt. Dieser Burton hatte einen viel zu eigenen Kopf, um in der Armee voranzukommen. Er gehörte zu den Soldaten, die man sofort zum General befördern sollte. Oder entlassen. Er trug seinen Bericht mit dem Verve eines Hauptdarstellers vor, der den wichtigsten Monolog eines Stückes deklamiert. Die Einführung des britischen Rechtssystems sei zwar formal weit vorangeschritten, die Umsetzung leide jedoch noch an Schluckauf. Der General selbst habe neulich einige Todesurteile unterschrieben, die ersten Mörder, die in einem ordentlichen Verfahren schuldig gesprochen worden waren, die Vollstreckung der Urteile sei ihm bekanntgegeben worden. Trotzdem seien die Verurteilten noch am Leben. Der General, der nicht ruhig hinter dem Schreibtisch sitzen konnte, der sich Rapport erstatten ließ, während er die Truppen inspizierte, während er ausritt, während er sich im Fechten übte, während er von einem Gebäude zum anderen hinkte, er blieb stehen und beäugte Burton durch seine Drahtbrille, mit der Nase eines Adlers und den Augen eines Falken. Wollen Sie Verwirrung stiften? Keineswegs. Die Verurteilten, Sir, waren reiche Männer. Sie haben Ersatz angeheuert, der an ihrer Stelle gehängt wurde. Sie wollen mich herausfordern, junger Mann! Nicht im geringsten, Sir, ich weise darauf hin, daß der Mensch sich alles mögliche einfallen läßt, um zu überleben. Das System hat sogar einen Namen: Badli. Wer läßt sich freiwillig für einen anderen hängen? Ich weiß es nicht, Sir. Dann finden Sie es heraus. Schleunigst. Burton wartete die nächste Hinrichtung ab. Er schritt dazwischen, bevor die Falltür wegfallen konnte. Halt. Ich habe Grund zur Annahme, daß dieser Mann nicht derselbe ist wie jener, der zum Tode verurteilt wurde. Tatsächlich? fragten die Umherstehenden mit unschuldiger Verwunderung. Das wißt ihr genau, sagte Burton. Ich will mit diesem Trottel reden, dann darf er unbehelligt nach Hause. Habt ihr mich verstanden? Der Mann, der dem Seil um einen Hauch entronnen war, überschüttete Burton mit wüsten Beschimpfungen. Möge deine Nase abfallen, du Schweinefresser, schrie er. Er wollte nichts davon hören, daß Burton ihm das Leben gerettet habe. Erst viel später, als er sich beruhigt und mit der Aussicht auf sein Weiterleben angefreundet hatte, beantwortete er die Frage, wieso er sich auf einen derartigen Tausch eingelassen habe. Ich war mein Leben lang arm, sagte er ruhig. So arm, ich wußte nicht, wann ich das nächste Mal wieder essen würde. Mein Magen war immer leer. Meine Frau und meine Kinder sind halb verhungert. Das ist mein Schicksal. Aber dieses Schicksal übersteigt meine Geduld. Ich habe zweihundertfünfzig Rupien erhalten. Mit einem kleinen Teil dieses Geldes habe ich mir den Bauch vollgeschlagen. Den Rest habe ich meiner Familie hinterlassen. Sie werden versorgt sein, für einige Zeit. Was könnte ich auf Erden mehr erreichen? Burton erstattete erneut Bericht. Die Augenbrauen des Generals sahen aus wie Schnüre.

– Wie können wir diesem Mißstand ein Ende bereiten?
– Indem wir die Armut abschaffen?
– Wenn mir der Sinn nach etwas Geistreichem steht, schlage ich nach bei Lukian. Verstanden, Soldat?
– Ziehen Sie die *Alethe Dihegemate* vor, oder vertiefen Sie sich lieber in die *Nekrikoi Dialogoi*?
– Einem Mann von Ihrer Begabung steht üblicherweise die Welt offen. Doch bei Ihrer Chuzpe, Burton, fürchte ich, werden Sie gegen einige Türen knallen. Haben Sie in unserer Angelegenheit noch weitere Vorschläge?
– Momentan nicht, Sir. Ich bitte um Erlaubnis, dem Mann das Geld zu erstatten, mit dem er seine letzte Mahlzeit bezahlt hat.
– Ist denn der Schuldige inzwischen nicht exekutiert worden?
– Doch. Seine Familie treibt nun die Schuld ein. Der Mann, der nicht gerettet werden wollte, hat den restlichen Betrag zurückgezahlt, aber was er ausgegeben hat, bevor er an den Galgen trat, das muß er …
– Wieviel?

– Zehn Rupien.
– Ein Festmahl!
– Er hat sich einmal im Leben etwas gegönnt.
– Auf Staatskosten, wie sich jetzt herausstellt. Sorgen Sie dafür, daß nicht bekannt wird, welche Auswüchse die Pax Britannica annimmt.
– Jawohl, Sir.

⁑⁑⁑⁑⁑

25.
NAUKARAM

II Aum Viraganapataye namaha I Sarvavighnopashantaye namaha I Aum Ganeshaya namaha II
– Das Leben von Burton Saheb hat sich geändert im Sindh. Und meines auch. Seines zum Besseren, meines zum Schlechteren. Er bekleidete zwar keinen höheren Rang, und er verdiente auch nicht mehr Geld. Das Haus, das wir bewohnten, war ein Zelt. In Baroda hatten wir zwölf Diener, jetzt nur noch zwei. Von außen betrachtet hätte keiner vermutet, daß seine Position bedeutender geworden war. Sindh wurde regiert von einem alten General, der von allen gefürchtet wurde, sogar von jenen, die ihm niemals begegnet waren. Burton Saheb wurde zu ihm gerufen eines Tages, er sollte übersetzen. Er hat den General beeindruckt, bei diesem Treffen, wie hätte es anders sein können. Er war ein Mann, Burton Saheb, der über den anderen Angrezi thronte. Das konnte dem General nicht verborgen bleiben. Er bestellte ihn ein weiteres Mal zu sich. Eine Unterredung unter vier Augen. Ich weiß nicht, worüber sie gesprochen haben. Aber ich weiß von den Schwierigkeiten, die später kamen.
– Infolge dieses Gesprächs?
– Ja. Gewaltige Probleme kamen auf uns zu. Ich hatte keine Ahnung, was für ein Auftrag der General Burton Saheb erteilte. Selbst

seine direkten Vorgesetzten und seine Kameraden wurden darüber im unklaren gelassen.
– Er hat dir nichts verraten?
– Er sollte etwas auskundschaften, soviel hat er mir gesagt. Es bedeutete, daß er sich unter die Miya mischen mußte. Er schien sich darauf zu freuen. Als er nach Hause kam, ich nenne unser staubiges Zelt so, obwohl es unangebracht ist, war er ausgelassen wie seit langem nicht mehr. Er verkündete mit großem Gehabe: Wir werden uns im Land umschauen, Naukaram. Das Imperium nimmt unsere Talente endlich wahr. Er war glücklich an diesem Tag, und ich hatte nicht gedacht, daß er zu diesem Gefühl fähig war. Es ließ sich so gut an für ihn. Ich verstehe nicht, wieso es so übel enden mußte. Sein Auftrag hatte keinen Einfluß auf meine tägliche Arbeit. Ich war damit beschäftigt, der Wüste den Zugang zum Zelt zu versperren. Sie fand immer wieder einen Weg, sich an mir vorbeizustehlen. Burton Saheb brach immer häufiger auf, in Verkleidung. Irgendwohin. Er hat mir nie gesagt, wohin. Zuerst war er für einen Tag verschwunden. Doch die offenen Gespräche, stellte er fest, werden nachts geführt. Also blieb er für einige Tage weg, und schließlich sah ich ihn manchmal wochenlang nicht. Es war mir nicht wohl bei der Vorstellung, daß er diesen Wilden, diesen Beschnittenen, ausgeliefert war. Zum ersten Mal, seitdem ich bei ihm war, konnte ich ihm nicht zur Seite stehen. Ich habe mir Sorgen um ihn gemacht. Wie hat er sich ernährt, wo hat er geschlafen? Ich wußte es nicht, er ritt ohne Gepäck. Er verschwand, ich blieb mit meinen Sorgen zurück, bis er wiederauftauchte. Erschöpft, übernächtigt. Aber er strahlte, ich konnte die Erregung spüren, die ihn durchströmte. Nach seiner Rückkehr erzählte er mir ein wenig von seinen Erlebnissen. Von ungewöhnlichen Bräuchen, denen er ausgesetzt war. Von großen Festen an Grabmälern. Nebensächlichkeiten dieser Art. Ich war verblüfft. Das konnten nicht die Kenntnisse sein, nach denen er spionieren sollte.
– Das Wichtigste hat er vor dir geheimgehalten.
– Er durfte niemandem etwas sagen. Selbst mir nicht.

26.
WER DEN SCHÜLERN GESCHICK VERMITTELT

Hauptmann Walter Scott – ja, ein Verwandter des Dichters, ein direkter Nachfahre sogar – rammte einen Jalon in die Erde. Rotweiße Streifen, die der Wüste anstanden wie eine Häftlingskluft. Die Erde war gichtbrüchige Haut auf schwarzem Ton. Du wirst schnell lernen, sagte er. Es ist so einfach wie Patiencen legen. Wir machen nichts anderes, als das Unbekannte an das Bekannte anzubinden. Wir fangen die Landschaft ein wie ein wildes Pferd. Mit technischen Mitteln. Wir sind die zweite Vorhut der Aneignung. Zuerst wird erobert, dann wird vermessen. Unser Einfluß steht auf kariertem Papier. Du grämst dich, weil du noch keinen Kampfeinsatz gesehen hast. Das ist unbegründet. Die kartographische Erschließung, die wir leisten, ist von enormer militärischer Bedeutung. Der Kompaß, der Theodolit und die Nivellierwaage sind unsere wichtigsten Waffen. Wer sich in dem Koordinatennetz verfängt, das wir auswerfen, der ist für die eigene Sache verloren. Er ist für die Zivilisation gezähmt. Schließe ein Auge, und stelle das andere möglichst scharf. Du benötigst nur eine Eigenschaft als Vermesser. Du mußt genau sein, absolut exakt. Wir Vermesser sind penible Menschen. Gewöhne dir also etwas Pedanterie an. Das Prinzip ist denkbar einfach. Die Festpunkte stehen in einem Dreieck. Langsam schreiten wir voran, Dreieck um Dreieck, Polygon um Polygon. Wir können nicht mehr als einen Kilometer am Tag erfassen. Deswegen kampieren wir wochenlang an einem Ort und strecken unsere Dreiecke in alle Richtungen aus. Es gilt, zwei Werte zu messen: die Entfernung und die Höhe. Natürlich auch den Winkel zwischen einer Position und einer Erhöhung. Und wie ist ein Winkel definiert, Dick? Als Abstand zwischen Orthodoxie und Häresie? Eigentlich als Differenz zwischen zwei Richtungen. Ich lag also in etwa richtig? Weißt du, was es in der Mathematik bedeutet, wenn man ›in etwa‹ richtig liegt, Dick? Wieso fällt es mir schwer, dich als Vermesser zu sehen?

Gewiß, Burton wird mit dem Jalon in der Hand keine Karriere

machen, soweit hat Scottie recht. Er ist dieser Einheit zugeteilt, weil er irgendeiner Einheit zugeteilt werden muß und weil er von den abgelegenen Camps aus leichter zu seinen Beutezügen aufbrechen kann. Er kann sich nützlich machen, hinter dem Nivelliergerät. Er schließt die Augen. Die Tageszeit, in der die Gedanken verschlicken. Wie soll man den genauen Standort eines Punktes bestimmen, wenn alles flimmert. Als er seine Augen wieder öffnet, sieht er einen Derwisch durch die Waagerechte ziehen. Ein schwarzes Gewand, eine Flickenmütze. Ich bin derjenige, der alleine fliegt. Die Augen sitzen tief in einem Trog aus Kajal. Die Hände sind mit monströsen Ringen geschmückt. Burton schließt die Augen. Als er sie wieder öffnet, ist der Derwisch in Grün gekleidet, die Ketten um seinen Hals sind silbern und blechern, sie sind aus Stoff und aus Edelstein. Ich bin derjenige, der alleine fliegt. Sein Haar, sein Bart ist gefärbt, orangebraun wie Henna. Burton schließt wieder die Augen. Läßt sie lange zu. Er buchstabiert alle Alphabete durch, die er kennt. Dann öffnet er seine Augen. Habt ihr ihn gesehen? ruft er seinen Kameraden zu, gegen den Wind. Wie lautet der Wert? Schreien sie zurück.

Der Derwisch war keine einmalige Erscheinung. Je näher sie ihre Dreiecke an das nächste Dorf setzten, desto öfter lief er, in sicherer Entfernung, an Burtons abmessenden Blick vorbei. Er war jedesmal ein anderer, der Derwisch. Er schien nie eine Gestalt anzunehmen, die er schon einmal innehatte. Merkwürdig, daß die anderen ihn nicht sahen. Einmal, der Arbeitstag war fast abgenommen, beschloß Burton, ihm zu folgen. Bis zu einer Moschee, neben der sich ein ummauertes Grabmal befand. Ein verwinkelter Zugang. Eine Dichte an Menschen und Erregung. Er vernahm ein Lied, es zog ihn hinein, ein Lied, das ihn bewegte, ein Lied, das an dem Putz einer verborgenen Kammer seines Wesens kratzte. Diese Berührung, sie war ein Erstrahlen, der Ort vor ihm erstrahlte, und er selber war von Licht durchflutet. Der Anlaß war festlich, das Grabmal des Heiligen war von einer unmeßbaren Sehnsucht aufgeladen. Es herrschte ein Gedränge, das ihn freundlich aufnahm, ein Vorgeschmack auf das Gedränge, das vor den Toren zum Himmel herrschen würde. Er erreichte das mit einem bestickten grünen Stoff bedeckte Grabmal nicht. Er wurde abgelenkt. Gegenüber dem kleinen Tor, durch das sich die Pilger bückten, um Einlaß zu finden, saßen einige Männer auf dem Boden. Sie sangen das Lied, das ihn berührte. Es klang wie eine Liebeserklärung an alles Lebendige. Die Stimme des Sängers, eine ungewöhnliche Stimme, die dem tieferen Ernst eine schrille, fast närrische Note gab, sie schraubte sich hinauf, sie drechselte den Gesang auf einer immer schneller rotierenden Scheibe. Auf einmal blickte der Derwisch ihm in die Augen. Das Drechseln setzte sich in ihm fort. Nehmen Sie Platz, sagten die Augen, verweilen Sie. Wir sind alle Gäste. Wir sind alle Wanderer. Seien Sie einer von uns. Und das Lied warf weiteres Licht in die Nacht und auf die dichte, sich fortbahnende Menge.

⚜⚜⚜⚜⚜

27.

NAUKARAM

II Aum Sarvasiddhaantaaya namaha I Sarvavighnopashantaye namaha I Aum Ganeshaya namaha II
– Hast du eigentlich kein schlechtes Gewissen gehabt, daß du einem Firengi hilfst, dein eigenes Volk zu bespitzeln?
– Mein Volk. Das war nicht mein Volk. Haben Sie nicht zugehört? Dort leben überwiegend Beschnittene.
– Trotzdem. Dir näher als die Angrezi.
– Jeder ist mir näher als ein Miya. Wissen Sie, was für Albträume ich dort hatte? Wenn ich nicht gerade befürchtete, daß Burton Saheb in irgendeiner Gasse die Kehle durchgeschnitten werden könnte. Ich hatte Angst, unser Gujarat könnte so werden wie das Sindh. In meinem Albtraum waren wir nur noch wenige. Baroda war in Trauer. Es gab keine Klänge in meinem Traum. Keine Gesänge, keine Glocken, kein Aarti. Die Frauen gingen in Schwarz durch die Straßen, als wären sie auf dem Weg zu ihrer eigenen Beerdigung. Die Männer umlagerten unsere verängstigte Höflichkeit, sie spähten nach einem Grund, den Dolch zu ziehen.

– Albträume sind die Schuld deines Kopfes, nicht deiner Nachbarn.
– Mit ihnen können wir nicht Nachbar sein. Sie werden mit allen Mitteln danach trachten, uns zu vertreiben, wie sie es im Sindh getan haben. Wären die Angrezi nicht gekommen, wer weiß, ob wir lange unter ihnen überlebt hätten.
– Du phantasierst, auch wenn du wach bist.
– Wir müssen uns wehren, hier, bevor unser Gujarat wie das Sindh wird.
– Was geschah mit den Spitzelberichten deines Herrn?
– Er trug sie dem General vor. Unter vier Augen. Ich glaube, sie haben Wohlgefallen aneinander gefunden, der General und Burton Saheb. Sie hatten trotzdem ihre Auseinandersetzungen. Der General erwartete von jedem Soldaten, daß er Befehle annimmt und ausführt. Daß er keine eigene Meinung äußert, es sei denn, er wird danach gefragt. Burton Saheb hingegen benötigte nie einen Grund, sein Urteil abzugeben. Er widersprach dem General, wann immer ihm danach war. Und das war ziemlich häufig. Er war der Ansicht, der General wolle im Sindh zuviel ändern und zu schnell. Sein Rechtsempfinden war zu starr, das war sein bevorzugtes Beispiel, es stoße die Einheimischen vor den Kopf. Gerechtigkeit ist ein anerzogener Geschmack, pflegte Burton Saheb zu sagen. Wie lange hat es gedauert, bis wir uns an Porridge zum Frühstück gewöhnt haben. Wie lange würde es dauern, wenn wir unsere Eßgewohnheiten umstellen müßten, sagen wir einmal, auf gebratene Ziegenleber? Der General hatte einen Mann aufhängen lassen, weil dieser seine Frau niederstach, als er herausfand, daß sie ihn betrog. Das Problem war, der Mann hatte reagiert, wie es von einem Mann dort erwartet wurde. Beim geringsten Anlaß schneiden die Kerle dort ihre Frauen in Stücke. Wenn er die Frau am Leben gelassen hätte, wären er und auch seine Söhne entehrt gewesen. Die Schande wäre gewaltig. Unvorstellbar. Sie würden wie Ausgestoßene sein, die Zielscheibe allen Spottes. Ihre Freunde würden sich zurückziehen. Der General wollte ein Zeichen setzen, daß die Zeiten sich geändert haben. Burton Saheb schimpfte. Über die Dickköpfigkeit des Generals. Nicht, weil er das Vorgehen des Mannes billigte. Er erkannte sofort, wie wenig

Verständnis dieses Urteil unter den Einheimischen finden würde. Er sah Ärger voraus. Er behielt recht. Überall wurde über den Wahn der Ungläubigen gelästert, die es einem Mann nicht einmal mehr erlaubten, seine Ehre wiederherzustellen. Der Hauptsitz des Generals wurde täglich von Gruppen mit Einsprüchen und Klagen belagert. Dieses Urteil verursachte Flutwellen von Gerüchten über die weiteren Absichten der Angrezi. Eines Tages schickten sogar die Kurtisanen eine Delegation. Burton Saheb war gerade anwesend, als sie hereingebeten wurden, diese Frauen. Sie waren allesamt vorbildlich verhüllt. Eine von ihnen trat näher und trug ihre Beschwerde vor. Wenn der Ehebruch nicht mehr bestraft werde, dann würden die verheirateten Frauen ihnen alle Arbeit wegnehmen. Das sei Mundraub an den Kurtisanen. Wenn es so weiterginge, würden sie verhungern.

※※※※※※※※

28.

WER DEN HÖCHSTEN PLATZ EINNIMMT

Es ist Jehannum bei Tage, und Barabut bei Nacht. Bewunderst du nicht meine Akklimatisierung? Frei übersetzt: Am Tage führt der Teufel den Vorsitz, nachts der Beelzebub. Man muß schon einen eigenwilligen Sinn für Unterhaltung haben, um die Zeit hier vergnüglich zu gestalten. Ich passe mich an. Trotzdem, manches geht mir ab. Nichts so sehr wie die Gesellschaft von Guruji. Du erinnerst dich gewiß, ich habe ihn dir einmal ausführlich beschrieben. Sprachlehrer gibt es viele, wie Mücken im Stall, aber finde mal einen, der den heiligen Unernst des Lebens so zelebrieren kann wie der alte, wunderbar schrullige Upanitsche. Er hat mir das Leben in Baroda erträglich gemacht. Besonders zuletzt. Ich übertreibe nicht. Er hat eine Begabung, die eigene Verzweiflung unbedeutend erscheinen zu lassen. Sein Geist stand mit einem Bein im Alltag und schwebte mit dem anderen über dem Menschsein. Ich werde ihn wohl nicht mehr wiedersehen. Hinduismus ist passé, mon cher ami, ich wende mich nun dem Islam zu. Paßt besser zur Landschaft hier, daher die hohe Dichte an Derwischen. Ich denke, ich werde Guruji durch eine Equipe von Lehrern ersetzen. Die klaren Geheimnisse des Al-Islam bringt mir ein Mann am Ufer des Flusses bei. Wir sitzen unter einem Tamarind-Baum auf einem Filzteppich, um uns herum süßlich riechendes Basilikum, und während er mich unterrichtet, blickt dieser Lehrer, der zu seßhaft ist für einen Derwisch und zu wild für einen Alim, auf den Strom hinaus, auf die Menschen, die sich an der Fähre zusammenfinden. Auch einen Lehrer für das Persische habe ich schon gefunden, die stolzeste aller Sprachen, wie mir scheint, nachdem ich durch ihre Hallen geführt worden bin. Und noch ein dritter Lehrer, ein richtiger Derwisch, ein wilder Mann, der zur höheren Einsicht führt, indem er Verwirrung stiftet. Leider sehen wir uns nur selten. Aber wenn wir uns treffen, zufällig meist, steckt er mir ein Gedicht zu, als sei ich ein armer Mann, der zu stolz ist zum Betteln. Er hat meine Nivellierwaage aus dem Gleichgewicht gebracht. Ich bin ihm gefolgt, und er hat mich hineingezogen in ein Lied, eine Liedform, genauer gesprochen, die es in sich hat, mein Bester. So eine rasante Rutsche in die Ekstase hat es bei uns nie gegeben. Musik und Poesie, damit ist dieses Land gesegnet. Urdu, die Sprache, die singt, ist so opulent, ein Gespräch über Kartoffeln wirkt auf mich wie eine szenische Aufführung von *Childe Harold*. Ich genieße die Abwechslung.

◊◊◊◊◊◊◊

29.

NAUKARAM

II Aum Prathameshvaraaya namaha I Sarvavighnopashantaye namaha I Aum Ganeshaya namaha II
– Ich muß Ihnen sagen, in den Jahren im Sindh wurde ich von einem Vertrauten zu einem Verbannten.

– Du bist in Ungnade gefallen?
– Er wandte sich von mir ab. Er besprach kaum noch etwas mit mir.
– Wundert dich das?
– Wieso?
– So abfällig, so haßerfüllt du über die Moslems sprichst, wie sollte er so einem Menschen anvertrauen, welche aufregenden Entdeckungen er auf seinen neuen Reisen machte?
– Wieso sagen Sie haßerfüllt? Ich hatte keinen Haß. Ich wußte kaum etwas über die Miya, als wir ankamen. Sie wissen nicht, wozu sie imstande sind. Sie zwangen unsere Leute, Miya zu werden. Die Schandtaten, sie waren unerträglich. Ist es Haß, wenn ich das sage? Ein Banyan wurde fälschlich angeklagt. Ich glaube, er hatte eine Auseinandersetzung mit einem anderen Geschäftsmann gehabt.
– Einem Miya?
– Ja, natürlich. Die Anschuldigung war offensichtlich an den Haaren herbeigezogen. Und wie hat der Kadi entschieden? Der Banyan wurde abgeführt. Seine Kleidung wurde ihm ausgezogen. Er wurde gewaschen, so wie die Miya meinen, der Mensch müsse sich waschen. Dreimal hier und dreimal dort, und zwischendrin wird immer wieder etwas gekrächzt. Dann zogen sie ihm neue Kleidung an und trugen ihn zur Moschee. Sie bewarfen ihn mit ihren Gebeten. Er mußte nachsprechen, daß er glaubt, was ein Miya zu glauben hat. Und nur weil er sich nicht verhaspelte, hören Sie sich das an, wurde aufgeregt verkündet, ein Wunder sei geschehen. Und dann kam das schrecklichste, der arme Mann, er wurde beschnitten.
– Mit dem Messer?
– Wie sonst? Er wurde verstümmelt, das ist ein Leben lang nicht gutzumachen.
– Ich habe gehört, es soll reinlicher sein.
– Haben Sie kein Mitgefühl? Ein unschuldiger Mensch, einer von uns, der verunstaltet wurde. Einen Menschen zu einem anderen Glauben zu zwingen, das ist eine Vergewaltigung, die nie endet.
– Gewiß, gewiß. Ich bezweifele allerdings, daß es so oft vorkommt. Solche Geschichten, wie du sie gerade erzählst, sie gehören

zu jenen, von denen man immerzu hört, die man selber aber nie erlebt, und man kennt auch keinen, der sie erlebt hätte.
– Sie verschließen die Augen. Deshalb. Und wenn Sie Ihre Augen wieder öffnen, wird es zu spät sein.
– Das reicht. Wir haben gestern schon die meiste Zeit verschwendet mit deinen Tiraden.
– Sehen Sie, wie die Miya mir heute noch schaden. Wieso haben Sie mich nicht unterbrochen?
– Ich dachte, es tut dir gut, darüber zu reden. Dieses Gift frißt dich offensichtlich von innen auf.
– Sie müssen mich unterbrechen, wenn ich auf Abwege komme. Ich habe keine Zeit und auch kein Geld mehr. Ich muß Sie bitten, Sie müssen mir die Zahlung bis morgen stunden. Einer meiner Brüder, er schuldet mir noch etwas. Er war einer der Diener damals.
– Dann laß uns für heute einen Schlußstrich ziehen. Und morgen weitermachen, ohne Haß und mit dem Geld, das du mir schuldest.

※※※※※※※※

30.
Herr der ganzen Welt

Zwei Schleier trennten sie, die Herrscher, von den Menschen des Landes. Der Schleier der eigenen Unwissenheit und der Schleier des Mißtrauens, hinter dem sich die Einheimischen versteckten. Der General wußte, die Schleier würden sich nicht wegreißen lassen, aber er hatte sich fest vorgenommen, etwas besser durch sie hindurchzusehen. Wie alle Administratoren des Imperiums verbrachte er seine Tage am Schreibtisch, ritt nur mit Eskorte aus, bekam stets nur das gezeigt, was sein Wohlwollen finden würde, nach Einschätzung der einheimischen Emire sowie der eigenen Untergebenen. Es brannte ihm unter den Fingernägeln, wie wenig er von dem Land und seinen Menschen wußte. Seine Adjutanten studierten unzählige Papiere mit der Beflissenheit von Eulen, aber sie hatten noch nie an einem Beschneidungsfest, an einer Hochzeit oder einer Beerdigung teilgenommen. Kenntnisse des Persischen, des Urdu oder des Sindhi waren die Ausnahme. Die Lage verbesserte sich nicht im Laufe der Jahre. Die jüngeren unter seinen Beamten und Offizieren kapselten sich noch mehr von den Einheimischen ab. Sie legten Wert auf eine gepflegte, kompromißlos britische Erscheinung, folglich schlossen sie sich ein in das Vakuum der eigenen Räumlichkeiten. Sie nutzten ihren Anspruch auf regelmäßigen Heimurlaub. Sie kehrten mit ihren Gemahlinnen zurück. Der Sinn für Sittlichkeit hatte zugenommen, und darunter verstand man vor allem die Verteidigung des Eigenen gegen das Fremde. Dieser Moralkodex, so wertvoll er in der Heimat auch sein mochte, er verblendete die Offiziere und Beamten, die ihm unterstanden. Sie waren die blinden Tentakel jenes Monstrums, das von einer kleinen Straße in London aus die halbe Welt verwaltete. Allein unsere Kenntnis des Gegners macht uns stark, sagte der General. Wir müssen unsere Kenntnisse vertiefen. Diese Wißbegier unterscheidet uns von den Einheimischen. Wer hätte schon einmal gehört, daß einer von ihnen sich auf den Weg macht, etwas über uns zu erfahren? Sollten sie eines Tages uns erforschen, unsere Schwächen und unsere Ängste, dann werden sie uns empfindlich treffen können, sie werden zu Gegnern heranwachsen, denen wir eine gehörige Portion Respekt entgegenbringen müßten. Seine Mahnungen blieben ohne Wirkung. Man hielt ihn allenthalben für einen skurrilen, streitlustigen Greis. Keiner hätte behauptet, daß der General ein zufriedener Herrscher war. Gelegentlich geriet er in einen Tobsuchtsanfall und provozierte sie mit den bittersten aller Wahrheiten. Wozu dient unsere Verwaltung in Britisch-Indien? Der Eroberung? Dem Wohl der Massen? Der Gerechtigkeit? Ganz gewiß nicht. Seien wir ehrlich. Sie dient nur dem Zweck, das Rauben und Plündern zu erleichtern. Die Untergebenen hatten gelernt, ihren Blick zu hüten und ihren Gesichtsausdruck einzufrieren. Alles Töten, alles Sterben, nur damit unser Handel entscheidende Vorteile gegenüber den Konkurrenten erhält. Alles Leid, nur um die Herrschaft von Idioten zu untermauern. ›Wir dienen in einer Galaxie von Eseln.‹ Der General löckte vergeblich wider den Stachel. Je offener er die Wahrheit aussprach, desto verrückter wähnten ihn seine Untergebenen. So etwas konnte man sich nur als Oberbefehlshaber leisten. Sie riefen sich in Erinnerung: Der General ist auf den Weg in den Ruhestand. Wir sind die Zukunft. Es gab wenige Männer, auf die er sich verlassen konnte, Männer wie dieser Burton, der vertrauenswürdig von dem Treiben der Einheimischen berichtete. Er unterhielt sich gerne mit ihm. Sein Blick auf die Dinge war so frisch, als sei die Schöpfung gerade erst vollzogen worden. Aber eine Schwäche hatte dieser junge Mann, eine fatale Schwäche. Er beließ es nicht dabei, die Fremde zu beobachten. Er wollte an ihr teilnehmen. Er war ihr verfallen, so sehr, daß er sie sogar bewahren wollte in ihrem zurückgebliebenen Zustand. Ihre Positionen standen sich diametral gegenüber. Der General war getrieben, die Fremde zu verändern, zu verbessern. Dieser Burton hingegen wollte die Fremde sich selbst überlassen, weil die Verbesserung der Fremde ihre Auslöschung bedeuten würde. Das war dem General unverständlich, zumal dieser junge Soldat keinen Deut daran zweifelte, daß die britische Zivilisation dem einheimischen Brauchtum überlegen war. Sollte sich das Überlegene nicht durchsetzen? War das nicht der natürliche Fortgang der Geschichte? Konsequentes Denken war nicht die Stärke dieses Offiziers. Wie jeder andere auch, echauffierte er sich über die allgegenwärtige Dummheit und Faulheit und Roheit. Er konnte mit vehementer Abfälligkeit urteilen. Wie bei der These, auf die er sich neulich versteift hatte. Neid, Haß und Bosheit seien die Samen, die der Einheimische verstreue, wo er nur könne. Nicht aus einer teuflischen Gesinnung heraus, sondern weil er einen entsprechenden Instinkt besitze, genährt von seiner gerissenen Schwäche. Starker Tobak. Doch der Urheber solcher Verdikte wollte trotzdem die einheimischen Regeln einhalten. Manchmal hegte er den Verdacht, er spiele ihm diese selbstgerechte Entrüstung vor, um sich gegen den Vorwurf zu verwahren, er sei zu weich gegenüber den Einheimischen. Er war ein Rätsel, dieser Burton. Er vertrat meistens eine Meinung, die man von ihm nicht erwartete. Mörder sollten nicht gehängt werden, hatte er bei ihrem letzten Gespräch plädiert. Sie sollten wie gehabt vor eine Kanone gespannt werden, die dann abgefeuert wird. Brutal, zugegeben. Ich denke allerdings, unser Mitgefühl muß auf den erprobten Pfaden des Realistischen wandeln. Wir dürfen die Abschreckung nicht aus den Augen verlieren. Dem in Stücke gerissenen Mörder wird das Begräbnis verwehrt, ohne das kein Moslem in das Paradies gelangen kann. Wenn wir hängen, sollten wir die Leiche verbrennen lassen, aus denselben Gründen. Gleiches Recht für alle, das funktioniert hier nicht. Unser Strafrecht hat auf dem langen Transportweg an Effizienz verloren. Sehen Sie, jemanden einzusperren, das mag in Manchester wirkungsvoll sein, im Sindh ist es geradezu kontraproduktiv. Das gemeine Maskulinum in diesen Breiten empfindet einige Monate in unseren Gefängnissen als Erholung. Essen, trinken, dösen und in Ruhe die Pfeife rauchen. Statt dessen sollten wir die Ärmeren unter den Verbrechern auspeitschen und die Reicheren zur Kasse bitten. Das wird Eindruck hinterlassen. Nein, konsequent war er bestimmt nicht, dieser Offizier mit dem Auftrag, dem General persönlich Rapport zu erstatten.

❦❦❦❦❦❦❦❦

31.
NAUKARAM

II Aum Avanishaaya namaha I Sarvavighnopashantaye namaha I Aum Ganeshaya namaha II
– Ich bin heute aus einem einzigen Grund hergekommen. Ich möchte endlich etwas in den Händen halten. Ein Beweis, daß wir seit einem Monat täglich zusammensitzen. Etwas, das so aussieht, als könnte es sechzehn Rupien wert sein. Ein Zeichen, das mich wieder hoffen läßt.
– Wir sind noch nicht fertig. Was kann ich dafür, daß du soviel erlebt hast.
– Was können Sie dafür? Ich wollte nur ein zweiseitiges Empfehlungsschreiben, als ich letzten Monat zu Ihnen kam.
– Von zwei Seiten war nie die Rede.

– Auch nicht von hundert.
– Was willst du?
– Ich möchte, daß Sie bis morgen eine vorläufige Fassung anfertigen. Einige Seiten, die alles Wichtige beinhalten. Ich möchte so bald wie möglich beginnen, neue Arbeit zu suchen. Wenn der Monsun einfällt, gibt es viel zu tun in jedem gutgeführten Haushalt. Und die Firengi verbringen ihre Zeit fast ausschließlich zu Hause. Ich werde sie dort antreffen, wenn ich herumgehe, um mich vorzustellen.
– Ich schätze halbe Sachen überhaupt nicht. Wir sollten warten, bis unsere Arbeit abgeschlossen ist und du dich mit dem endgültigen, bestmöglichen Schreiben vorstellen kannst. Der Monsun wird nicht so schnell vorüberziehen.
– Ich bestehe darauf.
– Na, wenn du darauf bestehst, dann gibt es wohl keine Diskussion? Ich bestehe darauf? Wo hast du denn das gelernt?
– Ein Monat ist eine lange Zeit. Da bekommt sogar einer wie ich mit, wie er an der Nase herumgeführt wird.

※※※※※※※※※

32.
Die Herrschaft des Dichters

Bericht an General Napier
<u>Persönlich</u>
Sie haben mir den Auftrag erteilt, Informationen zu sammeln, die uns einen Eindruck gewähren, wie uns die Einheimischen betrachten. Ich habe viele Stunden in der Gegenwart von Sindhis, Belutschen und Panjabis aus allen Klassen zugebracht, auf den Märkten, in den Tavernen und am provisorischen Hofe des Aga Khan. Ich habe jeder Stimme mein aufmerksames Ohr geliehen, und ich habe es vermieden, über den Sinn des Geäußerten zu urteilen. Ich bin davon ausgegangen, daß ich die Welt ähnlich einseitig sehe wie jene,

die mir gegenüber eine Meinung äußerten. Ich habe mich nicht verstellt, denn ich bin davon überzeugt, daß die Orientalen das Aufgesetzte durchschauen. Ich habe den Ansichten weder widersprochen noch habe ich sie angestachelt. Ich habe mich mit der Rolle des Zuhörers begnügt, und ich muß ohne falsche Bescheidenheit feststellen, daß ich mich einer Beliebtheit erfreut habe, die mir selten im Leben widerfahren ist. Meine schwierigste Aufgabe besteht nun darin, knapp zu resümieren, was in unzähligen Gesprächen verwinkelt und verworren, geschwollen und gespreizt vorgetragen wurde. Verallgemeinerungen sind unerbittliche Gleichmacher, vor denen wir uns hüten sollten wie der Teufel vor dem Weihwasser, aber ich konnte nicht gänzlich auf sie verzichten, um Ihren Auftrag so zu erfüllen, daß die gesammelten Informationen von möglichst großem Nutzen sind. Kommen Sie endlich zum Punkt, höre ich Sie sagen, und ich beeile mich, auch diesem Wunsch zu entsprechen.

Die Einheimischen sehen uns ganz anders, als wir uns sehen. Das klingt banal, doch wir sollten uns diese Einsicht im Umgang mit ihnen stets vor Augen führen. Sie halten uns keineswegs für mutig, für klug, nicht für großzügig, für zivilisiert, sie sehen in uns nichts anderes als Schurken. Sie vergessen kein einziges der Versprechen, die wir nicht eingelöst haben. Sie übersehen keinen einzigen der bestechlichen Beamten, die unsere Gerechtigkeit durchsetzen sollen. Sie empfinden unsere Manieren als anstößig, und natürlich sind wir gefährliche Ungläubige. Viele Einheimische sehnen sich nach einem Tag der Rache, einer östlichen Nacht der langen Messer, wie ich es nennen würde, sie können den Tag nicht abwarten, an dem der stinkige Eindringling verjagt wird. Sie durchschauen unsere Heuchelei, genauer gesagt, die Widersprüche in unserem Verhalten addieren sich in ihren Augen zu einer allumfassenden Heuchelei. Wenn die Angrezi besonders viel Frömmigkeit an den Tag legen, sagte mir ein älterer Mann in Hyderabad, wenn sie uns die Ohren vollstopfen mit Märchen von der aufgehenden Sonne des Christentums, wenn sie die Ausbreitung der Zivilisation beschwören und die unendlichen Vorzüge, mit denen wir Barbaren beschenkt werden würden, dann wissen wir, die Angrezi bereiten einen weiteren Diebstahl vor. Wenn sie beginnen, von Werten zu sprechen, dann sind wir gewarnt. Wir könnten diesen Mann einen Zyniker schimpfen, aber er ist ohne Zweifel ein kluger, hochangesehener Zyniker. Da ein Beispiel mehr ausdrückt als hundert Behauptungen, möchte ich von einer weiteren Begebenheit berichten. Vor einigen Monaten wurde in einem abgelegenen Teil des Landes westlich von Karchat ein Belutsche gefangengenommen, ein Stammesoberhaupt, der beschuldigt wurde, Raubüberfälle auf unsere Nachschubwege organisiert zu haben. Dieser Belutsche war als gewiefter und erfahrener Zweikämpfer bekannt, weswegen der Offizier, der die Verhaftung durchgeführt hatte, auf die Idee verfiel, ihn zu einem Zweikampf herauszufordern. Er bildete sich wohl ein, sein Sieg würde unsere militärische Überlegenheit demonstrieren. Der Häuptling wurde auf ein altes, müdes Pferd gesetzt, der Offizier schwang sich auf seinen kampferprobten Hengst. Er stürzte sich mit viel Bravour und Wirbel in die erste Attacke, der einige weitere Attacken folgten, doch sooft er angriff, so viele Hiebe er auch setzte, der Belutsche wehrte alles ab mit Schwert und Schild. Die Frustration dieses Offiziers, der viel auf seine Fechtkünste hielt, nahm zu. Er konnte die unverständlichen Rufe der Einheimischen hören, sie klangen in seinen Ohren wie Hohn, er würde den Kampf von Mann zu Mann nicht gewinnen können, er würde seinen beachtlichen Ruf unter den Kameraden verlieren. Er griff ein letztes Mal an, mit gezogener Pistole, und anstatt einen Hieb zu setzen, erschoß er den Belutschen aus nächster Nähe. Diese Geschichte wird landauf, landab erzählt, sie wuchert aus, sie treibt giftige Blüten, die das erfolgte Unrecht ins Dämonische steigern. Es sind viele verschiedene Versionen im Umlauf, doch allen ist das Skelett gemein, das ich umrissen habe. Schwerer als das Verhalten dieses Offiziers wiegt für die Einheimischen das Unrecht, daß sich dieser Offizier nicht vor einem ordentlichen Kriegsgericht für sein Vergehen hat verantworten müssen. Im Gegenteil, er ist befördert worden, er nimmt heute einen hohen Rang ein.

33.
NAUKARAM

II Aum Kavishaaya namaha I Sarvavighnopashantaye namaha
I Aum Ganeshaya namaha II
Der Lahiya holte die Mappe heraus, eine Mappe aus feinem Leder. Er hatte sie gekauft, als ihm bewußt wurde, wie viele Blätter er schon mit der Geschichte von Naukaram beschriftet hatte. Sie mußten zusammengehalten werden, er hatte auf einmal Angst verspürt, sie zu verlieren, selbst einer einzigen Seite verlustig zu gehen. Also hatte er mit einem Teil seines Honorars diese Mappe gekauft und natürlich einen Streit über die unnötige Ausgabe entfacht mit jener, die Buch hält. Er faltete die Mappe auf, ein wenig, bis er mit zwei Fingern eine Seite herausziehen konnte. Er las die Seite durch, aufmerksam, bedächtig. Er hatte auf einmal das Gefühl, laufen zu können wie ein junger Mann, den Hügel in die Stadt hinauf, den er neuerdings tief schnaufend und mit schwarzen Flecken vor den Augen überwunden hatte, und dann hinab, fast flog er, er überholte die pedantische Erzählung dieses Dieners, sie hatte den nötigen Anschub gegeben, dafür war er dankbar, aber nun mußte er ihr Flügel verleihen. *OhmBalaganapati*, nicht wahr, sieben Silben, sieben Töne, die dem Bericht dieses gescheiterten Dieners Sinn geben würden und Schönheit. Was für eine Schönheit? Es sind nur wenige, die zaubern können. Durfte er das? Was für eine kleinliche Frage. Durfte er das Leben eines anderen verfälschen? Wozu diese Gewissenhaftigkeit? Er mußte diese Steifheit ablegen, sie ziemte sich nur für Helden auf alten Miniaturen. Bewegung! Biegsamkeit! Zudem, Naukaram belog ihn regelmäßig, das war offensichtlich, es war nicht sein wirkliches Leben, das er vor dem Lahiya ausbreitete, es war eine brautschöne Fassung, alles Häßliche herausgezupft, geschminkt, maskiert, sieben Schichten Stoff über jede Schürfwunde gelegt, natürlich, wer sagt schon die Wahrheit, wer traut sich, in ihr zu sprechen. Dabei wäre es geblieben, wenn er nicht nachgebohrt hätte. Einiges hatte er entlarven können, er hatte einen Riecher für Lügen, aber manches, was ihm peinlich war, würde Naukaram bis

zum Ende verschweigen. Also blieb ihm, dem Lahiya, nichts anderes übrig, als das Ausgesparte einzufügen. Es war seine Pflicht zu vervollständigen.
Wer war Kundalini? Wer war sie wirklich? Er hatte einen Pujari aufgesucht, der auf seinen vielen Pilgerreisen manche Winkel des Landes gesehen hatte. Das Gespräch mit ihm war überaus ergiebig gewesen, seine Vermutungen hatten sich bestätigt. Der Pujari hatte aus der Herkunft von Kundalini gewisse Schlüsse ziehen können. Phaltan, in dem Distrikt Satara, das deute darauf hin, daß ihre Familie Anhänger der Mahanubhav-Gemeinde waren. Bei denen gebe es viele Devadasi. In den Tempeln dort wurde mir immer wieder eine von ihnen angeboten, aber ich habe abgelehnt, hatte der Pujari gesagt, wer in dem Alter eines Großvaters ist, der sollte nicht wie ein junger Mann handeln, der Vater werden will. Kundalini war eine Devadasi gewesen, einiges wies darauf hin. Sie muß in einem Tempel gedient haben, von dort muß sie weglaufen sein. Devadasi erhalten niemals Erlaubnis, hatte der Pujari erklärt, in jungen Jahren, in den Jahren weiblicher Blüte, den Tempel zu verlassen. Nur wenn die Priester keinen Gebrauch mehr für sie haben, werden sie freigelassen, aber oft haben sie sich so sehr an das Leben dort gewöhnt, sie haben Angst vor der Welt außerhalb des Tempels. Wenn die Pujari gnädig sind, dürfen die älteren Devadasi im Tempel bleiben, um den Boden zu fegen und Wasser zu holen. Kundalini war jung gewesen. Wenn es ihr gelang, sowohl einen Offizier der Angrezi als auch seinen Diener zu verführen, waren ihre Reize gewiß beachtlich gewesen. Wieso war sie weggelaufen? Der Lahiya hatte einen seiner Freunde besucht, seinen einzigen Freund eigentlich, der einzige, dessen Gesellschaft ihn nicht irritierte. Ein Mann der Dichtung und der Musik, der vieles von der Welt wußte, was dem Lahiya verschlossen geblieben war, weil er ein Leben lang die Welt nur durch die Augen seiner Kunden entdeckt hatte. Eigentlich hatte er den Auftrag von Naukaram nur nebenbei erwähnen wollen, aber sein Freund hatte seine Arme vor seinem Bauch verschränkt, der so gewaltig war wie der Kupferkessel, den er mit Ringen an allen Fingern schlug, wenn er seine Lieder sang, und bat ihn um die ganze Geschichte. Sein Freund zeigte großes Interesse an Kundalini, ungebührendes Inter-

esse fast. Und er konnte manche Frage des Lahiya beantworten. Allerdings störte es ihn, daß er seinen Erklärungen immer wieder den Satz voranstellte, es sei doch allgemein bekannt, daß die Frauen im Maikhanna ihren Körper verkauften, weswegen sie auch ›die Geliebten‹ hießen, nicht wegen ihrem Liebreiz, hast du das etwa vermutet? Und es sei doch allgemein bekannt, daß jene unter ihnen, die tanzen können, und jene, die Bhajan singen können, früher Devadasi waren. Wieder dieser Begriff. Devadasi. Es konnte keinen Zweifel mehr geben. Eine Konkubine, die Gott und Priester sich teilen. So hatte der Freund es nicht formuliert. Er hatte ihm erklärt, die Devadasi dürften keinen Sterblichen heiraten, weil sie mit dem Gott des Tempels vermählt seien, dem sie dienten, den sie ankleideten und auszogen, den sie schaukelten und fütterten und anbeteten, für den sie alles taten, was eine gute Ehefrau tun würde. Nur eines, das mußte der steinernen, der bronzenen Gottheit versagt bleiben, weswegen die Priester den Liebesakt mit den Devadasi vollziehen mußten. Aber all das sei doch allgemein bekannt. Es dampfte um den Lahiya herum, als wäre Regen auf die ausgetrocknete Tonerde gefallen, als atme die Erde wieder. Er verabschiedete sich schnell von seinem Freund. Der Gang nach Hause war wie ein Spaziergang nach dem ersten Regenfall. In seinem Zimmer zündete er ein Räucherstäbchen aus Sandelholz an, er beschwor seine Frau, ihn ja nicht zu stören, er nahm ein neues Blatt heraus und schrieb auf, was er nun wußte über die Devadasi namens Kundalini, die aus dem Tempel entflohen war, vor dem Pujari, ein häßlicher Mann mit Mundgeruch, der ihr an Bildung nicht das Wasser reichen konnte. Sie war mit den wichtigen heiligen Texten vertraut, er hingegen erfand die Sutras, die ihm nicht geläufig waren, er hängte heilige Endungen an unsinnige Silben, und weil sie es merkte, bestrafte er sie, indem er ihr weh tat, wenn er sich ihrer bemächtigte. (War das übertrieben? Von wegen. Diese dreckigen, halbgebildeten Brahmanen, eine Schande für die Kaste, das war genau ihre Abart.) Sie konnte Bhakti-Lieder singen, eine Vielzahl, sie trug sie so vor, daß ein Asket von ihrer Liebe zu Gott überwältigt wurde und ein Lebemann von dem Versprechen körperlicher Erfüllung erregt wurde. Nein, letzteres strich der Lahiya wieder durch. Es war zutreffend, aber ungebührend. Er durfte sich nicht mitreißen lassen von dieser Frau, in deren Gesängen Dharma und Kama miteinander verschmolzen. Sie war also vor dem Pujari, der sie einmal zu häufig mißbraucht hatte, nach Baroda geflohen. (Wieso gerade nach Baroda? Egal, es mußte nicht jedes Rätsel gelöst werden.) Vielleicht kannte sie hier eine andere Devadasi. Sie begann in der Maikhanna zu arbeiten, wo sie Naukaram traf, ein Kunde, dem sie sich hingab gegen Bezahlung, und er stellte sie seinem Herrn vor. Die Einsicht schlug über ihn ein, natürlich, wie hatte er es übersehen können, Naukaram hatte nicht das Glück seines Herrn im Auge, er hatte an sich selbst gedacht, nur an sich selbst. Er wollte Kundalini nicht in der Maikhanna aufsuchen müssen, er wollte sie in seiner Nähe haben. Dafür mußte er ein Opfer bringen, er mußte sie mit seinem Herrn teilen. Und wieso nicht. Wenn Gott und sein Priester sich eine Geliebte teilen können, wieso dann nicht ein Offizier der Ostindischen Gesellschaft und sein Diener? So muß es gewesen sein, in etwa. Der Lahiya war sehr zufrieden. Das ist wahre Gewissenhaftigkeit, dachte er, die Geschichte zur Wahrheit zu verfälschen.

34.
Herr der Himmlischen Horden

Seit Tagen wartete alles auf den großen Regen. Die Wolken, aufgequollen und schwarz, schrumpften die Sonne zu einer glitzernden Münze. Wellen schlugen gegen die Kaimauer, immer höher, schlugen über sie hinweg; die Welt war unruhig. Die Häuser behaupteten sich gegen den Dunst, einige Vögel irrten schrill und steil durch die Luft, als fürchteten sie, das Fliegen zu verlernen. In Bombay, so war im Gazette zu lesen, sprang eine Welle – wie die hungrige Zunge eines Chamäleons – auf den Deich von Colaba und forderte ein erstes Opfer; kein Fischerboot konnte die Frau in dem aufgewühlten Wasser finden. Zeitungsfetzen flatterten hinauf, höher als die Vögel,

Bäume bogen sich, sie waren leichter als Halme. Einzelne Blätter flogen einem in den Mund wie Hostien. Vor dem ersten Tropfen zweifelte keiner an seinem Kommen, unmißverständlich verkündeten es die Gerüche. Der erste Tropfen war friedlich, gefolgt von weiteren auf spitzen Füßen, zum Aufwärmen. Harmlos, harmlos wie zarte Miniaturen am Fenster. Punkte, die vor dem Verrinnen einen Augenblick innehielten. Hinter ihnen ließ ein milchiger Schleier Straßen, Märkte, Häuser, Viertel verschwinden. Was war zu vernehmen?

Trommeln, Schreie, die ekstatisch klangen, vom Wind angeschlagene Töne der Besserwisserei, die von den Palmwedeln weitergetragen wurden – wer hätte nun Verzweiflung von Glück unterscheiden können? Dann schlägt der Regen zu, als bräuchte die Erde eine gehörige Tracht Prügel. Die Zeit zieht sich zurück, der Monsun fällt ein, rette sich, wer nicht hinter festen Mauern ausharren, wer sich auf das Versprechen der Dächer nicht verlassen kann.

Burton, nach einem Sturz von seinem Pferd nackt ausgestreckt auf dem Bett, versuchte Kundalinis Fingern zu folgen. Ich möchte ihre Zärtlichkeiten verstehen, dachte er. Die einzige Sprache, die er nicht erlernen konnte. Bedeuteten sie überhaupt etwas? Der Rausch des Regens nüchterte aus. Einzelne Tropfen rollten von den übersättigten Lippen der Erde. Alles lag unter Wasser, die Wurzeln auch, und die Erdlöcher, sein Pferd war darin eingeknickt, und als er im Schlamm lag, erinnerte er sich an die Warnung in der Regimentsmesse, nach dem Einbruch des Monsuns das Haus möglichst nicht zu verlassen. Geschieht ihm recht, hörte er sie sagen, hinter seinem wunden Rücken. Selbst mit offenen Augen würde er nicht erkennen, ob ihre Finger mehr als nur ihre Pflicht erfüllten. Auf die fetten Jahre folgen die mageren. Bei ihm genügte die Einzahl: Nach einem Jahr der erfüllten Sehnsüchte folgte ein Jahr der wieder ausbrechenden Unzufriedenheit. Es war stiller draußen, er konnte das Rauschen der Sturzbäche hören, die sich gnadenlos zur Stadt hinab ergossen. Die Hütten würden überschwemmt werden. Von seinem Hals bis zu seinem Hintern, sie entdeckte jeden Wirbel wieder, umkreiste ihn, ohne daß der Druck ihrer Finger schwankte. Ihre Hand verirrte sich nie. Sie wußte erstaunlich viel über den menschlichen Körper. Sie verließ das Zimmer. Er war mißgelaunt. Sie gab ihm so viel, sie war begierig, ihm zu gefallen, sie öffnete ihr Haar, weil es ihm gefiel, und sie flocht es zusammen, wenn er Abwechslung wünschte, sie horchte auf seine Launen, und gelegentlich war sie sogar verspielt. Und doch, und doch hielt sie so viel zurück. Es gab Momente, da blickte sie in eine Ferne, die er nicht kannte. Sie verließ ihn gelegentlich ohne Abschied oder Erklärung. Sie verbrachte nie die ganze Nacht mit ihm. Sie lehnte seinen Wunsch ab, ihm von ihrer Familie, ihrer Jugend, ihrer Vorgeschichte zu erzählen. Sie verweigerte ihm das Recht, sich in sie zu verlieben, und er war sich sicher, sie unterdrückte alle Gefühle, die sie ihm gegenüber verspüren könnte. Abgesehen von der Dankbarkeit, der sie regelmäßig Ausdruck verlieh, in einem Tonfall und einer Haltung, die keine Intimität duldete. Er hatte sich durchgerungen, mit ihr darüber zu sprechen. Das sind die schwierigen Aufgaben im Leben: Wie frage ich meine Geliebte, meine gekaufte Geliebte wohlgemerkt, wieso wir uns nicht verlieben wie zwei Debütanten auf einem Ball? Sie wich seiner Frage aus, bis er sie so sehr in eine Ecke drängte, daß sie mit einer Wut reagierte, die er nicht in ihr vermutet hätte. Ich bin eine Aussätzige, ihre Stimme war ein einsaitiges Instrument, ich kann dir jahrelang gefallen, oder einem anderen Mann, bis mein Körper mich verrät, bis nichts mehr von meiner Schönheit übrig ist, dann habe ich keine andere Wahl, als mich wieder Gott an den Hals zu werfen, und mein einziger Vorteil wird sein, daß kein Mann mehr sich an mir befriedigen will. Nur die Nähe des Todes schützt mich vor eurer Lust. Er schwieg. Glaubst du, ich möchte nicht ausbrechen? Ich will es. Aber nicht zu den Bedingungen einer weiteren Lüge. Er schwieg. Du willst Liebe? Für wie lange? Wie lange wirst du hier sein, einige Jahre, dann wirst du weiterziehen, und selbst wenn du hierbleiben solltest, irgendwann würdest du eine Frau von den Deinigen heiraten wollen, um mit ihr Kinder zu bekommen. Nein, unterbrach er sie, das will ich nicht, heiraten, Kinder, das behagt mir nicht. Dann setzte ein Schweigen ein, das sie auseinandertrieb.

Der Geruch von Öl erfaßte ihn wie eine Welle. Sie war zurückgekehrt. Das warme Öl rann über seine Haut. Er wußte, gleich würde sie seinen Mißmut ersticken, sie würde seine Lust anstacheln, immer weiter, um auf einmal innezuhalten, sie bewegte sich nicht mehr, sie ließ ihre Hände auf seiner Brust liegen, und sie begann zu sprechen, während sie auf seinem pulsierenden Staunen sitzen blieb, sprach in vollständigen Sätzen, in einem vertrauten Tonfall, der beiläufig erzählte, und doch seine ganze Aufmerksamkeit einforderte. Er mußte seine Stöße besänftigen, um ihren Worten folgen zu können, die einen weisen König beschrieben, der von einem heiligen Mann mit dem Apfel der Unsterblichkeit belohnt wird. Der König ist überglücklich, zunächst, bis ihm bewußt wird, daß er allein unsterblich werden würde, und alles, woran er sich im Leben erfreute, vergehen würde. Er überreicht den Apfel seiner Ehefrau. Die Frau nimmt das Geschenk als höchste Würdigung entgegen, insgeheim denkt sie, der König habe es ihr nur aus Gewohnheit gegeben. Sie übergibt den Apfel einem Adjutanten, der sich als außergewöhnlicher Liebhaber erwiesen hat. Der Adjutant reicht den Apfel an eine Kurtisane weiter, die er anhimmelt, und diese – nach längerem Nachdenken –, schenkt den Apfel dem König des Reiches, denn schließlich ist er der oberste Gönner und Schutzherr ihrer Kunst. Der König hält den Apfel in der Hand, er begreift, was geschehen ist. Er findet keinen Trost. Er ruft den gesamten Hofstaat zusammen und verflucht jene, die ihn hintergangen haben. *Dhik tam tscha tvam tsha*, Kundalini begann, ihre Hüften wieder zu bewegen, *madanam tscha imam tscha mam tscha*, ihre Hände krallten sich in seine Oberschenkel. Sag mir, was es bedeutet, keuchte Burton. Sie beschleunigte ihre Bewegungen, *Fluch auf sie und Fluch auf dich*, ihre Brüste schwangen schwerfällig wie wilde Gänse im Flug, *auf die Liebe ein Fluch und auf die Geliebte*, sie atmete schwerer, *und verflucht sei auch ich.*

Danach lag sie neben ihm. Sie waren getrennt wie Wasser und Öl. Ausgelaugt von dem Liebeskampf. Es fühlte sich an, als sei alles Leben in diesem einen Zimmer. Bis er den Ruf des Kuckucks hörte. Ihre Finger krochen über seine Brust, so bedächtig wie die Pflanze zum Fenster hereinwuchs. Wenn sie etwas sagen würde, im entwurzelten Mondlicht, wäre es ein Gedicht. Er küßte ihr geschlossenes Auge, nahm die Pupille zwischen seine Lippen. Sie war hart wie ein Edelstein, der nicht verschluckt werden kann. Nur seine Lippen spürten, daß sich ihr Auge bewegte, wie ein Kugelfisch knapp unter der Wasseroberfläche, wie eine Murmel, die nicht liegenbleibt. Es war stickig. Er stand auf, trotz ihres Einspruchs. Er war versöhnt, weil er meinte, sie wolle ihn nicht missen, nicht einmal für jene Minute, die es dauerte, zum Fenster zu schreiten, um es zu öffnen. Er hörte die Frösche quaken, er drehte sich zu ihr um mit einem durchlässigen Lächeln, schließ es schnell wieder, rief sie, die Insekten fielen schon ein, bevor er ihrem Wunsch nachkommen konnte, Termiten, Motten, Feuerfliegen, Heuschrecken, Käfer, Hunderte von Birbahuti, Fetzen roten Samts, ließen sich auf alles nieder, auch auf das Bett und auf ihren Körper.

Es regnete acht Tage und acht Nächte, fast ohne Unterlaß. Es gab keinen Appell, keinen Dienst, keinen Seitensprung. Es war unmöglich, auf Jagd zu gehen. Es gab nur das Bett, in dem sie lagen und liegenblieben.

※※※※※※※※

35.
NAUKARAM

II Aum Ganaadhyakshaaya namaha I Sarvavighnopashantaye namaha I Aum Ganeshaya namaha II
– Du hast sie geliebt.
– Ja, das habe ich Ihnen schon gesagt.
– Sie war deine Geliebte. Ihr wart zusammen, sie lag in deinen Armen, ihr wart vereint.
– Woher wissen Sie das?
– Ich habe lange nachgedacht. Mir liegt deine Geschichte am Herzen. Meine Ehefrau behauptet sogar, ich vernachlässige meine Aufgaben als Herr des Hauses.
– Am Herzen? Was bedeutet das? Wenn jemand sagt, du liegst mir auf der Tasche, das verstehe ich. Was für Almosen gibt das Herz?

– Herz hin oder her, die Angelegenheit war verzwickt zwischen euch beiden.
– Es geht nicht mehr um das Empfehlungsschreiben, oder?
– Hast du sie besessen, bevor du sie mit Burton Saheb verkuppelt hast?
– Die Worte, die Sie benutzen ... sie stimmen nicht.
– Ich will es wissen!
– Ja. Ich habe sie besessen. Davor und danach.
– In seinem Haus?
– Ja. In seinem Haus, in unserem Haus. Sind Sie jetzt zufrieden!
– Wenn er da war?
– Manchmal, nachts, zuerst war sie bei ihm und dann bei mir. Meist wenn er auf Reisen war, in Mhow, in Bombay. Einmal mußte er nach Surat.
– Hast du dich nicht geschämt?
– Wieso ich? Er hätte sich schämen sollen. Sie verstehen nicht, er hat nach ihr gelüstet, er gierte nach ihr. Ich habe sie geliebt, wirklich geliebt, ich will nicht lügen, wenn sie und ich alleine waren, habe ich reagiert wie jeder Büffel, es hätte ungeheuer viel Tapas bedurft, ihr zu widerstehen. Ich gebe es zu, doch das ist nicht das Entscheidende. Ich habe sie verehrt, er hat sie in den Dreck gezogen.
– Und die anderen, die Diener?
– Sie wußten alles, wie sollte ich es vor ihnen verheimlichen?
– Wenn sie etwas verraten hätten?
– Sie waren von mir abhängig. Sie hätten sich so etwas nicht getraut.
– Du warst also beglückt von der Situation, die du geschaffen hast?
– Nein, ich war nicht beglückt. Es ist etwas geschehen, ich habe es nicht erwartet. Ich konnte es nicht vorhersehen. Das Schlimmste, was geschehen konnte.
– Ich weiß. Glaubst du, ich hätte vergessen, daß sie gestorben ist.
– Davor, davor noch. Für mich ist sie mehrmals gestorben. Sie hat sich mir verweigert, auf einmal.
– Körperlich?

– Sie hat mir keine Erklärung gegeben. Ich hatte ihr nichts getan. Zuerst hat sie mich abgewiesen, einige Male, sie war krank oder müde, ich habe sie in Ruhe gelassen. Ich habe sie geachtet. Dann sagte sie zu mir, sie will nicht mehr mit mir alleine in einem Zimmer sein, sie will nicht mehr, daß ich sie anfasse.
– Sie hat dem Firengi gegenüber mehr Liebe verspürt.
– Liebe? Sie wissen nicht, wovon Sie reden. Ihre Liebe war immer nur vorgetäuschte Liebe. Falsche Liebe.
– Wieso hat sie dich dann verschmäht? Falsche Liebe ist doch grenzenlos.
– Sie hat sich ausgemalt, sie könnte den Saheb einfangen. Er war von ihr abhängig, inzwischen, sie hat sich ausgerechnet, wie viele Juwelen diese Abhängigkeit wert sein könnte. Sie wollte diese Ausbeute nicht aufs Spiel setzen. So eine Frau liebt nur den Gewinn.
– Hast du auch so gedacht, bevor sie sich dir verweigert hat?
– Sie hätte mir das nicht antun dürfen.
– Wenn sie so berechnend war, wie du sie hinstellst, dann hat sie sich dir hingegeben, weil es nötig war.
– Ich habe sie geachtet.
– Wenn sie aber lieben konnte.
– Sie konnte nicht.
– Du urteilst ungerecht. Ich habe sie nicht gekannt, aber wenn es stimmt, was du sagst, wenn sowohl du wie auch der Firengi so starke Gefühle für sie empfunden habt, muß sie diese Gefühle, zumindest teilweise, erwidert haben. Oder habt ihr euch nur in eine Schimäre verliebt? Mir kommt es so vor, als hätten sich zwei Blinde eine Frau geteilt, die unbedingt gesehen werden wollte.

36.
EINE MINE DER TUGEND

Etwa vor neunzehn Jahrhunderten, wenn Sie aufgepaßt haben, mein Shishia, dann wissen Sie inzwischen, bei uns kommt es auf das eine oder andere Jahrhundert nicht an, vor langer Zeit also wurde in der ruhmreichen Stadt Ujjayini, die heute Ujjain heißt, ein Prinz geboren, der einen Namen trug, der ihn zu allem ermächtigte, ein Name, der viel zu groß war für einen einzigen Menschen, und der in dem Bestreben verliehen worden war, der ausgezeichnete Mensch würde über sich hinaus in den Namen hineinwachsen, eine hohe Hoffnung, die sich selten erfüllt, denn in den meisten Fällen verschlingt der Name den um einiges kleineren Menschen. Sie fragen sich, wie er hieß, wie dieser große Name lautete, nicht wahr? Es war Vikramaditya. Sie sind ein guter Schüler, ich muß Ihnen den Sinn nicht übersetzen. Ein erhabener Name, etwas zu erhaben für den Alltag. Er wurde zu Vikram abgekürzt, nicht weil die alten Geschlechter an Zeitmangel gelitten hätten, sondern weil die kürzere Form den jungen Mann zu überschaubareren Heldentaten herausforderte. Schon als Prinz wurde unser Held Vikram genannt, und als König Vikram ist er durch die Generationen bekannt geblieben. Ihr Engländer würdet seinen Namen wohl weiter kürzen, auf Vik. Und ihr würdet das Buch, von dem ich Ihnen heute erzählen will, mein Shishia, *Vik und der Vampir* nennen, und es würde klingen wie eine Geschichte für Kinder, dabei ist es eine Geschichte für jene, die sich vor nichts fürchten. König Vikram war nicht der Thronfolger des Königreiches von Ujjayini, dieses Privileg fiel seinem Halbbruder Bhartirihari zu, und Vikram wäre wohl ein Eremit geworden, der durch das Land reist, um nicht zu jenen Sünden verführt zu werden, die beim Rasten einfallen, wenn sein Bruder ihm nicht zuvorgekommen wäre, wenn Bhartirihari sich nicht auf den dornigsten und steinigsten aller Wege begeben hätte, aufgrund einer Enttäuschung, die er nicht verwinden konnte, einer Enttäuschung seiner Liebe. Stellen Sie sich vor, mein Shishia, Ihnen wird ein Apfel geschenkt, ein Apfel der Unsterblichkeit, wirksam für eine Person, und Sie reichen

dieses Geschenk weiter, an Ihre Geliebte, und diese, spüren Sie den Absturz nahen, schenkt den Apfel ...
– Ihrem Liebhaber. Die Geschichte kenne ich schon.
– Oh. Woher?
– Ich weiß es nicht. Ich habe sie irgendwo aufgegabelt.
– Ein glücklicher Mann, der solche wertvollen Geschichten irgendwo aufgabelt. Und sei es auch nur im Bett.
Burton schwieg, seine Gedanken überschlugen sich. Wie hatte Upanitsche von Kundalini erfahren? Naukaram hatte bestimmt geschwiegen. Die anderen Diener würden sich nicht trauen, auch nur ein Wort zu erwähnen. Hatte Upanitsche Umgang mit anderen britischen Offizieren? Er traute sich nicht, ihn zu fragen. Er empfand Scheu, und zudem kannte er die Antwort schon: Dem Guru bleibt nichts verborgen. Ein Pendel, das im Scherz angestoßen wurde und im Ernst ausschwang. Von diesem Tag an merkte er, wie der Guru sein Zusammenleben mit Kundalini in den Unterricht einflocht, er merkte es an den Themen, die er anschnitt, an den Sprüchen, die er ihm kredenzte. Auf einmal, mitten in einem Gespräch, das in alle Richtungen führte, sagte der Lehrer: Nur eines gibt wahre körperliche Freude, was du mit Mühe erreichst bei einer Frau, die nicht deine eigene ist! Burton war solche Überraschungen inzwischen gewohnt. Sein Entsetzen darüber, so etwas aus dem Mund dieses verehrten und verehrungswürdig aussehenden Lehrers zu vernehmen, hielt sich in Grenzen. Er erkundigte sich brav nach dem Urheber dieser Weisheit. Das ist ein Satz von Vatsyayana, mein Shishia, der Autor eines Werkes, das dir von großem Nutzen sein kann. Es heißt *Kamasutra*, und es beinhaltet genau das, was der Titel verspricht: die Lehre der Liebe.
– Gemeint ist die göttliche Liebe?
– Wenn Sie von der Liebe sprechen, zu der Gott uns befähigt, ja. Nicht aber die Liebe zu Gott, die findet in diesem Werk weniger Beachtung.
– Ich wußte nicht, daß Sie sich auch mit solchen Themen beschäftigen?
– Sie wissen nichts. Vor Ihnen sitzt der größte Fachmann über die *Kamasutra*.

– Wieso haben Sie mir das nicht früher gesagt, Guruji?
– Oh, mein Shishia, der Weg des Wissens ist ein langer Weg. Wer Schüler wird bei einem Maler von Miniaturen, der darf im ersten Jahr nur Linien zeichnen, Kreise und Spiralen auf hölzernen Tafeln, und wenn er diese Fertigkeit vervollkommnet hat, darf er einige Lotosblüten zeichnen, ein Reh hier und einige Pfauen dort. Und wenn die Blumen und die Tiere vor dem strengen Auge des Meisters gelingen, darf er an einigen Details einer Miniatur mitarbeiten. Aber das, mein Shishia, wird ihm erst Jahre später erlaubt. Soll ich dir unsere Schätze alle auf einmal überreichen? Wirst du dann nicht einen Überdruß empfinden? Nein, du wirst sie allmählich kennenlernen, und manche werden dir niemals bekannt werden.
– Ich bin neugierig, Guruji. Wann kann ich dieses Werk lesen?
– Das wird schwierig, mein Shishia. Wie soll ich es finden unter all meinen Büchern?
– Ich könnte Ihnen helfen.
– Es sind Tausende von Büchern. Die Seiten kleben oft zusammen, und manchmal fehlt das Titelblatt.
– Die Arbeit würde mir nichts ausmachen.
– Ich habe gehört, der Staub von liegengebliebenen Büchern sei giftig, er setze sich fest in den Lungen, und wer einmal davon befallen ist, muß ein Leben lang husten.
– Wird nicht halb so schlimm sein.
– Oh, und ich vergaß zu erwähnen, die *Kamasutra* ist in einem altertümlichen Sanskrit verfaßt.
– Was halten Sie von zwei Tagen Sanskrit die Woche?
– In Sutras, deren Sinn sich nur demjenigen erschließen, der nicht nur die Sprache, sondern auch die damalige Zeit hervorragend kennt.
– Das trauen Sie Ihrem besten Shishia nicht zu?
– Ich werde es mir überlegen müssen. Die *Kamasutra*, sie läßt sich leicht mißverstehen.
– Können Sie mir nicht wenigstens eine Sutra beibringen? Als Vorgeschmack.
– Eine Sutra kann nicht schaden. Lassen Sie mich nachdenken, mein Shishia, welche sich eignet für einen Mann Ihres Kalibers. Ich

werde Ihnen etwas beibringen aus dem sechsten Kapitel, dem Kapitel über die Kurtisanen. Diese Frauen, sagt Vatsyayana, und eigentlich faßt er nur zusammen, was vor ihm Dattaka formuliert hat, und dessen Weisheiten basierten gewiß auch auf den Schriften seiner Vorgänger, sie zeigen sich nie in ihrem wahren Licht, sie verbergen stets ihre Gefühle, ob sie den Mann lieben oder ob sie nichts für ihn empfinden, ob sie mit ihm zusammen sind, weil er ihnen Vergnügen bereitet oder um ihm den gesamten Reichtum abzunehmen, den er besitzt.

※※※※※※※※※

37.
NAUKARAM

II Aum Shubhagunakaananaaya namaha I Sarvavighnopashantaye namaha I Aum Ganeshaya namaha II
– Du bist spät.
– Ich habe kein Geld mehr für eine Tonga.
– Immer noch keine Arbeit gefunden?
– Nein, nichts.
– Das Schreiben, das muß doch Eindruck erweckt haben?
– Ich werde weggejagt, bevor ich es präsentieren kann. Es muß erst noch von jemandem gelesen werden, Ihr großartiges Schreiben, wenigstens von einem einzigen dieser Firengi. Ich habe einen Fehler gemacht. Von wegen erfahren im Umgang mit den Firengi. Ich habe mir etwas darauf eingebildet. Ich bin lächerlich, ich weiß. Ich habe angenommen, sie würden Interesse zeigen. Wie komme ich darauf? Weil ich es bin, Naukaram, der Mann, der so vieles erlebt hat, der so viel gelernt hat, der sich so verändert hat. Und was sehen die Firengi, die mich nicht kennen? Sie sehen mich nicht. Natürlich nicht. Burton Saheb hätte mich nicht abgewiesen. Meine Geschichte hätte seine Neugier geweckt. Er hätte sich wenigstens einige Minuten Zeit genommen. Ich bin verzweifelt.

– Nicht doch, nicht doch, Bhai-Saheb. Es muß nur einer dieser Firengi in das Schreiben hineinschnuppern, das wird seinen Appetit wecken.
– Es muß nur einer von ihnen die vielen Blätter in die Hand nehmen, richtig? Ist es das, was Sie sagen? Es muß nur einer zu lesen beginnen. Was wird er dann tun? Er hat sie mir ins Gesicht geworfen. Was ich mir einbilde, sagte er, meinen Dienst bei einem Offizier zu einem dicken Märchen aufzublasen.
– Das ist nicht wirklich geschehen.
– Es ist geschehen. Die Blätter sind jetzt schmutzig. In dem Haushalt wird wohl nicht richtig geputzt. Gerade der hätte mich gebraucht. Es war der benachbarte Bungalow. Unser Haus steht leer. Der Garten ist verwildert. Es geht das Gerücht um, der Geist einer Frau spukt dort. Wir beide, wir haben ein dickes Märchen zustande gebracht. Wer soll es jetzt füttern? Das war der einzige Firengi, den ich gesehen habe. Ansonsten ließen sie mir ausrichten, das sie meiner nicht bedürfen. Gibt es denn so viele gute Diener in der Stadt, inzwischen? Aufgeblasene Goaner, Sie wissen schon, jene Kreaturen, die sich wie die Firengi kleiden und ein Kreuz um den Hals tragen, das sie beim Laufen behindert. Er hat mich in der Sonne warten lassen. Sein Herr habe keine Lust, etwas zu lesen. Dafür sei es zu heiß. Wo käme er hin, wenn er alles lesen würde, was Dahergelaufene antragen. Ich glaube kaum, daß der Firengi so viele Wörter verschwendet hat. Wie oft kommt es denn vor, fragte ich ihn, daß jemand mit einem Schreiben in der Hand vor der Tür steht? Der Goaner hat sich einen Spaß daraus gemacht, mich vor den Kopf zu stoßen. Ich solle mich einen Tag lang in der Küche nützlich machen, schlug er vor, dann werde der Haushalter sehen, ob ich etwas tauge. Es war so erniedrigend.
– Nicht den Mut verlieren.
– Sie haben leicht reden. Ich weiß, wie leicht sich die Sorgen eines anderen Menschen ertragen lassen. Ich habe sogar den Lehrer aufgesucht, Shri Upanitsche. Ich habe gehofft, daß er sich an mich erinnert, obwohl fast fünf Jahre vergangen sind. Sein Sohn hat die Tür aufgemacht. Ein hochgewachsener Mann. Der Lehrer war so klein. Er war in Trauer, der Sohn. Seine Mutter ist gestorben. Und sein

Vater, sagte er, sei in einen Ashram gegangen. Irgendwo am Ganges. Der Sohn war freundlich, wie seine Mutter. Er hat seine Hilfe angeboten. Ich bin schnell weggegangen. Wie sollte er helfen. Hilfe von Menschen, die nicht wirklich helfen können, das verstärkt die Erniedrigung. Der Barbier unten, neben dem Eingang, es war noch der gleiche Mann. Er hat mich nicht wiedererkannt. Und wennschon. Was hätte er bestätigen sollen?
– Die Zeiten sind schwierig, das wird keiner bezweifeln. Es ist mir unangenehm, gerade jetzt dieses Thema anzuschneiden, aber wir haben mein Honorar etwas aus den Augen verloren. Es hat sich einiges angesammelt, eine nicht unerhebliche Schuld. Zehn Rupien, ich habe es gestern abend zusammengerechnet. Ich habe einen Vorschlag, wenn Sie erlauben, der uns beiden dient, denke ich. Wir sollten einen Betrag vereinbaren, der den gesamten restlichen Auftrag umfaßt. Egal, wie lange es noch dauert.
– Bestimmt haben Sie sich auch Gedanken gemacht über die Höhe dieses Betrags.
– Ich würde vorschlagen, Sie zahlen noch einmal sechzehn Rupien. Und dann reden wir kein einziges Mal mehr über Geld.

38.
WER DAS OPFER ANNIMMT

Niemals erzählte sie von sich. Es war ein Fehler, sie im Schlafzimmer zu bedrängen. Sie hielt ihn auf Distanz, indem sie ihn erregte. Wenn sie ihre Lippen zurückzog, konnte er seinen Blick nicht von ihrem Mund losreißen. Während sie von oben ihre Hüften auf ihn drückte, starrte er auf die Verheißung ihres Mundes, auf den schimmernden Ausdruck ihrer Stummheit, ihr Zopf löste sich auf – sie stürzte sich in den Trieb, soviel verstand er, wenn die Trauer in ihr alles andere zu lähmen drohte –, sie atmete schwer, ihr Halsband riß auf, die Perlen kullerten über ihre Brüste auf ihn herab. Er schaute überall hin, auf alles, seine Augen hasteten über ihrer beider Lust. Sie atmete schwerer, er verriet, wohin er hastete, und schwerer, und er, er war wenige Empfindungen entfernt, als sie innehielt, sie bewegte sich nicht mehr, sie ließ ihre Hände auf seiner Brust liegen, und sie begann zu sprechen, während sie auf seinem pulsierenden Staunen sitzen blieb, sprach in vollständigen Sätzen, in einem vertrauten Tonfall, der beiläufig erzählte und doch seine ganze Aufmerksamkeit einforderte. Er mußte seine Stöße besänftigen, um ihren Worten folgen zu können, die einen Weisen beschrieben, einen Brahmanen namens Auddalaka, der als junger Mann initiiert wurde in alle Formen der vedischen Rituale, auch in jene, bei denen die Vereinigung zwischen Mann und Frau als Opferung gefeiert wurde. Doch eines Tages begehrte Auddalaka, der so versiert über die Symbolkraft der weiblichen Vulva referieren konnte, eine Studentin namens Vijayaa, und er fädelte es ein, daß sie sich im Rahmen des Ritus vereinten, doch es reichte ihm nicht aus, er sehnte sich nach einer Vereinigung außerhalb des Rituals, und so kamen sie zusammen, diese zwei jungen Menschen, und die Lust und das Vergnügen, das sie sich gegenseitig bereiteten, übertrafen alles andere, nahmen eine Bedeutung ein, die das Ritual überragte, durch das die Menschen Zugang zu den Göttern aufrechterhielten. Kundalini verstummte. Und? fragte Burton. Bislang hast du jede Geschichte zu Ende geführt. Sie schwieg. Ihr Schweigen grub sich in ihn hinein. Er senkte seinen Blick, auf die feine Haarlinie, als krieche eine Reihe winziger Ameisen von ihrem Schambein über ihren Bauch bis zu ihrem Nabel und darüber hinaus bis zu der kleinen Kuhle zwischen ihren Brüsten. Seine Hand glitt über diese Härchen, ihr stolzes Romaavali, das gleichsam magisch, so behauptete sie, die Erde mit dem Himmel verbindet. Das zuverlässigste Merkmal ihrer Schönheit, so glaubte sie. Er konnte nicht zustimmen, aber sie hätte sich eher umgebracht, als diese Härchen herauszuzupfen. Seine Hand folgte der Verbindung zwischen ihrem Herzen und ihrem Schoß. Als sie sich wieder anschauten, vermeinte er in einem tieferen Teich ihrer Augen ein Aufflackern von Zuneigung zu entdecken. Er lächelte sie an, und seinem Lächeln entnahm sie wohl, was ihre Augen zuviel versprochen hatten, denn sie begann sich wieder zu bewegen,

sie schubste ihn in den Bereich ihrer Dominanz, und sie war gieriger als sonst, gierig zu kratzen und zu beißen, als könne sie den Geschmack seines Körpers behalten, wenn er morgen ginge, als könnte sie bleibende Ornamente auf seiner Haut zurücklassen. Müde fielen sie aus dem Liebeskampf heraus. Die schönste Zeit, die Minuten, in denen ihn kein Gedanke beschwerte, die schönste Zeit, dachte er, jene, die er nicht wahrnahm. Und ihm wurde bewußt, daß sie schon vorbei war. Er richtete sich auf und saugte an ihren Lippen, als suche er nach einem betäubenden Nektar. Und sie, sie ergriff seine linke Hand, sie spielte mit den Fingern, verschränkte sie, zog an den unteren Enden, bis sie knackten, und glitt in einen Gesang, der erst allmählich aus dem Summen heraus seinen Sinn entfaltete:
An einem Sommertag
im Schatten unterm Baum
da liegt sie, da liegt sie
die Kleider zieht sie hoch
ihren Kopf zu schützen
so sagt sie, so sagt sie
vor des Mondes Strahlen.

ıоιоιоιоιоιоι

39.
NAUKARAM

II Aum Yagnakaayaaya namaha I Sarvavighnopashantaye namaha I Aum Ganeshaya namaha II

Am zweiten Tag begann der Lahiya sich Sorgen zu machen. Es war nicht so, daß Naukaram noch nie ein Treffen versäumt hatte. Einmal war er erkrankt, und ein anderes Mal hatte er ihm eine vermeintliche Beleidigung nachgetragen. Aber beide Male hatte der Lahiya Bescheid gewußt. Doch dieses Mal gab es keinen Grund für sein Ausbleiben. Er war in letzter Zeit mutloser als sonst gewesen, willenlos fast, schlaff. Das war das Problem mit den niederen Ka-

sten, sie gaben leicht auf, wenn sie Widerständen begegneten. Es war nicht angenehm, einen ganzen Tag am Straßenrand zu sitzen und auf jemanden zu warten. Inmitten dieser Schakale, die sich die Gelegenheit nicht entgehen ließen, ihn zu verspotten. Sie konnten es nicht verkraften, daß er seit Wochen einen Kunden hatte, der ihn täglich aufsuchte, zu dieser Jahreszeit, in der ein Auftrag in der Woche als ein Segen galt. Eine Angst bemächtigte sich seiner. Was wäre, wenn Naukaram verschwinden würde. Wenn der Bericht jetzt abbräche. Das würde die Geschichte verstümmeln. Das durfte nicht geschehen, sie waren fast am Ende. Jetzt abzubrechen, das wäre schrecklich. Er war von der Intensität seiner Furcht überrascht. Sie richtete ihn auf. Am Nachmittag beschloß er, Naukaram zu suchen. Keine leichte Aufgabe. Er wußte nicht, wo er wohnte, er wußte nur, er war bei Verwandten nahe des Sarkaarvaadaa-Palastes untergebracht. Er fragte in allen Läden des Viertels nach. Kennen Sie einen hochgewachsenen, gebeugten Mann, der als Diener bei einem Firengi gearbeitet hat? Kennen Sie jenen, der Naukaram heißt? Keiner kannte ihn. Als er ihn schließlich doch fand, war es dem Zufall zu danken. Er kehrte in eine Maikhanna ein, weil der Durst ihn quälte und seine Füße schmerzten. Bevor er etwas bestellen konnte, sah er eine vertraute Gestalt. Naukaram, der alleine an einem Tisch saß und kaum noch bei Sinnen war.
– Ich dachte, Sie trinken keinen Daaru.
– Außergewöhnliche Tage erfordern außergewöhnliche Getränke.
– Was ist geschehen?
– Nichts. Ich bin am Ende. Nur das.
– Wieso am Ende?
– Es geht Sie nichts an. Unsere Zusammenarbeit, wie soll ich es sagen, sie ist zu Ende.
– Sie wollen nicht mehr?
– Ich kann nicht mehr. Ich bin ein Mann ohne Wert. Ich habe keine Rupie mehr. Nur Schulden.
– Bei wem?
– Ich bin von einem Bruder zum anderen gelaufen, von Maamaa zu Kaakaa. Jetzt leiht mir keiner mehr was, und diejenigen, die mir etwas leihen könnten, die wollen zuerst das Geld zurückhaben, das

sie mir schon geliehen haben. Ich bin bei fast allen verschuldet, verstehen Sie. Weil es so lange dauert mit diesem Brief, der keiner ist.

– Sie können jetzt nicht aufgeben.

– Du! Du hast die Geschichte in die Länge gezogen, um mich zu schröpfen. Du hast mich ausgeraubt. Ich mußte mir Geld ausleihen. Ich habe die Sachen verpfändet, die ich aus Europa mitgebracht habe. Ich habe bei meinen Verwandten gebettelt, um dein Honorar zusammenzukratzen. Du hast mich an der Nase herumgeführt. Ich bin bei der ganzen Stadt verschuldet, und was habe ich dafür bekommen, nichts, nichts in den Händen. Außer einen Schrieb, den keiner lesen will.

– Sie können jetzt nicht aufgeben. Hören Sie mir zu, wenn man so weit gekommen ist, muß man die Sache zu Ende bringen. Sie erinnern mich an einen Mann, der vor Jahren beim Diebstahl erwischt wurde. Der Richter bot ihm an, sich die Strafe selber auszusuchen: entweder ein Kilo Salz zu essen, hundert Stockhiebe zu erhalten oder eine Geldstrafe.

– Der Schwätzer bist jetzt du.

– Der Dieb entschied sich für das Salz, er aß und aß, er quälte sich, und als er fast alles aufgegessen hatte, da bildete er sich ein, er könne keine einzige Prise mehr essen, und er rief aus, genug, genug von dem Salz, ich will doch lieber die Stockhiebe auf mich nehmen. Er wurde geschlagen, neunzigmal, oder fünfundneunzigmal, da bildete er sich ein, er könne keinen cinzigen Schlag mehr ertragen, und er rief aus, genug, genug von den Schlägen, laßt mich bitte die Geldstrafe zahlen.

– Schlauer Lahiya. Der dumme Diener, der nichts versteht. Du kannst lesen und schreiben. Du bist Brahmane.

– Wenn Sie kein Geld mehr haben, das macht nichts, ich stunde es Ihnen.

– So großzügig, auf einmal. Vier Rupien werden nicht ausreichen, fürchte ich. Erinnerst du dich daran? Mindestens acht Rupien noch.

– Lassen Sie uns diese alten Geschichten nicht aufwärmen. Es ist mein Beruf.

– Ein ehrenwerter Beruf, wenn es je einen gegeben hat. Der ehren-

werte Lahiya. So viele Bedürftige, die er ausnutzen kann. Es ist zum Aufschreien.
– Ich bitte Sie. Es wird Ihnen guttun, wenn Sie sich die Geschichte, die ganze Geschichte, vom Herzen geredet haben. Vergessen wir das Geld.
– Willst du mir etwa alles zurückerstatten?
– Ihre Geschichte, sie ist mir wirklich ans Herz gewachsen, wie ich es Ihnen schon einmal gesagt habe. Ich werde das Papier und die Tinte zur Verfügung stellen, Sie müssen nur noch einige Tage Geduld aufbringen. Und am Ende werde ich Ihnen ein Schreiben überreichen, wie es noch nie ein Diener in den Händen gehalten hat.
– Das reicht mir nicht. Das ist nicht gut genug. Du mußt schon was Besseres anbieten.
– Gut, hören Sie zu, mein allerletztes Angebot.
– Da bin ich aber gespannt.

※※※※※※※

40.
OHNE VERGLEICH

An dem Tag, an dem sie erkrankte, bat Kundalini Burton, sie zu heiraten. Er hatte das bleiche, hagere Gesicht ihrer Nervosität zugeschrieben. Er fühlte sich überrumpelt, und im nachhinein sah er sich selbst, in seiner erbärmlichen Reaktion, als unwürdig an, unwürdig, sie jemals verdient zu haben. Er verhedderte sich in Ausflüchte. Sie unterbrach ihn mit einem bitteren Lachen. Keine Sorge, mein Herr, wir werden weder viermal um das heilige Feuer noch zum Altar schreiten. Mein Wunsch betrifft allein die Gandharvavivaaha, eine bescheidene Zeremonie, zu der es nur unserer Übereinkunft bedarf und zweier Girlanden, daß wir zusammenbleiben werden, solange wir zusammenbleiben wollen. Es ist eine Zeremonie des Selbstverständlichen. Wir benötigen für diesen Akt nicht einmal die Hilfe Dritter, die Gandharva, die himmlischen Minnesänger, werden für uns Zeugnis ablegen. Was ist das für ein Unfug, sagte er, was bringt dir so eine Übereinkunft? Sie flehte ihn an, es war ihr wichtig. Ich darf keinen Sterblichen heiraten, erklärte sie. Wieso nicht? Das kann ich dir nicht sagen, es ist eine Sache des Glaubens, der Hingabe an einen Tempel. Er gab sich unverständig. Sie flehte ihn an mit matten Augen. Es ist so, als sei ich schon verheiratet, mit einer Gottheit, mehr kann ich dir nicht sagen. Aber du darfst trotzdem diese zweite Heirat eingehen? Es wäre für mich eine Befreiung, du kannst es jetzt nicht verstehen, aber wenn du mir vertraust, ich verspreche dir, dann wirst du es verstehen. Er hätte sie beruhigen sollen, sofort zusagen, er hätte den flehenden matten Blick mit einem ›Ja‹ erfreuen sollen, aber er war von dem Wunsch besessen, die Starre in ihrem Verhältnis aufzubrechen. Er war zu sehr damit beschäftigt, die Situation auszunutzen, um sie richtig einschätzen zu können. Im nachhinein zerfraßen ihn die Reue und die Unsicherheit, weil er sich wunderte, ob sie geahnt hatte, wie krank sie war, ob er ihre Erkrankung sogar verschlimmert hatte, als er ihr beschied, bald Antwort zu geben, obwohl die Antwort bereitlag. Hätte er ihr Leben gerettet, wenn sie sich gleich vermählt hätten mit den Minnesängern als Zeugen? Es war Ausdruck seiner Verwirrung, daß er so etwas überhaupt für möglich hielt.

ΙΟΧΙΟΧΙΟΧΙΟΧΙΟΧΙΟΧ

41.
NAUKARAM

II Aum Amitaaya namaha I Sarvavighnopashantaye namaha I Aum Ganeshaya namaha II
– Ich habe sie gefunden. Das war ungerecht. Ich mußte ihre Hände zusammenlegen. Als ich Burton Saheb rufen ließ, hatte ich die häßlichsten Spuren schon entfernt. Er wollte sofort den alten Arzt rufen. Ich weiß nicht, wie oft ich ›Sie ist tot‹ wiederholen mußte, bis er es begriff. Er setzte sich an den Bettrand und stand stundenlang

nicht mehr auf. Ich mußte die praktischen Dinge erledigen. Wer hätte sie sonst erledigt? Und das erwies sich als schwierig, wir hatten es nicht bedacht. Sie haben sich geweigert, sie zu verbrennen.
– Wer?
– Die Priester. Burton Saheb war fassungslos. So zornig, ich dachte, er würde die Verbrennung mit vorgehaltener Waffe erzwingen. Ich wollte ihm den Grund verschweigen, ich umging seine Fragen, er trieb mich in die Ecke, schließlich mußte ich ihm sagen, daß es eine Frage der Reinheit war. Ob sie wegen der Beziehung zu ihm als unrein gelte. Ja, sagte ich, auch deswegen.
– Sie haben eine Lösung gefunden?
– Ich traf einen Mann, in der Nähe der Verbrennungsstätte. Einer der Aussätzigen, die sich dort herumtrieben. Sein halbes Gesicht war weggefressen, sogar eine Hälfte seiner Zunge. Sein Anblick war nicht zu ertragen. Er redete mit einer Stimme, die bei lebendigem Leibe gehäutet wurde. Hast du dich verlaufen, Jüngchen? Ich wollte davoneilen. Doch ich blieb stehen. Frag mich nicht, wieso. Ich erzählte ihm sogar von unserer Sorge. Wir werden euch helfen, sagte er. Bringt den Leichnam hierher, in der Nacht, wenn alle schlafen, und wir werden tun, was getan werden muß. Wir haben einen Pujari, wenn euch so was wichtig ist. Selbst seine Spucke ist heiliger als die Heuchler, die euch weggeschickt haben. Die verkriechen sich nachts, da müssen sie verspeisen, was sie tagsüber erbeutet haben. Nie habe ich Hilfe so ungern angenommen. Wir hatten keine andere Wahl. Es war ein guter Vorschlag, wenn auch mit dräuender Stimme vorgetragen. Es hat lange gedauert, bis ich Burton Saheb überzeugt hatte. Bis er verstanden hatte, daß uns nichts anderes übrigblieb. Sein ganzer Einfluß und seine ganze Macht waren nutzlos. Ich wollte unter den Dienern nach Freiwilligen suchen, die uns helfen würden, ihre Leiche zum Fluß zu tragen. Er hielt mich zurück. Wir beide werden das tun, sagte er. Nur wir beide. Das ist unsere Pflicht. Wir wickelten sie in einige Tücher. Wir warteten, bis sich alle schlafen gelegt hatten. Ich öffnete die Tür des Bubukhanna und das Tor zur Straße, wir packten sie, ich an den Beinen, Burton Saheb am Kopf, und wir gingen los ...
Der Lahiya schrieb alles mit, Zeile um Zeile füllte sich mit Nau-

karams Bericht, und zwischen den Zeilen flatterten seine Gedanken, entfernten sich von dieser faden Beschreibung. Sturm und Tod und Mitternacht und Verbrennungsstätte, was für eine Bühne, und dieser einfallslose Mensch beschrieb es wie ein Inventar. Wo waren die Nackten, die Schamlosen, die überquellende Töpfe mit Juwelen bewachten, vergraben von knorzigen Gierhälsen, denen der Geiz jegliche Angst geraubt hat? Wo war der Yogi, der mit zwei Schienbeinknochen auf einem Schädel grausige Festtagsmusik spielt? Der Lahiya hörte kaum noch zu, er konnte es nicht abwarten, sich zu verabschieden. Er eilte nach Hause, wischte den Gruß seiner Frau zur Seite, zog sich sofort in das zweite Zimmer zurück, in Sorge, auch nur eine einzige seiner vielen Ideen könnte sich verflüchtigen, bevor er sie niedergeschrieben hatte. Hastig notierte er das erste Bild, das ihm eingefallen war, zeichnete bisterfarbige Wolken, die über die Hochebene des Firmaments rollten, unförmig wie plumpe Ungeheuer. Und vor ihnen, im Mittelpunkt, zwei Männer, ein Herr und sein Diener, beide Fremde an diesem Ort, in dieser Nacht, beide miteinander verbunden auf mehr Wegen, als sie es wissen, als sie es sich eingestehen mögen. Sie schleppen schwer an einem Leichnam, an der verstorbenen Geliebten, ihrer Geliebten. Die Sichel des Mondes ist nicht heller als der Stoßzahn eines Elefanten, der aus einem Schlammloch steigt. Der Herr hievt den Leichnam über seine Schulter, er ist ein starker Mann, der selbst das Gewicht verflossener Liebe durch einen Sturm schleppen kann. Der andere, der Diener, sucht nach dem Pfad, mit unsicheren Schritten, als erwarte er, jeden Augenblick zu stolpern. Es beginnt zu regnen. Der Boden des Weges glimmert, ein schauriges Weiß. Ein ferner Lichtstrahl bricht durch alle Geflechte, wie ein Strich aus Gold, der über die dunkle Oberfläche eines Probiersteins ädert. Die beiden Männer folgen diesem Lichtstrahl, sei es, weil nichts anderes leuchtet, sei es, weil der Diener ahnt, daß es die einäschernden Feuer der Verbrennungsstätte sind, die so fragend die Nacht durchdringen. Sie erreichen die Smashaana, eine offene Fläche neben dem Fluß, ein Ort, der selbst tagsüber zu meiden ist. Verlassen, so scheint es den beiden Männern im ersten Augenblick, und der Diener wundert sich, ob er einem häßlichen Scherz aufgesessen war. Doch der Gestank des Todes steigt aus der Erde. Der Diener bleibt zögerlich stehen. Wie würde er sich jemals von der Verschmutzung befreien können, nachdem er diesen unreinen Boden betreten hat? Der Herr hingegen, den die Unwissenheit schützt, geht weiter, die Leiche beschwert seinen Gang, er tritt auf liegengebliebene Knochen, ein Geräusch, so als würden die Zähne eines Ungeheuers knirschen. Der Diener zieht sich ein Ende seines Turbans über den Mund und folgt. Vor ihnen flackern die gespenstischen, düsterroten Flammen, als seien sie Schakale, die die kläglichen Überreste menschlichen Lebens verschlingen und abnagen bis auf die weißen Knochen. Über dem Feuer schweben flüchtige Gestalten, die zu prüfen haben, ob die Körper, von denen sie befreit worden sind, zu Asche verbrannt sind, in Wartestellung, bis der neue Körper, den sie bewohnen sollen, bereit ist, sie aufzunehmen. Es gibt auch jene, die in der Smashaana heimisch sind. Die Geister von heimtückisch Erschlagenen gehen umher mit blutenden Gliedern, gefolgt von den Skeletten ihrer Mörder, deren brüchige Knochen von einigen letzten Sehnen zusammengehalten werden. Derweil der Wind weiterjammert und der angeschwollene Fluß mit dem Blut aller Vergeblichen gurgelt. Die beiden Männer, die den Mut mehrerer Leben verbraucht haben, sind nicht allein. Am anderen Ende der Verbrennungsstätte sitzt eine Gruppe Elender zusammen, unter einer Plane, die vergeblich dem Wind und dem Regen trotzt. Mitten in der Gruppe sitzt der Mann mit dem halben Gesicht, neben ihm ein Stab, der fest im Boden steckt. Er ist bekleidet in einem ockerfarbenen Dhoti, sein Oberkörper nur von langen Haaren bedeckt, die in fettigen, verlausten Zöpfen herabfallen. Es ist das Haar eines Pferdes. Weiße Striche aus Kalk zäumen seinen Körper ein, und um die Hüfte trägt er ein Korsett aus Knochen. Wenn er sich nicht bewegt, ist er eine Statue. Er steht auf. Ihr seid da, sagt er. Es ist kein Willkommensgruß. Und das da wollt ihr loswerden. Sprich nicht so über sie, unterbricht ihn der Herr. Und der Diener wundert sich, ob er noch bei Verstand ist. Wir haben etwas Holz gehortet. Wir sind den Schattengewächsen zugetan, deswegen werden wir für die Verbrennung jener, die wir nicht kannten, die wir aber als eine von uns betrachten, Sandelholz beigeben. Ihr Abschied wird besser riechen als der Abschied eines Nagar Brahmanen. Der Herr legt den

Leichnam auf den Boden. Nichts weiter wird von euch verlangt. Im Gegenteil, wir wollen, daß ihr verschwindet. Ihr seid unbrauchbar, es sei denn als Zeugen eures eigenen Albtraums.

42.
OHNE HINDERNISSE

– Ich war erstaunt, in der Bombay Times von letzter Woche zu lesen, was für Erfolge wir bei der Missionierung zu verzeichnen hätten.
– Angesichts der Umstände, Leutnant Awdry, stehen wir nicht schlecht da.
– Nicht schlecht? Na ja. Kann es noch schlechter bestellt sein?
– Wir dürfen nicht ungeduldig sein.
– Bien sûr, Geduld ist oberste Bürgerpflicht.
– Sie wollen nicht ernsthaft bezweifeln, daß es vorangeht? Langsam und bedächtig, das räume ich gerne ein.
– Reverend Posthumus, mir scheint, die bisherigen Resultate stehen im groben Mißverhältnis zu den eingesetzten Mitteln. Die Hindus, mit halb soviel Geld und in der halben Zeit, hätten bei uns doppelt so viele Konvertiten gewonnen.
– Das ist ja die Höhe, Mr. Burton!
– Blödsinn, Dick, du weißt doch selber, die Hindus konvertieren nicht.

Großes Dinner in der Messe. Zwischen zwei Vorsitzenden an beiden Enden eines langen Tisches, zwei alten Herren, deren Gehirne in der Hitze geschmolzen waren und die sich nur noch an das erinnern konnten, was ihnen am intensivsten eingeimpft worden war, an den Drill. Sie ließen nicht zu, daß ernsthafte Gespräche das Abendessen vergifteten, eine Selbstbeschränkung, der sie zu diesem Anlaß nicht gewachsen waren, denn der eine Alte hatte sich in den ersten Regentagen eine solide Erkältung zugezogen, er war von seinem Schniefen völlig in Beschlag genommen, und der andere hörte nur, wenn man in sein Ohr brüllte. Er lächelte über das angeregte Gespräch zwischen Richard Burton, Leutnant Ambrose Awdry und Reverend Walter Posthumus und schob sich ein gekochtes Stück Truthahn in den Mund.

– Weises Volk, weiser als wir. Freiwillige Missionierung? Das ist eine Contradictio in adjecto. Wieso waren die Portugiesen in Goa erfolgreich? Weil die katholische Kirche Heiden besser zu überzeugen weiß als die anglikanische? Mitnichten. Gibt nur eine Erklärung: Gewalt. Einsatz von Gewalt ohne Wenn und Aber. Vasco da Gama führte acht franziskanische Mönche und acht Kapläne mit sich. Sie sollten predigen, aber die Kardinäle haben vermutet, das Predigen würde wenig fruchten, Erfahrung macht gerissen, sie hatten verfügt, das Konvertieren dem Schwert zu überlassen. Noch vor seiner Landung in Kalikut hat der gute da Gama, der in seiner Heimat gerühmt wird für die Eroberung von Land und Seelen, ein ganzes Schiff mit moslemischen Pilgern in Brand gesetzt. Einmal gelandet, fackelte er nicht lange, wenn ihr den Kalauer verzeiht, er ließ alle aufmüpfigen Fischer erschießen. Im Handumdrehen kleideten sich die Inder wie Portugiesen, nahmen portugiesische Namen an, soffen mehr als die Portugiesen selber und rannten häufiger als diese zur heiligen Messe.

– Wir vertrauen hingegen dem Wort, der Botschaft.

– Sie kennen sich besser aus als ich, das ist evident, meine Herren, vielleicht können Sie mich aufklären, ich habe gehört, die portugiesischen Missionare hätten sich verkleidet. Angeblich sind sie als verwahrloste Einsiedler durch die Gegend gezogen. Sie sollen sogar ein Mischmasch aus Evangelium und einheimischen Legenden gepredigt haben.

– Das Masala-Evangelium.

– Und während der Prozessionen sollen sie auf den Palankins neben den Heiligen einige Hindugötter aufgestellt haben. Äußerst mysteriöse Angelegenheit ...

– Blasphemisch, würde ich eher sagen!

– Nicht ohne Kunst, und nicht ohne Erfolg.

Leidlich interessant, dieses Gespräch. Man ist dankbar für jede

Plauderblüte. Was hat er nicht gelitten bei dem letzten Dinner in der Messe, als irgendein Kerl ausgezeichnet werden sollte und der Brigadier die Laudatio hielt, in erdrückender Hitze, die Details einer Karriere, die so aufregend waren wie die Fliegen auf dem Tisch. Gelegentlich trat einer der Kedmutgars, der Turban groß wie eine Trophäe, nach vorne, um sie zu verscheuchen, und das Tuch schwirrte neben den gesenkten Köpfen jener, die entschlummert waren. Als der Brigadier das Ende seiner amtlich versteiften Lobhudelei erreicht hatte und das Hipp-Hipp für den Helden des Abends ausrief, fiel es auf schlaffe Ohren. Es dämmerten nicht nur die Üblichen vor sich hin, alle am Tisch waren eingenickt. Der Brigadier stand da mit hochrotem Kopf, und Burton sprang ihm zur Rettung bei, ein fast leeres Glas Madeira in der Hand, schrie er das Hurra aus voller Lunge, alle Köpfe rollten aus dem Schlummer heraus, die Gesichtsmuskeln flatterten herum wie Vögel, in deren Nest ein Stein geworfen worden war, und Burton grinste den Brigadier ermutigend an, das zweite Hipp-Hipp zu rufen, und als es ausblieb, stimmte er gleich den Gesang an, *For He's A Jolly Good Fellow*, die anderen suchten krächzend und hustend nach Anschluß, der Brigadier stand am Ende des Tisches wie ein Oberbefehlshaber, dessen Truppen sich heillos auflösten, die Stimmen rannten sich über den Haufen, wahrlich, *Nobody Can Deny*, daß die letzte Zeile wie der gesamte verkorkte Abend beim Weggießen in alle Richtungen spritzte.

– Was zählt dieser Erfolg, wenn man die Säulen seines Glaubens aufgibt?

– Sie lassen sich lieber von den Heiden auslachen, weil der Stifter unseres Glaubens Sohn eines Badhahi war.

– Kommt es auf den Beruf von Josef an? Wir machen aus ihm einen Krieger, geben ihm irgendeinen anderen Beruf, egal welchen, nur nicht gerade einen, der zur niedrigsten Kaste gehört, ließe sich doch bestimmt einfacher predigen.

– Danke für Ihre Fürsorge, Burton. Wenn wir damit anfangen, können wir gleich die ganze Heilige Schrift umschreiben.

– Keine schlechte Idee. Nehmen wir an, Jesus wäre der Sohn eines Prinzen in Mathura, und der böse Maharaja ließe alle Kinder

der Gegend umbringen, weil eine Prophezeiung ihm Unheil durch den um Mitternacht geborenen Heiland vorausgesagt hat ...
– Sie treiben es zu weit.
– Langsam, mein Lieber, langsam.
– Die Fütterung der vielen, zweifelsohne eine imposante Leistung. Erheblich größeren Eindruck würden wir schinden, wenn Unser Jesus von Mathura das eine oder andere Ungeheuer besiegen könnte. Eine böse Schlange erwürgen. Das sollte doch möglich sein. Bei diesen Dinners wurde zuviel Hammelfleisch gegessen. Rind war undenkbar, die Erklärung einfach: höhere Form von Kannibalismus. Schweinebraten war unvorstellbar, jeder von ihnen hatte schon einmal eines der Schweine im Basar gesehen – im Dreck suhlen war kein Ausdruck; zumal die Küchenjungen ausschließlich Moslems waren. Gelegentlich tauchte ein Schinken auf, von allen begehrt wie eine schöne Kusine, die auf die schiefe Bahn geraten war und daher in übertriebener Anständigkeit verkleidet werden mußte, weswegen der Schinken *Wilayati Bakri* geheißen wurde, europäisches Lamm, oder in anderen Worten: Unschuldslamm. Manch ein Hindu rührte selbstverständlich überhaupt kein Fleisch an, ein merkwürdiges Verhalten, für das der Brigadier eine einfache Erklärung bereithielt, die er zu Ehren und zum Nutzen jedes neuen Gastes wiederholte: Die Hindus glauben an Wiedergeburt, nicht wahr, und sie glauben, wer nicht richtig gelebt hat, wird als Tier wiedergeboren, so weit so klar, also haben sie Angst, wenn sie Fleisch essen, ihre eigene Großmutter aufzuessen, nicht wahr.
– Wieso benutzen wir nicht andere Mittel?
– Anstelle des Evangeliums, Ambrose?
– Nein. Anstelle von Predigt und Gewalt. Wir könnten die Zahl der Christen steigern, indem wir kostenloses Essen verteilen. Durch unsere Großzügigkeit würden wir zwei Fliegen mit einer Klappe schlagen: die Menschen gesund ernähren und die Zahl der Christen steigern. Was meint ihr, was wäre ein erfolgreicher Koeffizient zwischen Reissäcken und Taufen?
– Funktioniert vielleicht, nur, überleg dir mal, was es für ein Verteilungsnetz bedürfte, um all die Neuchristen bei der Stange zu halten. Nein! Wieso seid ihr alle so darauf erpicht, aus guten Heiden

schlechte Christen zu machen? Glaubt ihr etwa, wir müssen die Hindus nur als Europäer oder Christen verkleiden und sie etwas trainieren, damit ihre Gedanken und Gefühle europäisch und christlich werden? Mumpitz. Wie ist es mit den Sepoy? Fühlen die sich nicht verdammt unwohl in dem dicken Stoff, in den wir sie hineingezwängt haben?

– Kaum gehen wir auseinander, legen die Knaben als allererstes die Uniform ab und ziehen sich eine luftige Kurta über. Was wissen wir über sie? Wir hätten kein Recht, erstaunt zu sein, wenn sie eines Tages ihre Waffen gegen uns richten, wir hätten kein Anrecht, fassungslos zu sein, nur weil wir uns einbilden, wir würden sie gut behandeln und hätten daher ihre Treue verdient.

– Und wie oft sehen Sie Ihre Schafe, Reverend? Haben Sie sich schon einmal gefragt, wie diese Leute die restliche Zeit verbringen? Wie verhalten sie sich, wie reden sie über uns, was hecken sie aus?

– Ich fürchte, ich habe mich an diesen trunkenen Gesprächen satt gehört. Ich werde mich verabschieden.

– Hören Sie mir zu, Reverend. Unsere Macht beruht allein darauf, daß die Einheimischen eine hohe Meinung von uns und eine niedrige Meinung von sich selbst haben. Sobald sie uns näher kennenlernen, und das würde geschehen, wenn sie in Massen konvertieren, dann verlieren sie jeglichen Respekt. Sie überwinden ihr Minderwertigkeitsgefühl. Sie beginnen Widerstand zu leisten. Sie trauen sich einen Sieg zu, anstatt davon auszugehen, daß sie für alle Zeiten besiegt sind, wie es jetzt der Fall ist. In einer Generation könnten wir vor einem Desaster stehen. In einem sind wir uns doch einig: Wenn die Inder sich für einen einzigen Tag vereinen und mit einer einzigen Stimme sprechen könnten, dann würden sie uns wegfegen.

– Solange sie uns fürchten, besteht kein Grund zur Sorge?

– Angst führt zu Mißtrauen, Mißtrauen zu Falschheit. Der Schwächling und der Feigling wissen genau, wieso sie ihren Nachbarn nicht trauen.

– Völliger Quatsch! Wirklich, ich muß mich sehr wundern. Selbst wenn Sie aus politischer und militärischer Sicht recht haben sollten, so können wir die Heiden doch nicht der ewigen Verdammnis überlassen. Sollen wir ihnen unsere Zivilisation aus solch opportunistischen Gründen vorenthalten? Nein – die Missionierung wird voranschreiten, Sie werden sehen, und selbst wenn es ein Jahrhundert dauert, Britisch-Indien wird christlich werden, und erst dann wird dieses Land wirklich erblühen. Nun entschuldigen Sie mich bitte, meine Herren, Sie haben mich auf einen guten Gedanken für meine Sonntagspredigt gebracht.

⁜⁜⁜⁜⁜⁜⁜

43.
NAUKARAM

II Aum Avighnaaya namaha I Sarvavighnopashantaye namaha I Aum Ganeshaya namaha II
– Er wußte nicht, daß sie früher eine Devadasi war?
– Nein.
– Er muß etwas vermutet haben?
– Nein. Bestimmt nicht.
– Dann hat also nichts seine Gefühle überschattet?
– Ich habe seine Gefühle erst zu spät erkannt. Ich habe unterschätzt, wieviel sie ihm bedeutet hat. Das wurde mir erst bewußt, als sie tot war.
– Er trauerte?
– Auf seine eigene schiefe Art. Er tat nichts wie andere Menschen. Als erste Aufgabe nach der Nacht ihrer Verbrennung sollte ich ihm Affen besorgen. Egal, was für Affen, im Gegenteil, es sei gut, wenn die Affen von unterschiedlicher Art seien oder unterschiedlichen Alters. Auch verschiedenen Geschlechts. Ich dachte, er würde verrückt werden. Ich konnte ein halbes Dutzend Affen auftreiben, zusammen mit einigen der anderen Diener brachten wir sie auf einem Karren zum Bungalow. Sie bellten, gackerten und jaulten, die Gärtner aller Häuser traten heraus, um uns zu begaffen. Ich habe mich so geschämt. Der nächste Befehl von Burton Saheb war der endgül-

tige Beweis, er war verrückt geworden. Er verlangte, daß wir die Affen im Bubukhanna unterbringen. Dann teilte er mir mit, er erwarte an diesem Abend Besuch, ich solle für sechs Gäste decken lassen und dafür sorgen, daß die entsprechende Anzahl an Dienern aufwarte. Ich war dumm, ich bin nicht darauf gekommen, sechs und sechs zusammenzuzählen. Wie hätte ich auch vermuten können, was geschehen würde? Keiner von uns hat damit gerechnet.
– Das Ungewöhnliche erklärt sich immer erst im nachhinein.
– Zum Abendessen befahl er, wir sollen die Affen in das Haus bringen. Er stand an einem Ende des Tisches und begrüßte die Affen herzlich, wie alte Freunde. Keinem der anderen Offiziere hatte er je so einen Empfang bereitet. Er ließ sie auf den Stühlen am großen Eßtisch Platz nehmen und verkündete, er werde mit ihnen dinieren. Er stellte sie uns vor, auf englisch, die anderen Diener verstanden nichts. Sie waren vollauf damit beschäftigt, die Affen aufzugreifen und wieder auf die Stühle zu setzen. Der große Pavian, das sei Doktor Casamaijor, der kleinere Pavian sei Sekretär Routledge, beide in Begleitung ihrer Ehefrauen, ein dritter Affe wurde als Adjutant McCurdy vorgestellt, und der häßlichste Affe von allen war Pastor Posthumus. Ich lachte, so als würde ich mein Lachen aus einem angebrannten Topf herauskratzen, die anderen Diener lachten daraufhin mit. Eigentlich wollte ich mich abwenden, ich dachte, wenn ich den Scherz anerkenne, findet dieser Unsinn ein schnelleres Ende. Er aber schrie uns an, wir sollten gefälligst unseren Gästen aufwarten, er werde keine Insubordination dulden. Er drohte, uns alle aus dem Haus zu jagen, wenn wir seine Gäste nicht respektvoll behandelten, und ich merkte seiner Stimme an, wie ernst er es meinte. Ich bedeutete den Dienern, mit dem Auftischen des Abendessens zu beginnen. Natürlich blieben die Affen auch danach nicht auf ihren Stühlen sitzen, immer wieder mußte einer von ihnen aufgehoben und an seinen Platz zurückgebracht werden. Burton Saheb tat so, als merke er nichts davon, er spielte den Gastgeber, er redete auf sie ein, er diskutierte mit ihnen die neuesten Intrigen am Hof, es war so schwer, den eigenen Augen und Ohren zu glauben. Er wetterte gegen die Clique von Nagar Brahmanen, die damals fast alle Berater des Maharaja stellte, alle Minister zumindest. Er spielte den Versuch der

Angrezi durch, deren Vormachtstellung am Hofe zu durchbrechen. Er fragte seine Gäste nach ihrer Meinung, und wenn einer der Affen grunzte oder bellte, rief er entzückt aus: Hört, hört, meine Herren, meine Damen, was für eine bestechende Replik! Die Affen warfen das Besteck herum, sie verschütteten den Wein, sie tapsten mit ihren Pfoten in die Suppe, sie probierten einige Erbsen, dann bewarfen sie sich damit. Erst als der Braten kam, wurden sie etwas friedlicher. Es schmeckt, rief Burton Saheb aus. Halleluja, es möge ewig schmecken. Wir mußten ihn ins Bett tragen, so betrunken war er am Ende dieses Abends. Wir schämten uns für ihn, aber wir waren froh, diesen Wahnsinn überstanden zu haben. Wir wußten nicht, daß er sich jeden Abend wiederholen würde. Und jeden Abend betrank sich Burton Saheb, allein hätte er nicht in sein Bett gefunden. Es war so häßlich, was ich in diesen Tagen miterleben mußte, ich habe den Anblick kaum ausgehalten.

– Schlimmer noch als häßlich, es war gegen die Natur.

– Und es wurde noch schlimmer. Eines der Tiere war eine Äffin. Er hat behauptet, er habe sie dem Sekretär Routledge ausgespannt. Sie sei nun seine Geliebte, er schminkte sie, legte ihr Ohrringe an und eine Kette um ihren schrumpeligen Hals. Sie war so klein, wenn sie saß, verschwand sie unter der Tischkante. Er hat sich von einem der anderen Offiziere einen Kinderstuhl ausgeliehen, auf dem sie beim Essen Platz nehmen durfte. Er begann, sie Liebling zu nennen. Sie zu umgarnen. Er bezog den Kedmutgar mit ein, in seine Scharade. Er fragte ihn immer wieder: Ist sie nicht umwerfend? Ist sie nicht reizend? Soll ich sie nicht fragen, ob sie eine Schwester hat, für dich? Es war so entwürdigend, der Kedmutgar ist weggelaufen. Obwohl er keine andere Arbeit hatte.

– Und tagsüber, was hat er tagsüber mit den Affen gemacht?

– Er gab vor, ihre Sprache zu lernen. Er begann die Laute aufzuschreiben. Er fragte mich eines Tages nach meiner Meinung. Ob denn die Devanagari-Schrift oder die Gujarati-Schrift oder gar die lateinische Schrift am besten geeignet sei, die Sprache der Affen wiederzugeben.

– Upanitsche Saheb hat er bestimmt nicht danach gefragt.

– Nein, Sie haben recht. Wie kommen Sie darauf?

– So verrückt war er doch nicht. Er besaß Augenmaß für Respektlosigkeit. Ihnen gegenüber war er völlig unbeherrscht. Nicht hingegen vor dem Guruji. Was haben Sie ihm denn geantwortet?
– Ich habe geschwiegen. Ich schwieg in diesen Tagen. Mir scheint's, sagte er, die chinesischen Zeichen wären höchst adäquat, was soll's, ich kann jetzt nicht wegen dieser Primaten auch noch Mandarin lernen. Er hat ein kleines Wörterbuch ihrer Laute erstellt, er meinte, sechzig verschiedene Ausdrücke gesammelt zu haben. Er war stolz darauf. Er hat behauptet, sich mit den Affen bald unterhalten zu können.

※※※※※※※※

44.
Empfänger aller Reue

– Ach, Naukaram, wir haben hohen Besuch. Wieso setzt du dich nicht zu uns.
– Verzeihen Sie, Burton Saheb, ich kann mich nicht zu Affen setzen.
– Was ist bloß los mit dir und deiner Gastbefreundung, Naukaram? Du bist mir kein Anker. Heute geht das so nicht.
– Lassen Sie mich, Saheb.
– Komm her!
– Ich trauere auch, Saheb.
– Um wen, Naukaram? Wir sitzen alle in der Scheiße, wie wir gerade festgestellt haben, wieder mal was verpaßt, hey, Naukaram, aber wir sind quietschfidelwohlgemut.
– Um sie.
– Um sie? Und wer mag diese Sie sein, diese geheimnisvolle?
– Um Kundalini, Saheb.
– Was flüsterst du dich da, mein lieber Mann. Ich meinte fast, Kundalini zu hören. Das kann nicht sein. Du? Wieso du? Für dich war sie doch nur eine, wie können wir das in Gegenwart dieser Da-

men apart formulieren, laß mich überlegen, eine Hure! Wie wäre es damit, eine Hure, die du mir andrehen konntest.
– Ich habe sie ins Haus geführt, weil sie mich beeindruckt hat.
– Sie hat ihn beeindruckt. Was sind wir gerührt.
– Sie hat mir gefallen.
– Als Frau, Naukaram? Als Frau?
– Ja, das hat sie. Und dieses Gefallen, es wurde stärker. In ihrer Gegenwart fühlte ich mich glücklich, und wenn sie wegging, war ich traurig und freute mich auf ihre Rückkehr. Sie wissen doch, wie sie war.
– Ich weiß es, ich weiß, wie sie war, ich weiß es besser als du. Du hast sie nur angeschaut, du hast ihre Stimme gehört, und sieh mal einer an, was sie für eine Wirkung auf dich hatte. Meine höchstverehrten Gäste, ich stelle Ihnen vor: einen verliebten Mann.
– Was wußten Sie über Kundalini, Saheb?
– Alles zu wissen ist kein Maß, ist kein Ziel. Wenn du so fragst, ich wußte genug über sie.
– Wissen Sie, wo sie hinging, wenn sie uns verließ?
– An den Festtagen, meinst du? Natürlich, zu ihrer Familie.
– Sie hatte keine Familie. Ihre Mutter hat sie als Mädchen an einen Tempel übergeben und nie wiedergesehen.
– Du täuschst dich, du hast etwas falsch verstanden. Das hätte sie mir erzählt.
– Das hätte sie? Wieso? Wieso sollte sie es Ihnen erzählen? Sie hatte Angst, Sie würden alles mißverstehen. Sie hatte Angst vor Ihnen.
– Du lügst. Mißverstehen? Was sollte ich mißverstehen? Sie hätte mein Mitgefühl gehabt.
– Vielleicht. Vielleicht aber auch Ihre Verachtung. Wer weiß das schon so genau im voraus?
– Wo war sie denn?
– Das sage ich Ihnen besser nicht.
– Naukaram! Ich werde dich noch heute abend aus dem Haus werfen. Das schwöre ich dir, vor all diesen Affen hier. Wo ist sie hingegangen?
– Sie hat den Tempel besucht, in dem sie aufgewachsen ist.

– Sie ist in einem Tempel aufgewachsen?
– Ja, bevor sie nach Baroda kam.
– Sie hat in dem Tempel gelebt?
– In einer Kammer, hinter dem Tempel.
– Und was hat sie dort getan?
– Gott gedient, Saheb. Sie war eine Dienerin Gottes.
– Und was sollte ich daran verachten?
– Ich kann nicht mehr sagen.
– Im Gegenteil. Du wirst mir alles sagen. Mach dir keine Sorgen, ich bin fast wieder nüchtern.
– Ich habe mehr Angst vor Ihnen, wenn Sie nüchtern sind.
– Was war da, im Tempel?
– Sie hat nicht nur Gott gedient. Sie hat auch dem Priester gedient.
– Was denn? Geputzt, gekocht?
– Nein, anders gedient.
– Du meinst als Frau? Willst du das sagen, wie ein Nautsch-Mädchen?
– So ähnlich.
– Das soll ich dir glauben?
– Es ist die Wahrheit, Saheb.
– Wie lange?
– Ich weiß es nicht.
– Als sie zurückging, hat sie mit dem Priester wieder …?
– Nein, das glaube ich nicht. Bestimmt nicht. Sie ist vor ihm weggelaufen, er hat sie schlecht behandelt. Deswegen kam sie nach Baroda.
– Du hast mir all das verschwiegen?
– Sie mußte zurück. Es war der einzige Ort, an dem sie sich geborgen fühlte, trotz des Priesters. Sie vermißte die Räume des Tempels, sie vermißte es, vor Gott zu sitzen, ihm Luft zuzufächeln. Es ist merkwürdig. Sie fühlte sich nur dort geborgen. Obwohl er sie so schlecht behandelt hat.
– Du hast mir nichts davon erzählt. Ich hätte Lust, dich auszupeitschen.
– Wie hätte ich annehmen sollen, Saheb, daß Sie nichts davon

wußten. Sie waren doch viel besser mit ihr vertraut als ich. Ich kannte sie nur von den gemeinsamen Stunden in der Küche. Wir aßen manchmal zusammen. Manchmal saßen wir auf der Veranda, wenn Sie verreist waren. Sie wissen selber, wie selten das war. Wie hätte ich es mir anmaßen können, mit Ihnen über Geheimnisse zu sprechen, denen sie näherstanden als ich.

※※※※※※※※

45.
NAUKARAM

II Aum Devavrataaya namaha I Sarvavighnopashantaye namaha I Aum Ganeshaya namaha II
– Du hast alle Grenzen überschritten. Es ist unverzeihlich, was du getan hast. Wie konntest du meine Geheimnisse weitererzählen? Es war nur für deine Ohren bestimmt. Dürfen die Lahiya alles weitertragen? Dürfen sie auf dem Markt mit der Münze des Anvertrauten zahlen? Ich habe mich in dir getäuscht, du bist kein ehrenvoller Mann. Und als wäre das nicht schlimm genug, hast du auch noch Lügen über mich erzählt, Lügen, die mich in dieser Stadt vernichten werden.
– Was denn, was denn? Ich lüge nicht!
– Ich konnte es nicht glauben.
– Jemand hat mich verleumdet.
– Du lügst schon wieder. Ich habe es mit eigenen Ohren gehört. Der Sänger, er hat zuerst Bhajan gespielt. Doch dann hat er seine eigenen Verse gesungen, die waren alles andere als heilig, sie waren vulgär, sie sollten das Publikum belustigen. Er spottete über die Angrezi und die Sardarji, er spottete über einen lüsternen alten Mann, der in Liebe zu einer Wäscherin entbrannt ist und daher täglich seine Kleidung zum Waschen gibt. Es war dümmliches Zeug. Dann spottete er über einen Diener, der seinem Herrn verfallen ist. Über seine Liebe zu der Bubu des Herrn, einer Devadasi, die beide Män-

ner ausgenutzt habe. Ich erstarrte. Zuerst dachte ich an einen Zufall, bis diese Erklärung nicht mehr möglich war. Ich erwartete, die Zuschauer würden sich gleich umdrehen und mich anstarren. Es war mir peinlich. Es tat mir weh. Aber es war nicht annähernd so peinlich und so schmerzhaft wie das, was dann folgte. Die Bubu, sang er vergnügt, er hatte so eine widerlich selbstverliebte Stimme, sie habe ein Kind bekommen, als der Herr unterwegs war für einige Monate. Sie habe das Neugeborene getötet, und der Diener habe ihr geholfen, es im Wald zu begraben.
– So etwas habe ich ihm nie erzählt.
– Du gestehst also, was er wußte, wußte er von dir.
– Er ist ein Freund, ich habe seinen Rat gesucht. Ich war mir nicht sicher, wie ich Ihre Geschichte weiterschreiben sollte. Es ist nicht so leicht, wie Sie es sich denken. Manchmal bin ich überfordert. Niemals habe ich etwas von einem toten Kind erwähnt. Nein, warte warte, mir fällt ein, der tote Affe, wissen Sie, den Burton Saheb selber begraben hat im Garten, das haben Sie mir erzählt. Vielleicht habe ich von dem Begräbnis des Affen gesprochen, Sie müssen zugeben, es ist das verrückte Ende eines großen Wahns, und als Vergleich, verstehen Sie, habe ich gesagt, er habe ihn begraben, so als sei er sein eigenes Kind. Ein harmloser Vergleich nur.
– Und dann, was noch für harmlose Vergleiche? Wer ist dafür verantwortlich. Wer?
– Wofür?
– Die Verse dieses Schakals, den du deinen Freund schimpfst. Sie endeten, ich habe nie in meinem Leben so eine Scham gespürt, sie endeten damit, der Diener habe die Bubu vergiftet. Weil sie seine Liebe nicht erwiderte, weil er sich vor Eifersucht verzehrte. Er hat ihr Leben genommen, weil er es nicht aushalten konnte, sie in den Armen seines Herrn zu sehen.
– Nein, nie würde ich so etwas sagen. Nicht einmal vermuten. Sie verwechseln etwas. Diese Geschichte, die mein Freund vorgetragen hat, es war gar nicht Ihre Geschichte. Vielleicht wurde er angeregt von dem, was ich ihm erzählt habe, das kann ich nicht leugnen, bestimmt wurde er davon angeregt, aber er hat sie zu seiner eigenen Geschichte gemacht.

– Auf meine Kosten.
– Was schadet es Ihnen, das Geschwätz eines Manbhatt?
– Wer kann die zwei Geschichten auseinanderhalten? Jeder, der ein wenig weiß von mir, wird dieses Wissen vermengen mit dem Gift der Verleumdung.

ֺ∘ׄ∘ׄ∘ׄ∘ׄ∘ׄ∘ׄ∘ׄ∘ׄ

46.
Sohn zweier Mütter

Als Burton das erste Mal von ihm hörte, war der Mann unter seinem Namen begraben, unter dem Namen, der alle Beschimpfungen zusammenfaßte, die sie in der Stadt über ihn häuften. Er hieß der Bastard von Baroda. Er war nur unter diesem Namen bekannt. Es war schwer vorstellbar, daß er jemals einen anderen Namen getragen hatte. Er war ein Aussätziger, mit dem keiner, der etwas auf sich hielt, Berührung gehabt hätte, wäre er nicht gelegentlich, wenn die amtlichen Übersetzer verreist waren, zu Gericht bestellt worden. Diese Aufgabe erledigte der Bastard mit Bravour. Er schien die Angeklagten, die unwillig an dieser Darbietung teilnahmen, zu beruhigen. Er wußte den Wünschen des Richters mit erstaunlichem Feingefühl zu entsprechen. Die einheimischen Dialekte flossen aus ihm heraus, sein grammatikalisch korrektes Englisch hingegen klang, als habe er es zu lange in sich unter Quarantäne gehalten. Denn der Bastard von Baroda hatte ansonsten keinen Umgang mit Briten. Nur vor Gericht verwendete er sein Englisch, das ihm sein irischer Vater beigebracht hatte, der desertiert war und ihn irgendwo hinter der nordwestlichen Grenze mit einer einheimischen Frau gezeugt hatte. Die Verachtung, mit der einst sein Vater bedacht wurde, war auf ihn übergegangen. Mit einem nicht unerheblichen Unterschied. Während sein Vater sich den Verdammungen entzogen und alles in allem ein beglücktes Leben geführt hatte, war sein Sohn ihnen hilflos ausgeliefert. Burton begegnete dem Bastard von Baroda zufällig auf der

Straße. Er erkannte ihn an seiner Kleidung, an dem wilden Durcheinander, von dem er schon gehört hatte. Kein anderer würde eine abgenutzte Armeejacke tragen, die Löcher gestopft mit Fetzen in allen Farben, über einen langen Pathani aus rauhem Stoff, auf dem Kopf eine zerlöcherte Melone. Um sein Hirn zu kühlen, lautete einer der Scherze. Burton zwang sein Pferd zu einem langsamen Trott, der die Schritte des Mannes einholte, und er sprach ihn an, auf Hindustani. Ohne aufzublicken erwiderte der Fußgänger etwas auf Englisch. Burton beharrte auf dem Hindustani. Sprechen Sie Englisch mit mir, sagte der Mann barsch. Wieso? Weil ich Brite bin. Du? Burton war erstaunt über die Unverfrorenheit. Wer sich hierzulande alles Brite zu nennen traut. Du bist ein Bastard, sagte Burton, bevor er seinem Pferd wieder die Sporen gab, nicht unfreundlich, unter Ausschluß jeglicher Widerrede. Und wie alle Bastarde, dachte er sich, vereinst du in dir das Schlimmste von beiden Seiten. So ist das Gesetz der Natur, das Negative setzt sich durch.

Der Bastard schien entschlossen, Burtons Einschätzung durch sein Verhalten zu bestätigen. Zum Geburtstag der Königin tauchte er vor der Regimentsmesse auf und verlangte Einlaß. Alle ihre Bürger sollten das Recht haben, diesen festlichen Anlaß mit ihr zu feiern. Er konnte sich glücklich schätzen, daß er nur am Kragen gepackt und auf die Straße gesetzt wurde. Er gab nicht leicht auf, dieser Bastard. Kurz darauf hörte man in der Regimentsmesse einen Ausruf, und eine zweite Stimme bestätigte die laute Verwunderung. Meine Güte, das ist doch nicht zu fassen! Sie scharten sich um die Späher am Fenster und starrten auf eine geradezu diabolische Unverschämtheit. Der Bastard saß am Rande der Straße, wo der ausgeblichene Rasen begann. Er hatte ein weißes Tischtuch ausgebreitet, und er legte Geschirr aus, aus Keramik, mit Efeublättern gemustert, Landhausstil. Gott weiß, wo er das aufgegabelt hatte. Er schenkte sich aus einer Kanne mit Schwanenhals ein wenig Tee ein, sie sahen die dunkle Farbe, es war nicht der hellbraune Tschai, den diese Kerle ansonsten tranken. Er nahm die Tasse zwischen Daumen und Mittelfinger, mein Gott, er spreizte sogar den kleinen Finger, er beachtete nicht die Wachen, die um ihn herumstanden, die ihn anschrien, er schlürfte einen ersten Schluck. Die Teetasse wurde ihm aus der Hand geschlagen, der heiße Tee – ob aus Absicht oder unverschuldet – platschte einem der Wachen ins Gesicht. Die Tasse fiel zu Boden, sie brach nicht zugleich, sie wurde zerdrückt unter den Stiefeln der Wachen, die sich auf den schmächtigen Mann stürzten. Burton mußte mit einigen Kameraden hinauseilen, um zu verhindern, daß der Bastard totgeschlagen wurde. Er lag blutig inmitten der Scherben. Keiner wußte, wo der Bastard lebte, und es war undenkbar, ihn in die Messe hineinzutragen. Die Offiziere, die hinausgeeilt waren, standen eine Weile um ihn herum, dann machten sie kehrt, einer nach dem anderen, und zogen sich zur Feier des Tages zurück. Burton schielte immer wieder aus dem Fenster. Er konnte den Mann nicht dort draußen liegenlassen. Naukaram und einige der anderen Diener waren schnell gerufen. Sie trugen den Bastard zum Bungalow von Burton und legten ihn auf das Bett im Bubukhanna. Die Gegenwart der Affen würde den Ohnmächtigen nicht stören. Das Versprechen einer alten Flasche Port überzeugte den alten Huntington zu prüfen, ob nicht irgendwelche Knochen gebrochen waren, und einige Verbände anzulegen. Am nächsten Morgen war der Bastard verschwunden.

Von da an erschien er nicht mehr bei Gericht. Er verbrachte seine Tage an belebten Kreuzungen und predigte eine Wahrheit, die keiner verstand. Die Einheimischen ließen ihn in Ruhe, sie hießen ihn mit einer gehörigen Portion Respekt Qalander. Ein von Gott geküßter Narr. Eines frühen Morgens, an dem wichtigsten Markttag des Monats, kletterte er auf einen Baum entlang der Straße, die von Osten in die Stadt hineinführte, und schrie mit aller Kraft: *Duniya chordo, Jesu Christo, pakro. Har har Mahadev.* Entsagt der Welt und greift nach dem Heiland. Es lebe der Allmächtige. Alle Berichte sprachen ungläubig von der Ausdauer seiner Stimme. Er schrie diese Sätze noch immer, als die Händler am Nachmittag in die umliegenden Dörfer zurückkehrten. Niemand würde es wagen, das Verhalten eines Qalander vorherzusehen, und so überraschte es nur die Briten, daß der Bastard von Baroda eines Tages in einem Anzug herumlief, dessen Ärmel seine Hände schluckten und dessen Hosenenden über den Boden schleiften. Das Muster des Anzugs sah dem Union Jack bedenklich ähnlich. Eingehüllt in die Flagge Ihrer Majestät, stolzierte der Bastard einen Tag lang durch Baroda, er lungerte zum ersten

Mal seit den Prügeln, die er am Geburtstag der Königin bezogen hatte, vor der Regimentsmesse, bis er verscheucht wurde. Nicht ohne zuvor ausgerufen zu haben, keiner könnte ihn schlagen, das wäre ein Affront gegen die Heiligkeit der Flagge, gegen die Werte, die mit dieser Flagge flatterten. Die Verwunderung wandelte sich in heftige Empörung, als eine Meldung aus Surat die Lösung des Rätsels herbeitrug. Mitten in der Nacht sei vor einigen Tagen der Union Jack von dem Mast am Eingang des Cantonment gestohlen worden. Es dauerte nicht lange, bis die ausgesandten Sepoy – die Entrüstung war nicht so heftig, daß es die Offiziere aus dem Schatten herausgetrieben hätte – den Bastard fanden. Keinen Augenblick zu spät, denn er war gerade damit beschäftigt, einen Fetzen der Flagge einem Straßenköter anzulegen, den er regelmäßig fütterte. Der Bastard wurde ins Gefängnis geworfen, und es gab nicht wenige, die der Ansicht waren, dort wäre er bestens aufgehoben, bis er das Antlitz der Welt von seiner Anwesenheit befreite. Burton war der einzige, der sich für ihn einsetzte, zur Verwunderung aller. Der Bastard solle freigelassen werden, argumentierte er, er sei nicht schuld an seinem Verderben, das hätten seine Eltern ihm in die Wiege gelegt, und anstatt über die arme Kreatur zu schimpfen, sollten sie alle lieber die Lehre aus diesem unappetitlichen Fall ziehen, daß nämlich das Blut des Westens sich nicht mit dem Blut des Ostens vermischen sollte, eine Mischung, die beide Seiten zerfetzt, meine Herren, wie unser Union Jack schmerzhaft erfahren mußte.

〰〰〰〰〰

47.
Naukaram

II Aum Dvaimaturaaya namaha I Sarvavighnopashantaye namaha I Aum Ganeshaya namaha II
Er mußte nur noch eine letzte Blöße bedecken. Nicht der Rede wert. Man konnte sagen, er war soweit. Der erste Teil seiner Dich-

tung war so gut wie vollendet. War es nicht an der Zeit, sich ein wenig Genugtuung zu gönnen? Hatte er Kundalini nicht zu einer wunderbaren Figur geformt? Sie mußte den Vergleich mit Shakuntala nicht scheuen, und er nicht mit ... Nein. Das ging zu weit. Ihm war schwindlig. Er war solche Gedanken nicht gewohnt. Sie war betörend frisch, die Einsicht, was er geleistet hatte. Worüber mußte er sich noch klarwerden? Eigentlich nur über die Frage, wieso Kundalini dem Tempel übergeben wurde. Es muß sich um ein Versprechen gehandelt haben. Wann geben die Menschen solch maßlose Versprechen ab? Wenn sie sich ein Kind ersehnen. Ja, das war es, die einfachste, die eleganteste Lösung. Die Mutter von Kundalini war unfruchtbar, sie krallte sich an ihre Gebete fest, und sie schwor, nicht einmal, nein, solche Schwüre werden tausendfach wiederholt, als sei Gott taub oder von schwachem Gedächtnis, wenn sie Kinder kriegen könnte, sie würde ihre erste Tochter Gott zur Braut geben. Der Gott, der ihre Gebete erhörte, erwies sich als bedingt großzügig. Er gab nur so viel, wie er später zurückerhalten würde. Er schenkte ihr ein einziges Kind, es war eine Tochter, und mit diesem Kind bezahlte die Mutter von Kundalini für das Geschenk ihres Kindes. Was für ein Gottesdienst! Was für ein Einfall! Ihm wurde noch schwindliger. Er war überaus zufrieden.

– Alle fragen nach dir, wo du bist, wie es dir geht. Was soll ich ihnen sagen?

– Hast du mich nicht verstanden?

– Ich habe kein Gesicht mehr, den Nachbarn entgegenzutreten.

– Schweig doch endlich.

– Die ganze Zeit sitzt du hier, mit den Blättern und der Feder, wenn ein Gast uns besucht, wieso kommst du nie heraus.

– Weil ich Besseres zu tun habe.

– Verflucht sei dein Schreiben. Du hast keine Zeit mehr für irgend etwas anderes. Du hast deine Familie gegen diese Buchstaben eingetauscht. Ist das die großartige Erfindung, die aus Männern Einsiedler macht, einsam inmitten von Menschen?

– Du verstehst nicht, Eselin du. Immer mußte ich aufschreiben, was mir andere diktiert haben. Es waren immer trockene Briefe, trostlose Briefe. Bittgesuche, Eigentumsübertragungen. Ich formulierte, so geschickt ich konnte, manchmal schmückte ich die Schreiben ein wenig aus, aber stets blieb ich der Sklave fremder Absichten. Obwohl ich klüger war als diese Kunden, mußte ich ihren Blödsinn niederschreiben. Das ändert sich jetzt. Das hat sich schon geändert. Verstehst du nicht, wie wichtig das ist?

※※※※※※※※※

48.
Sohn des Shiva

Upanitsche wartete, bis es fast zu spät war, bevor er seinem Shishia das Wichtigste beibrachte, was er einem Fremden beibringen konnte. Er wartete damit bis zur Nacht des Shiva, bis der Geist von Burton vor lauter Schlaflosigkeit zu einer Ellipse verbogen war. Er wartete, bis die Huldigung Gottes fast vorbei war. Sie waren zum Tempel zurückgekehrt, nachdem sie Shiva über drei Hügel getragen und um Spenden gebeten hatten, jedesmal, wenn sie den Palankin absetzten. Die Menge war sich in ihren Gefühlen nicht einig gewesen. Die Träger umklammerten resolut die Pfähle, die Jungen verwandelten ihre Hingabe in einen kreisenden Tanz, der Spendeneintreiber bediente sich aller Mittel, um die Geldbeutel zu lockern, sogar eines derben Humors. Er schwitzte wie ein Conférencier, der seine Aufgabe genoß, obwohl er überfordert war; die restlichen Gläubigen rotierten um die Trage in verdichteter Ekstase. Guruji war zum Schlaf bereit. In einem weißen Unterhemd und Pajama. Haben Sie schon einmal von Adavaita gehört, mein Shishia? So wie er es sagte, sah sich Burton einem Mithaiwallah gegenüber, der ihm eine neue Süßigkeit offeriert. Der Tonfall täuschte, das wußte er inzwischen, der Ernst würde auf Zungenspitzen folgen. Adavaita bedeutet ganz einfach ›ohne Zweites‹. Hören Sie mir zu, mein Shishia, und sagen Sie mir dann, ob Sie jemals einen strengeren Gedanken gehört haben. Laut Adavaita existiert nichts außer einer einzigen Realität, deren Name unerheblich ist – Gott, das Unendliche, das Absolute, Brahman, Atman, wie wir es auch immer nennen möchten. Diese Realität verfügt über kein einziges Attribut, das sie definieren könnte. Auf jeden Versuch, sie zu beschreiben, müssen wir antworten: Nein! Wir können sagen, was es nicht ist, aber nicht, was es ist. Alles, was wie Existenz erscheint, die Welt unseres Geistes und unserer Sinne, ist nichts anderes als das Absolute unter einer falschen Konzeption. Das einzige, das unter dieser Flut von Phantomen des Egos existiert, ist das wahre Selbst, das Eine. *Tat tvam asi*, sagt Adavaita, du bist das! Deswegen, mein Shishia, und das ist das letzte, was ich Ihnen sagen werde, bevor wir uns schlafen legen, ist jeder Gedanke, der entzweit, ein Verstoß gegen die höchste Ordnung. Deswegen gilt es schon als Gewalt, wenn wir uns als Fremde ansehen, wenn wir uns als andere betrachten.

Upanitsche legte sich schlafen. In der Entfernung schlugen Becken aneinander mit einem hellen Klang. Die Bhajan würden die Nacht durchwachen. Burton schlummerte ein. Er wußte nicht, was ihn geweckt hatte. Er richtete sich auf. Blickte um sich. Dicht nebeneinander lagen die Leiber, der gesamte Vorraum bedeckt von leichtem Schlaf. Er war einer dieser Leiber. Eine Hebung im Atem des Universums. Fast ein Nichts. Um wieviel tröstlicher zu glauben, daß er alles war und alles in ihm war. Diese Menschen waren stets in der Masse aufgehoben, sie schliefen jede Nacht unter vielen anderen, sie waren es gewohnt, einer von vielen Leibern auf unebenem Boden zu sein. Er horchte auf. Der Ton eines neuen Bhajan erklang. Weitere Stimmen schlossen sich dem Gesang an, begleitet von Ausrufen des Entzückens und von Händen, die nach vorne stießen. In die Pause, in den neunten Schlag der Tabla. Derweil Gott gekühlt wurde von einem feinen Wasserstrahl. So leise, er konnte ihn nur hören in dem stummen Schlag. Stundenlang hatten sie neben dem Strahl gesessen. Wiederholen Sie die Namen Gottes, hatte Guruji geraten, damit Ihnen nicht kalt wird im Kopf, mein Shishia. Burton verstand nicht genug Sanskrit, die Litaneien ermüdeten ihn. Seine Aufmerksamkeit nahm die Umgebung unter die Lupe. Die Lieblingsblume der Gottheit, verstreut auf dem Boden, eine dreiblättrige Wandlung. Die

Schwielen an den Füßen des Pujari. Ein Härchen, das noch nicht weiß geworden war, auf dem Haupt von Guruji. Als es vorbei war, nach sechs Stunden, übertrug der Priester den Gläubigen die Verdienste, die er durch die Puja erworben hatte. Das Pragmatische im Glauben, umfassender als jedes andere Gesetzbuch. In der Nacht von Shiva, in der vorhergehenden Nacht und an dem Tag zuvor, er gehörte so sehr dazu, ihn reizte die Vorstellung, für den Rest seines Lebens Teil dieser Familie, dieses Ortes, dieser Rituale zu sein. Er erschrak über diese Lust. Betörend im ersten Augenblick, bedrohlich, sobald er in ihr verweilte. Er stand auf, umrundete den Tempel und setzte sich zu den Wachenden. Er sang einen Bhajan mit, seine Stimme die tiefste unter dem Vordach des Tempels. Zum Sonnenaufgang, als er sich am Fluß wusch, hörte er, wie einer der jungen Männer seinen Freund fragte: Woher kommt dieser Firengi? Wer weiß, was er zu Hause über uns erzählen wird. Was ist denn seine Gotra? fragte der Freund schlau.

Als Burton zu Hause in den Spiegel blickte, erkannte er sich selbst nicht wieder. Nicht wegen irgendeiner äußeren Veränderung, sondern weil er sich verwandelt fühlte.

❦❦❦❦❦❦❦❦

49.
NAUKARAM

II Aum Ishaanaputraaya namaha I Sarvavighnopashantaye namaha I Aum Ganeshaya namaha II
– Ich habe dir schon klargemacht, daß die Leute im Sindh Miya sind. Die meisten von ihnen. Unsere Schreine wirkten wie fehl am Platz. Weil sie so selten waren. Ich muß dir sagen, die Ausnahme beschämt. Sie wirken so selbstverständlich bei uns. Dort nicht. Die übriggebliebenen Tempel waren in Grotten und Höhlen, die Girlanden vertrocknet. Die Göttin, Singhuvani hieß sie, sie sah aus wie Durga, sie war auf ihrem Löwen zu weit nach Westen geritten. Ich

weiß, es ist unsinnig, was ich sage, aber so kam es mir vor. Es drängte mich, die Schreine einzupacken und nach Hause zu tragen. Ein verrückter Gedanke, ich weiß. In den Makli-Hügeln, die zerfressen sind von Grabmälern. Die Beschnittenen behaupten, dort läge eine Million ihrer Heiligen begraben. Sie übertreiben natürlich. Eine Million heilige Sulla? Wie kann das sein!
– Als ob wir nicht übertreiben würden.
– Wir übertreiben bei den Göttern, die übertreiben bei den Menschen.
– Ist dem so? Vielleicht liegt es daran, daß sich die Moslems nicht einen ganzen Zoo von Göttern halten.
– Auf wessen Seite stehst du eigentlich?
– Es gibt mehr als nur zwei Seiten. Wir sollten dieses Gestrüpp verlassen. Was wollten Sie mir über diese Hügel sagen?
– Überall waren Zeichen unserer Santano Dharma zu sehen. Nach so vielen Jahrhunderten der Unterdrückung. Zwischen den Grabmälern. Aufgerichtete Steine. Als ich näher kam, waren eindeutig die Shivlinga zu erkennen, zinnoberrot bestreut, genau wie bei uns. Und die Wasserbecken hatten die Form von Yonni. Daß die Gebeine dieser Beschnittenen inmitten von Shivlinga und Yonni liegen, das hat mich getröstet. Ich habe Schadenfreude empfunden.
– Wenn die Miya so schlimm sind, wie Sie behaupten, wieso haben sie die Shivlinga und Yonni nicht zerstört? Wer läßt so etwas schon gerne auf seinem Friedhof liegen?
– Was weiß ich. Die haben eine Million Gräber auf diesen Hügeln angelegt, und wir sollen uns darüber freuen, daß sie einige Shivas übriggelassen haben.
– Diese Heiligen, was waren das für Menschen, wie haben sie gewirkt, womit haben sie diese Verehrung verdient?
Naukaram rollte eine weitere Beschreibung aus, routiniert wie ein Stoffhändler, der das Muster in- und auswendig kennt und sich keiner Illusion hingibt, den Kunden sofort ködern zu können. In seiner Erzählung schwang etwas mit, das die Schöpferkraft des Lahiya anregte. Bis zum späten Nachmittag war die Anregung zu einer Idee ausgewachsen. Er zog sich nicht einmal um, seine Frau war glücklicherweise nicht zu Hause, er legte sich gleich ein frisches Blatt zu-

recht und tupfte seine Feder in die Tinte. Das Wunder, schrieb er, auf einem neuen Blatt, beginnt mit einer Gefahr, mit der Überwindung einer Gefahr. Mit einer unverstandenen Segnung. Einer einseitig verstandenen Segnung. Fischersleute auf einem Boot, die in einen Sturm geraten. Den Gewalten ausgeliefert, besinnen sie sich auf das Gebet. Zu wem beten sie, wen flehen sie um Hilfe an? Den heiligen Mann ihres Dorfes, den einzigen ihnen vertrauten Menschen, der von diesen Gewalten nicht eingeschüchtert ist. Sie werfen dem Sturm seinen Namen zu. Wie eine Empfehlung. Wie eine Losung. Sie werden gerettet. Der Sturm zieht sich zurück. Sie sind am Leben, dem heiligen Mann sei Dank. Wie sollten sie vermuten, Gott habe sich ihrer erbarmt, da sie Seiner so selten gedenken. Sie kehren in ihr Dorf zurück. Was haben sie zu erzählen? Von einem Sturm, der nicht zu ihrem Untergang führte. Von einem Wunder. Die Wellen warfen das kleine Boot umher, der Wind zerfetzte die Segel, sie wären verloren gewesen, hätten sie nicht den Namen des heiligen Mannes ausgerufen. Und sie schwören, seine Gestalt erschien vor ihnen, seine Stimme sprach ihnen Mut zu, seine Gegenwart linderte ihre Angst, besänftigte die Wut des Sturmes. Sie glauben an seine Erscheinung. Welche andere Erklärung könnte es geben für das Wunder ihres Überlebens. Und der heilige Mann? Wie reagiert er, wenn er von der Kraft hört, die ihm nachgesagt wird? Senkt er die Augen und lächelt entrückt? Läßt er seinen Schüler sagen, er habe die panischen Rufe der Fischer gehört und seinen Geist nach ihnen ausgestreckt? Werden die Fischer sich nicht dankbar erweisen? Auch mit Gaben. Werden sie nicht beim nächsten Auslaufen vorbeugend den heiligen Mann heraufbeschwören? Werden es ihnen Fischer anderer Dörfer nicht nachmachen, mit der Zeit? Wenn sie hören, daß die Fischer stets heil zurückkehren und mit gutem Fang. Der heilige Mann hat sich als Wundertäter bewährt. Habt ihr nicht gehört, das Boot ist gesunken, die Fischer waren verloren, doch der Heilige hat sie aus den Tiefen hochgeholt mit der kräftigen Hand seines Geistes. Habt ihr nicht gehört, er hat die Delphine ausgesandt, auf deren Rücken die Geretteten ans Land getragen wurden? Wer könnte solchen Wundern widersprechen? Was für einen Grund könnte es geben, diesen Wundern zu widersprechen?

Der Lahiya lehnte sich zurück. Er ruhte sich aus, eine kurze Weile, dann las er das Geschriebene noch einmal durch. Nützlich, dachte er, er wird es seinen Geistesbrüdern von der *Satya Shodak Samaj* zeigen. Sie werden es zu schätzen wissen. Es gab viele Schriften über Wunder und wenige über die Entstehung von Wundern. Dabei war diese wundersamer als die Wunder selbst.

※※※※※※※※

50.
Mit grossen Ohren

Diese Läden, sie sind unübersichtlich zuerst, eine Ansammlung von Kleinigkeiten. Sie hängen herab, die hölzernen Löffel und die blechernen Töpfe, sie versperren einem den Blick, sie bedecken die Theke, die Streichhölzer und die Seifen, sie werden hin und her geschoben, wenn der Verkäufer einen Stift sucht, um zu addieren, was sich im Kopf nicht zusammenrechnen läßt. Sie stehen einem im Weg, die prallen Säcke voller Reis und Linsen und Kichererbsen, und die Körbe mit Gewürzen, und irgendwo dazwischen, wo man keinen Platz vermuten würde, häufen sich Süßigkeiten auf, stehen große Krüge mit Öl, aus denen abgegossen wird je nach Maß der Flasche, die der Käufer mitgebracht hat, und in dem grob zusammengezimmerten Regal an der hinteren Wand werden kostbarere Waren aufbewahrt, wie der feine Tabak, der bessere Tee, die Datteln aus Medina. Kein Käufer kann so einen Laden beim ersten Besuch erfassen; er wird viele Male zurückkehren und eher aus Höflichkeit denn aus Überzeugung fragen, ob denn auch Melasse vorhanden sei, und zu seinem Erstaunen wird der Verkäufer in eine Nische greifen, die bislang verborgen geblieben war, und die gewünschte Ware auf die Waage schütten. Der Bazzaz, der Verkäufer, der nicht aus dieser Stadt stammt, er hat seinen kleinen Laden erst vor kurzem eröffnet. Es spricht sich schnell herum, wofür es sich lohnt, seinen Dukaan aufzusuchen – wegen der Datteln, des Tabaks, des eingelegten Ingwers und der Süßigkeiten, und wegen des Bazzaz selber, ein vornehmer Mann, mit dem sich vorzüglich plaudern läßt. Er hat es nie eilig. Er ist nicht aus dieser Gegend. Vielleicht zeigt er sich deshalb so großzügig. Wenn er abwiegt, dann stets zugunsten des Käufers. Vor allem, ist euch das aufgefallen, bei den Frauen, wenn sie ihn eines Lächelns für würdig erachten. Mirza Abdullah, der Bazzaz, es heißt, er käme ursprünglich aus Bushire, teils Perser, teils Araber, ein Mann, der in so vielen Regionen aufgewachsen ist, der sein Geschäft durch so viele Gegenden getragen hat, daß er viele Sprachen kennt, doch keine einzige beherrscht. Manchmal vermischt er sogar die Sprachen. Wenn Kundschaft ausbleibt, spielt er Schach mit seinem Nachbarn. Er gewinnt meistens, obwohl er lieber schwatzt als nachdenkt. Er hört gerne zu, dieser Bazzaz. Seine Augen belohnen dich, wenn du ihm etwas erzählst. Du bist ihm dankbar dafür, daß er dich angehört hat. Du nimmst ihn mit – er hat den Sohn des Nachbarn gebeten, auf den Laden aufzupassen, er entlohnt ihn so prächtig, der Junge will nicht zur Tür hinaus – zu einem Treffen von Freunden nach dem Tarawih. Es ist die Jahreszeit für ernste Gespräche. Du nimmst ihn mit zu jenen, die Opium rauchen und Hanf trinken. Seine Gesellschaft ist angenehm, es ist Kayf, mit ihm irgendwo zu sitzen und die Zeit bis zum letzten Krümel zu rauchen. Wenn er eine Schwäche hat, dieser neue Freund, dann ist es sein Haß auf die Angrezi. Ein Mann muß ausgewogen urteilen. Er muß einschätzen können, was möglich ist. Er muß sich arrangieren können. Der Bazzaz begreift das nicht. Er flucht über die Ungläubigen, die das Land entehren, über die Parasiten, die das Blut des Landes aussaugen. Es sind nicht wenige, die seine Meinung teilen. Sie sitzen in enger Gemeinschaft und denken an Afghanistan. Sechzehntausend dieser Ungläubigen zogen sich aus Kabul zurück, nur ein einziger von ihnen erreichte Jalalabad. Das sind Zahlen, die mir gefallen, sagt ein Mann mit geweiteten Pupillen, der seine Wörter zermatscht wie zu lange gekochtes Daal. Geschah den Angrezi recht, fügt ein anderer hinzu, von mir aus hätten sie doppelt so viele Opfer erbringen können. Was für ein Geschenk des Allmächtigen, daß auch sie einmal erfahren mußten, wie es ist, zu verlieren, wie es ist, erniedrigt zu werden, wie es ist, machtlos zu sein. Trotzdem, der Bazzaz meldet sich zum ersten Mal zu Wort, es war nur eine einmalige Katastrophe für sie, eine Ausnahme. Wir hingegen leben in der Katastrophe. Wenn das Sindh ein zweites Afghanistan werden könnte, unterbricht ein jüngerer Mann mit Pathos in der Stimme, wenn wir unser Land reinigen könnten mit dem Blut der Firengi. Vielleicht lernen sie dann ihre Lektion. Der Bazzaz nickt nur und streicht sich über den dichten Bart. Der Mann mit den erweiterten Pupillen, der redet nur daher, das ist allen bekannt, aber dieser junge Mann, wer weiß, an ihm ist einiges, das ausgelotet werden sollte. Einer von jenen, die bislang geschwiegen haben, erinnert an die Schlacht von Miani. Er hat erst wenige Züge zu sich genommen, er ist noch fahrig. Wir mußten fünftausend Tote beklagen. Gegen zweieinhalbtausend Angrezi. Wie kann es sein, daß die Opfer der einen Seite zahlreicher sind als die gesamte Armee des Gegners? So etwas sollte der Allmächtige nicht erlauben, das ist außerhalb der Spielregeln, die wir ertragen können. Rückwärtsgewandtes, leeres Geschwätz. Wie bei fast allen. Wie wenige sind bereit, zu handeln, zu kämpfen. Der Bazzaz ist nicht sehr wählerisch, was seine Gesellschaft betrifft. Er sucht sogar die Kuppler auf und erkauft sich einen Schatz an Gerüchten mit dem feinen Tabak, den er anbietet. Mulla Mohammed Hasan, der ranghöchste Minister von Kalat, ist in aller Munde. Er ficht eine persönliche Fehde gegen den Herrscher aus, gegen Mir Mehrab Khan. Er ist gerissen, er hat die Angrezi glauben lassen, der Khan intrigiere gegen ihre Interessen in Afghanistan. Die dummen Angrezi – so dumm sind Sie nicht, Janab Saheb, wenn sie nicht nur uns besiegt haben, sondern neulich auch die Sikhs – sind ihm auf den Leim gegangen, sie haben Mir Mehrab Khan unter Druck gesetzt, und jetzt schlägt er zurück. Daher die regelmäßigen Überfälle. Er wird die Angrezi nicht offen herausfordern. Ich habe gehört, Janab Saheb, die Angrezi planen, gegen Karchat vorzugehen. Wenn der Plan bis zu dir vorgedrungen ist, kann er nicht sehr viel wert sein. Dann befindet sich bestimmt kein Kämpfer mehr in der Stadt. Ein vereitelter Plan, gewiß. Ich habe auch gehört, Muhtaram Khan vernimmt von den Plänen der Angrezi, kaum sind sie angedacht worden. Wieso nicht. Hast du geglaubt, der Verrat spare irgendeine Seite aus? Nein, ich frage mich nur, was den Angrezi angeboten wurde, womit hat man sie verführt? So ist er, dieser Mirza Abdullah, mit dem wir unsere Abende verbringen. Immer die entscheidende Frage auf der Zunge.

◦▫◦▫◦▫◦▫◦▫◦

51.
NAUKARAM

II Aum Shurpakarnaaya namaha I Sarvavighnopashantaye namaha I Aum Ganeshaya namaha II
– Immerzu wettern Sie über die Miya. Welchen Nutzen haben Sie davon, sie derart zu beleidigen?
– Sie beschneiden sich, damit sie sich von uns unterscheiden. Ich respektiere diesen Unterschied.
– Sie haben betont, Burton Saheb sei wie einer von ihnen gewesen. Also, ich verstehe nicht, wie hat er das vollbracht, ohne selber beschnitten zu sein?
– Nichts entgeht dir. Schlau wie ein Lahiya, so sollte es heißen. Burton Saheb hat manch einen Fehler begangen. Er hat sich öfter so benommen, wie ein Herr sich nicht benehmen sollte. Aber nichts war so unwürdig wie das. Ich konnte es nicht glauben. Er hat nicht einmal versucht, diese Schande vor mir geheimzuhalten. Stell dir das vor.
– Wer hat ihn beschnitten?
– Ich weiß es nicht.
– Es muß sehr weh getan haben. Als Erwachsener.
– Schreckliche Schmerzen. Mit Sicherheit. Er hat sich nichts anmerken lassen. Einige Wochen war er still, blieb die ganze Zeit im Zelt. Geschah ihm recht. Dummheit verdient kein Mitgefühl.
– Ob man sich als Mensch wohl ändert, wenn man beschnitten worden ist? Ob es Auswirkungen hat auf das Wesen, auf den Geist?
– Mir ist nichts aufgefallen. Aber seine Verkleidung, die funktio-

nierte bestens. Er war selig. Die Bauern rannten nicht mehr weg, sobald sie seiner ansichtig wurden. Die jungen Frauen zogen sich nicht mehr in ihre Häuser zurück, wenn er sich auf dem Pferd näherte. Die Bettler bestürmten ihn nicht mehr mit ihren Leidensgeschichten. Sogar die Hunde kläfften ihn nicht mehr an.
– Die Beschneidung hat sich also gelohnt.
– So gesehen. Aber was für ein Opfer.
– Wieso bedeutet es Ihnen so viel?
– Ich habe viel darüber nachgedacht. Ich hatte Zeit. Die Beschneidung, sie ist nicht nur widerlich, sie ist unsinnig. Wieso hat Allah ihnen etwas geschenkt, das sie nicht brauchen? Wieso hat er ihre Körper mit etwas ausgestattet, daß sie bald nach der Geburt abschneiden müssen? Ergibt das einen Sinn? Wenn die Vorhaut etwas Unnötiges, etwas Schlechtes wäre, würde Allah sie nicht längst schon abgeschafft haben? Nein. Dies ist das beste Beispiel, wie unsinnig der Glaube dieser Miya ist. Und weil er so unsinnig ist, müssen sie ihn so aggressiv verteidigen.

52.
Der das Böse bestraft

Bericht an General Napier
<u>Geheim</u>
Heute kann ich einen Erfolg vermelden, auf den wir uns einiges zugute halten können. Der Brauch des Badli, diese Pestbeule auf dem gestählten Körper unserer Justitia, ist ausgerottet worden. Wir haben zum ersten Mal in der Geschichte dieses Landes das Prinzip durchgesetzt, daß der Verurteilte und der Bestrafte ein und dieselbe Person sind. Die Wohlhabenden im Sindh werden unserem Rechtssystem zukünftig mit größerem Respekt entgegentreten, sie werden unsere Todesstrafe fürchten. Die erfolgreiche Lösung dieses Problems sollte unsere Augen für weitere Mißverständnisse öffnen. Wir

sollten nicht in Selbstgefälligkeit verfallen, denn es wird noch sehr lange dauern, bis unsere Auffassung von Recht sich in jedem einheimischen Herz und jedem einheimischen Geist festgesetzt hat. Als Beispiel für die Herausforderungen, die uns noch bevorstehen, mag ein Fall aus dem oberen Sindh dienen, den ich dank einer glücklichen Fügung selber bezeugen kann. In Sukkur wurden fünf berüchtigte Räuber gefaßt, samt einem Teil der Beute, die sie ihren Opfern abgenommen hatten, bevor sie diese der Bequemlichkeit halber erdolchten. Die Beweise waren erdrückend, die Männer geständig. Sie wurden gehängt, und zur größeren Abschreckung am Galgen hängen gelassen, mit der strengen Order an die Wachen, auf gar keinen Fall zu erlauben, daß sich ihnen jemand nähert. Am nächsten Morgen kehrte der Offizier zurück, um zu überprüfen, ob seinem Befehl entsprochen worden war. (Ich begleitete ihn.) Zu unserer Verblüffung standen nur noch vier Galgen auf dem Hügel, dafür hingen, quasi zur Kompensation, von einem der verbleibenden Galgen zwei Leichen. Doch eine der beiden Leichen unterschied sich – in Kleidung sowie in einer weiteren, wenig appetitlichen Hinsicht – offenkundig von den anderen, den Leichen der Räuber. Die Wachen wurden sofort zur Rede gestellt. Sie gestanden, in der Nacht zuvor eingeschlafen zu sein und beim Aufwachen festgestellt zu haben, daß ihnen nicht nur einer der Galgen gestohlen worden war, sondern auch eine der Leichen. Bei dem verschwundenen Körper handelte es sich um den Leichnam des Anführers der Räuberbande, was zu verschiedenen Spekulationen Anlaß gab. Die Wachen haben in ihrer Verwirrung, in ihrer Angst vor den Konsequenzen, den erstbesten Mann, der frühmorgens des Weges kam, ergriffen und ohne viel Federlesen aufgehängt. Der befehlshabende Offizier geriet in Rage, wie jeder normale Mensch, der sich mit etwas völlig Unbegreiflichem konfrontiert sieht. Seine Wut wurde weiter angestachelt durch das Verhalten der Wachen, die weder Scham noch Zweifel an den Tag legten. Der Offizier hielt ihnen eine lange Standpauke, mit bewundernswerter Inbrunst, wie ich bemerken muß, wenn auch mit geringem Erfolg, er beschwor sie, sie müßten ihre barbarische Mißachtung des menschlichen Lebens aufgeben, nun, da sie der höchsten Zivilisation auf Erden dienten. Nachdem er also Moral und

Einsicht bemüht hatte, hielt er erschöpft inne, worauf sich einer der Wachhabenden zu Wort meldete. Leutnant, wir bitten um Verzeihung, aber wir haben im Gepäck dieses Reisenden etwas gefunden, das wir Ihnen zeigen möchten. Wir wurden zu einem Karren geführt, den wir bis dahin übersehen hatten, und einer der Wachen zog die Plane herunter. Vor uns lag ein verstümmelter Leichnam. Offensichtlich hatte der Reisende, den sie zufällig aufgeknüpft hatten, einen Meuchelmord begangen. Es fiel mir schwer, den Wachen die Schadenfreude zu verübeln, als sie verkündeten: Sagen Sie uns jetzt, wer ist der höchste Richter. Gott in seiner Allmacht und Unfehlbarkeit oder einer dieser schwitzenden Richter aus Ihrem Land, dem alle Einzelheiten des Falles übersetzt werden müssen, von Leuten, denen die Wahrheit profitabel ist. Ich übertreibe nicht, wenn ich feststelle, daß dem Offizier in diesem Augenblick nicht nur jeglicher Wind aus den Segeln genommen wurde, sondern er in eine Verzweiflung von unermeßlicher Tiefe fiel. Er schwor, diesen Kerlen nie wieder etwas beibringen zu wollen, und ich fürchte, er wird diesen Schwur einhalten. Ich überließ ihn seinen eigenen grimmigen Gedanken, denn ich wußte nicht, worin ich ihn bestärken sollte.

53.
Naukaram

II Aum Uddandaaya namaha I Sarvavighnopashantaye namaha I Aum Ganeshaya namaha II
– Einmal nahm er mich mit. Nach Sehwan. Er war nicht in Verkleidung. Im Gegenteil. Ziel seines Besuches war es herauszufinden, wie die Beschnittenen reagieren würden auf einen Offizier der Angrezi, der eines ihrer Heiligtümer aufsucht. Burton Saheb war der festen Überzeugung, die Gefahren, die beschworen wurden, seien in Wirklichkeit gering. Er war der Ansicht, du siehst daran, wie die

Sympathie den Verstand ausschalten kann, die Beschnittenen seien zu Unrecht als aggressiv und unduldsam angesehen.
– Du nimmst das Ende schon vorweg?
– Ich will nur verhindern, daß du auf dumme Gedanken kommst. In Sehwan war das Grab des roten Falken. So heißt einer ihrer Derwische. Auf der Stätte eines Shiva-Tempels. Soviel Unverschämtheit sollte bestraft werden. Eines Tages müssen wir freilegen, was ursprünglich war. Dieser Heilige war ein Fremder. Er kam von irgendwoher, er hat sich in Sehwan festgesetzt, hat sich unter den Huren herumgetrieben. Soll Wunder gewirkt haben.
– Lehnen Sie Wunder grundsätzlich ab?
– Nein. Ich weiß, manche Sadhus beherrschen Kräfte, die wir nicht verstehen.
– Manche Derwische auch.
– Nicht diese Derwische. Ich bin dort nur Bettlern begegnet. Stinkigen Bettlern. Neun von zehn an diesem Ort waren Bettler.
– Wie an unseren Tempeln.
– Unsere Sadhus erwarten geduldig die Spende, die wir ihnen geben. Bei den Beschnittenen, sie zerren an dir, sie lassen nicht von dir ab. Sie saßen überall, sie haben geraucht, ich weiß, wie die Sadhus, kein Unterschied, jeder hatte eine Chillum in der Hand. Sie haben gekrächzt, und was nicht auszuhalten war, das waren diese Rufe, die immer wieder ertönten. *Mast qalandar*, dieser Ruf. Ich kann ihn nicht mehr hören.
– Das verstehe ich. Das verstehe ich. Mir geht es ähnlich.
– Ja?
– Durchaus. Wir wohnen neben einem Tempel. *Sita-Ram Sita-Ram Sita-RamRamRam*, wenn ich das schon aus der Ferne höre, wird mir übel.
– Ich durchschaue dich. Deinen Trick. Du übertreibst die Gemeinsamkeiten und verschleierst die Unterschiede. Und damit soll alles gut sein?
– Es ist kein Trick. Ich blicke hinter den Trug, dem Sie aufgesessen sind.
– Du durchschaust alles? Wieso sitzen wir dann zusammen. Ich gehe jetzt.

– Beruhigen Sie sich. Es ist doch alles provisorisch. Wir streiten uns, als wäre irgend etwas endgültig klar. Kehren wir zu Ihrer Geschichte zurück. Ich werde nur schreiben. Aber lassen Sie ab von den Beschnittenen. So ein primitiver Haß, der ist Ihrer nicht würdig.
– Wissen Sie was? Sie haben nicht völlig unrecht. Ich muß Ihnen sagen, die Derwische, sie trugen irgendwelche Gewichte am Körper, um dem Leben mehr Mühe zu bereiten. Malang hießen sie, Gefangene Gottes, die schwere Ketten am Körper tragen. Das hat mich wahrlich an unsere Sadhus erinnert. Sie sehen, die Beschnittenen haben den Unfug von uns übernommen.
– Und Burton Saheb. Wie wurde er empfangen?
– Wie ein Freund. Ich gebe es ungern zu. Die Beschnittenen waren zuvorkommend. Sie haben ihn herumgeführt. Sie waren stolz auf sein Interesse. Nur an das Grab durfte er nicht heran. Aber das hat ihn nicht gestört. Er zwinkerte mir zu, als sie ihm das mit Bedauern sagten. Und nachher, auf dem Ritt zurück ins Lager, da sagte er, Mirza Abdullah werde dem Schrein einen Besuch abstatten müssen. Man sieht mehr, sagte er, wenn man zu zweit ist.

✥✥✥✥✥✥✥

54.
Zum Ruhme und zur Ehre

Der Muezzin hustete eine Kofta aus, die über Nacht in seinem Hals steckengeblieben war. Dann nahm er sich der ersten Silbe an und dehnte sie, genauso die zweite, als würde er das Band einer Schleuder ziehen, um den Schlaf der Menschen zu treffen. Burton hörte Füße klatschen auf dem Weg ins Bad. Er hatte schlecht geschlafen, lebhaft geträumt. Er hatte einen Mann von hinten gesehen, in einem Umhang eingewickelt, er stand an einem Grab in einer kargen Landschaft. Ein Hund, dem ein Bein fehlte, hinkte vorbei. Ein Name war in den Grabstein gemeißelt, *Rich Barton*, in krakeliger Schrift. Andere Menschen traten an das Grab, blickten still und ohne Regung auf den Grabstein. Ein jeder von ihnen fragte, wer ist dieser Mann, der hier begraben liegt? Keiner wußte eine Antwort darauf. Das ist traurig, sagten die Menschen. Und sie legten ein Tuch auf das Grab, bevor sie sich umdrehten. Weit weg vom Staub seiner Vorfahren, sagte einer von ihnen im Vorbeigehen. Nur der Mann, der in dem Überhang eingewickelt war, verharrte an dem Grab. Er hob nicht einmal eine Hand, um dem Verstorbenen Tribut zu zollen, an den sich offenbar niemand mehr erinnerte. Wozu stand der Name auf dem Grabstein? Einer der jungen Männer des Hauses rief ihm zu, er könne sein Wazu vornehmen. Beten ist besser als schlafen, redete der Muezzin auf das Viertel ein. Beten ist besser als schlafen. Das erste Gebet des Tages war ein kurzes. Die spirituelle Form des kalten Wassers, das er sich ins Gesicht warf. Nicht nur, um aufzuwachen. Auch um aufrecht zu stehen, sich aufrichtig zu verneigen, die richtige Haltung anzunehmen für den Tag. Danach trank er einen Tee mit seinem Gastgeber. Mirza Aziz. Sie hatten sich angefreundet. Als Mirza Abdullah fuhr er seit Wochen die Ernte seines Charismas und seiner Geduld ein. Er wurde herumgereicht, von einem Haus zum nächsten. Ein Mann, der es verdiente, geehrt zu werden. Hat der Prophet, möge Gott ihm Frieden und Segen geben, nicht geraten: Sei in der Welt wie ein Reisender. Mirza Abdullah war dieser fremde Reisende. Er wußte inzwischen genau, wie er sich einschmeicheln konnte, welche Art Humor in welcher Dosis anregend wirkte. Er war schon von vielen aufgenommen worden, dieser noble Reisende, der die Kunst der Unterhaltung beherrschte. In dem ehrwürdigen Mirza Aziz, der sich ganz selbstverständlich mit ihm verbrüdert hatte, fand er den bestmöglichen Informanten. Verwandtschaftlich mit mehreren der wichtigsten Familien verbandelt, handelte er mit allem, auch mit Wissen. Burton bewunderte ihn. Und er wußte, er würde ihn eines Tages verraten müssen. Denn Mirza Aziz betrieb ein Wechselspiel, das den britischen Interessen schadete. Er war stets hervorragend informiert – Burton mußte noch herausfinden, woher – über die Pläne der Briten, und er verkaufte sie weiter, an die Rebellen in Belutschistan. All das war bislang reine Vermutung, konstruiert aus Andeutungen, die sich häuften. Er mußte ausharren, als sein umgarnter Gast, bis sein Verdacht sich verfestigt hatte – der General hielt nichts von Indizien. Ihm war nicht wohl dabei. Mirza Aziz war nicht nur ein Verschwörer, sondern auch ein Patrizier, der die schönsten Musikabende der Stadt abhielt. Burton zog an der Wasserpfeife und schloß seine Augen, um sich dem Gesang zu überlassen. Es würde lange dauern, bis er wirklich Bescheid wußte. Eine Strophe hakte sich in ihm fest. Man erschafft nicht die Sonne, wenn man den Vorhang zurückzieht. Die weibliche Stimme sang mit brüchiger Selbstgewißheit. Man erschafft nicht die Sonne, wenn man den Vorhang öffnet. Als Mirza Abdullah, der Bazzaz aus Bushire, fühlte sich Richard Burton dem Glück näher denn als Offizier der Ehrenwerten Ostindischen Gesellschaft.

55.
Naukaram

II Aum Yashaskaraaya namaha I Sarvavighnopashantaye namaha I Aum Ganeshaya namaha II

– Die Miya, sie behaupten, dieser Mohammed habe ihnen das göttliche Gesetz gegeben, aber man darf sie nicht fragen, wieso es so lückenhaft ist, das göttliche Gesetz. So lückenhaft, daß sie es ausfüllen müssen mit dem Brauchtum des Landes. Hör zu, jetzt wird es gepfeffert, denn dieses Brauchtum, es ist oft widerlich, es steht oft im Widerspruch zum göttlichen Gesetz.

– Wie sollte es anders sein, es ist ja ein menschliches Gesetz.

– Der schlechteste Zwirn wird benutzt, um den geweihten Stoff auszubessern. Wie soll das angehen?

– Was ich nicht verstehe, wenn alles an den Miya so unsinnig ist, wie erklären Sie sich, daß Burton Saheb, von dem Sie oft behauptet haben, er sei ein Mann des Wissens und der Bildung, sich zu diesem Glauben so hingezogen fühlte? Oder war alles, was er lernte, was er tat, nur von der Absicht getrieben, zu spionieren?

– Nein. Er hatte wirkliches Interesse, wirkliche Neigung. Es ist mir rätselhaft. Seine Lehrer, sie waren nicht annähernd so beeindruckend wie Upanitsche Saheb in Baroda. Er betete sogar mit den Miya, kannst du dir so etwas vorstellen? Der stolze Burton Saheb verneigte sich, wischte mit seinen Knien, mit seiner Stirn, den Boden ab. Es gibt keine Erklärung. Vielleicht, weil es ihm so leichtfiel. Wie kein anderer Mensch war er in der Lage, sich ohne Mühe in die Welt jedes anderen hineinzubegeben. Er konnte sich die Umgangsformen und die Werte der Menschen aneignen, die ihm gegenüberstanden. Ohne sich anzustrengen. Manchmal, ohne sich bewußt dafür zu entscheiden.

– Hatte er keine eigenen Werte? Keine Gesetze, von denen er überzeugt war?

– Er stand innerhalb seiner eigenen Gesetze. Doch. Er erwartete völlige Treue. Er war erzürnt darüber, daß die Angrezi die Menschen, die auf ihrer Seite gekämpft hatten, alleine ließen, wenn sie sich zurückzogen. Wir haben uns den Ruf verdient, schimpfte er, einen Mann auszunutzen, wenn wir ihn brauchen, und ihn fallenzulassen, wenn er seine Nützlichkeit verloren hat. Wenn man einmal eine Allianz geschlossen hat, muß man zu ihr stehen, tobte er. Wir können nicht unsere Verbündete dem Schicksal überlassen, dem Exil, der Armut oder gar der Qual und dem Tod.

– Er hat die Widersprüche erkannt, mit denen wir alle leben, und er hat sie benannt.

– Alles war möglich, wenn er etwas tat.

– Er war wie das Wetter während des Monsuns.

– Überraschend. Oftmals völlig überraschend. Manchmal tat er genau das Gegenteil von dem, was er gepredigt hat. Er mokierte sich über das, was er zuvor für heilig erklärt hat.

– Können Sie mir ein Beispiel geben.

– Haben wir nicht genug über ihn geredet?

– Bitte, ein letztes Beispiel.

– Als wir in Sehwan waren, da gruben in der Nähe einige Angrezi nach alten Wertschätzen, Überbleibseln eines Lagers von Iskander dem Großen. Sie waren hingebungsvoll, und etwas leichtgläubig. Und aus irgendeinem Grund ärgerten sie Burton Saheb. Das war es.

Ich wußte nie, wann etwas seinen Groll erregen würde. Es hat keine Woche gedauert, da haben die Miya in dieser Gegend den Allesgläubigen gefälschte alte Münzen verkauft. Doch eines Tages mußten all jene, die im Lager Spott über die Grabenden ausgeschüttet hatten, ihre giftigen Worte zurücknehmen. Es wurde ein Fund gemacht: Tonscherben mit Abbildungen aus einem alten, untergegangenen Land des Firengi, das Etrusk hieß. Die Grabenden kamen in unser Lager, sie wollten ihren Erfolg vorzeigen. Ich schämte mich für sie, und ich schämte mich für Burton Saheb, der diese Tonscherben selber vor Sonnenaufgang in der Erde versteckt hatte.
– Warst du dabei?
– Nein, aber ich bin mir sicher.
– Wieso?
– Er besaß eine Vase, die verschwand zu jener Zeit. Sein Freund Scott Saheb hatte ihn auch in Verdacht, aber Burton Saheb beteuerte seine Unschuld. Er selber buddelte überall herum, er grub alles mögliche aus, aber er fand nichts dabei, seine groben Scherze mit denen zu treiben, die seine Leidenschaft teilten.

❁❁❁❁❁❁❁❁

56.
Der Herr am Platz

Niemand wäre auf die Idee gekommen, den General zu bemitleiden, obwohl er ein halber Krüppel war. Vielleicht lag es daran, daß weder sein Lob noch sein Tadel je Maß hielten? Er wurde angegriffen, an allen Flanken. Um so heftiger, je länger seine Herrschaft über das Sindh andauerte. Nachträglich wurden sogar seine Erfolge auf dem Schlachtfeld in Frage gestellt. Jene, die dabei waren, unterstützten ihn weiterhin ohne Vorbehalt, doch die vielen, die an den Ereignissen nur vom Hörensagen beteiligt waren, widersprachen seiner Darstellung bis ins letzte Detail. Der General verstand die elastischen Regeln politischer Ethik, aber er konnte sich nicht an einer ge-

fälschten Moral beteiligen. Er rauchte nicht, er spielte nicht um Geld, er trank nicht – wieso leben Sie überhaupt, wollte Burton ihn einmal fragen, verbiß es sich jedoch –; er hatte schon in jungen Jahren den ersten Baustein seines schlechten Rufs gelegt, als er die Gefreiten seines Regiments mit der Peitsche von ihrer Trunksucht kurierte.
– Was haben Sie zu berichten?
– Ich kenne inzwischen einen der Mittelsmänner, der die Anführer der Belutschen umfassend mit Informationen versorgt. Aber ich weiß noch nicht, wie er an diese Informationen gelangt. Ich benötige noch Zeit.
– Solange der Aufstand nicht ausbricht, bevor Sie Ihre Untersuchung abgeschlossen haben.
– Die Lage scheint momentan ruhig zu sein.
– Wie werden die Nachrichten vermittelt?
– Meistens über Sidis.
– Sidis? Erklären Sie, Soldat, anstatt mit Begriffen um sich zu werfen.
– Nachfahren von Sklaven aus Ostafrika. Man trifft sie allenthalben mit riesigen Wasserhäuten auf ihrem Rücken, beladen mit Lasten, die sich für einen Büffel ziemen würden. Sie heißen oft Sidi als einzelne Person und Sidis als Gruppe.
– Wieso bedienen sich die Aufständischen gerade dieser Leute?
– Stehen außerhalb des Systems. Sind nicht in dieses Netz von Familie und Clan und Stamm eingebunden, das alles so schwierig macht.
– Beeilen Sie sich, Soldat. Ich würde diese Rätsel zu gerne bald knacken. Ich habe so ein Gefühl, ich werde nicht mehr lange hier sein.
– Im Sindh, Sir?
– Auf dieser Erde.
– Solche Gefühle täuschen meist.
– Ich lebe noch, weil es unsinnig ist.
– Sie meinen, Sir?
– Eine Kugel schlug in meine rechte Nasenseite ein und bohrte sich in den Kiefer oberhalb des Ohres. Ich lag auf dem Gras, und

zwei Feldärzte mühten sich ab, die Kugel herauszuholen. Sie war tief in den Knochen eingegraben, und sosehr sie daran zogen, sie konnten sie nicht herauslösen. Auch nicht, nachdem sie ein drei Inch großes Loch in meine Wange geschnitten haben. Einer der beiden steckte seinen Daumen in meinen Mund und drückte, während der andere zog, und so sprang die Kugel schließlich heraus, samt jeder Menge Knochensplitter. Seitdem habe ich regelmäßig das Gefühl zu ersticken. Mein Bein, es ist gebrochen, mein Bruder hat es einigermaßen fest zusammengebunden, und es ist verheilt. Allerdings so schlecht, es mußte Jahre später wieder gebrochen und neu geschient werden. Es tut bei jedem Schritt weh. Und nachts kann ich wegen meines Rheumas nicht schlafen. Was für ein Sinn sollte sich aus alldem ergeben?
— Sie erledigen sinnvolle Arbeit.
— Wenn Sie das wirklich glauben, Soldat. Die Mehrheit scheint mich abgeschrieben zu haben.
— Sir, wenn ich eine delikate Frage an Sie richten dürfte.
— Schießen Sie los, Soldat.
— Die Verantwortung, die Ihnen aufgetragen ist, für ein Land, das so komplex ist, so unverständlich, so vielfältig, belastet Sie das nicht manchmal?
— Nein. Es stört mich nicht im geringsten. Macht auszuüben ist niemals unangenehm.

※※※※※※※※

57.
NAUKARAM

II Aum Pramodaaya namaha I Sarvavighnopashantaye namaha I Aum Ganeshaya namaha II
— Heute werde ich dir verraten, wie ich ihm das Leben gerettet habe. Du hast es dir verdient. Du hast geduldig gewartet. Bestimmt hast du dich vor Neugier verzehrt. Es begann damit, daß ich hörte,

Burton Saheb sei im Gefängnis. Nein. Ich habe gehört, einige Gefolgsmänner von Mirza Aziz seien verhaftet worden. Ich wußte, daß Mirza Aziz ein Vertrauter von Burton Saheb war. Er hatte vorgehabt, einige Tage bei ihm zu verbringen. Und als er nicht zurückkehrte, folgerte ich, er sei vielleicht zusammen mit den anderen verhaftet worden.

– Als Offizier der Angrezi? Wie kann das sein?

– Genau. Deswegen habe ich zuerst seinen Hauptmann angesprochen. Der zeigte sich völlig gleichgültig. Leutnant Burton verschwindet doch regelmäßig, sagte er, was soll an diesem Verschwinden anders sein. Dann fiel mir ein, er war gekleidet wie ein Miya, und er konnte in Gegenwart der anderen nicht mit der Wahrheit herausrücken. Mirza Aziz hätte das Gesicht verloren, und Burton Saheb hätte sich in seiner Verkleidung für immer blamiert.

– Er hätte sich im Gefängnis zu erkennen geben können?

– Der Gedanke kam mir zuerst auch. Je länger ich nachdachte, desto größere Zweifel bekam ich. Wenn sie alle zusammen in einer Zelle waren, wenn er um ein Gespräch mit dem Wachhabenden unter vier Augen gebeten hätte, die anderen hätten vermutet, er wolle sie verraten. Daher, das erschien mir viel wahrscheinlicher, würde er einfach abwarten, bis sie alle freigelassen wurden. Mein Herr gehörte nicht zu jenen, die sich vor einer Nacht im Gefängnis fürchteten. Im Gegenteil, er würde auch diese Erfahrung auskosten.

– Es blieb nicht bei einer Nacht.

– Nach drei Tagen machte ich mir ernsthafte Sorgen. Ich wußte nicht, mit wem ich mich besprechen konnte. Hauptmann Scott war mit dem Trupp der Vermesser im oberen Sindh. Burton Saheb arbeitete schon seit längerem nicht mehr mit ihnen zusammen, weil seine Augen entzündet waren. Sonst wußte niemand Genaueres über seine Aktivitäten. Abgesehen vom General. Was hätte ich tun sollen? Sollte ich zum Hauptquartier gehen und um ein Treffen mit dem Herrscher des Sindh ersuchen? Ich wartete noch einen Tag ab. Dann ging ich zum Gefängnis. Die Angrezi hielten ihre Gegner in dem alten Fort auf einem Hügel östlich der Stadt gefangen. Ich muß Ihnen sagen, schon der Anblick war beängstigend, ein Bau wie ein Gebirge. Ich mußte vielen Stufen erklimmen. Das Tor, das nur auf einer Seite offen war, raubte mir den letzten Mut. Es war mit gewaltigen Eisenspitzen versehen, die den Elefanten trotzen sollten. Früher. Ein Schauder ging durch mich hindurch, als ich an ihnen vorbeiging. Ich mußte hinter dem Tor zwei gelangweilten Sepoy mein Anliegen vortragen. Ich ersuchte, den Kommandanten zu sprechen. Sie ließen mich nicht zu ihm vor. Ich sollte ihnen sagen, worum es ging. Ich weigerte mich. Ich fügte hinzu, ich sei Diener eines Angrezi, eines Offiziers. Schließlich brachten sie mich zu dem Kommandanten. Was für ein Zimmer er okkupierte! Die Fenster waren zwar klein, aber sie blickten über das ganze Land. Ich teilte ihm mit, aus Versehen sei ein Angrezi, ein Offizier sogar, verhaftet worden. Das wüßte er, antwortete der Offizier barsch. Vielleicht nicht, widersprach ich vorsichtig. Er ist ein Spion, in Camouflage. Sie würden ihn nicht erkennen. Er glaubte mir nicht. Mein Beharren aber, das beeindruckte ihn. Ich beschrieb Burton Saheb, bis hin zu der Kleidung, die er getragen hatte, als er aufbrach. Der Kommandant war gereizt, ich hatte ihn geködert. Das werden wir doch sehen, sagte er schließlich und richtete sich auf. Er hieß mich, am Tor zu warten. Nach einiger Zeit wurde ich wieder hineingerufen. Als ich erneut durch das schwere Tor schritt, zog sich mein Herz wieder zusammen, so als versuchte es durch einen Schlitz zu schlüpfen. Es ist so, wie ich vermutet habe, sagte der Kommandant. Der Mann, den du beschreibst, ist eindeutig kein Angrezi. Wie haben Sie das herausgefunden? platzte es aus mir heraus. Der Kommandant grinste. Wir haben ihn freundlich gebeten, sich auszuziehen. Er ist beschnitten, und außerdem spricht er kein einziges Wort unserer Sprache. Das gibt er nicht zu vor den anderen, wandte ich ein, und beschnitten ist er, weil er sich vor kurzem hat beschneiden lassen. Genau zu diesem Zweck. Unfug! Ein Engländer läßt sich nicht beschneiden. Mich interessiert vielmehr, was du mit diesen Lügen bezweckst. Die Stimme des Kommandanten klang schlimmer als jede Drohgebärde. Wir werden herausfinden müssen, was du im Schilde führst. Ich dachte, es sei um mich geschehen.

58.
Der Unbesiegbare

Es todelte. Die wenigen Felder waren bedeckt von einer dünnen Schicht weißer Asche, die einen unerklärlichen Glanz verbreitete, und die wenigen Pflanzen sprossen wie vereinzelte Bartstoppeln auf der runzligen Haut eines Greises. Das Wasser in den Flußbetten war zu einem schlammigen Gestank verdunstet. Die Bäume waren ausgedörrt. Mirza Abdullah ruhte sich aus, wie alle anderen auch. Es war kühler im Zimmer, der Körper schwer nach einem vorzüglichen Mittagsmahl. Schreie. Eine schmutzige Fährte in seinem Halbschlaf. Die Geräusche verdichteten sich zu einem Nebel. Sie waren zu laut für einen Albtraum, sie kamen näher. Die Tür sprang auf, einige Männer stürzten herein. Packten ihn an den Armen, warfen ihn zu Boden, traten ihn. Ein Schlag auf seinem Hinterkopf. Bevor er in Ohnmacht fiel, fühlte er noch die Hände, die ihn abtasteten. Es war glitschig unter ihm, kalt am Kopf. Es brauchte Zeit, bis er in der Dunkelheit seine Beine ertasten konnte. Wer ist hier noch? Seine Stimme war ihm nicht geheuer. Wie verkrustet.

– Aah, unser Freund ist aufgewacht.
– Wir sind gefangengenommen worden.
– Von wem?
– Hört ihr ihn? Wie gesegnet sind die Fremden in ihrer Ahnungslosigkeit. Von wem wohl? Von den Angrezi.
– Den Angrezi!
– Ja. Es gibt eine gute Nachricht. Mirza Aziz ist entkommen. Er hat sich als einziger nicht ausgeruht, als sie das Haus angriffen.
– Mashallah.
– Es gibt eine schlechte Nachricht. Weil Mirza Aziz entkommen ist, wollen die Angrezi wissen, wo er sich versteckt. Und sie werden uns quälen, bis sie es herausgefunden haben.
– Wissen wir es denn?
– Nein. Keiner von uns weiß es. Das wird uns nicht vor den Schmerzen bewahren. Doch bei Ihnen sieht es etwas anders aus. Sie könnten versuchen zu erklären, daß Sie auf der Durchreise sind, daß

Sie aus Persien stammen, daß Sie nur zufällig in dem Haus von
Mirza Aziz waren.
— Was wird es mir nutzen?
— Wenig, fürchte ich. Selbst wenn man Ihnen Glauben schenkt,
die Vermutung liegt nahe, daß Sie in Verbindung zum Shah stehen.
— Es ist an der Zeit, für die Freundschaft mit Mirza Aziz zu zahlen.
Sie überließen sich wieder dem Schweigen. Sie konnten nicht einmal angemessen beten. Die Decke war zu niedrig, um sich aufzurichten. Sie wußten nichts über die Himmelsrichtungen. Ein Knarzen, ein Lichtschein. Eine Fackel, die zum ersten Mal den Raum, in dem sie sich befanden, ausleuchtete. Eine Zelle. Schwere Wände. Matschiger Reis auf einer Tawa, die von einem Sepoy in die Mitte gelegt wurde. Sie mußten mit ihren dreckigen Händen essen. Die Mitgefangenen blickten ihn prüfend an. Sie fragten sich wohl, ob sie sich auf ihn verlassen konnten. Bald brannte die Fackel aus. Es dauerte nicht lange, da wurde einer von ihnen herausgeholt. Er blieb lange weg. Sie wußten nicht, ob es Tag war oder Nacht. Als er zurückgebracht wurde, konnte er ihnen nicht erzählen, was mit ihm geschehen war. Die Angst engte die Zelle noch mehr ein.

※※※※※※※

59.
NAUKARAM

II Aum Durjayaaya namaha I Sarvavighnopashantaye namaha
I Aum Ganeshaya namaha II
— Der Kommandant nickte dem Sepoy hinter mir zu. Er hätte mich bestimmt geschlagen, wenn ich nicht vorgesorgt hätte. Ich hatte einen Beweis mitgenommen. Das war ein selten hellsichtiger Moment in meinem Leben. Bitte, schrie ich auf, einen Augenblick bitte, ich werde Ihnen etwas zeigen. Und ich griff in meinen Sack und holte die Uniform von Burton Saheb heraus. Und einige andere

kleinere Sachen. Glauben Sie mir, ich lüge nicht, Sie können mich ausfragen, ich weiß über die 18. Infanterie Bescheid. Ich kenne die Namen der anderen Offiziere. Bitte, holen Sie ihn heraus, und fragen Sie ihn, wenn er alleine ist. Gut, sagte der Kommandant langsam. Aber du kommst mit. Zwei weitere Sepoy begleiteten uns in ein Zimmer mit nacktem Boden, in dem es kein einziges Möbelstück gab. Wenig später wurde Burton Saheb hereingeführt. Ich erschrak über sein Aussehen. Kennen Sie diesen Mann? Fragte ihn der Kommandant. Burton Saheb reagierte nicht. Der Kommandant ließ die Frage von einem der Sepoy übersetzen. Nein, sagte Burton Saheb, ohne zu zögern. Der Kommandant blickte mich mißtrauisch an, bevor er sich wieder Burton Saheb zuwandte. Dieser Mann behauptet aber, Sie zu kennen. Er behauptet, in Ihrem Dienst zu stehen. Er behauptet gar, Sie seien ein britischer Offizier. Der Sepoy mußte zuerst übersetzen, und so dauerte es eine Weile, bevor uns die Anwort von Burton Saheb erreichte. Ich weiß nicht, was Sie mit dieser Geschichte bezwecken. Ich habe Ihnen schon gesagt, ich bin ein Händler aus Persien, und ich habe mit dieser Angelegenheit nichts zu tun. Der Kommandant überlegte ein wenig. Dann befahl er, ich solle das Zimmer verlassen, zusammen mit den Sepoy. Ich weiß nicht, worüber sie gesprochen haben, Burton Saheb hat nie mit mir über diesen Tag geredet. Sie kamen erst nach einer Stunde heraus. Beide ignorierten mich. Der Kommandant kehrte in sein Büro zurück, und Burton Saheb ging durch das schwere Tor hinaus, rief eine Tonga, stieg ein und verschwand. Er wartete nicht auf mich. Als ich unser Haus erreichte, hatte er sich schon schlafen gelegt. In den schmutzigen Kleidern. Ich bereitete ein Bad vor. Ich hatte Angst vor seinem unverständlichen Zorn. Als er aufwachte, hat er mich wie üblich behandelt. Nicht feindselig. Ich habe mich nicht getraut, die Episode anzusprechen, und er hat nie ein Wort darüber verloren. Nicht einmal eine Andeutung hat er gemacht.
– Du hast nichts Weiteres darüber erfahren?
– Doch. Weil ich gelauscht habe. Als er sich mit einem seiner Lehrer besprach. Du hättest dich gleich zu erkennen geben sollen, sagte der Lehrer zu ihm. Das ist nicht dein Kampf! Glaubst du, so einfach kannst du die Seiten wechseln. Was du getan hast, hast du

allein deiner Eitelkeit zuliebe getan. Worauf Burton Saheb antwortete: Ihr denkt immer nur in groben Mustern, Freund und Feind, unser und euer, schwarz und weiß. Könnt ihr euch nicht vorstellen, daß es etwas dazwischen gibt? Wenn ich die Identität eines anderen annehme, dann kann ich fühlen, wie es ist, er zu sein. Das bildest du dir ein, sagte der Lehrer. Du übernimmst mit der Verkleidung nicht seine Seele. Nein, natürlich nicht. Aber durchaus seine Gefühle, denn sie werden davon bedingt, wie die anderen auf ihn reagieren, und das kann ich spüren. Ich muß dir sagen, ich war gerührt, als ich das hörte. Burton Saheb flehte fast, so sehr wollte er an die Wahrheit seiner Worte glauben. Der Lehrer aber war nicht gnädig. Du kannst dich verkleiden, soviel du willst, du wirst nie erfahren, wie es ist, einer von uns zu sein. Du kannst jederzeit deine Verkleidung ablegen, dir steht immer dieser letzte Ausweg offen. Wir aber sind in unserer Haut gefangen. Fasten ist nicht dasselbe wie Hungern.

◈◈◈◈◈◈◈◈◈

60.

Von schrecklicher Gestalt

Dann wurde er herausgeholt. Er vermutete, daß die anderen seinen Verrat voraussahen. Er hatte sich geschworen, seiner Verkleidung treu zu bleiben. Was war sie wert, wenn er ihr entwich bei dem ersten Widerstand, der ersten schweren Prüfung, und in den sicheren Hafen des imperialen Schutzes zurückschlüpfte? Das wäre schäbig gewesen, ohne Wert. Er hätte danach keinem seiner adoptierten Freunde in die Augen blicken können. Der Raum, in dem er verhört werden sollte, war riesig, der Boden uneben und die Wände an mehreren Stellen eingebuchtet. Er erkannte den Engländer, der hinter dem einzigen Tisch saß; ein Mitarbeiter von Major McMurdo. Im nachhinein würde er sich daran erinnern, daß der Engländer kein einziges Mal aufstand, sondern am Fenster sitzen blieb, Unterlagen studierte und gelegentlich etwas notierte. Er sollte sich als der Antrieb aller Schmerzen erweisen, doch blieb er an ihnen fast unbeteiligt. Ein Sepoy fragte ihn aus, zuerst nach Namen, nach Herkunft. Nach seiner Beziehung zu Mirza Aziz. Er antwortete mit einer möglichen Wahrheit. Wie erwartet wurden die Männer, die ihn verhörten, hellhörig, als er sich als Perser ausgab. Der Engländer blickte auf, nachdem der kleinwüchsige Übersetzer neben ihm die Information übertragen hatte. Mirza Abdullah erkannte in dem Blick die Gier nach einem unerwarteten Erfolg, nach Beförderung. War dieser Offizier auf eine Verschwörung gestoßen, die weiter reichte als Belutschistan, bis nach Persien, und somit gewiß Afghanistan einschloß, und – wer weiß – vielleicht sogar Rußland umfaßte? Die Aufdeckung einer solchen Verschwörung würde zweifelsohne eine saftige Belohnung in Rang und Rente nach sich ziehen. Er begann diese Verschwörung mit seinen Fragen zu umzingeln. Er wollte hören, was seiner Erwartung möglichst nahe kam. Ungeduldig wischte er Antworten zur Seite, die in andere Richtungen führten. Mirza Abdullah nahm sich vor, diesen Offizier, der sich eine Manilla anzündete, wegen Unfähigkeit zu denunzieren. Als ihm die dreiste Dickköpfigkeit der Fragen unerträglich wurde, beschimpfte er den Offizier. Ihm fiel auf, daß der Übersetzer seine Ausdrücke abschwächte. Aber der Verhörer hatte den Tonfall aufgefangen, er blickte ein zweites Mal auf. Mirza Abdullah erkannte etwas anderes, das ihm vertraut war. Die Empörung darüber, daß ein Einheimischer sich herausnimmt zu widersprechen. Laut zu werden. Eine Impertinenz, die nicht geduldet werden, die manch einen zur Weißglut bringen kann. Im nächsten Augenblick wurde ihm von hinten ein Kübel kaltes Wasser über den Kopf geschüttet. Ich habe gehört, sagte der ranghöchste Sepoy, die Gefangenen wurden früher nackt ausgezogen. Ich verstehe das nicht. In nassen Kleidern friert es sich doch besser. Ich bin sicher, sagte der Offizier hinter dem Schreibtisch, du wirst dein Wissen nicht freiwillig preisgeben. Deswegen werden wir keine weitere Zeit mit Plauderei und Courtoisie verschwenden. Wir werden dir zeigen, was wir mit dir vorhaben. Die Übersetzung war kaum abgeschlossen, da spürte er die Schläge, in die Kniekehlen, auf den Rücken, auf die Nieren. Mirza Abdullah spürte, wie jedes andere Gefühl außer dem Schmerz verging. Er knickte um und fiel seitlich auf den kalten Boden. Das Zittern setzte ein. Einer der Folterknechte setzte ihm einen Stiefel auf das Gesicht und verharrte in dieser Haltung eine Weile, bevor er ruhig sagte: Wir werden deinen Vater verbrennen. Eine Weile schwiegen alle, dann stellte der Offizier eine weitere Frage, doch sie war so eng und abwegig formuliert, daß Mirza Abdullah sie nicht hätte beantworten können, selbst wenn er wollte. Er krümmte sich auf dem Boden. Er richtete sich auf, etwas riß in seiner linken Schulter, er versuchte zu erklären, wieso er nicht wissen konnte, was ihm abverlangt wurde. Er war ein einfacher Bazzaz auf der Durchreise. Die Stimme, die er hörte, lauerte direkt hinter seinem Ohr. Wir können andere Sachen mit dir machen. Wir können dich in eine Frau verwandeln, und diesen Stock – Sheikh Abdullah spürte einen leichten Schmerz in seinem After – können wir in deinen Khyber-Paß rammen. Das mögt ihr doch, oder? In diesem Moment begriff Mirza Abdullah, daß der ranghöchste Sepoy ein Bengale war, wahrscheinlich Hindu. Und er erkannte, welche verhängnisvolle Verbindung der Ehrgeiz des britischen Offiziers mit der Abneigung seiner rechten Hand eingegangen war. Er roch die Zigarre, als sei sie in seiner Hand, dieser Geruch von morschem Waldboden, der sich bald in einen Geruch der Verwesung verwandeln würde. Das letzte, was er spürte, war sein Ohr, und er konnte sich später nur noch an den Geruch verbrannten Fleisches erinnern.

※※※※※※※

61.

NAUKARAM

II Aum Vikataaya namaha I Sarvavighnopashantaye namaha I Aum Ganeshaya namaha II
— Er erholte sich überraschend schnell von seinen Wunden. Aber er war ausgelaugt. Er hatte kein Interesse mehr an dem Land. Er lag

manchmal tagelang auf dem Bett. Gelegentlich las er eine Zeitung. Ansonsten nichts. Er lag da und hatte nicht einmal die Augen geschlossen. Es ist schrecklich, wenn ein Mensch seinem eigenen Wesen zuwiderhandelt. Ich wußte nicht, ob er anwesend war, wenn ich etwas in dem Zimmer verrichtete. Plötzlich hörte ich seine Stimme. Naukaram, wir müssen hier weg. Zurück nach Baroda, Saheb? Das ist nicht möglich. Wenn wir hier herauskommen wollen, müssen wir nach England zurück.

– Was für eine Arbeit sollte er als Offizier in England verrichten?

– Ich war auch verwirrt. Damals. Ich habe schnell begriffen, als Burton Saheb begann, sich krank zu stellen. Zuerst gab er sich leidend. Er jammerte in Gegenwart der anderen, wie elend ihm sei. Er erschien nicht zum morgendlichen Appell, er blieb der Regimentsmesse fern. Er suchte den Arzt der Garnison auf, gestützt von zwei gewaltigen Belutschen, die mindestens sechs Fuß groß waren. Der Arzt zeigte sich besorgt. Er fragte nach, ob er denn trinke, ob er rauche. Keine einzige Zigarre, schwor Burton Saheb. Ab und an ein Glas, ich trinke es selten aus.

– Stimmte das?

– Er leerte zu diesem Zeitpunkt einige Flaschen am Abend, aber er rauchte nicht, das war die Wahrheit, er konnte den Geruch der Manillas nicht ausstehen, seitdem ich ihn aus dem Gefängnis befreit hatte. Frag mich nicht, ich weiß nicht, wieso. Er stellte jemanden an, der vor seiner Tür zu wachen hatte, um Besucher rechtzeitig anzukündigen, damit sie Burton Saheb stets im Bett vorfanden. Er ließ seine Kameraden schon um acht Uhr am Abend einen Gutenachtwunsch ausrichten. Natürlich sickerte das zum Arzt durch. Burton Saheb begann mit viel Nostalgie über das Korps zu sprechen und darüber, wie sein Leben ruiniert wäre, wenn er es verlassen müßte. Er verbot mir, sein Zimmer aufzuräumen. Sogar sauberzumachen. Die Tassen lagen herum, weicher Toast auf dem Tisch. Es war ekelerregend. Ich hatte kaum etwas zu tun in diesen Wochen. Er gab mir Geld, damit ich mich in der Stadt vergnügte. Ich hatte nur eine Aufgabe, später am Abend, wenn mich niemand sehen würde, ein Tablett mit Salat, Curry, Eiskrem und Portwein zu ihm zu bringen. Das alles wurde von einem seiner Freunde besorgt, auf die er sich verlassen konnte. Tagsüber verdunkelte er sein Zimmer, nachts machte er nie eine Lampe an. Er schluckte etwas, davon wurde ihm schlecht, und dann schickte er mich los, um zwei Uhr in der Früh, den Arzt zu holen. Er setzte sein Testament auf, und er bat den Arzt, Vollstrecker seines Letzten Willens, so nennen die Angrezi das Testament, zu werden. Der Arzt lenkte bald ein, ich glaube, er schätzte seinen Schlaf. Es dauerte nicht lange, bis er davon überzeugt war, daß Burton Saheb dienstunfähig war. Er schrieb ihn für zwei Jahre krank. Zwei Jahre! Die Angrezi sorgen sich um die Ihren. Er erhielt weiterhin seinen Sold. Wir reisten zuerst ein Jahr lang durch das Land, wir kamen bis nach Ooty. Das wirst du nicht kennen, das liegt in den Bergen. Im Süden, weit von hier entfernt. Daran erkennst du, wie rüstig Burton Saheb in Wirklichkeit war. Aber dann geschah die Gerechtigkeit, die niemals ausbleibt, wenn man sie erwarten kann. Burton Saheb wurde krank. Wirklich sehr krank. So krank, er wäre fast gestorben.

62.
Ohne Tod

Bericht an General Napier
<u>Streng geheim</u>
Sie hatten mir den Auftrag erteilt, mich mit den Gründen vertraut zu machen, aus denen die widerspenstigen Stammesfürsten der Belutschen, angeführt von Mir Khan, schon mehrfach Kenntnis hatten von unseren Plänen, und derart vorgewarnt in der Lage waren, rechtzeitig zu fliehen oder sich zu verstecken. Seit Monaten bin ich in dieser Angelegenheit unterwegs, ich habe unzählige Orte aufgesucht, an dem sich Belutschen treffen, ich habe jeder Stimme mein aufmerksames Ohr geliehen, aber bis vor kurzem deutete nichts auf einen Verräter in unseren eigenen Reihen hin. Bei unserer letzten Be-

sprechung haben Sie mir zusätzlich die Order erteilt, zu prüfen, ob und in welchem Ausmaße britische Offiziere jenes Bordell frequentieren, das *Lupanar* genannt wird. Gewiß haben Sie nicht im entferntesten daran gedacht, daß diese zwei Fragestellungen miteinander verknüpft sein könnten. Ich bin auch diesem Ihren Auftrag nachgekommen, und ich fürchte, ich habe die unangenehme Aufgabe, Ihnen einige äußerst unerfreuliche Einsichten mitzuteilen. Das *Lupanar* unterscheidet sich von den anderen Bordellen weder in Einrichtung noch in Bewirtung, sondern einzig und allein darin, daß die Kurtisanen keine Frauen sind, sondern Jünglinge und als Frauen verkleidete Männer. Die Jünglinge kosten doppelt soviel wie die Männer, nicht nur, weil sie die schönsten und nobelsten Wesen sind und die Liebe zu ihnen von der reinsten Form ist, eine Auffassung, die hiesige Sufis scheinbar von den Platonikern übernommen haben, sondern auch weil ihr Skrotum als Zügel benutzt werden kann. Dieses Bordell wird, das kann ich nunmehr mit Sicherheit bestätigen, regelmäßig von einigen unserer Offiziere aufgesucht. Die meisten von ihnen treibt die Neugier und die Langeweile dorthin, und wir können davon ausgehen, daß sie den Verlockungen dieses Ortes zu widerstehen wissen. Doch einige finden genau das, was sie gesucht haben. Besonders bemerkenswert erscheint mir der Fall jener, die gegen ihren Willen zu Taten gezwungen wurden, die sie nicht gebilligt hätten. Der Emir, dem das *Lupanar* gehört, ist ein Connaisseur von jungen, hellhäutigen Männern, und so hat er schon einige Male laut den Auskünften meiner Gewährsleute britische Besucher seines Establishments mit Spirituosen abgefüllt, bis sie ganz unwillig oder bewußtlos waren und ihm zu Diensten lagen. Die Vermutung könnte naheliegen, er räche sich somit für die Erniedrigung, die unsere Herrschaft ihm auferlegt, aber nach meinem Dafürhalten giert er einfach nur nach der Schönheit blonder, unbehaarter Jünglinge. Es ist mir zugetragen worden, daß einer dieser Griffins am nächsten Morgen die Verwunderung geäußert habe, der einheimische Alkohol verursache eine Reizung des Postérieur. All das wäre ein wenig unappetitlich, aber gewiß harmlos für unsere Sicherheitslage, würde nicht einigen unserer Offiziere in diesem *Lupanar* das Wissen entlockt werden, das sie unbedingt für sich behalten sollten.

Ich habe meinem Gewährsmann, der dieses Bordell regelmäßig aufsucht und mit dem Betreiber verwandt ist, das Versprechen gegeben, keine Namen zu nennen. Er schwört, daß schon mehrfach dem Emir wertvolle Informationen zugetragen worden sind, die einem Offizier in seinem Rausch oder seiner Entzückung oder in der Intimität danach entschlüpft sind. Und wenn wir uns vor Augen halten, daß dieser betreffende Emir, der Lupanar-Emir, mit Mirza Aziz verschwägert ist, können wir erkennen, wie das Netz geknüpft ist, das uns so viele Kopfschmerzen bereitet.

※※※※※※※※

63.

Naukaram

II Aum Mritunjayaaya namaha I Sarvavighnopashantaye namaha I Aum Ganeshaya namaha II
Der Lahiya schrieb: Dieser mein Text ist eine Kette von ausgesuchten Perlen, die ich um den Hals Ihrer gnädigen und aufmerksamen Wahrnehmung hängen möchte, lieber Leser; diese meine Geschichte ist eine duftende Blüte, die ich in die Hand Ihrer warmherzigen und mitfühlenden Empfindung geben möchte, lieber Leser; dieses mein Werk ist ein Stoff aus feiner Seide, den ich über das Haupt Ihrer scharfsichtigen und weitreichenden Weisheit ausbreiten möchte, lieber Leser.

Worauf er die Feder zur Seite legte und den gesamten Text durchlas, einmal, und dann ein weiteres Mal, die Nacht wurde grau dabei, und er war gerührt von der Unantastbarkeit des Geschriebenen, er war den Tränen nahe. Nicht, daß es ohne Schwäche, ohne Fehler war. Wenn er noch einmal von vorne anfangen könnte, er würde ... Ha, unsinnige Überlegung. Entscheidend war, das Werk überragte ihn, mächtig und fremd, als sei es nicht aus ihm heraus entstanden, als habe er nicht alles gelenkt, und ihm fiel der Satz ein, den der unbekannte Architekt des Kailash-Tempels zu Ellora seinem Bauwerk eingeschrieben hat, der größte Satz, den je ein Schöpfer hinterlassen hat: Wie habe ich das nur geschafft?

Eines blieb noch zu tun. Der Schluß, selbst wenn es sich nur um einen letzten Absatz handelte, sollte nicht von ihm selbst geschrieben werden. Kein Mensch sollte die ganze Geschichte kennen. So wie keiner den gesamten Kailash-Tempel überschauen konnte. Der Lahiya rief seine Frau – er vernahm seit kurzem die Geräusche ihrer frühmorgendlichen Hausarbeit – und trug seine Bitte vor. Sie war erstaunt, und für einige widerspenstige Augenblicke überlegte sie, ihm diesen Wunsch abzuschlagen. Doch dann stimmte sie zu. Sie hoffte, sobald dieser Auftrag abgeschlossen war, würde ihr gemeinsames Leben weitergehen wie zuvor, bevor dieser Naukaram aufgetaucht war und ihrem Ehemann den Kopf verdreht hatte. Er dankte ihr umständlich, richtete sich mühsam auf und ging hinaus. Er würde an diesem Tag nicht zur Straße der Lahiya gehen, er würde nichts schreiben. Vielleicht auch am morgigen Tag nicht. Und danach, wer wußte das schon. Burton Saheb – eine unverankerte Erinnerung durchtrieb seine Gedanken – habe laut Naukaram einmal sein Erstaunen darüber geäußert, daß im Hindustani ein und dasselbe Wort sowohl morgen als auch gestern bezeichne. Was konnte man schon daraus folgern? War das Wort für vorgestern nicht ein anderes als das Wort für übermorgen?

Naukaram wunderte sich über die Verspätung des Lahiya. Das war noch nie vorgekommen. Er sah eine Frau die staubige Straße entlanggehen. Alles an ihr strahlte Stärke aus. Einige der anderen Schreiber grüßten sie. Sie betrachtete ihn prüfend, bevor sie ihn fragte, wer er denn sei. Sie stellte sich als die Frau des Lahiya vor. Er werde heute nicht kommen, wofür er sich entschuldige. Er habe sie geschickt, weil er den Abschluß der Geschichte nicht selbst erfahren wolle.

– Wieso nicht?

– Aus alter Tradition. So wie kein Mensch das gesamte Mahaabhaarata lesen sollte.

– Das wußte ich nicht. Ich habe etwas Ähnliches einmal von Burton Saheb gehört. Er sagte mir, die Araber glaubten, sie würden innerhalb eines Jahres sterben, wenn sie alle Geschichten aus Tausendundeiner Nacht gehört haben.

- Aberglaube.
- Gehört er nicht der *Satya Shodak Samaj* an? Ich dachte, er verachtet jeden Aberglauben.
- Er nennt es Überlieferung. Jeder Mensch ist abergläubisch. Manche geben ihrem Aberglauben einen anderen Namen. Können wir beginnen? Ich habe nicht viel Zeit. Heute nachmittag sind die Enkelkinder bei mir.
- Und die Bezahlung? Was hat er Ihnen über die Bezahlung gesagt?
- Er hat nichts erwähnt. Wahrscheinlich hat er es vergessen. Wissen Sie, er hat bestimmt genug von Ihnen erhalten. Vergessen wir die Bezahlung.
- Nicht seine Bezahlung, meine Bezahlung.
- Ihre Bezahlung?
- Er muß mich bezahlen.
- Ich verstehe nicht.
- So haben wir es vereinbart. Er zahlt mir Geld, damit ich ihm die Geschichte zu Ende erzähle.
- Das kann ich nicht glauben. Er hat den Verstand verloren. Seit wann geht das schon so?
- Nicht erst seit gestern. Ein paar Wochen schon. Ich hätte sonst nicht weitererzählt. Sie kennen ihn ja, er ist neugierig.
- Er ist völlig verrückt. Wer hat so etwas schon einmal gehört. Ein Lahiya, der seinen Kunden bezahlt. Er benimmt sich sonderbar, seitdem Sie zu ihm gekommen sind. Aber so etwas, das macht ihn vollends zum Gespött.
- Nur, wenn Sie es jemandem sagen. Unsere Vereinbarung lautet, kein Wort darüber zu verlieren.
- Er wird was zu hören kriegen von mir.
- Erwähnen Sie es nicht. Bitte. Es würde so viel für ihn zerstören.
- Was sind Sie jetzt, sein Verbündeter? Sie haben sich ständig gestritten. Das weiß ich wohl, er hat sich bei mir beschwert.
- Wir waren zusammen unterwegs. Das zählt viel. Lassen Sie es sein, wie es ist.
- Gut. Und jetzt, was machen wir mit dem Ende der Geschichte?

Eigentlich interessiert es mich nicht, und da ich kein Geld dabeihabe ...
— Ich verlange nichts. Es wird mein Abschiedsgeschenk an Ihren Ehemann sein. Obwohl er es nicht lesen wird. Wer weiß, vielleicht ändert er seine Meinung. Schreiben Sie auf, es ist nicht viel, wir können das Ende doch nicht verschlucken.
— Gut. Hat das Ende eine Überschrift?
— Auf dem Schiff. Schreiben Sie: Auf dem Schiff. Und dann schreiben Sie: Ankunft im Land der Firengi.
— Klingt gut.
— Werden Sie so viele Kommentare abgeben wie Ihr Mann?
— Nein, von nun an schweige ich. Sie werden sehen, nicht einmal ein Seufzer wird über meine Lippen dringen.
— Das Schiff hieß Elisa, und ich dachte, es sei ein Totenschiff. Burton Saheb sah schlecht aus. Sein Körper war ausgezehrt, seine Haltung gebeugt, seine Augen eingefallen, seine Stimme ohne Fülle. Er hatte Erlaubnis erhalten, nach Hause zurückzukehren. Um sich dort zu erholen. Wenn er sich überhaupt erholen würde. Ja, ich glaubte, das Schiff sei ein Totenschiff. Nicht nur ich. Einer seiner Freunde in Bombay hatte zu ihm gesagt: Es steht dir ins Gesicht geschrieben, daß deine Tage gezählt sind. Hör auf mich, fahr nach Hause, um dort zu sterben. Bald nach dem Auslaufen gerieten wir in eine Flaute. Das Wasser war so glatt, Burton Saheb sagte, das Meer sei ein Friedhof der Wellen. Ich pflegte ihn, so gut ich konnte, ich dachte, was werde ich machen in diesem unbekannten Land, wenn mein Herr stirbt. Werde ich dann auch sterben? Meine Sorgen, sie hielten nicht an. Wind kam auf, wir segelten mit den starken Winden aus Südosten in gesündere Gefilde. Burton Saheb erholte sich erstaunlich schnell, und noch ehe wir das Land der Angrezi erreichten, war er wiederhergestellt. In diesen Tagen waren wir uns so nahe wie nie zuvor und nie mehr danach. Er vertraute mir an, was geschehen war im Sindh, wieso er sich zuerst krank gestellt habe, ohne zu wissen, daß er wirklich schwer erkranken würde. Unter den Angrezi kursierten die Gerüchte über seine Besuche in dem Bordell, verzeihen Sie bitte, in dem Männer sich anboten. Es wurde behauptet, Burton Saheb habe zu gründlich gekundschaftet. Er habe nicht nur recher-

chiert, sondern auch probiert. Sein Ruf war beschädigt. Und seine Vorgesetzten, die von der Wahrheit wußten, nahmen ihn nicht in Schutz. Sie waren erbost über seinen Mangel an bedingungsloser Treue. Ich habe sein Leid gefühlt, als sei es mein eigenes. Nie in meinem Leben war ich jenem Mitgefühl für eine andere Kreatur so nahe, das unsere heiligen Lehrer von uns fordern. Wir liefen einen Hafen an, der Plymouth heißt, und ich sah es endlich. Dieses England. Ich sah saftiges Grün und weiche Hügel in der Ferne. Und die Passagiere, vor allem jene unter ihnen, die lange in Hitze oder Wüste gedient hatten, sie hatten glasige Blicke. Ich bin mir sicher, keiner riß die Augen so weit auf wie ich. Ich konnte nicht glauben, wie schön dieses Land war, das sie England nennen. Ich wandte mich zu Burton Saheb, und ich weiß noch genau, was ich sagte, Wort für Wort: Was seid ihr Angrezi für Menschen, ein solches Paradies zu verlassen, ohne Zwang und ohne Not, um in ein gottverlassenes Land wie das unsere zu reisen.

※※※※※※※※

64.
Unendlich bewusst

Der General las diesen Bericht so oft durch wie kein anderes Schreiben in seinem Leben. Er suchte nach einem Weg, diesen Soldaten vor den Konsequenzen seiner Pflichterfüllung zu bewahren. Nicht nur hatte er sich in einen Morast begeben, den ›ein wenig unappetitlich‹ zu nennen eine ungebührende Untertreibung war; er hatte aufgedeckt, was nicht sein durfte, und somit würde die ganze negative Anmutung des Falles auch auf ihn persönlich zurückfallen. Zu allem Überfluß verweigerte er, zumindest schriftlich, einen Teil der Auskunft, weil er einem Einheimischen ein Versprechen gegeben habe. Das würde nicht gut ankommen. McMurdo wünschte ein Gespräch mit diesem Burton, von dem er schon manch Unschmeichelhaftes gehört habe. Sie riefen den Leutnant in das Dienstzimmer des

Generals. Er war erstaunt, eine Handvoll von Hochrangigen vorzufinden. Der General sprach, langsam. Er wirkte müde.

– Major McMurdo wünscht, Ihre Untersuchung fortzusetzen, und hierzu müßte er wissen, wie die Namen Ihrer Gewährsleute lauten, wie die Offiziere heißen, die diesen Ort aufsuchen.

– Die Namen unserer Offiziere kann ich Ihnen nicht geben, weil ich sie nicht kenne. In meiner Gegenwart war kein Offizier im Lupanar. Die Namen der Gewährsleute kann ich Ihnen nicht verraten.

– Wieso nicht?

– Weil ich mein Wort gegeben habe.

– Es sind doch nur Einheimische.

– Ich habe auf meinen Bart und auf den Koran geschworen.

– Er scherzt, mein Gott, er scherzt zu unpassender Zeit.

– Ich kann diesen Schwur nicht brechen.

– Das meinen Sie nicht ernst, Soldat. Sagen Sie uns, daß Sie das nicht wirklich so meinen.

– Mein voller Ernst, Sir.

– Ihnen bedeutet das Versprechen gegenüber einem gemeinen Einheimischen mehr als die Sicherheit unserer Truppe?

– Ich habe für die Sicherheit unserer Truppe einiges geleistet, wenn ich darauf hinweisen darf, Sir, und ich bin zuversichtlich, daß wir auf anderen Wegen bald die gesamte Wahrheit herausfinden werden. Ich kann das Vertrauen dieses Mannes nicht enttäuschen.

– Du mußt dich entscheiden, Burton. Er oder wir.

– Ich gehe davon aus, Major, daß man verschiedenen Loyalitäten treu sein kann. Sie konstruieren einen unlösbaren Konflikt.

Sie sagten kein Wort mehr, die versammelten Herren von den obersten Rängen, der General, sein Spürhund McMurdo und ihre Adjutanten. Sie blickten sich an, und mit diesen Blicken schlossen sie ihn aus für sein restliches Leben, aus dem Militär, aus ihrer Gesellschaft. Er wußte in diesem Augenblick, er würde nie über den Rang eines Hauptmanns hinauskommen. Nicht nach dem Vermerk, den sie nach diesem Gespräch aufsetzen würden, ein Vermerk über seine Unzuverlässigkeit, der ihn überallhin begleiten würde. Man konnte sein Wesen ändern, eigentlich ließ sich fast alles an einem selbst ändern, nicht jedoch die eigene Akte. Sie würden etwas Vernichtendes niederlegen, etwas in der Art von … sein Verständnis der Eingeborenen, ihrer Denkweise, ihrer Bräuche, ihrer Sprache, ist profund und könnte von großem Nutzen sein. Doch hat die Nähe, aus der sich seine Kenntnisse speisen, in Leutnant Burton eine Verwirrung hinsichtlich seiner Loyalitäten ausgelöst, die den Interessen der Krone zuwiderläuft. Mit Bedauern müssen wir feststellen, daß wir das Ausmaß seiner Treue zukünftig nicht abschätzen können.

※※※※※

0.

Kalte Rückkehr

Es war ein grausamer Empfang. Naukaram und er, zwei Rosinen, die in einen Sauerteig geworfen wurden. Die Luft war düster, voller Rauch und Ruß, zum Atmen ungeeignet. Der kalte graue Himmel ließ sie schaudern. Alles an der Stadt war klein, kleinkariert, kleingeistig und knauserig, die winzigen Einfamilienhäuser unterwürfig, in den öffentlichen Plätzen verknotete sich die Melancholie. Und dann das Essen! Primitiv, halbgar, fad, das Brot bestand nur aus Krümeln ohne Kruste. Zum Trinken gab es penetrante Medizin, die den Namen Bier oder Ale trug. Egal, was einem serviert wurde, es gab kein Entrinnen: Sie waren unter die Barbaren gefallen. Der Winter, der folgte, war schrecklich. Jeder Baum ähnelte einem klirrenden Kerzenleuchter. Kalte Nebelschwaden nisteten sich ein und mit ihnen Bronchitis und Influenza. Die Kohle ging regelmäßig aus, der Gasdruck fiel oft so niedrig, daß sie auf ihren wichtigsten Trost verzichten mußten – sie konnten den Tschai nicht kochen, der manch einen Nachmittag erträglich gemacht hätte. Burton konnte es nicht abwarten, dieses Land wieder zu verlassen, seine Familie in dem halbwegs erträglichen Frankreich zu besuchen. Er war unversöhnlich. Er war nicht gewillt, sich dem Mittelmaß anzupassen. Er zog Kleidung an, die schockieren würde, Kurtas in schreigrellen Farben, ungewöhnlich breite Pumphosen aus Baumwolle, enge Wickelgamaschen und goldene Gondoliersandalen. Obwohl er darin fror. So lief er durch London, so kehrte er in die Klubs ein, begleitet von Naukaram, mit dem er sich, kaum konnte er sich der Aufmerksamkeit der Versammelten sicher sein, lautstark in Sprachen unterhielt, die keiner außer ihnen beiden verstand. Gelegentlich übertrieb er es, schöpfte die Nachsicht aus, die einem Mann entgegengebracht wurde, der in Indien gedient hatte; die Mitglieder des Klubs wurden seiner Provokationen überdrüssig und verwiesen ihn des Etablissements. Einmal wäre er fast verprügelt worden. Nur der wilde Blick in seinen Augen hielt die empörten und schon ziemlich angetrunkenen Landsleute zurück. Es war ein Abend, an dem Geschichten von den verschiedenen Fronten des Imperiums ausgetauscht wurden. Nach vielen Reminiszenzen, mariniert in Nostalgie und Übertreibung, rezitierte ein älterer Mann mit feuchten Augen einen Zweizeiler, den sie alle kannten: *Such is the patriot's boast, where'er we roam, his first, best country ever is at home.* Und er hob sein Glas zu einem Trinkspruch auf Königin und Vaterland. Burton stieß mit an. Kaum hatte er sein Glas wieder abgestellt, donnerte seine Stimme und brachte alle anderen in der großen Runde zum Schweigen. Dieses Hoch, meine Herren, erinnert mich an einen grundsoliden Witz. Müssen Sie hören. Werden ihn nicht vergessen, garantiere ich Ihnen. Handelt von zwei Bandwürmern, Vater und Sohn. Sie werden aus dem After eines Menschen geschissen, Verzeihung, so geht der Witz, worauf Vater Bandwurm seinen Kopf aus der Scheiße streckt, sich ein wenig abschüttelt, um sich blickt und zufrieden zu seinem Sohn sagt: Immerhin ist es Heimat.

Sie setzten nach Frankreich über. Auf den Kontinent. Du wirst sehen, versprach er Naukaram, das Leben auf dem Festland ist erträglicher. Es hat mir in Ihrem Land nicht mißfallen, Saheb. Seine Eltern übersommerten in Boulogne. Sie führten eine bescheidene Existenz. Die Pension des Vaters erlaubte es ihnen, ein Häuschen zu mieten, mit einem kleinen Anbau für die Diener. Ein italienischer Koch namens Sabbatino stand seit Pisa, wo sie längere Zeit gelebt hatten, in ihren Diensten. Naukaram und Sabbatino mußten sich ein Zimmer teilen. Der Koch hatte es schon mit seinen Gerüchen besetzt. Sie waren nicht angenehm für Naukaram. Er und der Koch hatten keine gemeinsame Sprache, und ihre Gaumen waren einander von vornherein spinnefeind. Sabbatino war ein Mann, der große Bedeutung auf die Unversehrtheit seiner Gewohnheiten legte. Und der keinen Zweifel daran hegte, daß der Koch eine privilegierte Position unter der Dienerschaft innehielt. Die anderen Diener waren angestellt, um seine Arbeit zu erleichtern. Burton war selten zu Hause. Er verschwand auf lange Spaziergänge. Er genoß die Gegenwart junger Frauen seines eigenen Volkes. Naukaram war sich nicht klar über seine Position in dem kleinen Haus. Die Eltern des Saheb mieden ihn, sie gaben ihm nie eine Aufgabe. Er traute sich nicht, alleine auszugehen; er fürchtete, sich zu verlaufen. Ihm blieb nichts anderes übrig, als in seinem kleinen Zimmer zu sitzen und zu warten. Der Koch hingegen hatte den ganzen Tag zu tun; selten sah Naukaram ihm dabei zu. Wenn er sich in die Küche wagte, meist um sein eigenes, vegetarisches Essen zuzubereiten – das konnte er niemandem anvertrauen, am wenigsten diesem Mletscha –, fluchte der Koch vor sich hin, in seiner Sprache. Er fluchte so viel, er schien sein Essen mit Flüchen zu würzen. Es überraschte Naukaram nicht, daß Burton Saheb auch die Sprache des Koches beherrschte. Er merkte sich den Wortlaut einiger der Flüche und bat Burton Saheb, sie zu übersetzen. Er lernte die Flüche auswendig. *Corbezzoli! Perdindirindina! Perdinci!* Sie waren sanft, im Vergleich zu jenen, die er von den Beschnittenen kannte. Donnerwetter! Herrgott! Herrschaftszeiten! Er stand dem Koch im Wege, eines Nachmittags, und der Koch wartete keine Entschuldigung ab, kein Zurücktreten, um ihn anzuschreien: *E te le lèo io le zecche di dòsso!* Naukaram konnte nichts erwidern, weil er nicht wußte, was er geschimpft wurde. Burton Saheb lachte. Er will dir die Flöhe rausziehen. Er droht dir Schläge an. Naukaram kannte nicht genügend Flüche, um es dem Koch in gleicher Münze zurückzuzahlen. Eines Abends, als er vergaß, ein Soufflé aufzutragen (der Koch war stolz auf seine Soufflés), ließ der Koch seine Flüche wie Funken stieben. *Bellino sì tu faresti gattare anche un cignale!* Naukaram konnte sich nicht einmal die Hälfte merken. Burton Saheb mußte bei dem Koch nachfragen. Er klärte Naukaram mit einem amüsierten Lächeln auf. Er hat zu dir gesagt, du seist so schön, du würdest selbst ein Wildschwein zum Kotzen bringen. Wieso erlaubt er sich das? fragte Naukaram. Nimm es dir nicht zu Herzen. Er ist so. Einige Tage später war Naukaram sich sicher, der Italiener habe absichtlich ein Fleischgericht mit seinem Kochlöffel umgerührt, der in einem eigenen Glas aufbewahrt wurde und nur für vegetarische Speisen verwendet werden sollte. Das hatte Burton Saheb dem Koch ausführlich erklärt. Nun roch der Löffel widerwärtig. Gut, daß es ihm rechtzeitig aufgefallen war. Der Koch verstand keine andere Sprache als das Dumpfe. Naukaram schlug ihm mit dem Löffel auf den Hinterkopf. Der Koch wirbelte herum mit einem Schrei. Er hatte ein Messer in der Hand: Er stocherte damit durch die Luft und fluchte. Naukaram drehte sich um und verließ die Küche, mit seinem Löffel in der Hand. Er mußte lernen, auf Italienisch zu fluchen. Burton Saheb half ihm dabei. Späte Rückzahlung für das Gujarati, erklärte er. Zuerst das Grundwissen. *Stronzo. Merda. Strega.* Naukaram begann durch die Küche zu schreiten und abwechselnd eines dieser Wörter auszustoßen, so gehässig und überdreht, wie er nur konnte. Der Koch antwortete mit einer ganzen Batterie von mehrsilbigen Geschossen. *Cacacazzi. Leccaculo. Vaffanculo. Succhiacazzi.* Naukaram kümmerte sich nicht mehr um die Übersetzung. Er wußte, er war immer noch unterlegen. Willst du ihn wirklich ärgern, unterrichtete ihn Burton Saheb, mußt du sagen: *Quella puttana di tua madre!* Naukaram brüllte es dem Mletscha bei nächster Gelegenheit ins Gesicht. Und der Fluch wirkte. Stärker, als er erwartet hätte. Der Koch verstummte, blickte weg. Am nächsten Tag bedeutete Sabbatino Naukaram, er möge zu ihm an den Ofen kommen, er wolle ihm etwas zeigen. Er strahlte eine unvertraute Freundlichkeit aus. Naukaram näherte sich vorsichtig dem Koch. Sie traten beide an einen riesigen Topf; der Koch hob den Deckel hoch. Ein Rindskopf kam zum Vorschein, der ruhig vor sich hin köchelte, die ergebenen Augen auf Naukaram gerichtet. *Ti faccio sputare sangue!* Sabbatino hatte diese Worte noch nicht ganz ausgesprochen, da fühlte er, wie der Dunkelhäutige ihn am Kragen packte und über den Holzkohleofen drückte. Er spürte, wie die Hitze seine Härchen am Unterarm versengte. Er stieß seinen Kopf dem Dunkelhäutigen ins Gesicht. Sie fielen zu Boden, sie rissen den Topf

um, und als Burton aus dem Eßzimmer in die Küche stürzte, von dem Krach alarmiert, sah er auf dem Boden den Koch, den Diener und einen Rindskopf liegen, und das Geschrei, das der Italiener von sich gab, wurde übertroffen von dem Heulen, das aus den Tiefen von Naukaram herausbrach.
Es war nicht möglich, Naukaram weiterhin zu beherbergen. Burtons Eltern hatten sich an die gute Küche von Sabbatino gewöhnt, Naukaram hingegen war überflüssig. Burton zahlte ihm genug Geld für die Überfahrt, ausreichend, um sich in Baroda ein kleines Häuschen zu kaufen. Und er hätte ihm einen hervorragenden Referenzbrief ausgestellt, wenn dieser unverschämte Kerl nicht darauf bestanden hätte, daß alles, was geschehen war, die Schuld seines Herrn gewesen sei. Wieso haben Sie mir nicht ... Er herrschte ihn an, er solle das Maul halten. Das war das Problem mit diesen Menschen. Sie konnten keine persönliche Verantwortung übernehmen. Verärgert bestätigte Burton in einem knappen Schreiben, daß Ramji Naukaram aus Baroda ihm vom November 1842 bis zum Oktober 1849 gedient habe. Und er unterschrieb schwungvoll.

ARABIEN

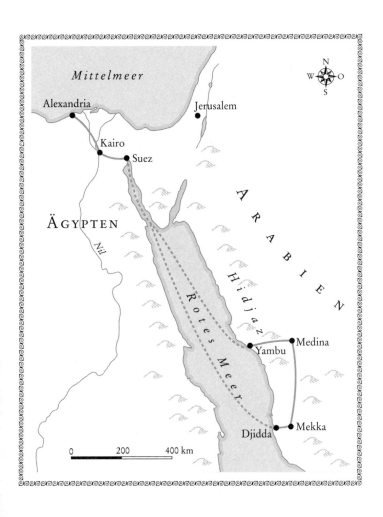

Der Pilger, die Satrapen und das Siegel des Verhörs

An den Großwesir
Reshid Pascha
Topkapi-Palast
Istanbul

Assalaamu Alaikum Wa Rahmatullahi Wa Barakatuhu.
Friede sei mit Ihnen, Friede sei mit Ihren Schutzbefohlenen!

Wir möchten Ihr Augenmerk auf eine Angelegenheit lenken, die auf den ersten Blick vielleicht nicht von überragender Bedeutung erscheint und die Interessen des Kalifats gewiß nicht unmittelbar gefährdet, die aber meiner bescheidenen Ansicht nach trotzdem die höchste Aufmerksamkeit der Regierung verlangt. Sie entsinnen sich gewiß, daß ich vor mehr als einem Jahr berichtet habe, ein britischer Offizier habe die Hadj vollbracht, zum beachtlichen Ergötzen der hiesigen Presse, die ihn als Helden der Saison feierte. Vor einigen Wochen publizierte der Verlag Longmann Green den persönlichen Bericht dieses Mannes namens Richard Francis Burton, Leutnant der britischen Armee, über seine frevelhafte Hadj, die er in Verkleidung als Pathan aus Indien unternommen hat. Die hiesigen Zeitungen haben dieser Publikation erheblichen Platz eingeräumt, sie überschlagen sich mit Lob ob der beherzten Tat, der glanzvollen Leistung, sie übertreffen sich gegenseitig in Lobhudelei. Scheinbar regt in dieser Epoche nichts die Phantasie der Leserschaft im britischen Königreich mehr an, als wagemutige Erforschungen in Regionen jenseits der öffentlichen Vorstellungskraft. Bücher der Kategorie ›Ich war dort und habe gesehen‹ verkaufen sich in höherer Zahl als bei uns die Sammlungen mit Geschichten über Nasruddin Hodja.

Der Grund dieses Erfolgs erscheint mir einerseits offenkundig harmlos, andererseits teuflisch verborgen. Die Untertanen des britischen Imperiums wollen an dem Abenteuer der Welteroberung teilhaben, sie wollen gefüttert werden mit zeitgenössischen Legenden, die ihnen zur Identifikation gereichen können. Doch hege ich den Verdacht, durch Publikationen dieser Art soll der Boden bereitet werden für eine nahe Zukunft, in der diese Regionen nicht mehr fern und unbekannt sind, sondern Teil des Imperiums, eine vorauseilende Gewöhnung an eine Fremde, die das britische Imperium sich bald einzuverleiben beabsichtigt. So spiegelt sich meiner Einschätzung nach in dieser scheinbar nebensächlichen Angelegenheit eine beunruhigende Entwicklung, die gesteigerte Aufmerksamkeit bedarf, insbesondere weil es sich in diesem Fall nicht um Wüsten in Afrika oder Dschungel in Indien handelt, sondern um unser Allerhöchstes Heiligtum, um die Gesegneten Stätten von Mekka und Medina, Gott möge sie erhöhen.

Es ist mir durchaus bekannt, daß Botschafter Viscount Stratford de Redcliffe Ihr Vertrauen genießt sowie jenes des Sultans, und gewiß ist seine Unterstützung notwendig, um jene Reformen durchzusetzen, die Eure Exzellenz mit gesegneter Weitsicht in die Wege geleitet hat, aber wenn ich in aller Demut einen Vorschlag unterbreiten dürfte, so plädiere ich dafür, die Hintergründe dieses Falles mit angemessener Entschlossenheit, aber auch entschiedener Geheimhaltung offenzulegen. Die wahren Absichten des Leutnants Richard F. Burton und seiner Auftraggeber (angeblich die Royal Geographical Society, eine dubiose Organisation, die vorgibt, nur an Längen- und Breitengraden interessiert zu sein) lassen sich seinen Aufzeichnungen nicht entnehmen, obwohl sie in drei Bänden insgesamt 1264 Seiten umfassen. Anhand des vorliegenden und mit aller gebotenen Sorgfalt studierten Materials konnten wir keine Klarheit gewinnen über die Motivation für dieses sogenannte Abenteuer – bei Entdeckungen wird gemeinhin nur der erste belohnt, und wie wir wissen, haben schon mehrere Christen die Hadj in betrügerischer Art unternommen – oder über die tatsächlichen Resultate dieser angeblichen Forschungsreise. Um Ihnen einen genaueren Eindruck zu ermöglichen, übersende ich Ihnen die drei Bände, denn ich hege nicht den geringsten Zweifel, daß Ihnen das Englische weiterhin keine Schwierigkeiten zu bereiten vermag.

Möge der Segen und die Gnade Gottes mit Ihnen sein.

Ebu Bekir Ratib Effendi
Botschafter der Hohen Pforte in London

ⱺⱻⱺⱻⱺⱻⱺⱻⱺⱻⱺ

– Ich kenne dich!
– Mich? Sie meinen mich?
– Ja, dich da, ich kenne dich.
– Wie kann das sein, Effendi?
– Bleib stehen.
– Ein Irrtum.
– Dein Gesicht, es ist nicht das gewöhnlichste.
– Sie täuschen sich. Wir sehen alle gleich aus.
– Reist du nach Alexandria?
– Nein.
– Wohin?
– Ich fahre auf Hadj, mashallah.
– Auf einem britischen Schiff?
– Ich war im Land der Franken.
– Als Diener?
– Als Händler.
– Eine lange Überfahrt, nicht wahr?
– Ja, eine lange Überfahrt.
– Stürmische See heute. Bekommt euch Leuten nicht so gut, oder? Bald hast du ja wieder festen Boden unter den Füßen.
– Es macht mir nichts aus, ja, fester Boden, das ist besser, natürlich.

– Warte, du stammst aus Indien, nicht wahr?
– Nein.
– Doch, doch, wir sind uns dort begegnet.
– Nein, ich war in meinem ganzen Leben nicht in Indien.
– Dein Englisch aber, du sprichst mit dem Anklang eines Inders.
– Mein Englisch ist nicht gut.
– Wieso bist du so sehr darauf erpicht, daß wir uns noch nie gesehen haben?
– Sagen wir also, wir kennen uns, aber da wir uns nicht daran erinnern, von woher wir uns kennen, ist es doch so, als würden wir uns nicht kennen.
– Wie heißt du?
– Mirza Abdullah.
– Aus Persien, nicht wahr? Du stammst aus Persien! Mirza? Ein Shia, oder?
– Wie lautet Ihr hochgeschätzter Name?
– So eine Unverschämtheit, das wäre in Indien undenkbar ... Captain Kirkland, wenn du es unbedingt wissen mußt.
– Wenn wir über meinen Glauben sprechen, sollten wir uns wenigstens vorgestellt haben.
– Nun, Abdalla, ein vornehmes Gesicht hast du, das muß ich dir lassen, und ich vergesse nie ein vornehmes Gesicht. Wir laufen Alexandria erst morgen an. Bis dahin fällt mir bestimmt ein, wo wir uns begegnet sind.
– Inshallah, Captain Kirkland. Es wäre schön zu erfahren, was uns verbindet.

ಅಅಅಅಅಅಅಅಅಅ

Was für ein arroganter Grobian. Nicht zu fassen. In Bombay, zu seiner Zeit, da hat er kleine Brötchen gebacken. Einer aus der unscheinbaren Füllmasse am unteren Ende der Rangordnung. Eine Witzfigur in der Messe. Konnte sich die Namen seiner Untergebenen nie merken. Einer der Wichte. Der Appetit wächst mit dem Aufstieg, ebenso die Selbsteinschätzung. Wie der ihn gerade behandelt hat! Dieser aufgeblasene Versager bildet sich ein, er sei etwas Besseres. Er bräuchte einen Tritt in den Hintern, aber das kann er sich leider nicht erlauben, nicht jetzt, nicht als Mirza Abdullah. Würde zuviel Aufmerksamkeit auf ihn lenken. Er ist gefangen, gefangen in dieser Rolle, und allen Dummköpfen ausgeliefert. Das Gewand anzulegen, das war leicht, und gar nicht so schwer, sich an Anstand und Etikette zu erinnern. Nun muß er lernen, die Erniedrigungen auszuhalten. Vornehmes Gesicht? Was weiß diese kastrierte Vogelscheuche, dieser Nichtswuchs, von vornehmen Gesichtern? Erstaunlich, daß dieser Barbar aus Wiltshire ihn wiedererkannt hat. Ein halbes Dutzend Jahre haben sie sich nicht gesehen. Wie hat er hinter seine Gewänder, hinter das Walnußöl, hinter den vollen Bart geblickt? Möglich, daß ihn sein Gang verraten hat, seine Haltung. Darauf achtet einer wie Kirkland, der seine Tage auf dem Exerzierplatz verbringt. Er war sich seiner Sache allerdings nicht so sicher gewesen, wie er behauptete. Darauf ist bei diesen Spatzenhirnen Verlaß: Sie plustern sich auf, wenn sie sich ihrer Sache unsicher sind. Vor den Einheimischen selbstverständlich, nur vor den Einheimischen. Eine Warnung, diese Begegnung, ohne Zweifel, ein hilfreicher Wink des Schicksals. Sei vorsichtig, hüte dich vor Zufällen, sie bringen die allzu Selbstsicheren zu Fall.

☙☙☙☙☙☙☙☙☙☙☙

– Ich möchte einen Paß beantragen.
– Wo kommst du her?
– Aus Indien.
– Wozu brauchst du einen Paß?
– Für die Hadj.
– Name?
– Mirza Abdullah.
– Alter?
– Dreißig.
– Betätigung?
– Arzt.
– Arzt? Soso, ein Arzt aus Indien? Soll ich nicht Quacksalber hinschreiben?

– Scharlatan wäre mir lieber.
– Du wagst es, mir zu widersprechen?
– Im Gegenteil. Ich bestätige nur Ihr Urteil.
– Besondere Kennzeichen, abgesehen von Unverschämtheit?
– Keine.
– Das kostet einen Dollar.
– Einen Dollar?
– Dafür erhältst du den Schutz des mächtigen britischen Imperiums. Das wird dir doch einen Dollar wert sein.
– Das große Imperium benötigt meinen Dollar?
– Schweig, du Henne, sonst laß ich dich hinauswerfen. Unterschreibe hier, wenn du schreiben kannst. Wenn nicht, kritzele ein Zeichen deiner Dummheit aufs Papier. So. Nun mußt du noch zum Zabit, die hiesige Polizei muß den Paß gegenzeichnen, sonst gilt er nicht.

❧❧❧❧❧❧❧❧❧❧

Er wird nicht nur Arzt sein. Auch Derwisch: eine hervorragende Kombination. Als Arzt wird er das Vertrauen der Menschen gewinnen. Wenn er ihnen helfen kann, nur wenn er ihnen helfen kann. Er traut sich einiges zu. Er hat in der Heilkunst schon dilettiert. Die letzten Monate hat er intensiv studiert, Buch für Buch sein Wissen erweitert. Nun bedarf er der Übung; an Gelegenheiten dürfte es in Kairo nicht mangeln. Die einheimische Medizin, sie hat sich seit Jahrhunderten von ihrem Goldenen Zeitalter entfernt; zudem, die meisten Menschen in diesen Breiten sind durch Suggestion zu heilen, und darin ist er ein Meister. Und die Gestalt des Derwischs wird ihn schützen vor den Angriffen der Bigotten. Ihm wird eine gewisse Narrenfreiheit zugestanden werden. Unübliches Verhalten wird ihm nachgesehen werden. Ein Derwisch kann aus der Mißachtung des Gesetzes seinen eigenen wirren Segen schöpfen. Es ist gut ausgedacht: Er heißt Mirza Abdullah, er ist Derwisch, und er ist Arzt.

❧❧❧❧❧❧❧❧❧❧

Vom Zabit zum Muhafiz, wo er eine lange Weile kauerte, bis ein Amtsträger ihm die Information zuwarf, die Bestätigung sei beim Diwan Kharijiyah einzuholen. Er fand seinen Weg zu einem Gebäude von wirrer Geometrie, gewaltig groß, die Außenwände so weißgewaschen, daß ihr Anblick im grellen Sonnenlicht schmerzte. In den Korridoren krümmten sich die Harrenden. Es erwies sich als Fehler, die offenen Zimmertüren als Einladung zu verstehen. Der angesprochene Amtsträger richtete sich von seinem Pult auf, um seinen Schreien Nachdruck zu verleihen, inmitten von Aktenstapeln, die fast bis zur Decke reichten. Mirza Abdullah trat wieder hinaus. Die wenigen Bäume im Innenhof waren aller Blätter beraubt. Keine Brise schlüpfte an den Wachen am Eingangstor vorbei. Er richtete sein Anliegen an einen Offizier, der es sich in einem schattigen Plätzchen bequem gemacht hatte. Störe mich nicht, sagten die geschlossenen Augen und die ausgestreckten Beine, das feistbeglückte Gesicht. Schon bei der Anrede spürte der Fragesteller die Vergeblichkeit seines Bemühens. Keine Ahnung, grummelte der Offizier, kaum vernehmbar, mit unbewegten Lidern. Mirza Abdullah hätte es mit Bestechung versuchen können, aber das war verfrüht und nicht billig, oder mit einer Drohung, der seine armselige Kleidung jedoch keinen Nachdruck verleihen konnte. So blieb ihm nur die Möglichkeit, die jedem Bittsteller zur Verfügung stand, die Option der Machtlosen: Er konnte den Offizier beharrlich belästigen, bis dieser seiner Ruhe zuliebe etwas unternahm. Er trat einen Schritt vor und wiederholte seine Frage. Hau ab, zur lauten Antwort öffneten sich die Augen. Der Bittsteller hielt die Stellung, mit gesenktem Kopf und unbeugsamer Bescheidenheit. Er lehnte sich vor und äußerte sein Anliegen ein drittes Mal. Hau endlich ab, Hund du! Aber, flüsterte Mirza Abdullah, wie steht es mit der Brüderschaft unter Moslems … Sein Plädoyer brach ab, denn der Offizier entriß sich seinen Träumen, eine Nilpferdschwanzpeitsche in der Hand.

Mirza Abdullah suchte weiter nach Auskunft, wo immer sie verfügbar schien, bei anderen Polizisten, bei Schreibern, Stallburschen, Eseltreibern und Herumlungernden. Er fühlte sich zunehmend in einer Enzyklopädie verloren, die nur aus Querverweisen bestand. In seiner matten Verzweiflung bot er einem Soldaten Tabak an und versprach ihm ein sattes Geldstück, wenn er ihm helfe, und der Mann fand Gefallen an dem Tabak und der versprochenen Münze, er nahm ihn an der Hand und führte ihn von einem Hochgestellten zum nächsten, bis sie eine mächtige Treppe hinaufstiegen und sich in die Gegenwart von Abbas Effendi begaben, des stellvertretenden Gouverneurs, eines kleinen Mannes mit hochgezogenem Kopf und zwei kleinen Butteraugen, die auf Lauer trieben. Wer bist du? fragte Abbas Effendi, und seine Augen verloren den Appetit, als der Mann ihm als Derwisch auf Hadj vorgestellt wurde. Nach unten! spuckte er aus, eine für den Bittsteller unverständliche Angabe, doch dem Soldaten reichte dieser Bescheid, um ein Zimmer ausfindig zu machen, das sich mit seiner Angelegenheit befassen würde.

Er wartete vor der Tür, inmitten von Männern aus Bosnien, Rumelien und Albanien, allesamt barfüßig, breitschultrig, mit finsteren Augenbrauen und erzürnten Gesichtsausdrücken, Bergbauern, die lange Pistolen und Jatagans am Gurt trugen sowie einige Kleidungsstücke über der Schulter, und deren brodelnde Unzufriedenheit zum Ausbruch kam, als ein Untergeordneter verkündete, sein Herr, der Zuständige, sei an diesem Tag nicht mehr zu sprechen. Die Wartenden packten den Überbringer des Hohns am Kragen und bezichtigten ihn und seinen Herrn der Faulheit, und die Flüche, die aus ihrem Rachen knurrten, zwangen den Beamten zu elaborierten Entschuldigungen, Beschwörungsformeln eines Dompteurs, dem die Kontrolle über seine wilden Tiere entgleitet.

Am nächsten Tag erhielt Mirza Abdullah die Erlaubnis, jeden Teil Ägyptens frei bereisen zu dürfen.

ೞೞೞೞೞೞೞೞೞೞ

Es war nicht leicht, zu den Zimmern in der Karawanserei hinaufzusteigen. Das enge Treppenhaus war besetzt. Die Stufen waren so steil, daß die Träger von Wand zu Wand schwankten. Auf die Träger folgten Frauen in massiger Gruppe, die ihr Gespräch Stufe um Stufe nach unten führten, während ihre Kinder die Lücken zwischen ihnen ausfüllten und mit ihren Händen die schmutzigen Wände entlangrutschten. Als die letzte der Frauen an ihm vorbeiging, erschienen oben drei Soldaten, die sich in der Enge einen Witz teilten. Sie blieben stehen, für die Pointe, und setzten ihren Abstieg grölend fort. Mirza Abdullah schlüpfte hinter ihnen sofort in den Aufgang. Auf halbem Weg kam ihm ein übergewichtiger älterer Mann entgegen, der keine Anstalten machte, sich gegen die Wand zu drücken. Mirza Abdullah stellte sich vor und der Mann auch: Hadji Wali, Händler, Stammgast in diesem Wakalah. Dürfte ich Sie einladen zu einem Tee? Höflich nahm Mirza Abdullah an. Ich muß einige Anweisungen geben, der Händler wies zum Innenhof und lachte wohlbeherrscht. Unten waren die Werkstätten, die Läden, die Lagerräume. Und ich muß hinauf, sagte Mirza Abdullah. Sie sind der Jüngere, meinte der Händler, diese wenigen Stufen, fast keine Anstrengung für Sie. Und er lachte wieder. Seine trübseligen Augen und sein redseliger Mund hatten sich offenkundig nicht miteinander abgesprochen.

Die zwei Zimmer, die jedem Gast zur Verfügung gestellt wurden, waren nicht möbliert. Flecken von der Größe zerquetschter Mücken dekorierten die Wände. Dicke Spinnweben hingen von den schwarzen Sparren hinab, durch die Fenster schlüpfte staubige Luft, vom ursprünglichen Glas war Fraktur geblieben, an Stellen mit Papier überklebt. Mirza Abdullah lehnte sich hinaus. Immerhin besser, als sich den Innenhof teilen zu müssen mit angebundenem Vieh, heulenden Bettlern und Dienern, die sich auf gewaltigen Baumwollballen ausstreckten und versonnen kratzten. Hadji Wali durchquerte den Innenhof, er winkte ihm zu und wiederholte mit Gesten die ausgesprochene Einladung. Wenig später tauchte ein Diener auf, der ihn ins behaglich eingerichtete Außenzimmer des Händlers führte.

Diese Stadt, dieses Kairo ist eine Pestilenz – Hadji Wali hatte sich auf den Kelim gelegt, aber sein Kopf kam auf dem runden Kissen nicht zur Ruhe –, wer hat die verfluchte Eingebung gehabt, hier eine Stadt zu errichten, zwischen stinkendem Wasser und totem Gestein? Alles, was an diesem Ort kriecht und kreucht, beißt entweder oder sticht. Es ist mir zuwider, Alexandria zu verlassen, aber die Geschäfte können keinen Bogen um Kairo machen; mit Plagen zahlen wir für Wohltat und Segen. Und Sie, was hat Sie hierher verschlagen? Daß Sie nicht aus diesem Staubloch stammen, das sehe ich Ihnen an, das höre ich Ihnen an. Rauchen Sie, was zieren Sie sich so, rauchen Sie nur, mir bekommt der Rosengeschmack nicht, aber der Geruch, er vertreibt für einige Augenblicke das Hiersein. Wie ein gewöhnlicher Perser sehen Sie mir nicht aus. Ich verstehe, ich verstehe. Wahrlich, Sie sind weit gereist, dagegen erscheinen mir meine Reisen wie Besuche bei den Nachbarn. Sie begehen einen Fehler, das muß ich Ihnen sagen, ich kenne meine Landsleute, wenn sie schwach sind im Glauben, richten sie sich auf, indem sie über die irregeleiteten Perser herziehen, mit Beschimpfungen, aber manchmal auch mit Hieben. Ich versichere Ihnen, Sie werden ein Dreifaches von dem zahlen, was die anderen Pilger zahlen, und Sie werden sich glücklich schätzen, wenn Sie während der Hadj nicht wenigstens einmal verprügelt werden. Trinken Sie noch einen, trinken Sie. Legen Sie den Titel Mirza ab, Sie müssen sich nicht in Ihrer ganzen Wahrhaftigkeit vorstellen, als Sheikh werden Sie um einiges sicherer unterwegs sein. Da Sie bewandert sind in den Geheimnissen der Medizin, sollten Sie Ihre Kenntnisse anwenden, auch wenn es bei uns wimmelt von Ärzten, aber wer mit Erfolg wirkt, der wird schnell bekannt und erfährt einen Respekt, der nützlich sein kann. Ich merke, Sie wählen Ihren eigenen Weg durchs Leben, das weiß ich zu schätzen, nur ergibt sich die Gelegenheit selten, anderen seinen Weg zu erklären. Die Dummköpfe, die werfen alles in einen Topf, und dann zerschlagen sie ihn, weil er die falsche Form hat. Sheikh Abdullah, Sie werden mein Freund sein, aber hüten Sie sich vor Offenheit und Ehrlichkeit. Verbergen Sie stets, wie wir zu sagen pflegen, Ihre Ansichten, Ihre Absichten und ihre Aussichten.

෴෴෴෴෴

An den Gouverneur des Hijaz
Abdullah Pascha
Djidda

Unseren Informationen nach hat der Ungläubige, der die Hadj unternommen und einen Bericht darüber verfaßt hat, schon in Hindustan als Spion gedient. Wir können nur folgern, daß die Royal

Geographical Society als Camouflage dient für das Auskundschaften jener Regionen, die noch nicht der britischen Königin untertan sind. Für uns steht nicht die Schändung der heiligen Stätten im Vordergrund, sondern die Sorge um die geheimen Absichten des britischen Imperiums. Der als Safarnamah verkleidete Bericht, ein Steinbruch genauer Beobachtung und Berechnung, ist erstaunlich kenntnisreich – unsere Ulema haben die Gelehrsamkeit des Autors bestätigt, doch Wissen ist nicht Glauben, fügen sie hinzu. Wir müssen annehmen, daß der Autor den gemeinen Lesern nicht alles anvertraut. Wir vermuten, daß Leutnant Richard Francis Burton unsere Position im Hijaz ausspioniert hat, die Stärke unserer Truppen sowie die Beschaffenheit unserer Verteidigungsanlagen. Wir vermuten weiter, daß er die Einstellung der Beduinen zu unserer Herrschaft und ihre Bereitschaft, die Waffen gegen uns zu erheben, erforscht hat. Wir senden anbei alle relevanten Dokumente: eine Liste der Personen, die mit ihm gereist sind, Kopien der wichtigsten Textstellen samt seiner gelegentlich sehr aufschlußreichen Kommentare, Fußnoten und dergleichen mehr. Prüft mit Sorgfalt, ob dieser Mann alleine unterwegs war, ob er gegebenenfalls Helfer und Helfershelfer hatte, ob er in irgendeiner Weise aufgefallen ist und ob sein Verhalten uns irgendeinen Aufschluß über seine Absichten geben kann. Anhand der Zeugnisse über seine Handlungen während der Hadj werden wir begreifen, wie sein Auftrag lautete und in welche Richtung die politischen Überlegungen seiner Auftraggeber zielen. Der Sultan vermutet, dies könnte auf einen gewaltigen unterirdischen Fluß hinweisen, der die Fundamente unserer Macht im Hijaz zu unterspülen droht. Bedenkt, daß Abdulmecids Scharfsinn schon oft die engen Grenzen unseres Verstandes beschämt hat, und werdet tätig, mit Gottes Hilfe.

gez. Großwesir Reshid Pascha

ೲೲೲೲೲೲೲ

Die Sonne muß untergehen und der Mond schrumpfen, bis Kairo sich öffnet, wie eine Muschel, und seine Schönheit in Silhouetten offenbart. Sommerliche Sterne, auf die unsichtbare Bedürftigkeit gestreut, sprechen von einer besseren Schöpfung. Streifen von Indigo trennen die Stirne der Häuser. Mit jedem seiner Schritte taucht er in Blei ein. Ist es das, was ihn immer wieder in die Fremdheit zieht – die vorübergehende Blindheit? In England, sanft, grün und manierlich, lag alles aufgeschlagen da. Wie kann ein Land so geheimnislos sein? Schwere Balkons mit hölzernem Gitterwerk verzahnen sich in der Flucht; jeder Weg gaukelt eine Sackgasse vor. Was er sonst noch erkennen kann, entschlüpft mit Hilfe schwacher Öllampen der festen Umarmung der Nacht. Durchgänge, Aufgänge, goldene Lichtspenden fließen über die Treppen hinab. Keine Linie ist gerade; in diesen Breiten wird der Bogen bevorzugt, angebetet sogar. Die Rundung, daran läßt sich nicht rütteln, stärkt den Glauben mehr als der rechte Winkel. Zumal wenn sie fein beschrieben ist mit heiligen Worten. Gebäude nagen an der Gasse, vorspringende Pfeiler stellen sich plötzlich auf wie unscheinbare Wachen. Zuerst sieht er nur das Minarett über dem Dachgesims und dann, auf einmal, die leuchtende Einladung der Gewölbe. Es ist Zeit für ein weiteres Gebet. Er hört auf den eigenen Atem, während er seine Hände in das Becken taucht und jeden Finger einzeln wäscht. Das Plätschern ist einlullend. Seine nassen Füße trocknen mit jedem Schritt auf den Teppichen. Er findet Platz neben einem Pfeiler. Jedes Wort wäre sinnlos ohne Absichtserklärung, der Kompaßnadel, die dem Gebet vorangeht. Die nahe Kerze wirft einen Schein auf seine übereinandergelegten Hände. Hinter seinen halbgeschlossenen Augen ist alle Unruhe verflogen. Die letzten Gedanken lösen sich auf, wie die Tropfen an seinen Augenbrauen, an seinem Bart. Er überläßt sich dem Rhythmus der Bewegungen. Alles ist vergessen außer den Regularien des Gebets. Reine Selbstverständlichkeit. Nachher, als er aus der Moschee tritt, fühlt er sich mit allem versöhnt. Einige Palmen legen ihre Köpfe in den Wind, die Nacht ist in jedem Ausschnitt wundersam, den eigenen und den fremden Geistern verdankt, und er, der einsame Wanderer, kann sich das schmutzige, hastige, grelle und bedrückende Leben des hellichten Tages nicht vorstellen.

Sheikh Mohammed Ali Attar wurde ihm als Lehrer empfohlen, und tatsächlich, als dieser alte Mann eintrat, stand ein Vortrag auf seiner gerunzelten Stirn geschrieben. Aywa, aywa, aywa, murmelte er, bevor er mit seiner Unterweisung begann, einem Sachverhalt voller juristischer Vernietung und Vernagelung. Sheikh Abdullah ließ den Lehrer reden, bis dieser ausgelaugt war, aber keineswegs ans Ende gelangt. Dann erst ergriff er das Wort, um zu beschreiben was er sich selber an geistiger Nahrung verordnet hatte, und er bat den gelehrten Sheikh Mohammed Ali Attar, ihm diese zu liefern und keine andere. Sheikh Mohammed erfüllte seinen Wunsch auf Umwegen; bald mischte er sich ein, mit Rat und mit Tadel über das Verhalten seines Schülers, in allen Bereichen des Lebens. Aywa, aywa, aywa, was bedeutet also Hadj? Ein Streben! Wonach? Nach der besseren Welt. Was sind wir auf Erden, wenn nicht Reisende mit einem höheren Ziel. Was ist schon die Mühsal jetzt im Vergleich zur ewigen Belohnung. Wer also gesund ist, versorgt für die Dauer der Reise, und wohlhabend genug, überall Wasser kaufen und die Fahrtstrecke zahlen zu können ... was schreibst du denn ständig auf, mein Guter, was für eine schlechte Angewohnheit ist das? Gewiß hast du sie aufgegriffen im Land der Farandjah. Bereue, bevor es zu spät ist. Bereue. Aywa, aywa, aywa, im Ihram darfst du dein Haar nicht schneiden und nicht zupfen, selbst nicht, um es zu kürzen, weder am Kopf noch unter den Armen, am Geschlecht, am Bart oder an irgendeinem anderen Teil des Körpers, und solltest du dich einer Verfehlung schuldig machen, so mußt du zum Ausgleich 0,5 1 Liter Nahrung den Armen zu Mekka spenden, das gilt für ein Haar, für zwei Haare das Doppelte, ich muß dir sagen, vergeude nicht dein kostbares Wissen, mein Sohn, du hast dich selbst und deine zwei Diener zu ernähren. Die Ärzte Ägyptens, sie würden nicht einmal Alif und Baa schreiben ohne eine Entlohnung. Schämst du dich deiner Leistungen, daß du keinen Lohn verlangst? Was suchst du dir und uns zu beweisen? Besser wäre es, du würdest dich auf einen Berg zurückziehen und Tag und Nacht deine Gebete sprechen. Aywa, aywa, aywa, merke dir, du mußt in Safa beginnen und nach Marwa gehen, und diese Strecke mußt du siebenmal wiederholen, die gesamte Strecke, keinen Schritt weniger, und solltest du dir nicht mehr sicher sein, wie oft du die Strecke gegangen bist, so gehe von der niedrigeren Zahl aus und rezitiere den Glorreichen Koran, und wenn du die grüne Markierung in der Mitte erreichst, so nimm deine Füße in die Hand und laufe die wenigen Schritte bis zur zweiten grünen Markierung, ich kann es nicht verstehen, mein Lieber, dein Diener hat zwei Pfund Fleisch aufgeschrieben und du läßt ihn gewähren, du hast ihn nicht zur Rede gestellt. Wohin soll das führen? Sagst du niemals: Gott hüte uns vor der Sünde der Verschwendung! Aywa, aywa, aywa, sieben Steine hast du bereitzuhalten, für die erste Säule, jene, die der Al-Khayf-Moschee am nächsten ist, und du wirfst die Steine einen nach dem anderen, du zielst so gut du kannst auf die Säule, und wenn du nicht triffst, so mußt du noch einmal werfen, und wenn du fertig bist, gehst du weiter zur nächsten Säule. Hast du eine Frau? Nein? Wahrlich, dann mußt du dir eine Sklavin kaufen, mein Junge! Dein Verhalten ist nicht Rechtens, und die Männer werden von dir sagen – Reue, ich nehme Zuflucht in Gott –, in Wahrheit wässert sein Mund nach den Weibern anderer Moslems.

So lehrte Sheikh Mohammed seinen Schüler Sheikh Abdullah, in dem vorderen Zimmer einer Unterkunft in einem Wakalah in Kairo, aber er war bereit, wie er am Ende ihrer Treffen laut und wiederholt verkündete, ihn überallhin zu begleiten, bis zur dunklen Seite des Berges Kaf.

৩৩৩৩৩৩৩৩৩৩

Es ist eine Frage der Geduld, seiner Zunge Zeit zu geben, sich zu akklimatisieren, sich zu dehnen und zu strecken nach den gaumennahen, den kehlig asthmatischen Lauten. Seinen Oberkörper zu wiegen bei den Hebungen und Senkungen eines flüssigen Rezitierens. Der rechten Hand zu überlassen, was Rechtens und rein ist. Im Sitzen und in drei dankbaren Schlucken zu trinken. Seinen Bart in Verwunderung und Überlegung einzubeziehen. Jede Hoffnung, jeden Gedanken an die Zukunft in ein Inshallah zu kleiden. Sich daran zu gewöhnen, daß er nun, nach reiflicher Überlegung, ein Pathan ist, in Britisch-Indien geboren und aufgewachsen, und daher im Hindustani eher beheimatet als in den Dialekten seiner afghanischen Vorfahren. Er hat sich gewöhnt daran, es ist ihm geläufig geworden, selbstverständlich. Wie weit ist er gekommen seit damals, als er, der junge Student, auf eigene Faust die arabische Schrift zu entschlüsseln versuchte und einem Spanier stolz vorführte, wie fließend er schon schreiben konnte. Doch anstelle von Lob erntete er nur Hohn, der Señor mit einem jener drapierten iberischen Namen belehrte ihn, daß er rechts beginnen müsse. Es gab keinen Arabisch-Unterricht in Oxford, keine Alternative zum Latein, falsch ausgesprochen von den Greisen, die sich nichts sagen ließen.

Viel schwieriger ist es, den Erwartungen an einen Derwisch zu genügen. Salbungsvolles Gerede ist von geringem Nutzen. Ebenso unangemessen wirkt überlegtes und zurückhaltendes Benehmen. Roh und ungezogen muß er sich geben, der Zivilisation kein Untertan, die kleineren menschlichen Sorgen verachtend, der rationalen Ordnung enthoben. Nähe zu Gott kann nicht mit den Gewichten gemessen werden, die im Basar Verwendung finden. Das Zikr singt er nach dem Morgengebet, bis seine Hingabe aufkocht und seine Rufe sich den schläfrigen Ohren seiner Nachbarn einprägen. Wer seinen Weg kreuzt, dem wirft er einen finsteren Blick voller verschlüsselter Drohungen zu. Er läßt keine Gelegenheit aus, Willige zu hypnotisieren – und wenn sie willenlos waren, fordert er sie zu Handlungen auf, die sie entlarven als lächerliche Kreaturen. Schmerzhaft sind die Lektionen eines Derwisch für Kleingeister und Krämer. Er wartet nicht lange, bevor er die Hypnotisierten zurückholt und sie auffordert, den Versammelten ihr Wohlbefinden zu bestätigen. Die Magie muß in der Heilung ihren Ausgleich finden.

※※※※※※※※※※

Erstaunlich, wie schnell er es in Kairo zum begehrten Arzt gebracht hatte. Bald nach seiner Ankunft hatte er sich zu einem der Träger im Hinterhof der Karawanserei gesetzt und in dessen trübes Auge etwas Silbernitrat getröpfelt und ihm zugeflüstert, daß er – Sheikh Abdullah – niemals Geld nehme von jenen, die es sich nicht leisten könnten. Du verstehst, einem Derwisch gebührt fettere

Beute. Am nächsten Tag klopfte der Träger an seiner Tür und bedankte sich – dem Auge ginge es viel besser –, und hinter ihm stand ein Freund, der ein anderes Leiden mitbrachte. Sheikh Abdullah verabreichte einige Pillen, der Zustand des Kranken verbesserte sich, ebenso der Ruf des neuen Medikus. Die Tür zu seinem vorderen Zimmer – ins innere Zimmer ließ er niemanden hinein – wurde belagert von Armseligen, die den Arzt auch nach ihrer Heilung aufsuchten, um ihm nun die Mittel abzuverlangen, jenes Leben zu erhalten, das er bewahrt hatte. Worüber er in Wut geriet, in schreckliche Wut, und die Fordernden sich rasch verabschiedeten, bevor dem Derwisch einfiel, daß er Schaden nicht nur abwenden, sondern auch heraufbeschwören konnte.

Nachdem das Volk ihn berühmt gemacht hatte, meldeten sich Patienten aus besseren Verhältnissen an, die ersten, die sich aufrafften, selber den Wahrheitsgehalt der Gerüchte zu überprüfen. Er wurde in ein Patrizierhaus gerufen, und fast hätte er einen gravierenden Fauxpas begangen, wäre ihm nicht im Hinterhof Hadji Wali begegnet, der sich wunderte, wohin der Arzt zu Fuß aufbrach. Der Händler beschwor ihn, er schulde es seiner Position, nach einem Diener mit Maulesel zu verlangen, der ihn abzuholen und zu geleiten habe, selbst wenn das Haus des Kranken sich um die Ecke befinden sollte. Einer meiner Leute kann die Botschaft überbringen, bot Hadji Wali an, und rief sogleich einen der Herumlungernden zu sich.

Auf dem Weg zum Patrizierhaus war es nützlich, so lernte er mit der Zeit, die Diener der Reichen auszuhorchen, die einem strengen Derwisch die Antworten nicht verweigern konnten. Kenntnis der Familienverhältnisse, der Befindlichkeiten, war die halbe Heilung. Er gab ein demutsvolles Entree, er verbeugte sich vor allen Anwesenden und führte die rechte Hand an seine Lippen und seine Stirn. Wenn sie ihn fragten, was er zu trinken wünsche, so verlangte er etwas, das mit Sicherheit nicht vorrätig war, um sich schließlich mit einem Kaffee und einer Wasserpfeife zu bescheiden. Er prüfte zuerst den Puls seines Patienten, betrachtete dann die Zunge und blickte ihm schließlich in die Pupillen. Er befragte ihn ausgiebig und führte dann seine Gelehrsamkeit vor. Seine Ausführungen waren mal griechisch, mal persisch furniert, oder zumindest, wenn sein Wissen nicht ausreichte, mit griechischen und persischen Suffixen angereichert. Der Patient redete ohne Amen von seinen Beschwerden – die Diagnose erkannte auf eine vorübergehende Schwächung einer der vier Verfassungen, worauf der Arzt aus Indien etwas Handfestes verschrieb, etwas Deftiges: ein Dutzend gewaltiger Brotpillen, getunkt in Aloesaft oder Zimtwasser, gegen die Dyspepsie des Wohlhabenden, und er versäumte es nie ›im Namen Gottes‹ eine schmerzhafte Therapie hinzuzufügen ›des Allbarmherzigen‹ die Haut regelmäßig zu reiben etwa ›des Erbarmers‹ mit einer Pferdehaarbürste. Die Behandlung gipfelte in dem unvermeidlichen Feilschen um das Entgelt. Der Arzt verlangte fünf Piaster, der Patient beschwerte sich, der Arzt gab sich unbeugsam, bis der Patient, über die maßlose Gier der Inder schimpfend, einige Münzen auf den Boden warf, sich weiter empörte, gar seine Heilung in Zweifel zog, und zu dem Schluß gelangte: Die Welt ist ein Kadaver, und jene, die nach ihr verlangen, sind Aasgeier. Der Derwisch konnte sich solch ein ungebührendes Verhalten nicht gefallen lassen: Er drohte, künftige Erkrankungen nicht zu behandeln, dies Haus auf ewig zu meiden und den anderen Meistern der Heilkunst nicht zu verschweigen, welch seelische Kränkung er hier erlitten habe.

Schließlich und letztlich hatte er ein Rezept zu hinterlassen, weswegen er um Feder, Tinte und Papier bat, und dann schrieb er, in einer Schrift, die ihre eigene Verschnörkelung kaum im Zaum halten konnte ... im Namen Gottes ... Lob an den Herrn aller Welten, den Heiler, den Gesunder ... und Friede sei mit seiner Familie und seinen Begleitern ... danach möge er aber Honig und Zimt und Album Graecum zu gleichen, halben Einheiten vermengen, und ein ganzes Teil von Ingwer, das zu mahlen ist mit der Honigmischung, und daraus sind Kügelchen zu drehen in Fingernagelgröße, und täglich eines von ihnen auf die Zunge zu legen, bis es mit dem Speichel zerrinnt. Wahrlich, die Wirkung wird wundersam sein ... und er möge Abstand halten von Fleisch und Fisch, von Gemüse und Süßspeisen und von aller Nahrung, die Blähungen oder Säure verursacht ... so wird er gesunden durch die Hilfe des Herrschers und Heilers.

Und der Friede – Wassalaam!

War das Rezept mit dem Ringsiegel des Arztes versiegelt, am Anfang sowie am Ende des Textes, so hatte sein Besuch ein erfolgreiches Ende gefunden, und der Abschied verlief in beiderseitig ausgesprochener Hochachtung.

༄༅༄༅༄༅༄༅༄༅

An den Sharif von Makkah,
Abd al-Muttalib bin Ghalib,
und an den Obersten Kadi,
Sheikh Jamal

In Kenntnis setzen möchte ich meine verehrten Brüder im Islam von unserer Untersuchung betreffs des britischen Offiziers Richard Francis Burton, der vor zwei Jahren die Hadj unternommen hat, mit der Absicht, wie wir vermuten, das Hidjaz und die heiligen Stätten auszukundschaften. Anhand seiner detaillierten Beschreibungen ist es uns gelungen, einige der Männer ausfindig zu machen, die mit ihm gereist sind und viele Tage und Monate an seiner Seite verbracht haben, die ihn sogar in al-Madinah und al-Makkah, Gott möge sie erhöhen, in ihren Häusern empfangen und bewirtet haben. Wir beabsichtigen, diese Männer zu verhören, um Aufschluß über diesen Frevler zu erhalten. Wir können es uns nicht anders vorstellen, als daß Sie bei diesen Verhören anwesend sein möchten, und wir würden Ihre Weisheit als einen willkommenen Berater erachten.

gez. Abdullah Pascha,
Gouverneur von Djidda und dem Hidjaz

༄༅༄༅༄༅༄༅༄༅

In der Medizin erfuhr er beachtliche Bestätigung. Er arbeitete sich hoch, von Verstopfung zu Gallensteinen, er öffnete seinen ersten Abszeß, er erzielte Erfolge bei Schlafstörungen und Kreuzschmerzen. Dieser Sheikh Abdullah, hieß es bald, ist ein Spurenleser der Gebrechen, er vermag Krankheiten zu ertasten. Mittlerweile waren es überwiegend Patriarchen, die ihn riefen, Männer mit fester Stimme und Fettsucht, denen Gicht und Mißmut zu schaffen machten. Herrschaften, die ihn wie einen König empfingen und wie einen Fälscher bezahlten. Väter, die das Leben ihrer Kinder in seine Hände legten.

Eines Tages rief einer von ihnen den Arzt zu sich, um mit vielen pietätvollen Wendungen auszuloten, ob er auch bereit sei, die Frau des Hauses zu behandeln. Und der Arzt, der sich seit längerem ausgemalt hatte, wie es wäre, Zugang zum Harem zu erhalten, dem letzten ihm verschlossenen Bereich, verbarg seine Freude hinter dem feierlich vorgetragenen Gebot, es sei seine Pflicht, jedem Menschen beizustehen, ungeachtet seiner Herkunft, seines Einkommens, seines Geschlechts. Worauf der Patriarch von den Beschwerden seiner Frau berichtete, von Schmerz und Brechreiz, Symptome, die fast jeder Krankheit geschuldet sein konnten. Nur meine Untersuchung, erwiderte der Arzt, kann Aufschluß geben über die Natur der Erkrankung. Schon einmal, bald nach seiner Ankunft in Kairo, hatte er Frauen behandelt, Sklavinnen aus Abessinien. Der Eigentümer, der gegenüber der Karawanserei lebte, hatte den Arzt um Hilfe in einer Angelegenheit gebeten, die ihn zur Verzweiflung treibe. Sheikh Abdullah hatte eine tödliche Krankheit und das eigene Versagen befürchtet. Die Sklavinnen waren in einem elenden Zimmer zusammengepfercht. Sie blickten ihn offen an, sie kicherten. Der Sklavenhändler deutete auf eine der jungen Frauen. Sie ist schön, hatte er gesagt, sie ist mindestens fünfzig Dollar wert. Ihr Gebrechen allerdings drückt den Preis. Der Fehler ist mir beim Kauf nicht aufgefallen. Nicht, daß ich ihn hätte bemerken können. Auch der Arzt konnte nichts Ungewöhnliches an der Frau erkennen, abgesehen von ihrem gewaltigen Gesäß, aber das gehörte wohl zu den Merkmalen, die ihren hohen Wert bestimmten. Vielleicht könnten Sie mir erklären, worin ihr Gebrechen besteht, hatte er gefragt. Selbstverständlich, schließlich können Sie es tagsüber gar nicht feststellen. Das Grinsen des Sklavenhändlers war ungenießbar. Sie schnarcht! Wie ein Nashorn. Sheikh Abdullah lachte auf, aus Erleichterung. Ein Nashorn? Ungewöhnlich, nicht wahr? Die anderen amüsieren sich darüber, sie sind jung, sie können trotzdem schlafen. Diese kleine Schwäche, sie stellt für mich keinerlei Herausforderung dar. Ich bin berühmt in meinem Land, einer meiner Namen lautet *Ghargharesha*, und Sie werden staunen, was das bedeutet: der Eroberer des Schnarchens. Die Erleichterung setzte auch beim Sklavenhändler ein. Eine Hypnose später war die junge Frau geheilt, zumindest behauptete es der Arzt. Der Sklavenhändler versprach zu zahlen, nachdem er die nächste Nacht abgewartet hatte. Einer seiner leichtesten Erfolge.

Ein Diener des Patriarchen sprach ihn an, er möge ihm bitte folgen. Der Arzt ging seinen Erwartungen entgegen: langes lockiges tuscheschwarzes Haar, samtige Haut, schlanke Arme, die Fortsetzung des Augenlächelns, das ihn in den Gassen ansprach, mit anderen Reizen. Er kannte das Alter der Patientin nicht, vielleicht war seine Erregung verfrüht. Dem Diener hinterher, einige Treppen hinauf, an einem Balustergeländer entlang, zu einer Tür. Der Diener blieb stehen, drehte sich zum Arzt um und fragte ihn, welches seiner Augen stärker sei. Der Arzt, unvorbereitet, wußte keinem seiner Augen den Vorzug zu geben. Der Diener trat hinter seinen Rükken, zog eine schwarze Binde über das linke Auge des Arztes und schnürte sie an seinem Hinterkopf fest. Er vergewisserte sich, daß die Binde richtig saß, erst dann öffnete er die Tür, vor der sie standen. Wenn Frauen nur halb soviel wert sind wie Männer, kam dem Arzt in den Sinn, dann ist es nur billig, daß Männer sie nur halb zu Angesicht bekommen. Zunächst glaubte er, sie seien alleine, doch dann vernahm er ein Tuscheln. Er vermutete, daß einige Frauen hinter dem Paravent standen, der das Zimmer teilte. Vor ihm war ein niedriges Bett, daneben einige breite, dicke Kissen. Nehmen Sie Platz, Sheikh, bat der Diener. Der Arzt nahm die würdevollste Sitzhaltung ein, zu der er fähig war. Er spürte, wie sich jemand von hinten näherte. Leicht, fast unmerklich wandte er seinen Kopf nach rechts, und aus dem Augenwinkel traten drei Frauen in sein Sichtfeld, drei Paar Pantoffeln, drei Überwürfe. Zwei der Frauen schienen die dritte zu stützen. Sheikh, hörte er den Diener zu seiner Linken sagen, wenn Sie nun bitte dies hier benutzen würden. Der Arzt blickte auf den Gegenstand, der ihm in die Hand gelegt wurde. Es war ein Kaleidoskop. Setzen Sie es an Ihr Auge, sagte der Diener. Rufen Sie laut, wenn Sie mich brauchen; ich stehe vor der Tür. Der

Arzt drückte den Zylinder an sein rechtes Auge. Farben zerbrachen, Bruchstücke, zusammengewürfelt, auseinandergeschleudert. Er riß das Kaleidoskop weg – Wie soll das denn gehen! –, die Stimme des Dieners ermahnte ihn: Entfernen Sie es nicht! Geduld, Sie werden schon genug zu sehen bekommen. Erneut stülpte er sich das zerfließende Mosaik über das Auge. Er hörte Stoff rascheln, er spürte den Mißmut, den eine chronische Krankheit verursacht. Jemand berührte das Kaleidoskop. Die Farben sprangen heraus, er sah eine kleine Hand, einen Wandteppich, eine Nase, die sich in ein Gesicht zurückzog, das unverhüllte Gesicht eines Mädchens, dessen Blick belustigt und neugierig auf den halb blinden, halb binokulierten Arzt ruhte. Er lächelte und richtete das Gerät auf die Lippen des Mädchens, die sich bewegten. Ich bin gar nicht krank, sagte das Mädchen, aber meine Mutter. Das Sichtrohr in seiner Hand wanderte weiter, zu der Frau, die auf dem Bett lag. Alles an ihr war verborgen, außer ihr Schmerz. Wie soll ich sie untersuchen? Der Arzt lachte grimmig. Ich hätte zum Zwecke der Diagnose genausogut zu Hause bleiben können. Wir können es wie bei den anderen Ärzten machen, sagte das Mädchen. Sie sagen mir, was Sie brauchen, und ich helfe Ihnen. Wenn wir mit dem Puls beginnen könnten, sagte der Arzt, das wäre ein guter Anfang. Der Arm der Kranken wurde ihm gereicht. Auf das Handgelenk folgten die Augen, der Rachen. Mit der Linken hielt er das Kaleidoskop, mit der Rechten tastete er die Schmerzlinien ab, die sich über den Rücken der Frau zogen, über die Nieren und die Leber bis zum gekröselten Bauch, wo seine Untersuchung endete. Einmal mußte er das Okular zur Seite legen, um eine Schwellung mit beiden Händen abzutasten. Er wurde von den Frauen nicht abgemahnt.

Die Untersuchung bereitete ihm wenig Freude. Die Frau gab von Zeit zu Zeit gnatzige Laute von sich, auf die ihre Tochter mit gurrenden Beschwichtigungen reagierte. Nichts an ihrem Leiden weckte sein Mitgefühl. Der Arzt wollte die Enttäuschung so rasch wie möglich hinter sich bringen, zumal er sich nicht sicher war, wie er der Patientin Erleichterung verschaffen, geschweige denn sie heilen konnte. Er begann über eine Diät zu referieren, und er erklärte, er werde ein Rezept schreiben und dem Hausherr übergeben. Er wollte sich verabschieden, als die dritte Frau, die sich bislang in Schweigen gehüllt hatte, ihn bat, er möge noch ein wenig länger bleiben, da er schon im Haus sei, sie habe auch eine Beschwerde, eine kleinere. Zuerst aber müßten sie ihre Mutter in ihr Bett zurückbringen. Der Arzt erklärte sich einverstanden. Er blieb sitzen und kostete den Nachgeschmack der Stimme aus, die zuletzt gesprochen hatte. Die dritte Frau war älter als ihre Schwester, erwachsen, schlank, würdevoll, eine selbstbewußte Frau. Die zwei jüngeren Frauen kehrten zurück. Ich bin verheiratet, sagte die Ältere. Bitte setzen Sie das Teil wieder auf, sagte die Jüngere. Mein Mann erwartet von mir Kinder – jedes Wort schien sie viel Überwindung zu kosten –, und Geduld gehörte nicht zu seinen Stärken. Sie zog ihren Schleier weg und entledigte sich ihres Überwurfes. Alles liegt in Gottes Hand, murmelte der Arzt. Gewiß, Sheikh, sagte sie, aber vielleicht ist etwas an mir nicht in Ordnung, etwas, das in Ihrer Hand liegt? Sie trug dunkles Rot. Wenn ein so berühmter Arzt wie Sie mir versichern könnte, daß ich gebären kann. Der Arzt konnte sein Kaleidoskop nicht von ihrem Gesicht abwenden. Gewiß, murmelte er und verlor sich in ihren Zügen, die von Trauer geprägt waren. Wenn ich in Ihre Augen sehen dürfte? Er näherte sich ihrem Gesicht, bis auf die halbe Elle, die das Okular maß. Ihre tiefdunklen Augen waren zwei Fische, die durch einen unergründlichen Geist schwammen. Weit oben auf ihrer Wange, unter dem rechten Auge, war ein Muttermal, als hätte sie vergessen, eine schwarze Trane wegzuwischen. Aus der Nähe wirkte es überflüssig, doch in ihrem Gesicht war es ein Bestandteil ihrer Vollkommenheit. Sie legte sich hin. Beginnen Sie, Sheikh. Er zögerte. Wie sollte er die Gebärfähigkeit einer Frau prüfen? Er maß zuerst den Puls, um Zeit zu gewinnen, aber die Zeit lieferte nur Bedenken. Er konnte ihr kein Kind versprechen. Einige harmlose Fragen nach Appetit und Verdauung bescherten ihm weiteren Aufschub. Die Schuldzuweisungen einer fremden Ehe gingen ihn nichts an, nicht einmal als Arzt. Wie sollte er eine Zusicherung von solcher Tragweite abgeben? Sie sind gehemmt, Sheikh, unterbrach sie seine Gedanken, in greifbarer Ferne. Sie müssen mich richtig untersuchen, es geht um mehr als nur um mein Leben. Ich weiß, Ihnen ist unwohl dabei, aber ich bitte Sie, überwinden Sie sich, untersuchen Sie mich. Ihre Schwester kniete sich neben ihr nieder und begann sie auszuziehen. Und wenn es Sie zu sehr behindert, legen Sie das Gerät ab. In Notfällen dürfen wir die Regeln mißachten, nicht wahr? Und sie sah ihn mit einem Blick an, in dem er gerne stundenlang gelesen hätte. Er sah ihren Bauch, hell und leicht gerundet. Die Schwester ergriff seine Hand und legte sie auf den Nabel. Er sah seine Hand durch das Okular, als würde sie zu einem anatomischen Stilleben gehören. Er traute sich nicht, sie zu bewegen. Die Haut war kühl und samten. Wie erwartet. Mit Erschrecken nahm er seine Erregung wahr. Ob etwas unter seiner Gellabiya zu erkennen war? Er konnte nicht mit dem Kaleidoskop in der Hand an sich selbst hinabblicken. Die Peinlichkeit. Sie würde sich noch weiter ausziehen, und er, er würde auf ihr Leid nur mit triebhafter Lust reagieren können. Er mußte verschwinden. Er zog seine Hand zurück. Verzeihen Sie mir, ich muß gehen. Beide Schwestern blickten ihn erstaunt an. Er stand schon, ließ das Kaleidoskop fallen, blickte zur Tür. Es hat nichts mit Ihnen zu tun, verzeihen Sie mir. Schon war er an der Tür. Ich habe keine Entschuldigung. Warten Sie, rief die ältere Schwester. Wenn es so nicht geht, Sie können auch die Augenbinde abnehmen. Der Arzt riß die Tür auf und eilte hinaus. Er entfernte sich mit dem Geschmack der eigenen Unzulänglichkeit auf der Zunge.

෴෴෴෴෴෴

Im Monat von Muharram des Jahres 1273
Möge Gott uns seine Gunst und Gnade erfahren lassen

SHARIF: Wir danken dem Gouverneur für seine Einladung. Wahrlich, diese Angelegenheit, wir können es nicht anders ausdrücken, als daß sie von einer Bedeutung ist, die unser Augenmerk, unser aller Augenmerk in allerhöchstem Maße erfordern dürfte.
GOUVERNEUR: Bevor wir uns mit ihr befassen, vielleicht sollten wir zuerst, solange wir noch bei wachem Verstand sind, die Abrechnung der Naib al-Haram vornehmen.
KADI: Selbstverständlich, selbstverständlich. Das Geläufige vor dem

Ungewissen. Heute morgen haben der Sharif und ich alle Rechnungen der Wächter der Kaaba überprüft. Die Einnahmen sind gestiegen, Gott sei gedankt, um zwölf von hundert.

SHARIF: In diesem Schriftstück hier ist die Zahl der Beutel, die wir in diesem Jahr nach Istanbul schicken werden, vermerkt, und wir überreichen Ihnen wie üblich alle betreffenden Dokumente, nicht nur die abschließende Bilanz, auch die Aufschlüsselung aller Einnahmen, aller festen Kosten, aller unerwarteten Ausgaben, Renovierungen und alles weitere, was mir im Augenblick nicht einfällt, wie gewünscht, damit nicht der Verdacht einer Unregelmäßigkeit auf uns fällt, die offene Abrechnung, so wie Sie es eingeführt haben.

GOUVERNEUR: Hervorragend. Auf die Eunuchen scheint Verlaß zu sein. Erfreulich, unsere Zusammenarbeit in diesem Bereich, wirklich erfreulich.

KADI: Erfreulich für Sie, schließlich zahlen wir. Sie haben Anlaß zur Zufriedenheit, und uns bleibt die Pflicht zur Freude.

SHARIF: Der Kadi meint ...

GOUVERNEUR: Ich verstehe wohl, was der geschätzte Kadi meint. Er übersieht, wie teuer uns die heiligen Stätten zu stehen kommen. Ihr Schutz kostet uns jährlich soviel wie ein Feldzug, und in diesem Jahr, da wir einen kostspieligen Krieg zu führen haben, ist die Finanzlage des Kalifats auf das äußerste angespannt.

SHARIF: Wundervolle Erfolge, das muß ich sagen, auf dem Schlachtfeld, unsere Gebete sind erhört worden, wir haben die Ungläubigen in die Schranken gewiesen.

KADI: Vortrefflich. Allerdings ist mir zu Ohren gekommen, die Siege gegen Moskau seien vor allem den britischen und französischen Armeen zu verdanken.

SHARIF: Und Gott dem Allmächtigen ...

KADI: Sei gedankt.

SHARIF: Um so mehr Grund, den Frieden zu schätzen, der bei uns herrscht.

GOUVERNEUR: Der Kadi ist zu jung, um sich an die grimmigen Zeiten zu erinnern, als wir nicht den gleichen Schutz gewähren konnten wie heute. Als vierzigtausend Wilde Mekka, Gott möge sie erhöhen, überfallen haben. Sharif Ghalib, Sohn von Sharif Masad, hatte die Wahhabi unterschätzt. Sie haben geraubt, gemordet, sie haben heilige Orte zerstört, weil sie angeblich den Irrglauben förderten. Was lernen wir daraus? Wir dürfen nie wieder so schwach sein wie damals. Unsere Truppen mußten sich in der Festung verschanzen, sie waren bereit, sich zu wehren, aber nicht in der Lage, die Stadt zu verteidigen.

KADI: Und Sharif Ghalib?

SHARIF: Ich war ein Kind, meiner eigenen Erinnerung kann ich nicht trauen, aber mir ist zugetragen worden, daß mein verehrter Vater, Friede sei mit ihm, nach Djidda geeilt ist, um von dort aus den Widerstand zu organisieren.

GOUVERNEUR: Das habe ich auch gehört. Obwohl sich hartnäckige Gerüchte halten, er habe sich dort versteckt.

SHARIF: Je ehrenvoller eine Familie, desto mehr Feinde hat sie. Manche Feindschaften überdauern Generationen.

GOUVERNEUR: Unser Schutz, denke ich, ist mehr als diese Bündel wert. Der Appetit der Wahhabi ist groß, ebenso der Appetit der Briten. Wir sind von großer Gier umgeben, wir sollten gemeinsam auf der Hut sein. Wenn wir nicht alles verlieren wollen.

KADI: Manche von uns haben mehr zu verlieren als andere. Die Wahhabi, sie übertreiben gelegentlich, aber sie sind stark im Glauben, und das sind nicht viele in diesen Zeiten.

GOUVERNEUR: Wir sollten uns der Angelegenheit widmen, mit der wir uns zu befassen haben. Sie haben die Unterlagen gelesen, die ich ihnen geschickt habe? Dieser britische Offizier, er hat die Leute, die ihn auf seiner Hadj begleitet haben, sehr genau beschrieben. Er nennt sogar ihre Namen. Falsche Namen, dachten wir zuerst, aber dem war nicht so: Wir haben die meisten von ihnen ausfindig machen können. Wir werden sie im Laufe der nächsten Monate verhören, wenn Gott es so will. Zwei von ihnen leben allerdings in Ägypten. Wir haben unsere Brüder dort gebeten, sie zu befragen. Erst heute morgen haben wir Antwort erhalten. Die gute Nachricht: Beide Männer leben noch – sie haben bereitwillig Auskunft gegeben.

KADI: Und die schlechte Nachricht?

GOUVERNEUR: Sie werden sehen. Ich bin mir nicht sicher, was uns diese Zeugnisse sagen. Doch lesen Sie selbst.

SHEIKH MOHAMMED

Gewiß entsinne ich mich dieses Mannes. Ich bin stolz, sein Lehrer gewesen zu sein. Aywa, aywa, aywa. Sheikh Abdullah war ein gebildeter, ein vornehmer Mann, ein hervorragender Arzt, seine Hilfe habe ich selber nicht benötigt, Gott sei gedankt, aber Geschichten über seine Fähigkeiten waren in aller Munde, er war ein Arzt, der tatsächlich heilte. Ein guter Moslem, fast verlor er sich in den Fragen des Glaubens, den praktischen Dingen war er nicht zugetan, ich mußte ihn des öfteren warnen, ohne meine Aufsicht, er wäre um so viel mehr belogen und bestohlen worden. Nur eine Angelegenheit, wenn Sie mich so nachdrücklich fragen, was mir an ihm nicht in Ordnung schien, er war ohne Ehefrau – wissen Sie, ob er in der Zwischenzeit geheiratet hat? –, ich bete seitdem für ihn, daß er eine gute Frau finden möge, es hat mir nicht gefallen, die Blicke, die ihm manche Frauen zuwarfen, er war ein hochgewachsener Mann mit einem schönen Gesicht, voller Licht, keiner kann der Versuchung ein Leben lang widerstehen, der Prophet, möge Gott ihm Frieden und Segen geben, er wußte, am besten erwehrt der Mensch sich der Sünde, indem er die Versuchung beseitigt. Aber abgesehen von dieser Sorge? Nein, nein, Sie sähen Zweifel, die ohne Berechtigung sind, das ist nicht nur ungebührend, das ist gefährlich. Er war der ernsthafteste Schüler, den ich je hatte, gewissenhaft, Sie glauben nicht, manchmal, wenn ich einer der schwierigen Passagen des Glorreichen Korans nicht ausweichen konnte, wir lasen die Strophe gemeinsam, mehrere Male, und er drängte mich dazu, sie zu erleuchten, dann, ich muß gestehen, in seltenen Fällen täuscht der Lehrer Wissen vor, und so gab ich, nicht blind, aber doch mit altersschwachen und halb zugekniffenen Augen, eine Schätzung der Bedeutung ab, und ich erwartete, wie es bei allen anderen Schülern geschieht, daß meine kleine Täuschung akzeptiert wird und bald darauf in Vergessenheit gerät, so daß meine Ehre gewahrt bleibt, doch dieser Schüler, er vernahm jedes meiner Wörter zu genau, er durchschaute den Betrug und er verlor darüber seine Beherrschung, er rief mit lauter Stimme aus: Wahrlich, es gibt keine Kraft und keine Macht, wenn nicht in Gott, dem Höchsten, dem Größten. Worauf Scham mich ergriff, und ich flüsterte, zur Demut zurückgefunden, die jedem von uns gebührt: Fürchte Gott, oh Mensch! Fürchte Gott. Nun sagen Sie mir, würde ein Ungläubiger das heilige Buch so schützen vor dem Hochmut eines alten Lehrers?

೧൦൦൦൦൦൦൦൦൦

Von Anfang an hatte er gespürt, daß er diesem Mann nicht trauen durfte. Nun, da er so laut bullerte, wie wohl nur ein korpulenter albanischer Bashibazuk zu bullern vermag, war es zu spät. Was hatte ihn nur zu diesem Wahnsinn getrieben? Gleich würde die ganze Karawanserei erfahren, daß der angesehene Arzt einem ungehobelten Klotz seine Freundschaft geschenkt hatte. Schlimmer, viel schlimmer noch: der geachtete Derwisch hatte an einem Trinkgelage teilgenommen. Als Derwisch durfte er sich einiges erlauben, aber nicht dies! Auch wenn er sich nicht in Rage und um jegliche Vernunft gesoffen hat, im Gegensatz zu dem Albaner, der um sich schlug, als versuche er die Ehre seiner Schwester zu verteidigen, nachdem er sie selbst an ein Bordell verkauft hat.

Erst am Tag zuvor hatten sie sich kennengelernt. Sheikh Abdullah, auf einen Gruß vorbeigekommen, traf im Zimmer von Hadji Wali auf Ali Agha, einen breitschultrigen Mann mit gewaltigen Augenbrauen, feurigen Augen, dünnen Lippen und einem Kinn, an dem man ein Boot hätte vertäuen können. Dieser Mann war ihm schon mehrmals aufgefallen, wie er mit militärischem Gehabe durch die Herberge stolzierte, eine Hand angelegt, als befände sich eine Waffe an seinem Gurt. Sein Gang wurde von einem Hinken gehemmt, und er versuchte, seine Kultiviertheit mit einer übertriebenen Schroffheit zu verhüllen. Die Unterhaltung mit ihm verlief schleppend. Er bediente sich des Arabischen nur, wenn er sich verständlich machen mußte, ansonsten sprudelte es türkisch aus ihm heraus. Als Hadji Wali in den Hof gerufen wurde, beugte sich Ali Agha zu Sheikh Abdullah und flüsterte ihm zu: Raki? So etwas gibt es in diesem Haus nicht, antwortete der Sheikh vorsichtig, worauf der albanische Offizier von den irregulären Truppen höhnisch grinste und den Sheikh einen Esel schimpfte.

Doch am nächsten Tag suchte Ali Agha ihn wie selbstverständlich in seinem Zimmer auf. Er redete sich in Fahrt, holte kaum Atem, zog gierig an der Wasserpfeife und begleitete seinen türkischen Schwall mit Gesten, die durch die verrauchte Luft schlugen. Als er sich schließlich erhob und der Sheikh es ihm nachtat, schlang er seine Arme um dessen Taille, als wollte er Kräfte messen. Der albanische Offizier traute dem indischen Arzt wenig zu, so locker und nachlässig war sein Griff. Im nächsten Augenblick flog er durch die Luft, sein Kopf landete auf der Matratze, sein Hintern auf dem steinernen Boden und seine Beine knapp neben der Wasserpfeife. Er richtete sich auf und blickte seinen Gastgeber zum ersten Mal mit Interesse an. Wir beide, wir werden gut miteinander zurechtkommen! Er richtete sich auf. Du darfst mir noch eine Pfeife anbieten. Er stemmte die Fäuste in die Hüften. Ich bleibe noch ein wenig. Aus frisch erworbener Hochachtung vor dem Sheikh wechselte er ins Arabische und radebrechte eifrig wie zuvor, aber nun verständlich, von den Heldentaten seines Lebens. Zur Veranschaulichung krempelte er die Ärmel hoch, zog die Hosenbeine hoch, zeigte auf Wunden, er folgte mit seinem Finger den Topographien alter Verletzungen, denen alles nachgesagt werden konnte. Bei uns in den Bergen, selbst Kinder spielen mit dem Leben, wer einen Türken ärgert, wird von allen anderen geachtet. Ich war der Frechste, der Türke hat angelegt, ich hatte keine Angst, die Kugel hat mein Schienbein zertrümmert. Drei Elogen auf die eigene Größe später erklärte er den Arzt zu seinem Kumpanen, weswegen er ihn um einen kleinen Gefallen bitten müsse, etwas Gift solle er ihm geben, ein Gift von geringer Größe, das niemals lügt, da gebe es diesen Feind, der ruhiggestellt werden müsse. Er zeigte sich nicht überrascht, als der Arzt sofort eine Schatulle öffnete und ihm fünf Körner überreichte. Vorsichtig ließ er sie in das Säckchen fallen, das ihm um den Hals hing. Hätte er nachgefragt, der Arzt hätte ihm wahrheitsgemäß mitgeteilt, es handele sich um Kalomel, oder – wenn dir dieser Begriff geläufiger ist – Hornquecksilber, das treibt den Harn und die Galle an und führt ab wie kein anderes Mittel. Zum Abschied zwang der Bashibazuk dem Sheikh eine Umarmung auf und beschwor ihn, wir müssen zusammen trinken, nicht jetzt, aber am Abend, am späten Abend, du kommst in mein Zimmer. Als es still war in der Karawanserei, schlich Sheikh Abdullah mit dem Dolch im Gürtel in das Zimmer von Ali Agha. Keiner würde etwas merken; zudem, er konnte jederzeit wieder gehen. Nur auf ein Glas, wegen der Geschichten, die der Albaner zum besten geben würde. Es war an der Zeit, daß er sich mal wieder unverhohlen amüsierte. Bei seiner Ankunft waren die Vorbereitungen für das Gelage abgeschlossen: Mitten im Zimmer standen vier Wachskerzen vor einem einsamen Bett. Daneben eine Suppe, eine Terrine mit kaltem Rauchfleisch, einige Salate und eine Schüssel mit Joghurt. Die Gerichte waren um zwei Flaschen herum aufgereiht, die eine dünn und lang, die andere flach und klein wie ein Flakon. Beide Flaschen waren zur Kühlung in nasse Fetzen gewickelt. Sei gegrüßt, Bruder. Du staunst über die Tafel? Hast du gedacht, ein Albaner weiß nicht, wie man trinkt? Nimm Platz, neben mir. Er zog seinen Dolch heraus und warf ihn in die Ecke, und der Sheikh tat es ihm nach, bevor er sich hinsetzte. Ali Agha nahm einen kleinen Becher in die Hand, inspizierte ihn peinlichst genau, wischte die Innenseite mit seinem Zeigefinger ab, füllte ihn bis an den Rand mit Schnaps aus der langen dünnen Flasche und bot ihn seinem Gast mit einer angedeuteten Verbeugung an. Sheikh Abdullah lobpreiste den Geber, während er den Becher entgegennahm. Dann leerte er ihn in einem Zug. Er setzte den Becher auf dem Boden ab, umgedreht, um zu demonstrieren, daß es mit rechten Dingen zuging. Die Zeremonie setzte sich Becher um Becher fort. Wasserschlucke linderten das Brennen im Rachen, löffelweise nahmen sie die Speisen ein. Der albanische Offizier hatte das Gelage alleine begonnen, er war vor einiger Zeit ausgelaufen und segelte mittlerweile auf hoher See, doch er schluckte einen Becher nach dem anderen, ohne die Selbstkontrolle zu verlieren oder seine Lust auf Epopöen. Bei uns in den Bergen, wenn zwei Männer Streit haben, ziehen beide ihre Waffe, setzen die Pistole dem anderen an die Brust. Ali Agha machte eine dramatische Pause. So streiten sie weiter, bis sie sich einig sind, wenn einer den

Abzug drückt, wird er erschossen von dritten und vierten. Worauf der Bashibazuk das Gesicht seines Trinkkumpanen inspizierte, um unangemessene Spuren von Entsetzen oder Verachtung zu entdecken. Angesichts des belustigten Ausdrucks, den Sheikh Abdullah aufsetzte, griff er befriedigt nach dem Flakon, füllte seine Handflächen mit Parfüm und schlug sich den Duft auf die Wangen. Sheikh Abdullah folgte seinem Vorbild. Warte, keine weitere Geschichte! Er war der Roheiten überdrüssig, ihm war nach Verzauberung, ihm war danach, den Diktaten des Scharfrichters und dem kraftvollen Wohlgeruch zu entkommen mit einem Vers, einem passenden Vers, den er deklamierte, die ersten Worte wie ein Kanonenschüsse, damit der Albaner von allem anderen abließ:

Nacht ist angebrochen, Freund.
Schüre unser Feuer mit Wein.
Damit wir, beim Schlaf der Welt,
Im Dunkeln die Sonne küssen.

Die letzten zwei Zeilen sprach er wie eine Liebeserklärung. Was für ein Gedicht! Ali Aghas Gesicht leuchtete auf. Solche Gedichte gibt es! Er küßte den Sheikh auf die Wangen, einige Male, bis dieser das Gesicht des Albaners in seine Hände nahm und freundlich von sich schob. Sie leerten einen weiteren Becher und lehnten sich zurück; mit dem Mundstück in der Hand, bliesen sie genüßlich dicke Schwaden durch die Luft. Ali Agha begutachtete das Geleistete, er erklärte sich mehr als zufrieden mit dem Verlauf ihrer anständigen Sünde. Aber die Zufriedenheit sackte bald in sich zusammen, der Bashibazuk wurde unruhig, er benötigte weitere Höhepunkte. Er richtete sich auf, er preßte seine Handflächen zusammen und rief aus: Das ist es, Bruder. Wir müssen etwas Großes tun. Etwas wahrhaft Großes! Was gibt es schon Größeres als dies? fragte der Sheikh desinteressiert. Wir müssen unseren Freund Hadji Wali bekehren. Er weiß nicht, wie man das Leben genießt. Was für eine drollige Idee, bemerkte der Sheikh. Kennst du etwa ein lohnenderes Opfer? Nein! Der Bashibazuk war resolut. Es muß Hadji Wali sein, kein anderer. Wir werden ihm das Saufen lehren wie das Einmaleins. Er wird es uns danken, wenn es ihm so gut wie uns geht. Wieso denn nicht, torkelte es Sheikh Abdullah durch den Kopf, bei seiner Figur, wer weiß, vielleicht ist er bereit, ein Konvertit inkognito, vielleicht wartet er nur auf eine Einladung. Auf unsere Einladung. Er stand auf und erklärte mit übervoller Würde, er werde Hadji Wali holen.

Der Händler hatte sich bereits zur Nachtruhe begeben. Er wunderte sich über den strengen Geruch, der seinem jüngeren Freund anhaftete, und auch über die Überraschung, die der indische Arzt ihm versprach, mit kindlicher Begeisterung in der Stimme. Widerwillig folgte er ihm, zum Zimmer von Ali Agha, das er noch nie betreten hatte. Der Bashibazuk sprang auf, packte ihn an den Schultern, drückte ihn auf eines der Sitzkissen nieder. Schon hielt er einen Becher in der Hand, schon war der Becher voll, und zu seinem Entsetzen begriff Hadji Wali, daß der Offizier ihm Alkohol reichte. Er stieß das Angebot angewidert weg. Der Bashibazuk zog beleidigte Grimassen und beharrte auf seiner Einladung. Hadji Wali weigerte sich standhaft. Ali Agha setzte eine Fratze der Verachtung auf und führte den Becher an seine Lippen. Er verschlang den Inhalt, leckte sich nachdrücklich die Lippen, zwang seinem Gast eine Wasserpfeife auf und sammelte sich zum nächsten Angriff. Der Hadji protestierte vergeblich, er habe ein Leben lang diese Sünde vermieden, er versprach, am nächsten Tag mit ihnen zu trinken, er drohte mit der Polizei, er zitierte den Koran. Kaum war er ans Ende der beschworenen Sure angelangt, holte Ali Agha tief Luft. Sünde ist Sünde, und morgen ist morgen, aber was im Koran steht, das weiß ich auch, und dazu noch besser. Er schleuderte seine Arme nach vorne, so als streue er Gaben unter die Anwesenden. Der Koran, dozierte er selbstbewußt wie ein Alim von der Al-Azhar-Universität, sitzt einige Male über Alkohol zu Gericht. Dreimal. Der Albaner suchte drei Finger zusammen und hielt dann seine Hand hoch. Und alle drei Male wird etwas anderes gesagt. Wieso? Das erste Mal: Gott warnt vor zuviel Saufen. Wir fragen uns: wann war das? Das war, bevor er zu Abend gegessen hat. Das zweite Mal: Gott hat zu Abend gegessen, Gott hat … nun, er hat etwas gebechert, es geht ihm nicht ganz so gut, also empfiehlt er uns streng … überhaupt nicht … zu saufen. Das nimmt sich jeder vor, der nicht vertragen kann, was er intus hat. Dann, das dritte Mal: Gott verbietet das

Saufen, völlig … ratzeputz, und wann war das, meine Brüder? Das war am nächsten Morgen, als Gott mit einem schrecklichen Kater aufgewacht ist. Ha! Wieso beachtest du also die Regeln eines Verkaterten, noch bevor du selber einen einzigen Schluck probiert hast?

Ehe Ali Agha, der von seiner eigenen Geschichte völlig eingenommen war, die Pointe gesetzt hatte, war Hadji Wali aufgesprungen, er lief aus dem Zimmer, ohne Rücksicht auf Verluste – er ließ sein Käppi, seine Pantoffeln und seine Pfeife zurück. Der Bashibazuk traute sich eine Verfolgung nicht zu. Statt dessen begann er, Parfüm auf Käppi, Pantoffel und Pfeife zu träufeln und den Händler einen Maulesel zu schimpfen, in mehr Sprachen, als ihm geläufig waren. Er lud seinen ehrenwerten Gast ein, das restliche Abendessen nicht zu vergeuden, und sie bedienten sich einträglich an der Suppe und an dem Rauchfleisch und halfen der Verdauung mit einer weiteren Wasserpfeife nach. Ein sanfter Friede setzte ein, der neuerlich vom Bashibazuk sabotiert wurde. Aus unsicherem Stegreif verkündete er dramatisch, er sehne sich nach schönen Tänzerinnen, nach etwas Schauspiel, um seine Augen zu beglücken. Das ist in den Wakalahs verboten, sagte Sheikh Abdullah. Wer, schrie Ali Agha empört, wer hat es verboten? Der Pascha selbst, antwortete der Sheikh, der Pascha in seiner ganzen Weisheit. Wenn es ist, wie du sagst, erklärte Ali Agha feierlich, während seine Finger seinen flattrigen Schnurrbart zu zwei aufgerichteten Nadeln zwirbelten, dann wird der Pascha selbst für uns tanzen müssen. Und er stürzte hinaus.

Sheikh Abdullah stöhnte und richtete sich auf. Der Abend geriet außer Kontrolle. Dies ist deine letzte Chance, drängt ihn eine benebelte innere Stimme. Kehre in dein Zimmer zurück, schließe die Tür ab und lege dich schlafen. Aber der Teufel schlägt in die Kerben und der Sheikh redete sich ein, dem Bashibazuk in seiner Verwirrung zur Seite stehen zu müssen, und so folgte er ihm durch die Galerie, zog ihn von der Balustrade weg, beschwor ihn, mit Worten und einem festen Griff an seinem knüseligen roten Fustan, er möge in sein Zimmer zurückkehren. Aber Ali Agha hörte auf ihn so wenig, wie er auf eine Ehefrau hören würde. Er nahm Anstoß an den freudlosen Ratschlägen, seine Wut wuchs. Er schlug um sich, wie ein blinder Faustkämpfer, er traf nur Luft, immer wieder traf er die Luft, dann hielt er inne, senkte den Kopf, so als lausche er, als warte er auf Eingebung. Sheikh Abdullah ließ von ihm ab. Vielleicht war der Sturm verflogen, und er könnte sich gleich verabschieden. Nein, der Bashibazuk stürzte sich auf die nächste Tür, brach sie mit der Schulter auf und torkelte in einen Raum, in dem, wie ein halber Mond ausreichend erhellte, zwei ältere Frauen neben ihren Männern auf dem Boden schliefen. Sie wachten auf, und wer weiß, was sie zu erblicken glaubten, aber was immer es auch war, sie zeigten sich keineswegs eingeschüchtert, sie wehrten sich – während sie sich aufrichteten – mit einem Hagel wildester Beschimpfungen, die selbst einen albanischen Offizier von den irregulären Truppen beeindruckten. Er trat einen geordneten Rückzug vor den Zungen dieser grummelnden Frauen an, er taumelte die enge Treppe hinunter und fiel über den eingemummelten Nachtwächter, dessen Schnarchen in ein Kreischen überging. Unter den Dienern, die im Hof schliefen, und die sich nun alle regten, war auch der Gehilfe von Ali Agha, ein jüngerer, stämmiger Albaner, der den Sheikh um Hilfe bat, seinen Herrn in dessen Zimmer zurückzubringen. Doch der Bashibazuk war nicht zu beruhigen, er trat und spuckte und schlug um sich und schrie ... Ihr Hunde, ich habe euch entehrt! ... bis weitere Diener seine Glieder fest packten. Sie trugen ihn die Treppen hinauf, schleppten ihn in sein Zimmer, beobachtet von allen Bewohnern der Karawanserei, die aus ihren Zimmern geschlüpft waren, beunruhigt, neugierig, und nun den Flüchen des besoffenen Albaners ausgesetzt: Ihr Ägypter! Ihr seid ein Geschlecht von Hunden! Ich habe euch entehrt, ich habe Alexandria, Kairo und Suez entehrt! Das waren seine letzten Worte, bevor er, kaum lag er auf seinem Bett, in einen tiefen Schlaf fiel. In dem Gerangel hatte einer der Helfer die Flasche Raki umgestoßen, und die erleichterten Diener mußten, barfüßig, wie sie waren, durch den nassen Gestank aus dem Zimmer tapsen. Sheikh Abdullah hob das Flakon auf, spritzte eine starke Dosis auf Bett und Boden und überreichte es draußen vor der Tür dem Diener von Ali Agha. Um die Spuren zu verschleiern, sagte er. Als er sich in sein Zimmer zurückzog, sah er, auf der anderen

Seite der Galerie, Hadji Wali mit einer Lampe in der Hand, der ihn lange anblickte. Nicht vorwurfsvoll, wie er erwartet hätte. Enttäuscht nur, und mit dem traurigsten Blick Kairos.

༄༄༄༄༄༄༄༄༄༄

Im Monat von Safar des Jahres 1273
Möge Gott uns seine Gunst und Gnade erfahren lassen.

HADJI WALI *Ich konnte meinem irregeleiteten Freund nur noch einen Ratschlag geben: Breche sofort zur Hadj auf. Ich wußte zu gut, was folgen würde. Die ganze Karawanserei würde nur noch über diese Nacht reden, über den albanischen Bashibazuk, der an Bösartigkeit seinesgleichen suchte, und über den indischen Arzt, der sich als maßloser Heuchler entlarvt hatte. Niemand würde sich daran erinnern, daß dieser fremde Arzt so viele geheilt hatte, ohne etwas dafür in Rechnung zu stellen. Sein Ruf war zerstört. Wäre er in Kairo geblieben, er hätte in ein anderes Viertel ziehen müssen. Wer kann das verstehen? Ein so guter Mensch. Und trotzdem, als ihn der Teufel belog, hat er Ehre und Leumund weggeworfen für einige Becher Alkohol mit einem verrückten Albaner. Was für eine Verschwendung!*

KADI: Das sagt uns wohl genug. Widerlich. Aber wenn der geschätzte Gouverneur der Ansicht ist, solch abscheuliche Lektüre diene der Wahrheitsfindung. Weitere Beweise benötigen wir wohl nicht – sein Glaube war reine Maskerade.
GOUVERNEUR: Wenn jeder, der gelegentlich trinkt, von dem wahren Glauben ausgeschlossen wird, dann dürfte die Gemeinschaft der Gläubigen sehr klein werden.
KADI: Lautet so heutzutage die offizielle Position des Kalifats? Sultan Abdulmecid, so ist zu hören, liebt das rote Gift aus Frankreich.
GOUVERNEUR: Ich spreche von den Tatsachen. Selbst hier in der Gesegneten Stadt, habe ich mir sagen lassen, wird Raki zum Verkauf angeboten.

SHARIF: Wie sollen wir das verhindern? Die Strafen ...
KADI: ... werden nicht konsequent durchgesetzt.

HADJI WALI *Ja, es stimmt, ich habe ihm davon abgeraten, sich als Perser auszugeben, überall würde ihm Verachtung entgegenschlagen, und im Hijaz würden sie ihn vielleicht verprügeln oder gar töten. Er hat meinen Rat sehr bereitwillig befolgt, gewiß, aber folgt daraus, daß er nicht jener war, der er vorgab zu sein? Obwohl, es wurde mir eigentlich nie klar, was zu sein er vorgab. Er hüllte sich in Unklarheit. Er sprach in so vielen Zungen. Aber mir konnte er nichts vormachen. Ich wußte natürlich, daß er ein Abgefallener war. Nein, nicht wie Sie sagen, das kann ich nicht glauben. Er hat etwas ganz anderes verheimlicht. Die ganze Zeit tat er so, als würde er der Shafi-Schule angehören. Aber das stimmte nicht. Sehen Sie, ich habe begriffen, daß er Taqiyya praktiziert, so wie seine Tradition es ihn gelehrt hat. Sie wissen, die Shia halten es für ihr gutes Recht, ihren wahren Glauben wenn nötig, wenn überlebensnotwendig, zu verbergen. Das ist der Boden der Wahrheit. Er war ein Shia. Mit Sicherheit war er auch ein Sufi. Bei allem anderen bin ich mir nicht so sicher.*

SHARIF: Ein Sufi, da haben wir es. Wir wissen doch, daß die Sufi den Wein besingen.
GOUVERNEUR: Als Bildnis nur, als Bildnis. Das bedeutet doch nicht, daß sie den Sünden zusprechen.
KADI: Wieso wählen sie ein falsches Bildnis aus? Lassen wir das – was spielt es schon für eine Rolle, daß er getrunken hat, wenn er Shia war. Verdammnis kann nicht verdoppelt werden.
SHARIF: Wenn er Shia war, und diese Tatsache nicht nur seinen Mitreisenden, sondern auch seinen Lesern verheimlicht, dann hat er die Hadj immerhin als Moslem begangen und nicht, wie wir befürchtet haben, als Frevler.
GOUVERNEUR: Das soll er selber mit Gott ausmachen. Die wichtigere Frage bleibt: Hat er spioniert? Angesichts dieser Tatsachen, wer weiß, vielleicht stimmt Ihre Vermutung, vielleicht hat er auch seinen Vorgesetzten falsche Angaben geliefert?

KADI: Halten wir nun den Shia zugute, daß sie eingefleischte Lügner sind?
GOUVERNEUR: Das könnte uns zum Vorteil gereicht haben.
SHARIF: Auch sie lieben die heiligen Stätten, zweifellos.
KADI: Sie lieben die heiligen Stätten so sehr, sie wollen sie unter ihrer Kontrolle bringen.
GOUVERNEUR: Wir müssen tiefer graben. Dieser Richard Burton ist ein Meister der Geheimhaltung, und das beunruhigt mich. Solche Menschen verbergen ihre Anliegen vor ihren Allernächsten. Vor sich selbst sogar. War er doch ein Derwisch? Einer von jenen, die einen verwirrten Weg folgen. War er diesem Weg gar treu? An einer Stelle seines Berichts schreibt er, ich habe es mir ungefähr gemerkt: Und nun muß ich schweigen, denn der Pfad des Derwisch darf nicht von profanen Augen betreten werden. Sagt er die Wahrheit, an dieser Stelle? Oder hat er diesen Satz nur hingeschrieben, um sich interessant zu machen? Die Menschen gieren nach dem Wissen, das ihnen verborgen bleibt. Überlegen Sie: Immerhin verweigert er offen seinen Landsleuten Auskunft, und wie wir wissen, sind die Briten so süchtig nach Aufklärung wie die Jemeniten nach Khat. Er führt seine eigenen Landsleute an der Nase herum. Also betreibt er doch Taqiyya!
KADI: Er scheint uns alle an der Nase herumzuführen.
SHARIF: Gott weiß es besser.

ଔଔଔଔଔଔଔଔଔଔ

Am nächsten Tag kann er seiner eigenen Erinnerung nicht glauben. Wie hat er so etwas tun können? Welcher Teufel hat ihn geritten? Er ist ein komplexes Pack: Mensch und Dämon, er trägt einen kolossalen Saboteur in sich, einen Hohen Gesandten des Teufels, der ihm immer wieder etwas zwischen die Beine wirft, kaum hat er drei erfolgreiche Schritte vollbracht. Keiner wird Mitte Dreißig, ohne schon des öfteren von sich selbst enttäuscht worden zu sein. Wieso das Mißtrauen der anderen abwarten, wenn er sich selber entlarven kann. Wie erbärmlich, und doch, fast ist er stolz darauf. Er hat sich zu sicher gefühlt, ohne Angst, und die Angst hätte ihm den Ratschlag erteilt, einen weiten Bogen um den Teufel zu machen. Der in ihm steckt. Das ist schwierig. Nun, am nächsten Morgen, in einem Zimmer, das aus allen Richtungen von einer tobendenden Stadt belagert schien, spürt er die Angst nahen wie den Schmerz einer dauerhaften Verletzung. Angst vor seinem eigenen unkontrollierten, unabsehbaren Verhalten. In Kairo mag manches durchgehen, aber in Mekka würde er mit einem Schlag alles verlieren. Mache es dir bequem, Angst, du bist mir ein willkommener Begleiter. Hadji Wali hatte recht: Vernünftiger ist es, die Stadt so bald wie möglich zu verlassen. Der gefallene Arzt wird dem ganzen Viertel reichlich Unterhaltung bieten.

֍֍֍֍֍֍֍֍֍֍

Es dauerte einen langen Tag in der Wüste, bis er der Stadt entkommen war und der beschämenden Erinnerung. Den Horizont, dem er viele Stunden entgegenritt, wähnte er voller Verheißung, seine Sinne von Luft und Bewegung angeregt, geschärft wie ein Messer. Die Wüste war versehrtes Terrain, eine rauhe Ruine, die Erhebungen zerfurcht wie Walnußschalen, doch sie beflügelte Sheikh Abdullah, der sich am nächtlichen Lager lebendiger fühlte als in der Früh, im Innenhof der Karawanserei noch, neben einigen anderen Pilgern, die ihre Dromedare in die Gasse des Aufbruchs trieben. Hadji Wali und Sheikh Mohammed hatten ihn zum Stadttor begleitet, mit einer verbindlichen Geste des Abschieds, die ihn für eine Weile bedauern ließ, sie verlassen zu müssen. Sie baten ihn nur um ein Gebet am Grabe des Propheten, sie überschütteten den Freund, den Schüler, mit Segenswünschen. Er konnte sich an der kargen Landschaft nicht satt sehen, an dem blauschwarzen Gestein, das seine Farbe änderte, wenn sie näher kamen. In den Schluchten schien es ihm, als blicke er in die Eingeweide der Felsen, die Strähnen, die Lagen, die Knoten; ein Wachsen, das kein Mensch beobachten kann. Die Erde war nackt in der Wüste, der Himmel durchsichtig. Er genoß es, seinen eigenen Körper zu spüren, in der Steifheit der Muskeln, in den Schmerzen, die der Gewöhnung vorausgingen. Sie überquerten einige Wadis, hellsandige Flußläufe, breit wie die Sturmfluten, die sie mit einem

Schlag ertränkten, öde bis auf die vertrockneten Erinnerungen. Nur drei Tage war Suez entfernt, aber diese drei Tage würden, das spürte Sheikh Abdullah am Abend, seinen Lebensgeist wiedererwecken. Schon jetzt fühlte er sich befreit. Die Anstrengungen waren willkommen, ebenso die Gefahren, die auf dieser Strecke kaum drohten, die ihn aber gewiß in der Wüste des Hidjaz erwarteten. Kairo hatte ihm zugesetzt. Endlich konnte er sich dieses heuchlerischen Arztgehabes enthäuten, er konnte wieder der Typ von Mann sein, den er bewunderte: aufrichtig, großzügig, zielstrebig. Er blickte sich um, beobachtete die selbstverständliche Gastfreundschaft an jedem Lagerfeuer. Die Zivilisation war zurückgeblieben, sie traute sich nicht durch die Stadttore; nach einigen Tagen würde die starre Höflichkeit, das borniertes Verhalten abfallen. Wenn es nicht so unvorstellbar gewesen wäre, er würde auf den Hügel steigen, an dessen Fuß sie kampierten, und seine Euphorie in die Welt rufen, in Erwartung eines Echos, einer Bestätigung. Statt dessen trank er einen starken Kaffee. Weitere Stimulanz war unnötig. Allein der Gedanke an Alkohol war widerlich. Ob es dem albanischen Bashibazuk ähnlich erging, wenn er an seinen Posten im Hijaz zurückkehrte? Sein Appetit war gewachsen, er verschlang ein Essen, das ihm gestern noch ungenießbar erschienen wäre. Dann legte er sich in den Sand, das beste aller Betten, von einer Luft umgeben, die ihn gesunden lassen würde. Er hielt die Augen offen, bis das letzte künstliche Licht des Lagers mit einem Schauder verschwand und die Nacht die Erde in ihren Mund nahm.

Am nächsten Morgen, er hatte gerade aufgesattelt, lief ein junger Mann herbei, ergriff den Halfter des Dromedars und begrüßte ihn eifrig. Erkennen Sie mich nicht wieder? Dieser aufdringliche Kerl, der sich ihm in Kairo, auf dem Markt, aufgezwungen hatte. Er sucht starke Schultern, die ihn nach Mekka tragen, hatte ihn seinerzeit Hadji Wali gewarnt, der jede Verschlagenheit so sicher aufspürte wie ein Falke seine Beute. Gleich wird er dir erklären, wie nützlich er dir in seiner Heimatstadt sein kann. Ich kenne Mekka wie mein eigenes Haus, hatte der junge Mann im nächsten Augenblick behauptet. Wie damals schwankte sein Gesichtsausdruck zwischen Unverfrorenheit und Schmeichelei, wie eine schlecht justierte Schaukel. Ja, ich bin es, Mohammed al-Basyuni; betrachten Sie unser neuerliches Zusammentreffen als Segen. Die Vorsehung, murmelte Sheikh Abdullah, steht auf deiner Seite. Und lauter sagte er: Was führt dich hierher? Wie können Sie so etwas fragen, Sheikh. Ich bin doch auf der Heimreise von Istanbul. Wohin? Ach, Sheikh, Sie haben ja alles vergessen. Nach Mekka der Wohlgefälligen, Gott möge sie erhöhen. Ich habe viel von Ihnen gehört, Sie haben einen reichen Ruf. Seit gestern abend beobachte ich Sie, mit Wohlgefallen, so ist es gefügt, daß ich Sie auf Ihrer Hadj begleite, ich kann Ihnen nützlich sein, nicht zuletzt in Mekka, der Mutter aller Städte, dort kenne ich jeden Stein. Und die Menschen? Die kenne ich noch besser als die Steine. Bist du nicht etwas jung für solch ein umfassendes Wissen? fragte der Sheikh. Der bartlose junge Mann vor ihm, das knochige Gesicht bei ungünstigem Licht einem Totenschädel gleich, zeigte keine Verunsicherung. Ich bin viel gereist. Und ich bin wachsam, wenn ich reise. Ich kenne den Wert des Menschen. Sheikh Abdullah wunderte sich über die Beharrlichkeit dieses Mannes. Er entstammte offensichtlich einer begüterten Familie. Sein Selbstbewußtsein ließ darauf schließen, daß er behütet aufgewachsen war. Der Mensch denkt, sagte der Sheikh bedächtig, und Gott lenkt. Wahrlich, der Wunder sind viele. Ruhm und Ehre für jene, deren Wissen sie alle umfaßt. Wenn du nun mein Dromedar loslassen würdest, ungern wäre ich der letzte in der Karawane. Wir werden uns heute abend gewiß wiedersehen, Sheikh. Wie die anderen vor ihm, ritt er wenig später einen Saum von Palmen entlang, der sich wie eine triumphale Allee ins Nichts erstreckte. Am nächsten Abend würden sie Suez erreichen, das Meer. Dort, spürte der Sheikh, würde die Hadj wirklich beginnen.

☙❧❦❧❦❧❦❧❦❧

Im Monat von Rabi al-Awwal des Jahres 1273
Möge Gott uns seine Gunst und Gnade erfahren lassen

MOHAMMED: Ich hatte ihn von Anfang unter Verdacht. Wer so viel herumgekommen ist wie ich, der riecht einen Hochstapler gegen den Wind. Sie müssen wissen, ich kenne Istanbul, ich war in Basra, ich bin bis nach Indien gereist, und dieser Mann behauptete, aus Indien zu stammen. Etwas an ihm hat mich sofort stutzig gemacht.

GOUVERNEUR: Was denn? Etwas genauer bitte!

MOHAMMED: Nichts Bestimmtes, ein Gefühl, eine Vermutung. Er war irgendwie anders, er beobachtete alles, unauffällig, aber mir ist es aufgefallen, er sprach stets langsam, vorsichtig. Wie ein weiser Mann, so ist es manchen der anderen vorgekommen, aber ich dachte mir, der gibt teuflisch acht, ja nichts Falsches zu sagen.

KADI: Basiert dein Verdacht nur auf solchen Mutmaßungen?

MOHAMMED: Das war doch nicht aus der Luft gegriffen. Sie werden sehen, wie recht ich hatte.

SHARIF: Zur Klärung: Der Name deines Vaters deutet darauf hin, daß deine Familie nicht aus Mekka stammt?

MOHAMMED: Wir stammen aus Ägypten, aber wir sind schon lange hier, einige Generationen, wir sind richtige Mekkaner.

KADI: Etwas mehr Bescheidenheit, junger Mann. Die Familie des Sharifs ist in dieser Stadt seit den Tagen von Qusayr angesiedelt. Einige Generationen, die zählen fast nichts.

GOUVERNEUR: Lassen wir ihn weitererzählen, bitte.

MOHAMMED: Beim ersten gemeinsamen Gebet habe ich mich genau hinter ihn gestellt. Um ihn besser beobachten zu können. Ich weiß, die Bekehrten, die machen noch Jahre später Fehler. Wenn er uns etwas vormachte, ich würde es an seinem Gebet merken.

GOUVERNEUR: Und?

MOHAMMED: Nein, nichts, leider nicht. Er muß gut gelernt haben. Das ist doch möglich, oder?

KADI: Was soll möglich sein?

MOHAMMED: Das Gebet in allen Einzelheiten zu lernen und es blindlings vorzuführen.

KADI: Es gibt viele Arten, sich in Gefahr zu begeben. Das Gebet zu mißbrauchen, ist eine davon.

MOHAMMED: Ich habe keines meiner Gebete ausgelassen, und mir ist ganz sicher auch kein Fehler dabei unterlaufen. Ist es etwa nicht meine Pflicht, Frevler und Heuchler zu entlarven, wenn ich ihnen begegne?

GOUVERNEUR: Du hast gut daran getan. Aber nun mußt du uns etwas mehr berichten. Bislang hast du uns nicht gerade überzeugen können, daß du Sheikh Abdullah als Frevler und Heuchler entlarven konntest.

MOHAMMED: Wieso befragen Sie mich dann? Würden Sie Ihre wertvolle Zeit sonst verschwenden? Nein! Sie wissen, so gut wie ich, daß er falsch ist. Aber er war gerissen, gerissen, wie die Inder nun mal sind. In Suez, wir waren viele in einem Zimmer, schrecklich eng war es, alle waren schlechtgelaunt, weil wir viele Tage auf das Boot warten mußten, er aber, er hat die Zeit gut genutzt. Er hat den anderen großzügig Geld geliehen. Sie waren nämlich Geizhälse, knorziger geht es gar nicht. Kaum hatten sie einige Münzen von ihm erhalten, wurden sie ganz zärtlich und herzlich. Sie lobten ihn über den Klee. Sie schenkten ihm Süßigkeiten. Sie haben ihm schöne Worte gemacht, selbst wenn er nicht im Zimmer war, umschmeichelten sie ihn. Dieser Sheikh Abdullah, was für ein großer Mensch, was für ein wunderbarer Mann. Sie haben sich sogar gestritten, wer von ihnen ihn in Medina beherbergen durfte.

KADI: Und du, hast du kein Geld von ihm geschenkt bekommen?

MOHAMMED: Wenig, einige Piaster nur, wie hätte es ausgesehen, wenn ich mich als einziger seiner Großmut verweigert hätte? Das hätte doch sein Mißtrauen geweckt! Aber ich habe mich davon nicht einlullen lassen. Darlehen hin oder her, ich habe die Augen offengehalten. Eines Abends, da finde ich in seiner Truhe, er hatte vergessen, sie abzuschließen, ein Instrument. Ein Gerät, das kein Derwisch aus Indien mit sich herumträgt, das wußte ich genau. Es war ein seltsames Teil, das ich noch nie gesehen hatte. Irgendein Teufelszeug. Ich habe jemanden gefragt, der es wissen mußte.

GOUVERNEUR: Was war es?

MOHAMMED: Ein Sextant.

KADI: Was mag das sein?

MOHAMMED: Ein sehr kompliziertes Gerät, damit werden die Sterne vermessen. Auf einem Schiff soll es nützlich sein, aber der Sheikh war kein Steuermann, sondern ein heiliger Mann – angeblich. Ich habe gewartet, bis er das Zimmer verließ, dann habe ich den anderen gesagt, daß Sheikh Abdullah ein Ungläubiger ist.
GOUVERNEUR: Davon wissen wir nichts.
MOHAMMED: Die anderen haben mir nicht geglaubt. Ich habe nur einen Fehler begangen, ich hatte nicht einmal im Traum daran gedacht, daß sie sich der offenkundigen Wahrheit verschließen würden, daß er ein Ungläubiger war. Ich hatte erwartet, daß wir gemeinsam beraten würden, wie wir gegen ihn vorgehen. Statt dessen haben sie mich angegriffen. Lauter erbärmliche Opportunisten.

❦❦❦❦❦❦❦❦❦❦

In Suez hält man sich nur aus Notwendigkeit auf. Es scheint Sheikh Abdullah, als schlage die Zivilisation zurück in diesem aus allen Gassen und Katen platzendem Dorf, das Tausende von Pilgern unterzubringen hat. Nichts ist schlimmer als halbfertige Besiedlung. Und wo könnte es unbequemer sein, als in dieser Herberge, die keinen Komfort bietet außer einem Dach über dem Kopf. Da es nicht regnet, ist dieses von geringem Nutzen. Es wäre besser, in der Gosse zu übernachten, als zwischen diesen schmutzgereiften Wänden. Auf einem Boden voller Ritzen, in dem sich Kakerlaken, Spinnen, Ameisen und anderes Gekriech eingenistet haben. Einfache Herbergen ist er aus der Kindheit gewohnt. Wenn sie wieder einmal umziehen mußten, weil sein Vater es nicht aushielt in einem italienischen Städtchen oder einem französischen Kurort. Aber nirgendwo ist ihm eine solche Widerwärtigkeit aufgezwungen worden. Am unerträglichsten sind die Geräusche: die turtelnden Tauben im offenen Schrank, vor lauter Liebesmühe stockheiser und kratzbürstig, die gewaltigen Katzen, die durch den Dachstuhl jagen und vor unerschöpflicher Geilheit jaulen. Selbst herumstreunende Ziegen und Maulesel kommen herein. Erst wenn die Viecher einem der Gestalten auf dem Boden zu nahe treten und einen Schlag versetzt bekommen, ziehen sie sich widerwillig zurück. Zu allem Überfluß summen die Moskitos ein allnächtliches Stabat mater über den ausgestreckten Leibern. Über seinem herben Halbschlaf.

ⓔⓐⓔⓐⓔⓐⓔⓐⓔⓐⓔⓐ

Die Zimmer mußten mit anderen Reisenden geteilt werden. Am ersten Tag stellten sie sich vor und beäugten sich mißtrauisch. Hamid al-Samman, ein sehr breiter Schnurrbart, eine leise Stimme, die es gewohnt war, daß man ihr zuhörte; Omar Effendi, ein rundliches Gesicht und ein ausgemergelter Körper; Saad, nur Saad, der dunkelste Mann, den Sheikh Abdullah je gesehen hat; Salih Shakkar, ungewöhnlich hellhäutig und affektiert. Am zweiten Tag verrauchten sie die Zeit und lernten sich kennen. Die Männer stammten aus Medina, abgesehen von Salih Shakkar, der in Mekka und Istanbul beheimatet war, den zwei Metropolen der Welt, wie es sich für einen Großbürger ziemte. Sheikh Abdullah war als einziger unter ihnen auf Hadj. Omar Effendi war von zu Hause geflohen, als sein Vater ihn verheiraten wollte, obwohl er nie einen Hehl daraus gemacht hatte, wie sehr er die Frauen verachtete. Er hatte sich bis nach Kairo durchgeschlagen und sich dort an der Al-Azhar-Universität als Bettelstudent eingeschrieben. Die anderen waren allesamt Händler, sie kannten die Welt und beurteilten ihr Gegenüber nach dem, was er von ihr zu berichten wußte. Saad war weit gereist, bis nach Rußland, Gibraltar und Bagdad. Salih kannte Stambul wie seinen eigenen Hinterhof. Hamid war die Levante vertraut, er konnte in jedem Hafen eine Karawanserei empfehlen.

Am dritten Tag öffneten sie ihre Kisten und gaben ihre Wertsachen zur Begutachtung frei. Manchmal vernarrte sich der junge Mohammed in eine Kostbarkeit und ließ sie durch seine Finger gleiten, bis er laut zur Rückgabe aufgefordert werden mußte, was keinen mehr ärgerte als Hamid, der bevorzugt auf seiner Kiste saß, vollgepackt mit Geschenken für die Tochter seines Onkels väterlicherseits, mit anderen Worten für seine Ehefrau. Jenseits der großen Kiste war Hamid die reine Armseligkeit – seine Füße kamen ohne Schuhwerk aus, sein einziges Gewand war ein verdreckter Kasack, dessen ursprünglich ockerbraune Farbe nur zu erkennen war, wenn der Kragen umgestülpt wurde. Um keine sauberen Kleidungsstücke auspacken zu müssen, ließ er die Gebete ausfallen. Seine Augenbrauen wellten sich, wenn die Rede auf Alkohol kam, seine Mundwinkel verrieten jedoch eine geheime Vorliebe. Er rauchte bevorzugt den Tabak der anderen; in seinen Taschen klimperten drei Piaster, und er schien sich sogar vorstellen zu können, sie auszugeben. Omar Effendi hingegen war völlig mittellos, obwohl er der Enkel des Mufti von Medina und der Sohn eines Offiziers war, der den Begleitschutz der Karawane nach Mekka befehligte. Er glich seine vorübergehende Armut mit einem festen Guthaben an Vorurteilen und Abneigungen aus, leise und gesetzt vorgetragen, als seien sie wohlbedacht und gerecht bemessen. Saad, der nicht von seiner Seite wich, erwies sich als ehemaliger Sklave, Diener, Befehlsempfänger und jetziger Geschäftspartner seines Vaters. Er war von ihm mit der Aufgabe betraut worden, den flüchtigen Sohn heimzuholen, und er verfügte über ausreichende Mittel, seinen Schutzbefohlenen zu versorgen. Für seine eigenen Bedürfnisse verfuhr er streng nach dem Prinzip: Sei großzügig beim Leihen, knauserig beim Zurückzahlen. Es war sein erklärtes Ziel, kostenlos zu reisen, und er kam seinem Ideal beachtlich nahe. Wegen seiner dunklen Hautfarbe wurde er Al-Dschinni, der Dämon, genannt. Gekleidet in einem einfachen Baumwollhemd, lag er meistens ausgestreckt auf seinen zwei Kisten, die vor allem edle Stoffe enthielten, für sich und seine drei Frauen in Medina. Neben ihm hatte der zierliche Salih sein Lager bereitet. Er nutzte es ausgiebig, denn er mißtraute jeglicher körperlicher Betätigung. Im Liegen war seine Würde gewahrt. Als halber Türke richtete er sich nach der Mode in Istanbul, ob er sich in Suez, Yanbu oder irgendeinem anderen staubigen Loch des Kalifats befand. Wenn er sprach, dann nur von sich selbst, so als sei er ein Vorbild für alle anderen, die ihm in Herkunft, Geschmack, Bildung und nicht zu vergessen Hautfarbe – seiner ungewöhnlich hellen Haut sprach er fast magische Kräfte zu – unterlegen waren. Wie auch in Gier und Geiz. Bevor er seine Hand ausstreckte, sprach er: Der Großzügige ist Gottes Freund, und mag er ansonsten noch so ein Sünder sein.

Und wenn ihm keine Gabe zuteil wurde, bemerkte er: Der Geizhals ist Gottes Feind, und mag er ansonsten der reinste Heilige sein.

☙❦❦❦❦❦❦❧

Im Monat von Rabi al-Akhir des Jahres 1273
Möge Gott uns seine Gunst und Gnade erfahren lassen

OMAR: Dieses verzogene Wechselbalg. Die Überheblichkeit Mekkas wucherte in seinem Herzen. Hat sich aufgeplustert, hat großspurig erklärt, er, Mohammed al-Basyuni, habe überwältigende Beweise, daß Sheikh Abdullah ein Betrüger sei. Schlimmer noch: ein Ungläubiger. Wir waren bestürzt. Was für Beweise? fragten wir ihn. Er zeigte uns ein Gerät, aus Metall, das er aus der Kiste des Sheikhs entwendet hatte. Mit diesem Gerät werden Entfernungen gemessen. Wozu braucht ein Derwisch so ein Gerät? Wir schwiegen, wir dachten nach. Ich hoffe, daß alle so gründlich nachgedacht haben, wie ich es tat. Mir wurde klar, wie haltlos, wie unverschämt die Anschuldigungen dieses Halbwüchsigen waren. Sheikh Abdullah war ein Mann, der Respekt gebot und Respekt erhielt. Obwohl wir ihn erst seit einigen Tagen kannten, hatten wir seine Güte schon kennenlernen dürfen.
GOUVERNEUR: Würdest du sagen, daß er ein großzügiger Mann war?
OMAR: Oh ja, gewiß.
SHARIF: Haben Sie von seiner Großzügigkeit profitiert?
OMAR: Ach, die ganze Welt gewinnt, wenn ein Mensch sich großmütig zeigt.
GOUVERNEUR: Die Welt interessiert uns nicht, in diesem Fall, sondern Omar Effendi und seine Beziehung zu diesem Sheikh Abdullah. Also, was hat er dir gegeben?
OMAR: Gegeben? Nein, nur ein Darlehen, das mein Vater ihm in Medina zurückgezahlt hat. Glauben Sie etwa, unser Respekt habe daher gerührt? Er war ein gelehrter Mann, das hat ihn für uns kostbar gemacht. Ich weiß nicht, ob er ein Alim war, aber er war in vielem kundig. Erst kurz vor diesem Vorfall hatte er mir einen

seiner Briefe an seinen Lehrer in Kairo gezeigt, damit ich ihn korrigiere, ein gelehrtes Schreiben, in dem er um Rat hinsichtlich einiger schwieriger Fragen des Glaubens bat, Fragen, die nur demjenigen einfallen, der eine höhere Ebene des Glaubens erreicht hat. Ich habe in Al-Azhar gelernt, und manches davon war selbst mir nicht bekannt.

KADI: Ein Semester in Al-Azhar macht noch keinen Alim.

OMAR: Was ich weiß, was ich damals wußte, das reicht aus, um ohne jeden Zweifel zu behaupten, daß Sheikh Abdullah nicht nur ein wahrhaft Gläubiger war, sondern auch ein sehr gelehrter und ehrenwerter Moslem. Das läßt sich von diesem Mohammed nicht behaupten. Fragen Sie Sheikh Hamid al-Samman, mit dem sollten Sie unbedingt sprechen, ein hochgeachteter Bürger Medinas. Fragen Sie ihn, seine Empörung kannte keine Grenzen.

HAMID: Mohammed? Der junge Mohammed, ja, wie könnte ich ihn vergessen. Ein von Natur aus gehässiger Mensch. Trotz seiner Jugend. Alleweil suchte er das Schlechte im Menschen. Er war wie das Kamel, das den Buckel des Dromedars bekrittelt. Wir alle wußten, wie bewandert Sheikh Abdullah war – ein Mann des gründlichen Wissens. Wieso sollte er nicht ein Gerät besitzen, das uns nicht bekannt war? Der Vorwurf war lachhaft, ich habe keinen Augenblick daran geglaubt. Das Licht des Islam scheint in diesem Menschen, sagte ich. Das ist für jeden deutlich zu spüren, der das Licht wahrnehmen kann. Leider hat dies nicht ausgereicht, den jungen Mohammed zum Schweigen zu bringen – er war bissig wie ein Kojote. Er besaß die Frechheit, mir gegenüber zu verkünden, wer die Gebete nicht einhalte, der sei kaum in der Lage, das Licht des Glaubens zu erkennen. Das war zuviel, ich hätte meine Hand gegen ihn erhoben, wenn die anderen mich nicht zurückgehalten hätten.

೧೧೧೧೧೧೧೧೧೧೧

Warten, wie in einer Ewigkeit der Qual. Die Abfahrt war für den frühen Vormittag angekündigt worden – zu Mittag stach die Sonne alle offenen Augen aus. Die gehievten, die geschleppten, die gezogenen, die mit Flüchen überladenen Kisten besetzten den Strand, bildeten kleine Wehrketten, hinter denen sich die Reisenden verschanzten, die sich bis zum heiseren Ende jeder Zahlungsaufforderung verweigern würden. Was die Krämer von Suez nur allzu genau wußten, weswegen sie zahlreich angetreten waren und sich zielstrebig Wege durch die Menge bahnten, begleitet von Sklaven und Dienern, die einschüchternd bewaffnet waren. Die Krämer hielten vor den Reisenden, die ihnen noch etwas schuldeten für die Waren, die sie schon eingepackt und verschnürt hatten, während in ihrem Streitschatten Diebe auf die Gelegenheit lauerten, sich unbeaufsichtigtes Gut anzueignen.

Sheikh Abdullah stand hinter einem Haufen von Kisten, Säcken und Wasserschläuchen. Der Diener von Salih Shakkar, dessen Hilfe just zu dieser Stunde benötigt wurde, war zum Basar gegangen, seinen eigenen Angelegenheiten zu frönen, und Salih murmelte nachtragend, wie wenig weise es sei, sich gütig und großzügig zu geben. Sie vertrieben sich die Zeit damit, das Schiff zu betrachten, das sie aufnehmen und nach Yanbu bringen sollte. Etwa fünfzig Tonnen schwer, schätzte Sheikh Abdullah, der Hauptmast erheblich größer als der Besanmast. Ohne daß ein Zeichen zum Aufbruch erfolgt wäre, bewegte sich auf einmal alles. Jeder eilte ans Wasser. Saad hatte eines der Boote fest am Bug gepackt, und der Bootsmann traute sich keine Widerworte, so als hielte ihn dieser gewaltige schwarze Mann am Kragen fest. Sie waren trotzdem nicht die ersten, die das Schiff erreichten. Es besaß nur ein kleines, erhöhtes Achterdeck, neben der einzigen Kabine, die schon von einem Dutzend Frauen und Kinder besetzt war. Sie drängten sich durch das Gewühl im Rumpf und kletterten auf das Achterdeck. Die Diener hievten die Truhen hinauf und blieben im Rumpf zurück. Oben war gerade genug Platz für die Herren. Innerhalb der nächsten Stunden kamen mehr Passagiere an Bord, als der Kapitän angekündigt hatte, mehr, als sein Boot fassen konnte.

Kaum hatte Sheikh Abdullah den Gedanken ausgesprochen, daß gewiß kein weiterer Reisender Platz finden würde, kam eine Gruppe Maghrebiner an Bord, große Männer mit schweren Gliedern, vorwurfsvollen Blicken und brüllenden Stimmen, und alle schwer bewaffnet. Sie trugen weder Kopfschutz noch Schuhwerk. Sie forderten Platz im Schiffsrumpf ein, von den Türken und Syrern, die sich dort schon eingerichtet hatten. Bald schlug jeder um sich und kratzte und biß, trampelte und trat gegen die anderen. Der Rumpf war ein Kessel, in dem die Wut einkochte.

Der Eigentümer des Bootes verkündete, er habe Verständnis für die mißliche Lage der Reisenden, daher biete er jedem von ihnen an, das Schiff gegen volle Erstattung der Anzahlung zu verlassen. Das war ein Angebot, das keiner annehmen wollte. Das nächste Boot wäre genauso voll, das übernächste auch. Als kurz darauf die Segel gehißt wurden, sprangen alle auf, als folgten sie einer stillschweigend abgesprochenen Choreographie. Sie rezitierten die erste Sure, die Fatihah, ihre Hände gen Himmel gerichtet, als wollten sie einen Segen auffangen, der vom Himmel auf das Schiff hinabfiel. Nach dem Amen strichen sie den Segen über ihr Gesicht. Und ein alter Mann richtete seine Stimme zu einem weiteren Gebet auf. Mache uns untertan jedes Meer, das Deines ist auf Erden und im Himmel, in der Welt der Sinne und in der unsichtbaren Welt, das Meer dieses Lebens und das Meer des kommenden Lebens. Mache uns all das untertan, Du, in dessen Hand die Macht über alles liegt.

Der Kapitän navigierte, wie Sheikh Abdullah bald nach ihrem Aufbruch erkannte, einzig und allein, indem er die Küste nicht aus den Augen ließ. Es war ein langsames Abtasten. Vor Jahrhunderten wären sie um einiges schneller vorangekommen, dachte Sheikh Abdullah, der Kapitän wäre mit den nötigen Instrumenten ausgestattet gewesen, mit Kenntnis von den Tiefen, er hätte seinen Steuermann Tag und Nacht anweisen können. Die Küste von Sinai war eine massive Wand, bemerkenswert einförmig, in den Tagen darauf gekrönt von den zinnenartigen Höhen des Jebel Serbal und den gerundeten Silhouetten des Jebel Musa, des Berges Sinai. Sie ankerten, bevor die Sonne hinter Afrika unterging. Zum Abendessen teilten sie sich eine Rolle Stutenhaut, getrocknete Aprikosenpaste, die immerhin leichter zu kauen war als die trockenen Biskuits, so hart, als seien sie von den Felsen am Ufer abgeschlagen.

Sie sprachen sich gerade ab, wer nachts über die Gruppe wachen sollte, als unten im Rumpf, nahe des Achterdecks, Unruhe aufkam. Helft ihm hoch, rief jemand. Wem? Dem alten Mann! Welchem alten Mann? Hier, hier ist er. Was soll er hier oben? Er ist ein Kass, er soll uns etwas erzählen. Saad lehnte sich nach vorne, packte einen gebrechlichen Alten unter die Achseln und hob ihn auf, als sei er aus Pergament. Der alte Mann setzte sich auf eine der Kisten und deutete nach unten. Mein Helfer. Bringt ihn auch hinauf. Saad streckte schon seine Arme aus, um auch den Begleiter des Erzählers hinaufzuholen. Wozu brauchen Sie Hilfe? fragte Salih mißtrauisch. Soll ich das Geld etwa selber einsammeln? wies ihn der Alte entrüstet zurecht. Er sammelt Geld? Er soll unten sammeln, rief Salih aus. Bei so vielen Pilgern wird er reichlich Belohnung finden. Und Saad ließ den Helfer wieder fallen. Als der Alte zu erzählen begann, waren alle, die ihn sehen konnten, erstaunt über seine kräftige Stimme. Er sprach ein kurzes Gebet, während dem sich das Schweigen wie schwarze Tinte von dem Achterdeck aus über das ganze Schiff ausbreitete.

Oh Bewahrer der Seelen in diesem Rumpf, oh Beschützer des Rumpfes in dieser unergründlichen See, behüte dieses Boot, das Silk al-Zahab heißt. Sagt, was wißt ihr über die Zeit? Sagt, was wißt ihr über das Alter? Zu Beginn unserer Zeit gab es schon all die Berge und Buchten, die wir gestern und heute und morgen sehen. Es gab das Steilufer, das Riff, die Sandbänke, die Klippen, es gab das Gold, das Blau und das Purpur, in das sich der erste der Könige gekleidet hat und mit dem das Paradies ausgelegt sein wird. Es gab Menschen, die Recht suchten, und Menschen, die Unrecht taten. Es gab ehrenhafte Führer und sündige Tyrannen. Es gab Musa, und es gab den Pharao. Ihr kennt alle die Geschichte von der Flucht von Musa und seinem Volk, von der Verfolgung durch die Armee des Pharaos, von dem Meer, das sich vor den Wahren teilte und über den Falschen zusammenschlug. Aber wißt ihr, daß sich die Geschichte hier abgespielt hat? Zwischen dem Berg auf dieser Seite und der Wüste auf jener Seite. In diesem Wasser, neben und unter unserem Schiff, hier, wo wir eine lange Nacht verbringen werden. Hier ist die Armee des Pharaos ertrunken in den Höllenfluten. Eine gewaltige Armee, hunderttausend Mann stark, mächtiger als die Armee des Kalifen.

Kein einziger Soldat unter ihnen hat das andere Ufer erreicht, kein einziger unter ihnen ist je heimgekehrt. Sie alle wurden vom Meer gefangengenommen, und sie haben sich nie mehr befreien können. Wenn wir tief genug hinabblicken könnten, wir würden auf dem Grund die hunderttausend Krieger sehen. Sie marschieren, immer weiter, bis zum Ende unserer Zeit, Krieger in schwerem Harnisch, die mit jedem Schritt im Sand versinken. Sie müssen von einem Ufer zum anderen marschieren. Sie werden von den Aalen, die in der Strömung schwingen, verspottet. Sie sind verflucht, sie können nicht ankommen und nicht heimkehren. Deswegen sind die Strömungen in diesen Buchten so gefährlich. Deswegen sind die Tiefen in diesem Gewässer so unruhig. Deswegen hört der Wind zwischen diesen zwei Ufern nie auf, seine schwarzen Flügel zu schlagen. Fürchtet euch nicht. Denn Gott, der tun und lassen kann, wie es ihm beliebt, wahrlich, er ist der beste aller Hüter, der beste aller Helfer, er hat uns jemanden geschickt, der auf alle Reisenden und auf alle Seemänner in diesen gefährlichen Gewässern aufpaßt. Es ist der heilige Abu Zulaymah, ihr wißt alle von ihm. Aber wißt ihr auch, daß er in einer der Höhlen des Berges hinter mir sitzt? Dort wird für ihn gesorgt, zur Belohnung für seine guten Taten wird ihm Kaffee serviert, nicht irgendein Kaffee, sondern Kaffee aus den heiligen Stätten, leuchtendgrüne Vögel tragen in ihren Schnäbeln Bohnen aus Mekka zu ihm, Zucker aus Medina, und im Flug zwischen den beiden heiligen Städten und seiner Höhle dort in der felsigen Wand hinter mir schreiben diese Vögel den gesamten Glorreichen Koran in den Himmel, und der Kaffee wird ihm zubereitet von den willigen Händen von Engeln, die sich an nichts mehr erfreuen, als wenn Abu Zulaymah sie um eine weitere Tasse bittet. Deswegen vergeßt nicht, heute nacht auch ein Gebet an Abu Zulaymah zu richten, damit wir weiterhin auf Erden wandeln können und nicht auf dem sandigen Grund dieses düsteren Meeres. Es gibt weder Macht noch Kraft außer bei Gott, dem Erhabenen, dem Allmächtigen.

Der Tag erwacht über einem zusammengekauerten Haufen Menschheit. Er richtet sich auf; sie haben sich abwechselnd ausgestreckt, ihm sind die späten Stunden zugefallen. Zum ersten Mal fragt er sich, ob er nicht einen Fehler begangen habe. Eine unbequeme schlaflose Nacht bringt Zweifel mit sich. Mohammed, neben ihm, hält seine Knie umklammert, sein Kopf liegt auf der Brust, seine Augen befreit von jeglicher Überheblichkeit. Seit gestern ist er ihm ein wenig ans Herz gewachsen. Hamid liegt an der hölzernen Schiffsreling. Sheikh Abdullah begreift nicht, wie er es geschafft hat, im Laufe der Nacht dorthin zu kriechen, trotz der vielen, die im Wege liegen. Er leidet, offensichtlich, an einem verdorbenen Magen; er lehnt sich immer wieder über die Reling. Es sind nur einzelne, die dem Morgengebet treu bleiben. Allen anderen ist es Mühsal genug, den Kopf zu heben und mißtrauisch dem Tag ins Gesicht zu sehen, das voller böser Vorahnung ist.

Zu Mittag ist die Sonne sengend, die Matrosen geben ihre Positionen auf und flüchten sich in die schmalen Schatten der Maste. Der Wind, wenn er aufkommt, wirft ihnen das Glühen der Küstenfelsen entgegen. Alle Farbe schmilzt dahin, vererbt dem Himmel ein Leichentuch, und das Meer spiegelt eine glatte Ermattung wider. Der Horizont scheint der Strich zu sein, unter dem Bilanz gezogen wird. Die Kinder haben keine Kraft mehr zu schreien. Neben Sheikh Abdullah, auf dem Achterdeck, ein türkischer Säugling, der still in den Armen seiner Mutter liegt, sich seit Stunden nicht bewegt hat. Er bespricht sich mit den anderen. Sie können das Kleine nicht vor ihren Augen verenden lassen. Ein syrischer Pilger holt eine Scheibe Brot heraus, die er in seinen Teebecher tunkt. Die Mutter schiebt das durchtränkte Stückchen ihrem Kind in den Mund. Hamid reicht ihr einige getrocknete Früchte, und Omar bietet ihr einen Granatapfel an, den er schält und aufbricht. Die Mutter öffnet den Mund ihres Kleinen, Omar lehnt sich vor und drückt die Frucht aus. Einzelne Tropfen fallen hinab auf die zuckende Zunge, dann ein roter Strahl, es ist zuviel, es rinnt dem Säugling aus dem Mundwinkel und über das Kinn. Wenig später lächelt der Kleine zum ersten Mal, mit einem blutroten Mund, und Sheikh Abdullah findet Trost in der Zärtlichkeit, die sich auf dem Gesicht von Omar widerspiegelt.

Wie viele solcher Tage und Nächte werden sie überleben können? Die Pilger, die sich noch aufrichten können, überzeugen den Kapitän, am Abend nahe der Küste zu ankern, so daß sie am Strand nächtigen können. Als Sheikh Abdullah zum Strand watet, tritt er auf etwas Scharfes, er verspürt einen stechenden Schmerz in seinem Zeh. Er setzt sich hin, das Licht ist eine einzige Liebeserklärung, er untersucht die Wunde und zieht einen Splitter heraus. Vielleicht ist er auf einen Seeigel getreten. Er gräbt sich eine Wanne in den weichen Sand. Das Schiff, das vor seinen Augen ankert, ist überwunden, zumindest für eine Nacht.

ೞೞೞೞೞೞೞೞೞೞ

Im Monat von Jumada'l-Ula des Jahres 1273
Möge Gott uns seine Gunst und Gnade erfahren lassen

GOUVERNEUR: Wir haben Fortschritte erzielt.
KADI: Beachtliche. Soll ich zusammenfassen: Sheikh Abdullah ist ohne Zweifel der britische Offizier Richard Burton, ein gelehrter Mann, vielleicht ein Moslem, vielleicht ein Shia, vielleicht ein Sufi, vielleicht aber auch nur ein Lügner, der sich als dieses und jenes ausgab, um die Hadj zu unternehmen, mit welcher Absicht auch immer. Gewiß, wir wissen mehr als zu Beginn, aber was ist dieses Wissen wert?
GOUVERNEUR: Sagen Sie mir, die Frage hat mich von Anfang an beschäftigt: Halten Sie es für möglich, daß ein Mensch monatelang vortäuschen kann, ein Gläubiger zu sein?
KADI: Der Rubin und die Koralle haben die gleiche Farbe. Eine Kette, auf der sie gemischt sind, besteht scheinbar gänzlich aus Edelsteinen.
GOUVERNEUR: Es gibt bestimmt eine Möglichkeit, sie zu unterscheiden.
KADI: An der Tönung könnte ich sie auseinanderhalten. Dazu müßte ich sie freilich genau betrachten, aus nächster Nähe.
GOUVERNEUR: Mit einer Lupe?
KADI: Am besten mit einer Lupe.

SHARIF: Der Christ ist die Koralle?
KADI: Nein, der Nichtgläubige.
SHARIF: Das meine ich.
KADI: Ein großer Unterschied. Ich denke, dieser Mann steht außerhalb des Glaubens. Nicht nur unseres Glaubens. Das erlaubt ihm, hinzugehen, wohin sein Wille ihn treibt. Ohne Gewissensbisse. Er kann sich an dem Glauben anderer bedienen, er kann annehmen und verwerfen, auflesen und weglegen, wie es ihm beliebt, als wäre er auf einem Marktplatz. Als wären die Mauern, die uns umgeben, weggefallen, als stünden wir draußen auf einer endlosen Ebene und hätten Sicht in alle Richtungen. Und weil er an alles und an nichts glaubt, kann er sich, zumindest dem Äußeren nach, nicht aber in der Festigkeit, in jeden Edelstein verwandeln.
GOUVERNEUR: Das hört sich fast an, als würden Sie ihn beneiden?

✥✥✥✥✥✥✥✥✥✥✥

Die Zeit des Schachers. Um jedes Dromedar herum Männer. Flache, ausgestreckte Hände. Die Schatten zusammengedrückt, als müßten sie in den Truhen Platz finden. Gespannte Seile. Sie sind angekommen im Heiligen Land. Gestalten in Weiß und Gestalten in Schwarz. Aufgerichtet, auf Fersen gehockt. Sie schlürfen Tee, zwischen den Abdrücken im Sand von Hufen und Geduld. Der unmarkierte Eingang zur Wüste. Sein geschwollener Zeh, ein hinderlicher Schmerz, den er ignorieren muß. Ein Junge, der ihm Süßigkeiten anbietet. Mohammed, der seine Nützlichkeit beweist. Seit dem Sonnenaufgang verharren sie im achtsamen Nichtstun. Tauschen Nachrichten aus. Reden und reden. Das Geschäft, das sich anbahnt, kommt am Rande zur Sprache. Wie unbeabsichtigt. Erwartungen werden abgesteckt, erste Vorschläge auf den Sand gelegt. Der Junge, der seine braunen, verkrusteten Süßigkeiten erneut anbietet. Sie einigen sich auf drei Dromedare, auf einen deftigen Preis. Die Tiertreiber sind allesamt Diebe und Räuber, flüstert Mohammed ihm zu. Das Dromedar befolgt nur ihren Befehl, und sie erkennen keine anderen Herren an. Wieder der Junge mit den Süßigkeiten. Er kauft ihm drei Stück ab und bezahlt mit großzügiger Münze. Der Junge grinst, als wolle er sagen: Ich habe gewußt, daß du schließlich nachgeben wirst. Der Zeitpunkt des Aufbruchs wird vereinbart und der Abschied in eine respektvolle Länge gezogen. Tags darauf sind sie wieder unterwegs.

☙❦❦❦❦❦❦❦❦❦❡

Es erregte Aufmerksamkeit, wenn er etwas zu Papier brachte. Wenn er Argwohn vermeiden wollte, durfte er sich nicht mit einem Stift in der Hand überraschen lassen. Er mußte sich zurückziehen zum Schreiben. In Kairo ein leichtes, auf der Reise jedoch gab es selten Möglichkeit zum Rückzug. In Gegenwart anderer zu schreiben, der Beduinen insbesondere, war nur ratsam, wenn er vorgab, ein Horoskop oder eine Zauberformel zu formulieren, Fähigkeiten, die von einem Derwisch erwartet wurden.

Anfänglich hatte er seine Notizen, die unverfänglichen wie auch die geheimen, zwar auf englisch, aber in arabischer Schrift verfaßt. Bevor er seine Eindrücke in sein Notizbuch übertrug, vergewisserte er sich zunächst, daß ihn niemand beobachtete. Mit der Zeit, seines Ansehens sicher und im Gefühl, über jeden Verdacht erhaben zu sein, begann er, diese Vorsichtsmaßnahme zu mißachten. Die Schrift nahm lateinische Form an, und manchmal notierte er etwas bei Tageslicht, unauffällig auf dem Rücken des Dromedars, einen Papierstreifen in seiner Handfläche versteckt. Was schreiben Sie auf, Sheikh, mitten in der Wüste? Hamid hatte heimlich sein Dromedar von hinten herangetrieben. Ach, mein Freund, ich halte eine weitere Schuld fest. Damit wir am Tag der Rückzahlung nicht in Verlegenheit geraten. Ein Mann wie Sie, sagte Hamid, bevor er sich wieder entfernte, findet für alles seinen eigenen Nutzen.

Auf Reisen wie dieser war jeder oft allein mit sich selbst und mit seinem Dromedar, diesem mürrischen, widerspenstigen Tier, dessen einzige freundliche Geste aus einem gelegentlichen Furz bestand. Sheikh Abdullah feindete sich umgehend mit seinem Dromedar an, das seinem Ruf als geduldiges Wesen widersprach. Es war bösartig, unbeherrschbar, manchmal sogar gefährlich. Es mißtraute allem Unbekannten, und die Laute, die es von sich gab, ob das schnaubende Stöhnen oder das teils wehleidige, teils verdrießliche Blöken, waren unerträglich. Es beschwerte sich über jedes Kilo, das ihm aufgeladen wurde. Am ersten Abend richtete Sheikh Abdullah einige abfällige Bemerkungen über das Reittier an den Tiertreiber. Sie können doch gut mit Menschen umgehen, Sheikh, antwortete ihm dieser, Dromedare sind nicht anders als Menschen. Wenn sie jung sind, wissen sie nicht, wie sie sich zu benehmen haben. Als Erwachsene sind sie gewalttätig und unkontrollierbar, in der Brutzeit, da wittert das Männchen ein williges Weibchen aus zehn Kilometer Entfernung, da wird es bockig, seine Zunge bibbert. Und mit dem Alter werden sie zänkisch, rachsüchtig und verdrossen.

Schüsse erklangen – das Tal, das sie durchquerten, war für einen Hinterhalt wie geschaffen. Beduinen, dreckige Köter. Mohammed duckte sich, Sheikh Abdullah erwiderte das Feuer. Nein! Der Tiertreiber schrie ihn an. Wenn wir einen dieser Banditen töten, wird sich der ganze Stamm gegen uns verbünden und die Karawane angreifen, bevor wir Medina erreichen können. Das würde unser aller Ende bedeuten. Die anderen schießen doch auch, sagte der Sheikh. Nur in die Luft, nur in die Luft, damit der Rauch uns etwas Deckung gibt. Verdammtes Land, auf den Kopf gestellte Gerechtigkeit. Und der Sheikh lud nach, schoß weiter, ohne zu zielen. Bald darauf verklangen die Schüsse. Sie erreichten Shuhada, den Ort der Märtyrer. Es fehlten einige Dromedare und einige Lasttiere. Was für eine magere Beute, für die zwölf Menschenleben verschwendet worden waren, zwölf Männer, die schnell beerdigt werden mußten, bevor sie weiterziehen konnten.

※※※※※※※※※※※

Solange die Karawane in Bewegung war, mußte er auf sein Gepäck nicht achten, denn die Tiertreiber übernahmen alle Verantwortung. Doch im Nachtlager mußte jeder selbst auf seine Wertsachen aufpassen, und es dauerte nicht lange, bis die ersten heimtückischen Angriffe auf ihr Eigentum erfolgten. Es waren die Tiertreiber selber, Hüter bei Tage, Diebe bei Nacht. Diese Ochsen von Ochsen – Mohammed bestand darauf, die erste Wache zu übernehmen –, diese Söhne der Flucht, ach, ihre Hände sollen absterben, ihre Finger erlahmen. Mohammed hielt sich mit Flüchen wach. Ihr Helden mit fauligen Schnurrbärten, ihr niedrigsten unter allen Arabern, die jemals einen Zeltpflock eingeschlagen haben. Wahrlich, ihr schürft aus den Minen der Niedertracht! Am frühen Morgen blickten die Tiertreiber ihn bitterböse an und murmelten: Bei Gott! Und bei Gott! Und bei Gott! Junge, wenn du uns alleine in die Hände fällst in der Wüste, wir werden dich auspeitschen wie einen Hund. Solange die Sonne schien, achtete Mohammed darauf, daß sein Dromedar dem Schatten der Tiere von Sheikh Abdullah und Saad, dem Dämon, nicht entglitt.

Am zweiten Abend fiel Sheikh Abdullah die Wache zu. Er löste seinen Verband. Die Schmerzen waren so heftig, er wollte die Infektion ins Feuer halten. Vielleicht würde ein nasser Verband, von Teeblättern durchtränkt, Linderung verschaffen. Er mußte sich ablenken, irgendwie, und sei es auch nur mit dem Benennen der Sterne, die lateinischen Namen zuerst, dann die englischen. Bald würden sie das fabelhafte Medina erreichen. Stadt der Zuflucht, verteidigt von Ammenmärchen, von Ungeheuern, Amazonen mit Ziegenhufen, Zyklopen, die in ihrer Besessenheit so manche geologische Verwerfung verursacht haben. Einmal in Medina angekommen, der Heimat – binsenbekannt – aller sanften und gütigen Menschen, würde er mit eigenen Augen sehen, ob der Sarg des Propheten über der Erde schwebte. In dem karmesinroten Hamail, das Hadji Ali ihm geschenkt hatte, trug er anstelle eines kleinen Korans eine Uhr und einen Kompaß, ein Taschenmesser und einige Bleistifte. Wer so ausgerüstet war, der mußte sich vor den Ungeheuern nicht fürchten, höchstens vor den Menschen. Er vertrat sich ein wenig die Beine. Als er sich wieder hinsetzte, schoß der Schmerz sein Bein hinauf.

Saad war aufgestanden. Auch er schlief schlecht. Wenn ich alle meine Aufgaben erfüllt habe, pflegte er zu sagen, werde ich ausschlafen. Er setzte Tee auf und hockte sich neben Sheikh Abdullah. Es brauchte zwei Sätze, die ereignislose Nacht zu bedenken. Gewiß freue er sich auf die Heimkehr, auf das Wiedersehen mit seinen Nächsten, fragte Sheikh Abdullah. Ich freue mich, ich freue mich sehr, aber diese Freude wird vergehen. Wieso so düster, Saad? Ich bin glücklich, für einige Wochen, dann werde ich unruhig, ich bilde mir ein, daß die Geschäfte rufen, und es drängt mich zum Aufbruch. Ich weiß, sagte Sheikh Abdullah, das Glück des Weges. Ja, der Weg, er ist unersetzbar. Trotz aller Mühsal, er ist es, der mein Herz höher schlagen läßt. Wir sind Reiter zwischen Stationen, es ist unser Schicksal, anzukommen und aufzubrechen. Und unsere langen Hoffnungen, fügte Sheikh Abdullah hinzu, spannen sich über unser kurzes Leben. Morgen werde ich, wenn Gott der Große und Glorreiche es so bestimmt, zu Hause sein, aber du, Sheikh, du hast einen langen Weg vor dir. Ich beneide dich. Es ist noch früh, willst du dich nicht hinlegen, ich werde die Wache übernehmen.

Sheikh Abdullah schlummerte ein in Gedanken an die grüne Kuppel. Beim Aufwachen spürte er, daß bereits Aufbruchstimmung herrschte. Er öffnete seine Augen und ertappte Mohammed, der sein karmesinrotes Hamail in den Händen hielt. Er hatte es noch nicht geöffnet. Mohammed spürte den Blick, der auf ihn ruhte, er drehte langsam seinen Kopf. Sie starrten sich an. Mohammed, ertappt, unternahm einen stotternden Erklärungsversuch. Ich fand mein Exemplar des heiligen Buchs nicht, beim Gebet heute morgen, ich war mir nicht sicher über eine Strophe. Welche Sure denn, mein junger Freund, vielleicht kann ich dir helfen? Die Sure von dem gegenseitigen Betrug. Die vierundsechzigste Sure, also? Wieso zählst du die Suren? Das ist bei uns in Indien so üblich – wir lieben die Zahlen, schließlich haben wir sie erfunden. Tatsächlich. An welche Strophe kannst du dich nicht mehr entsinnen? *Der Tag, an dem Er euch versammeln wird zum Tag der Versammlung, das ist der Tag des gegenseitigen Betrugs*, heißt es am Anfang. Du willst wissen, wie es weitergeht? Nein, das weiß ich wohl, aber die nächste Strophe, die weiß ich nicht mehr ganz genau, ich wollte sie nachschlagen, Verzeihung, daß ich nicht um Ihre Erlaubnis gefragt habe, sie schliefen noch. Nicht nötig, Mohammed, es ehrt dich, daß du deine Unwissenheit sofort beseitigen willst. Ich werde sie dir sagen, die Strophe, die dir nicht mehr einfällt. Besser aus dem Munde eines Freundes als vom Blatt, nicht wahr? *Diejenigen aber, die nicht glauben und unsere Zeichen der Lüge zeihen, das sind die Bewohner des Feuers für alle Zeiten; wie schlimm wird ihre Reise sein.* Richtig,

Gott möge es Ihnen danken, wie konnte ich sie nur vergessen? Gräme dich nicht. Du bist gewissenhaft genug. Wenn du mir bitte mein Hamail reichen könntest. Wir müssen unsere Sachen zusammenpacken. Die Karawane wird bald aufbrechen.

ഛഛഛഛഛഛ

Im Monat von Jumada al-Akhirah des Jahres 1273
Möge Gott uns seine Gunst und Gnade erfahren lassen

GOUVERNEUR: Vielleicht hat er für eine andere Macht spioniert?
SHARIF: Sie geben zuviel auf Vermutungen.
GOUVERNEUR: Wieso ist er in seinem eigenen Land so wenig geehrt worden? Wieso hatte er es nicht eilig, nach Hause zurückzukehren, nach der Hadj, sondern blieb, wie Sie wissen, noch monatelang in Kairo?
SHARIF: Wem soll er gedient haben?
GOUVERNEUR: Den Franzosen.
SHARIF: Sie meinen, die Briten haben aus Rache das Gerücht in die Welt gesetzt, er sei ein Christ.
KADI: Was trotzdem die Wahrheit sein kann.
SHARIF: Oder eine Lüge, um einen Doppelagenten bloßzustellen.
GOUVERNEUR: Er hat sich lange genug in dieser Gegend aufgehalten, um Pläne ausarbeiten zu können, wie unsere Position im Hidjaz geschwächt werden könnte.
KADI: Was für ein Interesse könnten die Franzosen daran haben?
GOUVERNEUR: Muß ich es Ihnen erklären? Die Sharife von Mekka sind Meister der wechselnden Allianzen. Sie spielen Kairo und Istanbul gegeneinander aus, sie suchen Verbündete überall, selbst im Jemen. Was hindert die Franzosen daran, mit dem Sharif zu intrigieren, um Saud gegen den Sultan und den Sultan gegen die Briten auszuspielen. Dann würde der Sharif am Ende wieder alleine über Mekka, Gott möge sie erhöhen, regieren, geduldet und unterstützt von seinen neuen Freunden, den Franzosen.
SHARIF: Unterstellen Sie mir Verrat? Das kann ich keineswegs billigen. Ich versichere Ihnen, meine Treue steht außer Zweifel.

KADI: Sie sollten sich ein Beispiel an Ihrem Vater nehmen. Es wird gesagt, er sei ein stolzer Mann gewesen. Nicht bereit, sich anzubiedern. Wie es sich gehört für einen, der das Heiligste zu beaufsichtigen hat.

SHARIF: Er war ein Held, ein Verteidiger des Glaubens. Ich bin mir meiner Pflicht sehr wohl bewußt.

GOUVERNEUR: Von welcher der vielen Pflichten, die Ihr Geschlecht sich zumutet, sprechen Sie? Von der Pflicht der politischen Zweckmäßigkeit? Glauben Sie, wir hätten nicht gemerkt, wie eng Sie mit dem französischen Konsul in Djidda befreundet sind? Hat er Sie umschmeichelt, hat er Ihnen eingeredet, Sie könnten in Zukunft eine bedeutendere politische Rolle spielen?

SHARIF: Unsere Höflichkeit, die Höflichkeit der Qitadas, war schon immer berühmt, wahrlich, sie hat noch nie einen Menschen ausgenommen, auch nicht einen Fremden oder einen Ungläubigen. Wir behandeln jeden so respektvoll wie einen Bruder. Das führt offensichtlich zu bedauerlichen Mißverständnissen.

GOUVERNEUR: Äußerst bedauerlich.

SHARIF: Dieser Burton, wieso machen wir so ein Geheimnis aus ihm? Vielleicht war er nur neugierig, verstehen Sie nicht, wenn einer jahrelang in unseren Landen lebt und reist und immer wieder Hadjis trifft und von der Hadj hört, wie soll er da nicht eine Sehnsucht danach entwickeln, dieses wundersame Ereignis und diese heiligen Orte mit eigenen Augen zu sehen.

KADI: Gott der Allmächtige hat alle Menschen erschaffen, also kann es jeden Menschen nach Mekka, Gott möge sie erhöhen, ziehen.

GOUVERNEUR: Ich gebe auf. Ihr Söhne von Mekka, ihr seid große Anhänger der guten Nachrichten, die ihr selber in die Welt setzt.

SHARIF: Und ihr Türken, ihr vermutet unter jedem Stein einen Skorpion.

Unruhe ergreift seine Gefährten. Saßen sie zuvor noch regungslos auf ihren Tieren, verschmolzen mit ihnen in Ausdauer, recken sie nun ihre Hälse nach Osten und treiben ihre Dromedare der Sonne entgegen, die in der Ferne über einer vertrauten Hügelkette aufgeht. Saad spricht ihn an, von sich aus, zum ersten Mal. Sein kleiner Garten, die köstlichsten Datteln – die Finger umschließen eine Frucht –, er selbst werde sie ihm servieren, köstlicher als alles, was er in seinem Leben bisher probiert habe. Die Vorstellung einer Palme wirkt in diesem Lavameer wie eine plumpe Lüge. Nichts deutet auf die Blüte des Islam hin, die sich bald seinen Augen darbieten wird. Außer der Unruhe seiner Gefährten. Ein Ruck ist durch die Karawane gegangen, die Geschwindigkeit erhöht, die Stimmen lauter. Einzelne Reiter preschen sorglos vor, so nahe am Ziel sind keine Überfälle zu befürchten. Ein leichter Anstieg durch ein trockenes Wadi, dann schwarze Stufen, die aus dem Basalt gehauen sind, hinauf zu einem Durchbruch. Das ist Shuab el Hadj – Omar reitet an ihm vorbei, an steiler Stelle –, gleich werden Sie sehen, Sheikh, wonach Sie sich so lange gesehnt haben. Gleich werden Sie die Wüste lieben, und mit der Wüste die ganze Welt.

Die Reisenden bleiben auf dem Paß stehen, sie springen von ihren Dromedaren. Er sieht Silhouetten, die niederknien, er hört hohe Schreie, über dem Kamm eine Fahne der Euphorie, in Purpur und Gold. Er schließt auf. Vor ihm ein langgestreckter steinerner Tisch, reichgedeckt mit Gärten und Häusern, mit frischem Grün und Dattelpalmen. Zur Linken erhebt sich ein grauer Felshaufen, wie von einer gewaltigen Lawine aufgetürmt. Um ihn herum Jubelrufe, der Prophet wird gepriesen, wie kein anderer Mensch je gepriesen worden ist. Ewig möge er leben, solange der Westwind sanft über die Hügel von Nidj weht und der Blitz hell durch das Firmament des Hidjaz schlägt. Sogar die Sonnenstrahlen, entschärft vom Tau, huldigen ihm. Und obwohl er genauer hinschaut und dem Ausblick wenig Außergewöhnliches entnehmen kann – die Häuser sind einfache Häuser, die Palmen einfache Palmen –, will er an der Ekstase teilhaben. Nicht das Offensichtliche ist bewegend, sondern die Zeichen, die ein jeder von ihnen mit seinem inneren Auge erkennt, kein unscheinbares Städtchen, eine kleine Oase inmitten der Öde, sie sehen nicht al-Madinah – die Stadt –, sie erfassen die ganze Größe des Glaubens, die Quelle, den Ursprung. Und auch er blickt zur Ruhmreichen hinab, und auch seine Schreie erklingen zwischen den

Felsen, und obwohl er nicht weint, wie manch ein anderer Pilger, umarmt er Saad heftig, versinkt in den Armen dieses riesigen Mannes und murmelt ehrliche Worte der Dankbarkeit. Das größte Glück auf Erden, sagt Saad, das größte Glück auf Erden. Lange Minuten bleibt er auf dem Kamm stehen, einer im Einen, aufgehoben in der festlichen Brüderschaft, begründet durch den Anblick von Medina, und wenn ihn jetzt jemand nach seiner Zugehörigkeit fragen würde, er würde inbrünstig das erste Glaubensbekenntnis deklamieren. Ohne eine Einschränkung, wie sie ihm Minuten später durch den Kopf schießt: Warte, du bist nicht einer von ihnen. Wieso jubelst du? Natürlich bin ich einer von ihnen. Du mußt beobachten. Ich will Anteil nehmen. Die Reisenden ziehen weiter, die Serpentinen hinab, und seine Augen beginnen durch den Zauber zu stoßen, sie überfliegen das Städtchen, sie sezieren es, und er prägt sich alles ein, die Topographie, die Mauer, die Hauptgebäude, das rechteckige Tor, das Bab Ambari, durch das sie Medina betreten würden, und als er Pause macht von der strengen Betrachtung, stellt er fest, daß seine Hochstimmung verflogen ist.

Viele der Einwohner Medinas waren herausgekommen, um die Karawane zu begrüßen. Die meisten Reisenden gingen zu Fuß, so konnten sie Verwandte und Freunde begrüßen, umarmen, küssen. Niemand verheimlichte seine Freude. Es war nicht die Stunde der Selbstbeherrschung. Die Daheimgebliebenen bombardierten die Heimkehrer mit Fragen. Antworten wurden jetzt noch nicht erwartet. Sie ritten zusammen, als Gruppe, und wurden immer wieder auseinandergerissen. Hamid al-Samman war nicht unter ihnen. Er war vorausgeritten, um das Wiedersehen mit seiner Frau und seinen Kindern alleine auszukosten, um das Haus für seinen Besucher vorzubereiten. Er hatte sich durchgesetzt, nach langen Abenden des Beratschlagens, in denen gelegentlich Streit aufflackerte. Sheikh Abdullah würde sein Gast sein. Omar hatte auf die Dankbarkeit hingewiesen, die sein Vater dem großzügigen Helfer seines Sohnes gewiß würde erweisen wollen. Saad hatte ihm beigepflichtet und hinzugefügt, wenn es eines zweiten Hauses bedürfe, wenn der Sheikh sich völlig zurückziehen wolle, sein bescheidenes Domizil stehe auch zur Verfügung. Hamid aber ließ nichts davon gelten, er beanspruchte das Recht, den Sheikh zu beherbergen, für sich und ließ sich dieses Recht nicht nehmen. Sie passierten das Bab Ambari und schritten eine breite, staubige Straße hinunter. Omar und Saad nahmen Sheikh Abdullah in ihre Mitte. Sie gingen davon aus, er wünsche den Namen jedes Winkels von Medina zu erfahren. Das Harat Al-Ambariyah in dem Viertel Manakhah. Die Brücke über den Bach Al-Sayh. Der offene Platz Barr al-Manakhah. Geradeaus das Bab al-Misri, das ägyptische Tor, zur Rechten jedoch, nur wenige Schritte entfernt, das Haus von Hamid al-Samman. Die Dromedare knieten nieder, die Reisenden staubten sich ab, ein Mann trat aus dem Haus, ein eleganter Herr, den sie kaum wiedererkannten. Hamid hatte sich rasiert, frisiert, die zwei Enden seines Schnurrbarts zu Kommas gezwirbelt und sein Ziegenbärtchen zugespitzt zu einem Ausrufezeichen. Er hatte einen Musselinturban aufgesetzt, er war gekleidet in mehreren Schichten Seide und Baumwolle. Seine Füße waren von leichten Lederslippern überzogen und diese in festeren Pantoffeln untergebracht, die in Farbe und Schnitt der neusten Mode aus Stambul folgten. Er war wie verwandelt. Und der Tabaksbeutel, der an seinem Gürtel hing, war nicht nur goldverziert, sondern auch prall gefüllt. Offensichtlich war Hamid al-Samman, ein abgerissener Bettler auf Reisen, ein stolzer Gebieter im eigenen Heim. Auch seine Manieren waren wie verwandelt. An die Stelle des Vulgären und Lauten war dosierte Courtoisie getreten. Er nahm seinen Gast an der Hand und führte ihn in den Empfangsraum. Die Pfeifen waren gefüllt, die Diwans ausgelegt, der Kaffee köchelte auf einer Kohlenpfanne. Kaum hatte Sheikh Abdullah Platz genommen und einen Kaffee und eine Pfeife angeboten bekommen, machte schon der erste Freund der Familie seine Aufwartung. Hamid schien ein beliebter Mann zu sein. Ein Strom von Besuchern floß durch sein Haus, und ein jeder von ihnen genoß es, mit dem Sheikh aus Hindustan zu plaudern. Die Gespräche hätten den ganzen Tag eingewickelt, hätte Sheikh Abdullah nicht zu einer Taktlosigkeit gegriffen und nachdrücklich seinen Hunger und seine Müdigkeit erklärt, worauf sein

Gastgeber gezwungen war, die Besucher zu verabschieden, ein Bett zu bereiten und den Raum zu verdunkeln. Endlich, dachte Sheikh Abdullah, ein weiches Bett, endlich allein. Bald darauf hörte er in der Ferne weibliche Ausrufe der Begeisterung. Vielleicht war sein rüdes Verhalten seinem Gastgeber nicht unwillkommen gewesen, der nun endlich Muße hatte, seine Kisten aufzuschließen und seine Mitbringsel zu verteilen.

❦

Er ist ausgeruht, er hat sich erfrischt, und er hat gegessen. Es gibt keinen Grund mehr, den Besuch der Moschee des Propheten hinauszuzögern. Es ist Nacht, und nachts ist sie – laut Hamid – am schönsten. Sie bilden, kaum daß sie aus dem Haus getreten sind, eine kleine Gruppe; sie erreichen die Moschee des Propheten in einer dichten Menge. Es wird zum Nachtgebet gerufen. Das Hasten erstarrt, das Gewühl findet zu der einen, der einzigen Öffnung, durch die es in ein anderes Reich rinnen kann. Jeder Pilger nimmt Position ein, jeder sucht die rechte Haltung zu den Brüdern, die ihn umgeben. Eigentlich ist es gar nicht seine Art, freiwillig Teil einer größeren Ordnung zu sein. Nur beim Gebet, da verhält es sich anders. Schon deswegen fühlt er sich nicht als Schwindler. Kaum haben sich alle Pilger aufgereiht, die Füße in gerader Linie, weicht die gedämpfte Vielstimmigkeit einer Stille, in der die Erde innezuhalten scheint, bevor sie von der einsamen Stimme des Imams auf eine andere Umlaufbahn gestoßen wird. Aus der Ruhe schwingt sich sein Singsang hinauf und eröffnet über ihren Köpfen das Gebet. Bevor Sheikh Abdullah seine Stirn zum Boden senkt, fällt sein Blick auf die Sohlen eines Unbekannten, keine Handbreit vor ihm. Jeder verbeugt sich vor Gott, doch unmittelbar hinter den rauhen, aufgeplatzten Sohlen seiner Mitmenschen.

❦

Im Monat von Rajab des Jahres 1273
Möge Gott uns seine Gunst und Gnade erfahren lassen

HAMID: Jeder von Ihnen hätte diesen Mann als seinen Gast empfangen. Jeder von Ihnen hätte ihm sein Haus geöffnet. Er wurde von allen geschätzt. Selbst meine Mutter, deren Urteil selten wohlwollend ausfällt, pries sein Feingefühl.

KADI: Was ist leichter, als eine Frau zu betrügen.

HAMID: Nicht in meinem Haus. Meine Mutter riecht die Lüge. Sie behauptet, sie stinke wie alte Milch. Wenn Sie mein Wort anzweifeln, ich werde Ihnen ein weiteres Beispiel geben, das wird Sie überzeugen. In Medina erfuhren wir, daß Sheikh Abdullah den rechten Glauben mit seinem Schwert verteidigt hat. In seinem eigenen Land. Bei den Gefechten hat er sogar einige Ajami getötet. Deswegen mied er den Umgang mit ihnen. Er wollte sich nicht der Gefahr der Rache aussetzen.

GOUVERNEUR: Wie haben Sie denn das erfahren?

HAMID: Alle wußten es, alle, die ihn kannten.

GOUVERNEUR: Diese Kunde konnte nur von ihm selbst stammen, oder etwa nicht?

HAMID: Sie haben recht. Keiner kannte ihn aus dem Hindustan. Aber ich selbst habe es nicht von ihm erfahren. Außerdem, er war ein bescheidener Mann, er hätte sich mit so etwas nicht gebrüstet.

SHARIF: Was also ließ Sie dieser Geschichte Glauben schenken?

HAMID: Er war ein Krieger, wenn es die Situation erforderte. Außerdem, als wir von seinen Heldentaten erfuhren, haben wir alle angeboten, an seiner Seite zu stehen, sollte er angegriffen werden, und er hat unser Angebot dankbar angenommen. Hätte er so viel Freude und Erleichterung gezeigt, wenn er nichts zu befürchten gehabt hätte? Nein! Sie haben ihn nicht gekannt. Er war ein Fels von einem Mann, und er wußte zu kämpfen. Gott sei gedankt, daß er unser Freund war.

KADI: Sie danken Gott für Ihre eigene Leichtgläubigkeit.

SHARIF: Wir sollten nicht zu rasch urteilen, wahrlich, wir sind diesem Mann nicht begegnet, und wir können nicht wissen, wie er auf seine Begleiter gewirkt hat. Vielleicht war es seine Ausstrahlung?

HAMID: Das Licht des Glaubens, ich sagte es Ihnen schon, nichts anderes.

GOUVERNEUR: Sie können davon nichts wissen, weil Sie sein Buch nicht gelesen haben, aber dieser britische Offizier, er urteilt viel und gerne, er urteilt manchmal überlegt und manchmal mit unbeherrschter Abneigung. Ich weiß nicht, ob Sie in diesen Urteilen Ihren Freund wiedererkennen würden. Er schreibt an einer Stelle, der Tag werde kommen, an dem die politische Notwendigkeit die Briten zwingen werde, die Quelle des Islam mit Gewalt zu besetzen. Uns interessiert insbesondere eine seiner Ansichten, die er in dem Kapitel über Medina vorbringt. Eine erstaunliche Ansicht, ich werde sie Ihnen vorlesen: ›Es bedarf keiner prophetischen Gabe, um den Tag vorherzusehen, an dem die Wahhabi in einem Massenaufstand das Land von seinen schwachen Eroberern befreien werden.‹ So schreibt Ihr Sheikh Abdullah. Teilen Sie mein Entsetzen darüber? Können Sie uns erklären, wie er zu dieser Schlußfolgerung gelangt ist, in den Tagen, in denen er Ihre Gastfreundschaft genossen hat?

HAMID: Ich weiß es nicht. Ich habe diese Meinung nie geäußert, und bestimmt auch keiner aus meiner Familie.

SHARIF: Was hat er denn in Medina getan?

HAMID: Was jeder Pilger zu tun hat. Alle Gebete verrichtet in der Moschee des Propheten, möge Gott ihm Frieden und Segen schenken. Die heiligen Orte aufgesucht, die Moschee von Kuba, den Friedhof von Al-Bakia, das Grab des Märtyrers Hamzah.

GOUVERNEUR: Mit wem haben Sie ihn in Verbindung gebracht?

HAMID: Mit niemand Bestimmtem. Ich bin ein angesehener Mann, es kennen mich viele in Medina, viele suchen mich auf, wenn ich von einer langen Reise zurückkehre.

GOUVERNEUR: Hatte er Gelegenheit, mit allen zu reden?

HAMID: Er war mein Gast, er saß im Empfangszimmer, er war ein einnehmender, ein schöner Mann.

GOUVERNEUR: Worüber wurde gesprochen?

HAMID: Wenn mich meine Erinnerung nicht täuscht, es ist lange her, war der Krieg gerade ausgebrochen. Wir waren uns alle einig, daß unsere Armee die Moskowiter rasch besiegen würde. Es gab sogar Stimmen, die vorschlugen, danach gleich gegen alle Götzenanbeter vorzugehen, gegen die Engländer, die Franzosen und die Griechen.

GOUVERNEUR: Und Burton?
HAMID: Sie meinen Sheikh Abdullah?
GOUVERNEUR: Ein und derselbe.
HAMID: Ich kenne keinen Burton.
GOUVERNEUR: Dann Sheikh Abdullah, wenn Sie es so wollen!
HAMID: Er sprach vernünftig wie kein zweiter. Er sagte, daß es niemand mit unserem Glauben aufnehmen könne, aber leider hätten die Farandjah starke Waffen entwickelt, als Entschädigung für ihren schwachen Glauben, und wenn wir das Schlachtfeld siegreich verlassen wollten, müßten wir soviel wie nur möglich über diese Waffen lernen, in ihren Besitz gelangen und sie eines Tages selber herstellen. Dann – im Glauben stark und bestens ausgerüstet – wären wir unschlagbar.
KADI: Glauben Sie, Gott steht auf der Seite der besseren Waffe?
HAMID: Sie wissen besser als ich, auf wessen Seite Gott steht.
SHARIF: Auf der Seite aller Rechtschaffenen, natürlich, und wir bemühen uns, nicht wahr, wir bemühen uns. Aber sagen Sie mir, an den Tagen, die er in Ihrem Haus verbracht hat, war er öfter alleine. Ist er ausgegangen, ohne daß Sie wußten, wohin?
HAMID: Nie. Mit Sicherheit nicht. Mohammed, der Junge aus Mekka, er war immer an seiner Seite, ich habe auch ihn untergebracht, obwohl ich das Gefühl hatte, Sheikh Abdullah wäre ihn gerne losgeworden.
GOUVERNEUR: Wieso?
HAMID: Er nahm Anstoß an den schlechten Sitten dieses Kerls.
KADI: Schlechte Sitten?
HAMID: Sie wären erstaunt, was er sich alles leistete. Er war vorlaut und unbekümmert. Er vernachlässigte die Zeremonien, er erlaubte sich, ohne seine Jubbah die Moschee des Propheten zu betreten, und bei einem der Gebete hat er mich von der Seite angestoßen. Ich habe ihn natürlich ignoriert.

SHARIF: Etwas übermütig, wie er immer noch ist, es entspricht seinem Alter.
HAMID: Er bildete sich viel darauf ein, aus Mekka zu stammen.
SHARIF: Das wollen wir ihm nicht verdenken. Aber sagen Sie, was ist mit den Darlehen geschehen, die dieser Sheikh Ihnen allen so bereitwillig gewährt hat.
HAMID: Seine Großzügigkeit, davon spreche ich, seine einzigartige Großzügigkeit. Beim Abschied, der uns Messer in die Brust trieb, erklärte er, daß er uns allen die Schulden erlasse, um unsere Freundschaft noch einmal zu ehren und damit wir im Guten an ihn denken.
GOUVERNEUR: Eine Frage haben Sie mir immer noch nicht beantwortet. Wie kam Sheikh Abdullah auf die Idee, daß die Wahhabi unserer Herrschaft über den Hijaz bald ein Ende setzen werden? Das muß doch auf irgendwelche Beobachtungen oder Gespräche gründen.
HAMID: Sooft Sie ihre Frage auch wiederholen, ich werde Ihnen keine Antwort geben können. Ich weiß es nicht!
GOUVERNEUR: Wird so im Basar von Medina geredet?
HAMID: Nicht, daß ich wüßte.
GOUVERNEUR: Haben Sie Freunde oder Bekannte …?
HAMID: Es ist nicht ausgeschlossen, daß einer der Besucher in meinem Haus eine solche Meinung geäußert hat. In meiner Abwesenheit. Es gibt so viele verschiedene Meinungen in Medina, keiner kann sie alle im Ohr behalten.
SHARIF: Aber sagen Sie uns, wir sind einander freundschaftlich gesinnt, denke ich, wird eine solche oder eine ähnliche Einschätzung von vielen vertreten?
KADI: Sie können ehrlich sein, Sie haben sich nichts vorzuwerfen.
GOUVERNEUR: Sie stehen nicht unter Anklage.
HAMID: Nun, wenn ich offen sprechen soll – in unserer Stadt waren die Türken nie beliebt. Früher aber wurden sie immerhin respektiert.

Erschöpft ist Sheikh Abdullah zu Bett gegangen. Nicht ausgelaugt, eher übersättigt. Er hat seinen Gastgeber gebeten, ihn am nächsten Morgen nicht zu wecken.

Der Lärm, der ihn weckt, kann nicht von dem Städtchen stammen, das er am Tag zuvor kennengelernt hat. Er öffnet die Augen widerwillig und zaghaft die Holzjalousie. Über Nacht sind Bagdad, Istanbul oder Kairo hinzugezogen. Der angrenzende Platz, die ehemals staubige, gähnende Leere, ist dicht besetzt mit Zelten, Lasten, Menschen und Tieren – wie von einem buntscheckigen Kelim bedeckt. Die Zelte sind aufgereiht, so ordentlich wie Pilger beim Gebet, in langen Reihen, wo der Verkehr durchfließen muß, und zusammengeballt an den Ecken, wo kein Durchgang nötig ist. Aus runden Zelten treten entspannte Männer, Kinder sausen zwischen rechteckige Zelte, Lasten werden verschoben auf unsichtbaren Rücken. Wandelnde Verkäufer bieten Sorbets an und Tabak, Wasserträger und Fruchtkäufer streiten um die Kunden. Schafe und Ziegen werden durch die Reihen schnaubender, den Staub aufwühlender Pferde getrieben, an Dromedaren vorbei, die auf der Stelle treten. Eine Gruppe alter Sheikhs besetzt die letzte verbliebene Freifläche mit einem Kriegstanz. Einige von ihnen entladen ihre Gewehre in die Luft oder schießen in den Boden, gefährlich nahe den flinken Füßen der anderen, die ihre Schwerter schwingen, die ihre langen, mit Straußenfedern verzierten Speere in die Höhe schleudern, ohne Rücksicht darauf zu nehmen, wo sie landen. Das Rankenwerk verschiebt sich immer wieder, während er am Fenster steht und den Anblick zu skizzieren versucht. Diener suchen ihre Herren, Herren suchen ihre Zelte. Den Erhabenen wird ein Weg durch die dichte Menge gebahnt, von Trupps, die ihren Warnrufen Schläge folgen lassen. Frauen toben, weil ihre Sänften angerempelt werden. Schwerter blitzen auf im Sonnenlicht, die Messingglocken der Zelte erklingen. Von der Zitadelle kracht ein Kanonenschuß. Über Nacht ist die große Karawane aus Damaskus angekommen.

൦൦൦൦൦൦൦൦൦൦൦

Einer nach dem anderen schlossen sie sich dem Ausritt zu den Märtyrern an. Zuerst sollte Hamid mit einigen Verwandten Sheikh Abdullah begleiten, doch Mohammed ließ sich nicht abschütteln, Salih langweilte sich in der Provinz, und Omar wünschte die Gesellschaft von Sheikh Abdullah ein weiteres Mal zu genießen, also hatte auch Saad einen guten Grund mitzukommen. Es würde der letzte gemeinsame Ritt sein. Am nächsten Tag, so wußten sie, würde die Karawane nach Mekka aufbrechen, und mit ihr der fremde Sheikh. Auf Schleichwegen verließen sie die Stadt, um den Tentakeln der Karawane zu entgehen. Zum Jabal Ohud. Zum Fuße des Berges. Wo die große Schlacht verlorenging. Hamid ritt mit seinen Verwandten voraus, sie hatten noch einiges nachzuholen. Wann ist deine Hochzeit, Omar? fragte Sheikh Abdullah. Ich habe meinem Vater die Idee ausgeredet. Er hat erkannt, fügte Saad hinzu, was für einen vorteilhaften Einfluß Al-Azhar auf seinen unsteten Sohn ausgeübt hat, er hat beschlossen, ihn nach Kairo zurückzuschicken. Diesmal aber nicht als Bettelstudent. Wenn du lernen willst, dann komm doch nach Mekka, sagte Mohammed. Das ist nicht weit genug entfernt von den Stimmungswechseln seines Vaters. Lachend näherten sie sich dem Schlachtfeld. Hinter ihnen die Stadt, vom Staub benebelt, sie wirkte aus dieser Entfernung wie eine Festung. Nur Hochmütige würden sie verlassen, um den Kampf auf offenem Feld zu suchen. Zumal in Unterzahl. Eines der Dromedare blökte, scharrte mit den Hufen. Hamid und die Seinigen waren stehengeblieben.

Hier, genau hier, und er deutete aufgeregt auf einige unscheinbare Steine, geschah der Verrat. Woher weißt du das? Mein Großvater hat mir diese Stelle gezeigt. Und woher wußte er es? Das habe ich ihn auch gefragt. Er gab mir eine erstaunliche Antwort. Einer unserer Ahnen, sagte er, war unter jenen dreihundert, die den Propheten im Stich ließen. Daran kannst du dich erinnern, fragte ich ihn? Nein, daran hat sich nicht einmal der Großvater seines Großvaters erinnern können. Er habe es geträumt. Und wie ging der Traum aus? fragte ich ihn. Wir flüchteten von dem Schlachtfeld, in Richtung Stadt, ich fühlte mich krank, ich mußte mich umdrehen, ich stolperte, mehrmals, aber ich konnte meinen Blick nicht vom Propheten loslösen, er stand ruhig da, und mit einer Stimme, die wie ein Blitz einschlug, rief er mir hinterher: Furcht rettet keinen vor dem Tod. Ich bin aufgewacht, im Dunkeln bin ich hinausgeritten, solange mein abgebrochener Traum noch blutete. Und ich habe diesen Platz wiedererkannt. Das war hier? Genau hier.

Sie ritten schweigend weiter zu den steilen Flanken des Berges, die sich wie gezackte, versengte Stahlplatten aufrichteten. Sie erreichten Mustarah, den Rastplatz, wo der Prophet einige Minuten in sich versunken war, bevor er in die Schlacht ritt. Eine rechteckige Einfriedung aus weißen Mauern, innerhalb deren die Pilger beten konnten. Wir werden zwei Raka darbieten, schlug Sheikh Abdullah vor. Das Schlachtfeld war nur noch einen leichten Aufstieg entfernt. Ein abfallendes Stück Erinnerung an die verlorene Schlacht, an das vergossene Blut der Unvernünftigen und Rachsüchtigen. Auf dieser Öde griff eine Armee von Ungläubigen an. Die Krieger aus Mekka stürmten aus einem Flußbett hervor, das sich in die Ferne krümmte.

– Sie haben offenkundig nichts von Strategie verstanden.

– Alle blickten erstaunt auf Sheikh Abdullah. Wieso? Was meinen Sie?

– Die Schlacht hätte anders geführt werden können. In einer Landschaft, die so viel natürlichen Schutz bietet, ist dies ein denkbar ungünstiger Platz.

– Ihr Inder, ihr seid wohl durchtriebenere Kämpfer?

– Die Bogenschützen hätten sich hinter den Felsenbrocken postieren können, auf breiter Front.

– Hört ihr das? Unser Bruder gewinnt im nachhinein die verlorene Schlacht von Ohud. Was für ein Unglück, daß Medina über keine indischen Berater verfügte.

– Ob die Strategie gut oder schlecht war, am Anfang sah es gut aus für uns. Obwohl die Weiber von Mekka ihre Männer antrieben. Ihre Stimmen drangen bis zu unseren Kriegern. Wenn ihr kämpft, schrien sie wie Pfauen, umarmen wir euch, breiten sanfte Decken unter euch aus, doch wenn ihr weicht, geben wir uns nie wieder hin. Wir sind siebenhundert, die Ungläubigen sind dreitausend, und trotzdem treiben wir sie vor uns her. Vielleicht weicht der Gegner absichtlich zurück? Nein, sie wehren sich mit aller Kraft. Hätten nur unsere Bogenschützen den Befehlen des Propheten gehorcht. Aber

kaum erreichen sie das Lager des Feindes, halten sie die Schlacht für gewonnen, sie geben ihre Formation auf und beginnen zu plündern. Der Feind kann uns in den Rücken fallen.
– Strategie, meine Rede.
– Der größte Feldherr kann nichts ausrichten gegen den Ungehorsam seiner Gefährten.
– Wir werden zurückgetrieben, wir kämpfen, wie Moslems, einig und unnachgiebig. Wir laufen nicht auseinander, wir sammeln uns vor dem Zelt des Propheten, möge Gott ihn mit Frieden segnen, und kämpfen verzweifelt weiter. Der Prophet ist verwundet worden. Fünf der Ungläubigen haben geschworen, ihn zu töten. Einer von ihnen, Ibn Kumayyah, alle Verwünschungen Gottes über ihn, hat einen Stein nach dem anderen geworfen, zwei Ringe im Helm des Propheten, möge Gott ihn mit Frieden segnen, sind abgebrochen, sie graben sich in sein Gesicht hinein, Blut fließt von seinen Wangen herab, über seinen Schnurrbart, er wischt es auf mit einer Ecke seines Gewandes, damit kein Tropfen zur Erde fällt. Ein anderer Ungläubiger, Utbah bin Abi Wakkas, alle Verwünschungen Gottes über ihn, wirft einen großen, spitzen Stein, der den Propheten am Mund trifft. Seine Unterlippe ist gespalten, er verliert einen Vorderzahn. Mehrere Vorderzähne. Das ist nicht überliefert. Zweifelst du das Wort eines Mufti an? Nein, nicht wenn der Mufti zudem noch Großvater der Behauptung ist. Einigen wir uns auf zwei Zähne. Unserem Fahnenträger wird die rechte Hand abgehauen, er packt die Fahne mit der linken Hand, die linke Hand wird ihm abgehauen, er hält die Fahne mit den Stümpfen gegen seinen Körper gepreßt, er wird von einer Lanze durchbohrt, er reicht die Fahne weiter, bevor er fällt. Die Schlacht ist verloren.
– Und diese Kuppel? Wir sollten zwei Raka beten, dies ist der Ort, wo Hamzah vom Speer des Sklaven Wahshi getötet wurde.
Nach dem Gebet standen sie nebeneinander und blickten auf die Schrecken, die zwischen diesen Felsen und der heiligen Stadt im Dunst geschehen waren. Das Ende erfolgte in ihren Gedanken. Keiner würde diesen Teil der Geschichte aussprechen. Es war schlimm genug, daß das Grauen durch ihren Verstand geisterte. Der aufgeschlitzte Magen, die herausgezerrte Leber, ein Biß, um den Schwur

zu ehren, und dann die Nase, die Ohren, die Genitalien. Was für ein Ungeheuer, Hind, die Ehefrau von Abu Sufiyun, eine Mischung aus Amazone und Sphinx. Sie verkörperte alle Ängste der Männer.

– Bekümmert brachen sie auf zur Rückkehr. Die Schlacht von Ohud war ein weiteres Mal verloren, und um sie herum schändeten die Frauen des Feindes die Leichen ihrer gefallenen Vorfahren.

☙☙☙☙☙☙☙☙☙☙

Der Himmel war ein leeres Blau. Die flache Unendlichkeit der Wüste war zu klein, um diese Karawane aufzunehmen. Eine Karawane von unvorstellbarer Größe – als das letzte Dromedar loszog, war das erste schon am Lagerplatz des Abends angekommen. Eine ganze Gesellschaft zog durch die vernarbte Wüste. Von den Reichsten unter den Pilgern, die sich in Sänften wogen, zwischen zwei Dromedaren an hölzernen Stöcken befestigt, umgeben von Dienerscharen und Tierherden. Bis zu den Takruri, den Ärmsten der Reisenden, die nichts besaßen außer einer hölzernen Schüssel, um milde Gaben entgegenzunehmen. Kein Tier trug sie, und wenn sie lahm wurden, hüpften sie weiter, auf schwere Knüttel gestützt. Es gab die wandernden Kaffeebrüher und Tabakverkäufer. Beschützt wurde die Karawane von zweitausend albanischen, kurdischen und türkischen Bashibazuks, die Sheikh Abdullah noch weniger Vertrauen einflößten als der Offizier aus der Karawanserei in Kairo. Jeder dieser Soldaten war eigenwillig bewaffnet, als wollten sie in der Verdrecktheit und Nachlässigkeit, die ihnen allen gemein war, etwas Individualität behaupten. Die syrischen Dromedare waren gewaltige Tiere, neben denen jene des Hijaz zwergwüchsig wirkten. Sheikh Abdullah ritt öfter auf eine kleine Erhebung, um die Karawane an sich vorbeiziehen zu lassen, wie ein dichter Bilderreigen. Verblüffendes – ein Diener, der vor einem Dromedar lief, mit einer Wasserpfeife in den Händen, die sein Herr über einen langen Schlauch gemütlich in seinem Korbsitz paffte –; Elendes – ein erstes Tier war in der Hitze verendet, und die Takruri kämpften mit den Geiern um das Aas.

So reich die Karawane war, so häufig die Überfälle. Diese Karawane, sagte Saad, ist wie ein Braten, der über den Boden geschleift wird. Von den Ameisen bis hin zu den Kojoten, alle werden versuchen, ein Stück von ihr zu ergattern. Wir werden von den Beduinen überfallen werden, heimtückisch natürlich, ohne Chance auf einen gerechten Kampf. Nachts werden sich einzelne Räuber in das Lager schleichen, sie werden von hinten auf die Dromedare der schlafenden Hadjis springen, sie werden das Maul des Tieres mit ihrem Abba stopfen und ihren Kameraden hinabwerfen, was sie auf dem Dromedar von Wert finden. Sollten sie entdeckt werden, werden sie ihre Dolche ziehen und sich einen Weg freikämpfen. In der zweiten Nacht wurde ein junger Beduine erwischt. Er klagte nicht, er kauerte regungslos da und erwartete die Bestrafung, die ihm wohlbekannt war. Vor dem Aufbruch der Karawane wurde der Räuber gepfählt und zurückgelassen, um an seinen Wunden zu verenden oder von wilden Tieren aufgefressen zu werden. Sheikh Abdullah überraschte alle, als er sein Entsetzen äußerte. Trotzdem, sagte Saad, es schreckt die Beduinen nicht ab. Sie sind stolz auf ihren Mut, auf ihre Geschicklichkeit als Räuber. Sie versuchen es immer wieder.

Staub, Lärm, Gestank – die Stadt schleppt sich in die Wüste, und die Wüste begleitet sie. Obwohl die Reisebegleiter ihn vor den marodierenden Beduinen warnen, klettert Sheikh Abdullah mit schmerzhaften Schritten – der verdammte Zeh ist nach wie vor entzündet – zum Sonnenuntergang auf einen nahen Hügel. Einmal rutscht er aus, greift nach einem Stein, der sich von dem Geröll löst, er fällt und findet Halt an einem Dornbusch. Es dauert einige Minuten, bis er die Dornen aus seinen Händen herausgezogen hat. Er kostet die wenige Zeit aus, die ihm auf dem Hügel bleibt. Ansonsten ist er nie allein. Seine Begleiter haben ihn gnadenlos adoptiert. Mohammed ist wie ein umtriebiger junger Cousin, der stets um ihn herumscharwenzelt. Auch Saad sucht unterwegs seine Gesellschaft, er hat seine Wortkargheit zugunsten einer unermüdlichen Geschwätzigkeit abgelegt. Je näher sie Mekka kommen, desto intensivere Ratschläge teilt Salih aus. Wenn Sheikh Abdullah sich irgendwohin aufmacht, fragen sie ihn streng, wohin er denn gehe, so als sei es seine Pflicht, Rechenschaft abzulegen.

Inzwischen sind die letzten Spuren der Sonne vom Teer der Nacht bedeckt. Einzelne Lagerfeuer flackern auf, über dem Talgrund verstreut wie Sterne. Später wird er durch das Lager spazieren und sich an ein Feuer setzen. Vieles, was er hört, ist eitel und dümmlich, aber gelegentlich horcht er auf, bemüht, sich jedes Wort zu merken. Zum Beispiel die Erzählungen eines gesichtslosen Mannes aus Ägypten, früher im Dienste von Mohammed Ali Pascha, der für diesen die Routen der Sklavenkarawanen nach Süden hin ausgekundschaftet habe, dabei viel gereist sei, tiefer und tiefer in die Länder der schwarzen Menschen hinein, weit über das Ende der Wüste hinaus, dorthin, wo Trockenheit unbekannt sei, bis zu den großen Seen, deren Ende er nicht gesehen habe, aber die schwarzen Menschen wüßten von anderen Ufern dieser Seen, die sie Nyassa, Chama und Ujiji nannten. Am gewaltigsten aber sei der See im Norden namens Ukerewe, ein rundes Meer inmitten des Landes. Sheikh Abdullah wickelt seinen Umhang enger. An diesem Abend wird er, ungeachtet des unvollständigen Schlafes von Mohammed, alles aufschreiben müssen, auf Papierfetzen, die er gleich in seiner Medizinschatulle verstecken wird, vergraben unter Granulat. Wer weiß, vielleicht würden sich diese Informationen noch als nützlich erweisen.

⁂

Die Pilger mußten viele kleine Überfälle über sich ergehen lassen, aber erst nachdem sie ihre Gewänder abgelegt und sich in die zwei weißen Tücher der Pilgerschaft gehüllt hatten – das eine Tuch um die Hüften geschwungen, das andere um die Schultern gewickelt –, erfolgte der Angriff, den sie seit dem Verlassen von Medina befürchtet hatten. In Al-Zaribah waren sie auch frisiert und rasiert worden, sie hatten sich die Nägel geschnitten und sich so gut es ging gewaschen. Sie waren mit dem Gefühl aufgebrochen, daß die Anreise beendet war. Zum ersten Mal erklangen die Rufe, die sie von nun an bis zum Bezeugten Tag am Berg Arafah begleiten würden – *Labbayk Allahhuma Labbayk,* erklang es von allen Seiten.

Die Gruppe von Sheikh Abdullah war im Laufe der Tage in Begleitung vieler verschiedener Pilger geritten. Nun kreuzten sie den Weg einer Ansammlung von Wahhabis, angeführt von einer Kesseltrommel und einer grünen Flagge, auf der das Glaubensbekenntnis in weißen Lettern prangte. Sie ritten in zwei Reihen; sie sahen so aus, wie Menschen an der Küste sich wilde Bergleute vorstellen: dunkelhäutig, grimmig dreinblickend, ihr Haar zu dicken Zöpfen geflochten, ein jeder bewaffnet mit einem langen Speer, einer Luntenmuskete oder einem Dolch. Sie saßen auf groben hölzernen Sätteln, ohne Kissen oder Steigbügel. Die Frauen taten es den Männern gleich, sie ritten ihre eigenen Dromedare, oder sie saßen auf kleinen Sattelkissen hinter ihren Männern. Sie schätzten den Schleier nicht, und sie gebärdeten sich in keiner Weise wie das schwächere Geschlecht.

Mit dieser einschüchternden Schar im Rücken erreichten sie einen weiteren Einschnitt, zu ihrer Rechten ein hoher Felsen, an seinem Fuß ein Gerinne, und zu ihrer Linken eine jähe Steilwand. Der Weg vor ihnen schien versperrt zu sein von einer Hügelsilhouette, die sich in der blauen Ferne verlor. Die oberen Sphären waren noch von der Sonne beleuchtet, aber unten, wo sie zu reiten hatten, zwischen dem Felsen und der Steilwand, machten sich finstere Schatten breit. Die Stimmen der Frauen und Kinder wurden leiser, die Labbayk-Rufe erloschen allmählich. Eine kleine Rauchlocke war auf dem Gipfel des Felsens zur Rechten zu erkennen, und im nächsten Augenblick krachte eine Gewehrsalve. Ein Dromedar, das nicht weit vor Sheikh Abdullah trottete, knickte seitwärts zu Boden. Die Beine zuckten einige Male, dann erstarrte das Tier, das Gefüge der Karawane explodierte, noch bevor weitere Salven einschlugen, kaum hörbar im Geschrei und Gebrüll. Jeder trieb sein Tier voran, rasch aus dieser Todesenge heraus. Zügel verwickelten sich. Die Köpfe der Tiere stießen aneinander. Keiner kam mehr voran, die Schüsse entrissen dem wütenden Gewühl einzelne Tiere und einzelne Menschen, die tot umfielen oder zu Tode getrampelt wurden. Die Soldaten hasteten hin und her, sie gaben sich gegenseitig Order. Nur die Wahhabi reagierten überlegt und mutig. Sie galoppierten heran, ihre Zöpfe flogen im Wind. Manche hielten an und zielten auf die erhöhte Position der Angreifer; einige hundert von ihnen begannen den Felsen hinaufzuklettern. Bald wurden die Schüsse seltener und verstummten schließlich völlig. Sheikh Abdullah hatte alles nur beobachten können. Salih stand neben ihm. Je näher du dem Ziel deines Lebens kommst, sagte er, desto gefährlicher wird es. Stell dir vor, nur einen Tag von der Kaaba entfernt sterben zu müssen! Sie sprachen ein kurzes Gebet und setzten wieder auf. Eine blindwütige Finsternis drohte die Karawane zu verschlingen. Ohne daß jemand einen Befehl erteilt hätte, wurden die Trockenbüsche entlang des Weges angezündet. Die zerklüfteten Felsen zu beiden Seiten überragten sie wie mißgestimmte Riesen. Vor ihnen öffnete sich ein Abstieg tiefer in die Schlucht hinein. Der Rauch der Fackeln und der brennenden Büsche hing über ihnen wie ein Baldachin, der Feuerschein teilte die Welt in zwei düstere Hälften, auseinandergehalten von einem stygischen Rot. Die Dromedare stolperten, blind in der Nacht und geblendet von dem grellen Licht. Manche rutschten den Hang hinab in das Bachbett. Wenn sie sich verletzten, gab es keine irdische Kraft, sie herauszuholen – das Gepäck wurde umgeladen, wenn Freunde zugegen waren, und die Reise wurde auf dem Rücken eines anderen Tieres fortgesetzt oder zu Fuß. Als sie früh am nächsten Morgen der Schlucht entkamen, waren sie ausgelaugt bis in die Knochen; zu müde, um Erleichterung zu spüren.

Am nächsten Tag ritten sie in Mekka ein.

☙☙☙☙☙☙☙☙☙☙

Im Monat von Shaaban des Jahres 1273
Möge Gott uns seine Gunst und Gnade erfahren lassen

KADI: Wir kommen nicht weiter. Wir sollten uns kostbareren Aufgaben widmen und diesen Fall auf sich beruhen lassen.
GOUVERNEUR: Im Gegenteil. Was wir bisher erfahren haben, zwingt uns geradezu, weiter nachzufragen. Ein dunklerer Fall ist mir noch nie untergekommen.
KADI: Wen können wir denn noch befragen?
GOUVERNEUR: Nicht wen, sondern wie.
SHARIF: Durchaus möglich, daß uns der eine oder andere nicht die

Wahrheit gesagt hat. Wer höflich fragt, erhält meist eine höfliche Antwort.

GOUVERNEUR: Wir könnten nachdrücklicher fragen.

SHARIF: Wir sollten vorsichtig sein, wen wir zu so einer Befragung zu uns rufen.

KADI: Omar Effendi kommt nicht in Frage, er ist Enkel des Mufti ...

GOUVERNEUR: Wissen wir, natürlich.

SHARIF: Salih Shakkar vielleicht?

GOUVERNEUR: Wenn einer die Wahrheit sagt, dann er.

SHARIF: Wieso?

GOUVERNEUR: Er ist Türke, er achtet den Sultan und liebt Stambul.

KADI: Eine Garantie gegen Heuchelei.

GOUVERNEUR: Hamid al-Samman ist gut geeignet. Er hat sein Dach mit dem Fremden geteilt.

SHARIF: Auf mich hat er einen sehr aufrichtigen Eindruck gemacht.

GOUVERNEUR: Er war verschlossen und seine Auskünfte unergiebig wie geräuchertes Fleisch.

SHARIF: Nein, nicht Hamid.

GOUVERNEUR: Wieso nicht?

SHARIF: Nun, wenn Sie es unbedingt wissen müssen, ich habe erfahren, daß er mit einer meiner Frauen verwandt ist, und die Beziehungen zu ihrer Familie, die sind mir außergewöhnlich wichtig.

KADI: Und Saad?

SHARIF: Ein ehemaliger Sklave.

GOUVERNEUR: Der Schwarze.

KADI: Der Dämon. Das ist kein guter Beiname.

GOUVERNEUR: Er reist viel, auch in die Länder der Ungläubigen. Nach Rußland sogar! Das muß Mißtrauen erwecken. Wer weiß, wem seine Loyalität gilt.

SHARIF: Er wird keine starken Fürsprecher haben.

GOUVERNEUR: Seine Geschäfte führen ihn oft nach Mekka.

KADI: Wir werden sehen, wieviel Gottesfurcht in ihm steckt.

Er war auf alles vorbereitet, selbst daß er entlarvt werde und umgebracht, aber es ist ihm nie in den Sinn gekommen, daß seine Gefühle ihn überwältigen könnten. Er kann nicht weitergehen; er muß immer wieder innehalten. Nichts in ihm widersetzt sich der aufgehenden Beglückung. Um ihn herum tobt Verehrung in allen Gesichtern. Vor ihm steht eine Idee, die Kaaba, eine anschaulich klare Idee, in Schwarz gehüllt, der Stoff ein Brautschleier, die goldene Verzierung ein Liebeslied. Oh höchst glückliche Nacht. Er spricht die zauberhaften Sätze nach, er versteht sie. Braut aller Nächte des Lebens, Jungfrau unter allen Jungfrauen der Zeit. Der Strudel der Pilger fließt gegen den Uhrzeigersinn. Sheikh Abdullah ist erregt. Als würden die Lebensträume, die sich in seiner Nähe verwirklichen, auch ihn aufladen. Er überläßt sich dem Strudel, um den starren Kubus siebenmal zu umkreisen. Seiner Pflicht gemäß. Im Laufschritt zuerst, wie der Führer ihn ermahnt, eher weiter außen als innen, wo das Drängeln gerinnt. Eigentlich dürfte er derweil die Kaaba – unfaßbarer Mittelpunkt – nicht anblicken. Aber er kann seinen Blick nicht von ihr abwenden. Später, als er ihr so nahe ist, daß er wie die anderen Pilger mit ausgestrecktem Arm den Schleier berühren kann, löst er sich auf im Gewühl, ein peinigendes Gefühl, bis er aufhört, sich dagegen zu wehren. Die Strömung bestimmt alles, die Richtung, die Geschwindigkeit, die Pausen, in denen angehalten wird, um die Segnung, die von dem schwarzen Stein ausgeht, zu empfangen, und ein *Im Namen Gottes, Gott ist groß* auszurufen. Nach der letzten Runde drängt er sich zum Stein vor – Mohammed hilft ihm, seinen Weg zu bahnen –, er beugt sich so weit er kann zum glänzenden Stein vor, berührt ihn, überrascht davon, wie klein er ist, der einst weiß wie Kalk gewesen sein soll, bevor die vielen sündigen Lippen und Hände, die ihn küssen und streicheln, schwarz und schwärzer werden ließen. Die Legende bietet eine Erklärung, die seiner Gemütsverfassung entspricht; am Abend wird er sie aufschreiben und seine Vermutung notieren, daß es sich bei dem Stein um einen Meteoriten handelt.

Als einer von vielen, deren Gedanken und Gebete sich um die Kaaba drehen, ist er Teil eines Kreises, der sich zu weiteren Kreisen ausdehnt, die sich über Mekka ziehen, über die Wüste und ihre Stationen, die bis nach Medina reichen, nach Kairo, und darüber hinaus, nach Karachi und Bombay und weiter noch. Ein Stein ist in den Ozean der Menschheit gefallen, und die Wellen schlagen bis in die fernste Einöde. Er hat seine sieben Umrundungen vollbracht. Das Gebet beim Fußabdruck Abrahams. Er trinkt Wasser vom Zamzam-Brunnen. Pilger, Pilger aus Indien, beglückwünschen sich. Sie schließen ihn ein in ihre Umarmungen. Er gibt sich wortkarg. Mohammed beobachtet ihn. Gewiß ist es schön, sich alle Menschen als Brüder und Schwestern vorzustellen. Aber ein Verdacht beginnt um die Kaaba zu kreisen, er verdichtet sich mit jeder Rotation. Wenn jeder Mensch einem nahestünde, um wen würde man sich kümmern, mit wem leiden? Das Herz des Menschen ist ein Gefäß von begrenztem Fassungsvermögen, das Göttliche hingegen ein Prinzip ohne Maß. Das geht nicht gut zusammen. Die Ordnung, die von der Kaaba verheißen, erscheint ihm auf einmal suspekt. Er dreht allen Nächsten den Rücken zu und trinkt ein zweites Glas Zamzam. Wieso muß es ein Zentrum geben? Wegen der Sonne? Wegen des Königs? Wegen des Herzens? Zeige mir die Richtung, in der Gott nicht weilt, hatte der Guru gesagt, als ihm vorgeworfen wurde, seine Füße würden respektlos gegen Mekka zeigen. Ganz im Sinne des Erfinders, oder noch genauer ausgedrückt: ganz im Sinne des Unerfundenen, des Ungeschaffenen. Die oberflächliche Form ist nötig für jene, denen es an Phantasie mangelt. Die sich das Allgegenwärtige nur in Stein gefaßt, in Stoff gestickt, auf Leinwand geworfen vorstellen können. Das Wasser schmeckt brackig, schwefelig. Aber es versiegt nicht. Das Wasser hat diesem Ort das Leben geschenkt und ist dafür folgerichtig in dessen Mythologie aufgenommen worden. Erneut wird er es nicht trinken, wenn er es vermeiden kann, nicht wie der Mann auf dem Pflaster vor der Moschee, auf den Mohammed ihn hinweist, ein Kranker, der sich geschworen hat, soviel Zamzam-Wasser zu trinken, wie es bedarf, um wieder zu Kräften zu kommen. Und wenn er nicht wieder gesundet? fragt er Mohammed. Dann liegt es gewiß daran, daß er nicht imstande war, genug Wasser zu trinken, lautet die Antwort, und wie so oft ist er sich nicht sicher, ob dieser junge Kerl die Dummheit seiner Altvorderen nachplappert oder sich über sie mokiert. Es gibt viele Hadjis, fügt Mohammed hinzu, die sich das Zamzam-Wasser in Eimern in ihr Quartier tragen lassen und dort über ihren Körper gießen, weil es ihr Herz ebenso wie ihren Körper reinigt. Von außen nach innen. Wir in Mekka machen es umgekehrt.

Die Skepsis von Sheikh Abdullah wächst mit jedem Schritt, mit dem er sich von der Kaaba entfernt.

※※※※※※※※※※※

Im Monat von Ramadan des Jahres 1273
Möge Gott uns seine Gunst und Gnade erfahren lassen

GOUVERNEUR: Das ist inakzeptabel. Sie überschätzen sich. Wir werden Sie zwingen, diese Fatwa zurückzunehmen.

SHARIF: Wir können, ich bin zuversichtlich, einen Kompromiß ausarbeiten, der beiden Seiten ...

GOUVERNEUR: Alle Verwünschungen Gottes über Ihre faulen Kompromisse.

KADI: Wir werden unser gerechtes Urteil nicht dem Willen eines Pharaos unterwerfen.

GOUVERNEUR: Sie reden im Wahn. Sie zweifeln das Recht des Kalifen an.

KADI: Auch er untersteht den Gesetzen Gottes.

SHARIF: Sie müssen versuchen zu verstehen, Abdullah Pascha, bei mir haben sich, wie auch beim Kadi, alle führenden Händler der Stadt beschwert. Keiner von ihnen billigt Ihre Maßnahmen.

GOUVERNEUR: Aus selbstsüchtigen Gründen.

SHARIF: Sie befürchten die völlige Abschaffung der Sklaverei.

GOUVERNEUR: Sie wissen genau, daß nur der Sklavenhandel verboten worden ist.

SHARIF: Ohne Sklavenhandel kann es langfristig keine Sklavenhaltung geben.

GOUVERNEUR: Selbst wenn wir unterschiedlicher Ansicht sind, der Kadi kann doch nicht öffentlich verkünden, mit diesem Erlaß seien die Türken zu Ungläubigen geworden.

KADI: Was wollen Sie noch einführen? Glauben Sie, wir kriegen nicht mit, was anderswo geschieht? Wenn wir uns nicht wehren, was werden Sie noch alles verbieten, welche unsäglichen Neuerungen erlauben? Wird demnächst statt dem Azaan eine Gewehrsalve abgefeuert? Werden sich die Frauen unverhüllt in der Öffentlichkeit zeigen dürfen, werden sie das Recht erhalten, die Scheidung auszusprechen?

Gouverneur: Sie übertreiben maßlos. Nur der Sklavenhandel ist verboten worden.

Kadi: Wieso?

Sharif: Ich habe so meine Vermutungen, daß der Kalif unter Druck steht, weil die Farandjah ihren Teil der Abmachung einfordern, nachdem sie ihm geholfen haben, den Krieg gegen Moskau zu gewinnen.

Kadi: Was in Istanbul geschachert wird, kann nicht Maßstab sein für das Wohl der heiligen Stätten.

Gouverneur: Sie können sich dem Lauf der Geschichte nicht verschließen.

Kadi: Lauf der Geschichte? Selbst wenn es so etwas gebe, müßten wir uns dem widersetzen. Wenn es so weitergeht, werden sich eines Tages Ungläubige im Hijaz niederlassen, sie werden Moslems heiraten und schließlich den gesamten Islam unterwandern.

Gouverneur: Das erledigen die Araber schon selbst. Sie leben ohne Ehre. Sie respektieren nicht den Kalifen. Wir versuchen es im Guten, und was geschieht? Wir zahlen den Stammesführern Abgaben in Korn und Stoff, und sie bewaffnen ihre Leute und führen Überfälle auf die Karawanen aus.

Sharif: Etwas unbedacht Ihrerseits, den eigenen Feind zu füttern.

Kadi: Seit sie unser Land erobert haben, gibt es keine Gerechtigkeit mehr. Sie ernten nun, was sie eingeführt haben. Wenn ein Räuber gefaßt wird, trauen sie sich nicht, ihn köpfen zu lassen. Das sendet Signale. Sie haben Willkür zum obersten Richter ernannt.

Gouverneur: Die Hadj ist sicherer geworden, und wenn wir geeint wären in unseren Bemühungen, könnten wir die Herrschaft des Friedens auch den Beduinen im Landesinneren aufzwingen.

Sharif: Wir unterstützen Sie doch, so gut wir können, aber uns

sind die Hände gebunden, Sie dürfen nicht übersehen, daß wir
nicht mehr soviel Einfluß haben wie früher.

GOUVERNEUR: Was soll sich denn geändert haben?

SHARIF: Das Schiff ist ein Feind, mit dem wir nicht gerechnet haben. Was waren das für glorreiche Zeiten, über die meine Vorfahren gewacht haben, mit sechs Karawanen, und Völkerscharen, die ihren Herrschern auf Pilgerschaft folgten. Wissen Sie, daß der letzte der Abbasiden mit hundertdreißigtausend Tieren am Berg Arafah kampierte? Und heute, wo stehen wir heute, es ist jämmerlich. Nur noch drei Karawanen erreichen unsere Stadt, möge Gott sie heiligen, mit nur einigen zehntausend Pilgern, und die Karawanen aus Istanbul und Damaskus, das sind bald Karawanen der Zeremonie. Wenn es so weitergeht, werden wir bald nicht mehr über das Geld verfügen, unseren Pflichten nachzukommen.

KADI: Ihre Armut wäre vielleicht ein Segen. Dann würden die Wahhabi nicht mehr von all den Schätzen angelockt werden.

SHARIF: Die Wahhabi würden versuchen, uns zu unterwerfen, selbst wenn wir alle in Fetzen gekleidet wären.

GOUVERNEUR: Übertreiben Sie nicht Ihre Not? Sie erhalten doch ein Viertel der Abgaben. Und wenn ich mich nicht irre, bringen jene, die mit dem Schiff anreisen, Geschenke mit für die Große Moschee, möge Gott sie ehrenvoller und erhabener machen. Und was ist mit den Lizenzen, die Sie den Führern erteilen, ist das etwa kein einträgliches Geschäft mehr? Der Sultan ist gar nicht so glücklich über die weitreichenden Rechte, über die Sie noch immer verfügen.

SHARIF: Wenn Ihre Soldaten wenigstens die Wege sicherhalten könnten. Die Karawanen werden so oft ausgeraubt, es ist, als würden wir Eiswürfel durch die Wüste transportieren. Für uns bleiben nur noch einige Tropfen übrig.

KADI: Wir müssen den Glauben erneuern. Wenn die Renegaten die Welt regieren, müssen wir zu dem Weg des reinen Gehorsams zurückfinden.

GOUVERNEUR: Genug palavert. Ich will Ihnen eine Geschichte erzählen, die unser Sultan sehr schätzt. Ein Löwe, ein Wolf und ein Fuchs gehen gemeinsam auf die Jagd. Sie erlegen einen Wildesel, eine Gazelle und einen Hasen. Der Löwe bittet den Wolf, die Beute zu verteilen. Der Wolf zögert nicht: Der Wildesel geht an dich, die Gazelle an mich und der Hase an unseren Freund, den Fuchs. Der Löwe holt aus und schlägt mit einem Hieb seiner Klaue dem Wolf den Kopf vom Leib. Dann wendet er sich an den Fuchs und sagt: Du wirst jetzt die Beute aufteilen. Der Fuchs verbeugt sich tief vor dem Löwen und sagt mit sanfter Stimme: Eure Majestät, die Aufteilung ist denkbar einfach. Der Wildesel wird euer Mittagessen sein, die Gazelle euer Abendessen. Und was den Hasen betrifft, so wird er euch als Leckerbissen zwischen den Mahlzeiten sicher willkommen sein. Der Löwe nickt zufrieden: Was für einen Takt und Wohlverstand du an den Tag legst. Sag, wer hat dir das beigebracht? Und der Fuchs antwortet: Der Kopf des Wolfes.

಄಄಄಄಄಄಄಄಄಄

Am Tage sind die Farben in der Wüste wie weggewischt, und die Wüste ist in Mekka, trotz der hohen Bauten und der engen Gassen. Kurz ist der Übergang zur Nacht, bei dem die Wiederkehr der Farbnuancen mit der Kargheit des Tages versöhnt. Es scheint Sheikh Abdullah, der sich einen guten Platz unter den Kolonnaden ausgesucht hat, als wäre ein Farbfächer aus der Hand einer ganz in Weiß gekleideten Gestalt gefallen. Und er staunt über die verschiedenen Weißtöne, die er auf einmal in den Ihrams entdeckt. Wenig später werden Fackeln angezündet, die Große Moschee erstrahlt, und der Himmel schwärzt sich ein. Die Gebete, die ihn umgeben, wirken ansteckend. Er möchte sich auch versenken, nur weiß er nicht, worin. Bei der Rezitation des Korans stolpert er immer wieder über seine Gedanken nach dem Sinn der Sure. Er versucht zu beten, aber bricht bald ab, weil ihm klar wird, daß er das Gebet nur als gemeinschaftlichen Akt akzeptieren kann. Es kann sich nicht zum einsamen Gebet zwingen. Er richtet sich auf und sucht eine erhöhte Stelle, von der aus er über die Köpfe der Kreisenden auf die Kaaba blicken kann. Wenn schon die Zunge sich den Gebeten verweigert, wird er mit den Augen beten. Die Menschheit rotiert um den vermeintlichen

Kern, in einem gleichmäßigen Tempo, als stünde sie auf der Töpferscheibe Gottes. Er könnte dieses Drehen stundenlang betrachten. Mal scheint es ihm ein Perpetuum mobile der Hingabe, mal ein blinder Tanz.

Er fühlt sich von diesem Ort aufgenommen. Zur Ruhe gebettet. Wie ausgehebelt von allen Fallen und Stricken des Lebens. Er ist in al-Islam hineingewachsen, schneller als erwartet, er hat Buße und Entbehrung übersprungen und gleich Eingang in diesen Himmel gefunden. Keine andere Tradition hat eine so schöne Sprache für das Unsagbare geschaffen. Von dem Gesang des Korans bis hin zu den Dichtungen aus Konya, Bagdad, Shiraz und Lahore, mit denen er begraben werden möchte. Gott ist im Islam allen Eigenschaften enthoben, und das erscheint ihm richtig so. Der Mensch ist befreit, keiner Erbsünde untertan und dem Verstand anvertraut. Natürlich ist diese Tradition wie alle anderen kaum in der Lage, den Menschen zu bessern, den Gebrochenen aufzurichten. Aber in ihr läßt es sich stolzer leben als in den schuldbeladenen, freudlosen Niederungen des Christentums. Wenn er glauben könnte, an die Details der Tradition – an das Allgemeine zu glauben ist nicht nötig, das ist die höchste Erkenntnis –, und wenn er sich frei entscheiden könnte und wenn er sich frei bedienen dürfte, so würde er sich für den Islam entscheiden. Aber es ist nicht möglich, zuviel steht im Wege – das Gesetz seines Landes, das Gesetz von al-Islam und seine eigenen Bedenken –, und in Augenblicken wie diesem bedauert er es. Er genießt das Paradies, das ihn umgibt, aber ein Leben nach dem Tod ist bei bestem Willen nicht annehmbar, ebensowenig die Bilanzen, die Gott angeblich zieht, um sein Reich zu bevölkern. Gott ist alles und nichts, aber er ist kein Buchhalter.

෴෴෴෴෴෴

An diesem Abend ging der neue Mond über Mekka auf. Sie saßen nahe dem Fußabdruck des Urahns Abraham. Was fühlst du jetzt? fragte Mohammed. Und er antwortete, den Erwartungen gemäß: Dies ist der glücklichste Neumond meines Lebens. Er sprach es aus, dann wog er es ab und stellte fest, daß es so falsch nicht war. Und er fügte hinzu, dem jungen Gewährsmann zu Ohren, der nicht aufgeben würde, auf Fehler seinerseits zu lauern: Möge Gott in all Seiner Kraft und Macht uns anregen, Dank zu sprechen für Seine Gunst, und uns bewußt machen, wie viele Privilegien Er uns zum Anteil gegeben hat, bis hin zu der Aufnahme im Paradies und der Belohnung durch die gewohnte Großzügigkeit Seiner wohltätigen Handlungen und der Hilfe und der Unterstützung, die Er uns gnädig gewährt. Amen, murmelte Mohammed kleinlaut. Und Sheikh Abdullah schlug das Buch der Fragen zu mit einem inbrünstigen Amen, das sich in die Lüfte erhob, als sei es eine der Tauben Mekkas.

Später, als Mohammed sich entfernte, um etwas Zamzam-Wasser zu trinken, skizzierte er die Moschee, zerschnitt das Papier in viele kleine Streifen, die er durchnumerierte und in seinen Hamail legte.

Im Monat von Shawwal des Jahres 1273
Möge Gott uns seine Gunst und Gnade erfahren lassen

GOUVERNEUR: Sind Sie bereit, uns bei der Suche nach der Wahrheit behilflich zu sein?
SAAD: Ich kam in Frieden in Ihre Stadt. Um Handel zu treiben. Sie haben mich eingesperrt. Sie haben mich entehrt.
SHARIF: Sie sind einige ehrliche Antworten von Ihrer Entlassung entfernt.
SAAD: Womit habe ich diese Qual verdient?
GOUVERNEUR: Sie haben sich geweigert, uns zu helfen.
SAAD: Ich weigere mich nicht.
GOUVERNEUR: Wir wollen Ihnen glauben, aber Sie müssen uns entgegenkommen.
SAAD: Es gibt etwas, ich habe es zuvor nicht erwähnt.
GOUVERNEUR: Sie haben es uns verheimlicht.
SAAD: Ich wußte nicht, daß es wichtig ist. Er hat auf seinem Ihram gekritzelt.
KADI: Auf dem Stoff selbst?

SAAD: Ja.
GOUVERNEUR: Was hat er aufgeschrieben?
SAAD: Es war nicht zu lesen.
GOUVERNEUR: Du konntest es nicht richtig sehen oder nicht entziffern?
SAAD: Ich habe es nicht versucht.
GOUVERNEUR: Und du hieltest diese Information nicht für bedeutsam genug, um sie uns mitzuteilen?
SAAD: Er war manchmal seltsam. Wie jeder Derwisch. Ich dachte, ein Gebet vielleicht, ein Segensspruch, der ihm vor der Kaaba eingegeben worden ist.
GOUVERNEUR: Hast du ihn nur in der Großen Moschee etwas notieren gesehen?
SAAD: Ein anderes Mal auch.
GOUVERNEUR: Wo?
SAAD: Auf der Straße.
GOUVERNEUR: Wo? Genauer?
SAAD: Nahe der Kaserne.
GOUVERNEUR: Was habt ihr dort getan?
SAAD: Wir gingen spazieren.
GOUVERNEUR: Wieso gerade dort?
SAAD: Nicht nur dort.
GOUVERNEUR: Was noch? Was hast du uns noch verheimlicht? Sprich.
SAAD: Er hat einen Menschen umgebracht.
KADI: Was?
SAAD: Auf der Karawane von Medina nach Mekka. Ich sah, wie er seinen Dolch säuberte. Am nächsten Morgen wurde ein toter Pilger entdeckt, erstochen.
KADI: Ein Mörder!
GOUVERNEUR: Warst du ihm behilflich?
SAAD: Nein!
GOUVERNEUR: Aber du hast es niemandem erzählt?
SAAD: Ich habe nur einen blutigen Dolch gesehen. Vielleicht wurde er angegriffen, vielleicht war es ein gerechter Kampf.
SHARIF: Hast du ihn danach gefragt?

SAAD: Das stand mir nicht zu.
GOUVERNEUR: Wieviel hat er dir gezahlt?
SAAD: Nichts. Wieso sollte er mir etwas zahlen?
GOUVERNEUR: Für deine Dienste.
SAAD: Ich habe ihn aus freien Stücken begleitet, einige Male.
GOUVERNEUR: Um so schlimmer, ein Verräter aus Überzeugung.
SAAD: Wen habe ich verraten?
GOUVERNEUR: Den Kalifen und deinen Glauben.
SAAD: Ich habe niemanden verraten.
GOUVERNEUR: Du lügst.
SAAD: Ich habe niemanden verraten.
GOUVERNEUR: Wir werden dir die Lüge austreiben. Führt ihn ab.

ೞೞೞೞೞೞೞೞೞೞ

GOUVERNEUR: Sie sagen, du bist reumütig und willst uns alles gestehen.
KADI: Bringen wir es hinter uns.
SAAD: Ich habe ihm geholfen.
GOUVERNEUR: Womit?
SAAD: Er hat Fragen gestellt, ich habe sie beantwortet. Wenn ich die Antwort nicht wußte, habe ich versucht, sie herauszufinden.
GOUVERNEUR: Fragen worüber?
SAAD: Über alles. Er war sehr neugierig.
GOUVERNEUR: Beispiele, gib uns Beispiele, bevor wir dir die Schmerzen zurückgeben.
SAAD: Unsere Sitten, unsere Gewohnheiten, die Geheimnisse der Karawanen und des Handels.
GOUVERNEUR: Waffen?
SAAD: Ja, an Waffen war er sehr interessiert.
GOUVERNEUR: Was für Waffen?
SAAD: Goldverzierte Dolche.
GOUVERNEUR: Du machst dich lustig über uns.
SAAD: Nein, glauben Sie mir. Alte Dolche, meisterlich gearbeitet, die erregten seine Aufmerksamkeit.
GOUVERNEUR: Wann hat er dich angesprochen?

SAAD: Kurz bevor wir Medina erreichten. Er hatte Wache, ich war früh auf. Er begann ein Gespräch.
GOUVERNEUR: Wieso hast du es getan?
SAAD: Ich hatte keinen Grund.
GOUVERNEUR: Wolltest du dich rächen?
SAAD: An wem?
GOUVERNEUR: An uns allen.
SAAD: Was für eine Rache wäre das?
GOUVERNEUR: Du mußt einen Grund gehabt haben, verfluchter Neger.
SAAD: Für Geld?
GOUVERNEUR: Ja, bestimmt war es Geld ...
SAAD: Meine Geschäfte, sie gingen schlecht.
KADI: Ich hatte von Beginn an so ein Gefühl, daß du deine Treue und deine Ehre an den Meistbietenden verschacherst.
GOUVERNEUR: Siehst du, was du uns alles verraten kannst, bei gutem Willen.
SAAD: Ich habe guten Willen.
GOUVERNEUR: Hat er erwähnt, wer ihn geschickt hat?
SAAD: Er hat nie etwas gesagt. Er hat Moskau kein einziges Mal erwähnt.
GOUVERNEUR: Moskau? Wieso denn Moskau?
SAAD: Ich meine, von seinen Auftraggebern, er hat nichts erzählt von denen.
GOUVERNEUR: Was! Hat er dir gegenüber angedeutet, er sei ein Russe?
SAAD: Nein, er war doch Inder. Aber wenn er spioniert hat, dann doch ...
GOUVERNEUR: Für Moskau?
SAAD: Nicht für Moskau?
GOUVERNEUR: Sag uns die Wahrheit ...
SAAD: Ich sage doch, ich bestätige alles, er war ein Spion. Ich weiß nicht genau, was für ein Spion. Wenn nicht für Moskau, ich dachte, für den Vizekönig vielleicht?
SHARIF: Er weiß nichts!
GOUVERNEUR: Wie bitte?

SHARIF: Es ist offensichtlich, daß er nichts weiß. Alles was er erzählt hat, entstammt seiner Phantasie.
GOUVERNEUR: Stimmt das? Ich werde dich häuten lassen, du drekkiger Hund.
SAAD: Die Schmerzen haben danach verlangt. Sie haben mich dazu gezwungen.
GOUVERNEUR: Du hast uns zweimal belogen!
SAAD: Was Sie sagen. Was Sie sagen.
GOUVERNEUR: Ich will endlich die Wahrheit wissen.
KADI: Sie ist nicht schwerhörig, Sheikh, die Wahrheit.
GOUVERNEUR: Das befriedigt Sie, nicht wahr? Sie ergötzen sich an unseren Schwierigkeiten.
KADI: Die Wahrheit zu finden, das ist unser aller Schwierigkeit, Sheikh. Niemand ausgenommen, und an dieser mißlichen Lage kann keiner von uns Gefallen finden.
SHARIF: Sein Geständnis, es ist nutzlos.
KADI: Es war gut erdichtet, wenn schon nicht gut erdacht. Eine wahrhaft Mekkanische Offenbarung.
GOUVERNEUR: Was soll das bedeuten?
KADI: Ach, ich hatte vergessen, daß die Kenntnis der Klassiker nicht mehr erforderlich ist für ein hohes Amt. Es bedeutet, sein Geständnis ist so einseitig, daß nur er selber und Gott es verstehen können.
SHARIF: Es ist Zeit für das Zohar-Gebet.
KADI: Und dieser Mann?
GOUVERNEUR: Was ist mit ihm?
KADI: Ich bestehe darauf, daß er gewaschen wird und anständige Kleidung erhält. Soll er so seine Gebete sprechen? Wir wollen keine Schuld auf uns laden!
GOUVERNEUR: Ich bezweifele, daß er körperlich in der Lage ist, das Gebet auszuführen.
KADI: Das wird er entscheiden müssen. Wir müssen nur sicherstellen, daß er beten könnte, wenn er wollte.

Labbayk Allahumma Labbayk. Die Rufe wurden Tag und Nacht wiederholt, sie waren in aller Munde, sie erklangen zu jedem Anlaß und an jedem Ort. Mit ihnen näherten sich die Pilger der Großen Moschee, mit ihnen traten sie ein beim Barbier, mit ihnen begrüßten sie Bekannte auf der Straße – Labbayk war der Ton einer Fanfare, die zur kleinen und zur großen Pilgerreise ertönte, ein Ton, der selbst die Pausen dazwischen erhellte. Aber am achten Tag des Monats Zuul Hijjah erklangen die Rufe wie der Marschgesang einer Armee. Die vielen brachen auf aus Mekka, auf zum Berg Arafah, zum Gipfel der Pilgerreise, wo sie vor Gott stehen würden, um in seine Gegenwart zu schauen, ungeachtet der Hitze und Schwäche.

Sheikh Abdullah erwartete, daß auf den Aufenthalt in der Großen Moschee, daß nach der Sicht auf die Kaaba, auf den Hängen des Berges Arafah und im staubigen Weltdorf Mina weitere Höhepunkte folgen würden, Steigerungen des Erlebten, doch was in der Wüste außerhalb der heiligen Stadt geschah, ließ ihn bedauern, Mekka verlassen zu haben. Obwohl sie in einer komfortablen Sänfte aufbrachen, zu früher Stunde, der Empfehlung des jungen Mohammed folgend. Wer den Berg Arafah zu spät erreiche, der finde keinen Platz in der Nähe, um sein Zelt aufzuschlagen. Die vielen toten Tiere am Wegrand waren nicht zu übersehen. Unzählige Kadaver waren einfach in die Gräben geworfen worden. Die Beduinen in ihrer Gruppe schoben sich Baumwollstücke in die Nasenlöcher, andere hielten sich Handtücher dicht über Mund und Nase. Sie erreichten Arafah, ein Hügel in den Atlanten, ein gewaltiger Berg der Metaphysik. Die Öde, die ihn umschlang, war aufgekratzt von den vielen Pilgern. Sie errichteten ihre Zelte am Fuße des Hügels und überließen sich jenen halbstummen Zwiegesprächen, die sie aus diesem Tag herausführen würden. Manche Pilger murmelten, andere bewegten still ihre Lippen. Gewiß listeten ihre Gedanken jede Schwäche und jeden Fehler auf, gewiß korrigierten sie diesen persönlichen Mängelkatalog, erweiterten ihn um einige Nachzügler im Bekenntnis. Erschraken sie über das Angesammelte? Waren sie um Aufrichtigkeit bemüht? So sehr, daß sie die Liste ihrer Vorsätze kürzten, um nicht etwas zu versprechen, aufrecht vor Gott, dem sie nicht gewachsen waren, an diesem Tag der ungeschönten Bilanz.

Eine Kanone platzte in die massenhafte Einkehr hinein. Sie kündigte das Nachmittagsgebet an. Schon hörten sie Trommeln und gleißende Klänge. Komm mit, rief Mohammed, die Prozession des Sharifs trifft ein. Sie drängten sich vor, bis sie die Prozession erblickten, wie sie einen Pfad erklomm, der den Berg hinaufführte. Angeführt von einer Kapelle aus Janitscharen, denen die Träger des Amtsstabes folgten, die gereizt den Weg freiräumten. Ihnen folgten mehrere Reiter, ein jeder von ihnen hielt einen überlangen, mit Quasten versehenen Speer in der Hand, mit dem sie die Zuchtpferde des Sharifs antrieben, vollblütige Araber mit alten und abgenutzten Schabracken. Hinter den Pferden gingen schwarze Sklaven mit Luntenmusketen, offensichtlich in Begleitung der grünen und roten Flaggen in ihrem Windschatten, zum Schutz der hohen Herren, des Sharifs von Mekka samt Höflingen und Familie. Mohammed konnte jeden in dieser erlauchten Gruppe identifizieren. Der Sharif erwies sich als alter Mann, ein Asket von ziemlich dunkler Hautfarbe, was er seiner Mutter, einer Sklavin aus dem Sudan, verdanke – Mohammed schien über die Familienverhältnisse bestens informiert zu sein. Er sieht nicht nach viel aus, aber keiner kann es mit ihm an Schlauheit aufnehmen, sagte er voller Bewunderung. An der Seite des Sharifs, dessen verharrende Augen auf einmal über die Menge huschten wie ein Skorpion über den Sand, schritt ein Mann, der ihn um einen Kopf überragte und dessen grobschlächtige Figur von seinem Ihram kaum bedeckt wurde. Sein modisches kleines Bärtchen stand im Gegensatz zum vollen Bart des Sharifs. Das ist der türkische Gouverneur, sagte Mohammed. Keiner mag ihn. Und ich glaube, er will es so haben. Im Gegensatz zum Sharif schien der Gouverneur die versammelten Menschen zu ignorieren. Einige Schritte hinter diesen beiden hielt sich ein jüngerer Mann mit rundlichem Gesicht und weichen Gesichtszügen, deren Weiblichkeit von seinem ungleichmäßig wachsenden Bart betont wurde. Als einziger in der Gruppe schien er in sich selbst versunken, Teil der Prozession und ihr doch enthoben. Über ihn wußte Mohammed nichts zu sagen, außer daß es sich um den Kadi handelte, Protegé des wohl mächtigsten Alim in der jüngsten Vergangenheit der Stadt und daher schon in jungen Jahren zu Ehren gelangt, die das Schicksal überflügelten. Die

Prozession wurde geschluckt von der dichten Menschenmenge, hinter der das Granitgestein von Arafah als karge Erinnerung an den Anlaß aufragte. Die Pilger kletterten die Flanken des Hügels hinauf. Plötzlich trat eine völlige Stille ein, das Zeichen, daß die Predigt begonnen hatte, doch ihr Gehalt drang nicht bis dort vor, wo sie standen. Sheikh Abdullah sah einen alten Mann auf einem Dromedar, der gelegentlich seine Hände zur Unterstützung seiner Worte benutzte. Die Predigt habe, so erfuhr er später, wie jedes Jahr Adam und Hauwa ins Gedächtnis gerufen, die Tränen, die Adam an diesem Ort in einem monatelang dauerndem Gebet vergossen hatte, bis ein Teich entstanden war, an dessen süßem Wasser die Vögel sich gelabt hatten. Teile der Rede wurden hervorgehoben durch die Rufe der aufrecht stehenden Pilger, durch ihre Amins und Labbayks, die zuerst einzeln, leise und bedächtig erklangen, um sich in Lautstärke und Intensität zu steigern, bis sie selbst jene mitzogen, die von der Rede weit entfernt waren. Schließlich waren alle, die Sheikh Abdullah umgaben, den Tränen nahe – Mohammed versenkte das Gesicht in ein weißes Tuch –, und viele schluchzten, obwohl keiner von ihnen ein einziges Wort verstanden hatte. Der emotionale Gehalt der Predigt war allen vertraut. Was als Strohfeuer begonnen hatte, wuchs sich zu einer Feuersbrunst aus. Je rötlicher der späte Nachmittag wurde, um so mehr verdichtete sich das Flehen der Pilger. Sie beteten um Vergebung, um Gottesfurcht, um einen leichten Tod, um eine positive Bilanz am Tag des Gerichts, um die Erfüllung ihrer Gebete im Leben. Kaum einer der vielen stand in dieser Stunde außerhalb des Gebetes.

Mit dem Sonnenuntergang erklangen die Glückwünsche ... *Id kum Mubarak ... Id kum Mubarak*. Die Hadj war mit dem Ende dieses Tages erfüllt. Die Sünden waren vergeben, die Pilger waren neugeborene Kinder, und sie durften sich von nun an Hadjis nennen. Sheikh Abdullah umarmte Saad, Mohammed und seinen Onkel. Er fühlte einen reinen Stolz, an den er sich ohne Hintergedanken berauschte. Alle wirkten ausgelassen und schienen zu schweben. Schon zogen die ersten Pilger ab. Jeder räumte hastig zusammen, warf die notdürftig zusammengeschnürten Zelte auf die Lasttiere und schlug auf sie ein. Wir nennen es das Rennen von Arafah! Mohammed gefiel sich in der Rolle des abgeklärten Kommentators. Die Pilger rannten den Hügel hinab mit schwungvollen Schreien. Ich stehe vor dir, Gott, ich stehe vor dir. Obwohl alle in ihrer Gruppe mithalfen, waren ihre Dromedare erst nach Einbruch der Dunkelheit abmarschbereit. Alles strömte zur Straße nach Mina. Die Erde war gespickt mit zurückgelassenen Zeltpflöcken. Sheikh Abdullah sah, wie im Gedränge eine Sänfte zerdrückt wurde, wie einige Fußgänger unter die Hufe gerieten, wie ein Dromedar zusammenknickte, wie sich Pilger mit Stockhieben gegen andere Pilger wehrten, er hörte Stimmen, die nach einem Tier suchten oder nach Frau und Kind. Die Pilger drängten sich durch das Tal, das in der einfallenden Nacht enger und tiefer wirkte, sie erreichten den Hohlweg, der al-Mazumain genannt wurde, markiert von unzähligen Fackeln, die so heftig brannten, als würden sie von der Erregung der Masse genährt werden. Die Feuerfunken flogen weit über die Ebene hinweg wie irdische Sternschnuppen. Die Artillerie feuerte eine Salve nach der anderen ab, Soldaten ließen ihre Flinten feiern, und die Kapelle des Paschas spielte auf, irgendwo tief in ihrem Rücken. Raketen stiegen auf, von der Prozession des Sharifs abgeschossen, wie Mohammed eifrig berichtete, aber auch von begüterten Pilgern, die dem Himmel mitteilen wollten, daß sie Hadjis waren, und vielleicht war die Botschaft der Explosion zu sehen in den Orten ihrer Herkunft. Der Trab der Tiere war schnell, es gab ebenso viele Gründe für die Eile wie für das ohrenbetäubende Geschrei, mit dem die Menge durch den Paß von Mazumain nach Muzdalifa und Mina einzog. Sie mußten keine zwei Stunden reiten, bis sie ein völlig ungeordnetes Lager erreichten. Jeder ließ sich auf dem nächstbesten Fleck nieder. Es wurden keine Zelte aufgeschlagen, außer jene der Paschas, denen auch die hochragenden Lampen gehörten, die durch eine Nacht brannten, in der die Artillerie weiterfeuerte, ohne Unterbrechung, wie ein Ausgesang, der sich nicht erschöpfte. In der Verwirrung, die der Abzug vom Berg Arafah verursachte, hatten viele Pilger ihre Dromedare verloren, und während Sheikh Abdullah, eingewickelt in seinen Ihram und eine rauhe Decke, vergeblich den Schlaf suchte, hörte er ihre heiseren Stimmen umherirren.

Im Monat von Dhu'l-Qaadah des Jahres 1273
Möge Gott uns seine Gunst und Gnade erfahren lassen

MOHAMMED: Ich habe ihn nie aus den Augen gelassen. Ich war mir sicher, er würde sich eines Tages eines Blöße geben. Ich wollte ihn entlarven. Ich habe einen meiner Onkel gebeten, uns nach Arafah und Mina zu begleiten, damit er mir zur Seite stünde. Das war auch gut so. Auf dem Berg Arafah habe ich die anderen aus den Augen verloren. Ich hatte mich der Predigt genähert, weil sie von unserem Zeltplatz aus nicht zu hören war, aber Sheikh Abdullah hatte wohl Sorge, daß wir zu spät aufbrechen würden, er ließ die beladenen Dromedare abreiten. Als ich zu unserem Platz zurückkam, waren sie nicht zu finden. Ich mußte zu Fuß nach Mina gehen. Ich habe die anderen einige Stunden lang gesucht, dann gab ich auf und legte mich im Sand schlafen. Kalt war es, nur im Ihram. Aber mein Onkel war in der Sänfte zusammen mit Sheikh Abdullah, und er hat ihn beobachtet. Etwas Seltsames geschah, etwas Überraschendes. Sheikh Abdullah begann sich hin und her zu werfen, als leide er unter all den Sünden, die er gerade gestanden hatte. Er babbelte vor sich hin, immer heftiger wurden seine Zukkungen, die Sänfte war in Gefahr, mein Onkel versuchte ihn zu beruhigen, redete auf ihn ein. Aber Sheikh Abdullah war nicht zu bremsen. Er schrie ihn an, er spuckte die Worte geradezu aus. Du bist schuld, bei Gott, du bist schuld. Strecke deinen Bart hinaus, gebe mir Frieden, und Gott wird es uns beiden leichter machen. Mein Onkel gab seinem Wunsch nach, er blickte hinaus, nach vorne, und horchte, was hinter seinem Rücken geschah. Sheikh Abdullah war noch ein wenig unruhig, dann ließen die Zuckungen nach. Ich habe ja immer bezweifelt, daß Sheikh Abdullah ein Derwisch sei. Aber diese Erfahrung, sie hat mich verunsichert.

GOUVERNEUR: Dein Onkel verfügt offensichtlich nicht über deinen scharfen Verstand. Der Anfall des Sheikhs war vorgespielt!

MOHAMMED: Woher wissen Sie das?

GOUVERNEUR: Es steht in seinem Buch. Er hat ihn vorgetäuscht, um in Ruhe nach hinten zu schauen und den Berg Arafah zeichnen zu können.

MOHAMMED: Dann war mein Verdacht richtig, von Anfang an. Wieso habe ich ihn nicht erwischt, ich hätte ihn erwischen müssen.
KADI: Immerhin war er gezwungen, vorsichtiger zu sein.
GOUVERNEUR: Vorsichtiger? Er scheint sich völlig frei bewegt zu haben. In seinem Buch gibt er sogar genaue Maße und Entfernungen an. Er scheint die Große Moschee, Gott möge sie heiligen, ausgemessen zu haben. Kannst du uns erklären, wie das möglich war?
MOHAMMED: Ich habe keine Ahnung.
SHARIF: Vielleicht hat er seine Schritte gezählt?
GOUVERNEUR: Zu ungenau und bei dem Gedränge schwer durchzuführen.
SHARIF: Denk nach, du bist ein kluger Junge, denk nach.
MOHAMMED: Oh Gott, er hat alles mit dem Stock ausgemessen, auf den er sich stützte. Er hinkte ein wenig, er hat behauptet, er sei auf der Reise von Medina nach Mekka vom Dromedar gestürzt. Ich habe das nicht gesehen, aber er war ein erbärmlich schlechter Reiter. Diesen Stock, er ließ ihn oft fallen, er setzte sich hin, und schob ihn herum. Er wollte eine ganze Nacht bei der Kaaba verbringen. Wir haben lange gebetet und mit einigen der Händler geredet. Mir fielen die Augen zu. Als ich aufwachte, stolperte jemand über mich, und Sheikh Abdullah war nirgendwo zu sehen. Ich stand auf und sah mich um und entdeckte ihn schließlich nahe der Kaaba, er schlich um sie herum. Er faßte die Kiswah immer wieder an, unten, wo sie schon zerfranst ist, und ich hatte den Eindruck, er wollte ein Stück abreißen. Er blickte sich immerzu um nach den Wachen, aber Sie wissen ja, wie aufmerksam die sind, sie wollen das Geschäft selber machen, einer von ihnen kam näher, er hob drohend seine Lanze. Ich zog Sheikh Abdullah am Arm weg von der Kaaba. Ich weiß, viele reißen kleine Fetzen des Stoffes ab, es gilt als Bagatelle, aber trotzdem, wie kann ein respektierter Mann so etwas tun?
KADI: Erstaunlich ist nur, daß dieser Fremde in seinem Buch schreibt, du habest ihm ein Stück von der Kiswah geschenkt?
MOHAMMED: Das schreibt er?
KADI: Ja. Er schreibt einiges über dich.

MOHAMMED: Es stimmt, aber das war später, zum Abschied.
KADI: Woher hattest du es?
MOHAMMED: Gekauft von einem der Offiziere.
KADI: Du hattest so viel Geld?
MOHAMMED: Meine Mutter hat es mir gegeben, sie wollte, daß wir ihm etwas Bleibendes schenken.
KADI: Und da hat sie all das Geld, das dieser Besucher für die Übernachtung in eurem Haus gezahlt hat, für ein Abschiedsgeschenk ausgegeben? Außergewöhnlich großzügig.
MOHAMMED: Sie war sehr von ihm angetan. Mir fällt noch etwas ein, das muß ich Ihnen erzählen, das ist bestimmt wichtig. Eines Tages, auf der großen Straße in Mina, sahen wir einen Offizier von den irregulären Truppen, der völlig besoffen war, er gab jedem, der ihm im Weg stand, einen Stoß mit dem Ellbogen, und er beschimpfte jene, die sich beschwerten. Als wir an ihm vorbeikamen, hielt er inne, gab einen Schrei von sich und umarmte Sheikh Abdullah, der ihn wegstieß. Was ist, mein Freund? schrie der Besoffene, und Sheikh Abdullah drehte sich sofort um und eilte davon. Er stritt ab, daß er ihn kannte, aber mir kam es seltsam vor.
GOUVERNEUR: Er kannte ihn.
MOHAMMED: Das wissen Sie?
GOUVERNEUR: Aus Kairo.
KADI: Sie haben dort zusammen getrunken.
MOHAMMED: Ich wußte es.
GOUVERNEUR: Es ist nicht so einfach, leider. Dieser Mann hat offensichtlich so viele Stärken, daß seine Schwächen ihn nie gänzlich entlarven. Du darfst jetzt gehen, junger Mann. Du hast Gott und deinem Herrscher gut gedient. Wir werden dich entsprechend belohnen.
GOUVERNEUR: Übrigens, stimmt es, daß Saad, der Neger, wieder verhaftet worden ist?
SHARIF: Wir wissen nicht, was wir mit ihm machen sollen; ich fürchte, sein Verstand ist zu sehr durcheinandergeraten. Die Wachen haben ihn in der Großen Moschee aufgegriffen, weil er die Kaaba ohne Unterlaß umrundete, bei Tag und bei Nacht, was übertrieben ist, aber für sich genommen nicht so schlimm wäre,

aber bei jedem Schritt hat er geschrien wie eine Bestie: Ich habe mich an der Wahrheit vergriffen, schrie er, ich bin kein Mann mehr, das schrie er immer wieder. Niemand konnte ihn von diesem Verhalten abbringen, das wirklich unangebracht ist, es hat auch die anderen Pilger gestört. Er schrie mit einem Schmerz, berichtete mir Hoheit Sheikh al-Haram, und ich kann Ihnen sagen, das Oberhaupt der Eunuchen war sehr erregt, der Schwarze schrie mit einem Schmerz, als habe er die Hölle gesehen.

※※※※※※※※※※※

Heute, sagte Mohammed nach dem Morgengebet zufrieden, heute werden wir den Teufel steinigen. Die Steine, die sie in der Nacht zuvor aufgesammelt hatten, lagen in Häufchen zu je sieben vor ihnen, und Sheikh Abdullah mußte ein Schmunzeln verbergen, als ihm auffiel, daß die von Mohammed zusammengetragenen Geschosse von übereifriger Größe waren. Es war ihm von Anfang an schwergefallen, die Lapidation des Beelzebubs ernst zu nehmen. Mit diesem Brauch war die Klarheit der Rituale entschwunden, sie befanden sich auf einmal im Kuddelmuddel einer Kirmes, mit einem Schießstand als Hauptattraktion, wo einem sieben Würfe auf einen steinernen Pferdefuß gewährt wurden. Verliere sie nicht auf dem Weg, und wenn doch, hebe ja nicht Steine auf, die von anderen schon geworfen worden sind, belehrte ihn Mohammed. Das hat so zu sein, weil schon einmal verwendete Steinchen dem Teufel nicht weh tun können, dachte sich Sheikh Abdullah, blickte Mohammed aber mit den unverschleierten Augen eines Strebers an. In den zwölf Monaten zwischen zwei Pilgerzeiten, da laden sie sich wieder auf, die Steinchen, denn es ist nicht vorstellbar, daß jedes Jahr jungfräuliche Steine zum Einsatz kommen. Selbst in der Wüste ist der Vorrat an Steinen endlich. Stelle sicher, fuhr der junge Einpeitscher fort, daß du die Säule mit jedem deiner Würfe triffst. Halte die Steine so zwischen den Fingern ... Sheikh Abdullah verspürte – noch bevor er ihm in dem bösartig engen Tal von Mina beggnet war – fast ein wenig Mitleid mit diesem Teufel, dessen Rumpf alljährlich von Hunderttausenden von Steinen traktiert wurde. Aber da der Teufel aus

Felsgestein bestand, traf Gleiches auf Gleiches, so daß keine grundsätzliche Veränderung drohte. Das Gleichgewicht der Kräfte blieb erhalten, mit den Steinen konnte der Teufel sowenig getroffen werden wie die Wüste mit einer Handvoll Wasser befruchtet werden konnte. Laß uns endlich gehen, sagte er voller Eifer, und Mohammed belohnte ihn mit einem zufriedenen Blick.

Weil Mohammed sich als Pilger pedantisch genau an die Zeitvorgaben hielt, gerieten sie bald nach dem Aufbruch in eine Menschenlawine – später sollte Sheikh Abdullah erfahren, daß jene, die zwischen Gott, dem Teufel und sich selbst Kompromisse aushandelten, früher als vorgeschrieben zur Steinigung aufbrechen oder mitten in der Nacht aufstehen, um bei Mondfrieden ihrer Aufgabe gerecht zu werden. Solch eine Übertretung wäre mit Mohammed undenkbar; insgeheim, so vermutete Sheikh Abdullah seit längerem, wanderte auch er gelegentlich durchs Gebüsch der Kompromisse. Ein Mann versperrte ihnen den Weg, ein schmalgesichtiger Mann, dem die Ekstase aus den Augen sprang. Er packte Sheikh Abdullah am Arm und schüttelte ihn. Du kannst dir die Mühe sparen, Bruder, ich habe dem Teufel schon die Augen ausgestoßen. Auch der blinde Shaitan, erwiderte Sheikh Abdullah, brütet gefährliche Verführungen aus, genauso wie ein blinder Mensch nicht vor Verfehlungen gefeit ist. Du hast es mit einem großen Derwisch aus Indien zu tun, fügte Mohammed hinzu, er hält sich den Shaitan mit seiner Weisheit vom Leibe. Beide Augen, schrie der Mann, beide Augen! Und er verging in der Masse.

Die Hadjis glichen einer Lawine, die ins Tal kracht, als sie sich der Säule näherten und ihrer ansichtig wurden. Sheikh Abdullah fühlte sich von allen Seiten bedrängt. Die Menge schwankte wie ein Schiff bei hohem Wellengang, sie rollte ungewiß weiter, während sich Schreie über Schreie wälzten, und der letzte Rest von Rücksicht und Geduld erdrückt wurde, vor allem von den Dromedaren und Mauleseln der hohen Herren. Die Säule war eine Enttäuschung, sie wirkte sowenig bedrohlich wie eine Markierung am römischen Wegrand, wie ein Hünenstein, wie ein namenloses Grabmal. Doch sie entzündete die Phantasie der Hadjis um ihn herum, deren Gesichter zu zornigen Fratzen gezogen wurden, während sie ihre Steine warfen, aus viel zu großer Entfernung. Viele der Hadjis trafen nicht den Teufel, sie trafen ihre eigenen Brüder und Schwestern. Sheikh Abdullah verschoß seine Munition schnell. Anstatt vor jedem seiner Würfe ein Gebet sprechen, murmelte er: Wir nehmen Zuflucht in Gott vor der Gewalt und den Ausfällen der Menge und dem Gewährenlassen unbeherrschter Begehr. Doch es gab keine Zuflucht. Nicht in einer Menge, in der ein jeder dem anderen Todfeind war, nur darauf bedacht, lebendig dem Ritual zu entkommen. Er war immer weiter nach vorne geschoben worden, er hatte die Gefahr nicht bemerkt, er war Gischt auf einer Sturmwelle, die ihn der Säule entgegenschleuderte. Steine fielen auf seinen Körper, und einer von ihnen verfehlte sein Auge um eine Braue.

Der Steinigung zu entrinnen war schwieriger, als ihr entgegenzueilen. Denn nach Abwurf der sieben Steine suchten die Hadjis Fluchtwege aus der Masse, sie drängten hinaus, sie schlugen sich einen Ausgang, ungeachtet der Widerstände. Sie gaben dem Vordermann, der Vorderfrau, ihr ganzes Gewicht zu spüren, sie ließen niemanden vorbei, der eine etwas andere Richtung einschlug. Mit einem Schlag auf seinen Hinterkopf offenbarte sich für Sheikh Abdullah die tiefere Bedeutung dieses Rituals: Die Steinigung war eine Übung im Allzumenschlichen nach dem Höhenflug der Läuterung. Jeder nährte den Teufel in sich selbst, die Herzen der Pilger versteinerten wieder, und so war es überhaupt kein Fehler, daß die Steine auf die Pilger niedergingen. Im Gegenteil, im Mitmenschen trafen sie den Teufel, und nicht in der Säule, die dieser nur zur Ablenkung dort hingestellt hatte. Auf der Hadj hatte er ein Perpetuum mobile der Hingabe erlebt, nun wurde er durch ein Perpetuum mobile der Gewalt geschleudert, und ihm kamen, im Herzen des Islam, die Worte von Upanitschte in den Sinn, als er ihm die Lehre von Advaita erklärt hatte: Wenn wir in unserem Mitmenschen immer nur den anderen sehen, werden wir nie aufhören, ihn zu verletzen. So gesehen steckte der Teufel in den Unterschieden, die Menschen zwischen sich aufbauten. Seine Einsicht wurde bestätigt von einem Schwall Spucke, der auf seinem Gesicht landete.

Schon nach drei Tagen der Hadj häuft sich am großen Platz, in den Nischen und Ecken zwischen Zelten und Häusern, im Pilgerlagerraum, alles Widerliche. Exkremente bedecken den Boden, Überreste von verrottetem Gemüse und faulenden Früchten. Es ekelt ihn hindurchzugehen. Zumal an diesem Tag ein Gestank die Luft vergiftet, der sich dem großen Schlachten verdankt. Abertausenden von Tieren, Ziegen und Kamelen ist der Hals durchgeschnitten worden. Das Fleisch wird verschenkt, gebraten, gegessen; die Reste, die Gedärme und die Innereien, die Stücke Fell und Fett, die vertrockneten Rinnsale Blut, zeichnen die Erde. Das Tal von Mina ist der entsetzlichste Ort auf Erden, den Sheikh Abdullah sich vorstellen kann. Wenn einer stirbt, wird er liegengelassen; wenn der Leichnam den Zustand der Verwesung erreicht, wird er in einen der Gräben geworfen, die ausgehoben worden sind, um in ihnen zu entsorgen, was von den geschlachteten Tieren übrigbleibt. Ein pestlicher, fleischiger Kompost. Die Zahl der Toten steigt an, unvermeidlich angesichts der Härten der Hadj, der leichten Kleidung, der schlechten Unterbringung, der ungesunden Kost, der mangelnden Ernährung. Einige Pilger sind der Steinigung zum Opfer gefallen, als sie sich zum zweiten Mal dem Teufel stellen mußten, dem über Nacht drei Säulenfüße gewachsen waren, so daß sie drei mal sieben Steine zu werfen hatten. Es war dreimal so unerträglich und dreimal so gefährlich wie am Tag zuvor.

Den Aufenthalt in Mina empfindet er als Härteprüfung. Den anderen Pilgern ergeht es nicht besser. Die frische Verpflegung ist ausgegangen, ebenso das innere Feuer. Eine Dämmerung durchzieht den gesamten Tag. Wer sich bewegt, schleppt sich durch Stunden, die sich träge ausbreiten über den abgeworfenen Umhang von Pflichten. Das Sterben verstärkt sich – inzwischen endet keines der gemeinschaftlichen Gebete ohne ein Salah Jennazi, das für die jüngst Verstorbenen gesprochen wird. Sheikh Abdullah nimmt sich vor, auf dem Rücken seines Esels die letzte Etappe nach Mekka zurückzulegen, wo das Gebot der Stunde, Krankheit und Sterblichkeit, selbst die Große Moschee mit Leichen gefüllt hat und mit Kranken, die zu den Kolonnaden getragen werden, um vom Anblick der Kaaba geheilt zu werden oder beseelt im heiligen Raum zu sterben. Sheikh

Abdullah sieht abgezehrte Hadjis, die ihre kraftlosen Körper in die Schatten unter den Kolonnaden schleppen. Wenn sie ihre Hand nicht mehr ausstrecken können, um eine Gabe zu erbitten, stellt jemand, der sich ihrer erbarmt, nahe der Matte, auf der sie liegen, eine kleine Schüssel hin, in der sich die seltenen Almosen sammeln. Wenn diese Elenden fühlen, daß der letzte Augenblick naht, bedecken sie sich selbst mit ihren zerlumpten Kleidern, und es dauert manchmal lange, so erzählt ihm Mohammed, bevor jemand entdeckt, daß sie gestorben sind. Am nächsten Tag, nach einem weiteren Tawaf, stolpern sie nahe der Kaaba über eine gekrümmte Gestalt, offensichtlich ein Sterbender, der in die Arme des Propheten und der Engel gekrochen ist. Sheikh Abdullah bleibt stehen und beugt sich zu ihm hinab. Mit einem Krächzen und einer schwachen, aber verständlichen Geste bittet der Mann darum, mit etwas Zamzam-Wasser besprengt zu werden. Während sie diesem Wunsch nachkommen, stirbt er; sie schließen ihm die Augen, und Mohammed entfernt sich, um jemanden zu benachrichtigen, denn kurz darauf waschen einige Sklaven sorgfältig die Stelle, wo der Tote gelegen hat, und kaum eine halbe Stunde später werden sie den Unbekannten begraben – so mühsam die Ankunft des Menschen auf Erden vonstatten geht, so rasch entledigt sich die Welt seiner, wenn er nur noch Materie ist. Der Gedanke bekümmert Sheikh Abdullah, aber er spürt, daß dies der Ort ist, an dem er sich mit ihm abfinden könnte. Er sitzt aufrecht, mit Blick auf die Kaaba, und er stellt sich vor, daß er der Mann ist, der sterbend daliegt. Spürt er noch die Tropfen Wasser, die auf seinem Gesicht fallen? Von was wird er Abschied nehmen müssen?

෴෴෴෴෴෴

Im Monat von Dhu'l-Hijjah des Jahres 1273
Möge Gott uns seine Gunst und Gnade erfahren lassen

GOUVERNEUR: Verzeihen Sie mir, daß ich Sie in diesen Tagen zu einem letzten Treffen eingeladen habe, aber ich werde sofort nach Id al-Aza nach Istanbul abreisen, und ich habe den abschließenden Bericht mit mir zu führen.

SHARIF: Fast ein Jahr ist vergangen, seitdem wir begonnen haben, uns mit dieser Angelegenheit zu befassen, die bedeutsam ist, gewiß, aber wir haben getan, was möglich war, und doch, wenn ich diesen Vergleich aufnehmen darf, auch wir haben vergeblich nach dem Neumond der Wahrheit geschielt.

GOUVERNEUR: Wir haben noch einen letzten Zeugen zu hören, vielleicht hilft er uns, den Knoten zu zerschlagen. Es ist Salih Shakkar, wir haben ihn endlich gefunden, er ist mit der großen Karawane nach Mekka zurückgekehrt. Ein Dutzend meiner Männer waren damit beschäftigt, nach ihm Ausschau zu halten. Ich habe ihn schon befragt, ein wenig, und noch nichts Neues erfahren, aber vielleicht kommt bei einem gemeinsamen Gespräch etwas zum Vorschein.

KADI: Selbst wenn der Himmel völlig eingeschwärzt wäre, wir würden weiter nach dem Neumond suchen.

SHARIF: Ein letztes Mal, wie der Gouverneur sagt, ein letztes Mal. Wissen Sie, ich werde unsere Treffen vermissen, sie waren eine Abwechslung, so lehrreich und unterhaltsam.

KADI: Unterhaltsam?

SHARIF: Auf eine krumme Weise.

GOUVERNEUR: Ich werde den Mann rufen lassen.

GOUVERNEUR: Denken Sie nach. Er muß doch irgendwelche Meinungen geäußert haben. Jeder Mensch urteilt von Zeit zu Zeit.

SALIH: Er hatte einen geschärften Blick für das Unrecht der Welt, er äußerte erstaunlich viel Mitgefühl mit den ärmeren Pilgern. Als sei er mit ihnen verwandt.

GOUVERNEUR: Ja ...

SALIH: Er konnte sich aufregen, sich in Rage reden. Einmal schimpfte er sogar auf den Kalifen.

GOUVERNEUR: Ja?

SALIH: Er schimpfte über den Reichtum der Oberen, auf die Freigebigkeit gegenüber den Führern der großen Karawanen. Auf die Korruption, die er allenthalben am Werk sah. Die armen Pilger hingegen, das wiederholte er oft, sie würden gänzlich vernachlässigt werden, sie erhielten keine Unterstützung, es würde nichts für ihre Sicherheit getan werden.

KADI: Was sollte denn getan werden, seiner Meinung nach?

SALIH: Es sei nicht ausreichend, die Brunnen auszubessern. Die armen Pilger müßten kostenlosen Zugang zu ihnen erhalten. Es sei ein Verbrechen, daß Wasser an den Brunnen verkauft werde, und daß jene, die kein Geld haben, von den Wachen weggejagt würden. Kein Mensch dürfe durstig und hungrig bleiben.

KADI: Gesprochen wie ein wahrer Moslem.

SALIH: Die vielen Kranken und Sterbenden am Wegrand, die haben ihn sehr beschäftigt, ich erinnere mich, weil ich ihn fragte, ob es denn in seinem Indien keine Leidenden gebe, und er antwortete mir, daß es durchaus die Ärmsten der Armen gebe und daß sie zahlreicher seien, daß aber die Herrscher – weder die britischen Oberen noch die indischen Könige – jemals daran geglaubt hätten, die Menschen seien gleich. Im Land des rechten Glaubens jedoch, zudem in Nachbarschaft des Hauses Gottes, seien diese Zustände fast schon blasphemisch.

KADI: Starke Worte. Gewagte Worte. Es gibt unter den jungen Ulema einige, die Ähnliches verkünden.

GOUVERNEUR: Vermuten Sie einen Zusammenhang?

KADI: Nein, es ist leicht nachzuvollziehen, wie jemand auf diesen Weg gelangt und auf ihm zum schlüssigen Ende schreitet.

SHARIF: Fahren Sie fort.

SALIH: Er meinte, es müßten Hospitäler errichtet werden, ein halbes Dutzend zwischen Mekka und Medina allein. Ebenso öffentliche Herbergen, in ausreichender Zahl. Das würde nicht viel kosten, so hat er behauptet.

GOUVERNEUR: Billig ist es für jene, die das Geld nicht ausgeben müssen.

KADI: Was noch?

SALIH: Die Verschwendung war ihm ein Dorn im Auge, er führte gerne den Satz im Munde: Gott verachtet die Maßlosen.

GOUVERNEUR: Was noch, was hat er noch auszusetzen gehabt?

SALIH: Die Krankheiten ...

GOUVERNEUR: Krankheiten?

SALIH: Ja, er war ein Arzt, das wissen Sie bestimmt.
GOUVERNEUR: Das ist interessant, was hat er über die Krankheiten gesagt?
SALIH: Er behauptete, die Pilger müßten schon bei ihrer Ankunft in Djidda oder in Yambu von offizieller Seite medizinisch untersucht werden, es müsse dafür gesorgt werden, daß überall ausreichend Wasser vorhanden ist, damit reinliche Verhältnisse herrschen. Die Kranken müßten sofort von den anderen Pilgern ferngehalten werden, und die Leichen und Kadaver müßten schnell weggeräumt werden. Und vieles mehr in dieser Richtung, an das ich mich nicht in allen Einzelheiten erinnere. Wie gesagt, es ist schon einige Jahre her.
GOUVERNEUR: Sehr interessant. Ich danke Ihnen, Sheikh Salih Shakkar. Wir werden Sie für Ihre Mühen entschädigen. Sie dürfen jetzt gehen.
SHARIF: Was war daran so interessant?
GOUVERNEUR: Der Wesir hat mir in seinem letzten Brief seine Sorge mitgeteilt, daß die Briten und Franzosen die Gefahr von Krankheiten als Vorwand benutzen werden, um ihre Interessen in dieser Region durchzusetzen. Sie haben schon behauptet, daß Seuchen, die von der Hadj ausgehen, sich in ihren Ländern gefährlich ausbreiten, daß Mekka, Gott möge sie erhöhen, die Quelle vieler Infektionen sei und daß die Hadjis diese Ansteckung in alle Erdteile trügen.
KADI: Womit sie nicht ganz unrecht haben. Die Cholera ist zu einem treuen Begleiter der Hadj geworden.
SHARIF: Und wer hat sie angeschleppt, von woher ist sie gekommen, diese Cholera? Aus Britisch-Indien, wir haben diese Krankheit früher nicht gekannt. Heute kommen manche der Pilger krank an, andere sind stark geschwächt, die Schwachen stecken sich bei den Kranken an, und daran soll Mekka, Gott möge sie erhöhen, schuld sein.
GOUVERNEUR: Die Briten haben schon mehrfach behauptet, sie hätten ein Recht, aufgrund dieser gesundheitlichen Bedrohung in Djidda zu intervenieren.
SHARIF: Könnten ihre Kenntnisse uns nicht von Nutzen sein, wenn

wir sie nicht sofort ablehnen, nur weil sie von Ungläubigen stammen? Immerhin geht es um das Wohl unserer kranken Brüder und Schwestern.

GOUVERNEUR: Ich weiß, wie gerne Sie sich mit den Farandjah arrangieren würden. Sie bilden sich ein, Sie könnten dadurch Ihre Unabhängigkeit bewahren. Sie irren sich gewaltig! Die Briten würden Sie und all Ihre Privilegien schlucken. Sollte deren Gesandter Ihnen wohlgesinnt sein, würden Sie eine kleine Entschädigung erhalten, ein bescheidenes Gefolge und eine belanglose Aufgabe. Von Ihrem prächtigen Palast in Maabidah würden Sie sich bald verabschieden müssen.

SHARIF: Wie reden Sie, ich begreife nicht die Absicht Ihrer Worte, ich achte das Kalifat und hege keine von diesen Absichten, die Sie mir unterstellen, nicht mit gutem Willen, wie ich anfügen muß.

GOUVERNEUR: Und die Hohe Pforte achtet den Sharif von Mekka. Wir sollten darauf bedacht sein, diese gegenseitige Achtung zu erhalten. Als Zeichen unseres guten Willens haben wir beschlossen, die Garnison in Djidda zu vergrößern.

SHARIF: Wir sollten dieses Gespräch nach Ihrer Rückkehr fortsetzen. Richten Sie dem Kalifen bitte unsere zutiefst empfundene Achtung und unseren nicht minder aufrichtigen Dank aus, wenn Sie bei ihm vorsprechen. Und natürlich auch unserem alten Freund, dem Wesir.

GOUVERNEUR: Und welche abschließende Meinung zu diesem besonderen Fall soll ich ihm ausrichten?

KADI: Wir sollten gerade in diesen Tagen, in den Tagen der Läuterung, nicht vergessen: Wenn Gott den Menschen segnet in Gegenwart der geheiligten Stätten, dann segnet er auch den Ungläubigen. Er öffnet sein Herz, damit er bewegt werde, und er öffnet seine Augen, damit er sehend werde. Gottes Gnade ist unendlich, gewiß macht sie nicht halt vor Herkunft oder Absicht. Wer sind wir, seinem Erbarmen ein Maßband anzulegen? Wir wissen nicht, wann und wie dieser Sheikh Abdullah, dieser Richard Burton, zu einem Moslem wurde, ob er Moslem geblieben ist, ob er als Moslem die Hadj angetreten hat, wie rein sein Herz war, wie ehrlich seine Absicht. Zweifellos hat er auf seiner Reise einiges erlebt, was ihn berührt, was ihn verändert hat. Gewiß hat er die unendliche Gnade Gottes erfahren.

GOUVERNEUR: Wir waren weniger um sein Seelenheil besorgt, als um seinen geheimen Auftrag. Ich denke, wir haben mit Sicherheit feststellen können, daß er unter den Männern des Hidjaz keine Helfer und keine Helfershelfer gefunden hat. Das sollte uns zufriedenstellen. Aber wir haben trotz aller Bemühungen nicht herausfinden können, ob er Informationen gesammelt hat, die uns schaden können.

SHARIF: Und weil wir das nie ergründen werden, sollten wir unseren Verstand ein klärendes Wort sprechen lassen. Dieser Fremde, er war nur ein einzelner. Was immer er erfahren haben mag, was kann ein einzelner Mensch schon ausrichten? Selbst wenn er ein Spion war, ein besonders geschickter und gerissener Spion, was kann ein einfacher Pilger schon beobachtet haben, wie könnte er die Zukunft des Kalifats und der heiligen Stätten, Gott möge sie noch ehrenvoller und erhabener machen, gefährden.

KADI: Ruhm an Gott, der ihre Ehre aufrechterhält bis zum Tage der Wiederauferstehung.

GOUVERNEUR: Hoffen wir, daß Sie recht haben, Sharif. Denn wenn das Kalifat seinen Einfluß im Hidjaz verlieren sollte, werden Mächte einspringen, die weitaus weniger Verständnis haben für unsere Traditionen.

KADI: Dagegen werden wir uns wehren.

GOUVERNEUR: Mit Waffen oder mit Gebeten?

KADI: Mit Waffen und mit Gebeten, so wie es unser Prophet, möge Gott ihn mit Frieden beschenken, getan hat. So ein Kampf würde unseren Glauben erneuern.

SHARIF: Besser, es kommt nicht dazu. Wir sollten uns hüten vor überhasteter Erneuerung.

GOUVERNEUR: Wir sollten nie vergessen, wieviel wir alle zu verlieren haben.

Der Vollmond befreit ihn von der Achtsamkeit, die die unbeleuchteten Straßen von Mekka ihm ansonsten abverlangen. Er kann seinen Gedanken ohne Ablenkung folgen. Er verläßt Mekka mit Erleichterung und mit Bedauern. Die aufdringliche Begleitung von Mohammed wird er nicht vermissen. Erst am Abend zuvor hatte er ihn zum Geständnis gedrängt, daß er nicht derjenige sei, für den er sich ausgebe. Habe ich mich jemals für einen guten Menschen ausgegeben? hat er ihm geantwortet. Mohammed hat die Hände nach oben geworfen und ausgerufen: Euch Derwischen ist mit Worten nicht beizukommen. Vermissen wird er die Ruhe in der Großen Moschee, in der er sich hätte länger aufhalten wollen. Nicht ewig, wie manch ein anderer Pilger, aber einige Tage oder Wochen mehr. Ihm steht die Rückkehr bevor, wie bei jeder Rückkehr eine Reise ohne Höhepunkte. Ein schneller Ritt nach Djidda. Keine Gefahren auf dem Weg, Mohammed hat mal wieder Bescheid gewußt, hüte dich vor den Zöllnern, sie haben den Moskitos das Blutsaugen beigebracht. Dann die Überfahrt nach Suez, die hoffentlich bequemer sein wird als die Unbill auf dem *Silk al-Zahab*. Er gedenkt eine Weile in Kairo zu bleiben. Um sich langsam von der Hadj abzunabeln. In Kairo wird er seine Notizen dechiffrieren, die zerschnittenen Zettel zusammenkleben, die Beobachtungen in gebotener Länge aufzeichnen. Wenn es etwas gibt, auf das er sich freut, so ist es dieses schriftliche Vergegenwärtigen. Er wird nicht alles aufschreiben, nicht alles dem Manuskript anvertrauen. An äußeren Details wird er nicht sparen, der natürlichen Wissenschaft breiten Raum einräumen, um die Fehler zu beseitigen, die seine Vorgänger in die Welt gesetzt haben. Ungenauigkeiten sind ihm ein Dorn im Auge. Aber seine Gefühle wird er nicht verraten. Nicht alle. Zumal, er ist sich seiner Gefühle nicht immer sicher gewesen. Er will nicht weitere Unklarheit in die Welt setzen. Es wäre unangemessen; zudem kann er es sich nicht leisten. Wer in England wird ihm ins Dämmerreich folgen können, wer wird verstehen, daß die Antworten verschleierter sind als die Fragen?

Ostafrika

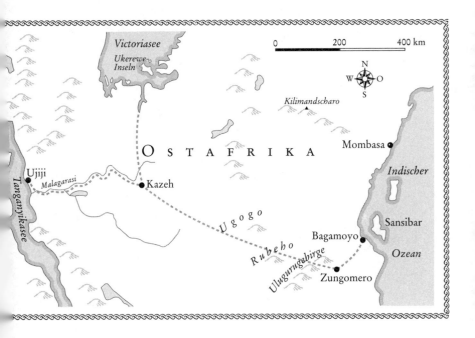

In der Erinnerung verschwimmt die Schrift

SIDI MUBARAK BOMBAY
Sansibar, die Insel, war dem eigenen Hafen zum Opfer gefallen. Das Riff öffnete sich wie ein Tor in einem Wall aus Korallen. Fremde hatten nur die Segel einzuziehen, ihre Flaggen zu hissen. Die Segel wurden geflickt und verschnürt, bis zum nächsten Auslaufen. Die Flaggen flatterten vorläufig, bis sie von anderen Flaggen vertrieben wurden. Die Standarte des Sultans wurde eingeholt, und Sidi Mubarak Bombay, der an seinem angestammten Platz am Kai saß, kicherte in sich hinein, als könne er es nicht fassen, wie vielen Dummheiten er in seinem Leben schon begegnet war. Alles geht unter, sagte eine Stimme zu seiner Linken. Nichts wird sich ändern, widersprach eine ältere Stimme zu seiner Rechten. Ein neues Banner wurde hochgezogen; flott, wie eine Absichtserklärung: Rot dankte ab, an seine Stelle traten pfeilspitze Sonnenstrahlen, die über einen blauen Himmel in alle Richtungen jagten, und daneben, wohl zu Ehren der großen, schweren Schiffe, die vor dem Hafen ankerten, ein schwarzes Kreuz, die Standarte jenes Herrschers, den die Weißhäutigen Kaiser nannten. Wahrlich, murmelte der alte Mann, kein Tag setzt sich dort hin, wo ein anderer schon gesessen hat. Er verabschiedete sich von den Männern, mit denen er sein Staunen geteilt hatte, und zog sich in die Altstadt zurück, deren enge Gassen die Einladung des Riffs zurücknahmen.
    Wer in Sansibar landete, war noch lange nicht angekommen. Dafür bedurfte es Zeit, und an Zeit mangelte es den Weißhäutigen. Ihre Neugier verflog, bevor ihnen der Appetit verging. Dem Wind und den Wellen waren sie eher gewachsen als dem Labyrinth der Fassaden. Der alte Mann krauchte entlang verkrusteter Korallenstein-

bauten, bedrängt von Gestalten, die den späten Nachmittag durcheilten. Er machte einen Bogen um den geschäftigen Salzmarkt, nahm eine Abkürzung durch den Fleischmarkt, der von allem verlassen war außer dem Gestank. Die Gassen waren nun weniger voll, die Gestalten, die ihm entgegenkamen, grüßten im Vorbeigehen. Er erreichte die Moschee seines Viertels. Die vielstimmige Rezitation einer Sure drang aus der benachbarten Medresa. Der alte Mann blieb stehen und stützte sich mit seinen Händen an der Hauswand. Der Stein war runzelig, kühl; beruhigend wie ein vertrautes Gesicht. Er schloß die Augen. Die Rezitation der Ikhlas-Sure, ein schönes Plätschern, ein leeres Versprechen: Es gab nichts Ewiges, selbst wenn es mit Kinderstimmen beschworen wurde. Die Wahrheit, über Nacht verflogen, mußte jeden Morgen neu gesucht werden. Jemand trat neben ihn. Es wäre an der Zeit, daß du die Moschee von innen erblickst. Der Stimme des Imams war belegt. Der alte Mann öffnete seine Augen nicht. Das würde den Imam, der auf die Wirkung seiner hell leuchtenden Augen vertraute, verunsichern. Hast du nie Angst, Baba Sidi? Der Tod wird dich bald abholen. Der alte Mann rieb seine Handflächen über die rauhe Wand. Ich bin verwirrt, sagte er nach einer Weile, langsam, als würde jedes seiner Worte zaghaft auftreten. Ich weiß nicht, ob ich mich in eine Leiche verwandeln werde oder in einen Geist. Deine Gedanken sind blind, Baba Sidi, sie führen dich in den Abgrund. Der alte Mann öffnete die Augen. Ich kenne die Moschee von innen. Wie das? Ich habe in ihr gebetet, da warst du noch in Oman. Aber ich mußte auf eine Reise gehen, drei Jahre lang war ich unterwegs, zu Fuß habe ich die halbe Welt durchquert ... Ich weiß, jeder weiß von deinen Geschichten, Baba Sidi. Nein, du kennst die Geschichte nicht, nicht wirklich, und ich werde sie dir nicht erzählen. Wovor hast du Angst, Baba Sidi? Vor der Sprache der Einfaltspinsel, in die du und deinesgleichen jede Erfahrung übersetzen. Was ich alles gesehen habe, das findet keinen Platz in den kleinen, kahlen Räumen, die du einrichtest.

Der alte Mann drehte sich um und ging die Gasse hinab, die zu seinem Haus führte. Die Ungläubigen haben dir den Kopf verdreht, rief ihm der Imam hinterher, das wissen alle! Du hast zu lange mit ihnen verkehrt, zu eng, du warst ihnen ausgeliefert, das ist dir schlecht bekommen. Deine linke Schulter wiegt schwerer als deine rechte. Der alte Mann schritt außer Hörweite. Zu allen anderen Unklarheiten gesellte sich nun diese: Wieso lauerte ihm der Imam immerzu auf, als sei er die einzige offene Rechnung in seiner Gemeinde. Er grübelte und geizte derweil mit Grüßen, bis er vor einer gewölbten Tür stehenblieb, deren linker Flügel offenstand. Auf dem Holz schwammen Fische zwischen Wellen, geschnitzt von einer beherrschten Hand, ruhig wie die Flaute. Dattelpalmen zierten den Rahmen, und in Augenhöhe seines jüngsten Enkels blühte eine Lotosblume. Mit jeder Frage des Kleinen erkundete er die Tür von neuem. Von dem Bogen hingen einige Papierfetzen herab, die seine Frau jeden Morgen mit Gebeten eng beschrieb, als würde sie der unveränderten Kalligraphie auf dem Holz nicht zutrauen, die Dschinns fernzuhalten. Der alte Mann rief seinen Wunsch durch den Innenhof, in dem sich alles sammelte, was für den ersten Stock nicht rein genug war, und setzte sich auf die steinerne Bank an der Außenwand. Es war noch früh, die Freunde würden sich später einfinden, aber er verspürte kein Bedürfnis, sich wie gewohnt hinzulegen und ein wenig zu dösen vor den Anstrengungen des Abends. Bald würde ihm Salim etwas Kokosmilch bringen. Er würde seinen jüngsten Enkel zu sich ziehen, sich eine Weile an seiner Frechheit erfreuen. Dann würde er sich auf der Bank ausstrecken und seinen Kopf auf die steinerne Lehne legen.

Der Tag verlangte nach einem weiteren Gebet. Der alte Mann auf der Baraza vor seinem Haus richtete ein Auge auf das Rinnsal der Ereignisse, das an ihm vorbeisickerte. Gedanken trieben durch seine Schläfrigkeit, die Wachablösung der Flaggen, das Einziehen der blutroten Fahne des Sultans, der er einst ins Ungewisse gefolgt war, angesteckt von dem eitlen Selbstbewußtsein jener beiden Fremden – hellhaarig und rothäutig der eine, dunkel wie ein Araber und vernarbt wie ein Krieger der andere –, die blind darauf vertrauten, daß ihre Herrlichkeit und die Flagge des Sultans bei den Herrschern im Inneren des Landes die erhoffte Wirkung zeitigen würden. Und zu seiner nachträglichen Verwunderung hatte sich dieses Vertrauen bewährt. Er hatte überlebt, diese und drei weitere Reisen. Er hatte überlebt.

Und dann, viel später, kurz nachdem er zum ersten Mal Großvater geworden war, tauchte wieder ein Mzungu auf, hellhäutiger als die anderen – der Ruhm des alten Mannes mußte ihm den Weg gewiesen haben. Ein gehetzter Mann, linkisch wie Bwana Speke, ehrgeizig wie Bwana Stanley. Er forderte Sidi Mubarak Bombay auf, ihn ins Landesinnere zu führen. Sie hatten im Innenhof gesessen – die Wazungu empfanden es als unhöflich, wenn man sie auf der Straße empfing, bat man sie aber in den Innenhof, spiegelte sich auf ihrem Gesicht die Abscheu vor den umherschweifenden Hunden und Hühnern und dem in einer Ecke dösenden Sklaven, dem Speichel aus dem aufgefallenen Mund rann – und seine Gedanken hatten mit der Idee einer weiteren, einer fünften Reise gespielt, als er die Stimme hörte, die vom ersten Stock hinabfiel wie ein Knüppel. Wenn du mich noch einmal verläßt ... der Mzungu verstand die Sprache nicht, gewiß aber den Tonfall ... werde ich den letzten Rest Freude aus deinem Leben kratzen! Eine Angst, klebrig wie eine überreife Mango, hatte sich auf einmal seiner bemächtigt. Nicht wegen dieser Drohung seiner Frau. Zum ersten Mal verspürte er die Angst, nicht heimzukehren. Der Mzungu verlangte nach Auskünften, die nach Blut rochen, nach Verhängnis schmeckten – alles an ihm war maßlos. Er schien zu glauben, die Welt sei so, wie er sie sich in seinem Kopf ausmalte. Und wenn die Welt ihn enttäuschen sollte, würde er die Welt verändern? Sei unbesorgt, hatte er seiner Frau zugerufen. Du wirst mich nicht los! Einen Augenblick lang hatte er überlegt, ob er diesen Besessenen mit falschen Angaben in die Irre führen sollte, doch er gab den Gedanken gleich wieder auf, es hätte nichts gefruchtet. Beizeiten hatte er seine Spielchen mit den Wazungu getrieben, und trotzdem waren sie stets an ihr Ziel gelangt. Halb blind manchmal, oder halb verrückt, gelähmt und gepeinigt, aber stets im vollen Bewußtsein ihres Erfolges. Und an diesem Tag hatten sie sogar ihre Fahne über Sansibar gehißt. Es hatte den alten Mann nicht überrascht, nahe dem zentralen Mast, inmitten all der hochrangigen Wazungu, den maßlosen Bwana Peters zu entdecken, der ihn damals zu Hause aufgesucht hatte, steif und vor Stolz erglüht in seiner prächtigen Uniform. Die Welt sah jetzt tatsächlich so aus, wie er sie sich vorgestellt hatte.

– Was schüttelst du den Kopf?
– Ich schüttele den Kopf über einen gewissen Herrn, der mich immerzu mit dummen Fragen belästigen muß.
– Andere Fragen würdest du nicht verstehen.
– Woher weißt du das? Du hast es nie ausprobiert.
– Assalaaum Alaikum.
– Waleikum is-salaam.
– Ist die Welt in Ordnung?
– Sie ist es und ist es doch nicht.
– Der Familie geht es gut?
– Das Haus ist voller Gesundheit.
– Wie voll Gold?
– Wie voll Gold, voll Korallen, voll Perlen.
– Und voll Glück?
– Hem!
– Marhaba.
– Marhaba.
– Es gelüstet mich nach einem starken Kaffee.
– Sei willkommen.
– Sollte er mir schmecken, werde ich dir anvertrauen, was ich über den Schatzmeister des Sultans erfahren habe.
– Mit der Fahne des Sultans wird man bald Staub wischen.
– Deswegen hat der Schatzmeister seine Dienste den Wazungu angeboten.
– Bei denen kann man mit Herkunft allein keinen Eindruck schinden. Bei denen zählt nur, was du zu leisten vermagst.
– Die brauchen auch ihre Blutsauger, und wer wäre besser dazu geeignet als der altbewährte Schatzmeister. Wer den Gestrigen gut gedient hat, der wird den Künftigen noch besser dienen.
– Recht hast du, ich gebe es sofort zu. Jetzt nimm endlich Platz, sonst denken die Leute, wir hätten uns verkracht, und als nächstes fangen sie an, deinem Geschwätz Glauben zu schenken.
– Deine Güte zeichnet dich aus.
– Eine alte Gewohnheit, von der ich mich schlecht befreien kann. Ich habe gerade nachgedacht, sag jetzt nichts, unterbrich mich nicht gleich, ich habe über das Selbstvertrauen der Wazungu nachgedacht,

wie schlecht habe ich sie am Anfang gekannt, wie wenig habe ich sie verstanden, und heute, heute haben sie uns ihre Fahne gezeigt, auf dem höchsten Mast der Insel. Überhaupt, bei der ersten Reise war alles wie eine Offenbarung ... ach, Salim, komm zu mir, komm, mein Kleiner, setz dich zu uns ... eine Offenbarung, die nicht völlig unerwartet kam, denn das war es, was mich mitgehen ließ, diese Zuversicht, die mir der eine, der dunklere Mzungu von Anfang an gab, diese Zuversicht, an seiner Seite überall hingelangen zu können. Erst später stellte ich fest, sie brauchten uns, um dort hinzugelangen. Aber sie waren voller Zuversicht. Verstehst du das?

– Kanntest du Großmutter schon?

– Nein, Salim, ich kannte deine Großmutter noch nicht, aber eines kannst du mir glauben: Ich bin nicht losgezogen, um sie kennenzulernen. Es war vielmehr so, als hätten mich die Ahnen gerufen, zurück in das Land, aus dem ich stamme und in das ich nie zurückgekehrt war. Etwa so alt, wie du jetzt bist, mein Morgenschein, so alt war ich, als sie mich jagten, als sie mich einfingen, als sie mich verschleppten, Araber mit schweren Gewändern und lauten Gewehren, von denen wir schon gehört hatten, oh ja, vor denen wir gewarnt worden waren, aber glaubst du an den Dschinn, dem du noch nie begegnet bist? Hast du schon einmal einen Dschinn gesehen? Was wirst du tun, wenn er dich überfällt, mein Sonnenlicht? Du weißt es nicht! Sie fielen über uns her, schneller als der Tod, sie waren überall, sie schossen mit ihren lauten Gewehren, und sie brüllten Befehle, die sich einbrannten in meine Ohren, wunde Befehle, vermischt mit den Schreien unserer Mütter und Großmütter und Schwestern, die sich einbrannten in meine Ohren, und heute noch, wenn ich einen Schrei höre, ähnlich wie damals die Schreie, einen Kesselflicker, der seinen Diener beschimpft, einen Perlensucher, der müde und schlechtgelaunt nach Hause kommt, dann höre ich alles wieder, jeden der Schreie, und sehe alles wieder, ich sehe unsere Sohlen zum See fliegen, oh ja, ich sehe die Sohlen meiner Angst. Wer weiß, warum wir am See Rettung suchten, anstatt uns im Wald zu verstecken, wie es andere taten, so vermute ich, denn nachher, als wir aneinandergereiht waren, die Hände an einen Balken gekettet, fehlten einige meiner Brüder, sie waren nicht unter uns, und das war die einzige Freude, die ich noch empfand. Ich war so jung wie du, alt genug, um bald vom Messer gegessen zu werden, ein Vogel noch, der sich hier niederlassen konnte und dort, ein Vogel, der zu keiner Medresa mußte, der in keinem Innenhof ausharren mußte, der durch Wald und Grasland hüpfen konnte, der in den See sprang, wenn jemand auf die Krokodile achtgab und auf das Wasser klatschte, wenn sie sich näherten. Dann kam der Tag, der die Maske eines Unbekannten trug, der Tag, an dem mir Flügel und Beine gebrochen wurden, bis ich nicht mehr wußte, ob ich mehr war als nur ein Stück Fleisch, das über die aufgeheizte Erde geschleppt wurde. Die unbekannten Masken sprachen mit der Zunge der Peitschen. Mein Liebling, du kennst nicht die Zunge der Peitschen, nicht einmal den Knüppel kennst du, dein Vater vergißt in deiner Gegenwart jeglichen Zorn, du weißt nicht, wie sie dich beleidigt, bevor sie dir weh tut, wie sie dich bestraft, bevor sie dir droht, wie sie dir durch die Sinne schneidet, dich in die Knie zwingt, dich weitertaumeln läßt, sie ist eine Zunge, die man herausschneiden will, aber unsere Hände waren gefesselt, und wenn wir einmal nachts rasteten, denn wir mußten durch manche Nacht hindurch laufen, wurden auch unsere Füße gefesselt und wenn du dir heute, drei Menschenleben weiter, das Handgelenk deines Großvaters anschaust, hier, siehst du die Narben aus jenen Tagen, an denen mein erstes Leben starb, mein Kinderleben, das Leben mit meinen Ahnen und meinen Nächsten. Ich habe nie wieder jemanden getroffen, der mein Dorf kannte, der seine Gebete an dieselben Ahnen richtete wie ich, und es dauerte viele Regenzeiten, bevor ich wieder jemanden traf, der meine Sprache kannte.

Von diesem Tag an war ich allein. Nachts war es am schlimmsten, nachts schlichen die Hyänen um uns herum, und wir hörten sie, auch die Araber hörten sie, sie warfen Steine in die Dunkelheit, die mal holperten und mal japsten, dann legten die Araber sich schlafen, um das sichere Feuer herum, und wir schrien, unsere Schreie waren unsere einzige Waffe gegen die Hyänen, die herumschnüffelten, eine stumpfe Waffe, die nur unsere Angst wachsen ließ, während die Hyänen näher schlichen, du glaubst nicht, mein Freund, wie der Mensch schreien kann, bevor seine Stimme abgebissen wird und du etwas hörst, das du nie zuvor gehört hast, das du nie hören solltest. Wir konnten dem nächsten Morgen nicht ins zerfetzte Gesicht sehen, unsere Brüder waren keine Menschen mehr, Fetzen Fleisch von ihrem Körper abgerissen, Aas, und ihre Geister gingen auf dem Kopf oder fuhren wie Blitze in Bäume hinein, verkrüppelten sie und jeden, der an ihnen vorbeikam. Als wir die Küste erreichten, waren wir alle tot, geistertot, totlebendig, Tote auf lebenden Beinen, Tote mit Augen wie zermatschte Früchte. Ich roch nicht das Meer, ich roch nicht die faulenden Algen, ich hörte nicht das Tosen der Wellen, ich schmeckte nicht die salzige Luft … Hier in dieser Stadt, auf dem Platz, auf dem die Wazungu heute ihr Gebetshaus bauen, wurde ich ausgestellt, und es dauerte drei gnadenlose Sonnen, bis mich jemand kaufte, ein Banyan für ein paar Münzen. Er nahm mich in sein Haus, wo andere wie ich, mit denen ich kein Wort wechseln konnte, mir etwas zu essen gaben und mir zeigten, wo ich mich waschen konnte.

Der Mann, der mein zweites Leben in Besitz nahm, war ein vornehmer Mann, mein Junge, dem seine eigenen alten Gesetze nicht erlaubten, mit Tieren zu handeln, wie sie ihm so manches untersagten. Er lebte inmitten so vieler unsichtbarer Gesetze, die ihn schützen sollten wie das Drahtseil, das wir über unserem Tor gespannt haben, um unser Haus vor Dieben zu bewahren, aber seine Gesetze schützten ihn, indem sie ihn einsperrten, seine Gesetze schwiegen wie ertappte Betrüger, wenn er einen Menschen kaufte als würde er Fleisch kaufen, Gesetze, die ihm verbaten, mit Kaurimuscheln zu handeln, weil er den Tod einer Molluske verursachen könnte, und daran hielt er sich, aber er handelte mit den Hörnern des Rhinos und mit dem Fell des Hippos, und er handelte mit Elfenbein, und damit verstieß er gegen seine Gesetze, doch wenn er Menschen kaufte, war er im Recht, denn darüber schwiegen seine Gesetze. Dieser Banyan verkaufte mich nicht weiter, er ließ mich nicht auf irgendeiner Plantage schuften, er behielt mich in seinem Haushalt. Er gab mir Arbeit, die mich wieder erstarken ließ, und eines Tages nahm er mich mit in die Stadt seiner Herkunft, jenseits des Meeres, viele Tage feuchten Essens und modriger Träume entfernt, und wenn du den Namen dieser Stadt wissen willst, mein Glücksbringer, mußt du

nur den Namen deines Großvaters aussprechen. Nein, den anderen ... den letzten! Bom-bay, genau. Den Ahnen sei Dank für diesen Segen, für diesen milden Mann mit seinen seltsamen Gesetzen, denn sonst säße ich heute nicht hier, auf dieser Baraza. Wir segelten auf einer großen Dau, nicht eine von diesen kläglichen Mtepe, wie du sie kennst, keines von diesen Booten, die nach Changanyika segeln, nein, ein großes mächtiges stolzes Schiff, das auf den Wellen ritt ...
– So als gehörten ihm alle Pferde dieser Welt.
– Assalaamu-aleikum, Baba Ilias. Wir haben schon auf dich gewartet.
– Soso, Baba Ilias, du hast dir nun Wasserpferde ausgedacht.
– Schiffe reiten nicht auf Pferden und Pferde galoppieren nicht über das Meer, aber es läßt sich sagen, ich sage es, und andere wissen es zu schätzen, nur nicht Baba Ishmail, dessen Ohren mit Eisen beschlagen sind. Anstatt einer Zunge bräuchte man Nägel, um zu ihm durchzudringen.
– Du weißt zu reden, Baba Ilias, es grenzt an Verschwendung, daß du nicht die Khutbah hältst.
– Gott schütze mich vor solchen Versuchungen.
– Er kann uns manchmal mit seinen Worten verführen, der Baba Ilias, aber die Worte selbst fügen sich seinem Willen nicht.
– Vielleicht fügt sich Mama Mubarak unserem Willen und bringt mir den versprochenen Kaffee?
– Vielleicht, vielleicht.
– Warst du nicht traurig, Großvater, als du deinen Namen verloren hast?
– Traurig? Wieso sollte unser Baba Sidi traurig gewesen sein? Er hat sich einfach selbst einen neuen Namen gegeben.

※※※※※※※※

Burton steht knöcheltief im Wasser und wartet auf den nächsten Aufbruch, wartet seit seiner Ankunft in Sansibar vor mehr als sechs Monaten. Sie müssen endlich aufbrechen, ins Landesinnere, zum ehrgeizigsten Vorhaben seines Lebens. Die höchste Anerkennung lockt. Belohnt mit einem Adelstitel, einer Lebensrente. Das

Rätsel der Nilquellen zu lösen, das seit mehr als zweitausend Jahren alle Erstaunten beschäftigt. Und damit einen ganzen Kontinent zu öffnen. Er hat keine Angst vor seinem Ehrgeiz. Es darf kein anderes Ziel geben, als den weißen Flecken auf den Karten einen Sinn einzuschreiben. Dieses verfluchte Warten, es würde bald vorbei sein, bald würde all das müßige Verhandeln ein Ende finden. Mit einem Schlag wären dann die Fußfesseln der Gewohnheit, die Lasten der Routine, die Sklaverei des festen Heims abgeworfen.

Es ist kaum möglich, eine Expedition besser vorzubereiten. Sie haben alles getan – nein, er hat alles getan, was in seiner Macht stand. Sein Kompagnon, John Hanning Speke, hat sich bislang vornehm der Mitarbeit enthalten. Wegen mangelnder Kenntnisse, angeblich. Ein aristokratischer Kopf. Einfach wird es mit ihm nicht werden. Die Erfahrung in Somalia, als sie nachts überfallen wurden und geradeso mit dem Leben davonkamen, war eine erste Warnung gewesen. Speke hatte allen anderen Vorwürfe gemacht, nur sich selber nicht. Er ist ein harter Bursche, ein exzellenter Schütze, und unter dem Strich scheint er Burton – als Reisender mit größerer Erfahrung, als Anführer der Expedition – zu respektieren. Er wird seine Autorität nicht in Frage stellen. Zudem, er ist gutsituiert, er bürgt für einen bedeutenden Teil der Finanzen aus eigener Tasche. Sie sind knapp bei Kasse – was für eine lächerliche Situation: das Ausschraffieren der weißen Flecken droht am Kleingeld zu scheitern. Das hat man davon, wenn man die Eroberung der Welt den Krämern überläßt. Sie werden stets am falschen Ort sparen.

Er spaziert den Strand entlang. Die Sonne geht im Wasser unter. Der Strand sieht aus wie feingemahlenes Meersalz, golden getränkt. Er taucht seine Hände in eine lange Welle und befeuchtet sein Gesicht. Dann streicht er mit den Fingern über sein Haar, bis zum Hinterkopf. Er steht knöcheltief im Indischen Ozean, und sein Blick reicht hinaus über die Kränze der Gischt, über den verworfenen bläulichen Rücken, der in die Unfaßbarkeit eines Versprechens verschwimmt, über die Krümmung der Erde hinaus, zu den Häfen von Bombay und Karachi, zu den Buchten von Khambhat und Suez, zum Arabischen Meer. Burton hat so viel erfahren, so viel geschrieben, den Zuständigen übergeben, der Öffentlichkeit. Und ist er je belohnt worden? Diejenigen, die Urteil fällen über den Wert eines Untertans, schweigen sich aus über ihn und seine Leistungen.

Der Strand ist von der Sonne verlassen; ein sich ausdehnendes Grau. Er ist nicht mehr alleine, er nähert sich einem Rudel Hunde, deren Pfoten vom Meerwasser umspült werden. Ihre Schnauzen sind blutverschmiert, und bevor er sich über den Grund Gedanken machen kann, sieht er die verwesende Leiche, auf die sie sich gestürzt haben, dankbar für das Geschenk, ihre Augen voller Argwohn, ob ihre Beute, hell wie ein Thunfisch, vor diesem Eindringling sicher sei. Verdorbene Ware werfen Sklavenhändler über Bord, denkt er. Das Sterben und Beerben überlassen sie dem Meer. Wer auf einem Boot ans Land gebracht wird, ist geldgesund. Der einkalkulierte Verlust wird mit Verspätung angeschwemmt. Burton wendet sich ab – es ist höchste Zeit, sich von Sansibar zu verabschieden.

Auf der Terrasse des Hotels Afrika sitzt, wie erwartet, John Hanning Speke, für seine Freunde Jack. Mit einem Sundowner in der Hand betrachtet er genüßlich das Städtchen. Wahrscheinlich amüsiert er die Saufrunde von Landsleuten, Kaufmännern zumeist, Vertreter von Reedereien, mit Jagdgeschichten aus dem Himalaja. Erstaunlich, was er in Tibet alles erlebt hat, wenn man bedenkt, wie gerne er sich auf dieser Terrasse aufhält. Von hier aus wirken die Köter am Strand wie herumtollende Kinder. Wenn er ihm dies vor Augen halten würde, Speke würde ernsthaft erwidern: Sansibar ist zu klein, zu arm an wilden Tieren, was soll ich mich da in der Hitze plagen. Burton hat den ovalen Tisch an der Brüstung fast erreicht, die Kellner stehen starr im Hintergrund – kostümiert wie nach einer flüchtigen Lektüre von Tausendundeiner Nacht –, als Speke seinen Kopf wendet und ihn bemerkt. Sofort unterbricht er seinen Redefluß und ruft einen viel zu lauten Gruß aus, so als wolle er alle am Tisch Versammelten auf den unerwarteten Besucher aufmerksam machen.

– Du bringst uns gute Nachrichten?
– Wir haben gehört, die Expedition steht.
– Da haben wir ja das Problem. Es soll endlich losgehen.
– Na, dann viel Glück.

– Wenn Sie nach Sansibar zurückkehren, werde ich ein Fest veranstalten, Herrschaften, so etwas haben Sie noch nicht erlebt.
– Bei seinem Geiz muß man vermuten, er setzt nicht auf Ihre Rückkehr.
– Ich kann das Mißtrauen der Araber geradezu riechen.
– Wir stehen unter dem persönlichen Schutz des Sultans.
– Das stimmt nur bedingt, Jack. Im Orient ist ein Ehrenwort, feierlich gegeben, eine reine Absichtserklärung, eine Garantie möglichen Verhaltens.
– Wie wahr, wie überaus wahr! Ich würde mich an Ihrer Stelle, Gentlemen, keine Minute auf diese Belutschen verlassen, die der Sultan Ihnen mitgibt. Selbst wenn das gute Männer sein sollten, was ich sehr bezweifele, ich weiß nicht, in was für einem Rausch der Sultan auf die Idee kam, ihnen Musketen in die Hände zu drücken, ein jeder von denen arbeitet auf eigene Rechnung.
– Einer meiner Gewährsmänner berichtet übrigens, daß am Hofe eifrig gegen Sie intrigiert wird. Einige seiner engsten Berater haben dem Sultan eingeredet, Ihre Expedition sei für das britische Empire ein Vorwand, in Ostafrika Fuß zu fassen. Langfristig. Am Ende stünde seine Entmachtung.
– Sie fürchten um ihr Handelsmonopol.
– Vor allem fürchten sie um ihren einträglichen Sklavenhandel. Sie verfolgen die Nachrichten aus Europa, sie wissen besser Bescheid, als wir meinen.
– Sollen sich fürchten. Ich bin ein großer Fürsprecher der Furcht.
– Richard, wir haben viel gehört von Ihren erstaunlichen Leistungen. Wir sind voller Bewunderung, das können Sie mir glauben. Aber seien Sie trotzdem auf der Hut. Bislang sind Sie alles in allem durch zivilisierte Gebiete gereist. Da gab es Leute, die schreiben konnten, und Bauten, die älter waren als die letzte Regenzeit. Jetzt steht Ihnen eine Reise in die völlige Wildnis bevor, vielleicht sogar zu Kannibalen.
– Völlige Wildnis, gibt es so etwas überhaupt?
– Sie waren noch nicht in diesem Teil der Welt. Lassen Sie sich von Sansibar nicht täuschen. Hinter der Öde des Festlandes wartet keine geheimnisvolle Stadt auf Sie, kein Mekka, kein Harar oder wie

sie sonst noch heißen mögen. Einzig ein wildes Land, das noch nie von Menschenhand gezähmt worden ist.

~~~~~~~~~~~

SIDI MUBARAK BOMBAY
– Heißen alle Menschen, die von diesem Ort dort drüben kommen, Bombay, Großvater?
– Nein, manche von uns nannten sich nach den Orten, aus denen sie stammten, an die sie sich erinnerten, sie nannten sich Kunduchi, sie nannten sich Malindi, sie nannten sich Bagamoyo. Ich aber beschloß, mir den Namen der Stadt anzueignen, in der mein drittes Leben begann: Bombay. Zuvor hatten mich manche Mubarak Miqava genannt, weil ich von den Menschen der Yao abstamme, was ich selber nicht wußte, ich war ein Mensch der Yao, ohne es zu wissen. In meiner Kindheit habe ich nie etwas von Yao gehört. Großvater sagte nie: Wir sind Menschen der Yao, Vater sagte nie: Wir sind Menschen der Yao. Erst als ich Sklave wurde, erfuhr ich, ich sei ein Yao, nur war es mir von keinem Nutzen mehr. Yao, es klang schön, aber ich wollte nicht ein Leben lang an das Land erinnert werden, das für mich untergegangen war, ich wollte nicht mit jedem Ruf daran erinnert werden, schon einmal gestorben zu sein. Der Weg, der mich erwartete, war wichtiger als jener, der hinter mir lag, wenn ihr mich verstehen könnt.
– Natürlich verstehen wir dich, es ist wie mit der Richtung des Gebets.
– Wenn die Sonne aufgeht, denkt keiner an ihren Untergang.
– Baba Ilias, deine Sprüche sitzen so schlecht wie die Gewänder von Baba Ishmail.
– Die anderen Sklaven blieben in Bombay, sie nahmen sich Frauen von dort, sie waren zufrieden mit ihrem Leben als Sidis.
– Als Sidis? Ich wußte nicht, daß du aus deinem Namen ein ganzes Volk gezaubert hast.
– Sidis heißen dort jene, die eine dunkle Haut haben und von jenseits des Meeres stammen. Darunter waren Menschen, die mir so fremd waren wie die Einheimischen in Bombay, aber die dortigen

Menschen, sie sahen uns vereint in einer Hautfarbe und einem Gesicht, egal, woher wir stammten.

– Waren alle von ihnen Rechtgläubige?

– Wenn ich nur wüßte, wie der rechte Glauben aussieht, dann könnte ich deine Frage beantworten, Baba Quddus. Sie achteten die Gebete, unregelmäßig, sie lasen im Glorreichen Koran, gelegentlich, wenn es sie drängte, und zu den Festen kamen wir zusammen in einem Haus, und in der Mitte des größten Zimmers in diesem Haus lag das Grab eines Mannes, bedeckt mit einem grünen Stoff, und an der Wand hingen Keulen, Kalebassen, die jenen, die ich aus meinem Dorf kannte, nicht unähnlich waren, Werkzeuge eines heiligen Mannes, der die Sidis seit geraumer Zeit schützt. Das Fest begann, als die Trommeln geschlagen wurden, die nur seine Nachfahren schlagen durften, wir tanzten um das Grab herum, und wir sangen, und wir strömten in die enge Straße, und tanzten und sangen weiter, und es klang wie Kindheit für mich, es hörte sich an wie mein erstes Leben, ich fühlte mich auf einmal heimisch in dieser fremden Stadt.

– Und die Gebete?

– Wir sprachen Gebete, aber es waren Gebete, die sich nicht an Gott richteten, nein, sie richteten sich an einen, zu dem ihr nie gebetet habt, dessen bin ich mir sicher, dessen Name euch nicht einfallen wird, auch wenn ich euch den ganzen Abend Zeit gebe. Obwohl er naheliegend ist, wenn ihr darüber nachdenkt.

– Hältst du unser Gedächtnis für so schlecht?

– Nicht verraten. Mir fällt der Name gleich ein.

– Wie kannst du ihn vergessen. Neulich, da fiel er Baba Sidi selbst nicht ein, und du hast es ihm vorgesagt.

– Das war neulich.

– Sag schon!

– Wir beteten zu Bilal, denn Bilal galt uns als der erste und mächtigste Ahne.

– Das ist Shirk!

– Ach, Baba Quddus, was ist schon Shirk und was nicht, was war von Anfang an wahr und was bleibt für alle Zeiten wahr?

– Der Glorreiche Koran, das weißt du selber.

– Bilal ersetzt doch nicht den Glorreichen Koran, er ergänzt ihn, er ist ein Gefährte jener Menschen, die Sklaven sind oder Sklaven waren, Menschen, die einige eigene Strophen der Ermutigung und des Trostes benötigen. Du solltest nicht vergessen, bei den Sidis, bei diesen Menschen, die deiner Ansicht nach Frevel begehen, habe ich das Gebet gelernt, bei ihnen habe ich die Suren gelernt, bei ihnen habe ich Menschen getroffen, die mir Teile des Korans erklärten.

– Großvater, wie bist du zurückgekommen von dort?

– Der Banyan, er wurde krank, an einem Tag hatte ihn die Krankheit kaum berührt, am nächsten Tag packte ihn schon der Tod, und am übernächsten Tag wurde er verbrannt, am Strand von Bombay, und ich habe darauf bestanden, dabeizusein, obwohl mich der Anblick traurig stimmte. Ich dankte ihm, während er von den Flammen verschlungen wurde, trotz allem dankte ich ihm, während er schrumpfte und platzte und schließlich zu Asche verbrannte, langsam, es dauerte von der Mittagszeit fast bis zum Sonnenuntergang, eine lange Zeit, in der ich ihm zum letzten Mal diente, und selbst danach war er nicht vollständig verbrannt, der Beckenknochen, der war noch übrig.

– Das ist abscheulich!

– Stellt euch vor, wie er in der Hölle herumirrt, ein Becken nur, von dem bei jeder Bewegung Asche hinabrieselt.

– Wie soll er sich bewegen, wenn er nur aus einem Becken besteht?

– Verrückt.

– Gott gebe diesen Armen mehr Verstand.

– Ich weiß nicht, ob ihr recht habt. Mit den Hyänen zu heulen erscheint nur dann verrückt, wenn man selber keine Hyäne ist.

– Baba Ilias, vielleicht erklärst du uns eines Abends, was Hyänen mit der Verbrennung von Leichen zu tun haben.

– Und ich weiß immer noch nicht, wie du nach Sansibar zurückgekehrt bist.

– Mein Herr hatte verfügt, in seinem Letzten Willen, ich solle nach seinem Tod die Freiheit …

– Kaffee, wie viele Kaffee?

– Es gibt nur eine, die mir so ins Wort fällt.

– Du kommst genug zum Reden. Laß uns unseren Gästen auch etwas geben, das sie unbeschwert genießen können. Madafu, wer möchte Madafu? Unser Sohn hat heute frische Kokosnüsse gebracht.
– Sagt schon, was ihr wollt. Ich werde keine Ruhe finden, bis sie nicht von euch allen Antwort erhalten hat.

〰〰〰〰〰〰〰

Die Boote sind eingelaufen, eng liegen sie beieinander, wie Ziegen im Kral. Wolkensträhnen fallen über den Himmel, Stimmen balgen sich um das beste Geschäft. Frauenhände säubern die kleinen Makrelen, werfen die Gedärme neben die trocknenden Netze und den restlichen Fisch in den Korb. Einige Männer verarzten ihre Boote mit langsamen Bewegungen, als müsse im Tageslicht alles neu abgesichert werden. Mittendrin steht der Fremde. Er steht einfach da, regungslos. Er muß schon lange dagestanden haben, denn die Fischer und Marktfrauen beachten ihn nicht mehr. So als gehöre er dazu. Nur einige Kinder hängen an ihm; sie versuchen das Ende seiner Jacke umzustülpen, um Abkürzungen zu seinen vielen Taschen zu finden. Er ist ein Schwamm, der alles aufsaugt; angespannt, voller gieriger Achtsamkeit. Er hat eine unruhige Nacht verbracht. Es ist sein letzter Tag auf dieser Insel. Er ist früh aus dem Haus gegangen, aus dieser graubraunen Weinkiste, in der das britische Konsulat untergebracht ist und die im Inneren nach dem Konsul riecht, der sich nicht dazu durchringen kann, seinem eigenen Tod davonzusegeln. Als Burton das Gebäude verließ, hatte ihn seine Stimme aufgehalten. Der Konsul lag auf der Veranda, in Decken gehüllt.
– Einen schönen guten Morgen, Dick.
– Schön daran ist höchstens, daß er die Nacht beendet hat.
– Schlechte Träume?
– Überhaupt keine Träume.
– Vielleicht ein gutes Zeichen.
– Zeichen? Ich ziehe es vor, Zeichen zu setzen. Freue mich übrigens über Ihren Entschluß, nach Hause zurückzukehren.
– Nach Hause? Gewiß, eines Tages werde ich heimkehren.

– Eines Tages? Gestern abend waren Sie drauf und dran, den Befehl zum Einpacken zu geben.
– Wir haben uns etwas in Ekstase geredet, mein Lieber. Ich muß doch erst einmal dafür sorgen, daß Sie gut auf den Weg gelangen.
– Sie müssen einzig und allein dafür sorgen, daß Sie gesund werden. Heimkehr ist die beste Heilung.
– Die Gesundheit, ja, der ist in den Tropen so gar nicht wohl. Wissen Sie übrigens, woran die wohlhabenden Sansibari sterben, ich meine, wenn sie nicht erwischt werden von der Cholera, den Pocken oder der Malaria?
– An Vergiftung?
– Nein, mein Guter. Sie neigen zur Dramatik. An Verstopfung. Vor Jahren hatte ich einen französischen Freund, ein Doktor, er erklärte mir, der Grund sei ihre Trägheit. Sie sterben an Trägheit, und diese Trägheit können sie sich nur leisten, weil sie reich sind. Sie werden Opfer ihres Standes. Wenn sich darin nicht Gottes Gerechtigkeit spiegelt.
– Vielleicht gibt es eine andere Erklärung. Prosaischer. Moralisch weniger ergiebig. Die vielen Aphrodisiaka, die sie schlucken, die dürften nicht ganz unschuldig sein.
– Ihre Spezialität, Dick, ihre Spezialität.
– Die Reichen dieser Insel? Süchtig nach Muntermachern. Als liege Sansibar unter einer Glocke der Impotenz. Ihr Lieblingspräparat? Eine Pille aus drei Einheiten Ambra und einer Einheit Opium, wobei die Opiumesser dieses nach dem Maß ihrer Abhängigkeit dosieren müssen. Jeder nimmt es ein, egal, ob er es braucht oder nicht.
– Trägheit und Trieb, da haben Sie es. Zwischen diesen beiden Polen stirbt man dahin.
– Fahren Sie heim, Konsul. Fahren Sie endlich heim.

※※※※※※※

Sidi Mubarak Bombay

– Sag, Baba Sidi, ich habe nie richtig verstanden, was du getan hast auf der Reise?
– Eine gute Frage.

– Du hast nicht getragen ...
– Richtig.
– Du hast nicht gekämpft ...
– Richtig.
– Du hast nicht gekocht ...
– Richtig.
– Du hast nicht gewaschen ...
– Es gab andere für solche Dienste.
– Was hast du dann getan?
– Ich habe sie geführt!
– Sag das bitte noch einmal, Bruder.
– Ich habe die Expedition geführt.
– Du? Du warst doch nie zuvor an diesem großen See, den sie suchten.
– Nein.
– Und du hast sie hingeführt?
– Wenn keiner den Weg kennt, kann jeder führen.
– Ich kannte den Weg zwar nicht, aber er war nicht schwer zu finden. Es gab nur einen Weg durch das Land, den Weg der Karawanen, die mit Menschen handeln. Ihr dürft nicht denken, was ihr selber nicht kennt, kennt kein anderer. Es gab Araber, die so häufig auf diesem Weg gereist waren wie manche unserer Händler nach Pemba. Es gab Träger, die sich und ihre Nächsten ernährten, indem sie Ballen schleppten, von der Küste aus ins Landesinnere, fünfzig oder hundert Tage lang, und wieder zurück. Vergeßt nicht, der tägliche Weg braucht keine Wegweiser. Ich hatte viele Aufgaben, mehr als genug Aufgaben, ich mußte vermitteln und auskundschaften, ich war die rechte Hand von Bwana Speke, ich war das Binokel von Bwana Burton ...
– Was ist das?
– Ein Gerät, mit dem all das, was weit weg ist, nahe kommt.
– Wie die Zeit also?
– Kannst du dir die Zeit ans Auge halten?
– Könnt ihr euch vorstellen, wie Bwana Speke mit seiner rechten Hand nach dem Binokel von Bwana Burton greift, und, oh weh, es ist der schwere Sidi?

– Kannst du deinen Spott nicht einmal auf dich selbst richten?
– Nein, du weißt doch, das Rasiermesser kann sich nicht selbst rasieren.
– Oh ja. Es gab eine weitere Aufgabe, die sehr wichtig war, ich mußte übersetzen, denn Bwana Burton und Bwana Speke konnten sich nicht mit den Trägern verständigen, wir hatten nur eine Sprache gemein, die Sprache der Banyan, und unter den Menschen von Sansibar sprach nur ich diese Sprache ...
– Wieso konnten die Wazungu die Sprache der Banyan, Großvater?
– Sie hatten beide in der Stadt gelebt, in der ich auch ...
– Die Stadt, die so heißt wie du.
– Ja, mein Liebling, gut aufgepaßt, die Stadt, deren Namen ich trage. Bwana Burton, er sprach wie ein Banyan, schnell und richtig, er konnte seine Zunge so krümmen, wie die verrückten Nackten im Land der Banyan ihre Körper krümmen konnten. Bwana Speke hingegen sprach wie ein Tattergreis, er suchte nach den Wörtern wie nach einem Geldstück, das man in einer Truhe verlegt hat, er konnte die Wörter nicht miteinander verbinden. Ihr könnt euch vorstellen, wie langsam, wie beschwerlich die Gespräche zwischen Bwana Speke und mir verliefen, am Anfang zumindest, bevor er ein wenig lernte und ich ein wenig lernte, und der Eintopf unserer gemeinsamen Sprache reichhaltiger wurde, denn er war schwer zu verstehen, sein Hindustani war schlechter noch als mein Hindustani. Ich übersetzte das, was ich begriffen zu haben glaubte, ins Kisuaheli, und im Landesinneren mußten wir jemanden suchen, der des Kisuaheli mächtig war und die Fragen von Bwana Speke in die Sprache der Einheimischen übersetzen konnte, jemand, der viel guten Willen aufbringen mußte und der trotzdem nicht alles verstehen konnte. Also ließ er aus, was er nicht verstand, oder ergänzte es mit seinen eigenen Annahmen, und so waren die Antworten, die wir schließlich erhielten, manchmal mit den Fragen nicht einmal mehr entfernt verwandt. Es dauerte und dauerte, und wem es an Geduld fehlt, der hätte den bedächtigen Schritt dieser Gespräche nicht ausgehalten. Es war eine einsame Reise für Bwana Speke, er konnte sich nur mit einem einzigen Menschen in seiner eigenen Sprache unterhalten, mit

Bwana Burton, und als ein Streit die beiden entzweite, redeten sie nicht miteinander, monatelang. Also schwieg er, Bwana Speke, und ließ allein sein Gewehr reden.
– Er hat Menschen erschossen?
– Wie viele denn?
– Er schoß auf Tiere, nur auf Tiere, mein Kleiner. Auf viele, viele Tiere. Wenn es ein Totenreich gibt für Tiere, es ist seitdem so voll wie die Moschee zu Ramadan.
– Er konnte sich mit niemandem unterhalten, vielleicht mußte er deswegen so viel töten.
– Wenn das richtig wäre, Baba Adam, dann wären die Stummen die allerschlimmsten Mörder.
– Er war oft einsam, das ist wahr, und er wurde einsamer, je länger unsere Reise andauerte. Bwana Burton fand mit fast jedem eine gemeinsame Sprache, mit den Sklavenhändlern sprach er Arabisch, mit den Soldaten, den Belutschen, sprach er Sindhi, nur gegenüber seinem Freund, gegenüber Bwana Speke, kam ihm die Sprache abhanden. Er lernte auch Kisuaheli, in langsamen Schritten, denn sie gefiel ihm nicht, unsere Sprache.
– Was hatte er daran auszusetzen? Es ist die beste aller Sprachen.
– Das behauptet jeder, der keine zweite Sprache kennt.
– Arabisch ist die beste aller Sprachen.
– Kisuaheli ist wie eine Welt, die aus lauter schönen Landschaften besteht.
– Was willst du damit sagen, Baba Ilias? Stammen die Flüsse etwa aus Persien und die Berge aus Arabien und die Wälder aus Uluguru ...
– So ungefähr. Du beginnst zu verstehen.
– Und der Sand aus Sansibar.
– Und der Himmel?
– Der Himmel ist nicht Teil der Landschaft.
– Sähe sie nicht nackt aus, ohne Himmel?
– Wie eine Kanga, um die Lenden der Erde geschwungen.
– Bei Sonnenuntergang.
– Was habe ich gesagt. Haben eure Ohren gehört, wie schön Kisuaheli klingen kann, selbst aus solchen Plappermäulern.

– Wir reden nicht von eurem Geschmack, sondern von seinem. Er mochte es nicht, den Worten etwas voranzustellen, das sei wie ein Mundkorb, so sagte er, hinter dem die Wörter nicht mehr so sind, wie sie ursprünglich waren. Trotzdem, er hat gelernt, er hat einiges gelernt, und als wir zurückkehrten, sprach er soviel Kisuaheli, wie er benötigte.
– Und der andere?
– Kein Wort. Nicht einmal ›schnell‹ oder ›halt‹.
– Zwei ungleiche Männer.
– Sehr ungleich. Wer sollte verstehen, wie zwei so unterschiedliche Menschen sich gemeinsam auf eine Reise begaben, auf der sie ihr Leben in die Hand des anderen legen mußten. Schon ihr Aussehen war ungleich, der eine war kräftig gebaut und dunkel, der andere schlank, geschmeidig und hell wie der Bauch eines Fisches.
– Nur manche Fische.
– Sie waren ungleich in ihrem Wesen, der eine laut, offen, stürmisch, der andere ruhig, zurückhaltend, verschlossen. Sie waren ungleich in ihrem Verhalten, der eine ausfallend und nachsichtig, der andere beherrscht und nachtragend. Der eine hatte Lust und Hunger auf alles, und er gab seiner Lust und seinem Hunger immer nach, der andere kannte auch Gelüste, aber er hatte sie angebunden, manchmal versuchten sie, sich loszureißen, dann wurden sie zurückgezehrt.
– Wenn sie in der Lage waren, gemeinsam jahrelang durch das Land zu ziehen, dann muß ihnen auch etwas gemein gewesen sein?
– Ehrgeiz und Eigensinn. Sie waren dickköpfiger als die dreißig Esel, mit denen wir Bagamoyo verließen. Und sie waren reich, unermeßlich reich. Mehr als hundert Männer waren nötig, um ihren Reichtum zu schleppen, Männer, die barfuß gingen, Männer, die nichts besaßen.

※※※※※※※※※※

Sie haben sich alle versammelt in Bagamoyo, wo unzählige Sklaven die Last ihres Herzens abgelegt haben, wie der Name dieses Ortes, Ausgangspunkt aller Karawanen ins Landesinnere, verkündet.

Sie warten auf das Zeichen zum Abmarsch. Die Träger, barfuß, sind armselig gekleidet, selbst am Tag des Aufbruchs, geschmückt nur mit einigen Streifen aus Fell oder Federbündeln. Einige von ihnen haben sich Glocken an die Unterschenkel gebunden. Sie klimpern zur Belustigung der vielen Kinder, die ihr Versteckspiel hinter bauchigen Baumstämmen unterbrochen haben. Sie haben die Stoffe, mit denen sie handeln werden, zu Nackenrollen gewickelt, fünf Fuß lang, und mit Zweigen gestärkt, eine Last, die siebzig Pfund wiegt. Mehr kann ihnen nicht aufgebürdet werden, zumal sie noch einige eigene Habseligkeiten schleppen müssen. Kisten werden über zwei Stangen gehängt (die leichten am Ende, die schweren in der Mitte) und von zwei Männern getragen.

Burton bespricht sich mit dem Kirangozi, Said bin Salim, der vorneweg marschieren wird, der Zeremonienmeister der Expedition. Ein redseliger Mann, dieser Vertreter des Sultans, dem es nicht im Traum einfallen würde, seine eigene Bedeutung zu unterschätzen. Befehle gehen durch ihn hindurch, aber er teilt sie aus, als stammten sie von ihm. Seine Treue ist einfach gestrickt, er achtet die Hand, die ihn satt macht. Er gibt einen Befehl, die Kesseltrommel wird zum ersten Mal geschlagen. Der Zug der Träger entwindet sich dem Schatten des Platzes und schleicht wie eine behäbige Python auf die Allee zu, die ins Landesinnere führt. Die Mangobäume sind eng gepflanzt, ihre Äste schlingen sich ineinander. Unter diesem Baldachin ist es niemals gänzlich Tag. Burton gesellt sich zu Speke, der unter einem nahen Vordach dem bettlägerigen Konsul Gesellschaft leistet. Anstatt nach Hause zu segeln, hat er sie nach Bagamoyo begleitet. Um nach dem Rechten zu sehen, hat er behauptet. Um sich für immer zu verabschieden, vermutet Burton. Als wollte er zum Ausdruck bringen: Ihr reist ins Unbekannte und ich in den Tod.

Seht euch diesen Hampelmann an, sagt Speke. Muß er so ein purpurnes Gewand tragen? Und all den Firlefanz auf dem Kopf? Wie das Nest eines Greifs, bemerkt Burton, und sie lachen zusammen, ein kurzes, unangemessenes Lachen. Kein Sinn für Camouflage, wir werden Meilen gegen den Wind auffallen. Das ist durchaus beabsichtigt, sagt der Konsul. Deswegen hält er auch die rote Standarte des Sultans hoch, damit jedermann von weitem gewarnt ist, daß diese Karawane aus Sansibar stammt und unter dem direkten Schutz des Sultans steht. Um ihn mache ich mir keine Sorgen, sagt Burton, eher um unsere Schutztruppe. Die dreizehn Belutschen schreiten an ihnen vorbei, bewaffnet mit Musketen, Säbeln und Dolchen sowie einem Pulverbeutel, den ein jeder von ihnen auf eigene Art und Weise am Körper befestigt hat. Sie folgen ihrem Anführer, dem einäugigen, pockenvernarbten, langarmigen Jemadar Mallok. Ich habe ihnen eine Belohnung in Aussicht gestellt, sagt der Konsul, wenn sie euch beide heil zu uns zurückbringen. Die Belutschen drücken ihre Musketen gegen die Schulter und fallen in einen ungenauen Gleichschritt, als wollten sie eine Parade verhöhnen. Sie erinnern Burton an die Kompanie von Sepoy, die er in Baroda mühsam auf Vordermann brachte, an die Bashibazuk, die er im Krimkrieg mit Ach und Krach kommandierte. Doch die Sepoy waren im Vergleich zu diesem Haufen, der an ihm vorbeihampelt, geradezu diszipliniert, und die Bashibazuk waren um einiges wilder, kampfgieriger als diese Nachfahren von Fakiren, Matrosen, Kulis, Dattellesern, Bettlern und Dieben, die aus einem öden Land stammen, das viele seiner Söhne vertrieben hat, und von diesen trotzdem in wehmütigen Liedern besungen wird, weil das karge Tal, dem ihre Vorväter den Rücken gekehrt hatten, in der Erinnerung erblüht.

Der Konsul übergibt das Empfehlungsschreiben des Sultans an Burton. Es ist wichtig, sagt er, zumindest auf der ersten Teilstrecke. Dann werdet ihr in Gebiete vorstoßen, in denen keiner weiß, daß es einen Sultan gibt, höchstens hat der eine oder andere von ihm gehört, vage, wie aus einer fremden Legende. Burton faltet das Schreiben sorgfältig zusammen und steckt es in seinen ledernen Beutel, zu seinen zwei Pässen, dem segnenden Brief des Kardinals Wiseman und dem Diplom des Sheikhs von Mekka, das seine Hadj bestätigt. Er ist gut vorbereitet, in jeder Hinsicht. Er verabschiedet sich vom Konsul mit einem schnellen Händedruck, für den er sich unmittelbar danach schämt, weil er sich eingestehen muß, daß es ihn vor der fleckigen Haut geekelt hat.

Auf den ersten Meilen kann er an nichts anderes denken als an mögliche Versäumnisse. Haben sie genug Tauschmittel mitgenommen? Sollten ihnen Perlen und Stoff ausgehen, wie würden sie sich dann Nahrung verschaffen? Sein Blick verharrt auf den Rollen, die auf den Köpfen der Träger balancieren, Rollen von Merikani – ungebleichter Baumwollstoff aus Amerika –, Rollen von Kaniki – indigogefärbter Stoff aus Indien. Sie müssen ausreichen, sonst würden sie verhungern. Dort, wo die kurze Allee in die Unförmigkeit des Busches biegt, ist das Meer schon Vergangenheit. Sie werden verschluckt von Gräsern, die ihnen bis zur Schulter reichen. Sie folgen einem Fluß, den sie selten sehen können. Der Boden ist fest, der Busch reicht endlos in die Ferne. Die Einheimischen meiden offenkundig die Karawanen. Sie kommen an einer verfallenen Hütte vorbei, an einem ersten Dorf, in dem kleine Fische vor den Hütten getrocknet werden und frisch geerntete Früchte aufgehäuft sind. Außerhalb des Dorfes verschlingt sie der ursprüngliche Raum wieder, diese unförmige Einschüchterung, die einem leicht Angst einjagen könnte. Sie werden sich täglich darin behaupten müssen, denkt Burton, eine Herausforderung, vor der keiner sie gewarnt hat.

Nicht einmal Tulsi, Warnschreier par excellence, einer jener servilen Inder, die vorgaben, ihnen von Hilfe zu sein, während sie die Kasse der Expedition über Gebühr belasteten und im Gegenzug Hiobsbotschaften verteilten, so als wären diese eine wirksame Prophylaxe gegen die Schrecken des Landesinneren. Am Vorabend, in seinem Haus in Bagamoyo, hatte Tulsi zu den süßen Gulab Jamun klebrige Ammenmärchen serviert, von Wilden, die auf Bäumen sitzen und giftige Pfeile in den Himmel schießen, mit solchem Geschick, daß die Pfeile beim Hinabfallen das Hirn der Reisenden durchbohren, bis zum Hals. Die Ahnungslosen sterben mit geschlossenem Mund. Und wie sollten sie sich dagegen schützen, fragte Burton. Meidet die Bäume! Im Wald? Sollen wir auch den Himmel meiden? Tulsi erhielt redegewandte Unterstützung von Ladha Damha, einem weiteren Inder, der im Auftrag des Sultans Zölle erhebt. Einige der Häuptlinge hätten geschworen, keine Weißen in ihrem Reich zu dulden. Tötet die erste Heuschrecke, habe ihnen ein Seher geraten, wenn ihr die Plage vermeiden wollt. Und damit fing die Aufzählung der Gefahren erst an: Ein Nashorn, das in Rage gerät, kann hundert Männer töten. Eine Armee von Elefanten kann das nächtliche Lager überfallen. Nach dem Biß mancher Skorpione bleibt einem kaum noch

Zeit, Gott anzurufen. Sie würden wochenlang ohne Nahrungsmittel auskommen müssen.

Die Inder waren sich sicher, daß die beiden Briten nicht einmal die halbe Strecke schaffen würden. Sie hatten sich offen darüber in seiner Gegenwart unterhalten, sie wähnten sich unverstanden in ihrem Dialekt des Gujarati. Ladha Damha fragte: Werden sie den See von Ujiji jemals erreichen? Und sein Buchhalter antwortete, nachdem er seinen Rotz hochgezogen hatte: Natürlich nicht! Wer sind die denn, daß sie glauben, das Land der Ugogo lebend durchqueren zu können! Ihr Gujus, sagte Burton zum Abschied in dem gepflegten Gujarati, das Upanitsche ihm beigebracht hatte, haltet euch für sehr gerissen. Ich werde das Land der Ugogo durchqueren, ich werde den großen See erreichen, und ich werde zurückkommen, und dann werde ich hier noch einmal halten.

Er läßt sich zurückfallen. Er kann es sich erlauben, nun, da jeder zu wissen scheint, welche Position er beim Marsch einzunehmen hat. Er verlangsamt seinen Schritt, bis er den letzten Träger noch hören, aber nicht mehr sehen kann. Hundertundzwanzig Mann, unter seinem Befehl. Diese Expedition muß einfach gelingen. Um so weit zu gelangen, daß er nur noch die Hand ausstrecken muß nach dem Ruhm, der ihm gebührt, hat er Befehle mißachtet, Befehle seiner Vorgesetzten in der Ostindischen Gesellschaft, er hat sich schwer verschuldet, und er hat das Risiko eines unsicheren Kantonisten als Reisegefährten auf sich genommen. Der Konsul hatte nicht so unrecht, die Zeichen hätten im Vorfeld der Reise besser stehen können. Ein Freund, ein hervorragender Arzt, der ihn begleiten sollte, war unpäßlich geworden; Sultan Sayyid Said, ein verläßlicher Verbündeter, war kurz vor ihrer Ankunft in Sansibar gestorben; und der Konsul, der sich als so hilfsbereit wie kein zweiter erweist, liegt in der Todesschaukel. Im Falle eines Scheiterns – er darf nicht daran denken, wenn man ansonsten keine Angst kennt, muß man auch die Angst vor dem Scheitern unterdrücken – wartet das Regiment in Indien auf ihn. Dorthin zurück? Nein, niemals.

Sie überqueren zügig ein sattes Buschland, aber dieses Tempo werden sie nicht halten können. Die Beine werden erlahmen, die Landschaft wird sich ihnen in den Weg stellen. Sie werden stolpern, ausrutschen, einsinken, durch Schlamm waten. Ihre Füße werden sich in Schlingen verfangen. Noch eine Stunde vielleicht, dann wird das Signal zum Halt ertönen. Er beschleunigt seinen Schritt.

Said bin Salim hat das Lager für die erste Nacht gut ausgesucht. Eingekerbte Baumstämme, verkohlte Äste, eine erweiterte Lichtung – es haben vor ihnen schon andere hier übernachtet. Als sie alles ausgepackt und das Inventar der Expedition noch einmal überprüft haben, stellen sie fest, daß sie einen der Kompasse in Bagamoyo zurückgelassen haben. Nur Burton weiß, wo er den Kompaß finden kann. Er muß den ganzen Weg zurückgehen. Zu seiner Überraschung bietet Sidi Mubarak Bombay von sich aus an, ihn zu begleiten. Obwohl es sich um einen Marsch von etwa sechs Meilen handelt. Bombay – so nennt er ihn in seinen Gedanken, so spricht er ihn an – ist kein Unbekannter, sie haben sich schon einige Male unterhalten, aber jetzt, auf diesem Gewaltmarsch, der ihr Tagespensum verdoppeln wird, sind sie zum ersten Mal für längere Zeit unter sich. Ein Gespräch unter vier Augen, denkt Burton, was für eine Rarität im Orient. Die erste halbe Stunde laufen sie schweigend nebeneinander, Burton mit langen Schritten, Bombay in einer höheren Frequenz. Er bedaure, eröffnet Burton das Gespräch, daß er Kisuaheli nicht ausreichend beherrsche, um sich in der Sprache von Sidi Mubarak Bombay unterhalten zu können. Es ist nicht meine Sprache, sagt Bombay, meine Sprache ist verlorengegangen. Bombay schmunzelt freundlich. Wenn seine Gesichtszüge sich in Bewegung setzen, egal in welche Richtung, verlassen sie den Hafen der Häßlichkeit. Es ist, als würde Bombay mit jedem Lächeln sein Gesicht reparieren. Abgesehen von seinem Gebiß – die Zähne sind zur ewigen Fäulnis verdammt. Er ist ein untersetzter Mann, ein ungewöhnlicher Kerl, unter diesen Leuten. Einer, dem die müßiggängerische Natur irgendwo auf einer seiner Reisen durch die Fremde abhanden gekommen ist. Natürlich, Sklaverei ist eine unschöne Sache, eigentlich untragbar, aber ohne sie wäre Sidi Mubarak Bombay einer dieser dumpfen Gestalten geblieben, die am Wegrand hocken und sich gerade einmal einen müden Gruß abringen.

SIDI MUBARAK BOMBAY
Es gibt Fragen, die drängen sich vor, Fragen, die ihre Neugier mit sich schleppen wie Feuerholz. Woher kommt ihr? Das war leicht zu beantworten. Aus Sansibar, von der Küste, aus Bagamoyo. Aber auf Fragen folgen immer wieder weitere Fragen, das ist ein Pfad, der kein Ende findet, und schon auf die zweite Frage wußten Bwana Burton und Bwana Speke keine rechte Antwort: Wohin geht ihr? Im Schatten jedes Mbuyu und jedes Mtumbwi und jedes Myombo begegnete uns diese Frage, sie flatterte auf wie ein Vogelschwarm, der erschreckt worden ist, sie folgte dem Gruß so selbstverständlich wie die nächste Welle, so sicher wie der Kazi auf den Kazkazi. Es gibt Fragen, die sind wie kläffende Hunde, und es gibt Fragen, die sind wie eine Dornenspitze, die sich in die Haut bohrt und sich nicht herausziehen läßt, Fragen, die einem keine Ruhe lassen.

– Fragen der Frauen an ihre Männer.

– Wenn du die Geschichte fortführen möchtest, Baba Burhan, so führe du sie fort.

– Nein, nein, ich ergänze sie nur, so wie die Ohren die Zunge ergänzen.

– Wenn ihr euch beide zu Ende ergänzt habt, dürfen wir hören, wie es weitergeht?

– Weißt du das nicht, Baba Ali? Bist du erst vor kurzem in dieses Viertel gezogen?

– Die Geschichte hat jedesmal eine etwas andere Gestalt.

– Woher kommt ihr? Wohin geht ihr? Das waren die Fragen, die im Schatten jedes Mtumbwi und jedes Myombo auf uns warteten. Was für einfache Fragen, werdet ihr sagen, selbst Kinder wissen, wohin sie gehen. Zumindest wissen sie, wohin sie gehen wollen.

– Kinder können so eine Frage beantworten, gewiß, aber Erwachsene?

– Zum großen See! So antworteten die Wazungu, wenn sie überhaupt eine Antwort gaben, aber die Fragenden kannten keinen großen See, und jene, die von einem großen See gehört hatten, die konnten nicht glauben, wie jemand mit hundert Trägern und zwanzig Soldaten durch das Land ziehen kann, sich allen Gefahren des Waldes aussetzen kann, nur um den großen See zu erreichen. Was wollt ihr von diesem See? fragten sie als nächstes. Wir wollen nichts von dem großen See, antwortete Bwana Burton, wir wollen ihn nur mit eigenen Augen sehen, weil wir wissen wollen, wo er liegt und wie groß er ist. Die Menschen im Schatten des Mbuyu, des Mtumbwi, des Myombo, sie schüttelten den Kopf, sie wußten das Gesicht einer Lüge zu erkennen, und ihr Mißtrauen schwoll an. Diese Fremden, murmelten sie, hegen keine guten Absichten, diese Fremden sind gekommen, zischten sie, unser Land zu rauben. Sie hatten Angst, oh ja, sie fürchteten sich vor uns, noch mehr aber fürchteten sie sich vor den Folgen unserer Ankunft. Diese Fremden werden Unglück bringen! In einem der Dörfer starb ein Mann, kurz nachdem wir unser Lager aufgebaut hatten, ein junger Mann, der am Tag zuvor noch auf seinem Feld gearbeitet hatte. Seht ihr, klagten die Menschen, gesteht, dies ist das erste Unglück, das eure Ankunft auf das Land geladen hat. So klagten sie, und in ihrer Klage verschwand allmählich ihre Angst, und Bwana Burton war gut beraten, als er uns am nächsten Morgen zum Aufbruch drängte. Außerhalb der Dörfer begleiteten uns nur die Kinder, sie liefen neben uns her, sie riefen ›Mzungu‹ ›Mzungu‹, sie riefen ›Wazungu‹ ›Wazungu‹, sie lachten und schwenkten ihre Arme. Was bedeutet ›Mzungu‹? fragte mich Bwana Burton. Derjenige, der herumirrt, antwortete ich ihm, derjenige, der sich im Kreis dreht. Das denken sie von uns? Er war erstaunt. Wir steuern doch geradewegs unser Ziel an, sagte er. Für diese Menschen sieht es so aus, sagte ich, als hätten wir uns verirrt.

– Und du? Du warst erstaunt über sein Erstaunen?

– Die Karawane der Erstaunten!

– Wieso hundert Träger? Hattet ihr nicht genug Lasttiere dabei?

– Baba Ishmail hätte dir bestimmt seine drei langbeinigen Mäuler verkauft, die mehr Khat kauen als er selber.

– Wir hatten Tiere, natürlich hatten wir Lasttiere, wir hatten fünf Maulesel und dreißig Esel, dreißig halblahme, störrische und völlig unzuverlässige Esel. Nach drei Monaten war uns ein einziges Tier geblieben, alle anderen waren verendet. Aber ich sage euch, die Menschen waren noch weniger für diese Reise geeignet. Angefangen mit dem Kirangozi, der vorneweg marschierte, der nur sich selbst und dem Sultan diente. Dahinter die Belutschen, die uns eigentlich schützen sollten, doch wie sie uns mit ihrer Feigheit verteidigen sollten, das war am Anfang unklar und blieb es bis zum Ende. Wir erkannten bald, den Belutschen war nicht zu trauen, sie würden ihre eigene Mutter an den Meistbietenden verkaufen. Hinter ihnen liefen die Träger, die ehrlichen Träger, auf die sich Bwana Burton und Bwana Speke auch nicht verlassen konnten, sie trugen zwar viel und ertrugen alles, aber nur bis zu der Nacht, in der sich ihr Blut weigerte und sie wegliefen oder wegzulaufen versuchten. Sie waren von den Menschen der Nyamwezi, wie ihr wißt, sie haben früher Elefanten gejagt, bevor sie den Entschluß faßten, sich ein Leben zu verdienen, indem sie mit einer Last auf dem Kopf durch das Land laufen, und sie wußten, nur die Hälfte von ihnen würde nach Hause zurückkehren, mit einem Sold in der Tasche, der sie nötigte, bald wieder aufzubrechen, mit einem Ballen oder einem Packen auf dem Kopf und mit der Aussicht auf den Tod. Sie hielten sie nicht immer aus, diese Aussicht, sie flohen, manche von ihnen mit dem Ballen, den sie auf dem Kopf zu tragen hatten, sie liefen weg, sie desertierten, so nannten es Bwana Burton und Bwana Speke, und das verwirrte mich, denn in ihrer Sprache bedeutet dieses Wort auch Wüste, und obwohl ich mich angestrengt habe, ich konnte keine Verbindung erkennen zwischen der Wüste und dem Weglaufen. Wenn sie wieder eingefangen wurden, wurden sie ausgepeitscht, im Namen der Gerechtigkeit auf der Karawane der ersten und auf der Karawane der zweiten Reise. Auf der dritten Reise jedoch, unter dem Befehl eines Mannes, der alles zum Tode verurteilte, was sich ihm in den Weg stellte, wurden sie manchmal gehängt.

– Nur weil sie wegliefen?

– Wer in der Wildnis wegläuft, der gefährdet die ganze Karawane, schärfte der Mann uns ein, der alles zum Tode verurteilte, was sich ihm in den Weg stellte. Weglaufen ist ein Versuch, die anderen zu ermorden, sagte Bwana Stanley. Bei der Karawane zu bleiben ist Selbstmord, flüsterten wir hinter seinem Rücken. Ich blieb, ich mußte bleiben, nachdem ich die erste und die zweite Reise überlebt hatte, wußte ich, ich konnte jede Reise überleben. Aber die Träger von den Menschen der Nyamwezi, die stolz waren auf ihre Arbeit und stolz waren auf ihren Ruf, sie hatten weniger Zuversicht, sie liefen in die Nacht davon, und manchmal verfolgten wir sie, manchmal ließen wir es sein, und manchmal wurden sie von einer anderen Karawane aufgegriffen und zu uns zurückgebracht, und dann wurden sie ausgepeitscht, mit einer Karbatsche, geflochten aus rauhem Nilpferdleder, eine schreckliche Waffe, vor allem wenn sie neu ist, zurechtgestutzt und scharf wie eine Messerklinge, sie wurden ausgepeitscht, bis ihnen der ganze Rücken blutete, oder sie wurden gehängt. Ich sage euch, wer das Strafen erfunden hat, der konnte zwischen Klugheit und Dummheit nicht unterscheiden. Kein Peitschenhieb dieser Welt wird dich daran hindern, den Weg zu nehmen, zu dem dein Herz dich drängt. Wenn die Angst oder die Verzweiflung oder der Zorn oder die Sehnsucht stärker werden als die Gedanken, die zählen und abwiegen können, dann tust du, was dein Herz dir sagt, selbst wenn alle Höllenqualen dieser und der nächsten Welt auf dich warten. Wer das Strafen erfunden hat, der wußte wenig vom Wert des Menschen.

– Baba Sidi, du kennst den Wert des Menschen, gewiß, keiner von uns hat das je bezweifelt, aber auch du erkennst nicht alles, was du erkennen könntest. Ohne die Drohung der Höllenstrafen wäre der Mensch ohne Ehre und ohne Maß.

– Ich habe mit eigenen Augen erlebt, Baba Yusuf, wie die Bestraften bei der nächsten Gelegenheit wieder das taten, weswegen sie gezüchtigt wurden. Die Peitsche hinterläßt keine dauerhaften Spuren auf einer Haut, die abgeworfen wird. Glaubt mir, meine Freunde, der Mensch häutet sich wie eine Schlange. Es gibt nur eine Möglichkeit, ihn mit völliger Sicherheit von einer Tat abzuhalten: Du mußt ihn töten.

– Das hatte Bwana Stanley offensichtlich begriffen.

– Aber was nutzte es ihm? Er hatte danach einen Träger weniger.

༄༅༄༅༄༅༄༅༄༅

Von Kingani nach Bomani, von Bomani nach Mkwaju la Mvuani, jeden Abend notiert er die Namen mit Sorgfalt, die Namen der Orte grundieren seinen Bericht; von Kiranga-Ranga nach Tumba

Ihere, von Tumba Ihere nach Segesera, noch befinden sie sich in der Region der etablierten Namen, bestätigt von seinen Unterlagen, von Gewährsleuten entlang des Weges – in Küstennähe herrscht Eintracht über die Nomenklatur; von Dege la Mhora nach Madege Madogo, von Madege Madogo nach Kiruri in Khutu, jeder Ort geometrisch und hypsometrisch erfaßt – die ordentliche Liste läßt keine Unklarheit aufkommen, sie bannt das Unheil. Sie stehen noch am Anfang, er stellt sich jedem Problem, voller Zuversicht, es mit einigen Handgriffen, mit einer kleinen Anpassung, lösen zu können. Alles kann noch ins Lot gebracht werden. Die Natur bietet einige Entdeckungen. Die Bäume, die sich an lange Trockenzeiten so hervorragend adaptiert haben, sie heißen Miombo, und er kann drei Arten unterscheiden, die Julbenardia, die Brachystegia und die Isoberlinia, letztere dient den Elefanten als Futter. Die hohen Bäume mit den geraden Stämmen und der gelben Rinde (Taxus elongatus oder damit verwandt); die zwergwüchsigen Fächerpalmen (Chamaerops humilis, mit Sicherheit); der chinesische Dattelbaum (Zizyphus jujuba, umgangssprachlich der Jujube-Baum); die einheimischen Sorten der Hyphaena und der Nux vomica, die verschiedenen Laubbäume: die Sterculia mit der hellgelben Rinde und der dichten, runden Krone; die Kapok, mit den großen Schoten, außen dunkelbraun, innen weiß und flauschig. Bei seinen Beobachtungen erlaubt er sich keine Nachlässigkeit: Die gelben Früchte werden nicht gepflückt, sehr wohl aber vom Boden aufgelesen, das Fleisch ist in Farbe und Geschmack mit der Mango verwandt, die großen Samen giftig oder bitter – warnte die Natur nicht mit Bitternis vor Gift? –, sie werden von allen ausgespuckt. Grün ist in diesen ersten Wochen eine Farbe der Kultivierung, die Parzellen zu beiden Seiten des Flusses dichtbepflanzt mit Reis, Mais, Maniok, Süßkartoffeln und Tabak. Es ist ein fruchtbares Land – Burton kann seine glückselige Entwicklung mit offenen Augen vorhersehen, es bedarf dazu nur einer ordnenden Hand.

Je mehr seine Vertrautheit wächst, je mehr er die Fremde enträtselt, desto leichter fällt es ihm, ihre Bedrohlichkeit zu entschärfen. Er gewöhnt sich an das schonungslos beharrliche Trommeln in der Ferne, dem der Jemadar jedes erdenkliche Grauen unterstellt, um seinen dreizehn Soldaten abstruse Scheinmanöver aufzuerlegen. Er gewöhnt sich an die Bedächtigkeit alter Männer, Dorfvorsteher mit Namen, die wie Versprecher klingen. In Kiranga Ranga regnet es zum ersten Mal, in Tumba Ihere sehen sie zum letzten Mal einen Mangobaum. In Segesera streiten sich zum ersten Mal die Belutschen; sie müssen auseinandergerissen werden, bevor ihre Dolche Tribut fordern; in den Wäldern nahe Dege la Mhora erblicken sie Meerkatzen, die sich so flink durch die Wipfel katapultieren, daß die Schüsse von Speke gegen Äste hallen, und mit jedem Echo verliert er an Respekt, weil er sein Gewehr gegen Meerkatzen richtet und weil er das Ziel verfehlt hat. In Madege Madogo stirbt der erste Esel, weitere Tiere verenden in den Tagen danach, ein erster Träger verschwindet, die Stimmung der Expedition sinkt wie das Barometer. Unerwartet früh müssen sie die Reittiere beladen, und bald müssen sogar die Anführer der Expedition zu Fuß gehen.

Obwohl Burton zu Fuß kaum langsamer ist als die Esel, verändert sich seine Wahrnehmung, sobald er absteigt. Seine Aufmerksamkeit wird von den eigenen Schritten gefangengenommen, die Aneinanderreihung von Hunderten und Tausenden von Schritten. Nach der frühmorgendlichen Frische, in der er seinen Blick auf alles richtet und sein Geist alles aufzunehmen scheint, konzentriert er sich allmählich, erhitzt und unwillig, auf seine Schritte, bis er alles ignoriert außer jene Kieselsteine, Dornen, Blätter, die unter seinen Stiefeln knirschen und rascheln, winzige Markierungen des Weges, die der Öde ein sich wandelndes Gesicht geben, marginale Veränderungen, auf die er achtet, um auf irgend etwas zu achten, auf die fauligen Früchte, die von den Ästen gefallen sind, die nicht ganz rund und nicht ganz gelb sind, zermatscht, verrottet, braunfleckige Früchte, von denen ein penetranter Geruch der Fermentierung ausgeht.

In den ersten Wochen mistet er im Leerlauf zwischen Kontrollen und Beobachtungen seinen Kopf aus, kehrt all jene Erinnerungen aus, die Spitzen hinterlassen haben, die gekrümmt in ihn hineingewachsen sind. Er weiß nicht, ob es Speke – der die Vorhut übernimmt, wenn er die Nachzügler begleitet – ähnlich ergeht; Themen wie dieses sind von einer Intimität, die er nicht mit ihm teilt. Verwundungen von einst fühlen sich an wie jüngst erlitten: Er ist erneut so zornig wie damals, als er von dem Verrat seiner Vorgesetzten im Sindh erfuhr – die neuentfachte Wut treibt ihn über die nächste Hügelkette. Er trauert über den Tod von Kundalini, so verbissen wie einst, er trauert bis zum nächsten Horizont, auf dem ein Baobab wächst, ein dickhäutiges Mahnmal. Erneut befürchtet er, als Frevler entlarvt zu werden, wie in der Wüste zwischen Medina und Mekka. Seine Schritte schleppen sich durch Zorn, durch Leid, durch Angst, und darin vergehen Stunden und Tage und Wochen. Alles, was in seinem Leben jemals untergegangen ist, treibt wieder an die Oberfläche, jede Erniedrigung, Enttäuschung, Verletzung. Er fühlt sich wie auf hoher See in einem steuerlosen Boot, er muß sich über Bord lehnen, um das Seewurfgut einzusammeln, jedes einzelne Stück, auch wenn es von Algen umschlungen oder vom Salz zerfressen ist, er hält es eine Duldigkeit lang in seinen Händen und untersucht es von allen Seiten, um festzustellen, daß die eine oder andere Seite nicht mehr wiederzuerkennen ist, und er legt es erst dann aus den Händen, wenn er es nicht mehr fühlen kann, weil es sich aufgelöst hat, in Gleichmut, nicht in Vergessenheit.

〰〰〰〰〰

Sidi Mubarak Bombay

Am Anfang wußte keiner von uns, was ihn erwartete, keiner von uns konnte ahnen, was wir erleben würden, und hätten wir es gewußt, keiner von uns hätte diesen Pfad der Narben und Entbehrungen auf sich genommen. Wir waren voller unbeschmutzter Erwartungen, am Anfang, als unsere Narben noch Wunden waren, als der Feind noch ein Bruder war und unsere Hoffnung reicher als unsere Erfahrung. Keiner von uns war auf das vorbereitet, was über uns hereinbrach, nicht einmal die Träger, die von den Menschen der Nyamwezi stammten, die schon einmal, mindestens einmal, durch dieses Land marschiert waren. Sie hatten das Gewicht von Karawanen getragen, die nach Gewinn strebten, aber diese Karawanen waren nicht von dem Ehrgeiz angetrieben, zu erreichen, was kein Mensch zuvor erreicht hatte. Die Träger hatten Befehle erduldet von Männern, die brutal, gierig und verschlagen, aber nicht verrückt waren. Keiner von uns hatte das Gewicht einer Karawane gebukkelt, die von Wazungu angeführt wurde, und die Wazungu, meine Brüder, sind seltsame Menschen, ich kann sie erkennen, ich kann sie auseinanderhalten, aber ich werde sie niemals verstehen können. Sie glauben, die höchste Bestimmung des Menschen sei es, dort hinzugelangen, wo seine Vorfahren nicht hingelangt sind. Wie sollen wir, die wir uns davor fürchten, dort zu gehen, wo keiner zuvor gegangen ist, so etwas verstehen? Wie sollen wir ihr Glück begreifen, wenn es ihnen gelingt, die Aufgabe, die sie sich selbst gestellt haben, zu erfüllen? Ihr hättet den Ausdruck auf ihren Gesichtern sehen sollen, sie waren so glücklich wie ein Vater, der sein neugeborenes Kind in den Armen hält, so glücklich wie ein frisch Verliebter, der seine Holde nahen sieht ...

– Wie Baba Ishmails Gesicht, wenn er sein Boot voller Fische an Land zieht.

– Oder wie die Gesichter der Kinder, wenn der erste Regen fällt.

– Wie wäre es hiermit: Wie der Ausdruck auf dem Gesicht von Baba Sidi, wenn er seinen Freunden von seinen Triumphen erzählen kann.

– Ihr kennt also dieses Glück, das ist gut, ich brauche es euch nicht weiter zu beschreiben, so ein Ausdruck von Glück war auf ihren Gesichtern, wenn sie ein Ziel erreichten, das kein anderer Wazungu vor ihnen erreicht hatte. Doch jede Sache wirft ihren Schatten, und ihr könnt euch nicht vorstellen, wie sich ihre Gesichter verdüsterten, wenn sie erfuhren, sie seien nicht die ersten, ihnen sei jemand zuvorgekommen, die dunkelsten Wolken zogen sich über ihren Gesichtern zusammen, bei der geringsten Gefahr, ihnen könnte jemand zuvorkommen. Nie werde ich die Verblüffung von Bwana Speke und Bwana Grant vergessen, als sie am Rande des größten aller Seen einen anderen Mzungu trafen, der schon seit Jahren dort handelte, einen Kaufmann mit dem Namen Amabile de Bono, der zwar nicht aus ihrem Land stammte, aber von einer Insel, die von ihrer Königin erobert worden war. Ihr könnt euch nicht die Sorge auf dem Gesicht von Bwana Stanley vorstellen, in den langen Monaten, in denen er vermuten mußte, Bwana Cameron eile ihm mit einer anderen Karawane voraus, Bwana Cameron könnte der erste sein, der das Land von dem Ort des Sonnenaufgangs zum Ort des Sonnenuntergangs durchquert. Es war eine Anspannung in ihm, die ihn jeden Abend fluchen und nur das Schlechteste über einen Menschen sagen ließ, dessen Bekanntschaft er nie gemacht hatte. Ich versuchte Bwana Stanley zu beruhigen. Pflückt Bwana Cameron alles, sagte ich zu ihm, was entlang des Weges wächst? Wird er denn nichts für Sie übriglassen? Worauf er mir grob antwortete: Das verstehst du nicht. Ich habe mich geärgert über seine Antwort, damals, aber heute gebe ich es gerne zu: Ich verstehe die Wazungu nicht.

– Ich weiß genau, was du meinst, Baba Sidi, es gibt immer jemanden, der noch früher aufgestanden ist als du selber. Als ich ein junger Mann war, arbeitete mein Vater für einen Araber, der mit zwei anderen Arabern und vierzig Trägern zu dem großen See marschiert ist, von dem du sprichst, immerzu gen Osten, und als sie den See erreichten, haben sie ein Boot gebaut, und mit diesem Boot haben sie über den See gesetzt, und dann besuchten sie ein Land, das Muata Cazembe hieß, ich habe mir diesen Namen gemerkt, Muata Cazembe, denn er klang für mich wie ein Anfeuerungsruf, und dann erreichten diese Araber, nach sechs weiteren Monaten, das andere Ende des Landes, die andere Küste, und die Sonne ging vor ihnen unter, und sie trafen dort auf Wazungu, die einen Handelsposten aufgebaut hatten, andere Wazungu als jene, die sie aus Sansibar kannten, Menschen von den Portugiesen, und der Ort, den diese Menschen gegründet hatten, hieß Benguela.

– Oh, das hieße, sie haben das ganze Land durchquert, wenn Bwana Stanley oder Bwana Cameron das wüßten, diese Nachricht würde mehrere Töpfe ihres Stolzes vergiften. Sie könnten sich nicht mehr damit brüsten, als erste das Land von Osten nach Westen durchquert zu haben, sie müßten lernen, Fußstapfen in anderen Fußstapfen zu sein, sie müßten die Vorstellung ertragen, Nachzügler zu sein. Für sie war jedes Dorf, jeder Fluß, jeder See, jeder Wald wie eine Jungfrau, und sie hatten Begierden von Riesen, die nur zufriedenzustellen waren, wenn sie sich all dieser Jungfrauen bemächtigen konnten. Um diese Gelüste zu befriedigen, nahmen sie alles auf sich, sie erlitten die Kälte, sie erlitten das Fieber, sie erlitten die Bisse von Zecken und Mücken und Fliegen, Bisse, die Schwellungen verursachten, die über Nacht wuchsen, bis sie so juckten, daß wir glaubten, wahnsinnig zu werden. Und alles, was die Wazungu erlitten, mußten auch wir erleiden. Das war die schreckliche Erkenntnis, die sich mir aufdrängte, meine Freunde, bald nachdem wir aufgebrochen waren. Wir waren Gefangene einer Karawane, die dem Wahn zweier Wazungu ausgeliefert war, dem Wahn, durch die Hölle zu marschieren, um an ein Ziel zu gelangen, von dem keiner genau wußte, wo es war, wie es war, was es war. Und für uns gab es keine Aussicht auf Erlösung, nur einen Sold, einen kleinen Sold, der zur Hälfte schon bezahlt war und den jene, die in Sansibar Familie hatten, bei ihren Kindern und Frauen zurückgelassen hatten. Mit jedem Stich der stacheligen Kugeln des Akazienbaums wurde mir klarer, auf was ich mich eingelassen hatte. Und für mich gab es keinen Weg zurück. Die Träger, sie konnten versuchen wegzulaufen, weil sie den Weg nach Hause kannten, weil wir ihrem Zuhause entgegengingen, weil keiner in ihrem Dorf sie später zur Rechenschaft ziehen würde, aber ich, selbst wenn ich es alleine durch die Wälder und die Steppen bis zur Küste zurück schaffen sollte, wenn ich auf dieser einsamen Reise nicht verenden, nicht von einem wilden Tier gerissen und nicht in die Fänge der Sklavenhändler geraten würde, ich könnte mein Gesicht nicht mehr hier in Sansibar zeigen, ich war von dem Sultan selbst dazu auserkoren worden, diese Wazungu zu begleiten und ihnen zur Seite stehen, bis zu ihrer Rückkehr oder bis zum Ende. Ich mußte weitergehen, ich mußte die Stiche weiter ertragen, für mich gab es nur einen Ausweg, den Weg durch die Hölle.

– Spuckst du wieder große Töne, du alter Schwadroneur. Trägst du wieder mal dick auf?

– Was hast du schon gehört, Frau?

– Wenn du irgendwann in deinem Leben auf etwas anderes achten würdest, als auf deine eigenen Geschichten, dann würde dir auffallen, wie du und deine Freunde die Gasse verstopfen.

– Die Fensterläden knacken unter einen Tiraden. Wovon sprichst du?

– Es kleben so viele Zuhörer an deinen Lügengeschichten, kein anderer kann mehr durch die Gasse kommen. Da ist eine Wagenfuhre, wenn du dich mal aufrichtest, siehst du sie, der arme Mann wartet schon ewig auf das Ende deines Geschwafels.

∽∽∽∽∽∽∽∽

Abwechslung, immer wenn sie sich einem Dorf nähern. Die Musketen werden in die Luft gefeuert, selbst der erschöpfteste Träger reißt sich zusammen und reiht sich ein in den Stolz der Karawane, die beäugt wird von den Kindern und den Frauen – mit Sicherheit sind im Hintergrund auch die Augen der Männer auf sie gerichtet. Bei diesen Einmärschen hat Burton das Gefühl, alle Beteiligten führen eine szenische Inszenierung auf, ein dramatisches Gehabe, das ihnen vergeht, sobald sie dem Dorf den Rücken kehren: die Schultern sinken, die Füße schlurfen, die Stimmung schleift über den Boden.

Entschädigung gibt es am abends am Lagerfeuer. Manchmal kann er sein eigenes Wort im Gespräch mit Speke nicht verstehen unter dem Lärm der Lieder und des Gelächters. Trommeln werden geschlagen, Glocken erklingen und altes Eisen klappert. Einer der Belutschen, Ubaid, holt eine Sarangi hervor und versammelt alle Halunken des Lagers um sein kräftiges Gekratze herum, so als würde er die Schuppen eines riesigen Fisches abschaben. Hulluk, der Narr der Karawane, übernimmt die Rolle eines Nautsch-Mädchens und tanzt mit vortrefflicher Liederlichkeit. Nach einer großzügigen Gabe an Verrenkungen und Grimassen scheint er entschlossen, mehr zu wagen, seiner Figur mehr Tiefe zu verleihen. Er stellt sich auf den Kopf und beginnt mit seinen Hüften zu wackeln, zu zucken, die Fersen wölben sich von den dürren Knochen wie Fladenbrote, denen zuviel Hefe beigemischt worden ist. Dann verschränkt er, immer noch kopfüber, die Beine im Schneidersitz, und in dieser Position imitiert er den Ruf eines Hundes, der hungrig, einer Katze, die traurig, eines Affen, der dreist, eines Kamels, das bockig ist, und die Rufe eines Sklavenmädchens, das alle Männer des Lagers in dieser Nacht mit lustvollen Versprechen zu sich lockt. Schließlich rollt sich Hulluk in einer unvermittelten und erstaunlich flüssigen Bewegung über den

Boden, bis er gekrümmt wie die Verlegenheit vor Burton zum Sitzen kommt und auch diesen nachahmt, mit bellender Befehlsgewalt, so unnachgiebig ausdauernd, bis er einen Dollar erhält für seine unverschämte Mühe, den Burton gerne gibt, weil das Lager im gemeinsamen Lachen den Tagesmarsch vergessen hat. Als der Narr allerdings eine weitere Münze fordert, erhält er einen Tritt – er rauscht davon, mit einer Stimme, die so übertrieben von den Enttäuschungen der Liebe piepst, daß alle Lacher ihr hinterhereilen wie herrenlose Köter.

Sidi Mubarak Bombay

Es waren anstrengende Tage, meine Brüder, hinterhältige Tage, als wir die Wunden unserer heutigen Narben erhielten, Tage, die uns in noch qualvollere Nächte zogen. Die Luft stand, die Moskitos schwirrten, die Kälte befingerte uns mit rauhen Händen, ein Räuber, der sein Opfer immer wieder filzt. Es war, als wollte die Nacht uns all dessen berauben, was in uns war. Einmal trieben uns Heerscharen von schwarzen Ameisen aus den Zelten, sie stachen zwischen unsere Finger und zwischen unsere Zehen, sie stachen in jede weiche Stelle unserer Körper. Die Maulesel, die noch dünnhäutiger sind als Baba Ali, sie schrien und schrien, bis sie wahnsinnig wurden, und jeder von uns glaubte, der nächste Stich werde auch ihn in den Wahnsinn treiben. Der Jemadar, der ansonsten herumstolzierte, als sei er der kleine Bruder der Wazungu, schlich durch das Lager wie ein Vorfahre, der in Vergessenheit geraten war. Nicht nur er, alle waren kopflos, die Belutschen und die Träger. Es wurde geflüstert am Feuer, es wurde beraten, und die Lösung, die aus diesem Flüstern herauskroch, sie lautete: Flucht. Ich schwieg und wandte meine Ohren ab, denn ich wollte mich daran nicht beteiligen, und ich wollte Bwana Burton nicht anlügen. Als wir endlich Schlaf fanden, ein Schlaf, der so schmeckte wie kalter Tschai ohne Zucker, wußten wir, was uns erwartete: Der nächste Morgen würde aufgehen in neuer Verzweiflung, in neuer Einsamkeit.
– Einsam wie eine Witwe.

– Wie eine Witwe, deren zweiter Mann soeben gestorben ist, und die beschlossen hat, nie wieder zu heiraten.
– Baba Ilias, welche Erleuchtung ist in dich gefahren? Ein Bild von dir, das ich mir tatsächlich vorstellen kann.
– Es ist nicht von mir, es ist von einem Somali-Freund.
– Dann rufe bitte künftig die Weisheiten deiner Freunde herbei, anstatt dich auf deine eigenen zu verlassen.
– Wie ist das möglich, Baba Sidi? Habt ihr die ganze Zeit gelitten? Kenne ich dich so schlecht? Ich kann mir nicht vorstellen, du hättest nicht auch dein Vergnügen gehabt?
– Natürlich, du hast recht. Die Leiden des Tages und der Nacht, wir hätten sie nicht überstanden ohne die Freuden des Abends. Ich spreche nicht von dem Essen, oh nein, das Essen war am Anfang ausreichend, nicht mehr als ausreichend, und wer so viel läuft und so viel schleppt wie wir, der ißt viel und rümpft nicht die Nase über das, was in seinem Blechteller liegt, nein, ich denke an die Zeit nach dem Essen, als wir all das Glück nachholten, das uns unter der Sonne versagt geblieben war. Wir tanzten und wir sangen, und als wir merkten, wie gering Bwana Burton und Bwana Speke unsere Tänze und Gesänge schätzten, begannen wir, über sie zu spotten. Einer der Träger war ein Mann mit krummen Beinen, die er beim Tanzen in alle Richtungen schüttelte, wir lachten über seine ungelenke Gelenkigkeit und über seinen schiefen Gesang, der etwa so ging:
Ich bin der Frij, ich bin der Frij,
mein Bruder Spek, mein Bruder Spek,
ist hin und weg, ist hin und weg,
wir spenden ihm 'ne fette Kuh,
damit er findet seine Ruh'.
Und am Ende des Liedes riefen wir alle inbrünstig aus: Amiiiiiin! Als hätten wir ein Gebet vernommen, das alle Dschinns besiegt. Als er unseren Gesang hörte, und natürlich nicht verstand, dachte Bwana Speke wohl, es handele sich um ein Loblied zu seinen Ehren, denn er richtete sich vor seinem Zelt auf, kam zu uns ans Feuer und sang uns eines seiner Lieder, ein Lied, das sich auf den Schultern eines Trauernden aufrichtete, ein Lied, das gut zu einer Beerdigung gepaßt hätte. Aber er sang aus vollem Hals und aus vollem Herzen,

und am Ende seines Liedes zeigten wir laut unsere Begeisterung, worauf er einige Tanzschritte vorführte, die er leider bald unterbrach, wahrscheinlich weil er unser Lachen hörte. Ja, meine Brüder, das hat uns Stärke gegeben, als wir erfahren durften, wie lächerlich die Wazungu sein können.

∽∽∽∽∽∽∽

Sie dringen ein in den Regenwald. Danach ist nichts mehr wie zuvor. Der Horizont, geschluckt. Der Pfad ist vergittert von Lianen, jede einzelne dick wie ein Tau. Die ausladenden Kronen haben sich zu einem dunkelgrünen Dach verflochten, gestützt von grauen Pfeilern, wie in einem heiligen Hain, zu dem nur die schattige Seite der Geräusche durchdringt. Die schwarze glitschige Erde unter dem dichten Gestrüpp schluckt jeden ihrer Schritte. An sumpfigen Stellen können sie sich nur auf Baumwurzeln verlassen. Die Grasbüschel sind so scharf wie frisch geschliffene Klingen, die Bäume von Epiphyten befallen, reptilienhaften Schmarotzern, die an den Wipfeln zu falschen Vogelnestern ausästen. Der Pfad wird von Kriechern und Kletterern erdrosselt. Wer den Weg tötet, murmeln die Träger, tötet auch den Wanderer. Und es stinkt, als läge hinter jedem Baum die Leiche eines Unglücklichen. Die Packen fallen von den Eseln, die Belutschen verfluchen das Unglück und überlassen das Aufladen den anderen. Wenn sie vom Himmel mehr sehen als Fetzen eines verschmutzten Leichentuches, ist er dicht und grau und niedrig, wie Rauch, der nicht abziehen kann. Die Luft überzieht ihre Haut mit einem Miasma, als Schmutzfilm, der sich nicht abwaschen läßt, auch wenn sie Wasser fänden und sich eifrig abschrubben würden.

Sie wußten von Anfang an, es war nur eine Frage der Zeit, bis sich die ersten Krankheiten einnisten würden. Aber sie hatten nicht vorhergesehen, daß die Malaria sie beide gleichzeitig überwältigen würde. Sie machen halt knapp hinter der Baumgrenze, wo sich erste Lichtungen zur Steppe ausdehnen. Burton liegt auf dem Boden, unfähig, sich zu bewegen, und er spürt im Inneren ein anderes, ein feindselig gesinntes Wesen, das seine Pläne durchkreuzen will. Irgendwann schreit er: Bevor ich weitermache, will ich wissen, um was es geht. Ihr könnt mich nicht zu diesem endlosen Kampf zwingen, ohne etwas in Aussicht zu stellen. Jene, die ihm antworten, ohne ihm eine richtige Antwort zu geben, die Köpfe, die aus Brüsten wachsen, die mit behaarten Zungen nach ihm lecken, runzlige Weiber, die ihn auspeitschen, und er schreit, sie hätten ihn verwechselt, und sie grinsen hämisch und krächzen ein Lied, das er nicht versteht, zuerst, dann erfaßt er Bruchstücke, die Wörter stürzen herab wie Schmetterlinge ohne Flügel, und er versucht sie mit einem Netz einzufangen, das aus seinen Händen wächst, und wenn er alle flüchtigen Wörter eingefangen hat, muß er lange in das Netz starren, bis er sie zu einem Sinn zusammenstecken kann: Es gibt kein schöneres Entzücken, es gibt kein größeres Glück als das Krachen der Knochen, die wir brechen, von morgens früh bis spät am Tag. Er blickt auf, die Hexen nicken verzückt, du hast uns verstanden und jetzt gib uns deine Glieder. Wir werden Löcher in sie bohren, wir spucken in sie hinein, du bist so schön beharrt, jedes Härchen werden wir dir ausreißen. Gib uns deine Glieder, wir versprechen dir vollendeten Schmerz.

Er wacht auf. Er hat das Gefühl, alles ausgeschwitzt zu haben, was er je getrunken hat. Seine Zunge ist wie eine Raupe, eingesponnen in Bitterkeit. Seine Beine gehorchen ihm nur widerwillig. Er streckt sie wieder aus. Er ruft nach Bombay, der ihm Wasser bringt. Er erkundigt sich nach Speke. Der sei schon aufgestanden.

Burton schleppt sich zum Zelteingang und blickt hinaus. Der Himmel ist verhangen. Er hat das Gefühl, als sei ihm eine gewaltige Schuld erlassen worden. Speke ist in der Nähe. Es ist tröstlich, ihn zu sehen. Er grüßt ihn. Die Wörter rinnen ihm zäh aus dem Mund. Spekes Gesicht ist so straff, als sei seine Haut zum Trocknen auf eine Trommel gespannt worden. Er kommt ans Zelt, beugt sich zu Burton hinab. Wir haben die erste Attacke zurückgeschlagen, sagt er. Dann streckt er seine Hand aus und berührt sanft Burtons Wange. Es wirkt ungelenk, aber es ist ein Zeichen der Verbundenheit. Burton schöpft Hoffnung. Ich werde mich ein wenig ausruhen, sagt er. Dann können wir weiter. Wir sehen uns. Und er kriecht in sein Zelt zurück.

Speke, mein verwirrendes Rätsel Speke, denkt er in der zerbrechlichen Stille, die dem Fieber folgt. Er darf ihn nicht ungerecht beurteilen, weil er so schwer einzuschätzen ist. Er hat sich bislang bewährt. Er erledigt seine Aufgaben zuverlässig; er beschwert sich nie über die Härten des Reisens – wenn es einen spartanischen und einen athenischen Grundtypus von Menschen gibt, dann ist Speke eindeutig der spartanischen Seite zuzurechnen. In sich gekehrt, ruhig und ausgeglichen. Er ist zwar selten gutgelaunt, aber auch nie mißmutig, nie verdrießlich. Gewiß, es gibt manches an ihm, was ihn ärgert. Von Anfang an hat ihn das grenzenlose Desinteresse gestört, das Speke seiner Umwelt gegenüber an den Tag legt. Alle Landschaften, die sie bislang durchschritten haben, fand er fad, die Menschen uninteressant – das einzige, was Leidenschaft in ihm weckt, sind die wilden Tiere, die er erlegen kann. Als könne er sich dem Leben nur nähern, indem er sich dessen bemächtigt.

Burton war vorgewarnt: Kurz nachdem sie sich kennenlernten, als Speke von einem Ausflug ins Landesinnere an die Küste Somalias zurückkehrte, trugen seine Träger so schwer, als sollten sie eine weitere Arche Noah beladen. Eine Reprise unter umgekehrten Vorzeichen, denn von jedem Tier gab es ein einziges prächtiges Exemplar, und dieses war nicht nur tot, sondern auch schon aufgebrochen und ausgeweidet. Ich bin ein Jäger, hatte Speke erklärt, als er an Bord kam, und ein Sammler. Deswegen gefällt es mir in diesen Breiten so gut.

Leider hat sich dieses Gefallen rasch abgenutzt. Es ist kein gutes Zeichen, daß ihm schon nach wenigen Wochen langweilig ist. Wie wird es erst in einigen Monaten sein? Speke hat ihn angelächelt, er hat ihn tatsächlich angelächelt, das ist gut, er hat sich doch bewährt, alles ist gut, wieso nagt es in seinem Inneren, wieso sieht er nur Enttäuschungen voraus, die seine Menschenkenntnis bloßstellen werden, zum wiederholten Male.

Das Fieber wallt wieder auf. Er trinkt einige Schlucke und macht sich auf den Anfall gefaßt.

Sidi Mubarak Bombay

Es gab Tage, an denen wir frühmorgens aufwachten, lange vor Sonnenaufgang, und das erste, was wir fühlten, war der Schmerz, den der Tag uns bereiten würde. An einem solchen Morgen aufzustehen, das erfordert Mut, in der Kälte verhöhnen dich deine eigenen Hoffnungen, du spürst das Gewicht der Ballen, die auf die Schultern deiner Mitleidenden gehievt werden, du kämpfst im Getümmel um den leichtesten, du spürst, wie verwachsen deine Füße sind, du möchtest dich zusammenkauern wie ein Wehrloser, der die Schläge der Tage nicht mehr erträgt, und du sehnst dich nach einem Abgrund, der alles verschluckt. An solchen Morgen sahen wir klar, wir hatten den Anfang weit hinter uns gelassen und wir waren noch weiter vom Ende entfernt, und wir sahen, wie verkümmert wir waren, und wir erkannten, wie sehr wir Hilfe brauchten. Die Erde lächelte uns nicht mehr an, es war an der Zeit, einen Mganga aufzusuchen.

– Gott behüte uns!
– Nein, Sidi, nicht schon wieder diese Geschichte, diese Schande!
– Ach, ich weiß nicht, wieso du dich so aufregst, Baba Quddus, ich habe das Gefühl, unsere Brüder hier genießen ein wenig Schande, besonders auf Kosten anderer. Außerdem stammte der Vorschlag nicht von mir, damals wußte ich nichts von einem Mganga. Es war der Wunsch von Salim bin Said, es war der Wunsch aller Nyamwezi. Ihr wollt einen Zauberer aufsuchen? Kann das nicht warten, bis wir diese Etappe hinter uns gebracht haben? Die Wazungu haben reagiert, wie manche von euch reagiert hätten, sie haben reagiert, wie ich es von ihnen erwartet hatte. Vor allem Bwana Speke, der kaum etwas wußte und kaum etwas verstand, der aber glaubte, es gebe nichts, was er nicht durchschaute. Auch Bwana Burton äußerte sich abschätzig, zunächst, reine Zeitverschwendung, sagte er, doch dann dachte er nach, er war ein Mensch, der seine Meinungen gelegentlich überprüfte, so wie die Menschen in den Dörfern ihre Häuser nach der Regenzeit überprüfen, und manchmal änderte er dann seine Meinung, manchmal errichtete er sogar ein völlig neues Haus. Leise sagte er: Was kann es schon schaden? Ich sehe nicht, antwortete ich, wie es uns schaden könnte. Im Gegenteil – seine Stimme

richtete sich auf –, es kann uns von Nutzen sein. Also trat er vor die gesamte Männerschaft und begrüßte diesen Vorschlag mit Feuer in seinen Worten, und als wir einen Mganga gefunden hatten, zog er mich zur Seite und bat mich, dem Mann ein Geschenk in Aussicht zu stellen, für eine gute Prophezeiung, fügte er hinzu, und in seinen Händen hielt er auf einmal eine jener Korbmützen aus Indien, eine schöne, weiße Mütze, und er rieb seinen Daumen an ihr, als genieße er es, den Stoff zu berühren. Der Mganga, dem wir uns anvertrauten, war ein Mann von hoher Geburt, seine Würde überragte ihn um eine Hauptteslänge, er hatte einen bunten Stoff um seine Stirn gebunden, es hingen viele Ketten um seinen Hals, und jede dieser Ketten war mit unterschiedlichen Perlen, mit unterschiedlichen Muscheln, besetzt. Er war ein Mann, den ich mir auf unserer Seite wünschte, denn ich spürte, in ihm war eine Kraft umzäumt, die jederzeit aus ihm herausbrechen konnte. Als sich das Schweigen auf uns alle gelegt hatte, nahm er eine starke Prise Schnupftabak, holte seine Gurde heraus, die Medizin enthielt, und begann sie zu schütteln, worauf es in ihr rasselte, als sei sie voller Kieselsteine. Seine Stimme donnerte von weit unten, als wurzele sie in der Erde. Ich hatte so eine Stimme noch nie gehört. Es war seine Stimme, doch sie gehörte nicht ihm allein. Sie klarte auf, langsam näherte sie sich der Luft. Ich sage euch, meine Brüder, ich hatte so etwas noch nie zuvor erlebt. Ich war erstaunt, und doch wirkte er vertraut auf mich, wie ein Mensch, dem du zum ersten Mal begegnest und dessen Gesicht dir trotzdem bekannt ist. Ich war gebannt. Als seine Stimme hoch und leicht war, die Vögel hätten ihr nicht folgen können, legte der Mganga die Gurde auf den Boden, sie rollte ein wenig zur Seite, die Gurde wackelte, und ich hatte das Bedürfnis, ich weiß nicht wieso, ich war mir in diesem Augenblick fremd, ich wollte den Kürbis beruhigen, ich wollte ihn anfassen, ich streckte meine Hand aus, zum Kürbis hin, aber er lag zu weit entfernt von mir, und es war mir nicht möglich, mehr zu bewegen als meine Hand. Der Mganga holte zwei Ziegenhörner aus seinem Sack, einem Jutesack, den ich an diesem Ort nicht erwartete und über den ich euch später noch etwas sagen muß, sie waren mit Schlangenhaut zusammengebunden, diese Ziegenhörner, und mit kleinen eisernen Glocken verziert. Er packte die Hörner an der Spitze und schwang sie im Kreis, er richtete sie gegen Bwana Burton, er richtete sie auf mich, er richtete sie auf die Träger und auf die Belutschen, und ich konnte nichts anderes sehen als diese Hörner, die vor meinen Augen tanzten, und nichts anderes hören als das Murmeln und das Flüstern und das Spucken des Mganga, der seinen Oberkörper hin und her wiegte, der die Hörner schneller und schneller schüttelte, und die Glocken erklangen immer lauter. Ich zitterte. Später erfuhr ich, die anderen haben auch gezittert, auch sie waren wie gelähmt. Hätte der Mganga seine Hand ausgestreckt, ich wäre ihm gefolgt. Ich spürte, er stand mit den Geistern im Einklang, er war verbunden mit den Geistern der Vorfahren, und in mir war ein Schmerz, als würden vergessene Vorfahren mein Herz aus mir herausschneiden, der Mganga stand in Verbindung, dachte ich, mit dem Geist seines Vaters und mit dem Geist seines Großvaters, und ich wußte nicht einmal, wie mein Vater und mein Großvater aussahen, wie ihre Stimmen klangen. Öffne mich, flehte ich ihn stumm an, zeige mir den Weg zurück. Aber der Mganga war fertig, er riß seine Augen auf, räudigere Augen habt ihr nie gesehen, nur ein Narr hätte keine Angst empfunden vor den Geheimnissen, die hinter diesen Augen glühten. Er drehte sich zur Seite und sprach sein Urteil, und es klang wie das Wort eines heiligen Mannes: Wir hätten Feinde, aber unsere Feinde seien nicht mächtiger als wir, sie seien nicht entschlossener als wir. Unsere Reise werde erfolgreich verlaufen. Wir atmeten auf, langsam, als sei noch nicht sicher, ob wir uns diesen Atemzug erlauben durften. Es werde viel Streit, aber wenig Morden geben. Wir würden eine große Menge an Elfenbein einfahren. Wir würden zurückkehren zu Frau und Familie. Unter jenen, die keine Frau hätten, werde einer seine Frau auf dieser Reise finden, ein anderer werde die Treue einer Wartenden belohnen, und ein Dritter werde die Frau verlassen, die ihm geschenkt werden würde. Bevor wir uns auf einen großen, tiefen See wagten, sollten wir ein farbiges Huhn opfern. Das war eine leichte Aufgabe, die Aussichten waren beruhigend, wir waren erleichtert und beglückt.

– Und der Sack, was war mit dem Sack?
– Es war ein Jutesack, wie sie ihn verwenden für Reis oder Ge-

würze, ein Jutesack aus Sansibar, auf dem ein Name geschrieben stand, der Name eines der größten Händler dieser Stadt, ihr kennt ihn alle, es war der Name des Banyan, der mich als Junge auf dem Sklavenmarkt für einige Münzen erworben hatte.

– Du bist an diesem Tag von Dschinns überwältigt worden, Baba Sidi. Deine Gebete in der Zeit danach haben deinen Verstand wieder befreit.

– Ich habe danach nie mehr wieder gebetet, nicht so, wie du das Gebet verstehst.

– Wie es vorgeschrieben ist!

– Mir nicht, das habe ich erkannt, als der Mganga die Hörner in meine Richtung schüttelte. Ich unterwerfe mich Gott, ja, aber die fünf Gebete, sie sind nicht mir vorgeschrieben worden. Vielleicht dir, Baba Quddus, vielleicht den Arabern, aber nicht mir. Ich habe Vorfahren, und sie heißen nicht Mohammed und nicht Abu Bakr und nicht einmal Bilal, ich habe andere Vorfahren, nur weiß ich nicht, wie sie heißen. Der rechte Glaube, er kann mir die Namen meiner Vorfahren nicht nennen. Er ist machtlos. Der rechte Glauben, er verspricht mir ein besseres Morgen, aber ich will den Weg ins Gestern finden. Der rechte Glauben, er behauptet, es gebe nur eine Richtung, die Richtung gegen Mekka, weil es nur einen Mittelpunkt gebe, den Allmächtigen, aber in den Augen des Mganga habe ich eine andere Richtung gesehen, viele andere Richtungen, und du hast recht, mein Verstand war vielleicht benommen, mein Herz aber war befreit.

– Wenn das Herz weint, weil es etwas verloren hat, lacht der Geist, weil er es gefunden hat. Ein altes arabisches Sprichwort.

– Deswegen, Bruder, deswegen scheust du selbst am Freitag die Gemeinschaft des Gebetes. Du hast es uns noch nie so deutlich erklärt.

– Heute abend muß ich euch einiges sagen, was ich bislang verschwiegen habe, weil es wichtig ist, wenn auch traurig und ernst.

– Sei mir nicht böse, Baba Sidi, ich werde weiterhin für dich beten. Gott soll entscheiden, was wir nicht klären können.

– Betet im stillen, soviel ihr wollt. Aber in den Senken zwischen den Gebeten herrscht die Neugier, und ich möchte wissen, wie die

Geschichte weitergeht. Die Wazungu, waren sie beeindruckt von der Kraft des Mganga?

– Bwana Burton schmunzelte, er war zufrieden, er war mit sich selbst zufrieden. Er schlug mir auf die Schulter, ein schrecklicher Brauch der Wazungu, und er sagte: Ein Präsent zur rechten Zeit bringt den Reisenden sehr weit. Ich versuchte ihm zu erklären, was keiner Erklärung bedurfte. Ein so heiliger Mann lasse sich nicht durch eine Mütze, und sei sie noch so schön in Surat gewoben worden, beeinflussen. Der Mganga, sagte ich geduldig, wie zu einem Kind, war vom Geist besessen, das konnte jeder sehen. Um so besser, sagte Bwana Burton mit einem fetten Grinsen, das ich gerne geschlachtet hätte, dann hat unser Geschenk den Geist bestochen. Die Geister lassen sich nicht bestechen, sagte ich, und er erwiderte: Wenn sie ansprechbar sind, dann kann man sie auch korrumpieren. Er hatte unrecht, Bwana Burton, ich war mir sicher, er hatte unrecht, aber ich konnte es ihm nicht beweisen. Aus Scham, denn ich hatte die Mütze dem Mganga überhaupt nicht angeboten, ich wollte ihn nicht beleidigen. Und außerdem saß sie so gut auf meinem Kopf.

– Dieser Mann fürchtete sich also nicht vor Geistern.

– Nein. Aber er hatte Verwendung für sie. Nach diesem Abend begann er jedem, der sich ihm widersetzte, mit Dawa zu drohen. In seiner Sprache gibt es einen merkwürdigen Namen für Dawa, sie nennen es das schwarze Handwerk. Er wäre, glaube ich, gerne ein Meister dieses schwarzen Handwerks gewesen. Du hast dich lustig gemacht über den Mganga, aber du glaubst ernsthaft an die Macht von Dawa? Und er antwortete mir in einer Sprache, die in seinem Land die Sprache des schwarzen Handwerks sei: Ignoramus et ignorabimus, sagte er, und es klang so gut in meinen Ohren, ich vertrieb mir den nächsten Tag damit, meine Schritte in dieser Zauberformel zu wiegen: Igno-ramus-et'igno-rabimus.

– Was bedeutet das?

– Ich weiß es nicht, ich habe die Bedeutung vergessen.

Hongo. Immer. Überall. Kaum sind sie angekommen, wird es schon eingefordert. Fast ein Bestandteil der Begrüßung. Welch ein Empfang! Zahlt Hongo, sonst lassen wir euch nicht durch. An jedem Halt. Primitive Häuptlinge, die sich das Vorrecht von Fürsten anmaßen. Hongo! Der Bastard aller Zölle dieser Welt. Ihr müßt zahlen. Für nichts und wieder nichts. An diese Zwergtyrannen des Busches. An eine schier endlose Zahl von Gierhälsen. In jedem Dorf gibt es einen Vorsteher, der heißt Phazi. Oder so ähnlich. Die Titel ändern sich, je weiter sie ins Inland dringen. Nicht aber die Unersättlichkeit. Während er ihnen das Gastgeschenk überreicht, stieren sie schon danach, ob er nicht noch mehr im Gepäck hat. Die Vorsteher haben Berater. Mwene Goha, das ist der oberste Kammerherr, was für eine absurde Bezeichnung, Hüttenherr würde besser passen, oder Lehmherr, er ist die rechte Hand des Häuptlings, sein oberster Vielfraß. Unter ihm walten drei Ränge von Ältesten, ein Senat unter Schirmakazie. Ihnen unter die Augen zu treten bedeutet, zu weiteren Geschenken aufgefordert zu werden. Für die sichere Durchreise. Hongo verkleidet sich mal als Bitte, mal als Drohung. Fremde, kann der Gruß lauten, was für ein schönes Ding habt ihr uns von der Küste mitgebracht? Und wenn das schöne Ding durch alle Hände gewandert ist, heißt es: Wir sind uns noch immer fremd, aber der Schmerz über die Fremdheit ist gelindert. Das ist Erpressung, schimpft Burton. Doch niemand übersetzt seine Worte. Seine Geschenke sind prächtig. Mal vierzig Stoffbahnen, mal hundert Halsketten aus Korallenperlen, aber sie reichen nicht aus, denn sie müssen mit dem ersten und dem zweiten und dem dritten Rang geteilt werden, und die Vorsteher – einer von ihnen hat an seinem imperialen Titel Vorsteher Großer Mann Des Vorrangs so schwer zu tragen, daß er sich seinem Volke niemals nüchtern zeigt – haben ein ganzes Dorf mit Frauen und Kindern zu ernähren. So betrachtet erscheinen die Geschenke fast bescheiden, eine kleine Geste des abhängigen Gastes. Wie wollen diese Kreaturen vorankommen, tobt Burton, wenn sie die ersten Besucher, die ihr Land in friedlicher Absicht bereisen, ausnehmen. Es muß doch in ihrem Interesse sein, den Handel zu fördern, und es ist mit Sicherheit nicht der richtige Weg, das ganze Land zu hongoisieren. Burton muß sich Sorgen machen.

Sie sind noch weit von Kazeh entfernt, doch die Vorräte neigen sich schon dem Ende zu. Sie müssen es nur bis nach Kazeh schaffen. Von dort aus wird er Nachschub von der Küste ordern können. Er hätte tausend Träger mitnehmen müssen, um die Erwartungen an seine Großzügigkeit zu befriedigen. Es ist widerwärtig, diesen Parasiten so viel in den Rachen schieben zu müssen. Sie knechten ihre eigene Bevölkerung. Wenn es um ihre Finanzen schlecht bestellt ist, organisieren sie Überfälle auf benachbarte Völker, entführen deren Kinder und deren Frauen und verkaufen diese an die nächste Sklavenkarawane – der Preis wird als Mehrwert auf die Hongo-Steuer geschlagen. Ihre eigenen Untertanen dürfen sie nur bei Ehebruch als Sklaven verkaufen oder bei Schwarzer Magie, je nach Schwere des Vergehens. Der Mganga allein entscheidet über Schuld oder Unschuld, meist durch eine Probe mit kochendem Wasser. Wenn die eingetauchte Hand Wunden aufweist, ist das Verbrechen bewiesen. Entlarvte Hexen werden umgehend verbrannt. Mehrmals sind sie an Aschehäuflein vorbeigekommen, geschwärzte Menschenknochen und einige Stücke halbverglühter Holzkohle. Auch das ist Hongo, bezahlt von den Unglücklichen, die in diesen unseligen Breiten leben müssen. Weiter. Sie müssen alles Hongo überstehen, um Kazeh zu erreichen.

Sidi Mubarak Bombay

Nichts war Bwana Speke wichtiger als seine Gewehre. Jeden Abend säuberte er sie, fettete sie ein, er behandelte sie liebevoller als die Lasttiere. Am Tage gab er das Gewehr nie aus der Hand, er hielt immer nur nach dem einen Ausschau. Während manche von uns auf den Weg achteten, auf den Himmel, auf die Frauen am Wegrand oder auf die Wurzeln über dem Boden, spähte Bwana Speke nur nach Tieren. Plötzlich hörten wir einen Schuß, und wenn wir uns schnell genug umdrehten, sahen wir einen Vogel vom Himmel fallen oder eine Antilope durch den Busch brechen. Es geschah einige Male am Tage und wir gewöhnten uns daran, es war wie selbstverständlich. Bwana Speke bereitete sich nicht vor, er pirschte sich

nicht heran, er entfernte sich höchstens wenn nötig einige Schritte vom Pfad und schoß. Und er traf immer. Vereinzelte Beute zuerst, bis wir in das Land der vielen, vielen Tiere kamen, wir durchquerten dieses Land, wir durchliefen es, und wir ließen ein Land der vielen toten Tiere hinter uns.
— Wie das?
— Du willst ein Rätsel mit uns teilen?
— Kein Rätsel, meine Freunde, oder vielleicht doch ein Rätsel, ein Rätsel über das, was der Mensch ist, und das, was der Mensch tut.
— Das Rätsel wird schwieriger.
— Meine Brüder, die meisten von euch wissen nichts über das Jagen. Ihr habt Sansibar nicht verlassen, und in Sansibar streifen die wilden Tiere durch die Luft. Ihr seid Meister des Fischens, aber Fischen ist nicht Jagen. Wenn die Zanzibari etwas jagen, dann die Affen von ihren Feldern. Meine Vorfahren, sie waren Meister der Jagd, sie haben gejagt mit Geduld, denn der Wald gibt nur dem geduldigen Jäger, und mit Waffen, die nicht schärfer waren als die Zähne der wilden Tiere. Sie waren andächtig, bevor sie auf die Jagd gingen, und sie waren andächtig, nachdem sie von der Jagd zurückgekommen waren. Wenn sie eine große Antilope erlegen konnten, war das Fest in unserem Dorf groß. Solche Jäger waren meine Vorfahren, und die Brüder, die ich in meinem ersten Leben hatte, sie sind bis zum heutigen Tag solche Jäger, dessen bin ich mir sicher.
— Bestimmt, Baba Sidi, bestimmt. Was hast du vor? Willst du uns Graubärtige noch zu Jägern erziehen?
— Ich bin ganz froh, nichts über die Jagd wissen zu müssen. Kennt ihr die Geschichte, wie der Hodja zur Löwenjagd geschickt wird, und als er zurückkehrt, strahlt er, also fragen sie ihn, wie viele Löwen hast du getötet, und er antwortet: keinen einzigen. Wie vielen bist du nachgejagt, fragen sie weiter, und er antwortet: keinem einzigen. Wie viele hast du gesehen, setzen sie nach, und er antwortet: keinen einzigen. Wieso bist du dann so fröhlich, fragen sie, und er antwortet: Wenn du auf Löwenjagd gehst, ist kein einziger mehr als genug.
— Oh, Baba Ibrahim, oh oh, das ist gut, ich hatte diese Geschichte vergessen, sie ist wunderbar.

– Hört mir zu, und laßt den Hodja mal Hodja sein. Als wir die Savanne erreichten, wo sich die Herden über die Ebene erstreckten wie ein Teppich, hätte ich fast meine Zunge verschluckt. Bwana Speke forderte mich auf, ihn zu begleiten, und wir trotteten über die Ebene, bis er einen geeigneten Platz ausfindig gemacht hatte, eine Kopje zum Beispiel, oder einen breiten Baobab. Er legte an, er begann zu schießen, bis mir die Ohren wund wurden, und wer es sich ansehen konnte, der sah, wie die Tiere umfielen, ein Tier nach dem anderen, wie Ballen, die weggeworfen werden. Nach dem ersten Schuß versuchten die Tiere zu entkommen, sie schnaubten voll Schrecken, sie waren weit weg, aber ich spürte Angst durch ihre Nüstern tosen, sie wußten nicht immer, wohin sie fliehen sollten, und die Herden waren so groß, Bwana Speke hatte Zeit für viele weitere Schüsse. Die Tiere, die getroffen wurden, die Tiere, die umfielen, ich zählte sie zu Dutzenden, ich konnte nicht mehr die Tiere sehen, der Staub, den ihre Hufe aufwirbelten, schluckte sie, und es gab nur noch eine Masse Leben und eine Masse Tod und einen wilden Wirbel dazwischen.

– Sieh die Stuten, wie sie rasen,
ihre Hufe Funken schlagen,
wie sie früh am Morgen stürmen,
und im Staubessprühen brechen
durch des Gegners Reihen!

– Und es geht weiter, Baba Quddus, wie glorreich es weitergeht, jedes Wort trifft, so genau wie die Schüsse von Bwana Speke:
Wahrlich, voller Undank ist der Mensch,
wahrlich, hierfür ist er selbst sich Zeuge,
wahrlich, was ihn antreibt, ist nur Gier.

– Im Namen Gottes.

– Solange Bwana Speke einen Schuß abfeuern konnte, der die Aussicht auf Tod in sich trug, schoß er. Er war wie ein aufgeregtes Kind, und manchmal trieb ihn die Aufregung hinter den Herden her, er lief mit langen, starken Schritten und schoß in die fliehenden Herden hinein. Er konnte nicht auf ein bestimmtes Tier zielen, das war unmöglich, er zielte nur dorthin, wo seine Kugeln Blut finden konnten. Sein Gesicht glänzte dabei, es war wie das Gesicht von Baba Burhan zu Bakri Id, es war voller Glück, es war voller Rausch.

– Und du?

– Ich mußte ihm die Gewehre reichen, ich mußte sie tragen, ich mußte auf sie aufpassen, es waren häßliche Tage, an denen er jagte.

– Was für Tiere schoß er, Großvater?

– Alles, alles, was sich bewegte. In dieser Hinsicht war er bescheiden. Sogar Krokodile und Nilpferde, das war besonders widerlich, denn wir mußten am Ufer warten, bis die Kadaver an die Wasseroberfläche stiegen.

– Wieso bleiben sie unter Wasser?

– Weil sich in ihrem Magen fängt, was beim Furzen auch aus dir herausbricht, mein Lichtblick. Du mußt dir vorstellen, Tausende von Fürzen, die blähen das Nilpferd auf, bis es so prall und rund ist wie einer meiner besten Freunde.

– Ich weiß, wen du meinst, Großvater, ich weiß es genau.

– Gut, mein Liebling. Aber behalte es für dich.

– Wieso denn? Er weiß es doch auch.

– Ihr hattet jede Menge Fleisch zum Essen.

– Nein! Hört zu, ihr werdet jetzt ein neues Staunen kennenlernen. Bwana Speke zeigte kein Interesse an dem Fleisch. Nicht einmal an den Hörnern. Wir eilten weiter. Wir ließen die toten Tiere zurück, und ich weiß nicht, ob jemand sie gegessen hat, denn nicht immer waren Dörfer in der Nähe. Nur einmal, als er eine schwangere Antilope schoß, da befahl er, wir sollten sie aufschlitzen und die Leibesfrucht für ihn kochen.

– Nein!

– Wir weigerten uns, die Träger, die er zuerst aufforderte, sie weigerten sich, und dann richtete er seinen Befehl an mich, und ich weigerte mich auch, wie könnte ich so etwas tun, ich würde Geister in die Welt setzen, die mich peinigen würden, solange ich lebte. Er wurde wütend, er schlug mir ins Gesicht.

– Er hat dich geschlagen!

– Ich verlor einen meiner Vorderzähne, hier, dieses Loch, das hab ich Bwana Speke zu verdanken.

– Das hast du zugelassen?

– Was sollte ich tun? Er war der Herrscher der Karawane. Er beschimpfte uns auch, wir seien verrückt, weil wir an irgendwelche Dummheiten glauben.
– Und der andere Mzungu?
– Er hielt sich aus diesem Streit heraus. Seine Worte waren oft gewalttätig, aber er selbst? Ich sah ihn nie töten. Ich weiß nicht, was er über das Jagen von Bwana Speke dachte, aber einige Male lehnte er seinen Wunsch ab, wir sollten halten, weil die Gegend so einladend sei für eine Jagd. Bwana Speke war dann verärgert, doch er verbarg es vor Bwana Burton. Nur wenn wir beide alleine waren, dann schimpfte er, und obwohl ich fast nichts verstand, hörte ich die Wut in seiner Stimme. Je länger wir reisten, desto öfter waren sie sich uneinig. Ich glaube, Bwana Speke fiel es schwer, ein Untergebener zu sein. Die Karawane hatte zwei Kommandanten, so sah er es, zwei Anführer, die zugleich Rivalen waren. Ich hatte mich getäuscht, ich hatte geglaubt, die beiden seien Freunde, aber später, viel später, auf der zweiten Reise, als mein Englisch besser war und Bwana Speke offener mit mir redete, da begriff ich, auf dem ersten Teil der Reise stand er an der Schwelle zum Haß, sein Ehrgeiz zerfraß seine Gefühle der Dankbarkeit und der Verbundenheit, und als es zu dem Streit kam, der alles in Frage stellte, da schwappte sein Haß über und ertränkte alles andere. Noch vor dem Ende der Reise, noch bevor wir die rettende Küste wieder erreichten, sollte er mir vorwerfen, daß ich Bwana Burton geholfen hätte, ihn zu vergiften. So stark war sein Haß.
– Und trotzdem hat er dich auf die zweite Reise mitgenommen?
– Ich verstehe nicht, wie du ihn wieder begleiten konntest. Er hat dich doch geschlagen.
– Er ist wieder zu Verstand gekommen. Er brauchte mich, und er wußte meine Dienste zu schätzen. Wir bildeten eine gute Gemeinschaft. Ich gab ihm das Gefühl, der Anführer zu sein, ich habe gelernt, meine Ungeduld zu zügeln, ich konnte abwarten, bis er seine Sätze in der Sprache der Banyan zusammengesucht hatte, und dann konnte ich ihm die Auskunft erteilen, nach der er verlangte, und er mußte sie nicht bei Bwana Burton erbitten. Er traute mir mehr und mehr. Auf der zweiten Reise erfuhr ich alles, was mir auf der ersten

Reise verborgen geblieben war. Bwana Speke war ein Mensch mit zarten Gefühlen, und Bwana Burton hatte seine Gefühle niedergetrampelt. Er hatte ihm gezeigt, für wie dumm er ihn hielt. Er wußte, wie man einen Menschen herablassend behandelt. Und Bwana Speke hatte sich insgeheim gerächt, er hatte eine Verachtung in sich herangezüchtet für alles, was Bwana Burton früher getan hat und alles, was er auf dieser Reise tat. So war ihre Beziehung: Bwana Burton verachtete Bwana Speke, weil er nur das Schießen von Tieren im Kopf hatte, und Bwana Speke verachtete Bwana Burton, weil dieser kein Interesse an der Jagd hatte.

〰〰〰〰〰

Was auch immer der Tag ihm abverlangt, wie auch immer er ihm zugesetzt hat, am Abend setzt sich Burton hin – nachdem Bombay einen Stuhl und ein Pult zu einer provisorischen Arbeitsecke in seinem Zelt auseinandergefaltet hat – und schreibt alles nieder, was er beobachtet, gemessen und erfahren hat. Ob es draußen stürmt, ob sich Wasser unter seinen Stiefeln sammelt und die Befehle von Speke zu ihm dringen, der das Abdecken der Waren mit Planen beaufsichtigt. Er schreibt, selbst wenn seine fiebrigen Finger den Füller kaum halten und seine entzündeten Augen das Tintenfaß kaum erkennen können, in das er die Spitze eintaucht. Selbst wenn er sich nur noch danach sehnt, sich auszustrecken und den Tag möglichst schnell zu vergessen.

Es handelt sich nicht nur um eine Übung in Selbstdisziplin; er betrachtet es als seine Pflicht, dieses Land in der Schrift zum Leben zu erwecken. So einer wie er schreckt nicht vor großen Herausforderungen zurück, aber wenn er sich vor Augen führt, welche Bedeutung seinen Aufzeichnungen zukommt, fühlt er sich doch ein wenig eingeschüchtert. Er bekämpft diese Unsicherheit mit Details, mit all den Details, die er aus den Unterhaltungen herauspressen kann, bis kein Tropfen nützlicher Information mehr herauszuholen ist.

Bombay steht an erster Stelle unter den Informanten. Wenn sie sich beide anstrengen, können sie fast jeden Gedanken austauschen, indem sie sich des Hindustani bedienen, getragen von einigen arabischen Stützen und einigen Kisuaheli-Pfeilern. Vor allem, wenn es sich um die örtlichen Bräuche und den allgegenwärtigen Aberglauben handelt, ist Bombay sein Gewährsmann, denn er betrachtet, was ihnen begegnet, mit einer gewissen Vertrautheit, aber auch mit einem nützlichen Maß an Befremdung. Nach einem weiteren intensiven Gespräch mit Bombay – Burton sitzt, hört aufmerksam zu, notiert, was seinem Gedächtnis entgleiten könnte; Bombay steht hinter ihm, damit er zugleich seine Schulter und seinen Nacken massieren kann – schlägt er sein Notizbuch auf und trägt einen weiteren Vermerk ein:

Folglich behaupten die Wanyika, genauso wie unsere Philosophen, daß Koma eine subjektive und nicht eine objektive Existenz erfaßt; und doch ist Hexerei ihr einziger Glaubenssatz. All ihre Krankheiten erheben sich aus dieser Besessenheit, und kein Mensch stirbt das, was wir als einen natürlichen Tod auffassen würden. Ihre Riten sind darauf gerichtet, entweder Böses von sich selbst abzuwenden oder auf andere zu laden, und das primum mobile ihrer Opfergaben ist das Interesse des Mganga, des Medizinmannes. Wenn der entscheidende Moment gekommen ist, benennt der Geist, der zuvor beschworen wurde, den Körper des Besessenen zu verlassen, irgendein Objekt, technisch Kehi genannt, ein Stuhl, in welchem, getragen um den Hals herum oder an den Gliedern, es sich aufhalten wird, ohne den Träger zu behelligen. Diese Idee liegt vielen abergläubischen Praktiken zugrunde: die Vorstellung des Negers von einem ›günstig gesinnten Heilmittel‹ ist ein Objekt wie die Kralle eines Leoparden, oder Ketten von weißen, schwarzen und blauen Perlen, Mdugu ga Mulungu (Geist-Perlen) genannt und über der Schulter getragen, oder die Lumpen, die einem Kranken abgenommen worden sind, und die an den Baum gehängt oder befestigt werden, den die Europäer den ›Teufelsbaum‹ nennen. Der Dämonengeist zieht das ›Kehi‹ der Person des Kranken vor, so daß kraft gegenseitiger Einigung beide Seiten glücklich sind. Manche, vor allem Frauen, besitzen ein Dutzend Quälgeister, ein jeder mit seinem ganz eigenen Talisman versehen, davon einer, der lächerlicherweise ›Barakat‹ heißt, was auf Arabisch ›Segen‹ bedeutet, und dem Namen des äthiopischen Sklaven entspricht, den Mohammed geerbt hat.

Burton lehnt sich zurück, liest den Absatz noch einmal durch und schließt zufrieden sein Notizbuch. Das Thema scheint ihm fürs erste abgehandelt. Die Menschenkunde bietet in diesen Breiten gewiß das interessanteste Betätigungsfeld, die vielen Stämme samt ihrer kulturellen Eigenheiten müssen erfaßt und geordnet werden. Ihre Religion hingegen, wenn der Begriff in diesem Zusammenhang überhaupt Verwendung finden darf – Bombay hat ihm versichert, daß ihre Sprachen weder ein Äquivalent zu Dharma noch zu Diin kennen –, war von geringem Interesse, und er bezweifelt, daß die Forscher, die durch die Schneisen eintreten werden, die er auf dieser Expedition schlägt, diesem Feld besondere Aufmerksamkeit widmen werden.

Zudem, wenn die Missionare einmal einmarschiert sind, wird von dem einheimischen Aberglauben wenig übrigbleiben. Afrika ist nicht Indien, Kehi hat weitaus weniger Gewicht als Karma, und die Servanten Gottes werden sich wie Aasgeier auf jede heidnische Seele stürzen. So weit, so klar, nur eines verstört ihn: Bombay, der nicht auf den Kopf gefallene Bombay, dessen Name Mubarak ein höheres und überlegenes Versprechen birgt, der mit dem Reichtum von Al-Islam vertraut ist, dieser Bombay ist offensichtlich tief berührt von all dem Hokuspokus, beeindruckt von den Quacksalbern. Sitzt denn das Gift der kindlichen Erziehung so tief, daß er sich davon nicht befreien kann, obwohl er so vielen anderen, befriedigenderen Wahrheiten begegnet ist? Oder ist er einem Wahn verfallen, seine persönliche, labile Reaktion auf die Härten der Reise? Er sollte ihn unter Beobachtung halten, denn wenn Bombay ausfiel, würde ihnen ein guter Mann fehlen.

〰〰〰〰〰〰

SIDI MUBARAK BOMBAY
Hört zu, meine Brüder, hört aufmerksam zu, denn nun kommt der Teil, der jeden von euch interessiert, nun kommt die Geschichte von den Frauen dieser Reise, von den Frauen unserer Karawane. Als wir aufbrachen, da blieben wir Männer fast nur unter uns, abgesehen von einigen wenigen Ehefrauen der Träger, wir waren mehr

als hundert Männer, und kein einziger von uns war alt, kein einziger von uns war schwach. Es war nicht richtig, daß wir einen Pfad entlanggehen mußten, den wir nicht kannten, daß wir alles erdulden mußten, was zwischen dem Leben und dem Tod steht, und dabei auf die Begleitung von Frauen verzichten sollten. Es war nicht richtig, daß unsere Nächte einsamer waren als unsere Tage. Es dauerte nicht lange, und die Karawane schwoll an, gewann an Rundungen, es gab immer mehr Männer, die sich am Abend nicht an unseren Gesängen und nicht an unseren Tänzen beteiligten, je länger die Reise andauerte, desto mehr Frauen begleiteten uns. Bwana Burton und Bwana Speke waren besorgt, was die Frauen für einen Einfluß auf die Karawane haben könnten.

– Wo kamen diese Frauen denn her?

– Die meisten wurden den Sklavenhändlern abgekauft, denen wir begegneten, und manche schlossen sich einem der Männer an, weil er sie oder die Eltern der Frau überzeugt hatte, mit Geld oder mit seiner Zunge. Das waren Paarungen, die länger hielten, denn wer seine Frau kaufte, der wußte nicht, was er kaufte, und keinem erging es so schlecht wie dem armen Mann, dem die Frau mit dem Namen ›Weißichnicht‹ zuteil wurde. Sie war gebaut wie ein Bulle, wie ein prächtiger, glänzender Bulle, den zu besitzen jeder Mann stolz wäre, deswegen hatte sie sechs Stoffe und eine große Rolle Messingdraht gekostet, Said bin Salim hatte sie erworben und sich sogleich die Finger an ihr verbrannt, denn sie war zänkischer als ein alter, einsamer Büffel. Da sie von den Menschen stammte, die sich Knochenscheiben durch die Oberlippe stecken, stand ihre Lippe wie der Schnabel einer Ente ab. Schon ihr Anblick flößte jedem von uns Respekt ein, ihr Verhalten aber versetzte uns in Furcht. Said bin Salim reichte sie zwar an den kräftigsten unter den Trägern weiter, an einen Mann namens Goha, aber auch er war gegen sie machtlos, sie behandelte ihn von Anfang an mit Verachtung, und ich weiß nicht, ob sie ihn nächtens wärmte, aber ich weiß, was jeder von uns wußte, sie bescherte dem armen Goha bald einen und bald darauf ein Dutzend Nebenbuhler. Sie zerbrach jeden Gegenstand, den man ihr gab, damit sie ihn nicht tragen mußte, sie brachte die ganze Karawane durcheinander, wir redeten über kaum etwas anderes, jeder verdächtigte den anderen, sie insgeheim zu begehren, denn so erstaunlich es klingen mag, meine Brüder, je hochfahrender sie sich verhielt, desto lüsterner wurden wir. Ihr hättet ihre festen Arme und ihre festen Schenkel sehen müssen, zwischen ihnen lag das Paradies, so dachten wir, und dieser Gedanke, dieser Anblick, er hatte viele staubige einsame Schritte Zeit, in uns zu aufzugehen. Nichts, was sie tat, konnte löschen, was in uns brannte, nicht ihre Beleidigungen, nicht ihre Schroffheit. Sie lief fast jeden Abend weg, und jedesmal wurde sie wieder eingefangen, von Männern, die sich zu dieser verhaßten Aufgabe freiwillig gemeldet hatten, und nachdem sie zurückgebracht worden war, zeigte sie weder Reue noch Scham. Sie war so einmalig, so einmalig schwierig, jedes Boot, auf dem sie fuhr, würde untergehen. Und so beschloß Said bin Salim schließlich, sie gegen einige große Säcke Reis an einen Araber in Kazeh einzutauschen, und das war das schlechteste Geschäft, das dieser erfahrene Händler in seinem ganzen Leben gemacht hat, denn am nächsten Morgen erschien er bei uns und klagte bitterlich, sie habe ihm den Schädel eingeschlagen. Wir lachten und lachten und waren froh, sie losgeworden zu sein, doch insgeheim träumten unsere Lenden davon, wie es gewesen wäre, in ihren Armen zu liegen.

– Solche Träume kenne ich, sie vergehen so langsam wie Brandwunden.

– Wie eine Schwellung am Kopf!

– Es müssen neue Träume an die Stelle treten.

– Es muß eine neue Frau kommen, und die alte ist weggewischt wie der Abdruck eines Blattes.

– Zeige mir den Abdruck eines Blattes, Baba Ilias.

– Genau das will ich sagen, du Steinkopf, die Erinnerung an die Frau ist plötzlich so flüchtig wie der Abdruck eines Blattes.

– Irgend etwas stimmt mit dir nicht, Baba Ilias, du mußt immerzu erklären, was du eigentlich sagen willst.

– Das hängt allein von den Zuhörern ab, Baba Yusuf. Wer nicht verstehen will, der stolpert über seine eigenen Fragen.

– Kommt näher, meine Brüder, kommt näher. Salim ist zu Bett gegangen, und die Drohungen, die gelegentlich auf uns hinabprasseln, sind verstummt, was auch immer der Grund dafür sein mag, wir sollten uns der Segnungen erfreuen, solange wir können. Es gibt unter euch keinen, der nicht wüßte, ich bin von meiner ersten Reise mit einer Frau zurückgekehrt, mit einer jungen Frau, die es mir angetan hatte von dem ersten Augenblick an, als ich sie sah, am Fluß, wo sie mit den anderen Mädchen des Dorfes unsere Sachen wusch. Der Morgen duftete nach aufwachenden Pflanzen, nach Blüten im Tau, und ich hatte nichts zu tun, ich hatte keine Arbeit, meine Füße trugen mich zum Fluß, auf Umwegen, ich zwängte mich durch eine Böschung, und auf einmal stand ich am Wasser, und nicht weit von mir entfernt waren die jungen Frauen des Dorfes, gebückt schlugen sie Kleidungsstücke gegen einen Stein, der im Wasser lag, flach wie ein Tisch. Ich sage, die Frauen des Dorfes, aber eigentlich meine ich nur eine Frau, die meinen Blick gefangennahm. Ich konnte ihr Gesicht nicht sehen, aber was ich sah, das erfreute mich so sehr, ich wollte es so lange anschauen, wie ich nur konnte. Ich bewegte mich nicht, ich starrte auf diese Frau, deren Körper glänzte von all den Wassertropfen, die von den ersten ausgelassenen Sonnenstrahlen des Morgens umspielt wurden, ihre Haut war dunkel, so dunkel wie meine, und ihre Bewegungen waren so kräftig und so fest wie die meinen damals. Lange stand ich am Ufer, gefangen von dem Anblick dieses Mädchens, bis ich mich traute, näher zu treten. Ich hatte nicht bedacht, die Mädchen könnten mich nicht bemerkt haben, ich war überrascht, als das erste Mädchen, das mich erblickte, einen spitzen Schrei von sich gab, und alle anderen wirbelten umher im Wasser, als seien sie Fische, die nach einem Bissen schnappen. Ich blieb stehen, meine Hände versuchten mich zu entschuldigen, alle Frauen drehten sich um, damit sie mich beäugen konnten, sie wandten sich ab, um ihre Scham zu schützen, sie waren aufgeregt und erschrocken, und das eine Mädchen, das es mir angetan hatte, es gab sich bescheiden, und doch blickte es mich unvermittelt mit lächelnden Augen an, und in diesem Augenblick lag die größte Aufgabe meines Lebens. Ich wollte diese Augen für immer ansehen dürfen, nicht nur das, ich wollte dieses Mädchen mit den lächelnden Augen für immer besitzen. Wer bist du? fragte eines der älteren Mädchen. Ich bin Sidi Mubarak Bombay, sagte ich, der Führer der Karawane. Ach, sagte die junge Frau, die es mir angetan hatte, dann sind das deine Kleidungsstücke, die wir hier waschen? Und sie hob die Hose hoch, die sie gerade in ihren Händen hielt, und ließ sie baumeln, und die Mädchen lachten, und ich lachte mit ihnen, weil es nichts anderes gab, was ich tun konnte, und weil das Lachen einen Menschen schöner macht, und ich mußte meinem abgenutzten Gesicht so viel Schönheit verleihen, wie ich nur konnte. So etwas trage ich nicht, sagte ich, als das Lachen ausdünnte. Soso, rief eines der anderen Mädchen, du bist wohl nicht so wichtig, du darfst die Kleider der Herren noch nicht tragen. Sie sind unbequem, stammelte ich. Was trägst du denn, Mann von der Küste? fragte das Mädchen, das es mir angetan hatte. Ein Tuch, so wie dieses hier, und wenn es kalt wird, oder an Feiertagen, trage ich eine Kanzu. Vielleicht wasche ich gerade für dich, rief ein anderes Mädchen aus, und es hielt eine Kanzu hoch. Ich bin dir dankbar, sagte ich, selbst wenn diese Kanzu vielleicht nicht die meinige ist. Laß uns tauschen, sagte das Mädchen, das es mir angetan hatte, und die beiden knüllten die Stoffe zusammen und warfen sie sich zu, und die Rufe und das Gelächter der anderen Mädchen zogen sich zusammen zu einem stürmischen Geschrei, aus dem ich ausgeschlossen war. Prüf doch erst einmal, ob sie ihm überhaupt paßt, rief eines der anderen Mädchen. Und mein Mädchen ließ die Kanzu auseinanderfallen, hielt sie mit ausgestreckten Armen vor sich und beäugte mich über den Kragen hinweg. Ich kann das so nicht abschätzen, rief es. Und die Rufe der anderen Mädchen durchnäßten mich wie dichter Regen, ich konnte sie nicht auseinanderhalten, die vielen Rufe der Anfeuerung und Herausforderung. Geh doch zu ihr, hörte ich, hast du etwa Angst, hörte ich, laß dich messen, hörte ich, er traut sich nicht ins Wasser, hörte ich, und auf einmal stand ich vor dem Mädchen, das es mir angetan hatte und das eine weiße Kanzu in den Händen hielt. Ich versuchte zu lächeln, aber die junge Frau heulte auf mit flatternder Zunge, wie es die Menschen in dieser Gegend bei Beerdigungen tun, und das Lachen um mich herum brauste noch mehr auf, als sie mit ihrer lautesten Stimme rief: Ach, ist der klein. Und tatsächlich, es war mir nicht aufgefallen, sie war größer als ich, um einiges größer als ich, und da die Kanzu ihr fast bis zur Nasenspitze reichte, konnte sie nicht meine Kanzu sein, und mein Herz schrumpfte, weil es so schön gewesen wäre, wenn sie mir meine Kanzu entgegengehalten hätte. Paß auf, rief ein anderes Mädchen, der fällt durch diese Kanzu hindurch, das Lachen war inzwischen zu einem Wasserfall geworden, an einem reißenden Fluß. Doch das Mädchen, das vor mir stand, kein schönes Mädchen, die Nase etwas schief und etwas lang, das Kinn zu spitz, doch ein Mädchen, wie ich es noch nie gesehen hatte, die Augen zwei hüpfende und springende und tollende Dik-Dik, es lachte nicht mehr, es blickte mich mit leicht geneigtem Kopf nachdenklich an, die Kanzu glitt nach unten, der Blick, in den wir uns verhedderten, war wie ein Palmwedeldach, das uns vor dem niederprasselnden Lachen schützte. Wir standen da, bis eines der Mädchen die anderen wieder zur Arbeit rief und das Mädchen vor mir sich kopfschüttelnd umdrehte, so wie alle anderen Mädchen mir auf einmal den Rücken zukehrten und sich bückten, um Kleidungsstücke aus dem Wasser zu ziehen. Ich konnte nicht dort stehenbleiben, als sei ich eine Weide, ich mußte mich zurückziehen, obwohl ich sie, die es mir angetan hatte, noch stundenlang hätte betrachten können.

Ich kehrte in unser Lager zurück, langsam, meine Gedanken auf einem kleinen Feuer, das sie nicht aufkochen und nicht zur Ruhe kommen ließ, und ich stellte fest, wie ungut es war, an diesem Tag in diesem Dorf keine Beschäftigung zu haben. Wohin ich auch blickte, ich sah nur die junge Frau vor mir, das lachende Mädchen mit einer Hose in der Hand, dann mit einer Kanzu in der Hand, den ernsthaften Blick, der plötzlich an die Stelle ihres Lachens getreten war, und ihr Hinterteil, ich weiß, ich rede wie ein junger Mann, der seine Zunge noch nicht gezähmt hat, aber ihr Hinterteil vertrieb alle anderen Gedanken aus meinem Kopf. Es war ein Unglück oder es war ein Glück, je nachdem, ob ihr mich fragt oder ob ihr sie fragt, je nachdem, wann ihr mich fragt und wann ihr sie fragt.

〜〜〜〜〜〜〜〜

Was schreibst du?
Speke schon wieder. Die Klappe des Zeltes hält ihn nicht davon ab zu stören. Er weiß nicht, wie er sich die Zeit vertreiben soll; gleich wird er ein Problem mit ihm besprechen wollen, das er sich

vor lauter Langeweile ausgedacht hat. Bin beschäftigt, Jack, dokumentiere die jüngste Etappe unserer Expedition.

Was gibt es da groß zu beschreiben? fragt Speke. Alles sieht gleich aus, eine einzige monotone Soße, egal, ob Wald oder Steppe. Und die Menschen sind noch langweiliger als die Landschaft, sie sehen überall gleich aus, und überall der gleiche dumpfe Ausdruck auf den Gesichtern, was verschwenden wir unsere Zeit, eine Karte dieses Landes zu zeichnen – der weiße Fleck, der beschreibt doch bestens, was sich uns hier offenbart.

Burton spürt, wie er seiner eigenen Zurückhaltung überdrüssig wird. Er hat es nie gelernt, den Mund zu halten. Weißt du, Jack, sagt er, es hätte mich mißtrauisch stimmen sollen, daß du in zehn Jahren Indien nicht mehr als dieses Gestammel von Hindustani gelernt hast. Rechtfertige nicht die Blindheit, zu der du dich selbst verurteilt hast. Gerade die Menschen sind das Interessante in diesem Land, du wirst es erleben, die Kunde von den Menschen wird die Wissenschaft der Zukunft sein für diesen Kontinent.

Du wühlst gern in jedem Morast, das ist mir schon aufgefallen, du verspürst eine perverse Faszination für Unkraut und Ungeziefer, das ist allgemein bekannt, so erkläre mir doch bitte, was war an dem heutigen Tag interessant, an diesem Dorf, in dem alle völlig besoffen waren. Das hast du doch gemerkt, Dick, oder? Deine Hellsicht wird doch nicht ein ganzes besoffenes Dorf übersehen haben? Dabei war es früher Nachmittag.

Nun, ich bin überzeugt, ein ganzes Buch könnte über dieses Besäufnis geschrieben werden. Über das Brauen des Hirsebieres etwa. Jeder Dorfbewohner ist sein eigener Braumeister, ist dir das zu Ohren gekommen? Oft übernehmen die Frauen diese Arbeit. Die Hälfte der Hirse wird in Wasser eingeweicht, bis es keimt ...

Mich interessiert es nicht, wie dieses Bier gebraut wird. Mich interessiert nur die Wirkung. Die Häuptlinge hatten mittags schon eine dicke Stimme, feurig-rote Augen und die zudringliche Art des Betrunkenen.

Und den Grund für das Besäufnis? Hast du den mitbekommen? fragt Burton.

Ja, ich kenne den Grund, und der macht das Ganze keineswegs erträglicher. In der Früh hat es ein Begräbnis gegeben, ein alter Mann wurde unter die Erde gebracht, und kurze Zeit später, als wir auftauchten, da war kein Anzeichen von Trauer zu spüren, im Gegenteil, es gab viel Gelächter und Frohsinn und Plauderei.

Wie in Italien, sagt Burton, das größte Fest des Lebens ist die eigene Beerdigung. Es gibt ein Lied im Mezzogiorno, das geht etwa so: Ach wie lustig ging es zu bei meiner eigenen Leich.

Völliger Humbug, Dick: Diese Wilden haben ihre Gelüste nicht unter Kontrolle. Wie kann sich ein ganzes Dorf am hellichten Tag besaufen. Kein Wunder, daß sie so arm sind.

Arm? Ja, arm sind sie, aber auch geistreich. Weißt du, was sie gesagt haben, als ich sie fragen ließ, wieso sie so ausgelassen feierten? Wegen des toten Mannes, sagten sie, wir freuen uns für ihn, denn er ist endlich dort angekommen, wo er schon eine ganze Weile hinzugelangen hoffte.

~~~~~~~~~~

Sidi Mubarak Bombay

Wir lagerten einige weitere Tage am Rande dieses Dorfes, denn Bwana Burton und Bwana Speke erlitten beide wieder schwere Fieberanfälle, und wir mußten uns alle ein wenig ausruhen, so konnte ich jeden Morgen zum Fluß gehen und das Mädchen betrachten, das es mir angetan hatte, und je mehr ich von ihr sah, desto mehr wollte ich sie haben, bis ich beschloß, ich verlasse dieses Dorf nicht ohne sie. Und so erkundigte ich mich bei dem Phazi des Dorfes, und er brachte mich zum Haus ihrer Eltern, und ich hockte vor dem Haus und unterhielt mich mit ihrem Vater, und mit seiner ersten Antwort machte er mir Mut, denn er erklärte sich bereit, mir seine Tochter zu geben, mit seiner zweiten Antwort raubte er mir die Hoffnung, denn er verlangte eine Aussteuer, die ich nicht aufbringen konnte, selbst wenn ich mir den Rest meines Soldes hätte auszahlen lassen. Ich konnte mich von meiner Sehnsucht nach diesem Mädchen nicht befreien, und ich wußte, ich würde mich für immer von ihr verabschieden müssen. In der Nacht hatte ich endlich wieder eine Aufgabe, ich mußte das Lager bewachen, ich lief herum und horchte nach ungewöhnlichen Geräuschen, ich saß auf einem Baumstamm, und dieser Baumstamm, es war bestimmt gewollt von demjenigen, der unser Schicksal lenkt, befand sich in der Nähe unseres Vorrats an Messingrollen. Dort saß ich, und mein Blick fiel immer wieder auf den Draht, und nach jedem meiner Rundgänge setzte ich mich an die gleiche Stelle und starrte den Messingdraht an, und ich dachte, wieso liegt dieses Messing gerade hier, wo ich sitze, und ich dachte, das ist doch erstaunlich viel Messing, wen stört es denn, wenn ein wenig Draht fehlt, wie kann es auffallen, wenn von dem vielen Messing ein kleines bißchen fehlt, und ich horchte, mal in die dunkle Nacht, mal in meine düsteren Gedanken hinein, und ich hörte einen Vorschlag, der so gut klang, und ich sah eine Lösung, die so einfach war. Natürlich hat mich Bwana Burton später des Diebstahls beschuldigt, aber er konnte ihn mir nicht nachweisen, und als er mich fragte, wie ich denn an das Mädchen gekommen sei, das am nächsten Tag mit uns aufbrach, habe ich behauptet, ich hätte an einem kleinen Geschäft mit dem Phazi genug verdient, um die Aussteuer zu zahlen, und obwohl er mir nicht glaubte, konnte er nichts tun, denn ich war ruhig und selbstsicher in meinen Antworten, nicht weil ich stolz war auf mein Verhalten, sondern weil ich wußte, ich hatte richtig gehandelt. Außerdem verließen sich die Wazungu inzwischen völlig auf mich, wenn sie mich verloren hätten, sie hätten die Verbindung zwischen sich und dem Land verloren. So konnte ich dieses Mädchen mitnehmen, das ihr alle kennt, manche unter euch als junge Frau, manche unter euch als Matrone, und das Mädchen, das es mir beim ersten Anblick angetan hatte, es erwies sich als guter Fang, nicht nur auf der langen Reise, die uns bevorstand, sondern auch in dem Haus in Sansibar, das wir nach unserer Rückkehr errichteten und mit Leben füllten, und so sage ich euch heute, als ich dieses Mädchen mit mir nahm, habe ich die größte Eroberung meines Lebens gemacht.

– Glaubt ihr ihm etwa? Glaubt ihr dieser verlausten Geschichte?
– Oh, oh, mein Flüstern hatte einen zu langen Hals.
– Eure Ohren sind eine Schande. Allesfresser sind sie. Abfalltrichter. Könnt ihr nicht unterscheiden zwischen den Geschichten, die sein Stolz ausschwitzt, sein Stolz, der größer ist als die Karawane,

die er angeblich durch das ganze Land geführt hat, und den Geschichten, die seine Demut ihm gelegentlich aufzwingt? Habt ihr euch ein einziges Mal gefragt, wie ich diese Eroberung erlebt habe? Wieso habt ihr kein einziges Mal über die schöne junge Frau gestaunt – denn wenn er mich begehrte, dann begehrten mich auch andere –, die bereit war, mit ihm zu gehen, mit diesem Herumtreiber, der zwei verrückte Wazungu zu einem großen See begleitete. Oder zu zwei großen Seen, oder meinetwegen ans Ende der Welt. Mit einem Mann, der damals – das könnt ihr mir unbesehen glauben – kein bißchen besser aussah als heute. Im Gegenteil: Das weiße Haar, das sein Gesicht umgarnt – ja, dieser Süßkartoffelacker, den wir aus Höflichkeit Gesicht nennen –, das weiße Haar hat ihm etwas Anmut verliehen. Damals war er so ansehnlich wie ein Krokodil, und wenn ich sein Wesen näher gekannt hätte, dann hätte er mich auch an eine Hyäne erinnert. Ihr solltet mir mal zuhören. Dann würdet ihr erfahren, wie erbärmlich es ist, nur die Hälfte der Geschichte zu kennen. Meine Eltern, sie hatten zu viele Kinder, alle meine Geschwister waren sehr kräftig, sehr gesund, wir aßen viel, und mein Vater, der gebrechlich war, für ihn war es schwierig, uns alle zu ernähren. Der Bruder meines Vaters half uns ein wenig, aber es war kaum genug. Wir wären nicht verhungert, unser Dorf war nicht wie diese Stadt, in der wir jetzt leben, keiner in unserem Dorf wäre glücklich gewesen, als einziger einen vollen Bauch zu haben. Aber wir waren oft hungrig. Deswegen, nur deswegen, erschien das Angebot dieses Herumtreibers wie ein Geschenk der Vorfahren. Wenn er das für mich bezahlte, was mein Vater von ihm forderte, würde die ganze Familie bis zur nächsten Ernte auskommen, und ich würde, so lange wie ich lebte, gut aufgehoben sein. So sah es mein Vater, und meine Mutter widersprach ihm nicht. Ich aber hatte Angst. Wenn ihr mich jetzt seht, denkt ihr vielleicht, wie kann es sein, diese Frau kennt keine Angst, weil ihr nur mit der Stärke vertraut seid, die ich mir zu eigen gemacht habe. Ihr müßt euch vorstellen, damals war ich schlank und zart, ich hatte Angst vor dem Gewicht, das dieser Mann auf mich laden würde. Ich wollte ihm nicht zur Frau gegeben werden, ich habe es meiner Mutter gesagt. Es hat nichts genutzt. Sie bat mich zu schweigen, der Entscheidung meines Vaters zu vertrauen.

Dieses häßliche Stück fremder Mann zahlte meinem Vater am nächsten Morgen den geforderten Preis – natürlich ahnten wir nicht, mit was für Mitteln er mich erwarb –, und ich mußte mich verabschieden, von meinen Schwestern und meinen Brüdern, von den Mädchen meines Alters, von meinen Eltern. Und ich sage euch noch etwas, da dieser Mann glaubt, er müsse über mein Hinterteil in der Gosse reden, er hat mich nicht erobert mit seinen scheuen Gesten und auch nicht mit dem Messingdraht, den er meinen Eltern übergeben hat, nein, ich habe nicht zugelassen, erobert zu werden, ich habe ihm in der ersten Nacht gesagt, du darfst mich erst berühren, wenn ich es dir erlaube, bis dahin schlafen wir getrennt, und wehe, du achtest diesen meinen Wunsch nicht, ich schwöre dir, ich werde dir das abschneiden, von dem du dir einbildest, es mache dich zum Mann.

– Aber, wenn ich fragen darf, Mama Sidi, hat dein Vater so unrecht gehabt? Ist es dir nicht gut ergangen?

– Jetzt sprich aber die Wahrheit, Frau.

– Mein Vater hat gesehen, was kein Mensch sehen konnte. Obwohl dieser Mann sich weiter herumgetrieben hat, ist er jedesmal sicher nach Hause zurückgebracht worden. Wenn ihr aber die Wahrheit zu hören wünscht, sie lautet: Ich habe nie einen anderen Mann gehabt, also kann ich nicht vergleichen, wie es mir mit einem anderen ergangen wäre.

~~~~~~~~

Das Wasser ist ihnen ausgegangen. In der Öde von Ugogo. Ein Land ohne lindernde Eigenschaften. Schleierwolken ranken sich am obersten aller Himmel. Kein Wunsch reicht so weit hinauf. Unter ihnen wird alles von einem unsichtbaren Ofen versengt. Dieses Land ist ein Bettler, Speke und Burton haben seinen ausgemergelten Körper vom Gipfel des Rubeho-Berges aus betrachtet. Ein Bettler mit gelblicher Haut, überwucherten Erdrippen, durchzogen von Wasserläufen, Narben der jahreszeitlichen Fluten, die über diesen ohnmächtigen Körper peitschen. Sie waren lange am Rande des Steilabbruchs stehengeblieben. Nichts außer ihre Selbstüberwindung zog sie in die Öde hinab. Die erfahrensten unter den Trägern haben sie vor diesem Land gewarnt. Einen Monat wird es dauern, bevor sie einen Hügel oder ein Tal sehen. Trotz all dieser unumgänglichen Widrigkeiten, das Wasser hätte nicht ausgehen müssen. Das war unnötig. Einige der Träger haben – absichtlich, bestimmt, Burton war sich sicher, sie haben nicht weiter als ihre Spucke gedacht – die letzten vollen Schläuche zurückgelassen. Die Zukunft wird für sich selbst sorgen, darauf haben sie vertraut, wenn sie überhaupt einen Gedanken darauf verwendet haben. Der Verlust ist erst zwei Tagesmärsche später aufgefallen, als das Wasser in den vorhandenen Schläuchen zur Neige ging. Kein Grund zur Sorge, dachte er zuerst. Sie würden rationieren und mit weniger als sonst auskommen. Er konnte nicht wissen, daß sie in eine Dürre hineingetaumelt sind. In jedem Dorf, in das sie hecheln, ist der letzte Brunnen versiegt, der letzte Tümpel verdunstet. Eigentlich sind es keine Brunnen, sondern vertiefte Mulden, deren Rand notdürftig befestigt ist. Die Hütten sind verwaist, die wenigen Menschen, auf die sie treffen, sind zerfurchte Gestalten, ihre Lippen rissig wie der Boden. Sie starren die vertrauten Akazien an, während sie auf den Tod warten. Er befiehlt, das restliche Wasser nur zum Trinken zu verwenden. Wenn sie sparsam mit ihren Reserven umgehen, würden sie drei weitere Tage überleben, vielleicht vier. Er gibt den Befehl, den vollen Mond zu nutzen, die Nacht hindurch zu marschieren. Er droht, die Protestierenden ohne einen Tropfen Wasser zurückzulassen. Tag und Nacht kratzen sie sich einen Weg durch die Ebene. Sie durchqueren tiefe Flußbetten, sie versinken in dem brüchigen Sand, sie ziehen sich am anderen Ufer mühsam an verqueren Wurzeln hoch – sie lernen die Flüsse hassen, die kein Wasser führen. Nur Baobabs ragen aus der Eintönigkeit heraus. Schon um neun Uhr knurrt die Sonne. Die stacheligen Härchen des Büffelgrases bohren sich in ihre Beine hinein, die Tsetsefliegen stechen in jedem unachtsamen Moment durch den dicksten Stoff. Dornen sind zahlreicher als Blätter. Jegliche Feuchtigkeit ist aus dem Mund verdunstet. Um zehn Uhr bellt die Sonne. Sie zählen die Schritte bis zum nächsten Abwischen des Schweißes. Böse Vorahnungen haben die Lieder ersetzt, die sie zuvor gesummt hatten. Sie können ihre Lippen nicht mehr mit der Zunge benetzen.

Um elf Uhr beißt die Sonne zu. Bevor Burton seinen schweren Kopf hebt, kämpft er sich durch zähe Gedanken, ob diese Anstrengung notwendig ist. Mörtel bricht vom Gaumen ab und fällt in Klumpen auf eine anschwellende Zunge. Höchste Zeit zu rasten, aber Bäume, die ohne Wasser zu überleben wissen, bieten nur den Schatten eines Skeletts. Das nächste Dorf scheint allein von einem pfeifenden Wind bewohnt zu sein. Von den geköpften Baobabs – wofür hatten die Weggelaufenen das Astwerk genutzt? – stehen verquere Spitzen hervor. Ein Totendorf, und die Träger wissen im Grunde ihres Tuschelns, daß es den Vorabend des Tages geschlagen hat, an dem die Geister zurückkehren, die nach einem weiteren Jahr ohne Regen die ausgetrockneten Flüsse zu betrauern haben. Plötzlich eine Bewegung hinter einem lehmstarren Haus, ein Huschen, dann ein Kröchen und die Hast eines verängstigten Gockels, rot wie Verhöhnung, weiß wie eine gebärlose Wolke. Der Kamm fliegt über die aufgeplatzte Erde. Keiner bewegt sich, außer Speke, der ruhig sein Gewehr anlegt und abdrückt. Es ist nicht viel Fleisch an dem Gockel; keiner der Träger will davon essen. Jeder nimmt den Schluck Wasser, der ihm zusteht, dann taumeln sie weiter. Burton weiß, wie sinnlos es gewesen wäre, ihre Angst vor diesem verlassenen Dorf in Frage zu stellen. Alle Köpfe sind gesenkt. Mit dem Hahn scheint die letzte Hoffnung auf ihre Wiedergeburt krepiert zu sein.

Burton bleibt stehen, er wartet, bis Speke ihn einholt. Sie sehen sich lange an. Es gibt nichts zu bereden. Die Unsicherheit über das, was ihnen bevorsteht, kann mit keinem Wort beschwichtigt werden. Sie einigen sich darauf, ihren verkaterten Gesichtern ein ermutigendes Grinsen abzuringen. Du quälst dich wohl gerne, sagt Burton zu Speke. Und dieser antwortet: Da haben wir etwas gemeinsam.

~~~~~~~~

SIDI MUBARAK BOMBAY

Meine Brüder, meine Freunde, mitten im Land der Wagogo hätten meine Vorfahren mich fast zu sich geholt. Sie haben lange überlegt, und während sie überlegten, verkrustete meine Zunge, mein Gaumen, mein Zahnfleisch, ich spürte meine Zunge nicht mehr, das

Fleisch in meinem Mund riß auf, es platzte auf, aber kein Blut drang durch die Ritzen, ich versuchte mir in die Lippen zu beißen, um wenigstens den weichen runden Geschmack meines Blutes zu spüren, aber es kam kein Blut heraus, vielleicht biß ich nicht fest genug, vielleicht war mein Blut schon verdunstet. So geht auch mein drittes Leben dahin, dachte ich, aus meinem ersten Leben wurde ich geraubt, am Ende meines zweiten Lebens wurde mir einiges wieder zurückgegeben, und nun sollte mir alles weggenommen werden, mitten im Land der Wagogo. Die Verzweiflung ist ein Mann, sagen wir, die Hoffnung eine Frau, vielleicht aber auch ein Mganga, ein Mganga, wie jener, den wir aufgesucht hatten, der uns andere Aussichten mit auf den Weg gegeben hatte. Wieso sollte er sich geirrt haben, dachte ich, die Zunge wird einschrumpfen, und trotzdem werde ich herauskommen aus dieser Wüste. Und wir wurden gerettet, wir wurden eingeholt von unseren Rettern, von einer anderen Karawane, die genau wußte, wo wir, keinen Tagesmarsch entfernt, Wasser finden konnten. Diese Karawane war nicht irgendeine Karawane, es war die Karawane von Omani Khalfan bin Khamis, und wenn ihr noch nie gehört habt von diesem Mann, so wißt, er war Grauen und Schrecken und nichts sonst, obwohl er uns gerettet hat aus der Wüste der Wagogo, nach zwei Tagen und zwei Nächten ohne einen einzigen Tropfen Wasser. Wenn ihr heute den Namen Omani Khalfan bin Khamis vernehmt, so denkt ihr an Handel und an Reichtum, aber wer damals auf Reisen war, der erzitterte, wenn er diesen Namen hörte. Der Mann war ein Verbündeter des Blitzes, er war der Pharao seiner Karawane, sein Herz, so flüsterten uns seine Sklaven zu, nachdem wir die Schrecken eines Marsches mit ihnen geteilt hatten, sein Herz war nicht in seinem Körper, es war eingepackt in schwere Tücher, es ruhte in der Truhe mit seinem Habgut, und nachts nur, nach dem letzten Gebet, dem er wie jedem Gebet beiwohnte, ohne teilzunehmen, in der Einsamkeit seines Zeltes, holte er es heraus, faltete er die Tücher auseinander und betrachtete sein Herz, denn selbst ein Mann, so vertrauten uns seine Sklaven an, nachdem sie mehrmals über ihre Schulter geblickt hatten, der ohne Herz lebt, muß sich seines Herzens gelegentlich vergewissern.

Einige Tage lang begleiteten wir die Karawane von Omani Khalfan bin Khamis, wir mußten Schritt halten, denn wir waren von ihm abhängig. Er ließ kein Rasten zu, er erlaubte kein Atemholen, es war eine Geschwindigkeit für rasende Büffel, für jagende Löwen, nicht für Menschen mit schmalen Schultern und Beinen wie die Zweige des Dornenbusches. Er trieb seine Träger an mit allen Mitteln, er vertraute nicht allein der Wirkung seiner Worte, die erbarmungslos auf dich einschlugen, er bediente sich aller List, die je ein Kopf ersonnen hat, er teilte Essen für drei Tage aus, und er verkündete, die Träger würden erst wieder Essen erhalten, wenn sie einen Ort erreichten, der einen Wochenmarsch entfernt lag. Der Hunger trieb die Träger an, sie waren in Fellstreifen und Fetzen gekleidet, sie waren am Ende ihrer Kräfte, der Hunger feuerte sie an. Aber der Wille kann nur erreichen, was der Körper zuläßt, und manche von ihnen brachen zusammen, und keiner richtete sie wieder auf, ihnen wurde der Packen abgenommen, das Gewicht auf die anderen verteilt, sie wurden liegengelassen auf dem Weg, egal, ob sich ein Dorf in der Nähe befand oder ob sie in einer Gegend waren, die sie sich mit wilden Tieren teilten. Einige von ihnen versuchten wegzulaufen. Er ließ sie verfolgen von seinen Schergen und blutig bestrafen. Omani Khalfan bin Khamis, merkt euch diesen Namen, wenn ihr ihn nicht schon kennt, denn eines Tages, wenn ihr aufgefordert werdet, die Namen der Ungeheuer zu nennen, die aus dieser Welt eine Hölle machen, die den Menschen wegnehmen, was der Schöpfer ihnen gegeben hat, dann nennt diesen Namen, und nennt ihn zweimal, soviel Schlechtes hat er getan. Aber wir verdankten ihm unser Leben, er hat uns gerettet, indem er uns überholt hat, er hat uns zum Wasser geführt. Als wir gestärkt waren, trennten wir uns von seiner Karawane, denn selbst Bwana Burton, der sich gerne als der jüngere Bruder des Teufels ausgab, sagte zu mir, wir sollten uns hüten vor Männern, von denen wir nicht wissen, ob sie eine Mutter haben. Bwana Burton selbst redete manchmal, als sei er ein Mensch ohne Mutter, aber er redete nur so, sein Handeln widersprach seinen Worten, er war ein nachgiebigerer, ein mitfühlsamerer Mann als jener, für den er sich ausgab.

– In letzter Zeit sind einige Wagogo nach Sansibar gekommen, und ich habe gehört, es gebe mit ihnen immer Ärger.

– So sind sie, die Wagogo. So wurden sie uns schon beschrieben, als wir sie noch nicht kannten. Wir hatten genug Warnungen erhalten, um uns vor ihnen zu hüten. Sie erwiesen sich als elende Lügner und schlimme Diebe, diese Wagogo aus den Wäldern ohne Bäume, die soviel über uns gehört hatten wie wir über sie, die uns mit heißhungrigen Fragen empfingen, und die uns erst etwas Ziegenmilch anboten, als ihnen die Fragen ausgegangen waren. Stimmt es, fragten sie, diese Weißhäutigen besitzen nur ein Auge und vier Arme? Nein, sagte ich. Das stimmt nicht. Stimmt es, fragten sie, diese Weißhäutigen sind voller Wissen? Nein, sagte ich, sie kennen nicht einmal Magie. Stimmt es, fragten sie, wenn sie durch das Land reisen, fällt vor ihnen Regen, und hinter ihnen bleibt Dürre zurück? Nein, sagte ich, auch sie müssen die Dürre durchschreiten. Stimmt es, fragten sie, diese Weißhäutigen erzeugen die fleckige Krankheit, weil sie Wassermelonen kochen und die Kerne wegwerfen? Nein, sagte ich, das sind Märchen von schwangeren Frauen. Stimmt es, sie erzeugen die Viehseuche, weil sie die Milch kochen und dann hart werden lassen? Nein, sagte ich, auch dies stimmt nicht. Stimmt es, fragten sie, diese Weißhäutigen mit den geraden Haaren sind die Herrscher des großen Wassers? Nein, sagte ich, sie fahren auf dem Meer in Booten, in denen euer ganzes Dorf Platz fände, aber bei Sturm ertrinken sie so, wie du und ich ertrinken würden. Stimmt es, fragten sie, sie sind gekommen, unser Land zu rauben? Unfug! Völliger Unfug! Das sagte Bwana Burton, jedesmal, wenn er sich über die Worte eines anderen Menschen ärgerte. Diese Barbaren, sagte er, je weniger sie besitzen, desto mehr befürchten sie, jemand wolle ihnen das wenige wegnehmen. Sie erinnern mich an die hageren Männer in Somalia, die vor unseren eigenen Augen langsam verhungerten, die aber genug Kraft hatten, um uns lautstark zu verdächtigen, wir würden den Reichtum ihres Landes ausspionieren. Welchen Reichtum denn? Ich weiß nicht wieso, bei diesem Thema redete sich Bwana Burton in Rage. Begreift ihr denn nicht, schrie er mich an, als sei ich die Quelle allen Mißtrauens, was für ein gewaltiges Opfer es für uns wäre, wenn wir uns in eurem Land niederlassen würden, und was für ein wundervoller Segen für euch. Es ist nicht mein Land, sagte ich zu ihm, und ich kann die Ängste dieser

Menschen nicht übersetzen. Doch nach dem heutigen Tag, meine Brüder, zweifle ich um so mehr an den Worten von Bwana Burton, sie sind überführt worden von den Flaggen, die heute, hier in Sansibar, von den Wazungu gehißt wurden. Denn so, wie ich die Wazungu kennengelernt habe, sind sie gewiß nicht gewillt, sich für uns zu opfern.
– Und doch sind sie gekommen und scheinen hierbleiben zu wollen.
– Fragt sich nur, ob sie den Armen das wenige wegnehmen wollen, das diese haben, oder ob die Armen nicht so arm sind, wie es den Anschein hat?
– Letzteres, Baba Adam, gewiß letzteres. Nicht ohne Grund hat Bwana Burton einige Male zu mir gesagt: Dieses Land könnte reich sein, du glaubst gar nicht, wie reich es sein könnte. Ich habe an den Reichtum von Bombay und an den Reichtum von Sansibar gedacht und zu Boden geblickt, auf eine schrumplige Krume, und ich habe ihm nicht geglaubt. Ich habe mich wohl getäuscht.

∼∼∼∼∼∼∼∼∼

Nachdem sie sich durch Steppe, Regenwald, Öde und nutzloses Land geschlagen haben, erscheint ihnen Kazeh, das kleine, staubige und trockene Kazeh, wie eine Oase, wie eine Stadt von Welt. Nach 1000 Meilen, 134 Tage nach dem Aufbruch. Sie marschieren in die Stadt hinein, als hätten sie auf ihrem Weg keine einzige Erniedrigung und keine einzige Verletzung erlitten. Die Belutschen haben in der Früh ihren Säckchen die elegante Kleidung entnommen, die für feierliche Anlässe dieser Art gedacht ist, haben sie angelegt, um wie verwandelt eine Karawane anzuführen, die sich stolz vor den Augen der versammelten Dorfschaft präsentiert, mit Fahnen im Auftrieb, mit tönenden Hörnern und Musketen, die ihre Salutationen bis zur einsetzenden Taubheit wiederholen. Die Einheimischen, die bis zum letzten Greis den Pfad säumen, nehmen die Herausforderung an, sie erwidern das Getöse, Ruf um Ruf, Schall um Schall, Pfiff um Pfiff. Das ganze Dorf begrüßt sie, und doch hat Burton noch keinen ausmachen können, der sie zeremoniell empfangen würde. Er erblickt drei Araber, die in weiße wallende Gewänder gekleidet sind. Sie treten vor und heißen Burton auf das wärmste willkommen, in ihrer eigenen Sprache, denn Omani Khalfan bin Khamis muß Kazeh schon vorher erreicht und sie umfassend über diesen Fremden in Kenntnis gesetzt haben, der fließend und vollendet Arabisch spricht. Sie kosten das seltene Vergnügen aus, indem sie sich aller denkbaren Formeln der Begrüßung bedienen. Sie bitten ihn, wenn er so gütig wäre, ihnen zu folgen, und an ihrer Zielstrebigkeit, an der Art, wie die drei sich wortlos einreihen, erkennt Burton, daß sie die Frage, wer ihn bewirten dürfe, vorausblickend geklärt haben. Burton hält inne. Er hat etwas vergessen. Er dreht sich um und sieht Speke, ein Dutzend Schritte hinter ihm, sein Gesicht kalt und glatt. Burton eilt zu ihm zurück, er entschuldigt sich. Ich muß mich mit ihnen gutstellen, erklärt er, sie werden für uns sehr wichtig sein. Geh schon, sagt Speke mit gespieltem Verständnis, wenn es denn so wichtig ist. Ich werde im Lager nach dem Rechten sehen.

Die Araber zeigen ihm den offenen Platz, auf dem Karawanen ihr Lager errichten können, dann kündigen sie an, ihn in dem Haus eines Händlers unterzubringen, der nach Sansibar zurückgezogen sei. Auf dem kurzen Weg entschuldigen sie sich wortreich, daß er so weit zu Fuß gehen müsse, und Burton beteuert, es sei für ihn keine Belastung. Sie treten ein in ein Haus mit Vordach, und er erkennt, daß die Wände frisch verputzt worden sind und der Boden vor kurzem gefegt. Er wird der Dienerschaft vorgestellt, dann überlassen die Araber ihm das Haus und kündigen an, ihn abzuholen, wenn er sich ausgeruht und frisch gemacht hat. Burton verabschiedet sich von ihnen mit Worten der Dankbarkeit. Eine Weile später bitten sie ihn zu Tisch, um seinen Hunger auf eine richtige Mahlzeit und ihre Neugierde auf seine Expedition zu stillen. Es ist eine offene Einladung, doch Burton bemerkt zu Speke, der inzwischen das zweite Zimmer des Hauses bezogen hat, es sei das beste, wenn er alleine mit den Arabern verkehre, denn in ihrer eigenen Sprache, in der Gegenwart von jemandem, der ihre Bräuche kenne und achte, würden sie sich entspannen, sich öffnen. Natürlich, Dick, sagt Speke, ich würde dir nur im Weg stehen. Sein Tonfall hat sich kein bißchen verändert.

Das Essen wird ihm für immer in Erinnerung bleiben, gefüllte Ziege, saftiger Reis und Truthahn in gut gewürzter Sauce, Hühnerklein und Maniok, das in Erdnußcreme gedünstet worden ist, ein Omelett mit Rosinen, auf dem geklärte Butter zerläuft. Vor allem aber, weil er zum ersten Mal erfährt, aus verläßlicher Quelle, daß es nicht bloß einen großen See gibt, sondern zwei, der eine schnurstracks in östlicher Richtung, der andere schnurstracks in nördlicher. Aber seine Gastgeber, die versammelten Araber von Kazeh, wissen nicht, ob der Nil aus einem dieser Seen nach Norden herausfließt. Sie versprechen, weitere Erkundigungen einzuholen, sie versprechen, ihm zu helfen, soweit sie können, aber zuerst müsse er dem König aufwarten – König Saidi Fundikira, der von seinem Sitz im nahe gelegenen Ititemya aus regiere. Nach dem Essen laden sie ihn zum Gebet ein, sie nehmen an, wer so ausgezeichnet Arabisch spricht, der kann nur ein Moslem sein, und sie sind enttäuscht, als Burton ablehnt. Er muß ablehnen, wegen Said bin Salim und den Belutschen, die jeden frühen Morgen das Gebet beachtet haben und die es nicht verstehen würden, wenn er in der herrschaftlichen Umgebung von Kazeh zu einer Achtung zurückfinden würde, an der es ihm auf der ganzen bisherigen Reise gemangelt hat. Schade, denn er verspürt auf einmal ein starkes Bedürfnis, Zikr zu beten, in einem hingebungsvollen Chor.

Am nächsten Morgen brechen sie auf, um dem König den erwarteten Respekt zu erweisen. Als sie sein Gehöft erreichen, liegt er im Schatten des königlichen Baums, ein Körper, aufgedunsen über jedes Maß hinaus, ein Anführer, der keinerlei Bewegung schätzt. Zur Begrüßung des Gastes werden zwei riesige Trommeln geschlagen, die königlichen Trommeln, die nur von dem Eingeweihten geschlagen werden dürfen – die Araber kennen sich aus, stellt Burton zufrieden fest. König Saidi, der in Europa gewiß den Titel Fundikira der Erste tragen würde, blickt ihn nicht an, er schaut keinem Sterblichen in die Augen. Ein Mann flüstert ihm etwas ins Ohr, beschreibt vielleicht, was er sehen könnte, wenn er seine Augen öffnen und seinen Kopf drehen würde. Einer der Araber, der die Sprache der Nyamwezi hervorragend gemeistert hat, übernimmt die Konversation, es klingt geschliffen und angemessen getragen. Der König, dem viele Jahre zu guten Lebens den Rücken schwächen, schweigt, er hebt und senkt bedächtig seinen Kopf, nur kann Burton nicht entschlüsseln, ob dieses Nicken ein inhaltsschweres Zeichen ist oder eine mißliche Gewohnheit.

Die Beine, erklärt der Araber neben Burton, halten seinen verschiedenen Krankheiten nicht mehr stand. Deswegen bleibt er liegen und überläßt die Entscheidungen seinem Mganga. Das ist der junge Mann, der auf ihn einredet. Der König zeigt kein Interesse an den Geschenken, die Burton ihm überreicht hat. Es ist unser Pech, flüstert der Araber Burton zu, daß der Mganga heute wieder die Wahrheit sucht, sie hält sich versteckt, und obwohl dieser Mganga ein besonders mächtiger Mganga ist, wird er den ganzen Tag benötigen, um sie aufzuspüren, und wir werden den ganzen Tag hier festgehalten werden, denn es gehört sich, daß die Gäste der Wahrheitsfindung beiwohnen. Und weil wir anwesend sind, wird der Mganga ein besonders imposantes Gezobere veranstalten. Dieser Mganga hat eine unfehlbare Strategie entwickelt, seine Position zu halten: Er beschuldigt die Verwandten des Königs, die mit ihrem Ehrgeiz oder ihrer Eigensinnigkeit seine Mißbilligung erregen, der Hexerei.

Die Vorhersage des Arabers erweist sich als zutreffend. Nach einer Weile nehmen auch sie, die Gäste, auf dem Boden Platz. Sie werden Zeugen von ausgiebigen Murmelarien, die der Mganga mit unbeteiligter Hast vorträgt. Ohne sichtbaren Anlaß wird dem Mganga ein Huhn gebracht, ein prächtiges Tier, dem er das Genick bricht, mit einer fließenden Bewegung, als pflücke er eine Blume, und das er dann aufschneidet, um das Innere zu begutachten. Schwarze Stellen oder Flecken um die Flügel herum hätten den Verrat der Kinder entlarvt, so flüstert der Araber, der neben ihm sitzt, gleiches am Rückgrat würde die Mutter und Großmutter verurteilen; der Bürzel hingegen deutet auf eine Schuld der Ehefrau hin, die Schenkel denunzieren die Konkubinen und die Füße einige der anderen Sklaven ... es wird weiter gemurmelt, das Huhn wird zerlegt, es sind keine Flecken im Fleisch sichtbar, nur der Schatten auf dem Gesicht des Mganga, am Ende eines langen Schweigens. Er springt auf, seine Stimme bricht aus ihm hervor wie Eiter aus einer angestochenen Wunde, wutzerkratzt verkündet er, dunkle Wolken würden ihm die Sicht versperren, dichte dunkle Wolken, er könne erst wieder klar sehen, wenn die Weißhäutigen weitergezogen seien. Was für ein gerissener Hund, denkt Burton, der nutzt unsere Anwesenheit für sein Ränkespiel. So hält er die Verwandten des Königs im ungewissen über den Ausgang seiner Untersuchung, wenn man dieses Wort überhaupt benutzen darf, und setzt die Fremden unter Druck, nicht über Gebühr in Kazeh zu verweilen. Der König nickt kaum merklich mit dem Kopf, als sie sich von ihm verabschieden. Etwas Gutes hat der unerwartete Ausgang: Sie müssen nicht den Tag lang im Schatten der größten aller Bäume des Königreichs verharren. Er ist nicht von schlechten Eltern, dieser Mganga, er weiß seine Macht auszunutzen. Käuflich ist er nicht, sagt einer der Araber, das ist das einzig Gute, was ich von ihm sagen kann. Er lebt in der abgeschiedenen Hütte, die seinesgleichen zusteht. Er weiß sich zu verkaufen, denkt Burton, und bestimmt sind viele von seiner Aura beeindruckt. In Leadenhall Hall würden sie einen wie diesen einen Karrieristen nennen, glatt wie Stahl und wahrscheinlich zynischer als ein Bordellbesitzer. Keiner wird ihm weismachen können, daß der Kerl an den Humbug glaubt, den er mit soviel Trara praktiziert.

~~~~~~~~

Sidi Mubarak Bombay

In Kazeh, in diesem Ort, in dem wir uns von den Stürmen der Reise erholen konnten, geschah etwas Wundervolles, etwas, das mein Herz ausfüllte, bis mein Glück aus meinen Augen, aus meinem Mund und aus meiner Haut glänzte. Ich traf einen Mann, mit dem ich teilen konnte, was ich seit vielen Regenzeiten mit keinem Menschen mehr geteilt hatte, einen Mann, der mich ansprach, einen Mann, der ursprünglich nicht aus Kazeh und nicht von den Menschen der Nyamwezi war, und ihr wißt, Fremde suchen nach anderen Fremden, einen Mann, den es in diese Gegend verschlagen hatte, auf so seltsamen Pfaden, wie es mich dorthin verschlagen hat, einen Mann, der meine Sprache kannte, der die Sprache meines ersten Lebens beherrschte, der sie aber, genauso wie ich, seit den Tagen seiner Kindheit nicht mehr gebraucht hatte. Und so hockten wir, begierig aufeinander wie junge Liebende, unter einer breiten Schirmakazie, und wir begannen uns zu unterhalten, zaghaft, vorsichtig zunächst, mit unserer Zunge erkundeten wir jedes einzelne Wort, bevor wir es aussprachen, tasteten es ab wie ein Geschenk, das uns soeben überreicht worden war, und wir kramten in unserem Kopf nach vergessenen Wörtern, wie in einer Truhe, die seit den Tagen der Kindheit nicht mehr geöffnet worden war. Wir ließen die Sonne über unsere Köpfe hinwegziehen, während wir redeten, während wir beim Reden zu Kindern wurden, bis wir so aufgeregt und so schnell plapperten, als würden wir am Ufer des heimischen Sees hocken und über die Krokodile spotten, die sich auf der Sandbank aalen. Dieser Mann wurde mir zum Freund, es war, als wären wir beide am gleichen Tag geboren worden, und jedes unserer Gespräche war wie ein Juwel, das ich in einem Schmuckkästchen aufbewahrte, das immer schwerer wurde, bis es überquoll, als wir Kazeh verlassen mußten. Aber das Aufblühen meiner ersten Sprache war nicht der einzige Segen dieser Bruderschaft, oh nein, dieser Mann stand dem mächtigsten Mganga des Landes nahe, und er stellte mich ihm vor, und er sprach von ihm in höchsten Tönen, er lobte ihn so sehr, ich erwartete einen alten Mann, dessen Erfahrungen sich auf seinen Augenbrauen silbern kräuseln, einen Mann, der seinen Enkeln schon das Laufen und das Reden beigebracht hat, doch könnt ihr euch meine Überraschung vorstellen, als statt dessen eine hochgewachsene, kein bißchen gebeugte Gestalt das Fell nach hinten zog und ein junges Gesicht mit quellklaren Augen zum Vorschein kam, der Mganga war in meiner Altersklasse, und ich hegte einen flüchtigen Zweifel, ob mein neuer Bruder nicht zuviel versprochen hatte. Ein Zweifel, der gerade einmal die ersten Sätze überstand, die wir austauschten, bevor ich das Alter des Mganga vergaß, sein Aussehen nicht mehr wahrnahm und nur zuhörte, einer Stimme, die alterslos war, Worten, die so gewichtig waren, als habe er sie schon mehrere Leben lang mit sich herumgetragen. Er spürte die Gier in mir, all das zu lernen, was mir bislang verschwiegen worden war, und später, beim Abschied, sagte er zu mir, die erwachsenen Schüler seien jene, die dem Lehrer das Wissen entreißen, die jungen Schüler hingegen erwarteten, der Lehrer müsse das Wissen in sie hineinschmuggeln, ihr wißt ja, mit Gewalt kann der Mensch nehmen, aber nicht geben. So führte er mich in den langen Tagen, die wir in Kazeh verblieben, durch Wälder des Wissens, die ich nie zuvor betreten hatte, Wälder, in denen Kräuter wuchsen, ich meine wirkliche Kräuter, viele verschiedene Kräuter, die zu vielen verschiedenen Zwecken nützlich waren. Das Wissen über diese Kräuter war gesegnet, denn sie konnten bei der Geburt helfen, und sie konnten Kopfschmerzen verjagen, und sie konnten blutende Wunden stillen, aber sie waren auch gefährlich, denn sie konnten einen Menschen vergiften, und nicht nur einen Menschen.

– Der Mganga war dein Freund.

– Er hat mein Leben berührt. Jeden Tag verbrachte er etwas Zeit mit mir und mit meinem neuen Bruder, trotz seiner vielen Sorgen, und manchmal unterhielten wir uns nur, und manchmal merkten wir gar nicht, wie wir seine Weisheit aufnahmen, sie war wie der Zucker im Kaffee, es war angenehm und schön, aber erst im nachhinein stellte ich fest, wie sich seine Worte in mein Gedächtnis eingegraben hatten und welchen Wert sie besaßen.

– Was für Weisheit denn, Baba Sidi? Auch die Weisheit besteht aus Einzelheiten.

– Er hat diesem rohen Brocken von einem Mann den Wert der Höflichkeit beigebracht.

– Oh, Mama, Mutter von Hamid, wie schön, du hast uns nicht vergessen.

– Er hat ihm beigebracht, die Frauen zu ehren. Denn davor war euer Freund ein Mensch, der nur von dem Mannsein etwas wußte.

– Sie hat recht. Ich hatte keine Erinnerung an meine Mutter, im Haushalt des Banyan gab es keine Frauen, und in Sansibar lebte ich mit einigen Brüdern in einem kleinen Haus. Ich hatte schon ein ganzes und ein halbes Leben ohne Frauen verbracht.

– Ich war diesem Mganga dankbar, ihr könnt euch nicht vorstellen, wie dankbar ich ihm war.

– Er konnte so schön reden, ich merkte mir alles, was er sagte, ich konnte seine Worte nicht vergessen, es war so, als würde mein Kopf mitschreiben. Nie sagte er genau, was er meinte. Er redete in Ornamenten, die nur aus einem gewissen Abstand betrachtet einen Sinn ergaben. Wenn du in eine Gegend kommst, so sprach er etwa, in der du ein Fremder bist, wirst du Hunger haben. Und wenn du einer Frau begegnest, die dich nicht kennt, wirst du sie um Essen bitten wollen. Du wirst sie begrüßen, und du wirst zu ihr sagen: Die Art, wie Frauen ihre Kinder gebären, ist überall gleich, die Schmerzen sind gleich, das Glück ist gleich. Das ist das Maß der Höflichkeit. So sprach er, und er legte immer eine Pause ein, irgendwo am stillen Mittelpunkt seiner Weisheit.

– Ich hörte auch zu, ich saß einige Schritte hinter den Männern, ich hatte mein Gesicht dem Boden zugewandt, aber ich hörte aufmerksamer zu als alle anderen, und was ich hörte, das wandte ich sofort an, bei diesem fremden Kerl, der jetzt mein Ehemann war, und so löste sich meine Unsicherheit, wie ich ihn behandeln sollte, allmählich auf.

– Das ist viel besser, fuhr der Mganga fort, als wenn du sagen würdest: Ich habe Hunger. Die Frau wird dir etwas zu essen geben, denn du hast sie an ihre eigenen Kinder erinnert, an die Liebe, die sie für ihre eigenen Kinder empfindet. Sie wird an die Stelle deiner Mutter treten, und sie wird dich ›mein Sohn‹ nennen, und sie wird sogleich beginnen zu kochen, was immer sie vorrätig hat.

– Und dieser Kerl, der bei euch sitzt und die Ausdauer der Sprache prüft, er hat sich zu meinem großen, jungen Erstaunen an diesen Ratschlag wie auch an die anderen Ratschläge des Mganga gehalten, er entdeckte mich in den Tagen, die wir in Kazeh verbrachten, er entdeckte mich mit den Augen einer neuen Achtung, und er behandelte mich mit den Gesten einer neuen Höflichkeit. Gedankt sei den Vorfahren.

– Gott sei gedankt.

– Und der Mutter dieses Mganga, denn sie hat mir die Lust und vielleicht das Leben geschenkt, sie hat mir Kräuter gegeben, die ein neues Leben in meinem Bauch verhinderten. Ich hatte diesem Sprücheklopfer, der dort unten bei euch sitzt, immer noch nicht das erlaubt, was er am liebsten getan hätte, ich habe mich nicht nur vor

seiner Fremdheit gehütet, ich hatte Angst, auf dem Marsch schwanger zu werden, ich war überzeugt, in dieser Karawane nur ein Totgeborenes zur Welt bringen zu können.
– Gott behüte!
– Alles ist gut geworden. Ich habe die Kräuter gekocht, ich habe ihren Saft getrunken, und ich habe, nach einem weiteren Versprechen seiner neuen Höflichkeit, diesem Mann, an den ich verkauft worden war, erlaubt, das Bett mit mir zu teilen. Und unser erster Sohn Hamid, er wurde erst geboren, als wir ein festes Haus hatten, hier in Sansibar.
– Mutter von Hamid, meine Frau läßt dir Grüße ausrichten. Sie hat wieder Schmerzen in den Gelenken, sie bittet dich, ihr einen Besuch abzustatten.
– Ich werde gleich zu ihr gehen, Baba Ishmail, bevor das Abendessen sich vordrängt.
– Das hast du gut eingefädelt, mein Freund.
– Es ist die Wahrheit.
– Natürlich, aber diese Wahrheit kam gelegen.
– Dieser Mganga, er beeindruckt mich sogar aus so großer Entfernung.
– Er hat mir den Glauben wiedergegeben, meine Brüder, dieser Mann hat mir einen Glauben gezeigt, der tiefer in mich hineinreichte, als alles andere, was ich zuvor erfahren hatte. Durch ihn wurde mir bewußt, was mir fehlte. Ich wandelte unvollständig durch das Leben, ich empfand eine Trauer, als hätte ich etwas verloren, das mir am Herzen lag, und doch konnte ich mir selbst nicht antworten, was es war, das ich täglich zu vermissen meinte. Wir haben eines Abends das Essen geteilt, und er hat mich aufgefordert, die Bananenblätter auf der Matte zu verteilen, für all jene, die dem Mahl beiwohnen würden. Aber wir sind doch nur zu zweit, sagte ich. Ich habe auch meinen Vater eingeladen, sagte er, und auch den Vater meines Vaters. Ich hielt inne, ich wußte, sie waren beide tot. Wir werden den Vorfahren eine Opfergabe darreichen? fragte ich unsicher. Sie werden mit uns essen, sagte der Mganga. Wir nahmen Platz, neben uns zwei Blätter, hinter denen keiner saß. Der Mganga stellte mich seinem Vater und dem Vater seines Vaters vor. Und du, fragte der Mganga,

kennst du niemanden, denn du einladen möchtest? Und ich konnte nur schweigen.

– Was ich nicht verstehe, Baba Sidi, vom Glauben sprichst du, aber nicht vom Gebet? Bei diesem anderen Glauben, wie sieht das Gebet aus?

– Es gibt kein vorgeschriebenes Gebet, so wie du es kennst.

– Wie kann das sein!

– Ein Gebet, das gestaltet ist wie ein Gesetz, das braucht es nur, wenn das Gebet eine Ausnahme bleibt, wenn du aus deinem Leben heraustrittst, um zu beten. Wenn aber jeder deiner Atemzüge ein Gebet ist, wenn jede deiner Taten ein Gebet ist, wenn du Gott ehrst, weil du in Gott bist, dann braucht es kein anderes Gebet. Im Gegenteil: Das ist das höchste aller Gebete. In der Moschee ist das Gebet nicht mehr als eine Erklärung unserer Absichten, gut gemeint und für alle sichtbar, es ist wie ein Boot, das du auf dem Land seetüchtig machst, aber die Prüfung findet erst nach dem Auslaufen statt, wenn du in den ersten Sturm gerätst. Wer will dann wissen, wie gut das Boot aussah, als es noch am Strand lag? Glaubt ihr, daß Gott in den Augenblicken unseres Versagens unsere Gebete nachzuzählen beginnt?

– Baba Sidi hat recht. Richtig zu leben ist das beste Gebet.

Burton kann es sich nicht erklären, wieso Snay bin Amir ihm bereitwillig hilft. Auf Geheiß des Sultans? Oder weil er, seit er sich in Kazeh niedergelassen hat, arabische Gewänder angelegt hat und sich allem Anschein nach wie ein Araber benimmt, so daß Bombay, bei einer flüchtigen Begegnung zwischen Häusern, an ihm vorbeischritt wie an einem Unbekannten. Er war tief beeindruckt, der kleine Mann, als er seinen Namen hörte und die Stimme des Bwana Burton erkannte, der ihm scherzhaft zuwarf: Ich habe einen neuen Namen, wir sind jetzt miteinander verwandt, ich heiße Abdullah Rahman Bombay. Würde sein selbstverständlicher Umgang mit den Arabern erklären, wieso Snay bin Amir ihm bei den Auseinandersetzungen mit Said bin Salim und den Belutschen zur Seite stand?

Mit seiner Hilfe erstickt er die unverschämten Forderungen nach mehr Lohn und mehr Proviant im Keim. Wieso verbringt Snay bin Amir geradezu unbegrenzt viel Zeit mit ihm, kurzweilige Stunden, in denen er ihm die Grundzüge der Nyamwezi-Sprache erklärt oder des nördlichen großen Sees, den die Einheimischen Nyanza nennen, skizziert? Als Burton diese Frage nicht mehr zurückdrängen kann, lacht Snay bin Amir, verweist auf Gastfreundschaft und auf gegenseitige Sympathie, und dann sagt er: Wieso denkst du, daß wir Händler etwas zu befürchten haben von der Ankunft der Briten? Im Gegenteil. Unser Geschäft wird leichter werden. Und was ist mit der Sklaverei? fragt Burton. Wir hängen nicht am Menschenhandel. Wir werden mit Gold handeln oder mit Holz, oder mit Zucker. Wer sollte uns vertreiben? Sieh dich um, glaubst du, daß deine Landsleute in Scharen in staubige Außenposten wie diesen strömen werden, um ein Leben zu führen, das uns beglückt, sie aber unglücklich machen wird? Nein, sie werden sich damit begnügen, mit uns zusammenzuarbeiten, es wird für sie angenehmer sein und profitabel genug. Oder aber, denkt Burton, ihr werdet euch zurückziehen und das Land denjenigen überlassen, die nichts anderes kennen.

Er fühlt sich wohl in Kazeh. Er sitzt an einem kleinen Schreibtisch, den die Araber ihm ins Zimmer gestellt haben. Eine besänftigende Pause. An diesem unerwartet entzückenden Zwischenziel. Nein, nicht wirklich entzückend. Aber genügend, hinreichend, was vielleicht mehr wert ist. Die buddhistischen Studenten, einst in Indien – er erinnert sich an ein bemerkenswertes Paradox –, sie durften engere Zellen bewohnen, wenn sie im Studium Fortschritte erzielten, sie erfuhren das Privileg, ihr Einzelzimmer aufzugeben und sich mit anderen Kommilitonen in eine halb so große Unterkunft zu zwängen. Er hat ein ganzes Semester im Busch verbracht; er ist nun weise genug, einen Ort wie Kazeh wertschätzen zu können. In diese ungewohnte Genügsamkeit hinein melden sich Zweifel an dem Sinn ihrer Unternehmung. Er wäre fast verreckt, er hätte fast den Verstand verloren, sein Körper ist ausgebeutet, bis an die Grenze möglicher Rekonvaleszenz, und was wiegt das auf, welcher Erfolg entschädigt für diese Opfer? Er hat Kazeh erreicht, ein Dorf. Den

Buddhisten wäre sein Zweifel Ausdruck von anhaltender Eitelkeit. Ist es wenig, daß er, der ausgezogen ist, die Welt zu erobern, sich mit einem staubigen, kleinen Nebenplatz zufriedengibt? Wenn auch nur vorübergehend. An Oasen erfreut man sich nur, wenn man zuvor die Öde durchschritten hat. Er weiß jetzt mit Sicherheit, es gibt zwei Seen, und vielleicht fließt der Nil aus einem der beiden. Vielleicht sind es vier Seen? Die Gleichgültigkeit, die er in sich verspürt, sie kann nicht andauern.

Später sitzt er an dem kleinen Tisch, viele Stunden lang, und beantwortet die Briefe, die ihn in Kazeh erwartet hatten, willkommene Briefe, bürgen sie doch für eine Welt, die in einer fahlen Erinnerung verschwindet. Ein bedrückender Brief von seiner Familie gibt ihm grauenhafte Nachricht von seinem Bruder, ein Schreiben aus Sansibar teilt ihm den Tod des britischen Konsuls mit. Obwohl Burton diesen Tod erwartet hatte, geht ihm die Kunde nahe. Der gute Mann war nicht nach Irland zurückgesegelt. Er muß dem Nachfolger einen umfangreichen Bericht schicken. Hoffentlich nimmt sich dieser der Versprechen seines Vorgängers an. Und noch ein weiterer Tod wurde ihm zugetragen, jener von General Napier. An seinem Todesbett hatte sein Schwiegersohn McMurdo gestanden und als der General seinen letzten Atemzug aushauchte, das Banner des 22. Regiments über den Sterbenden geschwenkt.

Was treibst du denn da? So wie es aus dem Mund von Speke klingt, scheint es Burton, als wolle er sagen: Was hast du denn schon wieder zu schreiben? Ich notiere einige Gedanken, Jack, nur einige Gedanken, bevor sie entschwinden. Möchtest du mir etwas vorlesen? Nicht jetzt. Du weißt doch, ich habe eine Schwäche für Gedanken. Ich habe einen Brief erhalten, von meiner Schwester. Mein Bruder ist am Kopf verwundet worden, in Sri Lanka, er ist so schwer am Kopf verletzt, er erkennt niemanden. Er könnte noch ein halbes Jahrhundert leben, sagen die Ärzte, ohne sich selbst zu erkennen oder einen von uns.

Tut mir leid, Dick. Dein Bruder, Edward, oder? Er war ... ein feiner Kerl, ja ... vor so einem Schicksal habe ich Angst. Es würde mir nichts ausmachen, in Afrika getötet zu werden, wenn es denn so sein soll, aber von diesem Fieber verschleppt und gefangengehalten zu werden, gefoltert, aber nicht getötet, die Vorstellung macht mich närrisch.

Komm, wir müssen raus, laß uns einen Spaziergang machen. Wir werden uns vorstellen, wir seien in Devon.

〰〰〰〰〰

Sidi Mubarak Bombay

– Deine Reise, Baba Sidi, sie ist mir nach all unseren gemeinsamen Abenden so vertraut wie meine eigenen Reisen. Aber dieser Mzungu, dieser Bwana Burton, er war mir ein Rätsel von Anfang an, er ist mir ein Rätsel geblieben.

– Weil ich das Rätsel selber nicht lösen kann, Baba Ishmail, ich kann ihn nicht zur Gänze beschreiben, weil er sich mir nie ganz gezeigt hat. Ich hatte immer den Eindruck, er stünde auf der anderen Uferseite und es gebe keine Fähre, mit der sich der Fluß zwischen uns überwinden ließe. Ich glaube, er war kein schrecklicher Mensch, es war der Mensch, der er vorgab zu sein, der mich erschreckte. Ich bin mir sicher, er hat nie einen anderen Menschen umgebracht, doch es gefiel ihm, uns alle glauben zu machen, er sei dazu in der Lage. Bwana Burton, er wurde getrieben von Dschinns, die allen anderen fremd waren, Dschinns, die er keinem verständlich machen konnte, nicht mir, nicht den Trägern, nicht den Belutschen oder den Banyan und nicht einmal Bwana Speke. Es läßt sich einfacher leben, wenn deine Dschinns den anderen Menschen bekannt sind. Das war auch der Grund, vermute ich, wieso er die Verzweiflung der anderen selten spürte, er war wie ein alter Elefant, der sich von der Herde zurückgezogen hat und stets allein am Wasserloch trinkt. Bwana Speke war anders, auch er hielt sein Wesen verborgen, aber wenn etwas sichtbar wurde, dann sah ich, wer er war, was er fühlte. Er konnte schrecklich sein, aber er war mir näher. Er hat mich manchmal wie einen Hund behandelt und manchmal wie einen Freund.

– Hast du nicht gesagt, mit den Wazungu könne es keine Freundschaft geben?

– Das stimmt, das habe ich gesagt. Bwana Speke war eine Ausnahme. Wir haben so viele Monate zusammen verbracht, er hat mir vertraut, zum Schluß hat er nichts vor mir verheimlicht, nicht einmal, was er dachte. Es ist eine seltsame Sache, er fand nichts Anstößiges daran, mir zu erklären, Menschen wie ich seien weniger wert als die Wazungu.

– Menschen wie du? Welche Menschen sind das?

– Die Afrikaner, sagte er. Ich fragte ihn, ob er denn die Menschen von Sansibar oder die Wagogo oder die Nyamwezi meinte. Er antwortete: Ihr alle. Und als ich ihn fragte, wie es sein könne, so viele verschiedene Menschen, die alle weniger wert seien als er und seinesgleichen, da verwies er auf die Bibel, auf das heilige Buch der Menschen mit dem Kreuz auf der Brust, und er erzählte mir die Geschichte von Noah, die wir auch kennen, aber unsere Geschichte ist eine andere, wie ihr gleich erfahren werdet, er interessierte sich weniger für den Propheten Noah und seine Ermahnungen und Warnungen, als für seine Söhne, seine drei Söhne mit den Namen Sem, Ham und Jafet. Hört zu und wundert euch, denn von diesen drei Söhnen sollen alle Menschen auf Erden abstammen. Eines Tages soll Noah betrunken in seinem Zelt gelegen haben ...

– Der Prophet betrunken!

– Von seinem eigenen Wein, und er habe sich beim Schlafen ungewollt entblößt, und Ham habe es bemerkt, er habe die Scham seines Vaters gesehen und es seinen zwei Brüdern zugetragen, die ihre Augen abwandten, während sie Noah mit einem Kleid zudeckten, und deswegen soll der Prophet die Kinder und Kindeskinder von Ham verflucht haben, auf ewig Sklaven der anderen Brüder zu sein. Eine merkwürdige Geschichte, die uns nichts anginge, wenn nicht Bwana Speke behauptet hätte, Ham sei unser Vorfahre, unser allererster Ahne gewesen, und daher müßten wir uns unterwerfen, denn er und die anderen Wazungu stammen von einem der anderen Brüder ab, ich habe vergessen, von welchem. Ist es nicht seltsam, die Wazungu, die keine Beziehung zu ihren nächsten Vorfahren pflegen, behaupten, genau über unsere Urahnen Bescheid zu wissen.

– Du hast ihm hoffentlich gesagt, von alldem stehe nichts im Glorreichen Koran?

– Ich habe geschwiegen, ich war erfahren genug, nicht gegen heilige Bücher anzukämpfen.

– Bitte erkläre mir, Baba Sidi, wieso sind die Wazungu gegen den Sklavenhandel, wenn sie überzeugt sind, wir seien als Menschen weniger wert?

– Die Wazungu sind gegen den Sklavenhandel?

– Gewiß, besonders Bwana Burton, er hat die Sklaverei mit kräftigen Worten abgelehnt, oh ja, er hat sie verachtet, und doch hat er es hingenommen, wenn Sklaven zu unserer Karawane hinzustießen, und als ich ihn fragte, wie er gegen die Sklaverei sein könne, obwohl er sich gleichzeitig der Sklaven bediene, erklärte er mir, es gebe nicht genug freie Männer, die zu arbeiten gewillt seien, er habe keine andere Wahl, also zahle er den Sklaven Lohn und behandele sie wie freie Männer.

– Er dachte wohl, wenn er Sklaven wie Freie behandelt, werden sie frei.

– Das ist wie mit den Almosen. Wenn dich einer reich beschenkt, wirst du dann zu einem reichen Mann?

– Er hat behauptet, er könne Said bin Salim und die Belutschen und die zwei Banyan nicht daran hindern, Sklaven zu kaufen. Er habe Einspruch erhoben. Einspruch erhoben! Habt ihr das gehört, meine Freunde. Der König der Karawane, er klopft vorsichtig den Männern auf die Schulter, die von ihm abhängig sind, die ihm untergeben sind, und er bittet sie höflich, es mit der Sklaverei nicht zu übertreiben, und die Abhängigen, sie antworten, unser Gesetz erlaubt es uns aber, antworten sie voll selbstgerechter Entrüstung, und der König der Karawane zieht sich zurück, er fragt nicht einmal nach, ob das stimmt, er sagt sich, ich habe getan, was ich tun konnte, er beruhigt sein Gewissen, ich habe diesen Wilden klargemacht, wie entschieden wir die Sklaverei ablehnen.

– Die Heuchelei gedeiht.

– Und sie geht noch besseren Zeiten entgegen.

– Ich sagte zu ihm: Du verstehst nicht. Es ist ein Zustand, der völlig aus der Welt geschaffen werden muß. Es geht nicht nur um das Leid einiger Menschen, hier und heute. Es geht um das Leid der Hinterbliebenen und ihrer Nachfahren. Wenn der Schmerz und der Schrecken einmal in den Boden gesickert sind, wie sollen sie je wieder vertrieben werden, wer wird das Land reinigen? Wer wird es vor

den Keimen der Gewalt bewahren, die in den Nachfahren aufgehen werden, in den Enkeln und in den Urenkeln, die eine andere Sonne sehen müssen als jene, die ihre Vorfahren gesehen haben.
– Und Bwana Burton, was sagte er?
– Du redest wirr, sagte er, der Mganga hat dir den Kopf verdreht! Es kann sein, vielleicht hat er mir den Kopf verdreht, antwortete ich, aber ich weiß, ich schaue nun in die richtige Richtung.

~~~~~~~~~~

Er steht im Wasser, hüfttief, im trüben Wasser, und jedesmal, wenn er seinen Arm hineintaucht, berührt er etwas Glitschiges. Eigentlich ist es nicht unangenehm, eher unvertraut. Schlamm, wohin sie treten. Sie müssen – mit mulmigen Gefühlen – durch ein Dunkel waten, das ihre Beine schluckt. Er steht im Wasser und fragt sich, ob sie einen Fehler gemacht haben. Als sie an dem breiten, ruhig dahingleitenden Fluß standen und sich überlegten, wo sie ihn überqueren sollten. Vielleicht dort, wo das Wasser zwar tiefer war, sie aber den Fluß überblicken konnten. Bestimmt nicht hier, wo sie sich verlieren könnten, so dicht bewachsen ist dieses Binnendelta. Die Landschaft ist völlig unberührt. Als treibe der Fluß, dem sie folgen, in die Zeit vor der ersten Sünde, als kehrten sie zurück in die frühesten Anfänge der Welt, als die Pflanzen nach Belieben wucherten und Baumriesen über alles herrschten. Der Fluß, der Malagarasi heißt, so haben sie es verstanden, führt zum See.

Snay bin Amir hat ihnen einen Führer mitgegeben, einen jungen Mann, halb Araber, halb Nyamwezi, und es hatte am Anfang den Anschein, als führe der selbstbewußte Mann sie gut, bis sie herausfanden, daß er ihnen einen Umweg von mindestens drei Tagesmärschen aufgebürdet hat, damit er seine Frau besuchen konnte. Und dann wollte er sich nicht mehr von ihr trennen, so daß er ihnen seinen Neffen als Führer andiente, der sie ebenfalls voller Selbstvertrauen in die Irre leitete, dieses Mal allerdings ohne Übersicht. Burton beschloß, den Nichtsnutz zurückzuschicken und einfach dem Fluß zu folgen, der zu jenem Zeitpunkt mehr Vertrauen erweckte: breit, von Palmen gesäumt, die im Wind knisterten, die Borassus, von Sklavenhändlern gepflanzt, so hat Snay bin Amir behauptet, hohe, fruchttragende Palmen mit gebündelten Wedeln über einem dünnen, schnurgeraden Stamm. Es war ein idyllisches Bild, belebt von unbekümmerten Vögeln, über und auf dem Wasser, auf Ästen und Zweigen. Der wunderbare Flug der Milane, die zirkelgenau durch die Luft kreisten; die geselligen Pelikane, wie zu einer Gartenparty versammelt, jeder Schnabel nach unten gesenkt und jeder Kopf nach links gedreht; die Königsfischer, die sich senkrecht ins Wasser stürzten und genauso senkrecht wieder hochschossen, in ihrem Schnabel ein Fisch; die Goliathreiher, die von den Felsgesteinen in der Flußmitte aus auf ihre Beute lauerten, regungslos.

Schreie von Stummelaffen. Nicht weit entfernt. Es klingt nicht freundlich. Speke hält die Augen in die Höhe, als könnte das wenige durchsickernde Licht sein Leiden mildern. Er scheint sich ein Trachom eingefangen zu haben. Die Bindehaut ist entzündet, die Augenlider stark geschwollen, vor allem das linke. Er kann das Auge nicht richtig schließen. Seitdem er kaum noch etwas sehen kann, sucht er Burtons Nähe, akzeptiert wortlos seine Führung. Im Sumpf hat er einige Male nach ihm gefaßt, hat sich an einem ausgebeulten Ende seines Hemdes festgekrallt, ist ausgerutscht, als Burton ausrutschte, ist hingefallen, als dieser hinfiel. Vor einigen Tagen, als Burton sich über seinen schnöseligen Kompagnon geärgert hatte, wünschte er sich, Speke möge an dieser Wildnis zerbrechen, er möge seine Selbstkontrolle verlieren und mit ihr seine hochherrschaftliche Fasson, seine vornehmen Manieren. In dem Dorf, in dem der Führer bei seiner Frau zurückblieb, war ihnen ein alter Mann über den Weg gelaufen, der blind war, beide Augenlider nach innen verwachsen, die Hornhaut vernarbt, die Iris verloren in einem durchröteten, rissigen Wattebausch. Burton hat in die verdorbenen Augen hineingestarrt, er konnte sich nicht von ihnen losreißen. Er hat sich geschämt, weil er gelegentlich des Sehens überdrüssig wurde, und er widerrief seine Vermaledeiung: Spekes Augen mögen gesunden.

Die Müdigkeit, die er spürt; wenn er sich für einen Augenblick entspannen würde, er würde auf der Stelle einschlafen. Er duckt sich unter einer Weide, er klettert über einen morschen Baum, der vor einiger Zeit eingesackt sein muß. Er blickt nach vorne. So groß ist dieser Fluß nicht. Dieses Binnendelta muß doch irgendwann enden. Keine fünf Meter entfernt, wie durch ein gewölbtes Fenster im dichten Bewuchs, springt ein gewaltiger, dunkler Pavian über den Wasserlauf, ohne einen Laut, wie verlangsamt aufgrund der Stille. Burton hält und bedeutet den anderen, sich nicht zu bewegen. Eine Pavianmutter folgt, an der sich ein Kleines krallt, einige andere Kleine, und dahinter ein Pavian nach dem anderen, eine vielzählige Schar, die, ohne das leiseste Knacken zu verursachen, ohne sich umzublicken, so als existierten die Menschen in ihrer Nähe nicht, durch die umrankte Öffnung huscht, in großer Eile. Burton ist in Bann geschlagen von diesem Interludium, eine reine Bewegung, vielleicht ein Zeichen, gewiß ein Zeichen. Den Affen folgen. Sie sollten den Affen folgen. Er gibt die Order aus. Keine halbe Stunde später stehen sie an einer Böschung, unter ihnen ein breiter, ruhig dahingleitender Fluß.

※※※※※※※※※※

Sidi Mubarak Bombay

Die lange Rast in Kazeh, meine Freunde, sie hatte den Wazungu Linderung verschafft, sie hatte ihnen neue Kraft gegeben, aber sie hatte sie nicht wirklich geheilt. Sie gewannen genug Kraft, um die Reise zu überstehen, doch sie reichte nicht aus, um gesund zu werden. Im Sumpf kehrte das Fieber zurück, und Bwana Burton, er wurde von den Fängen dieses Fiebers so übel zugerichtet, er schwankte zwischen Schweißausbrüchen und Schüttelfrost, er übergab sich, immer wieder, und gelegentlich fiel er in einen Wahn, in dem ihm die Dschinns mehr bösen Sinn einflüsterten als einem Säufer im Rausch, er konnte seine Beine, seine von Geschwüren befallenen Beine, nicht mehr fühlen, er war gelähmt. Ich habe keine Muskeln mehr, sagte er leise, fast ohne seine Lippen zu bewegen, seine von Pusteln übersäten Lippen. Seine Augen waren blutunterlaufen, als sei die Abendsonne zerschlagen worden wie ein Ei, sie brannten, und er klagte und klagte, er halte den schrillen Ton in seinen Ohren nicht aus, der sich dem Heilmittel der Wazungu verdankte, ein Heilmittel namens Chinin, das ihn quälte, aber ohne dieses Chinin, sagte er, wäre er schon längst tot. Er war voller Schmerz, und doch hat ihm nichts so weh getan wie seine Schwäche, seine Abhängigkeit. Ihr hättet den Widerwillen auf seinem Gesicht sehen sollen, als er getragen werden mußte von acht der stärksten Träger, weil er sich nicht auf dem Esel festhalten konnte. Und Bwana Speke, er konnte fast nichts sehen, er versuchte dieses Leiden zu verbergen, aber wie hätte er uns täuschen sollen, wenn er auf nichts mehr schoß, sein Gewehr nicht einmal auspackte. In der Früh, da brauchte er mich, wenn seine Augen klebrig verquollen waren, als seien sie mit Harz eingeschmiert, ich mußte sie mit Wasser ausspülen, ich mußte ihm seine Stiefel anziehen, und er war gereizt dabei, er war unwirsch. Die beiden Wazungu, sie waren uns ausgeliefert in diesen Tagen, und nicht nur einmal dachte ich, was für ein Glück sie hatten, in unsere Hände geraten zu sein.

– Baba Sidi, verzeih mir, es wird spät, und ich habe meinen Enkeln versprochen, ihnen heute abend eine Geschichte zu erzählen, vielleicht werde ich eine deiner Geschichten erzählen, ich muß gleich weg, aber ich möchte euch nicht verlassen, ohne gehört zu haben, es ist mir eine so schöne Erinnerung, wie du den See erreichst ...

– Ja, den ersten großen See.

– Gut, Baba Yusuf, ich werde den Sumpf des Malagarasi überspringen, ich werde bei dem letzten Anstieg halten, bei dem Bwana Spekes Maulesel starb, er legte sich hin, als seien seine Kräfte mit einem letzten Schnaufen endgültig verbraucht. Bwana Speke war verwirrt, er lag auf dem Boden, seitwärts, seine Hände krallten sich in die Erde, er sagte nichts, ich dachte, er wollte nicht auf sich aufmerksam machen, auf seine unwürdige Lage, ich hob ihn hoch, ich mußte ihn stützen, gemeinsam erklommen wir den steilen Hügel, den letzten, wie ich heute weiß, aber damals schien er nur eine weitere Prüfung unter vielen zu sein. Er hielt sich mit einem schmerzhaften Griff an meinem Ellenbogen fest, und er flehte mich an, ihm alles zu beschreiben, was ich sehen konnte, die einzelnen dornigen Büsche, die aufgeschäumten Wolken, Steine wie Kürbisse, es gab nicht viel, was ich hätte beschreiben können, aber er war gierig und ungeduldig, kaum schöpfte ich etwas Schweigen, drängte er mich schon, weiter zu beschreiben, und ich mußte ihm schwören, ihm keine einzige Veränderung der Landschaft vorzuenthalten. Wir erreichten den Gipfel, wir holten Atem, ich sah etwas Ungewöhnliches, etwas, das mich erregte, eine metallische Fläche schimmerte in der Sonne. Bwana Speke erahnte auch etwas, er sah wenig, aber Licht und Dunkel drangen irgendwie durch seine verquollenen Augen, und er fragte mich erregt: Dieser Lichtstreifen, Sidi, siehst du auch diesen Lichtstreifen? Was ist das? Und ich nahm mir Zeit mit meiner Antwort, ich kostete die Freude aus. Ich denke, Bwana, sagte ich bedächtig, ich denke, das ist das Wasser. Und als ich das sagte, merkte ich, wie um mich herum gejubelt wurde, ich sah, wie Said bin Salim ekstatisch auf Bwana Burton einredete, der auf den Schultern des kräftigsten Trägers saß und seinen Kopf in die Entfernung streckte, und der Jemadar Mallik grinste wie ein Spieler, der gerade seinen gesamten Einsatz verdoppelt hat, und die Belutschen beglückwünschten sich und die anderen mit tiefen, feierlichen Verbeugungen. Und Bwana Speke, er spürte die Euphorie, und er ließ sich von ihr anstecken, aber er mußte doch auch ein wenig klagen, klagen über den Nebel vor seinen Augen. Bald konnten wir den See viel klarer erkennen, er lag unter uns wie ein riesiger blauer Fisch, er aalte sich in der Sonne. Wir waren verzaubert, wir vergaßen alle Mühen, alle Gefahren, die Ungewißheit der Rückkehr, oh ja, wir vergaßen alles, was schrecklich gewesen war, und zum ersten und letzten Mal, meine Brüder, nahmen wir alle an ein und demselben Glück teil.

〰〰〰〰〰〰

Es ist der 13. Februar, ein historischer Tag für die Entdeckung der Welt, zum ersten Mal erblicken zivilisierte Augen einen See, der schöner nicht sein könnte, obwohl der Schein zuerst sprichwörtlich getrogen hat, der See war ihnen als ein glitzernder Strich erschienen, ein leuchtender Hohn, ein armseliger Preis für ihre Mühen, eine erschlagende Enttäuschung, aber nur wenige Schritte später, als die Sonne nicht mehr von der Wasseroberfläche reflektiert und ein weiterer Ausblick sich öffnet, erhalten sie einen ersten Eindruck von der wahren Größe des Sees, dessen Schimmern weit in die Ferne reicht. Dieses gesegnete Wasser – Euphorie bricht in ihm aus wie ein lange hinausgezögerter Orgasmus –, so von Bergen umgeben, als liege es im Schoß der Götter, der hellgelbe Sand und das smaragdgrüne Wasser. Die Sonne streichelt sein Gesicht, die leichte Brise, die er plötzlich spürt, kräuselt Flocken auf den sanften Wellen, einige Kanus ziehen über das Wasser, deren Bewegungen ein verheißungsvolles Murmeln verursachen, das lauter wird, je weiter sie den steilen Pfad hinabsteigen. Die Trage ist unbequem, und einige Male rutschen die Träger aus, so daß er sich an die Seitenpfähle klammern muß, doch bei diesem Anblick kann ihn nichts beunruhigen. Unter ihnen liegen der Malagarasi-Fluß, der sich rötlich in den See ergießt, und ein Dorf, das sich so glückselig an eine sanft gerundete Bucht schmiegt, wenn Parks und Obstgärten hinzukämen, Moscheen und Paläste, es wäre schöner als der zauberhafteste Küstenort Italiens. Melancholie? Monotonie? Weggeblasen, hier und jetzt werden alle Öden entlohnt, in diesem Augenblick spürt er eine Befriedigung, so umfassend, er hätte doppelt so viele Schmerzen, Sorgen und Nöte auf sich genommen für diesen Preis, und er hätte es nicht bedauert.

༶༶༶༶༶༶༶༶

Sidi Mubarak Bombay

Meine Brüder, es ist wahr, ich habe mit Stolz von meinen Reisen erzählt, und meine Frau hat recht, manchmal habe ich dem Stolz nach dem Mund geredet, deswegen muß ich euch jetzt gestehen, jetzt, da wir den Höhepunkt der ersten Reise erreicht haben, wieso ich mich für jede meiner Reisen auch geschämt habe, ich muß euch gestehen, wieso ich jede meiner Reisen auch bereut habe. Weil ich mit meinen eigenen Augen gesehen habe, was kein Mensch sehen sollte, weil ich den Anfang von Sklaverei gesehen habe, weil ich gezwungen war, meinen ersten Tod immer wieder zu durchleben, und jedesmal dachte ich, schlimmer kann es nicht werden, schlimmer als hier in Ujiji, dem Ziel unserer Reise, so dachte ich damals. Aber ihr wißt ja, wenn der Mensch ihm Zeit läßt, führt das Leben etwas noch Schlimmeres heran, und so geriet ich auf der zweiten Reise an einen Ort, der noch grausiger war als Ujiji. Jedesmal, wenn ich eine Karawane von Sklaven sah, ob in Zungomero, in Kifukuru, in Kazeh, in Ujiji oder in Gondokoro, starb ich erneut meinen ersten Tod. Und ihr könnt mir glauben, der wiederholte Tod ist kein angenehmerer Tod. Die Wazungu, die ich begleitet habe, sie nannten sich Entdeckungsreisende, aber die wahren Entdecker des Festlandes waren die Sklavenhändler. Überall, wo wir hinkamen, waren sie schon gewesen. Wenn die Dörfer nicht verbrannt waren, waren sie verwaist, und wenn die Sklavenhändler ihre Beute nicht über das Land trieben, füllten sie Boote mit ihren Opfern, so voll, eine Hälfte mußte geopfert werden, das war der Hongo, den sie dem Tod entrichteten. Die Sklavenhändler am ersten großen See, sie waren die gemeinsten der Gemeinen, sie waren Menschenfresser, und zu meiner Scham traf ich sie wieder an beiden großen Flüssen, an dem Fluß, den sie Nil nennen, und an dem Fluß, den sie Kongo nennen. Von Ujiji aus wurden die Sklaven durch das ganze Land getrieben, bis nach Bagamoyo, und am Nil wurden sie den Fluß entlang nach Norden verschifft, an einen Ort namens Khartum, den ich mit eigenen Augen sehen sollte, auf meiner zweiten Reise, und von dort aus weiter an einen Ort namens Kairo, den ich auch sehen sollte, und von dort aus in alle Teile der Welt. Diese Menschenfresser, diese Händler der Todes, sie kamen an, wenn der Wind günstig wehte, wenn er ihre vielen Boote von Norden nach Süden trieb, dieser verfluchte Wind, der ihnen zur Seite stand, der sie vereinte mit Jägern, die sie in Banden zurückgelassen hatten, die in Lagern am Ufer des Nils lebten, und in den Monaten, in denen der Wind ihnen nicht zur Seite stand, zogen diese Banden aus und jagten, sie sammelten ihre Beute in ihren eingepfählten Lagern am Ufer des großen Flusses, sie hielten ihre Beute dort gefangen und warteten darauf, sie nach Norden zu verschiffen. Wenn sie keine Menschen finden konnten, wenn die Bewohner der Dörfer sich versteckten, wenn die Vorsteher nicht bereit waren, ihnen Gefangene oder in Ungnade Gefallene zu verkaufen, trieben sie alles Vieh zusammen, und sie erpreßten die Ältesten der Dörfer, ihnen Sklaven zu geben für dieses Vieh oder zu verhungern. Die Ältesten waren gezwungen, zum Angriff auf benachbarte Dörfer aufzurufen. So plünderten diese Banden, und wenn der Wind seine verfluchte Hilfe gewährte, waren die eingepfählten Lager an dem Ort namens Gondokoro voller Menschen, die ihren ersten Tod schon erlitten hatten. Wenn es einen Ort gibt auf dieser Erde, der mir Angst einjagte, Angst, die mich tagsüber quälte und nachts plagte, so war es dieser Ort, dieser Ort namens Gondokoro, ein Ort, der weder Barmherzigkeit noch Erbarmen kannte. Die einzigen Frauen in Gondokoro waren kranke Frauen, die ihren Körper verkauften, abgenutzte Schwämme, die die Lust der Männer aufsaugten. Es gab keine Kinder in Gondokoro, die nicht zusammengepfercht und eingesperrt waren. Gondokoro war für alle ein Ort des Todes. Für die Bewohner des Landes und für die Fremden, für die Moslems und für die Christen. Selbst die Zitronenbäume in Gondokoro waren gestorben. Sie standen in zwei Reihen, sie waren angelegt worden von Männern mit dem Kreuz auf der Brust aus dem Land der Deutschen, sie hatten ein Haus für ihren Gott gebaut, sie hatten Gärten für ihr Wohlergehen gepflanzt, und sie hatten einen Friedhof angelegt …

– Einen Friedhof! Die Wahnsinnigen.

– Eine Handvoll von ihnen lag eng beieinander in den Gräben hinter dem Zitronengarten. Sie hatten keinen einzigen Menschen von ihrem Glauben überzeugen können. Alles, was sie erbaut hatten, war wieder zerfallen, und es gab in ganz Gondokoro keinen einzigen, der sich zum Kreuz bekannte, es gab aber unendlich viele, die dem Alkohol verfallen waren.

– Kein einziger Christ? Da seht ihr es, was das für ein schwacher Glaube ist.

– Vielleicht, vielleicht ist der Glaube der Männer mit dem Kreuz auf der Brust schwach, vielleicht aber waren die Menschen zufrieden mit dem Glauben ihrer Vorväter.

– Es müßte sie nur der wahre Glauben erreichen.

– Er hat sie erreicht, der wahre Glauben saß in den Herzen der Sklavenhändler, der Menschenfresser, er bediente sich desselben Windes wie sie, und er schwieg, während sie Leben raubten. Wie ein Vater, der die Missetaten seines Sohnes hinnimmt, weil es sein Sohn ist. Was ist eine Gerechtigkeit wert, die nicht auch, nein, die nicht zuerst in der eigenen Familie gilt? Unsere Brüder im Islam, sie waren schlimmer als der Teufel. Sie wüteten und wüteten, und wenn ein Dorf sich gegen ihren Angriff wehrte, wenn es gegen sie kämpfte und den Kampf verlor, denn sie hatten Flinten, die den Tod schneller verkündeten als jeder Speer, wenn das Land unruhig wurde und ihre Geschäfte in Gefahr gerieten, dann nahmen sie Gefangene, viele Gefangene, sie banden ihre Hände und ihre Füße fest, nicht, um sie zu verkaufen, sondern um sie über eine Klippe zu treiben, eine Klippe am Wasserfall, wo die Gefangenen in den Fluß stürzten, und es wäre schlimm genug gewesen, wenn diese Menschen erschlagen worden wären von den Felsen, wenn sie ertrunken wären, aber dieser Fluß war voller Krokodile, sie wurden zerfleischt, so wie sie im Wasser trieben, gebrochene Menschen, leichte Beute für die Krokodile, und die Kunde von ihrem Ende verbreitete sich so schnell über das ganze Land wie eine Heuschreckenplage. Und wenn die Sklavenhändler bei den Kämpfen jemanden töteten, dann schnitten sie ihm die Hände ab, um seine Armreifen aus Kupfer zu stehlen. Die Leichname warfen sie auf einen Haufen in sicherer Entfernung ihres Lagerplatzes, und am nächsten Morgen waren nur noch die Knochen der Toten übriggeblieben.

– Geier!
– Die Geier, das habe ich gehört, sie fangen mit den Augen an ...
– Wollen wir das wissen?
– Dann picken sie an den inneren Seiten der Oberschenkel, dann an dem Fleisch unter den Armen und schließlich am Rest des Kadavers.
– Diejenigen, die so etwas tun, sind es Menschen?
– Ihr wißt, nur ein anderer kann dich Mensch nennen, und ich habe keinen getroffen, der sie Mensch genannt hätte. Aber wer sie nicht kannte, nicht aus eigener Erfahrung kannte, wer nichts über sie wußte und wer nicht nachdachte, der hätte sie Brüder im Islam genannt.
– Einer dieser Brüder hat einmal alle Männer eines Dorfes gefangengenommen, um an das Elfenbein zu gelangen, das die Männer vor ihm versteckt hatten. Die Ältesten und die Frauen gaben nach, sie kauften die Freiheit ihrer Männer zurück mit all den Stoßzähnen, die sie besaßen, doch einer der Männer war arm, seine Familie besaß kaum etwas, und so wurde für seine Freiheit nichts geboten.

Der Sklavenhändler schnitt ihm die Nase ab, die Hände, die Zunge und die Teile seines Mannseins, er schnürte sie zu einer Kette zusammen, die er dem Mann um den Hals legte, und so schickte er ihn zurück in sein Dorf.
– Hast du das mit eigenen Augen gesehen, Baba Ishmail?
– Nein.
– Dann ist diese Geschichte vielleicht nicht wahr?
– Glaubst du, ich könnte so eine Geschichte erfinden? Ich habe den Mann mit eigenen Augen gesehen, und ich schwöre euch, seine Nase, seine Hände und seine Zunge waren nicht nachgewachsen.
– Ich werde euch sagen, was ich selbst erlebt habe, obwohl es schmerzt, darüber zu reden, und es schmerzt, davon zu hören, aber wenn ich es schon nicht vergessen kann, kann ich wenigstens davon erzählen. Wir lagerten neben den Sklavenhändlern, die Wazungu hatten keine Bedenken, die Nachbarschaft des Teufels aufzusuchen, und in der Nacht hörten wir einen Schuß, und am nächsten Morgen erfuhren wir, daß jemand ins Lager geschlichen war, der Vater eines der verschleppten Mädchen, er war gekommen, um sein Kind noch einmal zu sehen, und als die Wache ihn bemerkte, hatte die Tochter bereits ihre Arme um seinen Hals geschlungen, und beide weinten. Die Wache zerrte den Mann zum nächsten Baum, band ihn am Stamm fest und erschoß ihn. Am nächsten Morgen mußte ich Bwana Speke in das Lager der Sklavenhändler begleiten, er brauchte mich zum Übersetzen, er wollte einige Auskünfte erfragen. Bevor wir die Menschen sahen, sahen wir den Besitz, der ihnen geraubt worden war, Töpfe, Trommeln, Körbe, Werkzeuge, Messer, Pfeifen, alles lag herum, als wüßten die Sklavenhändler nicht, was sie damit anstellen sollten. Der erste Mensch, den ich erblickte, war ein Mann, ein junger Mann, der seinen Arm hob, obwohl die Handfesseln sich in sein Fleisch gefressen hatten, immerzu seinen Arm hob, um den Druck des eisernen Halsbandes zu lockern, und er erinnerte mich an einen Vogel, der vergeblich versucht, seinen gebrochenen Flügel zu heben, immer wieder.
Er war einer von vielen, aber als ich ihn mir genauer angesehen habe, sah ich nicht einen unbekannten jungen Mann auf der Erde

kauern, ich sah mich, am Ende meines ersten Lebens, ich sah in dem Gesicht dieses Mannes den Jungen, der in mir gestorben war, und die Narben an meinem Handgelenk und an meinem Hals begannen zu brennen. Ich wollte keinen weiteren Gefangenen ansehen, ich hielt meine Augen gesenkt, aber was für ein Narr war ich zu glauben, ich könnte entkommen, wenn ich mich blind stellte. Was ich auf dem Boden nicht sehen konnte, das drängte mir der elende Gestank auf, der durch meine Nase riß, die Ausdünstungen von Menschen, die nicht zum Wasser gehen konnten, die sich nicht hinter Termitenhügeln erleichtern durften. Die kein Essen erhielten, sondern selber in den Wäldern nach Essen wühlen mußten, die Aufgabe der gefangenen Frauen, die gerade in das eingepfählte Lager zurückgetrieben wurden, als wir dastanden und versuchten, nichts zu sehen und nichts zu riechen. Sie hatten Wurzeln ausgegraben und wilde Bananen gefunden, und was sie mitbrachten, wurde den anderen Menschen, die in dem ranzigen Dunst ihres Überlebens zusammengebunden waren, zugeworfen, ungeschält und ungekocht, roh, so wie die Frauen es aus der Erde gegraben und von den Büschen gepflügt hatten, und die Gefangenen stürzten sich auf das Essen, sie krochen über die Erde und kämpften um die rohen Wurzeln und die grünen Bananen, und sie schrien schrill, weil die Halsbänder und die Fußfesseln und Ketten am Handgelenk sich noch tiefer in ihr Fleisch gruben. Der Sklavenhändler, den wir aufsuchen wollten, er stand auf einmal neben uns, und nach den Begrüßungen, für die Bwana Speke meiner Hilfe nicht bedurfte, begann ein Gespräch, dem ich nicht gut folgen konnte, ich verstand Bwana Spekes Worte nicht, und ich sah dem Gesicht des Sklavenhändlers an, wie wenig er meine Worte verstand, sein Gesicht durchwanderte ein langes Tal der Verwunderung. Bwana Speke sprach lauter, seine Worte beschworen eine Überzeugung, von der mich ein großer Graben trennte, seine Beschwörungen waren Brunnen, die das Feld von anderen bewässerten. Siehst du diese Menschen, hörte ich mich zu dem Sklavenhändler sagen, sie müssen trinken, genauso wie du. Sie haben Durst, genauso wie du. Was verlierst du, wenn du ihnen einen Bottich hinstellst mit Wasser. Sein Gesicht verfinsterte sich. Du Gnom, schrie er, glaubst du, jemand hört auf dich, wenn du nicht für den Mzungu übersetzt? Du bist ein Nichts, und wenn du nicht das Maul hältst, werde ich dir ein besonders enges Band um den Hals legen und dich zu den anderen werfen. Sein Gesicht verformte sich wie Speckstein und erstarrte dann in Verachtung. Er blickte zu Bwana Speke, und er lächelte ein Lächeln, das abscheulich war, für das es nur eine Entgegnung gab, ich mußte die Zähne aus diesem Lächeln kratzen. Ich dachte nicht nach, der Dolch war in meiner Hand, und mein Arm erhob sich, ich hörte nichts, und ich nahm nichts wahr, Bwana Speke erzählte mir später, ich hätte geröhrt wie ein angeschossener Büffel, und die Verachtung auf dem Gesicht des Sklavenhändlers riß auf, als sei der Speckstein auf einen härteren Felsen gefallen. Er war wehrlos, so wehrlos wie jeder gegenüber dem Unerwarteten ist. Ich weiß nicht, ob ich ihn verletzt oder getötet hätte, und ich werde es nie erfahren, denn Bwana Speke packte meine Schultern von hinten, seine langen Arme schlangen sich um mich, und er säuselte mir ins Ohr, Shanti, Shanti, das Wort, mit dem die Banyan sich Frieden wünschen, und ich konnte es nicht ertragen und hätte meinen Dolch auch gegen ihn gerichtet, aber er war stark, erstaunlich stark, und meine Wut klatschte gegen seine Stärke, bevor sie langsam verebbte.

Und während er mich noch festhielt, geriet der Sklavenhändler in Bewegung, mit vielen Gesten bedeutete er Bwana Speke, er wolle mich zur Strafe auspeitschen, doch Bwana Speke schüttelte den Kopf und sagte das einzige Wort, das er in den Sprachen der Versklavung kannte, auf Arabisch und auf Kisuaheli, er sagte laut und langsam: Hapana, und dann rief er ein La!, das durch die Luft schwirrte und all das, was geschehen war, von dem restlichen Tag abtrennte. Er zog mich mit sich, und ich sah, beim Umdrehen sah ich noch einmal die gefesselten Menschen hinter den Pfählen, und mir fiel auf, sie kämpften nicht mehr um die Wurzeln, sie blickten mich alle still an, und ich konnte nicht erkennen, was ihre Blicke ausdrückten, ob sie meine Tat guthießen oder ob sie mich verachteten, ich wußte nur, es waren Blicke, die ich nie vergessen würde. Ich wünschte, keine Augen gehabt zu haben.

Er muß sich eingestehen, er kann nicht in ein leckendes Kanu steigen, er traut sich nicht einmal zu, sich festzuhalten, damit er nicht über Bord fällt. Er liegt in einer Hütte, auf dem Feldbett. Er hat seine Geheimmedizin eingenommen, Äther vermischt mit Schnaps, eine Einheit zu zwei. Die Himmelsluft dämpft seine Nervosität, seine aufkeimende Hysterie, das krampfartige Erbrechen. Speke trägt ihm zu, was draußen geschieht, von seinem Bad im See einkehrend, nach einem Besuch auf dem Marktplatz. Meine Sonnenbrille, sagt er, meine graue französische Sonnenbrille, hat den Handel zum Stillstand gebracht. Ich mußte sie abnehmen, um mich zu befreien. Er ist gut gelaunt, er hat sich erholt. Er soll nach einem Boot suchen, mit dem sie den See erkunden können. Nach einem Fluß irgendwo am Nordzipfel des Sees. Der Fluß Ruzisi. Sie müssen herausfinden, ob Ruzisi aus dem See oder in den See fließt. Speke muß mit Bombay den See überqueren. Am anderen Ufer, auf einer Insel vor dem Festland, soll ein Araber, diese Kenntnis stammt von Snay bin Amir, über eine seetüchtige Dau verfügen. Das erledige ich, Dick. Und Speke geht aus der Hütte. Anstatt nach einigen Tagen zurückzukehren, bleibt er einen Monat lang fort, vier lange Wochen, in denen er nichts erledigt hat, nichts, diese Ausgeburt des Versagens. Wenn Burton sich nur bewegen könnte. Nächtliche Kälte. Glühende Hitze. Feuchte Kälte, Ausschläge an Beinen, an Armen. Wenn er seinen Körper betrachtet, haßt er sich. Er muß auf dem Feldbett liegenbleiben, als Pfand. Einer von ihnen beiden muß geopfert werden. Einer wird freigelassen werden. Zu trinken ist schwieriger als zu denken. Unmöglich zu essen. Geschwüre wuchern in seinem Mund. Traumsaft, ein wenig Traumsaft. Man reiche ihm das Fläschchen. Wo seid ihr? Wollt ihr mir mein Soma verweigern, das alle Schmerzen stillt? Doppelte Dosis, das habt ihr davon, der Schmerz ist ein Ablaßbrief. Weglaufen. Eingeholt werden. Immer und immer wieder. Wieso nicht umdrehen? Entgegengehen! Er lehnt sich zum Schmerz. Er läßt sich in den Schmerz fallen. Liebe deinen Feind. Sei dankbar, daß du aufgeschlitzt wirst, umarme den Schmerz. Die Flammen, die dich verschlingen, werden zu Flammen, die dich liebkosen. Er löst sich auf, er löst sich in den Armen von drei Schönheiten auf, in ihren Bernsteinaugen ein Lachen, wie Tänzerinnen auf dem Relief indischer Tempel, unerwartet angetroffen in einem Dorf, das nichts hervorgebracht hat außer diesen drei Versprechen, die sich mit trefflicher Absicht bewegen, er kreist um ihre Augen, er kreist um seine Gier, mit jeder ihrer Bewegungen werden die Männer zurückgerufen in die Kasernen ihrer Unzulänglichkeit. Er traut sich nicht zu ... Sie lächeln erhaben, sie wissen mehr als er, Bronze schmilzt auf ihrer Haut, drei Frauen, die ihn einladen, in ihren Händen sein Geschenk, seine Gabe Tabak, sie streifen ab, was um ihre Hüften hängt, nackt sind sie noch stärker, sie ziehen ihn mit, sie kennen einen Platz, der geschützt ist, einen weichen Unterschlupf, sie legen ihn hin, ihre Finger gleiten von einem Knopf zum nächsten, die erste Hand, die seine Haut berührt, streicht über seine Brust mit der Bedacht der Morgenröte, er wird von ihr trinken wie vom frischen Quellwasser, die zweite Hand, die ihn berührt, reibt seine Erregung, und die dritte Hand tastet sich vor bis zu seinem Stöhnen, keine Falle, kein Halten, er wird sich ergeben, er wird sich vom Sonnenuntergang nähren. Er ist ihnen ausgeliefert. Er ist ihnen nicht gewachsen. Sie wollen mehr, und er hat nichts zu geben. Er traut sich nicht zu, zu sterben.

Er sieht sich vor einem Vorhang, er paddelt, elegant, voller Kraft, aber er kommt nicht voran, auf der anderen Seite des Vorhangs, dort sitzen die Beobachter, sie sehen den Schatten des Mannes, sie sehen seinen paddelnden Schatten, es ist ein übergroßer Schatten, der das Publikum begeistert, nur er selber merkt, daß er der Flußmündung nicht näher kommt, der sie entgegenpaddeln, Regen strömt über den Vorhang, er zerteilt den Schatten in Streifen, der Mann paddelt weiter, die Streifen lösen sich ab von dem Vorhang, der Küste entlang, nach Norden, allmählich sieht er die Beobachter und sie sehen ihn, in einem Dorf nur zwei Tagesreisen von der Flußmündung entfernt, die Beobachter erwarten von ihm eine Erklärung, er kann nicht reden, ihm liegen Geschwüre auf der Zunge, die Beobachter stehen auf, sie zerreißen den Vorhang, sie blicken den kleinen Mann an, der in einem Kanu sitzt, und sie öffnen unisono ihren Mund, und sie sagen, nüchtern, nebensächlich, wie Verkäufer in einem Laden, die den Preis auf Anfrage mitteilen: Er fließt in den See hinein, es war alles ein Mißverständnis, er fließt nicht hinaus, es war eine Irreführung, was macht das schon, die Vorstellung ist vorbei. Der Fluß fällt in den See, Burton liegt auf dem Feldbett, es regnet, alles ist naß geworden, die Gewehre rosten ein, das Mehl und das Getreide sind durchweicht, das Kanu stinkt nach ihrem eigenen Kot, sie nächtigen im Schlamm, Speke wird mit guten Nachrichten zurückkehren. Wird er nicht. Er liegt in einer Lache der Enttäuschung. Er traut sich nicht zu, mit Würde zu sterben.

~~~~~~~~~~~

Sidi Mubarak Bombay

– Was ich immer noch nicht verstanden habe, Baba Sidi, wieso war es für sie so wichtig zu wissen, wie groß der See war und was für Flüsse ihn nähren und was für Flüsse sich aus ihm ergießen?
– Weil es einen Fluß gibt, der Nil genannt wird, und dieser Fluß ist groß, ich habe ihn gesehen, kurz bevor er mit dem Meer verschmilzt, in dem Land, das sie Ägypten nennen, und ich sage euch, der Fluß war so breit wie das Wasser, das unsere Insel vom Festland trennt.
– Die Wazungu wollten wissen, woher dieser Fluß kommt?
– Was ist daran so schwierig? Wieso sind sie nicht einfach diesen Fluß entlanggereist?
– Das haben sie versucht, aber er spaltete sich in zwei Flüsse, und sie sind dem einen Fluß, den sie den Blauen Nil nennen, bis zur Quelle gefolgt, aber den anderen, den sie den Weißen Nil nennen, den konnten sie nicht entlangreisen, weil ein Sumpf und einige Wasserfälle den Weg versperren. Sie mußten einen anderen Weg zu den Quellen suchen. Als die Wazungu den großen See erreichten, waren sie keineswegs am Ziel, denn sie hatten in Kazeh von zwei großen Seen gehört, also war es möglich, der Nil fließe aus dem See von Ujiji oder aus dem anderen großen See oder aus keinem dieser beiden Seen. Deswegen sollte Bwana Speke eine Dau auftreiben, mit der wir den See abfahren konnten, eine Dau, die einem Händler namens Sheikh Hamed am anderen Ufer des Sees gehörte, soviel wußten wir von den Arabern in Kazeh, aber Bwana Speke war nicht der Mann, der einen eingebildeten, selbstgefälligen Araber überreden konnte, seine einzige Dau für einige Monate herzugeben. Bwana Burton

hätte das vielleicht geschafft, aber er war, wie ihr wißt, eine Geisel des Todes. Am Anfang, nach einem Empfang, der uns reichlich willkommen hieß, da waren wir guter Dinge, wir warteten voller Zuversicht auf die Rückkehr der Dau, doch es zeigte sich, wie unterschiedlich unsere Geduld gekleidet war, Bwana Speke war umhüllt von rauher Wolle, die ihn in jedem Augenblick reizte, während ich mich in reiner Seide schmiegte. Es gab wenig zu tun auf dieser kleinen Insel, die der Araber bewohnte, wenig mehr, als zu schwatzen und zu plaudern, die Dau ließ auf sich warten, und die Gespräche entspannten sich unter dem breiten Sonnendach des arabischen Händlers, und sowenig Bwana Speke sie verstand, so häßlich erschienen sie ihm. Eines Tages konnte er nicht mehr an sich halten, und er vertraute mir an, wie widerlich er alles auf der Insel fand, wie schmutzig die Menschen, die herumliegen würden wie Säue, so leblos wie Ferkel, die sich sonnen. Dieses und ähnliches mehr sprach er, und er merkte nicht, wie er mich damit verletzte, und ich ahnte Böses, denn die rauhe Wolle, sie würde die Haut seiner Geduld wundscheuern. Die Dau kehrte zurück, sie glitt mit weißen Segeln in den Kanal zwischen der Insel und dem Festland, und Bwana Speke schien ermutigt, und ich konnte auf einen guten Ausgang hoffen, für kurze Zeit, denn nachdem die Dau ausgeladen war, was ihm natürlich viel zu lange dauerte, hätten wir sofort aufbrechen sollen, ein abschließendes Gespräch noch mit Sheikh Hamed, die Übergabe der Stoffrollen, ein Abschiedsessen, und wir würden diese breiten weißen Segel setzen und dieser Insel des Geschwätzes den Rücken kehren. So stellte es sich Bwana Speke vor, ich sah es seinem Gesicht an, ein Monsunhimmel, durch den endlich ein Splitter Sonne dringt. Doch ein Mann sollte lieber auf den Ratschlag von Kindern hören als auf seine eigenen Hoffnungen. Sheikh Hamed erklärte uns, die Dau stehe uns zur Verfügung, aber er könne uns seine Besatzung nicht mitgeben, weil er sie für eine andere Aufgabe benötige, weswegen er eifrig auf der Suche nach einer anderen Besatzung sei, allerdings, wie wir uns vorstellen könnten, sei es sehr schwierig, in dieser Gegend Menschen zu finden, die in der Lage seien, eine Dau zu segeln. Das war der Augenblick, vor dem ich mich gefürchtet hatte, der Augenblick, in dem Bwana Speke das ständige Scheuern seiner Ungeduld nicht mehr aushielt. Er verlor sein Gesicht in einem Wirbelsturm von Schreien und Vorwürfen, er spuckte auf die Würde seines Gastgebers, und obwohl der Araber ruhig jede böse Absicht abstritt, obwohl er mit Nachdruck beteuerte, wir würden uns schon einigen, denn er erwarte nicht mehr als das, was sein Gast freiwillig zu geben bereit war, wurde mir klar, um wieviel schwieriger unsere Aufgabe geworden war. Am nächsten Tag weigerte er sich, über die Angelegenheit auch nur ein einziges Wort zu verschwenden; er könne uns Dau samt Besatzung in drei Monaten zur Verfügung stellen, wenn er zurückgekehrt sei von seiner nächsten Handelsreise. Wir hätten etwas Dramatisches unternehmen müssen, wir hätten unsere Großzügigkeit mästen müssen, aber Bwana Speke war kein Mensch, der auf den Rat anderer hörte, und so ignorierte er auch meinen Vorschlag, dem Araber einen doppelt so hohen Betrag anzubieten, und er beschloß, die Insel zu verlassen. Wir waren vom Schicksal geschlagen, es hätte des Sturmes nicht bedurft, der uns überfiel, als wir mitten im See waren, ein Sturm, der uns verschlungen hätte, wären wir nicht an eine Insel geschwemmt worden, wo wir ausharrten, Bwana Speke in seinem Zelt, die anderen in Planen gehüllt. Ich durfte den Schutz seines Zeltes genießen, der Sturm wurde gewalttätiger, er riß eine Seite des Zeltes aus der Verankerung, und wir konnten nichts anderes tun als abzuwarten, und als der Sturm sich beruhigte, zündete Bwana Speke eine Kerze an, um nach dem Rechten zu sehen, und plötzlich waren überall um uns herum Käfer, kleine schwarze Käfer, und Bwana Speke hätte in dieser Nacht auf Schlaf verzichten sollen, oder er hätte, so wie ich, auf den Planken des Kanus nächtigen können, denn es war aussichtslos, alle Käfer aus seinem Zelt zu vertreiben, er konnte seine Kleidung nicht von allen Käfern befreien, und so kroch einer dieser Käfer in sein Ohr, er wurde geweckt von einem Hasen, der sich einen Bau in seinem Ohr grub. Ich habe es nicht ausgehalten, sagte mir Bwana Speke am nächsten Morgen, ich habe es nicht ausgehalten. Fledermäuse flatterten in meinem Gehirn, sagte er, ihre Flügel waren größer als mein Kopf, flapp flapp flapp, wenn ich sie nur hätte fangen können, ich wollte sie mit meinen Händen zerdrücken, ich flehte sie an, mich in Ruhe zu lassen, ich flehte Gott an, ich wußte nicht, wie ich in meinen Kopf hineinkommen sollte, Sidi, es gab keinen Weg in meinen Kopf hinein, ich wollte heißes Öl in mein Ohr gießen, ich konnte kein Feuer machen, alles war feucht, ich habe mir mit den Fäusten gegen den Kopf geschlagen, aber das Flattern hörte nicht auf, ich schlug mit dem Kopf gegen den Boden, das Flattern hörte nicht auf, es war stärker als alle Schmerzen, ich hätte mir die Hand abhacken können, es hätte mich nicht von diesem Flattern abgelenkt. Ich konnte an nichts anderes denken, nichts anderes hören, nichts anderes fühlen. Ich habe ein Messer genommen, ich habe die Spitze des Messers in mein Ohr gedrückt, ich wußte, ich mußte vorsichtig sein, aber meine Hände zitterten, und ich hatte keine Geduld mehr, es knirschte, ein Schmerz, ein jäher Schmerz, wie ein Schrei, das Flattern hörte auf, ich ließ das Messer fallen und legte mich auf den Boden, und ich hatte in diesem Augenblick soviel Angst, wie noch nie zuvor in meinem Leben, ich hatte Angst, ich würde das Flattern wieder hören, es könnte zurückkommen. Es war weg, mein Ohr fühlte sich naß an, ich berührte es, und ich spürte, es war Blut auf meinen Fingern, aber das Flattern war nicht mehr da. Wieso hast du mich nicht um Hilfe gerufen? sagte ich. Was hättest du getan, Sidi, wie hättest du mir helfen können? Ich hätte die Kerze dicht an dein Ohr gehalten, das Licht der Kerze hat diesen Käfer in dein Zelt gelockt, ich hätte das Tier mit demselben Licht herausgelockt, es wäre von alleine herausgekrochen. Das sagte ich ihm. Statt dessen hatte er sein Ohr verletzt, schwer verletzt ...

– Warte, was hat dieser dumme Mann gesagt, als du ihm eine bessere Lösung genannt hast?

– Nichts. Er hat mich nur angestarrt mit einem seltsamen Blick, den ich nicht verstanden habe. Es wurde schlimmer. Das Ohr entzündete sich, es wurde ganz eitrig, das Gesicht von Bwana Speke verzog sich, und sein ganzer Hals war von Beulen überzogen. Er konnte nicht mehr kauen, ich mußte ihm Suppe kochen und sie ihm eintröpfeln, wie einem kleinen Kind. Er hörte auf dem Ohr so gut wie nichts, und es entstand ein Loch, und wenn er sich die Nase schneuzte, ploppte es dumpf aus dem Ohr heraus, wir mußten lachen, und er wurde darüber noch gereizter. Monate später kam ein Teil des Käfers heraus, zusammen mit dem Ohrenschmalz. Aus dem anderen Ohr!

– Nein!
– Wir wissen, Baba Sidi, wir haben den Teil des Abends erreicht, an dem du deine Späße mit uns treibst, aber das, das können wir dir nicht abnehmen. Soll der tote Käfer durch den ganzen Kopf gewandert sein, um am anderen Ende herauszukommen?
– Es gibt seltsamere Sachen als diese.
– Gewiß, aber ob wir einer Lüge glauben, hängt nicht allein von ihrer Größe ab.
– Unsere Rückkehr nach Ujiji war sehr unangenehm. Bwana Burton, er war dem Tode entronnen, er hatte etwas Schwieriges vollbracht, also erwartete er von uns, unsere scheinbar leichte Aufgabe erledigt zu haben. Er war entsetzt, Bwana Speke war niedergeschlagen, sie sprachen einige Tage nicht miteinander, dann entschieden sie, den See trotzdem zu erkunden, und so stiegen wir wieder in die Kanus, dreiunddreißig Tage waren wir unterwegs, nur um aus zuverlässiger Quelle zu erfahren, der Ruzisi fließt in den See hinein, und wenn einer von uns geglaubt hatte, dies sei der Endpunkt der Enttäuschung, wurde er bei unserer neuerlichen Rückkehr nach Ujiji eines Besseren belehrt, denn in den dreiunddreißig Tagen unserer Abwesenheit war der treue und gutherzige Said bin Salim ...
– Von dem du sagst, er hätte seine eigene Mutter verschachert?
– Genau der, er war zu der Erkenntnis gelangt, die Wazungu seien bestimmt gestorben und keiner könne es ihm verübeln, wenn er einen Großteil des Proviants verkaufte. Wie sollten wir nach Kazeh zurückkehren, ohne Nahrungsmittel, ohne Tauschware? Sollten wir betteln oder rauben? Es gab keine Lösung, je länger wir nachdachten, desto klarer wurde uns unsere Ausweglosigkeit, und doch wurde sie mit einem Schlag verscheucht, oder besser gesagt, von einigen Gewehrsalven zerrissen, Schüsse, die wie gewohnt die Ankunft einer Karawane verkündeten, und tatsächlich, diese Karawane schleppte den Nachschub mit, den Bwana Burton vor langer Zeit angefordert hatte, nicht die richtige Munition zwar, doch immerhin Stoff genug, um Nahrung für unsere Rückreise nach Kazeh zu erwerben.

Auf der Rückreise nehmen sie einen anderen Weg. Dem Sumpf am Malagarasi setzt man sich nur einmal aus. Die Idylle, denkt Burton, ist eine Tasse mit schmutzigem Rand. Tee in der Tasse, kalte Hühnerbrühe in der Untertasse. Flecken auf der Zungenspitze. Bitter ist die Zeit, denkt er, und er nimmt sich vor, dem Denken abzuschwören. Zumindest, bis sie Kazeh wieder erreicht haben. Hast du die Mücke gesehen, ruft Speke, sie war riesig, wirklich riesig, so eine Mücke hast du noch nie gesehen. Was muß das Land arm sein, daß Speke sich mit Mücken abgibt. Am Wegrand ein ausgehöhlter Baum, breit auseinandergerissene Lippen, aus denen ein ovaler Schrei dringt. Was für Eigenarten werden unter den frisch geschnittenen Dächern aufbewahrt? Der erste, dem sie begegnen, geht am Stock, das bedarf keiner Erklärung, sein Gebrechen, das Bein, das er abstützt, die Haut verschrumpelt wie Rinde, das Knie nicht mehr zu sehen, dieser Mann hat links das Bein eines Elefanten und rechts das Bein eines Menschen, und er ist jung, sein Gesicht sieht gesund aus, völlig gesund, kein bißchen verhärmt trotz seines verkrüppelten Beins, das er herumschleppen muß, das ihn verurteilt, ein Aussätziger zu sein in diesem Dorf, wer will so etwas Widerliches sehen. Der nächste Dorfbewohner hat ein ähnliches Gebrechen, am anderen Bein, das noch schlimmer verwachsen ist, nur die Zehen menschlich geformt, die Schwellung beginnt am Spann. Die Haut ist verdickt und entzündet, an manchen Stellen eingerissen, an anderen aufgeplatzt. Der dritte läßt seinen Atem stocken, er steht auf zwei Elefantenbeinen, sein Oberkörper ist ausgemergelt, es kann nicht anders sein, als daß sein Oberkörper abmagert ist, je mehr seine Beine auswabbelten. Alle sind so, wird ihm schlagartig bewußt, alle Bewohner dieses Dorfes, die stumm vor ihren Hütten sitzen oder ohne Gruß an ihnen vorbeihinken, jetzt sieht er es, Ellbogen verschwunden, Oberarm ein aufgeweichter Kürbis, Unterarm ein breiter Schlauch mit Wasser, der von dem Knochen hinabhängt, linke Brust angeschwollen fast bis zum Oberschenkel, Gekröse über Haut gekrochen, über die rechte Brust, über das linke Bein, oder umgekehrt, das Falsche in allen Kombinationen, in diesem Dorf. Das Kranke nach außen gewandt, das Dämonische. Als herrsche in ihren Körpern Hochwasser.

Er erblickt einen Mann mit Kopfschmuck, als einziger sitzt er auf einem Hocker, um ihn herum Männer und Frauen im Sand, bestimmt der Phazi, mit einem entspannten Ausdruck auf dem Gesicht trägt er etwas Unverständliches vor, und er versteckt nichts, seine Hoden sind so groß wie ausgewachsene Papaya, der linke Oberschenkel hängt hinab wie ein übervoller Euter, der rechte Unterschenkel überzogen von Geschwüren, wie die Würmer, die sich im Inneren des Körpers schlängeln, und am Ende seines Beins ein Klumpfuß, ohne Zehen, ohne Ferse. Alles ist klar, denkt Burton, ich habe das Herrschaftsprinzip begriffen, in diesem Dorf wird derjenige Häuptling, der den größten Hodensack hat. Er würde gerne halten, mit diesen Menschen reden, ihnen erklären: Die Götter belieben zu scherzen, sie begehen Fehler, sogar bei ihren eigenen Söhnen, ihr kennt Ganesh nicht, erlaubt, daß ich euch von ihm erzähle, sein Zustand hat mit dem euren durchaus etwas gemein. Burton wird weitergetragen, von seinen Schritten, von der unaufgeregten Bewegung der Karawane, als hätten die anderen es nicht gesehen, nicht bemerkt, daß selbst die Beckenglieder der Maultiere in diesem Dorf verdickt sind, ausgeweitet, als seien Esel mit Elefanten gekreuzt worden, und ihn quält eine Frage, sie quält ihn wie ein Sandkorn unter der Fußsohle, etwas, das ihn an dem Anblick des Phazi verstörte, der Penis, es fällt ihm ein, wo war der Penis, er spricht es laut aus, ich habe den Penis nicht gesehen. Und Speke, der neben ihm hergeht – wie lange schon? –, sagt: Das müssen wir nicht wissen.

༺༻༺༻༺༻

Sidi Mubarak Bombay

Fühlt ihr auch, meine Freunde, wie es kalt wird? Es ist die Jahreszeit, natürlich, und es ist mehr als nur die Jahreszeit. Ich habe das Gefühl, als würde die Kälte von diesem Stein aufsteigen und in meinen Körper dringen. Es gibt Abende, an denen kann ich mich nicht wärmen, egal, wie viele Umhänge die Mutter von Hamid mir um die Schultern legt. Die Kälte, sie setzt sich nicht im Fleisch fest, nein, sie dringt in die Knochen ein, keiner hat mich gewarnt, wie kalt die Knochen werden können, wie kalt das Knie und der Schädel wer-

den können, so kalt, ich habe das Gefühl, ich bin ein gelähmter Fisch, der auf dem Grund des Meeres liegt, und nur noch sein Maul bewegen kann, bis auch seine Zunge zu einem Knochen wird.
– Nun übertreibst du aber, Baba Sidi, deine Zunge ist wahrlich weit davon entfernt zu erstarren.
– Auch das, was uns unfaßbar erscheint, wird eines Tages geschehen.
– Wir werden es erwarten.
– Und solange wir warten, werden wir dir zuhören.
– Und ich werde weiterreden, seid unbesorgt, macht euch keine falschen Hoffnungen, obwohl, manchmal überkommt mich der Verdacht, meine Worte hätten meine Schritte überholt, meine Berichte von den Ereignissen hätten die Ereignisse in den Schatten gestellt. Das erinnert mich an einen Jungen, als ich klein war, in meinem ersten Leben, er hat meinen Schatten festhalten wollen, er hat mich gebeten, still stehenzubleiben, und er hat mit seinen kleinen Händen die Erde aufgekratzt, genau da, wo mein Schatten hinfiel, er grub, bis seine Hände ganz verschrammt waren, und als er glaubte, fertig zu sein, stellte er fest, mein Schatten hatte sich verändert. Also grub er weiter, jeder Veränderung des Schattens folgte er, bis ihm die Kraft ausging und mir die Geduld, und wir traten zurück, um den Schatten zu betrachten, den er festgehalten hatte, und es war eine Grube ohne Form, auf die wir blickten, sie sah nicht aus wie irgendeiner meiner Schatten, der Junge war traurig, und ich habe vorgeschlagen, Früchte pflücken zu gehen. Dieser Junge, ich kann ihn nicht vergessen, er war nicht unter jenen, die gefangen wurden von den Arabern an jenem Tag, an dem mein erstes Leben starb, und ich habe mich oft gefragt, welche Schatten er in seinem Leben geworfen hat, und wenn ich träume, träume ich auch davon, diesen Jungen noch einmal zu treffen, wir beide als alte Männer, und ich würde ihn bitten, mir alles von sich zu erzählen, und dann würde ich das Leben, das mir geraubt wurde, in Fleisch und Blut vor mir sehen, von dem Menschen gelebt, der es nicht geschafft hat, meinen Schatten festzuhalten, der es nie schaffen wird, denn in meinem wirklichen Leben habe ich keinen Schatten mehr geworfen. Durch ihn würde ich sehen, was für Schatten ich geworfen hätte. Es ist ein

schöner Traum und ein häßlicher Traum, so sind meine Träume, sie sind wie Gerichte, die von einer verliebten und einer verlassenen Frau zugleich gekocht worden sind, Gerichte, süß wie Zucker und scharf wie die Schote eines Baobabs, der auf dem Friedhof wächst. Wie einer der anderen Träume, von denen ich mich nicht lösen kann, der Traum von dem See und dem Reiher, der eigentlich kein Traum ist, sondern der unverrückbare Schatten einer Erinnerung. An den zweiten See, um genau zu sein, an einen schönen Vogel. Es gab nämlich diesen zweiten großen See, es gab ihn wirklich, so wie es uns die Araber in Kazeh versichert hatten, und Bwana Speke und ich und einige der Träger, wir erreichten diesen See nach einem halben Monat Marsch, Bwana Burton war in Kazeh geblieben, vielleicht wegen seiner Krankheit, vielleicht weil er die Gesellschaft der Araber der von Bwana Speke vorzog. Wir standen auf einem kleinen Hügel, und er lag vor uns, der zweite große See, und wir waren weniger erschöpft und weniger verzweifelt und weniger aufgeregt als an dem Tag, an dem wir den ersten großen See gesehen hatten. Wir alle, außer Bwana Speke, der auf einmal wie verwandelt war. Schon der erste Blick zeigte uns, dieser See war größer als jeder andere See, den wir kannten, den Bwana Speke kannte, er war größer als der erste See. Wir standen am Ufer und staunten über das Wasser, das kein Ende nahm, es raschelte in unserer Nähe, ein Reiher flatterte vor uns aus dem Schilf auf, seine ersten Flügelschläge schwappten schwerfällig, als seien seine Flügel eingeschlafen, ein schlanker Vogel, der das Gesetz nicht kannte, das Gesetz, das lautet, kein Tier darf ungestraft vor den Augen von Bwana Speke fliegen oder laufen. Der Reiher erhob sich in die Lüfte, vor unseren Augen, er gewann an Geschwindigkeit, mit Zuversicht glitt er über uns hinweg, ein grauer weißer brauner Vogel mit einem Schnabel, wie die Nadel eines Kompasses. Bwana Speke war überaus zufrieden, das konnten wir ihm ansehen, sein Herz durfte sich selten auf seinem Gesicht zeigen, er versteckte es wie manche Männer ihre Ehefrauen, aber an diesem Ufer legte es alle Schleier ab. Dies ist, was wir gesucht haben, sagte er feierlich, und er streckte seine Hand aus, als wollte er sie auf den See legen, er war wirklich glücklich, und wir, wir blickten weiterhin zu dem Reiher hoch, der aus Gründen, die für immer ins Ungewisse eingekerbt sind, über uns kreiste, genau über uns, ein Schuß krachte, natürlich nur ein Schuß, und der Reiher fiel wie ein Stein, und Bwana Speke jubelte laut, er schüttelte sein Gewehr wie eine Gurde und führte einen kleinen Tanz auf, so wie die Wazungu das Tanzen mißverstehen, und wie er jubelte: Ich habe unser Ziel erreicht, ich habe unser Ziel erreicht. Keiner von uns blickte dem Reiher nach, es hätte Unheil bedeutet. Wir starrten auf Bwana Speke und verstanden nicht, wieso er wie verwandelt war, wieso der zweite See besser war als der erste See und wieso ein Reiher sterben mußte, um die Freude von Bwana Speke zu teilen.

– Assalaamu Alaikum Wa Rahmatullahi Wa Barakatuhu.
– Waleikum is-salaam.
– Wie geht es euch, Brüder?
– Gott sei gedankt, Gott sei gedankt.
– Setzen Sie sich doch zu uns, Muhtaram Imam, wir hören den Geschichten von Baba Sidi zu, ich versichere Ihnen, heute abend lohnt es sich zuzuhören.
– Seien Sie unbesorgt, die Geschichten beißen nicht.
– Ich sorge mich nicht um mich.
– Sie werden es nicht bereuen.
– Auf ein Weilchen, die Nacht ist ja noch jung.
– So denken wir immer, die Nacht ist jung, bis sie auf einmal vorbei ist.
– Sie müssen sich ein wenig erholen, Muhtaram Imam, nehmen Sie Platz auf dieser Baraza, es wird Ihnen guttun.
– Wir werden sehen, wie gut es mir tut. Einverstanden, ich werde euch etwas Gesellschaft leisten.
– Wir haben gerade gehört, wie Baba Sidi einen See erreicht hat, der fast so groß ist wie das Meer.
– Der Wunder Gottes sind viele.
– Und ein Reiher wurde erschossen, das hast du vergessen zu berichten, Baba Quddus, er gehört genauso zur Geschichte wie der See, dieser Reiher, der hinabfiel wie ein Komet. Bwana Speke war zufrieden, und seine gute Laune schwoll an, nachdem er Wasser gekocht und dabei auf seinen Zeitmesser gestarrt und alle möglichen Zahlen aufgeschrieben hatte, denn seitdem wir ohne Bwana Burton

unterwegs waren, hatte er sich mit dem Notizbuch angefreundet. Weißt du, auf was wir blicken, Sidi? fragte er mich. Nein, Saheb, sagte ich. Wir blicken auf die Quellen des Flusses, der Nil heißt. Irgendwo im Norden muß sich der gewaltige Nil aus diesem See ergießen. Erstaunlich, wie Bwana Speke das wußte.
– Er hat geraten.
– Ja, natürlich hat er geraten, schließlich hatte er die Quellen noch nicht gesehen, aber er hat mit Verstand geraten, denn auf unserer zweiten Reise, da erwies sich seine Vermutung als wahr, wir beide standen am anderen Ende dieses großen Sees, und wir beide sahen, wie der Fluß herausströmte.
– Der Nil?
– Das wußten wir damals nicht, nicht mit Sicherheit. Aber ein anderer Mzungu, der ist diesem Fluß gefolgt, und als ich meine dritte Reise antrat, da hörte ich, das Rätsel sei gelöst, alle Menschen wüßten nun, der Nil fließe aus dem zweiten großen See.
– Er hatte also recht.
– Bwana Speke hatte recht und auch wieder nicht. Es strömt ein Fluß aus diesem See, und es ist der Fluß, den sie Nil nennen, oh ja, aber es gibt Flüsse, die in den zweiten großen See hineinfließen, und wer ein Freund des Streites ist, der könnte behaupten, ein jeder dieser Flüsse habe eine Quelle, und diese Quellen seien die Quellen des Nils, denn das Wasser, das sie in den zweiten großen See gießen, nährt den Fluß, den sie Nil nennen. Bwana Speke wollte den See sofort erkunden, er wollte den Mann in den Dienst nehmen, der uns vom anderen Ende berichtet hatte, er wollte sein Boot kaufen, den ganzen See umfahren, wir hätten Monate für die Reise benötigt. Ich beschwor ihn, an unsere knappen Vorräte zu denken, an die müden und unwilligen Träger, an Bwana Burton, der in Kazeh wartete. Du verstehst nicht, sagte er und sein Gesicht glühte, wenn ich die Frage nach den Quellen ohne jeglichen Zweifel aufkläre, dann gehört der Preis mir, dann bin ich derjenige, der das größte aller Rätsel alleine gelöst hat. Er wollte sagen: Dann muß ich den Ruhm nicht mit Bwana Burton teilen.
– Oh, die Maßlosigkeit des Menschen.
– Vor allem der Wazungu.

– Unser aller! Es ist schon maßlos, wenn du glaubst, du seiest davon ausgenommen.
– Ich konnte es ihm ausreden, vor allem weil ich ihm garantierte, die Träger würden alle weglaufen, wenn wir nicht bald nach Kazeh zurückkehrten. Aber bevor wir den zweiten großen See wieder verließen, wollte er seinen Erfolg feiern, mit einer angemessenen Zeremonie. Er rief uns zusammen, er forderte uns auf, mit ihm ins Wasser zu gehen, bis wir knietief in den Wellen standen, wundert euch nicht, dieser See, er ist so groß, die Wellen ziehen über ihn, und wenn es stürmt, so sagte uns der Mann, der das andere Ufer kannte, würden die Wellen größer werden als ein Haus, und wer sich noch auf seinem Boot draußen aufhielt, der wäre verloren. Geht noch tiefer ins Wasser, sagte Bwana Speke, tief genug, um untertauchen zu können, und wenn ihr mit dem ganzen Körper unter Wasser wart, kommt heraus und rasiert euch gegenseitig die Haare und badet dann noch einmal in diesem heiligen Wasser.
– Heilig? Was für ein heiliges Wasser?
– So sagte er! Ich habe mich geweigert. Keiner von uns kann schwimmen, sagte ich zu ihm. Habt keine Angst, haltet euch gegenseitig fest, ich werde auf euch aufpassen. Ich übersetzte seine Vorschläge an die Träger. Mein Haar, rief der eine aus, was will der Mzungu mit meinem Haar? Und was zahlt er dafür? fragte ein anderer. Dieser Mann, wir müssen ihn schnell zu einem Mganga bringen, sagte ein Dritter, es steckt mehr als nur ein Käfer in seinem Kopf. Ich erklärte Bwana Speke, die Träger weigerten sich, ihr Haar zu opfern und in das Wasser zu tauchen. Aber es ist so eine schöne Zeremonie, beschwor er mich, du kennst sie bestimmt aus Indien, Sidi, das gesegnete Bad im heiligen Wasser.
– Im Zamzam-Wasser wird nicht gebadet.
– Natürlich nicht, aber die Banyan, die glauben, manche Flüsse seien heilig, anstatt zu beten, nehmen sie ein Bad. Wir sind aber nicht in Indien, sagte ich zu Bwana Speke, und woran erkennen wir, ob dieses Wasser heilig ist? Es ist die Quelle des Nils, sagte er, wie soll das nicht heilig sein? Können wir einfach so entscheiden, welches Wasser heilig ist? fragte ich ihn. Was meinst du, wie solche Zeremonien überhaupt entstanden sind? gab er mir zur Antwort. Irgend

jemand hat eines Tages etwas behauptet, etwas getan, andere haben es ihm geglaubt, nachgemacht, und heute erzittern wir in Ehrfurcht vor der Tradition.
— Er hat unseren Propheten, möge Gott ihn mit Frieden beschenken, beleidigt.
— Regen Sie sich nicht auf, Muhtaram Imam.
— Wie? Was sprichst du da. Dieser Frevler beleidigt ...
— Es ist doch lange her.
— Vielleicht hat Baba Sidi seine Worte falsch wiedergegeben?
— Er hat den Propheten nicht beleidigt.
— Wie? Du selber hast doch seine Worte wiederholt.
— Soweit ich weiß, kannte er den Propheten gar nicht, ich meine, er hatte bestimmt von ihm gehört, er wußte ein wenig über al-Islam, aber dieses Wissen war ohne Wurzeln. Er wollte in diesem Augenblick einfach nur etwas Weihevolles tun, etwas, das großartig wirkte, etwas, das den starken Gefühlen entsprach, die seine Entdeckung in ihm geweckt hatten. Er wollte feiern, und er wußte nicht, wie wir gemeinsam feiern, wie wir den Augenblick ehren sollten.
— Mir ist unbegreiflich, was euch an diesen Geschichten erfreut, Abend um Abend, so sehr erfreut, ihr vernachlässigt eure Familien. Tote Reiher, abgeschnittene Haare und ein Ungläubiger, aus dem der Teufel spricht.
— Wir lernen von der Welt, Imam, was kann das schon schaden?
— Ich denke, der Imam verfährt nach der Weisheit: Der Mensch, der nichts weiß, bezweifelt nichts.
— Willst du auch unseren Imam beleidigen?
— Wollt ihr an allem Anstoß nehmen, was nicht aus euren eigenen Mündern stammt?
— Widmet euch lieber der Lektüre des Glorreichen Korans, dort findet ihr genügend Geschichten, und es sind ältere Geschichten, von ewigem Sinn. Ich werde nun Abschied nehmen, meine Brüder. Assalaamu Alaikum.
— Waleikum is-salaam, Muhtaram Imam.
— Waleikum is-salaam.

– Er ist nicht lange geblieben.
– Länger als Baba Sidi in der Moschee.
– Ihr beide, ihr werdet nicht zusammenfinden.
– Vielleicht in der nächsten Welt.
– Sagt mir, meine Brüder, ich habe mich immer gefragt, im Himmel, wird dort auch der Glorreiche Koran gelesen? Oder dient er nur als Wegweiser dorthin?
– Du hättest den Imam fragen müssen.
– Ich habe zu spät daran gedacht.
– Das ist auch besser so.
– Wie heißt eigentlich der zweite große See?
– Nyanza. So sagte uns der Mann, der das gegenüberliegende Ufer kannte. Bwana Speke war mit diesem Namen nicht zufrieden, er wollte einen anderen Namen. Er gab allen Orten, die er auf jener Reise erblickte, jener kurzen Reise ohne Bwana Burton, gleich einen Namen, so als verteile er Geschenke an Kinder aus armen Familien. Kaum hatte er sich für einen Namen entschieden, bat er mich, die Träger von dem neuen Namen in Kenntnis zu setzen. Ich reichte die Namen an sie weiter, und sie waren erstaunt über diesen Brauch, den sie sich nicht erklären konnten. Vielleicht kann er sich nur an das erinnern, was er selbst benannt hat, schlug einer von ihnen vor. Bevor Bwana Speke wußte, wie das andere Ufer des Sees, die andere Seite des Hügels, das andere Ende des Tals aussah, hatte er dem See, dem Hügel, dem Tal schon einen Namen gegeben. Während wir noch nach Luft rangen, denn der Aufstieg war steil, gab er dem Hügel, von dem aus wir zum ersten Mal den zweiten großen See erblickten, den Namen Somerset. Die kleine Bucht, die unter uns lag, nannte er Jordan, einer der Felsen, die sich ins Wasser streckten, hieß von nun an Burton Point und ein Busen des Sees Speke Channel. Eine Gruppe von Inseln erhielt den Namen Bengal Archipelago, und dem See selbst, diesem See, der so weit schien wie das Meer, gab er mit feierlicher Stimme, so als würde er das Wort vor der Versammlung der Ältesten ergreifen, den Namen Victoria. Die Wazungu nennen das Wasser immer noch Victoria, zumindest nannten sie es so auf meiner letzten Reise, und nun, da die Wazungu ihre Flagge über unserem Hafen gehißt haben, wer weiß, vielleicht wird dieser See

noch lange Zeit nach einer ihrer Frauen benannt sein. Die meisten Wazungu sind stolz auf diesen Namen, weil sie denken, der See heiße zu Ehren ihrer Königin so, aber Bwana Speke hat mir anvertraut, später am Abend dieses Tages, es sei ein glücklicher Zufall, daß seine Mutter und die Königin seines Landes den gleichen Namen trugen, und so konnte er den See, den er entdeckt habe, seiner Mutter widmen, ohne befürchten zu müssen, einer unangemessenen Widmung beschuldigt zu werden. Aber Saheb, der See hat schon einen Namen, der See trägt den Namen Nyanza. Unfug, rief Bwana Speke aus, und ich konnte spüren, wie der Zorn in ihm aufkochte, wie kann er einen Namen haben, ich habe ihn erst heute entdeckt. Verstehst du nicht, Sidi, er existiert auf den Karten bislang noch nicht. Seine Worte verwirrten mich, ich dachte lange nach, und ich kam schließlich zu dem Schluß, es könne nicht schaden, wenn die Seen und die Berge und die Flüsse viele Namen haben, Namen aus verschiedenen Mündern, Namen für verschiedene Ohren, Namen, die von verschiedenen Merkmalen und von verschiedenen Hoffnungen sprechen. Doch ich hatte meine Rechnung ohne den Zolleintreiber gemacht, ich hatte zu nahe am Fluß gesät und die Gefahr des Hochwassers übersehen. Die Wazungu wollen für jedes Ding nur einen Namen gelten lassen, sie sind verstockt wie Esel, sie wollen nicht die vielen verschiedenen Namen akzeptieren, die ein Ort haben kann. Als wir zurückkehrten nach Kazeh, wo Bwana Burton auf uns wartete, und dort mit den Arabern über den See sprachen, bestand Bwana Speke darauf, von dem Victoria-See zu reden. Ich mußte den Arabern erklären, Bwana Speke sage zwar Victoria, meine aber Nyanza, worauf einer der Araber mich mit geschärfter Zunge fragte, wieso der Mzungu nicht das sage, was er meine, und ob er etwas vor ihnen verberge. Wie immer, wenn es schwierig wurde, mischte sich Bwana Burton ein und glättete die Wogen mit einem Arabisch, das aus seinem Mund floß wie zerronnene Butter. Manchmal aber, ich will es euch nicht verschweigen, bat mich Bwana Speke, ihm die einheimischen Namen zu nennen, die er in kleinen Buchstaben hinter den von ihm verliehenen Namen niederschrieb. Ich habe mich nach den geläufigen Namen erkundigt und ich habe sie ihm mitgeteilt, Nyanza für den großen See, Ukerewe für die Inseln in dem großen See, und so hätte er in seinem Buch sowohl die Namen seiner Eingebung als auch die Namen der Überlieferung eingetragen, wenn wir nicht zu einem Fest eingeladen worden wären, bei dem wir Bananenbier getrunken haben, so viel Bananenbier, mir klebte noch viele Tage später der Geschmack auf der Zunge und alles schmeckte nach Bananenbier, die Brühe das Fleisch, die Süßkartoffeln. Ihr wißt, ich trinke nicht, aber es war das einzige, was uns erquicken konnte, wir wurden von den Männern des Dorfes eingeladen, sie hatten das Bier zu unseren Ehren gebraut, alle Träger tranken, und ich trank mit ihnen. Wir haben an diesem Abend ohne Zurückhaltung unsere Wunden geleckt, wir haben laut über die Reise und die Wazungu geschimpft, und ein anderer Gast des Dorfes erzählte eine Geschichte, von einem Mann, der an einem anderen Ufer dieses Sees lebte und der den See Lolwe nannte, und als wir fragten, was dieser Name bedeute, sagte er uns, es sei der Name eines Riesen, der so groß sei, er hinterlasse einen See, jedesmal, wenn er sich erleichtere, kleinere Seen, mittlere Seen, und eines Nachts ließ er so viel Wasser wie noch nie zuvor, und am nächsten Morgen starrten die Menschen auf einen See ohne Ufer.

– Er hatte zuviel Bananenbier getrunken.

– Zuviel Bananenbier, oh ja, viel zuviel, es war eine schöne Geschichte, und ihr entschlüpfte ein Gedanke, und wir alle fanden diesen Gedanken wundervoll. Wir würden unsere eigenen Namen erfinden und dem Mzungu überreichen, er würde unsere Namen in sein Land zurücktragen, wir würden Namen vergeben, die sich über jeden lustig machen, der sie liest, ohne zu merken, wie er verspottet wird, Namen wie etwa Große-Entleerung-Der-Blase für den See, an dessen Ufer wir so viel Bananenbier getrunken hatten. Es war ein schöner Gedanke, und wir setzten ihn gleich in die Tat um, wir überlegten uns Namen, während wir weiter Bananenbier tranken, und schon am nächsten Tag fanden unsere Namen Eingang in das Buch von Bwana Speke. Wie heißt dieser Fluß bei den Leuten hier? fragte er mich, und ich antwortete ihm: Dieser Fluß wird bei den Menschen von den Wakerewe Affe-Mit-Läusen genannt. Und als er fragte, wie der Name eines Hügels lautete, antwortete ich ihm: Dieser Hügel wird bei den Menschen von den Wakerewe Hintern-Voller-

Warzen genannt. Und als er wissen wollte, ob eine Schlucht einen Namen habe, sagte ich zu ihm: Diese Schlucht wird bei den Menschen von den Wakerewe Wo-Ein-Mann-Eindringt-Und-Ein-Säugling-Herauskommt genannt. Schau mich nicht so entsetzt an, Baba Quddus, es war ein roher Spaß, ich gebe es zu, aber nicht so roh wie der Spaß, den Bwana Speke sich gönnte, die ganze Welt mit seinen eigenen Namen zu besetzen. Und wenn ich flüstere, dann nicht deswegen, weil ich mich dieses Spaßes schämte, sondern weil im ersten Stock jemand lauert, dem diese Geschichte auch nicht gefällt. Ach, wartet, etwas fällt mir noch ein, das Schönste, der Name von zwei Hügeln, die einander sehr ähnelten und deren Name, wie ihr bestimmt schon erraten habt, in der Sprache der Menschen von den Wakerewe Die-Titten-Des-Fetten-Königs lautete. Wir waren glücklich über unseren Spaß und wir haben ihn wieder vergessen, bis zur zweiten Reise, inzwischen konnte Hamid, mein Erstgeborener, schon auf eigenen Beinen stehen. Als Bwana Speke mir die Karten zeigte, die er in seinem Land hatte zeichnen lassen, las er mir die Namen der Orte vor, die wir gemeinsam gesehen hatten. Ich hörte den Namen Victoria und ich hörte den Namen Somerset, und dann zeigte er auf kleine Buchstaben, und er erklärte mir, diese bezeichneten die Namen, die ich ihm mitgeteilt hatte, die Namen, die benutzt werden von den Menschen, die dort leben, und ich bat ihn, mir einige der Namen vorzulesen, und tatsächlich, er zerkaute zwar die Worte in seinem Mund, aber sie waren verständlich, er sagte: Hintern-Voller-Warzen und er sagte Die-Titten-Des-Fetten-Königs, und glaubt mir, meine Brüder, nie ist es mir in meinem Leben schwerer gefallen, das Lachen, das aus mir herausplatzen wollte, zu unterdrücken.

– Wenn ich also in das Land der Wazungu reise und eine dieser Karten kaufe, dann kann ich all die kindischen Scherze von Baba Sidi nachlesen?

– Oh ja, Baba Ali, aber du mußt dich beeilen, die Wazungu, sie sind gewissenhaft, vielleicht zieht bald ein anderer von ihnen durch diese Gegenden und sammelt neues Wissen. Diese Karten werden von ihnen immer wieder neu gezeichnet, es ist ein beliebtes Spiel bei den Wazungu, nein, es ist mehr als ein Spiel, der Stolz von Men-

schen hängt davon ab, und die Freundschaft von Bwana Burton und Bwana Speke, sie zerschellte endgültig an diesen Karten.
– Wie ist das möglich?

༄༅༄༅༄༅༄༅

Ein Laut. Piksend. Ein krummer Klagelaut. Eine ganze Oktave an der Gurgel gepackt. Zwei Schreie, die seinen dünnatmigen Schlaf erdolchen. Zuerst denkt er, diese Laute stechen aus einem Traum hervor, der ins Wachsein ragt, bis er sich des tiefen Himmels seines Zeltes bewußt wird und der engen Einfriedung der Plane zu allen Seiten. Die wunden Klagen kommen von draußen. Er richtet sich auf, ergreift sein Gewehr, kriecht aus dem Zelt, kann die Gefahr nicht ausmachen, sieht sie nicht in der verschlafenen Morgendämmerung, der Laut dringt durch seinen Hinterkopf, er reißt das Gewehr herum, schießbereit, doch er sieht nichts außer einen Vogel, einen häßlichen Vogel, der seinen Schnabel öffnet und den Schrei ausstößt, der seinen Schlaf erdolcht hat. Burton spürt einen unbändigen Zorn auf diesen winzigen Vogel, der sich eine solche Lautstärke anmaßt. Er packt das Gewehr am Lauf und schwingt es, doch der Vogel kann fliegen, er flattert davon, mit entrüsteten kleinen Piepsern, die Burton ohne irgendeine Genugtuung zurücklassen.

Am Tag zuvor sind sie von Kazeh aufgebrochen, zur letzten Etappe des Heimwegs. Für die Rückreise zur Küste mußten sie erneut Träger rekrutieren. Sie standen vor ihm, aus einer weiteren Nyamwezi-Ernte, zusammengetrommelt von Snay bin Amir, junge Männer, herausgeputzt in ihrer Ungeduld, übereifrig, erfrischend unschuldig. Manche von ihnen standen auf einem Bein, wie die Kraniche auf dem Malagarasi-Fluß, die Sohle des vom Boden losgelösten Fußes an das durchgestreckte Knie gedrückt, ihre Arme um den Nacken ihres Nebenmannes gelegt, eine lässige Geste, die kaum die erste Woche überstehen würde, andere hockten auf ihren Fersen, umarmten mit beiden Armen ihre Knie und richteten ihren Blick erwartungsvoll auf den Führer der Expedition.

Er ist widerwillig aufgebrochen. Kazeh war ihm erneut zur Oase geworden, und es fällt schwer, eine Oase zu verlassen. Sich wieder

der Öde von Ugogo auszusetzen. Er fürchtete sich nicht davor, er wurde von keinen bösen Vorahnungen geplagt. Es war schlimmer. In Gedanken vorausblickend, empfand er bereits den Schmerz, der ihn erwartete, die Qual. Furcht war dies nicht, sondern ein Unbehagen, das fortdauern würde – das wußte er, und dieses Wissen war der Fluch jeder Rückreise. Zumal er sich auf den Ausgang nicht freuen konnte. Speke war vernarrt in seine ungelenke, unverständige Lösung des großen Rätsels. Seine Skizzen, seine kartographischen Vermutungen konnten zu keiner logischen Erklärung zusammengefügt werden. In seinen Flüssen floß das Wasser bergauf, und Seen entleerten sich in die Richtung, die er ihnen vorgab. Es war lachhaft, und doch – dieser Gedanke verstörte Burton, er vermieste ihm die Rückkehr –, es war nicht ausgeschlossen, daß Speke auf eine verquere Weise recht hatte, es war möglich, daß alle Einzelheiten falsch waren, die große Behauptung sich aber als richtig erwies. Sobald sie britischen Boden betreten werden, wird der Disput zwischen Speke und ihm eskalieren, geschürt in der öffentlichen Arena, seine vielen Feinde würden die Gelegenheit zu gerne aufgreifen, die vielen Spekulationen würden es jedem erlauben, wehrhaft für die Seite einzutreten, der man sich verbunden fühlte. In Kazeh konnte er nicht bleiben, und nach England zurückzukehren, das einzige Land auf der Welt, in dem er sich überhaupt nicht heimisch fühlen konnte, war ihm zuwider. Beste Voraussetzungen, dachte er grimmig, sich erneut in die Öde zu begeben.

Sidi Mubarak Bombay

Bwana Burton bezweifelte Bwana Spekes Behauptung, der zweite große See sei die Quelle des Flusses, den sie Nil nennen. Oder wenn er es sei, dann müsse dies erst noch bewiesen werden, ein Beweis, der nicht geboren wurde, als Bwana Speke mit eigenen Augen einen See erblickte, von dessen Dasein sie schon wußten. Als Bwana Speke und ich unterwegs waren, hatte Bwana Burton in Kazeh eigene Karten skizziert, nach den Angaben von Snay bin Amir und den anderen Arabern, und als wir zurückkamen, haben die Wazungu die

Lage des Sees und seine Umrisse auf ihren jeweiligen Karten verglichen, und es gab kaum Unterschiede zwischen den Skizzen von Bwana Burton und den Skizzen von Bwana Speke, und Bwana Burton sagte: Siehst du, du hast dich unnötig verausgabt, wir haben die Fakten im wesentlichen schon gekannt.

– Wahrlich, kein Dolch ist so scharf wie die Zunge des Menschen.

– Nachdem er aber die Karte von Bwana Speke genauer angesehen und die Behauptungen von Bwana Speke angehört hatte, mußte Bwana Burton seine eigene Karte verändern, ihr wißt ja, die Größe des Tieres, das du erlegt hast, hängt von der Größe des Tieres ab, das dein Rivale erlegt haben will. Seine Karte mußte beweisen: Der erste große See ist die Quelle des Flusses, den sie Nil nennen. Eines Abends bin ich in sein Zimmer gegangen, in dem Haus, das er und Bwana Speke in Kazeh bewohnten, ich wollte ihn etwas fragen, und ich sah, wie er gerade zeichnete, er zeigte sich erfreut über meine Anwesenheit und fragte mich ein wenig über die Einzelheiten unserer kurzen Reise zum zweiten großen See aus. Und dann erklärte er mir ausführlich seine Karte, als bedürfe die Wahrheit meiner Zustimmung. Die Namen auf seiner Karte, die er mir vorlas, es waren Namen wie Changanyika und Nyanza, und er muß mein Erstaunen gesehen habe, als er mir erklärte, es gebe für ihn nichts Verrückteres, als fernen Orten im Inneren dieses Landes englische Namen einzubrennen. Auf der Karte konnte ich nicht nur diese zwei Seen erkennen, sondern auch Berge, und ich verstand nicht alles, was er mir erklärte, aber doch soviel, es seien Berge, die keiner von uns gesehen hatte, von denen er aber annahm, es gebe sie, weil seine Bücher davon sprachen, diese Berge, die er die Berge des Mondes nannte und die er so lange auf seiner Karte hin und her geschoben hat, bis sie der Behauptung von Bwana Speke im Wege standen, der zweite große See sei die Quelle.

– Ein Hintern kann nicht zugleich auf einem Pferd und auf einem Esel sitzen.

– Das ist wohl wahr, aber wenn zwei sich streiten, können beide recht haben.

– Baba Sidi, mein Kopf war schon immer ein Faulpelz, und jetzt bin ich zudem noch alt und dieser Abend auch, und ich verstehe kein Wort von dem, was du sagst.

– Egal, es ist egal, Baba Burhan, es geht um zwei Wazungu, die große Berge hin und her schieben, so wie es ihnen gerade gelegen kam.

– Berge, die man nie gesehen hat, kann man leicht verschieben.

– Bwana Burton hat den einen oder anderen Fehler in Bwana Spekes Karten gefunden, er hat ihn auf diese Fehler hingewiesen, und daraufhin hat Bwana Speke seine Zeichnung verändert. Ich habe sie in seinem Zimmer gesehen, er hat den einen See verkleinert und den anderen See vergrößert und die Berge weiter nach Norden versetzt. Ich war verwirrt, weil ich nicht verstehen konnte, wieso die Wazungu, die sonst so gewissenhaft waren, so leichtfertig mit diesen Karten umgingen, für die sie ihr Leben aufs Spiel gesetzt hatten. Aber als ich mit dem Mganga über dieses seltsame Verhalten der Wazungu sprach, erzählte er mir die Geschichte von den Bergen, von den drei Brüdern, die auf Wunsch ihres Vaters, dem König der Berge, auf Reisen gingen, und ich habe verstanden, was mir bis dahin verschlossen geblieben war, die Karten der Wazungu waren Märchenerzähler, und Bwana Speke und Bwana Burton wandelten ihre Märchen immer wieder etwas ab, wie es sich für gute Märchenerzähler gehört.

〰️〰️〰️〰️〰️

Das aufgeschlagene Notizbuch von Burton verzeichnet drei Monate und zehn Fieberanfälle, seitdem sie erneut von Kazeh aufgebrochen sind. An manchen Abenden ist er gelähmt, an anderen fast blind. Es ist nicht mehr möglich, das Lager trocken zu halten. Der Regen peitscht sie aus, seit Tagen schon. Als es zu regnen aufhört, wachsen der Zeit weiße Flügel, die sich in der Feuchtigkeit ausbreiten, bis die Zahl der Termiten jene der Sekunden übersteigt. Die Nächte werden immer kälter. Selbst seine Albträume leiden unter Schüttelfrost.

Speke liegt neben ihm und redet. Über die Qualen. Es erleichtert ihn, sie in Worte zu fassen und zwischen Husten und Stöhnen auszustoßen. Draußen plätschert Regen. Er war schon oft krank, aber dieser Zusammenbruch ist der bisher schlimmste. Es fing an mit einem Brennen, als würde ein glühendes Eisen auf seine rechte Brust gedrückt werden. Von dort aus breitete sich der Schmerz aus, erreichte das Herz mit scharfen Stichen, und die Milz, wo er verharrte, er griff den oberen Teil der Lunge an, er setzte sich in der Leber fest. Meine Leber! Meine Leber! Speke taucht wieder ab in einen Dämmerzustand.

Am nächsten Morgen erwacht er aus einem Albtraum, in dem er von einem Rudel Tiger und anderen Biestern, eingezäumt in ein Geschirr aus Eisenhacken, über den Boden geschleift wurde. Er richtet sich auf und hält sich die Seite. Ein allmächtiger Schmerz. Darf ich etwas ausprobieren? fragt Bombay, und auf Burtons Einverständnis hin hebt er den rechten Arm von Speke und weist diesen an, seinen linken Arm hinter den Kopf zu ziehen, damit der Druck der Lunge auf die Leber entlastet wird. Tatsächlich, der stechende Schmerz läßt nach. Burton blickt Bombay anerkennend an. Kaum scheint das Schlimmste überstanden zu sein, erleidet Speke einen Rückfall, eine Art epileptische Attacke. Und wieder zerren Ungeheuer Sehnen aus seinem Körper und kauen daran, als wären sie Rauchfleisch. Nach dem Anfall liegt er auf dem Feldbett, seine Glieder gepeinigt von Krämpfen, seine Gesichtsmuskeln angespannt, steif, die Augen gläsern. Er beginnt zu bellen, mit einer merkwürdigen, ungleichmäßigen Bewegung des Mundes und der Zunge. Er kann kaum atmen. Sein Verstand klart auf in der Überzeugung, er sei dem Tod nahe, und er bittet Burton um Papier und Stift, und mit zitternder Hand schreibt er einen wirren Abschiedsbrief an seine Mutter und seine Familie. Aber sein Herz kann nicht aufgeben. Die kleinen stechenden Eisen ziehen sich allmählich zurück. Stunden später murmelt er, Burton nimmt es im Halbschlaf wahr: Die Messer sind zurück in der Scheide.

༄༄༄༄༄༄༄༄

Sidi Mubarak Bombay

Unser Leid kannte keine Grenzen, kaum verging der eine Schmerz, brach ein anderer aus, kaum war eine Last abgelegt, kam eine neue hinzu, und ich habe mich oft gefragt, wie halten wir es aus, wie halten es die Wazungu aus, die aus einem Land kamen, in dem alles anders war als bei uns, die Hitze, die Tiere und sogar die Krankheiten. Und erst spät auf der ersten Reise begriff ich, was ich von Anfang an hätte wissen sollen, die Wazungu fühlen sich ohne dieses Leiden nicht lebendig, erst knapp vor unserer Rückkehr wurde mir klar, sie sind von dem Leiden abhängig wie andere von Alkohol oder von Khat oder vom Ganja. So überraschte es mich nicht, die Wazungu wiederzusehen, keine zwei Monsune später, Hamid war noch nicht geboren. Bwana Speke war wieder in Sansibar, diesmal mit einem anderen Begleiter, auch das überraschte mich nicht, einem stillen Mann namens Bwana Grant, der ein langweiliger Ersatz war für Bwana Burton. Auch die anderen, Bwana Stanley und Bwana Cameron, sie kehrten immer wieder zurück, es zog sie zu ihren Leiden, alle, außer jene, die nicht überlebten. Kaum war die Gesundheit wieder in ihre Körper eingekehrt, begannen sie die nächste Reise zu planen, und es war ihnen mitnichten daran gelegen, zu einer bequemeren oder einfacheren Reise aufzubrechen, oh nein, im Gegenteil, beim nächsten Mal suchten sie noch mehr Schmerzen auf, segelten sie noch näher am Tod, sie waren wie ein Fischer, der sich nicht damit zufriedengibt, das Riff überwunden zu haben, der es immer wieder versuchen muß, an Stellen, die nicht zu durchschiffen sind, Stellen, an denen das Boot am Riff zerschellen muß.

Bwana Burton, er war der Schlimmste, er wollte das Leiden nicht einmal unterbrechen, er wollte nicht abwarten, bis er in sein Land zurückgekehrt war, um erneut aufzubrechen. Wir hatten Zungomero erreicht, wir wußten, von hier aus ist es ein halber Monat bis zur Küste, wir sahen unsere Häuser und unsere Familien vor uns, zumindest jene, die Häuser und Familien hatten, sie waren nur noch einen letzten halben Monat Anstrengung entfernt, da sagte Bwana Burton, wir müßten noch den Weg nach Kilwa ausfindig machen. Welches Kilwa? fragte ich, denn ich traute mich als erster, ihm offen zu widersprechen. Die alte Stadt im Süden, antwortete er. Sprichst du, fragte ich ihn, oder spricht das Fieber aus dir? Wenn du kein Verlangen nach Rückkehr hast, dann bist du jedem anderen Menschen ein Rätsel, dann mußt du den Rest des Weges alleine beschreiten, denn wir alle haben nur noch ein Ziel. Ihr werdet tun, was ich euch befehle, rief er, mit einer Lautstärke, die bestimmen wollte, aber in einem Tonfall, der verzweifelt klang. Ich blickte um mich, blickte die Überlebenden an, und in diesem Augenblick waren wir uns alle einig, wir würden uns weigern, sofort, ohne weiteres Zwiegespräch, und so wandten sich die Träger ab, die Belutschen wandten sich ab, und auch Said bin Salim und Sidi Mubarak Bombay wandten sich ab von Bwana Burton, der alleine zurückblieb, ein Verrückter, der seinen Wahn keinem anderen Menschen mehr aufzwingen konnte.

~~~~~~~~~~

Es hat aufgehört zu regnen, endlich; die Erde ist noch schwer von dem tagelangen Niederschlag. Er hört ein Trommeln – oder täuscht er sich? –, ein unbekanntes Trommeln, das noch bedrohlicher klingt als das Platzen der Tropfenpatronen. Ein Gezischel zudem, und noch bevor er aus dem Zelt stürzen kann, braust es heran, ein Geräusch, das ihn um so mehr beunruhigt, da er es nicht deuten kann. Draußen, in einer von unverständlichen Lauten erleuchteten Finsternis, wird ihm der Boden unter den Füßen weggezogen, augenblicklich, noch bevor er sich umsehen kann. Die Erde bewegt sich, in seinem Hörschatten fällt der Hang in sich zusammen. Burton stürzt, er liegt auf der Seite, mit wehen Rippen, das rechte Bein hochgestreckt, einverleibt von einem allgegenwärtigen Rutschen, er tritt aus, er sucht nach Halt, sein Bein ist eine nutzlose Pumpe, ein stumpfer Anker, und er rutscht weiter, in den Fängen einer ungeheuren Macht. Ein Gedanke drückt sich auf: Das Lager, das gesamte Lager wird weggeschwemmt. Wir werden im Schlamm begraben. Er schreit: Jack, schreit er, Jack. Etwas Schweres schlägt ihn nieder, der Schmerz sitzt auf Höhe seiner rechten Niere, er rollt, sein Gesicht wird in den Boden gedrückt, sein Schrei füllt sich mit Schlamm, der in seinem Mund brodelt, als würden Maden entschlüpfen. Er versucht sich mit den Armen abzustoßen, aber sie versinken in einem tiefen Teig, er wird nach unten gezogen, weiter, er wird untergehen, er wird lebendig begraben werden, verdammt, das ist ungerecht.

Sein Kopf schlägt gegen einen Stein, er wird erneut umgeworfen, gewälzt, gemahlen, auf dem schlammigen Acker seines Gesichts spürt er auf einmal Luft, er atmet ein, durch die Nase dringt ein Hauch, morastschwer, er traut sich zu husten, und dann schreit er wieder: Jack, schreit er, einige Male, und dann schreit er: Bombay. In der Wirbelschleuder von Geräuschen hört er keinen einzigen menschlichen Laut, nicht einmal ein Grunzen. Wo sind die anderen? Das ist sein letzter Gedanke, bevor er ins Wasser fällt, als hätte der Hang ihn weggeschüttet, er fällt in eine andere Kälte, und er weiß nicht, wo oben ist und wo unten, aber umgeben von Wasser beruhigt er sich ein wenig. Auch das Wasser bewegt sich, es bewegt sich mit ähnlicher Entschlossenheit, aber mit weniger Hysterie. Er fühlt sich sicherer im Wasser, er streckt seine Glieder aus, seine schweren Glieder. Er hat keine Angst mehr. Ich kann nicht ertrinken, denkt er, als sei jede weitere Bedrohung nichtig, sobald die Gefahr, vom Schlamm lebendig begraben zu werden, vergangen ist. Gelegentlich sind sich die Fluten einig, ein Chor im Crescendo, er kann seinen Kopf ein wenig heben, und er kann um sich blicken, in eine tintige Vergeblichkeit hinein, doch manchmal zerren abweichende Stimmen an ihm, saugen um die Beute, er ballt sich zusammen, er wartet darauf, gegen einen Felsen geschleudert zu werden. Oder an Land. Er bekommt etwas zu fassen, etwas Langes, Faseriges, er hält es fest, das Wasser schnellt an ihm vorüber. Die Wurzel – die Liane? – in seinen Händen fühlt sich an wie der ausgerenkte Arm eines Klammeraffen. Er hält sie eine lange Weile fest, nur fest, mit dem Rücken zum davoneilenden Wasser. Dann ruckt er an ihr, ein erstes vorsichtiges Mal. Der Widerstand bekräftigt seine Versuche. Griff um Griff zieht er sich aus dem Wasser, bis er etwas Festeres unter seinen Füßen spürt, aber er traut sich nicht aufzutreten, die Wurzel loszulassen, aus Sorge zu versinken. Es scheint ihm, als würde es heller werden, um ein Iota nur. Er kann Büsche erkennen, verqueres Geäst, das Ufer, dem er sich entgegenzieht, er ist nur noch einen ausgestreckten Arm von diesem Ufer entfernt, da schnappt etwas und er wird zurückgestoßen, Wasser dringt in seinen Mund, in seine Nase. Mit der Linken klammert er sich an die Wurzel, und er schüttelt seinen Kopf, um sich vom Wasser zu befreien, und er bellt wie ein asthmatischer

Hund, bis das Wasser ausgestoßen ist und seine Brust sich anfühlt wie geschmirgelt. Er glaubt wegzutreiben, bis er merkt, daß er zurückgehalten wird. Die Wurzel hat sich nicht losgelöst von dem entrissenen Ufer. Wieder zieht er sich an ihr heraus, und dieses Mal erfährt er keine Überraschung, er erkennt die Umrisse eines Baumstammes, den er gierig umarmt. Als er ihn losläßt, kann er nur noch zu Boden gleiten und mit tiefen Atemzügen die Auszeit verorten. Er liegt bewegungslos da, gedankenlos. Bis der Instinkt sich meldet: Du mußt etwas tun. Aufgerichtet sieht er ein Wunder. Die Wehrreihen der Wolken ziehen sich zurück, und ein Leuchten breitet sich aus über Fluß und Ufer, die vergessene Gegenwart eines fülligen Mondes. Er steht auf, er hält sich am Baumstamm fest und prüft den Boden auf seine Festigkeit. Er tritt so nahe an das Wasser, wie ein sicherer Stand es erlaubt. Er späht über die Fluten, er traut sich, das Ufer abzusuchen. Unweit seines Landeplatzes sieht er eine Sandbank. Und über ihr, zwischen zwei Bäumen verfangen, glänzt der Rücken eines Segeltuches. Er befreit es von den kleinen gekrümmten Dornen des Geästs und rollt es auf. Der Mond hat inzwischen alle Barrikaden zur Seite gestoßen. Die Landschaft, die sich ihm offenbart, ist nur entfernt mit der Umgebung ihres nächtlichen Lagers verwandt. Der Fluß ist enger, die Vegetation entlang des Ufers dichter. Das Wasser strömt schnell, gleichmäßig. Die Hetze des Erdrutsches ist verflossen. Auf dem Wasser treibt ein Esel, den Hals aus dem Wasser gestreckt, wie ein verfluchter Schwan. Bald darauf wird eine Kiste vorbeigeschwemmt, dicht gefolgt von weiteren Gegenständen, von denen nur eine Ecke oder eine Kante aus dem Wasser ragt, so daß er nicht ausmachen kann, um was es sich handelt. Soll die Expedition so enden: daß er schlammverkrustet ansehen muß, wie die Fragmente einer beharrlich aufrechterhaltenen Ordnung an ihm vorbeigespült werden, einzeln, wie zum wohldosierten Hohn? Was monatelang zusammengestellt worden ist, in einem Rutsch auseinandergerissen und zu Treibgut verdammt? Was sich in irgendeiner Böschung verfangen wird, wenn der Fluß nach dem kurzen Ruhm der Regenzeit verendet und auf dem ausgetrockneten Flußbett die Gegenstände einzeln herumliegen, über Meilen verteilt. Nicht einmal zur Warnung taugten sie, denn wer sollte sie verstehen, derart verstreut? Er wird aufgeschreckt durch den Anblick einer Gestalt, die an einem dahintreibenden Ast hängt. Burton eilt zu dem Baumstamm, neben den er die lange Wurzel gelegt hat, er hebt sie auf und stürzt sich ins Wasser. Mit einigen Armschlägen erreicht er den Ast. Mit der Linken umfaßt er die Gestalt von hinten, legt seinen Arm um ihre Taille, mit der Rechten reißt er an der Wurzel, doch er hat nicht bedacht, daß er beide Hände brauchen wird, um sich ans Ufer zurückzuziehen. Er wickelt die Wurzel um sich und um die Gestalt, er verknotet das Ende zu einer Schlaufe, die sie beide festschnürt. Sie hängen an einem Seil. Langsam, im Rhythmus seiner schwindenden Energie, zieht er das Seil ein, bis sie den Baumstamm erreichen. Er hievt die Gestalt ans Ufer und legt sie auf das Segeltuch. Er streicht die verschmierten Haare zur Seite und blickt in das Gesicht des ohnmächtigen Speke. Am Leben. Fiebrig, halb ertrunken. Ein bleiches Antlitz, wo seine blonden Haare nicht wuchern. Burton kann nichts weiter tun, als das Segeltuch über ihn zu legen, seine Glieder zu massieren. Mit den Füßen von Speke in seinem Schoß fällt er wenig später in einen Halbschlaf, die letzte Forderung seiner völligen Erschöpfung.

Die Sonne platzt herein. Sie wird alles wieder in Ordnung bringen, die Sonne ist nicht nachtragend. Bedächtig breitet sie ihre warmen Tücher über die fiebrigen Spuren der Nacht, so zuversichtlich, als sei sie an ihrem eigenen Verschwinden unbeteiligt gewesen. Burton hockt am Rande des Wassers und blickt auf eine Fratze, die zurückstarrt wie der Geist eines Ertrunkenen. Die Haut hängt von den Knochen, die Augen dringen tollwütig aus ihren Höhlen, die Lippen ziehen sich von den Zähnen zurück, braun wie vergessene Tümpel. Speke murmelt etwas. Die Augen weit offen. Wie geht es dir, Jack? fragt Burton und knetet sanft Spekes rechte Schulter. Überall Tote, murmelt Speke, mach sie weggehen, die Toten. Was für Tote denn, Jack? Somalis, tote Somalis, sind nicht alle tot, einige sterben noch, ihre Arme erhoben, ihre Hände ausgestreckt, sie wollen ein letztes Mal etwas berühren, irgend etwas, ihre Arme fallen, wenn sie sterben, mach sie weggehen, mach sie bitte weggehen. Trink ein wenig, Jack. Keiner schreit, es ist unerträglich, keiner schreit, verfluchte Somalis, wie kann es so still sein beim Sterben. Ich werde dich aufrichten, Jack, ich werde das hier ausziehen, verstehst du, es ist naß, wir müssen es ausziehen. Alles ist zerstört, alle Zelte, zerstört, die Ausrüstung liegt herum, überall herum, kein Kamerad in Sicht, sie haben mich alle verlassen, sie sind davongerannt, aber ich kann nicht rennen, ich habe keine Beine, ich kann nur kriechen. So ist's gut, das wird dir guttun, Jack, das wird dich wärmen. Ich werde sterben, die Somalis kommen, Somalis mit erhobenen Armen, ich werde sterben, ich sehe, wie das Blut aus mir fließt, ich sehe die Speere, ich sehe, wie sie in mich dringen, ich habe so viel Blut, wer hätte das gedacht, ich habe so viel Blut, ich habe es nicht gewußt, so unendlich viel Blut. Ich werde dich jetzt reiben, Jack, damit du warm wirst, hörst du, wir müssen dich warm kriegen. Umsonst, das Blut. Umsonst. Vorwürfe, vom anderen, nur Vorwürfe, nichts als Vorwürfe. Der andere, immer besser, ein Gott immer. So, das reicht, wir ziehen dir jetzt meine Jacke an, sie ist fast schon trocken. Ein Dieb ist er, der andere, ein Dieb. Gar nicht besser. Mein Tagebuch, mein Tagebuch, in Stücke geschnitten, Schlachtvieh, als Anhang, für sein Buch, für seinen Ruhm, mein Blut, all das Blut, für seinen Ruhm, der andere, meine Sammlung, weggegeben, er darf das, ein Gott ist er, meine Sammlung an ein Museum, ein Kannibale ist er, jawohl, ein Kannibale. Beruhige dich, Jack, beruhige dich, du bist unter Freunden, was phantasierst du da, wer ist dieser andere? Er heißt nicht Mensch. Er hat nur Schimpfnamen. Auf seinem Grab, verflucht, soll stehen: Dick. Nichts sonst, auf dem Grab, nur Dick.

Burton läßt Speke zu Boden sinken. Er ist benommen von dem Haß, den sein Kompagnon erbrochen hat. Mißverständnisse, gewiß, Meinungsverschiedenheiten, schwerwiegende sogar, aber so ein roher Haß, den hat er nicht verdient, zumal er selber schwer verwundet wurde bei diesem Überfall, der Speer, der seine Wange durchstieß, hinterließ sichtbare Spuren, doch nicht so tiefsitzend wie die Verletzung von Speke, die Verletzung seines Stolzes. Die Sammlung, der Anhang, lächerliche Vorwürfe, er hat ihm einen Gefallen erweisen wollen, keiner hätte die Erbsenzählerei dieses unbekannten Offiziers abgedruckt, so wurde seine pedantische Arbeit wenigstens in Ausschnitten der Öffentlichkeit zugänglich gemacht, und die Sammlung, sie war im Museum von Kalkutta viel besser aufgehoben als sonstwo. Kannibale, von wegen, er hatte für die Publikation draufzahlen müssen, er hat nichts daran verdient, in keiner Weise davon profitiert, was für ein bigotter Rechthaber, der da auf dem Boden liegt, und er pflegt ihn, er pflegt diesen Kleingeist auch noch gesund, dabei wäre die Menschheit ohne ihn besser dran.

Speke ist wieder eingeschlafen, und Burton beschließt, erneut das Ufer abzusuchen. Er hat überlebt, aber was ist das wert, wenn er seine Notizbücher nicht wiederfindet. Er hatte sie in einen Ölsack eingewickelt. Er findet viele Kleinigkeiten, nutzlos meist, abgesehen von der Proviantkiste mit den Biskuits und den getrockneten Datteln. Und dann, auf der andere Seite des Flusses, der nach seiner hysterischen Tobsucht verschämt unauffällig dahintreibt, sieht er einige Affen, beachtet sie zunächst nicht weiter, bis aus dem Augenwinkel etwas seinen Kopf zurückreißt: einer der Affen, er hält einen Ölsack in den Krallen, Burton weiß nicht, wie viele Ölsäcke die Expedition mit sich führt, aber er ist sich sicher, der Affe spielt mit seinem Ölsack, der alles enthält, wofür er jahrelang gearbeitet hat. Burton brüllt, er brüllt lauter als die Affen, sie bemerken ihn, und der Affe läßt den Sack fallen, als wolle er Burton verhöhnen, ein anderer Affe reißt ihn an sich, aus dem Geäst des Baumes, Burton brüllt in keiner Sprache, er brüllt Laute der Einschüchterung, die keine Wirkung zeitigen, der andere Affe versucht, in den Sack zu greifen, er hat die Öffnung gefunden, er hält eines der Notizbücher in der Hand, Burton hat sich nicht getäuscht, der Affe widmet sich dem Notizbuch, der Sack entgleitet ihm, Burton eilt ins Wasser, er geht unter und er schlägt, und als er am anderen Ufer angelangt ist, liegt der Sack vor ihm, wie hingestellt zum Abholen, aber die Affen sind verschwunden, nur ihre Rufe hört er noch für eine kurze Weile, dann weichen sie zurück, und er weiß, es gibt nichts Vergeblicheres, als die Verfolgung aufzunehmen. Er öffnet den Sack, er zählt die Notizbücher. Eines fehlt, ein Verlust, der kaum zu ihm durchdringt, denn er hat etwas anderes bemerkt, die Feuchtigkeit, er hat geglaubt, der Ölsack sei wasserdicht, aber er spürt überall das Wasser, eingeweichte Kladden, und mit einem sinkenden Gefühl im Magen schlägt er eines der Notizbücher auf – die Schrift ist verschwommen. Nicht überall, ein lesbarer Kern ist erhalten. Wie die Fäulnis, die eine Frucht von außen befällt, ist die Nässe an den Rändern eingedrungen, sie hat den Sinn der oberen und unteren Zeilen verwischt, sie hat die letzten Buchstaben jeder Zeile zerbissen, etwa ein Drittel, und sein Eindruck bestätigt sich bei jedem Notizbuch, das er aufschlägt, ein Drittel seiner Beobachtungen, Nachforschungen, Beschreibungen und Reflexionen ausgelöscht. Einen Teil würde er aus der Erinnerung rekonstruieren können, aber auch in der Erinnerung, das wußte er, verschwimmt die Schrift.

〰〰〰〰〰

Sidi Mubarak Bombay
– Bwana Burton ist nach dieser Reise nie mehr nach Sansibar zurückgekehrt, sagst du, nur Bwana Speke. Widerspricht das nicht dem, was du uns über ihn erzählt hast?

– Nein, keineswegs, Baba Burhan, es ehrt mich, daß du mir zu später Stunde so viel Aufmerksamkeit schenkst, deswegen werde ich deine Frage gerne beantworten. Bwana Burton war abhängig, das begriff ich erst auf meiner zweiten Reise, er war wie all die anderen Wazungu abhängig von den hohen Herren seines Landes, er war nicht der reiche Mann, für den ich ihn am Anfang gehalten hatte, er war ein Diener so wie ich, er diente anderen Wazungu, die nicht die Kraft oder den Mut oder den Willen oder die Begierde hatten, die Reise selbst anzutreten, und die deswegen Geld zur Verfügung stellten, damit Männer wie Bwana Burton und Bwana Speke die Reise an ihrer Stelle unternahmen. Und da diese beiden Wazungu sich am Ende der ersten Reise spinnefeind waren, konnte nur Ruhe herrschen, wenn ein großes Wasser zwischen ihnen lag, und so war es klar, die hohen Herren würden einen von ihnen für die zweite Reise auswählen müssen, und obwohl Bwana Burton so viel wußte, begriff er manchmal die einfachsten Sachen nicht, auch der klügste Mensch ist manchmal dumm wie ein kleines Kind. Natürlich haben die hohen Herren im Lande der Wazungu Bwana Speke den Vorzug gegeben, denn er sah aus wie einer von ihnen, während Bwana Burton sich in seinem Aussehen von ihnen entfernte, mit seinem Bart, der schwarz wucherte, mit seiner Hautfarbe, die sich eindunkelte, bis er von einem Araber nicht zu unterscheiden war, mit den Gewändern, die er sich überzog, entfernte er sich von dem Aussehen, das sich die hohen Herren bestimmt wünschten, das saubere, schöne Aussehen von Bwana Speke, der schlanke Körper, die blauen Augen, die helle Mähne seiner Haare, nichts an ihm drohte, fremd zu werden. Ich habe selber erlebt, wie sehr die Seinigen ihn achteten, am Ende der zweiten Reise, als wir Kairo erreichten und in einem Hotel untergebracht waren, das Shepheards Hotel hieß, ja, meine Brüder, ich war in dem selben Hotel untergebracht wie Bwana Speke, so sehr schätzte er mich.

– Fragt ihn mal, was für ein Zimmer er abbekam! Dann werdet ihr hören: Euer großer Held, Baba Sidi Mubarak Bombay, schlief in einer kleinen Kammer für Dienstboten, und sein Freund mit der hellen Haut und der blonden Mähne, der schlief in den Palastzimmern im obersten Stock.

– Laß gut sein, Mama, sonst kommen wir nie zum Ende.

– Glaubt ihr, er hätte mir zum Abschied seine Jacke geschenkt, wenn er mich nicht geschätzt hätte?

– Diese alte Jacke? Völlig abgerissen, es war wohl bequemer, sie zu verschenken als sie wegzuwerfen.

– Ich erhielt eine Silbermedaille von der Royal Geographical Society, ihr wißt nicht, wer das ist, das ist die Versammlung jener hohen Herren, die meine erste und meine zweite Reise in Auftrag geben hatten. Ich wurde auch photographiert, ich wurde öffentlich vorgestellt.

– Du traust dich, deine eigene Schande auszuplappern! Er wurde ausgestellt wie ein wildes Tier, das sie gefangen hatten, er mußte mit den anderen nachmachen, wie sie durch die Savanne laufen, und er mußte still stehenbleiben, er mußte stundenlang ausharren, während die Menschen von dort vorbeizogen und sich dieses Bild anschauten, ein totes Bild, von Lebenden geschaffen. Und das Schlimmste war, hört ihr, ihr Freunde dieses schamlosen Alten, das Schlimmste war, die Neugierigen haben Geld gezahlt für das Recht, meinen erstarrten Ehemann zu begaffen.

– Ach, wer hört schon auf dich, spare dir die Mühe. Ich weiß, wie es war, weil ich dort war, ich weiß, wie wir geehrt wurden, bei öffentlichen Konzerten und bei Feierlichkeiten, wir wurden vorgestellt als Helfer und Begleiter des großen Entdeckers, Bwana Speke, und wir wurden sogar zu einem Empfang im Palast des Vizekönigs eingeladen, und das war nicht in Kairo, das war nicht auf dem Land, sondern auf einer Insel, die Rhodos hieß, und so wichtig waren wir, wir wurden mit einem Schiff auf diese Insel geführt und einige Tage im Palast bewirtet, wir haben so gut und so viel gegessen wie nie zuvor in unserem Leben, und wir haben auch, ich muß es zugeben, viel zuviel getrunken, denn der Alkohol floß wie Wasser. Erst dann kehrten wir nach Sansibar zurück, mit dem Schiff, auf einer langen Fahrt, auf der wir auch noch andere Orte kennenlernten, Orte wie Suez, wie Aden, Inseln wie Mauritius und die Seychellen, wo wir Geldgeschenke erhielten, so weit war unser Ruhm schon vorausgeflogen ...

– Bwana! Merkst du nicht, daß dir keiner mehr zuhört. Baba Ishmails Schnarchen, es ist so laut, es dringt bis zum Hafen. Alle anderen sind nach Hause gegangen, als letzter, gerade eben, hat sich Baba Burhan davongestohlen. Du teilst deine Geschichten nur noch mit den Ratten. Hör auf zu quasseln und komm ins Haus, ich will dir das Essen bereiten. Und vergiß nicht, Baba Ishmail zu wecken, rüttel ihn richtig wach, sonst kommt sein Sohn ihn wieder suchen und schimpft mit uns.

Speke hat es eilig. Er hat sich das Haar schneiden lassen, den Bart gestutzt. Vielleicht hat er es selbst getan. Er hastet auf ihn zu mit langen, kräftigen Schritten. Burton sieht einen Jäger vor sich, der ein Tier verwundet hat und nun der blutigen Spur hinterhereilt, um die Beute noch vor Einbruch der Dunkelheit zu stellen. Vielleicht ist das Bildnis ungerecht.

Er reicht ihm die Hand, und er sagt etwas Unverbindliches zum Abschied, so etwas wie: Ich komme bald nach. Es wird nicht lange dauern. Auf die Jovialität dieses Kerls kann er sich verlassen. Sie ist an der Wildnis nicht zerbrochen. Leider. Auf Wiedersehen, mein alter Knabe. Du kannst ganz beruhigt sein, daß ich die Royal Geographical Society nicht aufsuchen werde, bevor du nicht nachgekommen bist, dann gehen wir gemeinsam hin. Du wirst das nächste Schiff nehmen, und ich werde auf dich warten. Sei unbesorgt. Wenn dir jemand sagt, du brauchst dir keine Sorgen zu machen, fange sofort an, dich zu sorgen – eine Weisheit seiner Mutter. Burton nickt und murmelt, er wünsche eine sichere Reise. Dann dreht er sich um und läßt John Hanning Speke am Hafen zurück. Er traut diesem Mann jetzt alles zu, er kann sich auf dessen Versprechen so sehr verlassen wie auf den genau berechneten Zeitpunkt der Apokalypse. Nein, das Zerwürfnis zwischen ihnen lag nicht an seiner mangelnden Menschenkenntnis. Wenn das Schicksal dich mit jemandem zusammenwirft, wenn du keine andere Wahl hast, was hätte selbst die beste Menschenkenntnis ausrichten können? Die Gunst hatte sich gegen ihn verschworen, das war es, und dagegen war er machtlos gewesen.

෴෴෴෴෴

Sidi Mubarak Bombay

Die Frau, seine mit Messingdraht erworbene, mit Zuneigung gehaltene Frau, raspelt Kokosnuß in der Küche, sie weicht den Reis ein, sie legt die Fischstücke in den Topf, in dem das Curry chilirot köchelt. Sie hört seine Stimme, aus dem Nebenzimmer, er spricht weiter, es gibt keine Windstille bei Sidi Mubarak Bombay, wenn er einmal zu einer Geschichte ausgelaufen ist. Keine Flaute. Sie hört nicht wirklich zu, während sie das Wasser aus dem Reis preßt, sie achtet auf den zuckenden Schmerz in ihrer linken Seite, ein Schmerz, der sich unauffällig angekündigt hat, wie ein Gast, der anfangs bescheiden in der Ecke sitzt und sich mit Brosamen begnügt, doch mit den Monaten ist dieser Schmerz gieriger geworden, und nun vertilgt der Gast mehr, als sie bereit war zu geben, und keines der Kräuter, die der Arzt ihr gegeben hat, und die sie zerstampft hat, genau nach seinen Vorgaben, hat ihr Linderung verschafft. Auf diesen Schmerz achtet sie, während sie kocht und ihr Mann weitererzählt, sie ist aufgehoben in ihren Verrichtungen, als ein Wort fällt, vielleicht sind es mehrere Worte, die sie aufhorchen lassen, weil sie auf eine Geschichte deuten, die sie noch nicht kennt. Nach all den Jahren, die sie mit ihm teilt, kann dieser eitle, laute, um sich selbst gekrümmte Knorren immer noch mit neuen Geschichten aufwarten, er kann nachwürzen, wenn die Gewohnheit fad zu werden droht. Er kann sie immer noch überraschen, nach all diesen Jahren, er kann sie überraschen mit der Erinnerung an einen Mann, den er bei seiner allerletzten Reise getroffen habe, einer Reise, die er unmittelbar nach der Hochzeit von Hamid antrat, einer Reise, über die er selten spricht, seine vierte Reise, ein Fremder, der seinen Hals und seinen Kopf mit Gegenständen verziert habe, mit den erstaunlichsten Gegenständen.

Dieser seltsam verzierte Mann habe die weggeworfene Zukunft gesammelt, so spricht der Knorren dort draußen vor der Küche, und sie versteht nicht, was er damit meint, mit diesen Worten, die durch ihre Müdigkeit treiben, und trotzdem hält sie inne beim Kochen und tritt näher an den Durchgang, um kein Wort zu verpassen, so wie sie zuvor darauf geachtet hat, kein einziges Reiskorn zu verschwenden. Jedesmal, fährt der Knorren fort, wenn dieser seltsame Mann irgendein abgebrochenes Stück Metall, irgendeine alte Patronenhülse, irgendeine leere Flasche auf dem Wege fand, konnte er nicht an sich halten, er mußte sie auflesen, er mußte sie betrachten und er konnte sich nicht mehr von ihnen trennen, er konnte sie nicht wegwerfen, er mußte ein Loch durch jeden dieser aufgelesenen Gegenstände bohren und sie alle aufschnüren zu einer Halskette, die er stets trug, an seiner Brust, diese seltsame Kette, auf der ein halbes Dutzend Medizinflakons, der Schlüssel einer Sardinendose und einige Metallteile baumelten. Jetzt begreift sie: Der Fremde trug Abfall an seinem Körper, dieser verzierte Mann, den Abfall der Karawanen, die durch das Land gezogen waren, und Sidi Mubarak Bombay, ihr Ehemann, an dessen Merkwürdigkeiten sie sich niemals gewöhnen wird, nicht solange sie noch etwas empfinden kann, war an vier von diesen Karawanen beteiligt gewesen, er hat sie sogar geführt, wenn sie seinen Erzählungen glauben will, und deswegen ist er auf seine verquere Art beglückt über diesen Fremden, der die Häutungen seiner eigenen Reisen am Körper trug. Ein Lächeln fließt über ihr Gesicht, er ist wahrlich wie kein anderer, dieser kindliche Alte, der sie immer wieder aufs neue überrascht.

Als sie ihm mitteilt, das Essen sei bereit, antwortet er versöhnlich: Laß uns heute abend gemeinsam essen. Sie mischen das Curry mit dem Reis, im Schweigen ballen ihre Finger den Reis zu mundgerechten Portionen. Er ißt wenig, aber sie kann sehen, es schmeckt ihm. Als er sich zurücklehnt, richtet sie sich mühsam auf, bringt ihm eine Schale mit Wasser, in der er sich die Finger waschen kann. Dann läßt sie ihn allein, um in der Küche aufzuräumen, und um Wasser zu erhitzen, das sie in einen Eimer gießt und ins Schlafzimmer stellt, bevor sie ihm zuruft: Das Wasser für dein Bad, es steht bereit. Als sie ihn erblickt, ist er nur noch mit einem Kikoi bekleidet. Sie betrachtet seinen knorrigen Körper, sie sitzt auf dem Bett, ihre Füße nackt, und sie erinnert sich daran, wie seltsam es ihr als Mädchen vorgekommen war, mit einem Mann zusammenzusein, der kleiner war als sie. Sie hat damals sogar befürchtet, sein Glied könnte zu klein sein, um ihr Geschlecht auszufüllen. Einmal, nachdem sie ein wenig Zutrauen zu ihm gefaßt hatte, traute sie sich, ihn auf seine Körpergröße anzusprechen. Er lachte. Dafür bin ich stark und nicht so leicht umzuwerfen. Ich bin ruhelos, aber nicht zu entwurzeln. So war es denn auch. Lerne den Baum kennen, an den du dich lehnen willst, hatte ihr Vater ihr einmal geraten. Sie hat den Baum nicht auswählen können, doch das Gewicht, das sie an den Mann gelehnt hat, an den sie verkauft worden war, das hat er stets ausgehalten. Bwana, sagt sie zu ihm, langsam, um jedes Wort auszukosten, ich bin deine Ehefrau. Laß uns Liebe machen, Bwana, ich verspüre Lust. Worauf Sidi Mubarak Bombay seufzt, seinen Blick aufrichtet und bedächtig zu ihr ans Bett schreitet. Es bedarf einiger Anstrengung, dieser Tage, aber danach empfinden sie noch immer Glück.

Offenbarung

In den Tagen nach der Beerdigung ging der Priester die Ereignisse jener Nacht an der Seite des Sterbenden immer wieder durch, bis er die Erinnerung nicht mehr ertragen konnte. Unter den Vorwürfen, die er sich machte, bedrückte ihn einer besonders. Die Ehefrau hatte ihn zu einer *si es capax* gedrängt, der Letzten Ölung für jene, die nicht mehr bei Bewußtsein sind. Aber der Brite war bei Bewußtsein gewesen, er hatte ihm in die Augen geblickt, als er sich über ihn gebeugt hatte. Der Priester hatte keinen Versuch unternommen, mit ihm zu sprechen. Statt dessen hatte er dem Drängen der Ehefrau nachgegeben, er hatte sich nicht getraut zu fragen, ob der Sterbende das Sakrament wünsche, geschweige denn, ob es ihm zustehe. Obwohl er den Mann nicht kannte. Was war er nur für ein Priester? Es mußte einen Weg geben, die Wahrheit zu erfahren. Erst dann würde er seinen Seelenfrieden wiederfinden. Wenn er die Diener ausfragte? Diener wissen doch alles. Zudem würden sie ehrlichere Auskunft geben als die Ehefrau, der er nicht vertrauen konnte, gerade weil sie so eine eifrige Katholikin war. Verwirrend. Es war eine bedrohlich unverständliche Situation.

☙☙☙☙☙☙☙

Bei der Sonntagsmesse bemerkte Massimo, wie ihn ein Priester beäugte. Ein vornehm aussehender Priester. Doch er schien mehr Interesse an ihm zu haben als an der Messe. Er sah aus wie ein Diener Gottes, der den Reichen beistand. Ein junger, glattrasierter Mann mit hochnäsigem Blick. Er hatte sich bestimmt verlaufen, in dieses Viertel. Am Sonntag morgen? Wieso beäugte er ihn? Nach der Messe, auf der Treppe, sprach der Priester ihn an.
– Bist du Massimo Gotti?
– Der bin ich.
– Kann ich einige Worte mit dir wechseln?

– Mit mir? Wieso, Padre?
– Du hast im Haushalt des Signore Burton gedient.
– Das habe ich.
– Einige Jahre lang.
– Neun Jahre.
– Hast du Umgang mit dem Signore gehabt?
– Umgang? Ich bin der Gärtner.
– Du hast mit ihm gelegentlich gesprochen?
– Einige Male.
– Weißt du etwas über seinen Glauben?
– Er war gläubig.
– Bist du dir sicher?
– Völlig sicher.
– Woran hast du das erkannt?
– Er war ein guter Mann.
– Das hoffen wir, für ihn. Aber auch ein Heide kann ein guter Mensch sein.
– Heide? Er war kein Heide.
– Er ist selten bei der Messe gesehen worden.
– Es gibt eine Kapelle in dem Haus.
– Du hast ihn dort beten gesehen?
– Ich arbeite draußen.
– Du hast ihn also nicht beten gesehen?
– Er hat gebetet. Das weiß ich bestimmt. Vielleicht hat er woanders gebetet. Er war ein sehr starker Mann. Bestimmt kein Heide, Heiden sind anders.

୬୧୬୧୬୧୬୧୬୧

Nichts hatte er von diesem dümmlichen Gärtner erfahren. Die Dienstmagd. Hoffentlich wußte sie mehr. Ein leichtes, sie auf dem Markt anzusprechen. Er hatte allerdings nicht damit gerechnet, daß sie seine Beweggründe hinterfragen würde. Was sollte er ihr antworten? Er konnte ihr unmöglich seine Zweifel eingestehen. Er log sie an, er beging weitere Fehler, um Klarheit über seine Verfehlung zu gewinnen. Mein Gott, in was hatte er sich da verrannt. Er behaup-

tete, für die Zeitung der Diözese einen Nachruf verfassen zu müssen, einen Nachruf, der die vielen Seiten des Signore Burton beleuchten sollte. Ach, sagte die Dienstmagd zu seinem Erstaunen – Anna hieß sie –, Sie wollen herausfinden, ob er ein guter Katholik war?
 – Das ist eine der Fragen, die uns interessieren.
 – Ich würde sagen, ja und nein.
 – Du bist dir nicht sicher?
 – Oh doch, ich bin mir völlig sicher. Er wußte sehr viel über den Glauben. Manchmal erzählte er mir Heiligengeschichten, die ich noch nie gehört hatte. Wußten Sie, daß der heilige Josaphat ein Inder war? Er hieß eigentlich Buda oder so ähnlich.
 – Hast du diesen Geschichten geglaubt?
 – Oh ja, seinen Geschichten mußte man glauben.
 – Aber du hast auch bezweifelt, daß er ein guter Katholik war?
 – Mit gutem Grund.
 – Ich habe gehört, es gibt in dem Haus eine kleine Kapelle.
 – Sehen Sie, genau das ist es. Dort war er nie. Nur die Herrin ging in die Kapelle und manchmal auch ich. Das hat sie erlaubt.
 – Vielleicht hat er in seinem Zimmer gebetet?
 – Ich habe ihn nie beten gesehen.
 – Vielleicht hat er nicht in deiner Anwesenheit gebetet.
 – Wenn er zu Hause war, verließ er sein Arbeitszimmer meist den ganzen Tag nicht. Und dort, Padre, dort gab es keinen Platz zum Beten, auch kein Kreuz und kein Bild unseres Heilands.
 – Ich verstehe. Hast du ihn jemals etwas Ungewöhnliches tun sehen?
 – Er hat nur Ungewöhnliches getan.
 – Hast du ihn in einer merkwürdigen Position überrascht? Auf dem Boden sitzend oder kniend?
 – Nein. Er saß immer auf seinem Stuhl, wenn ich hereinkam. Oder er lief in seinem Arbeitszimmer umher. Manchmal deklamierte er etwas.
 – Was denn?
 – Ich habe es nicht verstanden.
 – Natürlich, er war Engländer.
 – Es war nicht auf englisch.

– Du verstehst Englisch?
– Kein Wort. Wozu auch. Die Herrschaften sprachen hervorragend italienisch. Untereinander immer englisch. Nach so langer Zeit, ich war mehr als elf Jahre im Dienst, man gewöhnt sich an den Klang einer Sprache.
– Was für eine Sprache war es?
– Das kann ich Ihnen nicht sagen.
– Du hast ihn nicht gefragt?
– Wo denken Sie hin, Padre!
– An was hat es dich erinnert?
– An ein Gedicht oder an ein Gebet. Einfältig, immer wieder dasselbe.
– Wie ein Refrain?
– Was ist das?
– Eine Wiederholung des Wichtigsten. So wie wir immer wieder sprechen: Gloria Patri et Filio et Spiritui Sancto.
– So etwas, vielleicht. Ähnlich.
– War es ein häßlicher Laut, der aus dem Rachen kommt?
– Nein, eigentlich klang es schön.
– Hörst du, klang es etwa so: Bismillah-hir-rahman-nir-rahim?
– Nein, das war es nicht.
– Oder so: Laa-illaha-ilallah?
– Jaja. So klang es. Sie kennen es? Bestimmt war es das.
– Mein Gott!
– Habe ich etwas Falsches gesagt, Padre?
– Was habe ich bloß getan!
– Was ist denn, Padre?
– Er war Mohammedaner, er war ein verdammter Mohammedaner.

☙☙☙☙☙☙

Die Abendsonne strich die Dachziegeln glatt, als er den Gang auf sich nahm, den er unbedingt hatte vermeiden wollen. Er suchte den Bischof auf, seinen Beichtvater. Er schilderte ihm die Zweifel, die sich in ihm ausgebreitet hatten wie Pilzkulturen. Die überhandgenommen hatten seit dem Gespräch mit der Dienstmagd. Er hatte sich gefürchtet vor diesem Gespräch, er hatte sich nicht zugetraut, offen auszusprechen, was ihn bedrückte. Doch die Vorwürfe, die er sich ausgemalt hatte, sie hätten ihn nicht annähernd so tief verunsichert wie die völlig ruhige Reaktion des Bischofs. Er lächelte mit jener Souveränität, die einem zufällt, wenn man in einem Palazzo lebt. Wenn man in so eine Position hineingeboren wird. Der Priester hingegen hatte hart studieren müssen, er hatte die Stiege der Bildung erklommen, und trotzdem, er war hereingelegt worden von einem, der über mehr Macht verfügte, mehr Selbstsicherheit. Ich sehe, ich hätte Sie einweihen sollen, sagte der Bischof nonchalant. Ich habe wohl vergessen zu erwähnen, daß ich Signore Burton die Beichte einmal abgenommen habe.

– Sie selbst?

– Seine Gemahlin hat ihn gedrängt, zur Beichte zu gehen. Über Jahre hinweg, wie ich vermute. Sie hat auf ihn eingeredet. Sie hat ihn angefleht. Es wird dein Herz erleichtern, hat sie ihn beschworen. Das einzige, was ihm das Herz leichter machen würde, hat er geantwortet, sei die Nachricht, daß er nicht bald sterben müsse. Gewitzte Kreatur, dieser Signore Burton.

– Wieso haben Sie ihm die Beichte abgenommen?

– Er war der britische Konsul in unserer Stadt, und seine Frau ist eine treue Tochter der Kirche. Außerdem, unter uns gesprochen, ich nehme gerne die Beichte ab von Menschen, die selten beichten. Tatsächlich erwies sie sich als interessant.

– Interessant?

– Er hat zunächst behauptet, er habe nichts zu beichten.

– Wie überheblich.

– Obwohl er mehr als ein Jahrzehnt Offizier war, obwohl er auf allen Kontinenten in gröbste Gefahr geraten sei, habe er nie einen Menschen umgebracht. Sie wissen gar nicht, wie hoch mir das anzurechnen ist, sagte er. Ich bedrängte ihn ein wenig, worauf er eine kleine Sünde gestand, eine petite Betise, wie er sich ausdrückte. Zwar habe er niemanden getötet, aber einmal habe er das Gerücht in die Welt gesetzt, einen Araber umgebracht zu haben, weil dieser beobachtet habe, wie er im Stehen pinkele. Das sei allerdings miserabel

erfunden, er müsse sich nachträglich selber rügen, versuchen Sie in diesen Gewändern aufrecht stehend zu pinkeln, sagte er, das sei völlig unmöglich. Ich habe ihm erklärt, das könne nicht wirklich als Sünde durchgehen, es müsse etwas Schwerwiegenderes in seinem reichhaltigen Leben geben. Nein, behauptete er. Nichts, was ihm einfallen würde.
– Haben Sie ihn gefragt, ob er stets ein guter Christ war?
– Oh ja, er reagierte heftig. Das wollen Sie nicht wissen, Hochwürden, rief er aus, glauben Sie mir, das wollen Sie weit umgehen.

Er habe noch etwas anzubieten, eine wirklich große Schande, sagte er nach einer Weile, als er merkte, daß ich mich nicht so leicht zufriedengeben würde, er schäme sich heute noch dafür, eine Jugendsünde, im Sindh, es sei nicht wichtig, wo das liege, Gott wüßte es, er sei einmal dort gewesen und schnell wieder weitergezogen. Da unterbrach ich ihn, das ging doch zu weit. Pardon, sagte er, diese Beichtangelegenheit macht mich nervös, Sie merken es, ich erkenne mich selber kaum wieder.

– Ich weiß, wo dieses Sindh liegt, er hat lange dort gelebt. Unter Mohammedanern.

– Im Sindh, sagte er, hätten irgendwelche Amateure ohne Kenntnis und Verstand nach archäologischen Schätzen gegraben. Archäologie, das Wort existierte damals noch nicht, eine bedeutende Wissenschaft, er sei der letzte, der das bestreite, aber damals habe er sich einen Spaß erlaubt, er habe einen billigen roten Tonkrug, im Atheneum-Stil, bemalt mit etruskischen Figuren, zerhauen und die Scherben dort verbuddelt, wo die eifrigen Sucher gerade ihre Ausgrabung vornahmen, und sie hätten die Scherben natürlich gefunden, die Aufregung unter ihnen sei groß gewesen, sie hätten sich mit dem Fund gebrüstet und behauptet, die Geschichte der Etrusker und vielleicht sogar die Geschichte des alten Roms müßten neu geschrieben werden. Das habe sich als etwas voreilig erwiesen. Er wisse nicht, ob sein Freund Walter Scott sie aufgeklärt habe, oder ob ihnen von alleine Bedenken gekommen seien, nachdem sie keine anderen Funde gemacht hätten, aber eines Tages hätten sie ihre Sachen zusammengepackt und seien verschwunden. Er schäme sich heute noch dafür. Eine erstaunliche Beichte, finden Sie nicht auch?

– Eine verjährte Lüge. Und das war alles?
– Nein, ich habe schon noch mehr aus ihm herausgeholt. Er hat gestanden, er sei an dem Tag, an dem er von der Königin Victoria zum Ritter geschlagen wurde, zu einem Drucker in ein verruchtes Viertel südlich der Thames geeilt, er habe den Empfang frühzeitig verlassen, um die Neuauflage eines Buches namens *Kamasutra* vorzubereiten. Ich war auch von dieser angeblichen Sünde wenig beeindruckt, bis er mir erklärte, was in diesem Buch steht. Ich kann es nicht wiederholen, es genügt zu sagen, es ist sündhaft durch und durch. Und er hat es nicht nur verlegt, er hat es auch übersetzt. Und dann hat er mir von fleischlichen Gelüsten in Afrika berichtet, denen er nachgegeben habe, mit drei Frauen, ein wahres Sodom, ich mußte ihn unterbrechen, ich hatte genug gehört. Ich habe ihm das *te absolvo* erteilt und ihn schnell hinauskomplimentiert. Es hatte so harmlos angefangen, und dann auf einmal ...
– Wenn er in seinem Leben so viel gelogen hat, woher wissen wir, wo er in Fragen des Glaubens stand?
– Sie machen sich unnötig Sorgen. Er war Katholik. Basta.
– Woher wissen wir das?
– Er hat zu mir gesagt: Wenn schon Christ, dann wolle er am liebsten Katholik sein.
– Was für ein Glaubensbekenntnis.
– Seien wir Realisten. Wer glaubt schon aus freien Stücken.
– Ja, aber die Unfreiheit sollte von Gott bestimmt sein.
– Ach, da fällt mir ein, er hat noch etwas gesagt, Sie werden sehen, er hatte einen ausgeprägten Sinn für Humor: Er sei Katholik, weil es in Triest leider keine Elchasiten gebe. Sehnsucht nach den Elchasiten, haben Sie so etwas schon einmal gehört?
– Was bedeutet das? Was bedeutet das für mich?
– Sie sollten die Angelegenheit hinter sich lassen.
– Hat er Gott wenigstens gesucht?
– Durchaus, und wie die meisten Menschen selten gefunden. Er hatte einen ungewöhnlichen Standpunkt in dieser Frage. Kein Mensch wird Gott wirklich begegnen, erklärte er mir einmal bei einem festlichen Dinner. Denn was würde geschehen? Seine Persönlichkeit würde sich auflösen, er würde in Gott aufgehen. Kein Ich

mehr, keine Zukunft mehr, er würde ins Ewige übertreten. Wer würde schon ein Mensch bleiben wollen, wenn er in Gott sein könnte. Bemerkenswerte Logik, nicht wahr?
— Was folgte für ihn daraus?
— Daß wir suchen wollen, natürlich, aber auf gar keinen Fall finden. Genau das habe er ein Leben lang getan, sagte er. Er habe überall gesucht, die meisten Menschen hingegen, die würden immer wieder in denselben Topf blicken. Dann schaute er mir forsch in die Augen. Etwas verschmitzt, muß ich sagen.
— Sie halten daran fest, er war Katholik?
— Sagen wir es so, er war ein Katholik ehrenhalber.
— Das überfordert mich. Wieso haben Sie mich hingeschickt?
— Weil ich ungern mitten in der Nacht aus meinem Bett gescheucht werde. Jetzt lassen Sie diese Angelegenheit ruhen, bevor sie mir lästig zu werden beginnt.

൦൦൦൦൦൦൦൦൦൦

Richard Francis Burton starb früh am Morgen, noch bevor man einen schwarzen von einem weißen Faden hätte unterscheiden können. Über seinem Kopf hing eine persische Kalligraphie, auf der geschrieben stand:
Auch dies wird vergehen.

1998-2003: Great Eastern Royale, Bombay Central, Mumbai, Indien

2003-2005: Strathmore Road, Camps Bay, Kapstadt, Südafrika

GLOSSAR

Aarti: hinduistisches Ritual nach Sonnenuntergang
Abba: Halstuch
Aira, Gaira natthu Khaira: ›Hinz und Kunz‹, auch ›Tom, Dick and Harry‹ oder ›Suljo i Puljo‹
Ajami: ›Nichtaraber‹, meist verwendet, um die Perser zu bezeichnen, von manchen abfällig, von anderen neutral
Alif und Baa: ›A und B‹, erster und zweiter Buchstabe des arabischen Alphabets
Alim: Schriftgelehrter im Islam
Angrezi: Engländer (Hindi)
Anna: der alte indische Pfennig
Are Baapre: ›Oh Gott‹, Ausruf der Verwunderung, des Entzückens, des Erschreckens usw.
Aste aste: langsamer als langsam
Azaan: Gebetsaufruf
Baba: ›älterer Mann‹, respektvolle Anrede, auch gegenüber Heiligen
Badhahi: Schreiner
Bandara: Affe (Hindi)
Banyan: ursprünglich eine Händlerkaste aus Gujarat, in Ostafrika generelles Synonym für Inder
Baraza: steinerne Bank an der Fassade des Hauses, auf der oft die Besucher Platz nehmen, die nicht zur Familie gehören
Bashibazuk: Mitglied einer irregulären Truppe im Osmanischen Reich
Bhai: respektvoll freundschaftliche Anrede
Bhajan: religiöses Lied
Bharat: Indien
Bhakti: gesungene Liebeserklärung an Gott
Bhang: alias Cannabis alias Haschisch
Bharat: Indien
Bilal: erster Muezzin in der islamischen Geschichte, ein ehemaliger Sklave aus Äthiopien
Bindi: meist roter Punkt auf der Stirn einer Frau, der die Aura des Menschen an einem der Energieknoten im Körper schützt, ein ursprünglich tantrischer Brauch. Signalisiert eigentlich, daß die Frau verheiratet ist.

Bol: ›sprich‹, Ton auf der *Tabla*
Burkha: schwarzer Überhang, der all das von einer Frau verdeckt, was einen Mann erregen könnte
Cantonment: britisches Armeequartier mit geraden Straßen und Hecken
Changanyika: Tanganjika, das Festland des heutigen Staates Tansania
Chillum: Pfeife zum Rauchen von Haschisch
Chillumchi: große, meist kupferne Schüssel
Daftari: Sekretär
Daaru: Alkohol
Daal: Linsen, Bestandteil fast jeder Mahlzeit
Dau: Segelschiff, mit dem über Jahrhunderte hinweg Handel im Indischen Ozean betrieben wurde
Derwisch: ein Mensch, der sich aus dem Alltag in die Ekstase verabschiedet hat; moslemische Variante des *Sadhu*
Devadasi: ›Dienerin Gottes‹, im Alltag eher eine Dienerin der Priester, eine sakrale Prostituierte
Dharma: die inhärente Natur eines Menschen oder Objekts, Lebenspflicht, Gesetzesordnung
Dhoti: ›das Gewaschene‹, ungenähter Stoff, der um die Taille gebunden wird
Diwan: ›Premierminister‹ am Hofe des *Maharaja*
Dhokalaa: Gujarati-Gericht
Diin: Glauben
Dik-Dik: die kleinste Antilope in Ostafrika
Dschinn: Geist
Dukaan: Laden
Dupatta: langes Tuch, das die Schultern und Brüste der Frau bedeckt
Effendi: respektvolle Anrede für Männer im Osmanischen Reich, ähnlich dem englischen ›Sir‹
Farandjah: die ›Franken‹, womit alle Westeuropäer gemeint sind
Firengi: Ausländer, stammt von dem Wort ›*Farandjah*‹ ab
Gandharva-vivaaha: intime Liebesheirat
Ganesh: Gott, Sohn von Shiva und Parvati, rundlicher menschlicher Körper mit Elefantenkopf
Ganesh Tschathurti: elftägiges Fest im September/Oktober zu Ehren des Gottes *Ganesh*
Ganja: Marihuana
Garuda: großer Reiher, mythologisch der Vogel, auf dem der Gott Vishnu fliegt
Gellabiya: auch Jellaba, langer, loser Umhang, oft mit Kapuze
Ghoras: die ›Weißhäutigen‹
Gotra: ›das, was die Kuh schützt‹, sprich der Pferch; im übertragenen Sinne

die Ahnenlinie, die bis zu einem bestimmten Heiligen *(Rishi)* zurückgeführt wird

Gujarat: Provinz im Westen Indiens; Gujarati ist die Sprache

Gulab Jamun: weitverbreitete Süßigkeit, Bällchen in Sirup

Hadith: ›Erzählung‹, eine beglaubigte und daher verpflichtende Überlieferung über einen Ausspruch oder eine Handlung des Propheten

Hajaum: Barbier

Hukah-Burdar: Diener, der sich ausschließlich der Wasserpfeife widmet

Ihram: zwei weiße Tücher, das einzige, was ein Hadji tragen darf

Imam: Führer, Vorbild, derjenige, der das Gebet anführt

Intezaar karna: ›warten‹

Iskander der Große: Alexander der Große

Jain: ›Anhänger des Jina, des Siegers‹; Religion, die der Askese und der Gewaltlosigkeit eine zentrale Bedeutung beimißt

Jubbah: langer Überzug, den bessergestellte Moslems tragen, sowohl Frauen als auch Männer

Jyotish: Astrologe mit breitem Aufgabengebiet

Kaakaa: Onkel väterlicherseits

Kama: Liebe, Lust; eine der Lebensaufgaben des Menschen nach hinduistischer Auffassung

Kanga: ostafrikanischer Wickelrock aus Baumwolle

Kanzu: langes weißes Gewand, das die Männer an der ostafrikanischen Küste tragen

Kayf: die angeblich orientalische Fähigkeit, den Augenblick ohne bestimmten Grund zu genießen

Kedmutgar: Diener, der die Mahlzeiten aufträgt und in der Küche mithilft

Kelim: gewebter Teppich

Khabardar: ›Achtung‹

Khat: Blätter eines Busches *(Catha edulis),* die wegen ihrer stimulierenden Wirkung gekaut werden

Khatarnak: ›gefährlich‹

Khelassy: Diener, der die Fächer bedient

Khutbah: Predigt zum Freitagsgebet in der Moschee

Kikoi: ostafrikanischer Stoff, vielseitig verwendbar

Kitschri: Gujarati-Gericht aus Reis und Linsen

Kofta: Fleischpflanzerl; nicht immer aus Fleisch

Kobbradul: ein feiner Stoff

Laddus: Süßspeise aus Mehl, Zucker und geklärter Butter

Lahiya: öffentlicher Schreiber

Lupanar: Bordell (lateinisch)

Maamaa: Onkel mütterlicherseits

Madafu: Kokosmilch
Maharaja: der ›große König‹
Maikhanna: Vorläufer der Kneipe
Mashallah: ›Gott sei gelobt‹
Maya: Täuschung, Irrtum, Illusion, mit anderen Worten: die Realität, die wir wahrnehmen
Medresa: Koranschule
Mela: Jahrmarkt, Volksfest
Mganga: traditioneller Heiler
Mithaiwallah: Süßigkeiten-Verkäufer
Miya: ›Beschnittene‹, abfällige Bezeichnung für Moslems
Mletscha: Barbar, Unreiner, Unberührbarer, Mensch niederer Geburt; ein Europäer also
Mtepe: kleines Boot
Muhtaram: arabische Respektsbekundung
Munshi: Lehrer, Gelehrter
Nagar Brahmanen: ›städtische‹ Brahmanen, eine Subkaste, die in Gujarat einen großen Teil der Verwaltungsbeamten stellte
Nautsch-Mädchen: ›Tänzerin‹, kultivierte Kurtisane
Niim: Margosa-Baum
Oim aim klim hrim slim: Sim-sa-la-bim (über ›1001 Nacht‹ ins Deutsche eingewandert)
Paratha: Fladenbrot mit unterschiedlicher Füllung
Phazi: Dorfvorsteher
Pratikshaa karna: ›warten‹
Pujari: Priester
Puranas: ›alte Texte‹, Sanskrittexte mit Schöpfungslegenden, göttlichen Biographien und Genealogien von Heiligen
Purna-madaha / Purna-midam / Purnaat purnam uda-tschyate / Purnasya purnam-aadaaya / Purnameva ava-shishyate: dies ist das eine / jenes ist das eine / das eine und das andere ist eins / eins ohne eins / bleibt immer noch eins
Puranpolis: süßer gefüllter Pfannkuchen
Raka: ein Zyklus im moslemischen Gebet
Raki: Schnaps, oft aus Anis gebrannt
Saaki: Kellnerinnen in der Maikhanna
Sadhu: hinduistische Variante des Derwisch
Safarnamah: ›Reiseerzählung‹
Santano Dharma: ›Heiliger Glauben‹, gebräuchliche Bezeichnung der Hindus für den ›Hinduismus‹
Sardarji: Sikh
Sepoy: einheimischer Soldat unter britischem Kommando

Sevpuri: Gujarati-Gericht
Shakuntala: berühmteste Figur des altindischen Dramatikers Kaalidaasa
Shirk: Vielgötterei, Animismus
Shivaji: Fürst der Marathas im 17. Jahrhundert; für manche ein Held, für andere ein Tyrann
Shishia: ›Schüler‹
Shivaratri: Nacht zu Ehren des Gottes Shiva
Shloka: Vers, Stanze
Sircar: Diener, der die Geldbörse trägt
Smashaana: Verbrennungsplatz, Friedhof
Sufi: islamischer Mystiker. »Freude finden im Herzen, wenn die Zeit des Kummers kommt.« (Rumi)
Sutra: Aphorismus
Tabla: indische Doppeltrommel
Tapas: Entbehrung, die Energie erzeugt
Tarawih: Rezitation des gesamten Korans nach dem Abendgebet im Fastenmonat Ramadan
Tawa: runde Platte aus Eisen
Thali: populäres indisches Mahl, das aus verschiedenen, meist vegetarischen Speisen und Soßen besteht
Tonga: ein von einem Pferd oder Maulesel gezogener Karren
Topi: Kopfbedeckung
Tschai: Tee, der zusammen mit Milch, Zucker und einigen Gewürzen gekocht wird
Tschania-Tscholi: festliches Gewand, breiter Rock und eine Bluse, die den Bauchnabel freiläßt
Tschoukidaar: Wache
Ulema: Mehrzahl von Imam
Urs: festlich begangener Geburtstag eines Sufi-Heiligen, an seinem Grabmal gefeiert
Vaanara: ›Oder-Mensch‹, Affe (Sanskrit); das Wort offenbart den Ursprung des Homo sapiens
Vaandaraa: Affe (Gujarati)
Wakalah: Karawanserei, Gasthaus für Herren, Diener, Tiere und Waren
Wazu: rituelle Reinigung vor dem Gebet
Yaksha: halbgöttliches Wesen
Zamzam-Wasser: Wasser aus dem Brunnen in der Großen Moschee zu Mekka, besitzt gesegnete Eigenschaften
Zikr: ›an Gott gedenken‹, Meditationsform, vor allem von Sufis praktiziert

DANKSAGUNG

Viele haben mir bei der Recherche zu diesem Roman geholfen, unterschiedliche Menschen auf drei Kontinenten. Eine vollständige Liste der Namen würde telefonbuchartig ausfallen. Um einer derart statistischen Erfassung zu entgehen, möchte ich ihnen allen in einem Satz sehr herzlich danken. Ein besonderer Dank gebührt meinem Verlag und meinem Lektor Philip Laubach-Kiani.

Die Arbeit an diesem Buch wurde unterstützt von der Robert-Bosch-Stiftung, der ich sehr verbunden bin.

Inhaltsverzeichnis

Letzte Verwandlung	11
Britisch-Indien	17
Die Geschichten des Schreibers des Herrn	19
Arabien	209
Der Pilger, die Satrapen und das Siegel des Verhörs	211
Ostafrika	319
In der Erinnerung verschwimmt die Schrift	321
Offenbarung	457
Glossar	469
Danksagung	475

Ilija Trojanow
im Carl Hanser Verlag

Die Welt ist groß und Rettung lauert überall
Roman
1996. 281 Seiten

Es ist nicht die Konstruktion, die »Die Welt ist groß und Rettung lauert überall« zu einem nicht alltäglichen Buch macht. Es sind die kleinen Szenen, die unauffälligen Geschichten, die sich zwischen den großen Erzählscharnieren ausbreiten. Die von der langsamen Annäherung zwischen Bai Dan und dem gelangweilten Alex, von den hartnäckigen Versuchen des Alten, dem Jungen neue Vitalität einzuflößen. Die vom »Sohn des Umeew« beispielsweise, der nicht aufhören kann, das Meer zu malen, obschon man ihm die blauen Farbstifte nahm. Oder die der dubiosen Wahrsagerin, die Bai Dan Ungewöhnliches mit auf den Weg gibt: »Hüten Sie sich vor Amerikan Ekspress. Die wird es nicht mehr lange geben.« Das ist quicklebendiger Stoff, und hier vor allem zeigt sich, was Ilija Trojanow in erster Linie kann: erzählen, was keiner vor ihm erzählte, was keiner vor ihm so erzählte. Und das ist nicht wenig. Rainer Moritz, *NZZ*

Ilija Trojanow ist mit seinem Roman eine mit Geschichtsbewußtsein legierte Schnurre um Aufbruch, Erlebnishunger und Selbstvertrauen geglückt; ein mitreißendes Stück Literatur, das über Fremdheit und den Mut zur Weltaneignung ebenso kunstvoll zu fabulieren versteht wie über die Magie der Würfel. Ein Debüt, das mit scheinbar unerschütterlichem Glauben an die Kraft seines Erzählens zu setzen wagt. Peter Henning, *FACTS*

Das Exil, das Reisen, das Spiel und die Träume, das sind die Eckpfeiler in diesem Roman. Ein Debüt, das auch davon handelt, wie einer das Träumen wieder lernen kann. Jan Rolf Müller, *Kölner Stadt-Anzeiger*

Mit seinen phantasievollen Ansichten über das Leben zieht Trojanow den Leser in seinen Bann und wird dem unwiderstehlichen Titel des Romans gerecht – ohne die Realität zu verleugnen, aber auch nicht bereit, sie allzu ernst zu nehmen. Julia Bernstorf, *Generalanzeiger Bonn*

An den inneren Ufern Indiens
Eine Reise entlang des Ganges
2003. 200 Seiten

Dieses Buch ist der Bericht von einem uralten indischen Pilgerweg und erzählt zugleich von der Unmöglichkeit, diese Pilgerschaft als moderne Europäer wahr zu machen. Nicht zuletzt aus dieser Spannung empfängt es seinen Wert.

Martin Kämpchen, *FAZ*

Trojanow bricht Indien nicht durch die intellektuelle Linse, statt dessen ist er wie ein unbelichteter Film, der das riesenhafte Land, so, wie es ist, bannt – gleich, ob er sich mit einem Schlauchboot in den Sümpfen des Ganges verirrt, seine kafkaesken Erfahrungen mit der Eisenbahnbürokratie macht oder die Wunderkraft der tantrischen Seher schildert, die mühelos eine ausgedachte Zahl zwischen eins und 254 113 erraten können. Dann staunt man still mit Trojanow und weiß, daß man so nahe wie bei ihm Indien selten kommt.

Reiseblatt, *FAZ*

Mit zurückhaltender Erzählkultur und reflektierter Beobachtungsgabe gelingt es Trojanow, das uneinlösbare Versprechen des Titels zu erfüllen. Wir waren an den inneren Ufern Indiens, wo auch immer sie genau sein mögen.

Thomas Gohlis, *DIE ZEIT*

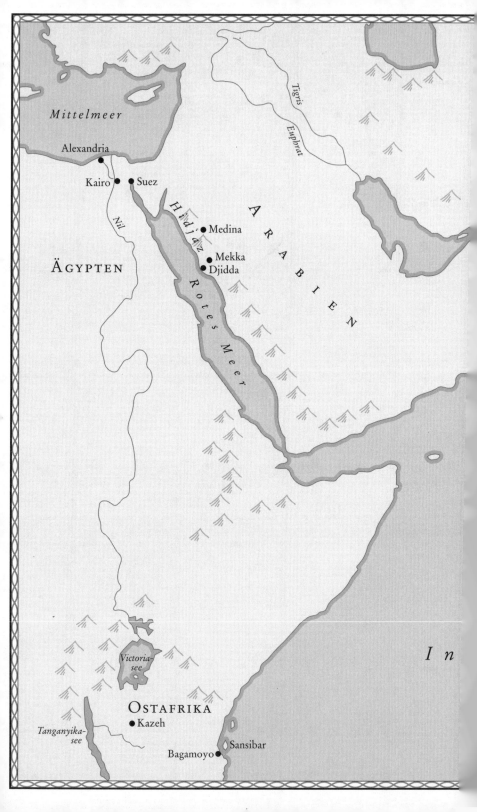